DIE BLUTALLIANZ
Keuscher Biss (Buch 1)
Königlicher Biss (Buch 2)
Majestätischer Biss (Buch 3)
Rebellischer Biss (Buch 4)
Royaler Biss (Buch 5)
Grausamer Biss (Buch 6)
Ewiger Biss (Buch 7)

EIGENSTÄNDIGE DIE BLUTALLIANZ:
Verlangen des Schicksals
Bluttag

Ewiger Biss

Die Blutallianz — Buch 7

Übersetzt von
Tatjana Becijos

USA Today Bestsellerautorin

Lexi C. Foss

Eternally Bitten – Ewiger Biss

Bearbeitung: Outthink Editing, LLC

Lektorat: Katie Schmahl & Jean Bachen

Covergestaltung: Covers by Julie

Coverphotografie: Wander Aguiar

Covermodels: Lucas Loyola & Sophie L

Veröffentlichung: Ninja Newt Publishing, LLC

Deutsche Übersetzung: Tatjana Becijos

Digitale Ausgabe

ISBN: 978-1-68530-267-2

Taschenbuch-Ausgabe

ISBN: 978-1-68530-335-8

Für alle, die diese Welt so sehr lieben, wie ich es tue. Ich hoffe, dass dieser Abschluss alles ist, was ihr euch gewünscht habt – und noch viel mehr.
Vielen Dank für eure Unterstützung.
Ich hab euch lieb! <3

Ewiger Biss

Die Blutallianz — Buch 7

EINE NACHRICHT VON LEXI

Vielen Dank, dass ihr mir bei *Ewiger Biss*, dem letzten Band der Blutallianz-Serie, Gesellschaft leistet. Dieses Buch sollte nach *Grausamer Biss* gelesen werden, weil es die Geschichte von Cam und Izzy weiterführt.

Cam und Izzy haben mir in diesem Buch einen gewaltigen Teil meines Herzens gestohlen. Ich liebe sie so sehr, genau wie all die anderen Stimmen dieser Welt. Es ist intensiv. Lustig. Düster. Und wunderschön.

In diesem Buch gibt es etwas Licht, um die Dunkelheit in *Grausamer Biss* auszugleichen. Aber vor allem geht es um Heilung. Deshalb enthält es auch dunkle Elemente wie Selbstmordgedanken oder Depressionen. Es geht auch um das Thema Nichtzustimmung – aber nicht zwischen Cam und Izzy. Dies ist eine Welt, die von Vampiren und Lykanern regiert wird; Menschen sind im Wesentlichen Sklaven.

Es war eine fantastische Reise, und ich kann es kaum erwarten, zu sehen, was die Zukunft für dieses Universum bereithält.

Viel Spaß! Und hinterlasst mir bitte eine Rezension, damit ich weiß, was ihr denkt. Ich liebe es, von meinen fremdsprachigen Lesern zu hören; es bereitet mir so viel Freude, die Bücher für euch übersetzen zu lassen.

Fühlt euch umarmt
    Lexi

EWIGER BISS

Ich dachte, ich könnte ihn ändern.
Ich habe mich geirrt.
Cam ist nicht mehr der Mann, den ich einst liebte. Er ist
ein Monster.

Bin ich bereit, für ihn zu kämpfen?
Ihm zu verzeihen?
Oder ist sein Tod die einzige Möglichkeit?

Dies ist die Zukunft, in der Lykaner und Vampire die
Regeln machen.
Aber ihre Gefährten sind die wahren Monarchen.
Denn wir sind diejenigen, denen ihre Herzen gehören.

Das Problem ist, dass ich mir nicht sicher bin, ob Cam
noch eins hat.
Ich war einst dazu bestimmt, seine Königin zu sein.
Jetzt bin ich nichts weiter als ein Spielzeug.

Ein Spielzeug, das bald zerbrechen wird.
Es sei denn, ich breche Cam zuerst …

Anmerkung der Autorin: *Ewiger Biss* enthält düstere
Inhalte und ist der Abschluss der Blutallianz-Serie.

WILLKOMMEN IN DER ZUKUNFT ...

Es gab eine Zeit, in der die Menschheit über die Welt herrschte,
während Lykaner und Vampire im Verborgenen lebten.
Das ist nicht länger der Fall.

Willkommen in der Zukunft, wo die stärkere Blutlinie die Regeln
macht.
Weiterlesen auf eigene Gefahr.

DIE BLUTALLIANZ

Internationale Gesetze verdrängen die nationalen Regierungen und werden von der Blutallianz verfochten – einem globalen Rat, der zu gleichen Teilen aus Lykanern und Vampiren besteht.

Alle Ressourcen müssen gleichmäßig zwischen Lykanern und Vampiren aufgeteilt werden, dies beinhaltet auch Land und Blutsklaven. Das gesellschaftliche Ansehen und der Wohlstand liegen allerdings im Ermessen der einzelnen Rudel und Häuser.

Wer ein höher gestelltes Wesen tötet, verletzt oder provoziert, wird mit dem sofortigen Tod bestraft. Alle Streitigkeiten müssen für ein endgültiges Urteil der Blutallianz vorgestellt werden.

Sexuelle Beziehungen zwischen Lykanern und Vampiren sind strengstens untersagt. Geschäftliche Partnerschaften sind jedoch, sofern sie ertragreich und angemessen sind, zulässig.

Menschen werden hiermit als Eigentum eingestuft und haben keine gesetzlichen Rechte. Jeder Mensch wird durch ein Sortiersystem gekennzeichnet und nach Leistung, Intelligenz, Blutlinie, Fähigkeiten und Aussehen bewertet. Die Beurteilung beginnt bei der Geburt und wird am Bluttag abgeschlossen.

Pro Jahr werden zwölf Sterbliche nach Ermessen der Blutallianz ausgewählt, um im Wettkampf um den Status des unsterblichen Blutes gegeneinander anzutreten. Von diesen zwölf werden zwei gebissen, um so Unsterblichkeit zu erlangen. Die anderen werden sterben. Lykaner oder Vampire außerhalb von diesem Prozess zu kreieren ist nicht rechtens und wird mit dem sofortigen Tod bestraft.

Alle anderen Gesetze unterliegen den Rudeln und der königlichen Familie, dürfen aber nicht mit denen der Blutallianz kollidieren.

CAM

Dieses Gebäude ist ein verdammtes Labyrinth.

Endlose Gänge. Treppenschächte. Gruften.

Ich kannte mich zwar in den unterirdischen Tunneln aus, die Lilith unter der Vatikanstadt gebaut hatte, aber ich war bislang nicht oft an der Oberfläche gewesen. Meine wenigen Besuche im Konvent hatten nicht gezählt.

Aber jetzt brauchte ich einen Weg nach draußen.

Einen Fluchtweg.

Einen Ort, an den ich die bewusstlose Frau in meinen Armen bringen konnte.

Meine *Erosita.*

Meine *Gefährtin.*

Fuck!

Ihr Geist enthüllte so viele Wahrheiten, so viele *Erinnerungen,* dass ich meine eigenen Gedanken kaum noch hören konnte.

Sie erlebte die Nacht, in der wir uns kennengelernt hatten, immer wieder und dachte daran, wie ich sie vor einer Gruppenvergewaltigung gerettet hatte. Diese Erinnerung vermischte sich mit der Gegenwart, als das Wort *passend* in ihrem Kopf widerhallte.

»Scheint mir passend zu sein.«

Meine Stimme hallte in ihren Gedanken wider – dabei hatte ich diese Worte nie gesprochen. Ich hatte Michael angewiesen, sie verdammt noch mal in Ruhe zu lassen und sie nicht in einen Raum voller niederer Vampire zu zerren.

»Du wirst vor Vergnügen stöhnen, während sie dich in Stücke reißen«, hatte er ihr befohlen.

Sollte ich ihm auf dem Weg nach draußen begegnen, würde ich stattdessen ihn in Stücke reißen.

Was zum Teufel hat er sich dabei gedacht?, fragte ich mich, als ich mehrere Stockwerke nach oben in Richtung Katakomben lief.

Es gab zahlreiche Aufgänge im gesamten unterirdischen Gelände; ich hatte mir diese Treppe ausgesucht, weil ich den Konvent meiden wollte, das sich im Herzen des ehemaligen Vatikans auf Bodenhöhe befand.

Ich wusste nicht, wem ich hier unten vertrauen konnte. Und ich wollte nicht riskieren, jemandem über den Weg zu laufen.

Ismereldas Erinnerungen warnten mich vor einer Art Waffe, die Lilith benutzt hatte, um mich kampfunfähig zu machen.

Unmöglich, dachte ich immer wieder. Aber die Richtigkeit der Information in Ismereldas Gedanken war nicht zu leugnen.

Dieselbe Waffe war auch gegen Ryder eingesetzt worden. Doch seine *Erosita* hatte ihn gerettet.

Und dann hat sie geholfen, Lilith zu töten, staunte ich, als ich die Wahrheit in Ismereldas Erinnerung an die Ereignisse erkannte. Ryder hatte sie mit einer Axt getötet, aber seine Hybrid-Gefährtin hatte Lilith zuvor bewegungsunfähig gemacht.

Faszinierend.

Ich verlor mich erneut in ihren Erinnerungen, denn ihr Verstand enthielt eine Fülle von Informationen aus meiner verlorenen Zeit auf der Erde.

Alles, was ich mitbekam, stand im Widerspruch zu dem, was ich zu wissen geglaubt hatte.

Liliths Aufnahmen hatten mich als Lehnsherrn dargestellt, den Schöpfer dieser neuen Welt. Dass es meine Vision war, Lykaner und Vampire regieren zu lassen und Menschen nicht besser als Vieh zu behandeln. Ein Überlegenheitssystem zu schaffen, das auf Blut basierte. *Um unsere Art von den Bindungen zu den* Erositas *zu befreien.*

Bei den Göttern, wie dumm war ich doch gewesen, einer Computerstimme zu glauben. Aber auch Michael hatte seine Rolle gut gespielt und vorgegeben, mein Assistent zu sein. Seine Unterwürfigkeit vorgetäuscht.

Verdammt, war er überhaupt mein Abkömmling?

Wie tief gingen die Lügen? Was war die Wahrheit? Was war erfunden?

Ismereldas Gedanken enthielten so viele Antworten – Antworten, die ich nur oberflächlich registrierte, während ich versuchte, mich auf meine Umgebung zu konzentrieren.

Ich hatte keine Zeit, sie oder ihre Erinnerungen richtig zu analysieren. Ich musste uns an einen sicheren Ort bringen. An einen Ort, an dem ich in aller Ruhe Wissen und die Erfahrung von tausend Jahren aufsaugen und herausfinden konnte, was hier wirklich vor sich ging.

Einen Ort, an dem wir allein sein und heilen konnten.

Ismerelda hatte sich in ihrem Kopf eingeschlossen

und ihr Körper war schlaff, als ich sie durch die Katakomben trug. In diesem Zustand wäre es unmöglich, mit ihr zu reden, selbst wenn ich in ihren Geist sprechen könnte.

Stattdessen schienen unsere Seelen miteinander zu verschmelzen, meine Fragen brachten ihre Gedanken dazu, mir Antworten zu geben und diese mit Erinnerungen zu ergänzen.

Als ich mich jetzt durch den Untergrund bewegte, rief ich die Erinnerung an unseren letzten gemeinsamen Besuch hier wach.

Es gab eine Treppe, die nach oben ins Erdgeschoss führte, die Tür, von der die Menschen nicht wussten, dass es sie gab, weil die Vampire ihren Verstand manipulierten.

Mein Instinkt trieb mich zu diesem Ausgang. Vor allem, weil ich dem, was ich wusste – oder zu wissen *glaubte* – nicht traute.

Überall waren Kameras.

Auch in meinem Zimmer, stellte ich fest, als eine weitere von Ismereldas Erfahrungen durch unsere Verbindung drang. *Sie hat die Kamera an der Decke in der Nähe meines Bettes entdeckt und die Aufnahmen auf meinem Laptop gesehen.*

Ich wollte sie fragen, warum sie mir nie davon erzählt hatte, aber ich kannte die Antwort bereits – ich hätte ihr nicht zugehört.

Sie war ein Mensch. Ein verherrlichtes Haustier. Eine Sklavin, die nur für Blut und Sex bestimmt war.

Doch ein Teil von mir hatte bereits begonnen, sie als gleichwertig anzuerkennen. Als potenzielle Partnerin. *Als meine Königin.*

Ich fragte mich, warum ich sie nicht verwandelt hatte. Leider blieb dieser Teil weiterhin ungeklärt.

Aber diese Frau gehörte offensichtlich zu mir – und das in jeder Hinsicht.

Warum habe ich dich aus meinen Gedanken verbannt?, fragte ich. *Warum habe ich unsere Verbindung gekappt?*

Die Antwort traf mich wie ein Schlag ins Gesicht, als Ismerelda sich an meine Entscheidung erinnerte, diese undurchdringliche Mauer zu errichten. Als ich es auf mich genommen hatte, Lilith allein gegenüberzutreten und meine *Erosita* überhaupt nicht in die Entscheidung einzubeziehen.

»Ich dachte, Cam hätte dich eingeweiht. Aber du weißt es nicht«, hatte Luka gesagt. Nach seinem Bericht, dass ich angeblich ihren Tod inszeniert hatte. »Ich … Izzy …«

»Cam hat deinen Tod inszeniert, um sich von Lilith gefangen nehmen zu lassen«, hatte Mira hinzugefügt. »Er weiß, dass sie ihn nicht töten wird. Sein Blut ist zu mächtig, als dass sie es verschwenden könnte. Aber er hofft, dass er mit ihr reden kann. Und er will, dass du hierbleibst, wo du in Sicherheit bist, während er arbeitet.«

Habe ich das wirklich gesagt?, fragte ich mich. *Oder ist das eine weitere Lüge?*

Michael hatte mir erzählt, dass Mira als Babysitterin meiner *Erosita* fungiert und dafür gesorgt hatte, dass Ismerelda sicher und zufrieden war, während ich schlief. Sie hatte außerdem den Auftrag, den Majestic Clan und dessen bekannte Verbündete auszuspionieren – Vampire und Lykaner, die sich nicht so gut an die Veränderungen in der Welt gewöhnen konnten wie die anderen.

Das schien größtenteils zu stimmen, aber beruhte diese Erklärung auch auf Tatsachen? Hatte ich Ismerelda wirklich zurückgelassen, nur um mit Lilith zu reden?

Warum zum Teufel sollte ich das tun?

Eine frische Erinnerung beantwortete diese Frage.

»Er hat das alles nie gewollt. Er hat sich dagegen gewehrt.« Ismereldas Stimme war eindringlich gewesen. Sogar wütend.

»Für dich«, hatte Michael erwidert. »Aber wie Lilith vorausgesagt hat, ist er ohne deinen sterblichen Einfluss in seinem Kopf ein richtiger Vampir. Wir mussten lediglich sichergehen, bevor wir ihn auf die Welt loslassen.«

In der Erinnerung gab Michael zu, warum sie hierhergebracht worden war – um diese Theorie zu testen.

Er hatte behauptet, ich hätte *bestanden* – weil sie mir egal gewesen war. Und das wiederum war deutlich geworden, als ich sie bei diesen Monstern gelassen hatte.

Verdammt! Wenn ich diese Vampire erneut zerreißen könnte, würde ich es tun. Vor allem, als ich hörte, wie Ismerelda es wieder und wieder durchlebte. Wie die Gegenüberstellung des Vorfalls mit unserem Kennenlernen ihre Gedanken verwirrte.

Ich wollte sie zwingen, aufzuhören. Sie zum *Aufwachen* bringen. Aber das konnte ich nicht. Nicht hier. *Noch nicht.*

Die Treppe, die ich in ihren Gedanken gesehen hatte, tauchte endlich auf; die Gegend war dunkel und leer. Keine Anzeichen von Leben. Nur Staub und der Geruch von altem Kalkstein. Trotzdem erklomm ich die Stufen vorsichtig, meine Sinne in höchster Alarmbereitschaft. Ich erwartete, dass mir jemand in den Weg treten würde.

Michael hatte ein »Wir« erwähnt. Hatte er damit sich selbst und Lilith gemeint? Sich selbst und Mira? Oder hatte hier jemand anderes das Sagen? *Vielleicht ein Marionettenspieler, den ich bisher nicht gesehen habe …*

Wie auch immer, ich musste auf alles und jedes vorbereitet sein. Und auf die Waffe, an die Ismerelda immer wieder dachte.

Die Waffe, die mich außer Gefecht gesetzt hatte. Mich *zerstört* hatte. Meinen Verstand. Meine Liebe zu ihr. Meine Seele.

Ich werde das in Ordnung bringen, meine Königin, versprach ich ihr, als ich in die Nacht hinaustrat und mich auf die Schatten des mit Steinen gepflasterten Hofes konzentrierte.

Nichts bewegte sich oder atmete, auch ich nicht. Ich traute der Stille nicht – nicht nach all den Informationen, die ich in den vergangenen Minuten gesammelt hatte.

Michael hatte gesagt, dass dies ein Test war, den ich bestanden hatte. Aber das hatte ich nicht. Das bewies die bewusstlose Frau in meinen Armen. Sie trug noch immer das Blut der Vampire, die ich getötet hatte, und ihre Essenz war eher klebrig als trocken.

Denn nur wenige Minuten waren vergangen, seit ich sie gefunden hatte.

Das bedeutete, dass Michael jetzt hinter uns her sein könnte.

Versuch's doch, dachte ich und mein Unterkiefer zuckte.

Aber die unbekannte Waffe erschütterte meine Zuversicht. Nach den Angaben von Ismereldas Geist manipulierte das Gerät den Teil des Gehirns, der mit der *Erosita* eines Vampirs verbunden ist.

Ismerelda hatte vermutet, dass dies die Ursache für meinen Gedächtnisverlust sein könnte. Das würde erklären, warum alle Ereignisse, die mit ihr zu tun hatten, nicht mehr in meinem Kopf existierten, ich mich aber an andere Dinge erinnern konnte.

Zum Beispiel an diesen Innenhof.

Ich war schon einmal hier gewesen. Eine offensichtliche Schlussfolgerung, denn Ismerelda hatte ihn mir in ihren Gedanken gezeigt, was bewies, dass wir zusammen hier gewesen waren.

Aber ich war auch ohne sie hier gewesen, denn ich erinnerte mich an Details, die nicht aus ihren Gedanken stammten. *Unter anderem der einzige Ausgang.*

Ich schritt zu dem Torbogen, der zu einer alten Seitenstraße führte, und ließ meine Sinne die kopfsteingepflasterte Gasse nach potenziellen Bedrohungen abtasten.

Nichts.

Denn wir befanden uns hier außerhalb der Mauern der Vatikanstadt.

Und alle Vampire waren tief im Bunker, um andere unsterbliche Ressourcen zu schützen.

Das, so wusste ich, war real – das Fehlen von übernatürlichem Personal vor Ort. Lilith hatte nicht viele von uns mit unseren – nein, *ihren* – Geheimnissen betraut. Daher würde ich hier oben in erster Linie mit menschlichen Vigils konfrontiert werden.

Zumindest so lange, bis Michael die anderen auf uns hetzte.

Sofern sie mich überhaupt jagen.

Ich hatte keine Zeit, über Michaels Absichten oder Was-wäre-wenn-Fragen nachzudenken; ich musste Abstand zwischen uns und diesen Ort bringen. *Und der Waffe, die mich handlungsunfähig gemacht hat.*

Ich folgte der Gasse zu einer Hauptstraße und ließ mich von meinen Erinnerungen an das alte Rom leiten.

Leider war nichts so, wie ich es in Erinnerung hatte.

Ruhig. Verlassen. *Trostlos.*

Die Gebäude waren nicht verfallen oder zerstört, sondern einfach nur *leer.* Um mich herum tanzte Staub in der Luft, der durch mein Phasen durch die leeren Straßen aufgewirbelt worden war.

Ich brauche ein Auto, beschloss ich, aber es war keins in Sichtweite.

Doch ich wusste von meinem Ausflug zum Flughafen neulich, dass es in der Nähe des Geländes mehrere Fahrzeuge gab.

Und noch mehr in der Nähe der Stadtgrenze, die wir passiert hatten, um die Rollfelder zu erreichen.

Alles war von Menschen bewacht worden. Nicht von Vampiren oder Lykanern.

Das diente mir zum Vorteil.

Lilith hätte den Sterblichen kein potenziell tödliches Gerät gegen ihre eigene Art anvertraut. Sie hatte ihnen nur Waffen gegeben, die sie gegen andere Menschen einsetzen konnten. Und sie hatte ihnen beigebracht, sich den Vampiren zu unterwerfen.

Was hat sie ihnen noch beigebracht?, fragte ich mich, als ich Ismerelda und mich eine bekannte Straße entlang phaste. Diese Streckte hatte ich auch mit Michael zum Flughafen genommen; die Straße war genauso leer wie die Gassen und Gebäude um uns herum.

Gott, ich war an jenem Tag so sauer gewesen. Die Vorstellung, zu meiner *Erosita* fahren zu müssen, hatte sich erniedrigend und unter meiner Würde angefühlt.

»Sie sollte zu mir kommen, nicht umgekehrt«, hatte ich zu Michael gesagt. »Warum zum Teufel stehe ich hier und warte auf ein verdammtes Spielzeug?«

»Weil sie darauf bestanden hat«, hatte Michael geantwortet. »Ich habe Euch gewarnt, mein Lehnsherr. Sie passt sich nicht an wie die anderen Menschen. Sie scheint zu denken, dass sie eine Art Königin ist.«

Die Vorstellung hatte mich angewidert und dieser Ekel war noch intensiver geworden, als sie auf dem Rollfeld auf mich zugerannt war.

Diese Hoffnung in ihren Augen …

Dieses Glück …

Ich schluckte und blickte an ihr hinunter. Blut und andere Flüssigkeiten verunstalteten ihr hübsches Gesicht, ihr nackter Körper lag leblos in meinen Armen.

Keine Hoffnung mehr. Definitiv kein Glück.

Kein Leben.

Mit zusammengepressten Zähnen schob ich uns weiter.

Ich achtete auf mein Tempo, vor allem, weil ich Ismerelda trug. Ich wollte nicht riskieren, sie zu verletzen. Nicht noch mehr, als ich es ohnehin schon getan hatte.

Zum Glück dauerte es nicht lange, bis wir die Stadtmauer erreichten – eine elegante Anordnung von Toren, die auf der Straße installiert worden waren, um Autos und Motorräder zu zwingen, bei der Einfahrt anzuhalten.

Viele der anderen Straßen, die nach Rom führten, waren abgerissen oder durch Wohnsiedlungen blockiert worden, in denen Vigils und andere sterbliche Diener wohnten.

Die Blockade diente zwei Zwecken: zum einen als Schlafplatz für Menschen und zum anderen als Mittel, um jeden, der sich nach Rom wagte, zum Anhalten zu zwingen.

Vampire und Lykaner nahmen an, dass sie den Zugang zum Konvent – und zu den darin untergebrachten Blutjungfrauen, die in Sachen Sinnlichkeit geschult wurden – regeln sollte.

Damit lagen sie teilweise richtig. Aber weil sie nicht nachforschten und keine Fragen stellten, übersahen sie, was sich dahinter verbarg: *ein Labor für Experimente an Unsterblichen.* Immerhin wusste ich, dass dieser Teil stimmte. Alles andere blieb abzuwarten.

Fünf Menschen sprangen bei meiner Ankunft auf, ihr Schock war unübersehbar.

Zwei von ihnen verbeugten sich augenblicklich.

Einer umklammerte seine Waffe etwas fester.

Die anderen beiden starrten mich an, bevor sie sich an ihre Rolle erinnerten und sich ebenfalls verbeugten.

Ein Chor von »Sire« erfüllte die Luft – die Vigils waren sichtlich unsicher, was sie tun sollten.

Sie sollten die Stadtgrenzen schützen und jede Ankunft

melden – was wahrscheinlich immer mit einem Auto oder einer Limousine geschah, nicht zu Fuß.

»Ich brauche einen Wagen«, sagte ich ihnen. »Und ein Telefon.« Ich hatte keine Ahnung, ob Letzteres überhaupt funktionieren würde – waren die Netzwerkprobleme auch eine Lüge gewesen? Welche Nummer würde ich wählen? Wie dem auch sei, ein Kommunikationsgerät schien eine gute Idee zu sein.

Vorausgesetzt, es war mit keinem Ortungsmechanismus ausgestattet.

Fuck. Was, wenn ich einen Peilsender in mir trage? Michael war so besessen davon gewesen, dass Ismerelda gechipt worden sein könnte. War das der Grund? Weil er wusste, dass ich es war?

Wenn das der Fall war, musste ich so viel Abstand wie möglich zwischen mich und diese Stadt bringen.

Wir müssen eine Grenze überschreiten. In ein Gebiet gehen, in das sich Michael und Mira nicht wagen würden.

Hazel Region, entschied ich im nächsten Moment und erinnerte mich daran, was Mira über Hazel gesagt hatte: *»Hazel hat Liliths Herrschaft nie gebilligt.«*

Das könnte gelogen gewesen sein. Aber als ich Ismereldas Gedanken durchforstete, konnte ich keine Anzeichen von Abneigung gegen den uralten Royal entdecken.

Ganz im Gegensatz zu Ismereldas Reaktion hinsichtlich Mira und Lilith.

Meine kleine Löwin war geradezu wild, wenn es um die inzwischen verstorbene »Göttin« ging. Sie war sowohl begeistert als auch eifersüchtig bezüglich der Tatsache, dass Ryders *Erosita* diejenige gewesen war, die Lilith zu Fall gebracht hatte. Sie wollte die Schlampe noch einmal töten. Den Schmerz andauern und sie *ausbluten* lassen.

Innerlich knurrte ich zustimmend, denn mein eigenes Verlangen war genauso groß wie ihres.

Aber wir hatten dringendere Angelegenheiten zu erledigen – wie zum Beispiel die Tatsache, dass noch keiner der Menschen auf meine Forderungen eingegangen war.

»War ich nicht deutlich genug?«, fragte ich und wölbte eine Braue. Keiner von ihnen konnte es sehen – sie starrten alle zu Boden, auch der mit der Waffe. »Ich brauche ein Auto und ein Telefon. Außerdem brauche ich einen Menschen, der mir hilft, einen Anruf zu tätigen.«

Vor allem, weil ich keine Ahnung hatte, welche Nummern ich wählen musste, um jemanden zu erreichen. Michael hatte mir vor ein paar Wochen geholfen, Jace anzurufen, und seither war die externe Verbindung nicht mehr verfügbar.

Ich musste zuerst Hazel anrufen und sie über meine Absicht informieren, ihr Gebiet zu betreten.

Was, wenn die Anrufe überwacht werden?

Aber Michael würde wahrscheinlich ohnehin jemanden hinter uns herschicken. Und vielleicht trugen wir sogar Peilsender.

Das bedeutete, dass ich diese Menschen dazu bringen musste, sich zu bewegen. *Und zwar sofort ...* »Jetzt!« Das letzte Wort sprach ich laut aus, meine Ungeduld wurde durch das Bellen in meiner Stimme unterstrichen.

»Keys«, hauchte derjenige mit der Waffe. *»Keys.«*

Ich runzelte die Stirn. »Ja, Schlüssel wären nützlich.«

Aber der Idiot schüttelte den Kopf und sein Zittern ließ mich fragen, warum man diesem Vigil eine Waffe anvertraut hatte. »N-nein, Ihr ...«

»Er hat mich gerufen«, sagte ein Typ mit tiefer Stimme, der gerade in meinem Blickfeld erschien. Er stand im Türrahmen eines der neuen Wohngebäude, nur dass es sich hier um ein Sicherheitsdepot handelte.

»Meine Einheit nennt mich *Keys*«, fuhr er fort, während er auf mich zusteuerte. »Ich bin Vigil Eins, der Leiter dieses Kontrollpunktes. Wie kann ich Euch helfen, Sire?« Er neigte den Kopf, seine Ehrerbietung war etwas verspätet. Zumindest nach den neuen Sitten.

»Ich brauche ein Auto, ein Telefon und einen Menschen, der weiß, wie man beides bedient«, wiederholte ich. »Und ich brauche das alles sofort.«

Er hob den Kopf und sah ihn verwundert an. »Nur zwei von uns hier können fahren, einer davon bin ich. Und ich bin der Einzige, der an den Kommunikationsgeräten ausgebildet wurde.«

»Dann gehört dieser Job wohl dir, Keys.« Ich starrte ihn erwartungsvoll an.

Auch wenn mein Gehirn ein Wirrwarr aus Wahrheiten und Lügen war, stand die Hierarchie unserer Realität fest – Vampire und Lykaner herrschten und Menschen dienten.

Ich hatte nur gedacht, dass das ganze Konzept dank Liliths Gedankenmanipulation meine Idee gewesen war.

Keys räusperte sich. »Richtig. Ja. Das …«

Ein schriller Alarm unterbrach ihn und er zuckte sichtlich zusammen. Die anderen Menschen reagierten ähnlich, alle waren plötzlich in höchster Alarmbereitschaft und suchten die Grenzen nach der Ursache für die Störung ab.

Ich wurde hellhörig, als ein Summen an meine Ohren drang, das von Keys' Handgelenk zu kommen schien.

Er reagierte fast eine Sekunde später, seine menschlichen Reflexe waren viel langsamer als meine. Ich hielt seinen Unterarm fest, bevor er auf den eingehenden Ruf antworten konnte, während Ismerelda in meinem Griff wackelte.

»Ignoriert die Warnungen! Nimm die Uhr ab und lass sie auf den Boden fallen! Dann konzentriere dich darauf, ein Auto und ein Telefon für mich zu finden.« Ich versah jedes Wort mit Manipulation, während ich den Menschen um uns herum mit einer Energiewelle befahl, zu schlafen.

Nicht viele meiner Art verfügten über ein solches Maß an vampirischer Überzeugungskraft.

Aber ich war kein gewöhnlicher Unsterblicher.

Ich war der älteste Vampir, den es gab.

Derjenige, der König sein sollte.

Der rechtmäßige Lehnsherr.

»Ja, Majestät«, antwortete Keys mit einem Schlucken und ließ seinen Blick über die Typen schweifen, die um uns herum lagen, während er seine Uhr abnahm.

»Ignoriere sie!«, wies ich ihn an. »Konzentriere dich auf meine Befehle!«

Ich richtete Ismerelda in meinem Griff, dann trat ich auf seine Uhr, bevor ich meine eigene fallen ließ – und auch auf diese trat.

Das hatte zwar keinen wirklichen Zweck, aber es besänftigte die Wut, die sich in mir zusammenbraute. Zumindest vorübergehend.

»Hier entlang, Majestät«, sagte der Mensch mit emotionsloser Stimme, während er meine Befehle befolgte.

Ich folgte ihm, während der Alarm auf den Uhren der Menschen, die wir hinter uns gelassen hatten, weiter schrillte. Das Geräusch hallte auch in der Ferne wider und verriet mir, dass noch mehr Menschen zu unserem aktuellen Standort geschickt wurden. Ich überprüfte unsere Umgebung in einem Radius von etwa einem Kilometer, ließ jeden Sterblichen, dem ich begegnete, zu Boden fallen und versetzte ihn in einen vorübergehenden Koma-ähnlichen Schlaf.

Es waren nicht viele Menschen, vielleicht drei Dutzend.

Und meine Sinne registrierten nicht einen einzigen Lykaner oder Vampir.

Sie waren entweder alle noch tief unter der Erde oder machten sich nicht die Mühe, mir zu folgen.

Zumindest nahm ich an, dass der Alarm unseretwegen ausgelöst worden war.

Eine Armee von Menschen würde nicht viel gegen mich ausrichten können. Außer vielleicht auf mich zu schießen, um mich vorübergehend außer Gefecht zu setzen. Aber dazu müssten sie wach, informiert und mutig genug sein, es zu versuchen.

Dein System hat Schwachstellen, Lilith, dachte ich. *So viele Schwachstellen.*

Keys führte mich zum Haus, wo er eine Chipkarte zog, um einen in die Wand eingebauten Stahlschrank direkt in der Tür digital zu öffnen. »Welches Auto möchtet Ihr, Sire? Wir haben …«

»Ich möchte das schnellste Auto, das ihr habt und das die weiteste Strecke zurücklegen kann, ohne dass ich anhalten muss.«

Er nickte und holte einen Schlüsselbund aus der obersten Reihe. »Dieses hier ist vollgetankt, sollte fünfzehnhundert Kilometer fahren können und erreicht eine Höchstgeschwindigkeit von fünfhundert Kilometern pro Stunde.«

Meine Augenbrauen wanderten nach oben. »Wirklich?« Das war … beeindruckend. Die Technik hatte sich eindeutig weiterentwickelt, während ich geschlafen hatte. »Das sollte genügen.«

Anstatt zu antworten, kümmerte er sich um den zweiten Gegenstand, um den ich gebeten hatte. »Ein Satellitentelefon«, sagte er und hielt es mir entgegen. Dann ratterte er eine Reihe von Ziffern runter und sagte, dass dies der Code für einen Anruf nach draußen sei.

»Behalte es fürs Erste bei dir und bring mich zum Auto!«, sagte ich, ohne das Telefon entgegenzunehmen.

Er gehorchte pflichtbewusst, seine Schritte waren eher träge als steif. Es schien fast so, als würde er meine Manipulation genießen, anstatt sie zu hassen.

Als wir eine elegante schwarze Limousine erreichten, nickte ich in Richtung der Hintertür. »Öffne sie!«

Er tat es, ohne dass ich ihn dazu zwingen musste.

Hmm. Ich setzte Ismerelda behutsam auf das weiche Leder im Innenraum, wobei ich sie wegen ihrer blutigen und zerschundenen Gestalt langsamer bewegte, als ich es normalerweise tun würde. Ich wollte einfach nicht riskieren, sie noch mehr zu verletzen. »Kennst du die Nummer von Hazel Region?«, fragte ich Keys.

»Ja, ich kenne die Nummer des Kontrollpunkts an der Grenze«, antwortete er.

»Gut. Ich möchte, dass du dort anrufst und sie wissen lässt, dass wir kommen.« Ich richtete mich auf und sah ihn an. »Und sag ihnen, dass du fährst!«

CAM

Dann ließ er sich auf den Fahrersitz gleiten, rief ein Navigationspanel auf, um uns nach Hazel Region zu lotsen – ich vergewisserte mich, indem ich ihn genau beobachtete –, und fuhr los.

Drei Stunden später schwieg er noch immer, den Blick auf die Straße gerichtet, als wir das ehemalige Bologna erreichten. Wir kamen gut voran, fuhren aber langsamer, als ich es hinter dem Steuer tun würde.

Es schien jedoch niemand hinter uns her zu sein.

Also ließ ich ihn unseren Weg fortsetzen, während ich ihn vom Rücksitz aus beobachtete.

Ich hatte mein Jackett ausgezogen und es um Ismerelda gewickelt, die mit geschlossenen Augen in meinem Schoß lag. Sie hatte sich nicht gerührt; meine geliebte Königin hatte sich tief in ihren eigenen Gedanken verschlossen. Ich wollte sie herauslocken, aber dazu musste ich sie erst einmal verstehen. *Uns* verstehen.

Also konzentrierte ich mich auf unsere Umgebung und ihre Erinnerungen. *Unsere* Erinnerungen. Erinnerungen, die ich vielleicht nie selbst durchleben würde.

Wie bin ich zu diesem Mann geworden?, fragte ich mich, verwirrt darüber, wie sanft ich Ismerelda behandelt hatte. Sie war meine eigene kleine Porzellanpuppe gewesen, ein wunderschönes Wesen, das ich nicht hatte verletzen wollen. Deshalb hatte ich sie in dieser unangreifbaren Vitrine zurückgelassen und alles in meiner Macht Stehende getan, um sicherzustellen, dass ihr nichts und niemand etwas antun konnte.

Hatte ich die Löwin, die in ihrem Blick lauerte, nicht bemerkt? Vielleicht war ich zu geblendet von meinem Herzen gewesen, zu verängstigt, sie zu verlieren, um mich auf etwas anderes zu konzentrieren als auf ihren Schutz?

Aber irgendwann hatte ich aus den Augen verloren, wer sie sein könnte. Was *wir* sein könnten.

Ich hatte sie in der Obhut eines anderen Mannes – eines *Lykaners* – zurückgelassen und war losgelaufen, um die Welt ohne sie zu retten.

Was für eine arrogante und egoistische Aktion.

Nichts hätte mir wichtiger sein dürfen als Ismereldas Leben. Doch ich hatte sie für alle anderen im Stich gelassen. Ich hatte das Schicksal der Menschheit über das Schicksal meiner *Erosita* gestellt.

Vielleicht war *egoistisch* nicht der richtige Ausdruck. Aber es fühlte sich so an.

Ich hatte mein eigenes Ziel wichtiger genommen als meine Beziehung zu Ismerelda. Ich hatte sie nicht nach ihrem Beitrag gefragt, sie nicht als Gleichberechtigte behandelt. Ich hatte einfach … gehandelt.

Dafür hegte sie einen gewissen Groll gegen mich. Dieser Groll war jedoch von Schuldgefühlen durchsetzt.

Denn sie wollte mich nicht für meine Entscheidung verantwortlich machen. Sie verstand sie. Sie wollte mich sogar dafür bewundern.

Aber tief im Inneren war sie verletzt. Wütend. *Und verängstigt.*

Eine solche Entscheidung hätte ein Gespräch erfordert. Doch das hatte es nicht gegeben.

Ich hatte sie einfach abgewürgt.

Und war *verschwunden.*

Ich fuhr mit den Fingern durch ihre verknoteten Strähnen. Meine Kehle arbeitete, während ich weiter in ihrem Kopf herumstöberte und mehr über unsere Geschichte – über *uns* – erfuhr.

Das meiste davon fühlte sich falsch an. Als beobachtete ich eine Vergangenheit, die ihr gehörte und nicht mir. In gewisser Weise tat sie das auch. Aber in all ihren Erinnerungen kam ein Mann vor, der genauso aussah wie ich. *Dunkle Haare. Blaue Augen. Markantes Kinn. Gerade Nase. Muskulös und schlank. Schmal zulaufende Taille. Schöner Hintern.*

Ihre Beschreibungen meines Aussehens amüsierten mich und ich lächelte.

Vielleicht würde sie mich hassen, wenn sie aufwachte, aber ein Teil von ihr würde mich immer noch wollen. So wie sie es schon die ganze Woche getan hatte.

Dieser Gedanke allerdings brachte mich dazu, an ihre seelische Verfassung zu denken – etwas, das ich völlig übersehen hatte, während ich in ihrer süßen Pussy versunken gewesen war.

Sie war unglücklich gewesen.

Manchmal auch ekstatisch. Aber im Großen und Ganzen … *gebrochen.*

Das hatte zu ihrem jetzigen Zustand geführt.

»Fuck«, hauchte ich und rieb mein Gesicht, als ihre Gedanken und Erinnerungen mich überrollten und ihre Hitze eher mein Herz als meine Leistengegend durchzuckte.

Sie hatte genossen, was ich mit ihr gemacht hatte, und es gleichzeitig gehasst. Denn ich hatte sie behandelt, als wäre sie nichts wert. Ein Fick-Spielzeug. *Jemand, den ich weder kannte noch respektierte.*

Damit lag sie nicht falsch.

Aber auch nicht ganz richtig.

Ich hatte sie grob behandelt, weil ich wusste, dass sie das aushalten konnte. Mehr noch, ich hatte gewusst, dass es ihre Lust verstärken würde, und das hatte es auch getan.

Aber sie war zu verzweifelt gewesen, um es wirklich zu genießen.

Sie war an einen Mann gewöhnt gewesen, der sie wie ein zerbrechliches Objekt behandelte, nicht wie eine Gleichgestellte.

Ein Fehler meines früheren Ichs, dachte ich. *Einen, den ich wiedergutmachen werde.*

Ismerelda war keine fügsame Puppe, sie war so viel mehr.

Du bist meine Königin, flüsterte ich ihr zu. *Warum habe ich dich nie verwandelt?*

Die Antwort blieb aus, denn ihre Erinnerungen berührten das Thema, dass sie kein Vampir geworden war, nicht sonderlich.

Haben wir nie darüber gesprochen?, fragte ich.

Hatte ich ihr Blut nicht aufgeben wollen? Oder hatte ich sie als Mensch behalten wollen, weil mir ihre Schwäche gefallen hatte?

Ersteres wäre ein praktischer Grund. Letzteres … ein egoistischer.

Seufzend konzentrierte ich mich wieder auf unsere

Umgebung und beobachtete die wilde Natur am Straßenrand. Schlingpflanzen und andere Gewächse hatten leer stehende Ladenfronten, Tankstellen und diverse Gebäude erobert. Es war offensichtlich, dass diese Gegend schon seit über hundert Jahren nicht mehr bewohnt wurde. Und abgesehen von der Straße hatte man sich um nichts gekümmert.

»Ist es überall so?«, fragte ich Keys. »Die heruntergekommenen Gebäude? Das unkontrollierte Grün?«

Der Mensch blinzelte in den Rückspiegel, bevor er sich wieder auf die Straße konzentrierte. »Ich … ich weiß es nicht, Majestät. Der Flughafen ist der am weitesten vom Konvent entfernte Ort, an dem ich je war. Abgesehen von meiner Zeit an der Blutuniversität jedenfalls. Aber dort … war es nicht so wie hier.«

Ich betrachtete ihn einen Moment lang. »Wie war es denn? An der Blutuniversität, meine ich.«

»Kalt«, antwortete er, ohne zu zögern. »Überall war Eis.«

»Hmm, eine der nordischen Schulen also«, vermutete ich und erinnerte mich an die Karte mit den Blutuniversität-Standorten.

Es gab zehn über den ganzen Globus verstreute Universitäten, einige davon auf willkürlichen Inseln und andere an Orten, die Vampire und Lykaner nicht für sich beanspruchen wollten – wie schneebedeckte Länder.

»Du warst also entweder in Svalbard oder in Grönland«, sagte ich. »Nicht, dass dir diese Namen jetzt noch etwas sagen würden.«

Er sagte nichts, sondern konzentrierte sich auf die Straße, aber ich bemerkte das subtile Interesse in seinen Gesichtszügen – das Aufblähen seiner Nasenlöcher, die Art und Weise, wie seine Kehle beim Schlucken arbeitete, und seine Augen, die noch einmal einen Blick auf mich im Spiegel warfen.

»Du hast keine Ahnung, wer ich bin, oder?«, fragte ich, und diese Erkenntnis war ein weiterer Schlag in die Magengrube.

Liliths Aufnahmen hatten besagt, dass die Menschen über Royals und Alphas unterrichtet wurden und dass unsere Identitäten bekannt waren und verehrt werden mussten.

Aber Keys hatte meinen Namen nicht erwähnt, als er vorhin seinen Anruf getätigt hatte.

Ich hatte nicht viel darüber nachgedacht, weil ich mich zunächst darauf konzentriert hatte, aus Rom zu verschwinden.

Doch jetzt erkannte ich den fatalen Fehler dieses Gesprächs.

»Hazel hat keine Ahnung, dass ich komme«, sinnierte ich laut, während der Mensch auf dem Fahrersitz wie erstarrt schien. »Hat das Personal am Kontrollpunkt nicht nach meiner Identität gefragt?«

»Ihr seid ein Vampir, Sire«, sagte Keys langsam. »Es steht uns nicht zu, nach einem Namen zu fragen.«

Ich musste fast lachen. »Natürlich.« *Denn Menschen dienen in dieser Welt.* »Aber du kennst mich doch gar nicht. Meinen Namen. Meine Herkunft. Meinen königlichen Status?«

Die Schultern des Menschen wurden starr und sein Blick kehrte lange genug in den Spiegel zurück, dass das Auto einen Schlenker machte.

»Konzentriere dich auf die Straße, Keys«, sagte ich freundlich. »Ich bin nicht sauer.« Zumindest nicht auf ihn. »Ich verarbeite nur … die Information, dass du keine Ahnung hast, wen du nach Slowenien fährst.«

Er verzog das Gesicht.

»Sorry – *Hazel Region*«, stellte ich klar. »Die Grenze für ihr Gebiet beginnt in Slowenien, einem Land aus der alten Welt. Ich nehme an, du hast noch nie davon gehört?«

Er schüttelte steif den Kopf.

»Weil du nur Gebiete und Clans kennst«, mutmaßte ich laut. »Das ist alles, was du wissen darfst.« Ich streichelte erneut Ismereldas Haare und ein weiterer Seufzer entwich mir. »Das ist Absicht. Wenn man die Sterblichen im Dunkeln lässt, sind sie leichter zu kontrollieren. Lilith hat mich davon überzeugt, dass das alles meine Idee war.«

Das ergab Sinn, denn intellektuell verstand ich ihre Entscheidung.

Aber Ismereldas Gedanken zu hören, führte mir vor Augen, dass mir bei all dem ein wichtiger Teil gefehlt hatte – meine Menschlichkeit.

Du bist der Grund, warum ich fühle, dachte ich und betrachtete den Engel auf meinem Schoß. *Du erdest mich. Du hilfst mir, mich an meine menschliche Natur zu erinnern. Du sorgst dafür, dass ich nicht zu einem kompletten Monster werde.*

Und all das hatte ich belohnt, indem ich sie im Stich gelassen hatte, um die Sterblichen zu retten.

Faszinierend, staunte ich. *Faszinierend und nervtötend.*

»Mein Name ist Cam«, sagte ich zu Keys und richtete meine Aufmerksamkeit wieder auf den kaum atmenden Menschen auf dem Fahrersitz. Er musste sich beruhigen und sich darauf konzentrieren, sicher zu fahren. Während ich einen Autounfall auf jeden Fall überleben würde, galt das nicht unbedingt für Ismerelda.

Oh, sie würde irgendwann wieder aufwachen.

Aber für eine Verzögerung dieser Art hatten wir keine Zeit.

Und sie würde ihr Gedächtnis verlieren, wie damals, als ich sie getötet habe, dachte ich und runzelte erneut die Stirn. *Fuck, ich bin ein Arschloch.*

Sie war so erleichtert gewesen, mich lebendig zu sehen, so begeistert von meiner Anwesenheit – und ich habe sie ... *leer getrunken.*

Ihr Geist ergänzte die Erinnerung, aber eben aus ihrer Perspektive, und zeigte mir den Schmerz dieses Moments. Ihr gebrochenes Herz. Ihre Annahme, dass Lilith ein böses Ebenbild meiner Person erschaffen hatte.

Nicht mein Cam, hatte sie oft gedacht. *Das ist nicht mein Cam.*

Aber ich war ihr Cam, das hatte sie bald herausgefunden. Dieser Moment schien fast so quälend gewesen zu sein wie der, in dem ich das Leben aus ihr herausgesaugt hatte. Vielleicht war er sogar noch quälender gewesen.

Schwer zu sagen.

Ismerelda hatte viele schmerzhafte Erinnerungen an die vergangenen zwei Wochen.

Meinetwegen.

Ich biss auf die Innenseite meiner Wange, meine Finger drohten sich zu Fäusten zu formen.

Das war alles so verdammt verkorkst. Ich hatte es vermasselt. *Verdammte Lilith!*

»S-seid Ihr ein neuer Royal?«, fragte der Mensch auf dem Fahrersitz. Seine Frage überraschte mich und lenkte mich von meiner mentalen Tirade ab. »Wenn ja, entschuldige ich mich, dass ich Euch nicht erkannt habe, mein Prinz.«

Ich schnaubte. »Ich bin mehr als ein Royal, Keys. Ich bin der verdammte König. Der älteste unter den Vampiren. Aber du kannst mich *Cam* nennen. Ich habe genug von falschen Plattitüden.«

Keys' Hände verkrampften sich am Lenkrad und seine entblößten Unterarme spannten sich an. Nach dem, was er über seinen Universitätsbesuch erzählt hatte, war ich nicht überrascht, dass er ärmellose Arbeitskleidung trug. Im Vergleich zur Arktis fühlte sich diese Region der Welt wahrscheinlich wie die Hölle an.

»Der älteste?«, wiederholte er und runzelte die Stirn, als er sein Spiegelbild betrachtete.

»Ich nehme an, das habt ihr in eurem Vampir-Politik-Kurs nicht gelernt?«

»Sie haben uns alle Namen der Royals und die dazugehörigen Details beigebracht. Kylan gilt als der älteste unter den Vampiren.« Er schluckte. »Ich kann mich nicht erinnern, etwas über Euch gehört zu haben ...«

Sein Zögern schien weniger mit Ungläubigkeit als mit Nervosität zu tun zu haben – als hätte er Angst, dass er gerade bei einem Test durchgefallen war.

»Nein, vermutlich nicht. Es scheint, dass meine Existenz ein Geheimnis ist.« Das war ganz und gar nicht das, was man mir vorgegaukelt hatte.

Eine weitere Lüge in einem Meer von Unwahrheiten. *Schockierend.*

»Ich bin älter als Kylan, aber nicht wesentlich.« Ein paar Jahrhunderte, vielleicht. Ich war mir nicht ganz sicher. »Zeit wird nach so vielen Jahrtausenden irrelevant.«

Zeit und viele andere Dinge, dachte ich, während ich meine Finger immer noch in Ismereldas Haaren vergrub. *Als wir uns kennenlernten, war meine Menschlichkeit fast verloren. Du hast mir geholfen, meinen Glauben an die Menschheit wiederherzustellen.*

Zumindest hatte ich das aus ihren Gedanken herausgelesen.

Vielleicht hast du diesen Glauben etwas zu gut wiederhergestellt.

Warum sonst sollte ich alles für Menschenleben opfern?

»Was hast du an der Universität noch über die Welt gelernt?«, fragte ich, neugierig darauf, was die Sterblichen heute wirklich dachten. »Erzähl mir von einem durchschnittlichen Unterrichtstag und was du dort gelernt hast.«

Keys räusperte sich; seine Angst hing wie ein stechender Geruch in der Luft. Ich hätte sie fast kommentiert, aber er schien sie im nächsten Atemzug selbst zu verdrängen, denn er straffte die Schultern, konzentrierte sich wieder auf die Straße und erzählte.

Er führte mich durch seinen durchschnittlichen Tag, der aus Sexualkunde, Sporttraining und Kursen zur Vorbereitung auf die Welt bestand.

Vampir-Politik – wie bereits erwähnt.

Lykanische Hierarchie.

Übungen für die Dienstleistungsbranche.

Unterricht in Allgemeinbildung – Mathematik, schriftliche Kommunikation, mündlicher Gehorsam.

Geschichte.

Ich stellte ihm Fragen zum letzten Punkt; meine Belustigung wuchs von Minute zu Minute.

»Das ist absoluter Schwachsinn.« Alles, was man ihm über die Entstehung der Welt beigebracht hatte, war gelogen. »Früher haben die Menschen geherrscht. Vampire und Lykaner haben sich gewehrt, nachdem die Regierungen der Sterblichen versucht hatten, die Wandler mit Waffen zu bekämpfen.«

Ich war mir nicht sicher, warum ich mir die Mühe machte, ihm das alles zu erzählen.

Vielleicht benötigte ich einfach eine Art Zeitvertreib. Vielleicht lag es daran, dass er mich beeindruckt hatte. Abgesehen von meiner anfänglichen Manipulation hatte ich keine weitere Überzeugungsarbeit leisten müssen. Er hatte einfach gehorcht. Und er hatte sich nicht sonderlich gefürchtet.

Zumindest nicht, bis er erkannt hatte, wer ich war.

Aber selbst jetzt war er wieder entspannt und nahm alle Informationen gelassen hin.

»Bist du es gewohnt, dass Vampire mit dir reden?«, fragte ich ihn. »Da du der Anführer deiner Einheit bist, kann ich mir vorstellen, dass das oft vorkommt.«

Er hob eine Schulter. »Normalerweise treffe ich mich mit ein oder zwei Vampiren pro Woche. Aber unsere Gespräche dauern höchstens fünf Minuten. Nicht so wie jetzt.«

»Dann gehst du seltsam gelassen mit dieser Situation um.«

»Ich habe schon vor langer Zeit gelernt, dass es keinen Sinn hat, in ständiger Angst vor dem zu leben, was sein könnte. Es ist besser, die Situation so anzunehmen, wie sie ist.«

»Ein weiser Ansatz«, gab ich zu. »Ich nehme an, dass er Liliths Zielen zuwiderläuft. Aber sie wäre zu blind gewesen, um das zu erkennen.«

Keys antwortete nicht, aber ich merkte, dass er angesichts meines Tonfalls zusammenzuckte. Vielleicht war es aber auch nur Liliths Name, der ihn störte. Wahrscheinlich hatte man ihm beigebracht, sie nur mit *Göttin* anzusprechen.

Ich hätte fast gegrunzt.

Kein Wunder, dass mich ihre Stimme so irritierte, grummelte ich vor mich hin. *Denn sie hatte mich damit über ein Jahrhundert lang gequält.*

Mein Blick kehrte zu Ismerelda zurück und ich konzentrierte mich wieder auf ihre Psyche, während ich weitere Erinnerungen durchstöberte. Weitere Wahrheiten. Weiteren Schmerz.

Sie hatte sich irgendwo tief in den Tiefen ihres Geistes verkrochen und weigerte sich, herauszukommen. Als hätte sie ihr Leben aufgegeben. Ihre Existenz. *Uns.*

Ich hatte versucht, ihr etwas von meinem Blut zu geben, als wir uns im Auto niedergelassen hatten, aber sie hatte sich geweigert, zu schlucken. Meine Essenz verweilte noch immer auf ihren Lippen, aber ihr Körper lehnte mich ab.

Du kannst dich da nicht ewig verstecken, meine Königin, flüsterte ich ihr zu. *Ich werde dich finden und herauszerren, wenn es sein muss.*

Das war wahrscheinlich der falsche Ansatz. Aber ich musste sie aufwecken. Wir waren im Begriff, das Gebiet eines anderen Vampirs zu betreten, in einer Welt, der ich nicht vertraute und die ich nicht kannte. Ismerelda war die Einzige, auf die ich mich verlassen konnte.

Außerdem wollte ich mich … *entschuldigen.*

Das Wort ließ mich innehalten. Ich konnte mich nicht erinnern, wann ich mich zuletzt für etwas hatte *entschuldigen* müssen. Zugegeben, das letzte Jahrtausend war etwas verschwommen, aber meine Erinnerungen an die Zeit vor meiner Begegnung mit Ismerelda waren noch sehr intakt.

Cane?, dachte ich und runzelte die Stirn. *Ist er der Letzte, bei dem ich mich entschuldigt habe?*

Ich hatte versehentlich sein menschliches Haustier getötet. Nicht direkt, aber indirekt. Sie hatte mir ihr Blut angeboten. Ich hatte angenommen und sie dann zurückgelassen, damit er sie heilen konnte.

Allerdings war er nicht derjenige gewesen, der sie fast leersaugt in ihrer Bleibe gefunden hatte.

Das war ein anderer Mann gewesen.

Und er hatte ihre Schwäche ausgenutzt, bevor er ihr die Kehle aufgeschlitzt hatte.

Eine grausame Vorstellung, angesichts derer ich einen Hauch von Reue verspürte. Cane war nicht sonderlich betroffen gewesen. Er hatte die Achseln gezuckt und eine Woche später ein neues Haustier gefunden. Trotzdem hatte ich das Bedürfnis verspürt, mein Bedauern zu äußern. Und das hatte ich auch getan.

Aber *diese* Sache mit Ismerelda löste weit mehr als nur eine *Ahnung* von Schuld aus.

Ich hatte sie auf eine Weise verletzt, die meine Seele verbrannte. Ich schuldete ihr weit mehr als nur Worte.

»Wer ist sie …?«, flüsterte Keys und versuchte dann sofort, die Worte mit einem Husten zu überspielen.

Ich wölbte eine Augenbraue in Richtung seines Spiegelbilds. »Wolltest du gerade nach meiner *Erosita* fragen?« Ich streichelte noch immer ihre blonden Strähnen, die Knoten waren längst gelöst, obwohl Blut an einigen Haarsträhnen klebte.

Sie brauchte ein Bad.

Eine ausgedehnte Behandlung.

Essen.

Mitgefühl.

»Ero…?«, wiederholte Keys.

»*Erosita*«, sagte ich wieder. »Das ist ein ausgefallener Begriff für die menschliche Gefährtin eines Vampirs. Und sehr selten. Vor allem, weil meine Art sich schnell langweilt. Aber ich bin Ismerelda nie überdrüssig geworden.« Das zeigte sich nicht nur in ihren Erinnerungen, sondern auch darin, dass ich innerhalb kürzester Zeit wie besessen von ihr geworden war. »Sie gehört mir.«

Keys sah zu mir auf und dann wieder auf die Straße; sein Blick war ausdruckslos.

Seine Fähigkeit, seine Reaktionen zu verbergen, war wirklich beeindruckend. Und vielleicht auch ein bisschen traurig. Vor allem, weil ich annehmen konnte, dass ihm diese Disziplin eingeprügelt worden war.

Liliths Programm für die Menschen bestand darin, ihre Gefühle auszuschalten, um sie zu schweigsamen und willigen Blutbeuteln zu machen. Zumindest außerhalb des Schlafzimmers.

Ein wenig davon hatte ich bei den Blutjungfrauen mitbekommen.

Die Blutuniversitäten hatten wahrscheinlich ähnliche Ausbildungsmethoden.

»Du kannst in meiner Gegenwart frei sprechen und reagieren, Keys«, sagte ich. »Das wäre eigentlich ganz erfrischend nach all den Lügen, die man mir erzählt hat.«

Sein Griff um das Lenkrad wurde fester als zuvor und sein Bizeps spannte sich an. Das war die einzige Regung, mit der er sein Unbehagen ausdrückte.

»Das ist kein Test«, fügte ich hinzu. »Du kannst nicht durchfallen. Und ich werde dir nicht wehtun.« Wenn überhaupt, würde ich ihn vielleicht sogar belohnen.

Vorausgesetzt, bei Hazel läuft alles glatt …

Ich hatte Hazel in meiner langen Geschichte schon mehrmals getroffen, aber ich hatte keine Ahnung, zu was für einem Vampir sie sich entwickelt hatte, während ich unpässlich gewesen war. »Sag mir, was du über Hazel weißt, Keys.«

Denn ich könnte jetzt jede Hilfe gebrauchen, die ich bekommen konnte. Selbst kleine Details könnten nützlich sein.

Zum Beispiel, ob Hazel diese neue Lebensweise zu unterstützen scheint oder ob sie sich gegen das stellt, was aus dieser Welt geworden ist …

CAM

»Prinzessin Hazel regiert Hazel Region«, informierte mich Keys, wobei seine Aussage verdammt offensichtlich und reine Zeitverschwendung war. »Sie hat fünf Landesherren, zwei …«

»Die Politik interessiert mich nicht, Keys. Ich frage nach Hazel als Vampirin. Ist sie gütig? Grausam? Einer von Liliths ehemaligen Lakaien? Eine Schlampe? Wie ist ihr Charakter heutzutage?«

Keys erstarrte wieder und Entsetzen rollte in einer spürbaren Welle von ihm ab. »Ich weiß nicht, wie ich das beantworten soll, mein Prinz.«

»Am besten ganz offen«, antwortete ich. »Und nenn mich nie wieder *mein Prinz*, sonst überlege ich mir, ob ich dich hier sitzen lasse, während ich das Auto nehme.«

Das würde ich nicht tun. Obwohl ich den Menschen

kaum kannte, mochte ich Keys. Vielleicht, weil er mir in meiner Not geholfen hatte.

Nicht, dass er eine Wahl gehabt hätte.

Aber er hatte sich auch nicht gerade gewehrt.

»Ich … ich kenne Prinzessin Hazel nicht«, flüsterte er und ich konnte seine Emotionen unter dem stoischen Schleier hervorblitzen sehen.

»Sicherlich diskutiert ihr über die Royals doch im Privaten? Um Gerüchte auszutauschen?«

Er schüttelte den Kopf. »Nein, mein …« Er hustete erneut und versuchte, die Worte zu maskieren, die er gerade hatte sagen wollen. »Es ist gegen die Regeln, solche Dinge zu besprechen. Außerdem habe ich niemanden, mit dem ich das tun könnte.«

»Was ist mit den Männern in deiner Einheit?«

Er blinzelte in den Spiegel. »Unser Fokus liegt auf der Sicherheit, nicht auf dem Reden.«

»Müsst ihr nicht kommunizieren, um eure Arbeit ordentlich zu machen?«, drängte ich.

»Unsere Diskussionen beschränken sich auf das, was wir sehen. Wenn wir keine Schicht haben, trainieren, essen oder schlafen wir.«

»Es gibt also keine Geselligkeit«, übersetzte ich.

»Geselliges Beisammensein ist verboten«, erklärte er, wobei sich die Aussage mehr wie eine eingebläute Regel und nicht wie sein persönliches Mantra anhörte.

»Ich verstehe.« Ich hatte nicht viel Zeit damit verbracht, die Akten der Blutuniversitäten zu studieren; ich hatte nur die Details des Lehrplans geprüft, nicht aber die tatsächliche Ausführung dessen.

»Es ist uns auch erlaubt, dreimal am Tag zu beten«, fügte er hinzu. »Normalerweise vor dem Essen, um der Göttin für alles zu danken, was sie tut.«

Ich lachte. »Dreimal am Tag beten? Zu Lilith?« Sie

hatte erwähnt, dass sie die Rolle der *Göttin* übernehmen würde, wie *ich* es ihr angeblich empfohlen hatte. »Fuck, das ist echt absurd.«

Jetzt verstand ich Ismereldas Gefühle bezüglich Liliths Tod. Auch ich war neidisch, dass ich nicht derjenige gewesen war, der die Schlampe in Stücke gerissen hatte.

Das Auto machte einen weiteren Schlenker und ein weiterer Anflug von Überraschung kratzte an Keys' Maske.

»Sie ist keine Göttin«, informierte ich ihn. »Sie ist ein Vampir. Oder sie war ein Vampir. Bis Ryder sie getötet hat.«

Keys' Fuß rutschte weg und das Auto machte einen Satz. »*W-was?*«

»Tief durchatmen, Mensch. Dein Herz schlägt viel zu schnell für deine sterbliche Form.« Und ich wollte wirklich nicht, dass er einen Unfall baute.

Ich wollte ihn gerade manipulieren, sich zu beruhigen, als er es allein schaffte, seine Emotionen in den Griff zu bekommen. Seine Atmung beruhigte sich innerhalb einer Minute nach seinem Ausrasten wieder.

»Ich nehme an, dass die Nachricht von Liliths Ableben bislang nicht in den Kreisen der Sterblichen angekommen ist«, murmelte ich. »Vielleicht sind die Kommunikationsprobleme, von denen Michael berichtet hat, ja wahr.«

Ismereldas Gedanken sagten mir jedoch, dass sie das bezweifelte. Als die Situation zum ersten Mal aufgetreten war, hatte sie Michaels Aufrichtigkeit infrage gestellt. Vor allem, weil sie bemerkt hatte, dass mein Laptop nie mit dem Internet verbunden gewesen war, sondern nur mit dem Intranet. Mein Computer hatte also nur Zugriff auf interne Dateien, nicht auf externe.

Hmm, du weißt also doch mehr über Computer, als du zugibst, dachte ich und lächelte belustigt angesichts dieser

Offenbarung in ihren Gedanken. *Du hast mich ausgetrickst wie eine richtige Königin. Gefällt mir.*

Sogar die Art und Weise, wie sie mich getestet hatte, war clever: Sie hatte behauptet, oft für mich gekocht zu haben – wohl wissend, dass der *echte* Cam diese Lüge durchschauen würde.

Denn offensichtlich konnte sie absolut nicht kochen.

Zum Glück war es nicht so weit gekommen.

»Ich … ich … Die Göttin?«, stotterte Keys. »Die Göttin ist …« Ein Klingeln unterbrach sein Geschwafel und seine Aufmerksamkeit fiel sofort auf das Armaturenbrett. »Es ist … der Hazel-Region-Checkpoint.«

»Geh ran«, sagte ich ruhig, da ich diesen Anruf erwartet hatte. Er hatte den Kontrollpunkt gewarnt, dass ein Vampir auf dem Weg war, aber er hatte nicht gesagt, um welchen Vampir es sich handelte.

Nach dem, was ich in den Akten gelesen hatte, gab es in dieser neuen Welt Protokolle über Reisen und Besuche anderer Clans und Regionen. Der Anrufer wollte meine Identität und wissen, welcher Royal diese Reise genehmigt hatte.

Dieser Vampir würde gleich eine echte Überraschung erleben.

Doch als der Bildschirm über dem Armaturenbrett erschien, zeigte er eine Frau, die ich nicht erkannte. *Gelockte braune Haare. Ein schmales Gesicht. Graue Augen. Gebräunte Haut.* Auf jeden Fall eine einzigartige Erscheinung. Und wunderschön. Auf jeden Fall eine Vampirin. Aber ich kannte sie nicht.

»Wie alt bist du?«, fragte ich, bevor sie etwas sagen konnte, während ihre grauen Augen von meinem Fahrer zu mir auf den Rücksitz huschten.

Der transparente Bildschirm erinnerte mich an einige der Technologien, die ich in Liliths Laboren gesehen hatte.

»Wer bist du?«, fragte sie und ignorierte meine Frage.

»Jemand, den du nicht befragen solltest, Jüngling«, antwortete ich barsch. »Nenne dein Alter!«

Sie musste frisch verwandelt sein. Ich konnte es an der kaum unterdrückten Wut sehen, die in ihrem Blick glitzerte – diese aufkeimende Wut war zu frisch, um zu einem älteren Vampir zu gehören. Sie hatte ihre Gefühle noch nicht im Griff.

Und selbst mit dem Trainingsprogramm, das Lilith für die Sterblichen erstellt hatte, würde die Verwandlung in einen Vampir all das hart erarbeitete Training zunichtemachen.

»Du bist weniger als ein Jahrhundert alt. Vielleicht höchstens ein oder zwei Jahrzehnte?«, drängte ich.

Ihre Züge wurden hart. »Ich wurde vor zwölf Jahren von Deirdre verwandelt.«

Meine Augenbrauen wanderten nach oben. »Schwarze Haare, blasser Teint, ein Faible fürs Fechten?« Die sich weitenden Nasenlöcher der Frau bestätigten meine Beschreibung. »Ruf sie an und sag ihr, dass Cam auf dem Weg ist. Sie wird wissen, was zu tun ist.« Ich streckte die Hand aus, um den Bildschirm auszumachen – eine Methode, die Michael mir vor ein paar Wochen beigebracht hatte.

Das Bild löste sich auf, das Hologramm schwebte nicht länger vor mir.

»Ihr Name ist Abigail«, sagte Keys nach einem Moment. »Sie hat den Cup der Unsterblichkeit gewonnen, als ich fünfzehn war.«

»Hmm«, brummte ich und rief mir alle Details in Erinnerung, die ich in Liliths Akten über den Cup der Unsterblichkeit gelesen hatte. »Jedes Jahr gewinnen zwei

Sterbliche die Unsterblichkeit.« Es war ein cleverer Trick, um die Sterblichen zu kontrollieren und sie zu zwingen, gegeneinander anzutreten, anstatt zusammenzuarbeiten. »Wolltest du mitmachen?«

»Natürlich«, antwortete er. »Das wollen wir alle.«

»Du willst also unsterblich sein?«

»Es ist besser, als sterblich zu sein.«

»Vampir oder Lykaner?«, sinnierte ich. »Was würdest du wählen?«

»Was bringt es, von etwas zu träumen, das niemals passieren kann?«

»Nun, das ist kein positiver Ansatz«, sagte ich. »Du hast den ältesten aller Vampire auf deinem Rücksitz. Du hast keine Ahnung von der Macht, die direkt hinter dir lauert, Keys.« Ich würde ihn nicht verwandeln. Zumindest nicht jetzt. Aber ich könnte es.

Oder ich würde ihn vielleicht jemand anderem empfehlen.

»Ich kann nicht beim Cup der Unsterblichkeit antreten«, antwortete er.

»Vielleicht musst du das auch gar nicht«, gab ich zurück. »Also beantworte meine Frage – Lykaner oder Vampir?« Denn er musste darüber nachgedacht haben. Vor allem, wenn er um die Unsterblichkeit hatte kämpfen wollen.

Alle Menschen besaßen Träume.

Auch Vampire und Lykaner.

Das war ein Teil des Lebens.

Es sei denn, Liliths Eskapaden haben diese Seite der Menschheit völlig zerstört, dachte ich und verzog das Gesicht, als ich meine *Erosita* betrachtete. *Wann hast du das letzte Mal geträumt, kleine Löwin?*

Ihr Verstand verriet es mir blitzschnell und die Bilder meiner Person erwärmten mein Herz. Bis diese Träume mit der Realität verschmolzen.

Ihr letzter Traum war besonders stark gewesen. Sie hatte geträumt, dass meine Erinnerungen zurückgekehrt waren, um dann festzustellen, dass ich sie wach gefickt hatte … und ganz und gar nicht der war, den sie sich gerade ausgemalt hatte.

Die Erkenntnis, dass ich immer noch ein Monster war, hatte ihr Herz in tausend Stücke zerspringen lassen und sie fast gebrochen.

Ich schluckte und das Brennen in meiner Brust war ziemlich unangenehm. Es gefiel mir nicht, dass sie mich so nannte. Oh, ich war definitiv eine Bestie. Ein Raubtier in einem eleganten Anzug. Aber ein Monster? Nicht ihr gegenüber. Niemals. Nur für ihren Vorteil.

»Vampir«, meinte Keys und lenkte mich von Ismereldas Schmerz ab. »Ich würde mich dafür entscheiden, ein Vampir zu sein.«

»Warum?« Die Ablenkung tat mir gut.

»Die Verwandlung in einen Wolf sagt mir nicht zu. Ich bevorzuge Geschwindigkeit – und zwar auf zwei Beinen statt auf vier.« Er zuckte mit den Schultern. »Außerdem sind Vampirbisse sanfter als Wolfsbisse.«

Daraufhin schnaubte ich. »Korrekt.« Aber wenn ich mein inneres Tier freilassen könnte, wäre er auf jeden Fall ein großer, einschüchternder Wolf.

Leider war ich nur ein Vampir. Aber mein Geist war unbestreitbar wild.

Keys sagte nichts weiter, seine Haltung war entspannt, während er fuhr.

Ich warf einen Blick auf die Karte und stellte fest, dass wir noch zwei Stunden bis zum Kontrollpunkt vor uns hatten – vor allem, weil Keys ein sicheres und kein schnelles Tempo fuhr.

Wäre es nur um mich gegangen, hätte ich verlangt,

dass er schneller fuhr. Aber für Ismerelda war dieses Tempo in Ordnung, vor allem, weil es für die Autobatterie am effizientesten zu sein schien.

Niemand sonst war auf der Straße. Da waren keine Anzeichen von Leben. Keine Sicherheitsdienste. Kein Hinweis auf Wartungspersonal, obwohl ich wusste, dass es dieses geben musste. Diese gepflasterten Straßen waren zu sauber und gepflegt, um völlig verlassen zu sein.

Wahrscheinlich hatte Lilith die Arbeit an sterbliche Teams vergeben.

Servicekräfte.

Besser als ihr Abendessen zu werden, dachte ich.

Natürlich war das das Schicksal aller Menschen. *Inklusive der Vigils.*

Keys' Kommentar, dass er die Zukunft nicht fürchtete, war wahrscheinlich der Grund, warum er jetzt seine Fassung bewahrte, während er ein Raubtier mitten durchs Nirgendwo in ein anderes Gebiet fuhr.

Er musste sich fragen, ob er gleich zum Abendessen werden würde.

Ich wollte schon etwas dazu sagen, als das Telefon erneut klingelte.

Keys warf einen Blick auf den Bildschirm. »Ich erkenne die Nummer nicht.«

»Geh trotzdem ran«, sagte ich und erwartete, Deirdre oder Abigail auf dem Display zu sehen.

Aber keine der beiden erschien, als Keys die Annahmetaste betätigte.

Stattdessen war es Hazel.

Ihre dunkelbraunen Augen trafen augenblicklich auf meine, und Bestürzung huschte über ihre feinen Züge, als Keys mit den Fingern schnippte und den transparenten Bildschirm vor mein Gesicht schickte.

»Mein Gott«, flüsterte Hazel.

»Kein Name, auf den ich jemals geantwortet habe«, sagte ich trocken.

Sie stieß ein leises Schnauben aus und schüttelte den Kopf. »Wo zum Teufel warst du?«

»Eingesperrt in einer Zelle unter dem Vatikan«, antwortete ich wahrheitsgemäß. Es hatte keinen Sinn, Rätsel zu formulieren oder Zeit zu schinden. Ich musste wissen, ob Hazel eine Feindin oder eine potenzielle Verbündete war.

Und es gab nur eine Möglichkeit, das über das Telefon zu bestimmen. Ich musste ihre Reaktionen auf die Wahrheit testen.

»Das sind jedenfalls die Infos, die ich bisher bekommen habe«, fuhr ich fort. »Angeblich hat Lilith eine Waffe entwickelt, die Vampiren den Verstand rauben kann. Sie hat sie benutzt, um mich gefangen zu halten und dann tausend Jahre meiner Erinnerungen zu zerstören.«

Hazel starrte mich an und ihre Lippen teilten sich geräuschlos.

Auf diese Reaktion hatte ich gehofft, denn sie bestätigte, dass sie nichts von Liliths Machenschaften gewusst hatte. Mehr noch, sie war nicht amüsiert, sondern fassungslos. Und das nicht auf eine positive Art und Weise.

Vielleicht ist sie aber auch nur eine gute Schauspielerin.

Es gibt nur einen Weg, das herauszufinden …

»Die Technologie greift den Teil des Geistes an, in dem das *Erosita*-Band existiert«, fuhr ich fort. »Ryder hat das vor Kurzem selbst erlebt. Ich glaube, du weißt, wie das ausgegangen ist.«

Damit meinte ich natürlich, dass Ryder ein Video von sich mit Liliths abgetrenntem Kopf für die ganze Allianz veröffentlicht hatte, kurz nach Lajos' Enthauptung durch Jace.

»Das sind schwere Anschuldigungen …«, sagte sie

langsam und räusperte sich schließlich. »Hast du Beweise?«

»Mein plötzliches Auftauchen und meine Erklärung reichen dir nicht aus?«, fragte ich sie.

»Übers Telefon?«, konterte sie und schnaubte. »Nein.«

Meine Lippen kräuselten sich. »Dann muss ein persönliches Treffen entscheiden.« Denn wenn wir uns persönlich trafen, würde sie die Wahrheit erfahren.

Und ich folglich auch.

»In der Tat«, stimmte sie zu. »Ich werde außerdem Ryder kontaktieren, um deine Geschichte zu bestätigen.«

Ich übersetzte das so, dass sie ihn zu einem Besuch nach Hazel Region einladen wollte.

»Ich schlage vor, auch Jace zu befragen. Er kann wortgewandter sein als Ryder.« Und damit meinte ich, dass Jace die Politik der Vampire verstand und seine royalen Kollegen respektierte. Er würde als geschickter Vermittler dienen. Ein Übersetzer für Ryders Unverblümtheit.

Vorausgesetzt, Ryder würde das überhaupt zulassen.

»Ich werde es in Betracht ziehen«, räumte Hazel ein. »Abigail holt dich am Kontrollpunkt ab und bringt dich nach Deirdre City.«

Ich starrte sie an. »Wohin?«

Sie blinzelte. »Einstiges Bled.«

»Oh.« Richtig. Die restlichen funktionierenden Städte in dieser neuen Welt waren nach Royals und ihren Herrschern benannt worden. Ich hatte noch nicht alle Hierarchien studiert. »Keys bringt mich hin.«

»Keys?«, wiederholte sie.

»Meine menschliche Eskorte. Er steht jetzt unter meinem Schutz. Genau wie Ismerelda.« Ich schaute nach unten und dann wieder nach oben, als Hazel meinem Blick zu meiner *Erosita* folgte. Die royale Vampirin war so sehr von meinem Erscheinen gefesselt gewesen, dass sie die Frau in meinem Schoß gar nicht bemerkt hatte.

Sie schluckte und ihre braunen Augen flackerten. Eine Emotion, die ich nicht genau definieren konnte. Überraschung, vielleicht. Überraschung und … *Erleichterung?*

»Ich freue mich darauf, euch beide bald wiederzusehen«, sagte Hazel leise. »Abigail wird euch am Checkpoint treffen und euch begleiten. Eure menschliche Eskorte – *Keys* – kann euch folgen.«

Ihre Worte waren eine förmliche Einladung in ihr Gebiet, für die ich dankbar war. »Danke, Hazel.«

»Dank mir noch nicht«, antwortete sie und beendete das Gespräch.

Ich lächelte. Es war schon eine Weile her, dass ich mit der alten Vampirin gesprochen hatte. Aber sie schien sich nicht sehr verändert zu haben. Sie war immer noch förmlich – was mich an Jace erinnerte –, aber mit einem Hauch von Mitgefühl.

Das Ganze könnte eine List und sie eine von Liliths ehemaligen Verbündeten sein. Aber mein Instinkt verriet mir, dass dem nicht so war.

In den Akten war sie nicht als Unterstützerin der Sache vermerkt worden, sondern als neutral.

Dann hatte Mira behauptet, dass Hazel nicht vertrauenswürdig und ihr Streit mit Lilith allgemein bekannt war.

Was stimmt also?, fragte ich mich. *Ist sie neutral? Oder ist sie gegen diese neue Welt?*

Das würde ich bald herausfinden.

In der Zwischenzeit würde ich mich auf einen mentalen Kampf vorbereiten. *Und versuchen, Ismerelda zu wecken.*

JACE

»Und?«, fragte ich, als ich die behelfsmäßige Kommandozentrale meines Turms betrat.

Damien blickte von seinen Monitoren auf. »Du bist genauso schlimm wie Ryder«, sagte er. »Du schaust ständig vorbei, obwohl du genau weißt, dass ich dich sofort auf den neuesten Stand bringe, wenn ich etwas zu berichten habe.«

Ich schnaubte. »Vielleicht will ich nur einen Grund haben, dich zu sehen.«

»Pass auf, sonst machst du deine hübsche Ärztin noch eifersüchtig.«

»Pah«, erwiderte besagte Ärztin – Calina – hinter mir trocken wie immer. »Du kannst ihn haben.« Ich hob die Augenbrauen.

Dein Verstand sagt etwas anderes, kleine Hexe, informierte ich sie. *Genau wie der süße Duft, der zwischen deinen Schenkeln blüht. Ziehst du in Erwägung, Damien für einen vergnüglichen Abend einzuladen?*

Ihre blaugrünen Augen funkelten, als sie meinen Blick erwiderte. *Nein. Ich mag ihn lieber lebendig. Und wir wissen beide, dass du ihn umbringen würdest, sollte er mich auch nur anfassen.*

Ich lächelte. *Also hast du darüber nachgedacht.*

Du hast Zugang zu meinen Gedanken, antwortete sie. *Habe ich darüber nachgedacht?*

Hmm, brummte ich, als ich ihre Gedanken durchforstete und feststellte, dass ihre gesamte sinnliche Intrige auf mich gerichtet gewesen war. *Und ich dachte, Menschen wären für die natürlichen Talente eines Vampirs empfänglich, was alle Vampire von Natur aus unwiderstehlich und verführerisch macht.*

Die Worte waren eine Anspielung auf ein Gespräch, das meine *Erosita* und ich kurz nach unserem Kennenlernen geführt hatten. Damals hatte sie mir erklärt, dass ihre Faszination für mich einfach eine Reaktion auf meine vampirischen Gene war.

»Ich werde von einem Spitzenprädator umgarnt, der seine Beute mit verführerischen Eigenschaften lockt«, hatte sie gesagt. »Natürlich bin ich erregt.«

Wie wir vor Kurzem festgestellt haben, bin ich kein Mensch, erinnerte sie mich jetzt. *Daher entspreche ich nicht länger den Kriterien.*

Ein Lachen entwich mir, woraufhin Damien laut aufseufzte. »Wenn ihr Gedankensex haben wollt, dann bitte woanders. Ich muss mich konzentrieren.«

Es gab nur wenige Männer, die so mit mir reden konnten.

Zu seinem Glück stand Damien auf dieser kurzen Liste.

»Was können wir tun, um zu helfen?«, fragte ich ihn.

»Abgesehen davon, dass wir dich in Ruhe lassen?« Den letzten Teil fügte ich hinzu, weil ich wusste, dass das seine Empfehlung sein würde.

Er seufzte und das Tattoo auf seinem linken Arm dehnte sich auf seiner blassen Haut, als sich seine Muskeln anspannten. »Ich habe alles versucht, was mir eingefallen ist, um ihren technologischen Blackout zu durchbrechen. Da waren ein paar Verbindungsspitzen, die mir verraten haben, dass sie die Satelliten aus Kommunikationsgründen bisweilen anfunken, aber ansonsten ist es dunkel.«

»Ein typisches Lilith-Protokoll.« Calina band ihre langen blonden Haare zu einem Pferdeschwanz zusammen, während sie ihren Blick auf die Bildschirme richtete. »Früher hat sie den Bunker des Öfteren für Übungen abgeriegelt. Aber nie für so lange.«

Ich nickte, denn so viel hatte ich aus Calinas Gedanken entnommen. Sie hatte sich keine Sorgen gemacht, als der Bunker, in dem Cam und jetzt Ismerelda untergebracht waren, einen Tag lang stumm geblieben war. Aber nach einer Woche hatte auch sie das Protokoll infrage gestellt.

Jetzt, nach zwei Wochen, war sie besorgt.

Damien fuhr mit den Fingern durch seine dichten dunklen Haare. »Ich habe versucht, verschiedene Kanäle und Frequenzen zu durchforsten. Ich habe auch diverse Servernetzwerke aufgespürt, um nach anderen Verbindungen oder möglichen Wegen zu suchen – ohne Ergebnis. Es gibt Satelliten, die wir …«

Das Klingeln meiner Uhr unterbrach ihn und wir alle drei warfen einen Blick auf das Gerät an meinem Handgelenk. Ich betätigte einen Knopf, um einen Bildschirm aufzurufen, und runzelte die Stirn, als ich den vertrauten Namen aufblitzen sah. »Es ist Hazel.«

Damien blinzelte, dann rief er schnell einen Bildschirm auf, der mit meinem Telefon verbunden zu sein schien. Wir würden uns später darüber unterhalten, wie er das so schnell geschafft hatte. Für den Moment war ich zu sehr von dem eingehenden Anruf fasziniert, um ihn zu verhören.

»Geh ran!«, befahl er mir.

Beinahe hätte ich ihn daran erinnert, wer der Vorgesetzte in diesem Raum war, aber ich entschied mich stattdessen, seiner Bitte nachzukommen. Hazels Gesicht erschien vor mir auf einem transparenten Bildschirm, ihre braunen Augen waren rund und fokussiert, bevor sie zu meiner Linken blickte.

Calina senkte augenblicklich den Kopf und ihre selbstbewusste Fassade verschwand hinter einer unterwürfigen Maske, an der sie in den vergangenen Wochen gefeilt hatte.

Hazels Nasenlöcher weiteten sich daraufhin. Aber ich konnte nicht erkennen, ob diese Mimik eine Antwort auf Calinas anfängliche Dreistigkeit war oder darauf, dass sie ihren Blick gesenkt hatte.

Interessant, dachte ich. Hazels Treue war immer unbekannt gewesen, denn die blonde Frau hielt sich lieber zurück und kümmerte sich um ihr eigenes Gebiet, als sich in die Politik der Blutallianz einzumischen.

»Jace«, grüßte sie.

»Hazel«, erwiderte ich und verzog die Lippen zu einem falschen Lächeln. »Was verschafft mir die Ehre deines Anrufs?«

»Cam.« Der Name auf ihren Lippen wischte mir das Lächeln aus dem Gesicht. »Ja, ich dachte mir schon, dass du so reagieren würdest. Er hat mir vorgeschlagen, dich anzurufen, um über eine Waffe zu sprechen, die ihn über ein Jahrhundert lang handlungsunfähig gemacht hat. Irgendetwas darüber, dass sie auch bei Ryder eingesetzt wurde?«

Ich starrte sie an. »Du hast mit Cam gesprochen?«

»Du scheinst nicht sehr überrascht zu sein, dass er

noch lebt«, antwortete sie und zog ihre blonde Augenbraue hoch. »Das ist interessant.«

»Ich empfinde es als interessanter, dass du ihn gesehen hast«, entgegnete ich, ohne mir die Mühe zu machen, meine fehlende Überraschung zu kommentieren.

Wir hatten das Finale in diesem politischen Spiel erreicht.

Es hatte keinen Sinn, Zeit damit zu verschwenden, wegen etwas so Unwichtigem Betroffenheit vorzutäuschen.

Außerdem schien Hazel direkt zum Kern des Gesprächs kommen zu wollen. Ich hatte nicht vor, sie davon abzulenken. Sie hatte offensichtlich wichtige Informationen zu teilen.

»Ich habe eine virtuelle Version von ihm gesehen«, stellte sie klar. »Ich war mir nicht sicher, ob er echt ist oder nicht, aber Deirdre hat gerade angerufen und bestätigt, dass er es ist. Er und Ismerelda sind jetzt in Deirdre City. Das bedeutet, dass seine Behauptungen wahr sein könnten. Und da er vorgeschlagen hat, dass ich mich an dich wende ...« Sie verstummte.

»Cam hat dich gebeten, mich anzurufen?« *Warum hat er mich nicht selbst angerufen?*

»Ja, um seine Äußerungen bezüglich Liliths Waffe zu bestätigen. Er hat gesagt, du wärst wortgewandter als Ryder.«

Damien grunzte, woraufhin Hazel sich suchend umsah.

»Also hast du mich anstelle von Ryder angerufen.« Das war keine Frage, sondern eine Feststellung. Ryder hätte erwähnt, wenn sich Hazel an ihn gewandt hätte.

Vorausgesetzt, er wäre überhaupt ans Telefon gegangen.

Wahrscheinlich hätte er sie an Damien weitergeleitet oder sie ganz ignoriert.

Seine kleine Vorführung von Liliths abgetrenntem Kopf vor ein paar Wochen hatte ihm eine Unzahl von Anrufen eingebracht. Die meisten davon hatte er abgeschmettert.

»Ja«, sagte Hazel. »Aber ich habe gewartet, bis jemand, dem ich vertraue, Cams Existenz bestätigt hat. Jetzt, da ich weiß, dass er wirklich lebt, hätte ich gern ein paar Antworten.«

»Hmm.« Ich blickte über den Bildschirm hinweg zu Damien. »Soll ich Ryder in diese Diskussion einbeziehen?«

Damiens Grübchen blitzten auf. »Mein Erschaffer hat wirklich ein Gespür für *eloquente* Ansprachen, das muss ich ihm lassen.«

»Vielleicht solltet ihr – du, Ryder und Damien – stattdessen in ein Flugzeug steigen«, warf Hazel ein, die Damiens texanischen Akzent eindeutig erkannt hatte.

Oder vielleicht hatten seine Worte ihn verraten, weil Ryder nur einen Abkömmling hatte.

»Ich ziehe persönliche Gespräche der virtuellen Kommunikation vor. Man weiß nie, mit wem man wirklich spricht, wenn er nicht direkt vor einem steht«, fuhr sie fort.

Eine gute Einschätzung.

Aber die Einladung zu einem Besuch machte mich nervös. *Das könnte eine Falle sein*, sagte ich zu Calina.

Oder eine Chance. Warum sollte Cam sich entscheiden, dort aufzukreuzen?

Ich weiß es nicht, gab ich zu und dachte über mögliche Strategien nach, in die Hazel verwickelt sein könnte. *Ich nehme an, es könnte mit dem Standort zu tun haben. Ihre Region liegt in der Nähe des Vatikans.*

Wenn ich mir die Gegenden rund um Italien anschaute, wäre Hazel Region das Gebiet, das ich in Cams Situation wählen würde – vorausgesetzt, ich könnte nicht fliegen.

»Chaos ist vorprogrammiert, Jace. Ich bin nicht daran interessiert, Politik zu machen oder mich auf Spielchen einzulassen. Entweder du kommst zu mir nach Deirdre City oder nicht. Ich gebe Cam einen Tag Zeit, um sich zu erholen – vor allem Ismerelda zuliebe – und dann will ich mich mit ihm treffen.«

»Izzy zuliebe?«, wiederholte Damien und seine gelangweilte Miene verwandelte sich in brüderliche Sorge. »Was meinst du damit?«

»Ich meine, dass sie bewusstlos war und nach Blut gestunken hat, als Cam angekommen ist. Zumindest wurde mir das so gesagt. Ich weiß nicht, was passiert ist, aber offensichtlich muss sie heilen. Also hat Deirdre ihnen eine Suite zur Verfügung gestellt und Cam allein gelassen.«

»Wie können wir sie erreichen?«, verlangte Damien. »Ich will mit meiner Schwester sprechen.«

»Dann steig in ein Flugzeug«, erwiderte Hazel und hielt meinen Blick über den Bildschirm fest. »Dein Jet hat die Freigabe für einen Besuch. Die Zimmer im Deirdre Tower sind vorbereitet. Nutzt sie oder lasst es bleiben!«

Damien bewegte sich gerade auf mich zu, als Hazel den Anruf beendete; sein Gesichtsausdruck war wütend. »Ruf sie zurück. Nein. Vergiss es. Ruf Deirdre an!«

Er kehrte zu seiner Konsole zurück und seine Finger flogen über die Tastatur, um mein persönliches Kontaktbuch auf dem Bildschirm aufzurufen.

»Wir müssen uns darüber unterhalten, dass du dich in meine Elektronik gehackt hast«, sagte ich ihm. »Das ist nicht deine Aufgabe.«

»Oh, aber das ist sie«, konterte er, während das Telefon bereits klingelte. »Meine Alternative wäre es gewesen, zu Ryder zurückzukehren. Du wolltest, dass alle hier sind. Also nutze ich die Verbindungen, mit denen ich arbeiten kann. Und warum zum Teufel geht sie nicht ans Telefon?«

»Ich nehme an, Hazel hat sie angewiesen, es nicht zu tun«, antwortete ich und ließ meine Hände in die Taschen meiner Hose gleiten. *Kannst du Ryder für mich aufsuchen, Calina? Ich vermute, dass er der Einzige ist, der Damien jetzt noch von seinem Vorhaben abbringen kann.*

Oder er gibt ihm eine Waffe und weist ihn an, genau so weiterzumachen, murmelte Calina. *Letzteres scheint wahrscheinlicher zu sein.*

Dann kannst du vielleicht mit Darius darüber reden, den Jet vorzubereiten?, schlug ich vor.

Sie sah mich an. *Wenn du dir Sorgen um meine Sicherheit machst, sag es einfach. Du musst mir keine Ablenkungen aufbürden, um mich zu überzeugen, den Raum zu verlassen.*

Nützliche Ablenkungen, stellte ich klar. *Denn wir brauchen Ryder und müssen den Jet vorbereiten – wirklich.*

Werde ich dich begleiten? Ein Hauch von Blau blitzte in ihren Augen auf; ihre Wolfsseite drängte sich eindeutig in den Vordergrund.

Ja, entschied ich, nachdem ich die Möglichkeiten abgewogen hatte. Wir könnten in eine Falle tappen. Oder diese ganze Scharade könnte ein Ablenkungsmanöver sein, um meine Region angreifbar zu machen.

Es gab eine Menge möglicher Überlegungen, was die Motive betraf.

Eines war mir jedoch klar: Ohne Calina würde ich nirgendwo hingehen. Nicht, wenn man bedachte, wie brisant die Lage im Moment war.

Ich kann mir vorstellen, dass die anderen im Moment ähnlich über ihre eigenen Gefährtinnen denken würden.

Wir mussten zusammenhalten und durften uns nicht trennen.

Calina schien meine Entschlossenheit gespürt haben, denn sie nickte. *Ich sage Darius, dass wir den Jet für eine größere Gruppe vorbereiten müssen. Hazel hat von*

LEXI C. FOSS

Zimmern gesprochen, also muss sie mit einer größeren Gruppe rechnen.

Ich könnte sie warnen, aber ich vermute, sie wird nicht ans Telefon gehen, sagte ich und folgte Calinas Gedankengang. *Sie hat nicht gesagt, wie viele von uns eingeladen sind, also habe ich einfach angenommen, dass wir alle willkommen sind.*

Ganz genau.

Ich lächelte. *Danke, dass du dich um die Vorbereitungen kümmerst, du süßes Genie du. In der Zwischenzeit kümmere ich mich um Damien.*

Sie warf einen Blick auf den immer noch schwelenden Mann. Er konzentrierte sich auf die Bildschirme, rief Codes auf und tippte wütend auf seiner Tastatur. *Viel Glück,* murmelte Calina. *Und sei vorsichtig – ich bin genauso besitzergreifend dir gegenüber, wie du es mir gegenüber bist.*

Mit dieser sinnlichen Warnung und einem subtilen Schwingen ihrer Hüften verließ sie den Raum. *Ich habe nicht die Absicht, jemals mit jemand anderem als dir zu spielen, Liebes.*

Ihr Geist streichelte den meinen, als sie sich von der Wahrheit meiner Aussage überzeugte. Anstatt zu antworten, ließ sie mich das Echo der Zustimmung in ihren Gedanken spüren.

Unsere Beziehung mochte neu sein, aber unser Band fühlte sich alt an. Als wären unsere Seelen schon immer miteinander verbunden gewesen, lange bevor Calina überhaupt geboren worden war.

»Wann brechen wir auf?«, fragte Damien, dessen Emotionen offenbar von einer mentalen Faust der Entschlossenheit gebremst wurden.

Ich hatte Damien schon immer gemocht, und diese Demonstration von Zurückhaltung war genau der Grund dafür. Seine Zwillingsschwester war von einem unbekannten Wesen verletzt worden, und anstatt weiter vergeblich nach einem Weg zu suchen, sie anzurufen, hatte er sich auf etwas konzentriert, von dem er wusste, dass es funktionieren würde – wenn auch nicht sofort.

»Wenn wir zusammenarbeiten, können wir noch in dieser Stunde aufbrechen«, antwortete ich. »Und wenn du Kylan überreden kannst, uns zu begleiten, lässt er uns vielleicht seinen Jet benutzen. Der ist schneller.« Ich gab das zwar nur ungern zu, aber jetzt war nicht der richtige Zeitpunkt für Arroganz, sondern für Praktikabilität.

Damien lächelte, aber es erreichte seine Augen nicht ganz. »Überlass Kylan mir. Ryder und ich werden ihn überzeugen.«

»Ausgezeichnet.« Wir würden also auf Reisen gehen.

Nach Deirdre City in Hazel Region.

Um endlich Cam ausfindig zu machen.

CAM

»STURE LÖWIN«, flüsterte ich an Ismereldas Ohr, während ich sie in der Badewanne festhielt.

Wir waren vor über einer Stunde in Deirdre City angekommen und Ismerelda hatte ununterbrochen geschlafen. Ich hatte sie abgeduscht, um all das Blut und die Flüssigkeiten von ihrer zarten Gestalt zu entfernen, dann hatte ich ihre Haut eingeseift und sie zweimal gründlich abgespült. Das alles, während ich auf der Duschbank gesessen und sie in den Armen gehalten hatte. Dann hatte ich ihre Haare gewaschen.

Als sie sich weiterhin nicht gerührt hatte, war ich dazu übergegangen, ein Bad einlaufen zu lassen – mein Instinkt, sie zu verwöhnen, verlangte danach. Er forderte auch, dass ich mich irgendwie entschuldigte. Dass ich zeigte, dass ich mich um sie kümmerte. Dass ich für sie da war. Dass ich sie *tröstete.*

»Hazel wird bald hier sein«, sagte ich und gab die Informationen weiter, die Deirdre mir bei meiner Ankunft übermittelt hatte. Ihr Abkömmling Abigail hatte uns direkt zur Deirdre Lodge geführt, einem Luxusresort in der Nähe des Bleder Sees.

Ich war schon sehr lange nicht mehr in dieser Gegend gewesen, deshalb war alles neu für mich. Aber ich vermutete, dass der Bau noch nicht sonderlich alt war und vielleicht das ersetzt hatte, was vorher hier gestanden hatte.

Von den rückwärtigen Fenstern des Zimmers, in das man mich geführt hatte, eröffnete sich mir eine herrliche Aussicht, und die Drei-Zimmer-Suite war mehr als angemessen für mich, Ismerelda und Keys.

Ich hatte mich dafür entschieden, den Menschen bei mir zu behalten, anstatt ihn Deirdre und Abigail zu überlassen. Sie hatten etwas von Dienstbotenquartieren gesagt, woraufhin ich schnaubend geantwortet hatte: »Er kann eines der Zimmer in meiner Suite nehmen.«

Keys hatte nicht reagiert, Abigail schon. Sie hatte ihre dunklen Augenbrauen überrascht nach oben gezogen, während Deirdre nur gesagt hatte: »Genieß deinen Snack.«

Ich hatte mir nicht die Mühe gemacht, sie zu korrigieren, und Keys stattdessen eines der Zimmer gezeigt und ihm aufgetragen, etwas Nahrhaftes zu bestellen. *Menschliches* Essen, kein Blut.

Denn ich hatte fest vor, Ismerelda zu füttern, sobald sie aufgewacht war.

»Du musst essen, Liebes«, sagte ich leise zu ihr. »Ich lasse dich nicht verhungern.« Zugegeben – ich hatte es in der Vergangenheit etwas übertrieben und vergessen, wie zerbrechlich Sterblichkeit sein konnte.

Sie brauchte mehr als eine Mahlzeit am Tag.

Offensichtlich.

Ich war einfach zu sehr damit beschäftigt gewesen, sie zu ficken, um an ihre Bedürfnisse zu denken.

Diesen Fehler würde ich nicht noch einmal machen – *oder diverse andere.*

»Ich bin kein perfekter Mann, Ismerelda.« Ich streichelte ihre nassen Haare und kämmte die Strähnen bis hinunter zu ihrer Brust. »Aber ich werde mein Verhalten wiedergutmachen.«

Und damit meinte ich nicht nur mein Verhalten der letzten Wochen. Ich hatte vor, *alles*, was ich falsch gemacht hatte, in Ordnung zu bringen.

»Ich hätte dich nie verlassen dürfen«, flüsterte ich in ihr Ohr. »Ich war schwach. Verwirrt von meiner Verbundenheit mit der Menschheit. Ich hatte einen Heldenkomplex. Aber ich bin kein Held, Ismerelda. Ich bin kein Retter oder Hoffnungsträger. Wer auch immer dieser Mann war, er ist tot. Zum Glück.«

Denn dieser Mann war zu sehr damit beschäftigt gewesen, die Welt zu retten, als dass er sich um irgendetwas oder *irgendjemanden* sonst hatte kümmern können.

»Ich bin nicht er«, schwor ich. »Aber das weißt du natürlich schon.«

Sie hatte immer wieder darüber nachgedacht, dass ich nicht *ihr* Cam war.

»Wir werden einfach neu definieren müssen, was das bedeutet«, sagte ich. »Ich bin vielleicht nicht mehr die Version, an die du dich erinnerst, aber ich gehöre immer noch dir.«

Vorausgesetzt, sie will mich noch.

Ich drückte meine Nase an ihren Hals und atmete ihren süßen Duft ein, während meine Zähne nach einer Kostprobe lechzten.

Aber ich weigerte mich, sie zu beißen.

Ich hatte zu viel genommen. Ich hatte sie bis zum Schmerz genossen – Schmerz, den ich jetzt wie meinen eigenen fühlte, als ich die Erfahrungen durch ihre Erinnerungen selbst erlebte.

Was ich als Vergnügen empfunden hatte, war in Wirklichkeit Quälerei gewesen. Ihr Körper hatte ihre Wünsche und Bedürfnisse verraten, während sie unter meinem Biss wieder und wieder auseinandergefallen war.

Ich schluckte, als sich ihre Qualen in mein Herz bohrten.

Ich hätte diese Frau beschützen und schätzen sollen, und ich hatte dieses Vertrauen verletzt. Ihre Liebe verraten. Ihre *Seele* zerstört.

Ich schüttelte den Kopf, verwirrt von dem Ansturm der Gefühle, den diese Erkenntnis in mir auslöste.

Das ist die Menschlichkeit, die du in meinem Geist hervorgerufen hast, warf ich ihr vor. *Die Menschlichkeit, die mich dazu gebracht hat, verrückte Entscheidungen zu treffen.*

Entscheidungen, die zu katastrophalen Ereignissen geführt hatten.

Ich biss in meine Wange und zog mein Gesicht von ihrem Hals weg. »Wir schaffen das, Löwin. Gemeinsam. Als Gefährten.« *Als König und Königin.*

Allerdings war ich mir nicht sicher, ob ich überhaupt führen wollte.

Welchen Sinn hätte das? Diese Welt war nicht meine Vision. Und ich konnte nicht sagen, wie meine Vision aussähe, wenn ich das Sagen hätte.

Ich will einfach nur Ismerelda, dachte ich. *Ich habe keinen Bedarf an unsterblichen Blutbeuteln – schließlich habe ich meine* Erosita. *Ich bin auch mehr als zufrieden damit, dieses Band zwischen unseren Seelen aufrechtzuerhalten.*

Was hatte ich also für einen Nutzen für eine Welt voller menschlicher Sklaven?

Das würde sich vielleicht ändern, wenn Ismerelda ein Vampir werden wollte, aber wir mussten nicht regieren, um sie zu meiner Königin zu machen.

»Was denkst du, mein Schatz?«, fragte ich sie leise. »Willst du vor all dem weglaufen? Eine Hütte hoch oben in den Bergen bauen und dich vor dieser beschissenen Welt verstecken?«

Das hätte ich schon vor über einem Jahrhundert tun sollen. Stattdessen hatte mein arrogantes früheres Ich versucht, mit Lilith zu reden.

Warum nur?, fragte ich mich zum tausendsten Mal.

Ismereldas Geist versuchte, die Gründe zu wiederholen, mir Verbindungen zu meiner Menschlichkeit zu zeigen. Aber ich schob alles beiseite, irritiert von dieser Wahrheit.

Es war mehr als nur ein Bedürfnis gewesen, die Menschen zu beschützen.

Warum ich?, dachte ich. *Warum allein?*

Weil ich überzeugt gewesen war, dass das ausreichen würde. Doch wenn das wahr wäre, hätte ich mir nicht die Mühe gemacht, Ismereldas Tod zu inszenieren.

Ganz zu schweigen von dem, was bei meiner angeblichen Hinrichtung passiert war.

Hatte ich damals unter dem Einfluss der Waffe gestanden? Lautlos um Hilfe geschrien, während Lilith meinen Tod vorgetäuscht hatte?

Ismerelda zufolge war Darius dort gewesen. Er hatte sich von mir losgesagt, weil ich es ihm offenbar aufgetragen hatte.

Hatte ich mich ihm mehr anvertraut als Ismerelda?

Ihre Erinnerungen zu hören und sie so zu erleben, wie ich sie in diesen kurzen Wochen kennengelernt hatte, verwirrte mich. Denn ich wusste nicht, warum mein früheres Ich sie ausgeschlossen hatte.

Um mich zu beschützen, flüsterte sie. *Du hast immer versprochen, mich zu beschützen. Mich nie zu verletzen. Niemals zuzulassen, dass mich jemand anrührt. Und doch hast du mich zurückgelassen … zum Sterben.*

Ich griff nach ihrem Kinn und zog ihren Kopf sanft zurück. Aber ihre Augen waren immer noch geschlossen. Sie sprach mit mir, als würden wir träumen.

Ich bin tot, hörte ich sie staunend sagen. *Er hat mich sterben lassen. Wie grausam, dass das Jenseits mich direkt wieder in seine Arme legt … Es sei denn … Ist er mein Cam?*

Meine Augen wurden schmal. *Wir sind beide Versionen von deinem Cam, kleine Löwin.* Meine Version war nur zufällig die bessere. Denn meine Version würde Ismerelda nicht für so etwas Dummsinniges wie die Rettung der alten Welt im Stich lassen.

Die Menschen hatten versucht, die Übernatürlichen als Waffen einzusetzen. In welcher verzerrten Vorstellung von Realität hatten die Sterblichen erwartet, diese Schlacht zu gewinnen? Sie hatten einen Krieg angezettelt, und sie hatten verloren. Genau wie es zu erwarten gewesen war.

Löwin, wiederholte Ismerelda mehrmals. *Nein, nein. Er nennt mich so. Der böse Cam. Der ohne Herz.*

Ihre Verzweiflung traf mich genau in dem Organ, das mir ihrer Meinung nach fehlte. Kurzzeitig stockte mein Atem. *Du hältst mich für böse?*

Du hast mich zum Sterben zurückgelassen, sagte sie jetzt und der abgehackte Satz hallte in ihrem Kopf wider, während sie in Gedanken wieder von Vampiren umzingelt wurde. Sie zwangen sie in die Knie. Zerrissen ihre Kleidung. Drangen in sie ein …

Hör auf!, knurrte ich, weil ich diese Erinnerung nicht noch einmal sehen wollte. Stattdessen zwang ich sie, zu sehen, wie diese Vampire gestorben waren. Ich ließ sie das, was danach gekommen war, aus meiner Sicht erleben.

Ich ließ sie meine Wut spüren. Meine *Qualen*. Ich zeigte ihr in Zeitlupe, wie ich ihnen die Köpfe vom Leib gerissen und sie alle auf der Stelle getötet hatte.

Ich hätte sie leiden lassen sollen, erklärte ich. *Aber du hattest Vorrang. Ich musste sicherstellen, dass es dir gut geht.*

Meine Kehle arbeitete, als ich versuchte, zu schlucken, denn der Schmerz dieses Moments wurde durch ihre eigenen Qualen und Ängste noch verstärkt.

Sie hatten sie gebissen. Mit ihr gespielt. Ihr *wehgetan*. Alles nur, um den Moment hinauszuzögern. Um sie mit dem zu verhöhnen, was sie geplant hatten.

Es ist nicht passiert, versprach ich. *Das habe ich nicht zugelassen. Dir geht es gut.* »Du lebst«, fügte ich laut hinzu, direkt an ihrem Ohr.

Sie regte sich in meinen Armen, ihr nackter Körper schmiegte sich weich und feucht an meinen.

»Du bist in Sicherheit«, fuhr ich fort. »Sie haben dich nicht gefickt.« Jedenfalls nicht auf die Art und Weise, die unser Band zerstört hätte. »Ich habe sie getötet.« Das schien mir eine Wiederholung wert zu sein. »Es ist alles in Ordnung.«

Ich hörte, wie ihr Geist meine Worte verarbeitete. *Neuer Cam*, dachte sie. Gedanken an den *bösen Cam* folgten direkt danach.

»Ismerelda, ich …«

Ein Schrei durchbrach die Luft, bevor ich zu Ende sprechen konnte.

Ein lauter, wütender, *seelenvernichtender* Schrei.

Ich zuckte zurück und hielt instinktiv die Hände an meine Ohren.

Genau das hätte ich nicht tun sollen.

Denn in dem Moment, als ich Ismerelda losließ, sprang sie aus der Wanne, rutschte über den glatten Fliesenboden und brach auf Händen und Knien zusammen.

Das Schluchzen, das darauf folgte, ließ mich in der Wanne hinter ihr erstarren. Vor allem, weil ich den Gedanken hörte, der dieses Geräusch begleitet hatte.

Ich lebe. Gott, ich lebe. Warum? Warum tust du mir das an? Warum hast du mich nicht einfach sterben lassen?

Izzy

Was ist das denn für eine abgefuckte Strafe?

Cam hat mich vergewaltigen lassen, um mich retten zu können?

Warum? Warum tut er mir das an?

So viel Dunkelheit. So viel Schmerz. So viel *Wut*. Ein brennendes Feuer loderte tief in mir, die Flammen glichen geschmolzenen Peitschen und scharfen Krallen, die an meinen Nerven kratzten.

Ich rollte mich zu einem Ball zusammen, die Finger in meinen nassen Haaren, den Mund zu einem Schrei geöffnet. Es tat *weh*. Alles tat weh.

Fuck! Ich wollte nur, dass es aufhörte. Was für ein Spiel auch immer das hier war. Welche Erfahrung ich auch immer machen sollte. *Ich … ich bin fertig.*

Cam war tot. Das hatte ich akzeptiert. Er würde nie mehr zurückkommen.

Warum behielt er mich dann bei sich? Warum quälte er mich auf diese Art und Weise?

»Izzy.«

Ich knurrte – der Spitzname in seiner vertrauten Stimme war wie Salz in einer offenen Wunde. Er hatte mich dem Tod überlassen, der mich vor all den Jahren schon hätte treffen müssen. Nur schlimmer, denn er hatte mich einer Horde hungriger Vampire ausgeliefert.

»Passend«, hatte er es genannt. Oder war das Michael gewesen? Ich konnte mich nicht erinnern.

Und es war auch egal.

Dies war die Hölle. Eine Realität, in der Cam existierte. Nur war er nicht mein …

»Ismerelda.« Raue Hände ergriffen meine Wangen und lenkten meinen Blick auf ein Gesicht, das ich einmal geliebt hatte. Ozeanblaue Augen, in denen ich mich so gern verlieren würde. Markante Wangenknochen. Dunkle Haare. So ein verdammt perfektes Gesicht.

All diese Stärke und Schönheit.

Dieser vampirische Touch, der ihn ein wenig anders machte. Umwerfend. Zu verdammt verführerisch.

Cam war nie ein Mensch gewesen. Er war als Vampir geboren worden. Und das sah man an der makellosen Symmetrie seiner Augen. Seiner geraden Nase. Seiner weichen Haut.

Traumhaft.

Und doch war er mein wandelnder Albtraum.

Eine grausame Version meines Gefährten.

Ein Monster.

»Izzy«, flüsterte er. Seine Handfläche umschloss mein Kinn, der Spitzname klang so fremd und falsch aus diesem vertrauten Mund. »Ich bestrafe dich nicht. Das würde ich nie auf diese Weise tun.«

Ich schnaubte. *Lügner!* Er hatte mich Michael

übergeben, ihm gesagt, was er tun sollte, hatte behauptet …

Ein Bild von einem Konferenzraum drängte sich in meine Gedanken und ließ mich zusammenzucken, als sich eine Erinnerung in meinem Kopf manifestierte, die ich nicht kannte.

Cam, der mit langen Fingern auf einen großen Holztisch trommelt.

Langeweile, die sich allmählich in Besorgnis verwandelt.

Ein seltsames Gefühl in meiner – Cams – Brust.

Zerbrechende Mauern in unseren Köpfen. Cams zunehmende Sorge. Verzweiflung. Wut.

Ich schluckte, denn die Gefühle waren so intensiv, dass ich sie als meine eigenen empfinden konnte.

Und alles verschmolz mit der brutalen Szene, die Cam mir vor wenigen Minuten gezeigt hatte – der grausame Tod all dieser Vampire.

Aber die Erinnerung dauerte an, als er den Untergrund verlassen und durch Rom gerannt war. Dort hatte er einen Vigil und ein Auto gefunden.

Alles, während meine Gedanken ihn über unsere Geschichte unterrichtet hatten.

Mein Kopf war wie benebelt, meine Realität veränderte sich.

Er hat die Mauern zwischen uns niedergerissen, erkannte ich und mein Magen rebellierte. *Ich … ich kann Cam hören.*

Aber es war noch immer nicht *mein* Cam.

Es war … Es war ein *neuer* Cam.

Und diese Unterscheidung gefiel ihm gar nicht. Ich hörte seine knurrende Antwort darauf, denn unsere Verbindung war unverschlossen.

Keine Geheimnisse. Keine Lügen. Nur Wahrheiten.

Wie die, die mich jetzt durchströmte. Die, die

versprach, dass er mich nicht im Stich gelassen hatte. Dass es ein Trick gewesen war. Ein *Hologramm*.

Ich würde nie zulassen, dass dich jemand anrührt, hörte ich ihn denken. *Du gehörst mir.*

Das stimmte. Ich gehörte ihm. *Aber gehörst du auch mir?* Denn ich kannte dieses Monster nicht. Ich verstand es nicht. Konnte es nicht zufriedenstellen. Konnte es nicht *lieben*.

Nicht wie meinen Cam.

Nicht wie früher.

Dieser Mann war mir fremd; sein Geist erinnerte mich an unsere erste Begegnung. Mir war nicht klar gewesen, wie wenig Menschlichkeit er damals besessen hatte. Aber jetzt erkannte ich es.

Habe ich ihn wirklich so sehr verändert? Ich war erstaunt. *Hat er mich verändert?*

»Bist du noch dieselbe Frau, die du vor tausend Jahren warst?«, fragte Cam, seine Stimme war leise und fast beruhigend. »Bist du dieselbe Frau wie vor einem Jahrhundert?«

Ich schluckte, denn seine Fragen riefen ein sofortiges *Nein* in mir hervor. Denn ich war nicht mehr die Frau, die ich bei Cams Fortgehen gewesen war, und schon gar nicht die, die ich gewesen war, als wir uns kennengelernt hatten.

Aber wir waren zusammen gewachsen. Wir hatten uns verändert, um zueinanderzupassen.

Und jetzt … jetzt hatte ich keine Ahnung, wer oder was wir miteinander sein könnten.

»Mächtig«, murmelte er. »Intensiv. Angesehen.«

Ich blinzelte, weil seine Adjektive keinen Sinn ergaben.

Er streichelte meinen Unterkiefer mit einer, die Seite meines Gesichts mit der anderen Hand. »Ich sage dir, was wir zusammen sein könnten.« Seine Berührung verschwand langsam. »Aber erst, wenn du bereit bist.«

Ich starrte ihn an, verwirrt von seiner Sanftheit. Von seiner *Geduld*. Das war nicht der Cam, den ich vor ein paar Stunden erlebt hatte. Der Cam, den mein kleiner Ausflug durch die Katakomben offensichtlich erzürnt hatte. Der …

»Ich war nicht wütend auf dich«, warf er ein und runzelte die Stirn. »Ich war wütend auf Michael.«

Ich blinzelte ihn an und die Wahrheit seiner Aussage flackerte in meinem Kopf auf.

Ich war mir nicht sicher, wie ich mit all dem umgehen sollte. Mit den Täuschungen. Dem Schmerz. Dem Aufwachen in einer Realität, der ich nicht trauen konnte …

Bilder von den hungrigen Vampiren, die mich umzingelten, überfielen meine Gedanken, sodass ich zusammenzuckte und mich erneut zu einem Ball krümmte. Es erinnerte mich zu sehr an meine Vergangenheit. An jene Nacht, in der Cam und ich uns zum ersten Mal getroffen hatten.

Passend, hatte er gesagt.

Nur, dass es nicht Cam gewesen war, der das gesagt hatte.

Oder träume ich schon wieder?

Ich zitterte und zog die Schultern ein, während ich versuchte, im Boden zu verschwinden. Aufzuwachen. Meinen Albträumen zu entkommen. Aber das war jetzt mein Leben – eine Welt voller Terror und Blut. Ein Ort, an dem ich meinen Gefährten nicht mehr kannte.

Ich hatte versprochen, ihn nicht aufzugeben. Ich hatte versprochen, um ihn zu kämpfen. Aber irgendwann hatte ich mich verrannt. *Genau in dem Moment, als ich die Sinnlosigkeit dieser Situation erkannte.*

Und doch konnte ich ihn jetzt hören. Mich mit seinen Gedanken verbinden. In den leeren Raum sehen, in dem unsere Erinnerungen lagen.

Meine Kehle schmerzte – ich musste schlucken. Ich versuchte es. Ich konnte es nicht. Zu trocken. Wie Stein.

Ich zuckte erneut zusammen und jaulte auf, als Cam mich in ein flauschiges Handtuch wickelte. Er hatte sich offenbar einen Bademantel angezogen, während ich auf dem Boden gehockt war, und der dicke Stoff bedeckte seine breite Brust.

»Du musst etwas essen«, sagte er. »Lass uns damit anfangen. Dann reden wir weiter.«

Die Geduld in seiner Stimme machte mich sprachlos, genau wie die Sorgfalt, mit der er mich abtrocknete. Damit erinnerte er mich fast an den Cam, den ich einst gekannt hatte – nur dass seine Gedanken eine andere Geschichte erzählten.

Er betrachtete mich nicht als zerbrechlich, sondern als verletzt, und er versuchte, die Situation zu verbessern, indem er mich pflegte. Es ging ihm nicht darum, mich zu verhätscheln oder auf ein Podest zu stellen, sondern darum, sich seine Fehler einzugestehen und sie zu korrigieren.

Ich war mir nicht sicher, wie ich darauf reagieren sollte. Wie ich das akzeptieren sollte. Wie ich ihn akzeptieren sollte.

Ich konnte weiterhin nicht bestimmen, ob das wirklich passierte. *Es fühlt sich real an … aber gleichzeitig auch wie ein Traum?*

Meine Gedanken waren verschwommen. Außergewöhnlich müde. *Zerrüttet.* Ich konnte immer noch die eisigen Finger auf meiner Haut spüren, die Reißzähne an meinem Hals … an meinen Schenkeln.

Den Schwanz des Vampirs an meiner …

Cam knurrte, das Geräusch war laut an meinem Ohr und ließ mich in seinen Armen aufschrecken. Seine blauen Augen hielten die meinen fest, und die Intensität in ihnen raubte mir den Atem. Denn dieser Blick war mit heftigen Gedanken verbunden. *Wenn ich ihn noch einmal für dich töten könnte, würde ich es tun.*

Bilder von Blut und kopflosen Leichen überfielen meine Gedanken, als Cam mich in einen Bademantel hüllte.

Sofort stieß ich mich von ihm ab, denn das Gefühl von Stoff auf meiner Haut ließ mich frösteln.

Zu viel, dachte ich. *Zu viel Gefühl. Zu viel Hitze. Zu viel Gewalt.*

Gott, ihre Berührung …

Das ist falsch.

Ich … ich will das nicht. Und doch verkrampfen sich meine Schenkel bereits.

Michaels verdammte Manipulation. Er wird dafür sorgen, dass ich es will. Ich soll meinen Tod genießen.

Ich hasse ihn. Ich will ihn umbringen!

Scheiße, ich kann nicht atmen. Ihre Reißzähne. Ihre Hände. Ihre Kleidung streift meine Haut, während sie sich ausziehen.

Ich zuckte zurück und traf auf eine harte, männliche Gestalt. Mächtig. Von tödlicher Natur.

Arme legten sich um mich.

Mein Name erklang leise an meinem Ohr. »Du bist in Sicherheit. Ich bin hier. Sie werden dich nie wieder anfassen.«

Ich blinzelte und der sterile Raum verschmolz mit einem gefliesten, in warmen Tönen gehaltenen Badezimmer. *Ich … ich …*

Ich presste meine Handflächen auf meine Augen und versuchte, mich zu beruhigen. *Cam ist bei mir. Wo auch immer wir sind.*

Ich lebe.

Ich … ich kann atmen.

Aber das Hitzegefühl ließ mich wieder herumwirbeln,

und meine Handflächen trafen auf den harten Mann, der mich festhielt.

Er wehrte sich nicht, sondern ließ mich einfach los. Ich stolperte rückwärts in ein Schlafzimmer mit prächtigen Vorhängen vor einer Wand. *Um die Fenster zu verstecken?*, riet ich.

»Ja«, bestätigte Cam laut, woraufhin ich auf ihn zustürmte. Er stand im Zimmer, sein Bademantel war teilweise geöffnet und er hielt mir einen anderen hin.

Weil ich nackt bin, erkannte ich.

Ich hatte nicht nur ihn weggeschoben, sondern auch den Stoff.

Ich schluckte, weil ich nicht wusste, wie ich vorgehen sollte. Zwar wollte ich nicht, dass er mich berührte, aber gleichzeitig sehnte ich mich nach seinem Trost.

Seine Anwesenheit verfolgte und beruhigte mich.

Sie gab mir das Gefühl, gleichermaßen verloren und sicher zu sein.

So fühlt sich Wahnsinn an, entschied ich. *So widersprüchlich und verworren.*

»Lass uns erst einmal etwas essen«, sagte er und die Worte erinnerten mich an das, was er im Bad gesagt hatte.

Sein Bedürfnis, sich zu wiederholen, machte mich fast wütend. Vor allem, weil es mir nicht gefiel, mich so schwach zu fühlen.

Ich bin stark. Ich sehne mich nicht nach dem Tod. Ich begehre … meinen Gefährten.

Nur war mir jetzt klar, dass mein Cam weg war. Endgültig.

Und was jetzt?

»Jetzt finden wir einen Weg nach vorn«, murmelte er und hielt mir erneut den Bademantel hin.

Ich nahm ihn nicht an.

LEXI C. FOSS

Aber ich versuchte auch nicht, mich von ihm zu entfernen, als er auf mich zukam.

Stattdessen blieb ich einfach stehen, während er mich in den flauschigen Stoff hüllte.

Er musterte mich, aber sein Gesichtsausdruck verriet nichts. Ich hörte jedoch die analytischen Gedanken, die ihm durch den Kopf gingen.

Nach einem kurzen Augenblick hob er mich hoch und trug mich durch das prachtvolle Schlafzimmer und in einen Flur, der zu einem großen, von einer Glaswand eingerahmten Wohnbereich führte.

Der Blick auf den See lenkte mich für einen Moment ab, mein Gehirn schloss sich kurz und brachte mich in die Gegenwart zurück.

Wo sind wir?, fragte ich, verwirrt von der Szenerie. Denn dies war definitiv nicht Rom.

Er hatte mir unsere Flucht gezeigt, aber nicht, was danach vorgefallen war.

Bled, sagte er jetzt. *Slowenien. Hazel Region. Wie auch immer dieser Ort heißen mag.*

Deirdre City, antwortete ich, weil ich von Deirdres gewähltem Standort wusste. Ich hatte die Weltkarte immer wieder überarbeitet und mir gemerkt, wo die mächtigsten Vampire und Lykaner überall auf der Welt gelandet waren.

»Warum sind wir hier?«, fragte ich laut.

»Weil wir das Gelände verlassen mussten und Hazel Region mit dem Auto die beste Option war.« Seine Gedanken füllten die Lücken aus.

Cam war meine Erinnerungen durchgegangen, um Informationen zu sammeln und die Lücken zu schließen. Manche würden das als aufdringlich empfinden, aber ich begrüßte sein Eindringen.

Denn es bedeutete, dass die Mauern zwischen uns

endlich verschwunden waren. Aber damit hatte ich auch die Bestätigung von Cams dauerhaftem Zustand erhalten.

Es gibt kein Zurück mehr.

»Ich habe von allem etwas bestellt, weil ich nicht wusste, was Ihr wollt«, sagte eine tiefe Stimme und lenkte meine Aufmerksamkeit von Cam auf einen dunkelhäutigen Mann, der an einem langen Holztisch saß. Er hatte einen Teller mit Essen vor sich; etliche Schalen zierten den Tisch.

Seine hellbraunen Augen fixierten mich, sein Gesichtsausdruck verriet nichts.

»Ismerelda, das ist Keys. Er hat uns hergefahren. Keys, das ist meine *Erosita*. Sie braucht etwas zu essen.« Cam unterstrich den letzten Punkt, indem er mich auf einen Stuhl gegenüber von dem Mann setzte. »Wenn du mich brauchst, ich bin im anderen Zimmer und lasse uns ein paar Klamotten hochbringen.«

Er gestikulierte in Richtung des angrenzenden Wohnbereichs und drückte mir einen Kuss auf den Scheitel.

Dann verschwand er und ich starrte ihm nach.

Isst du nicht?, fragte ich ihn.

Keys hat mir etwas Blut bestellt. Ich kann es in der Küche riechen. Das trinke ich, wenn ich uns eine Garderobe besorgt habe.

Er ließ sich auf einem Stuhl mit Blick auf eine andere Fensterfront nieder und schaute nach draußen, während neben ihm ein durchsichtiger Bildschirm erschien. Er sprach leise mit der Technologie, aber sein Kopf bestätigte seine Worte – er bestellte Klamotten. Nicht nur für sich selbst, sondern auch für Keys und mich.

Ein Mensch, dachte ich und sah mir den Mann an. *Der Vigil, den Cam aus Rom mitgenommen hat.*

Er wölbte eine braune Augenbraue, wahrscheinlich

weil ich ihn so anglotzte. Aber anstatt einen Kommentar abzugeben, schaufelte er sich einen Bissen Ei in den Mund.

Ich betrachtete seinen Teller und bemerkte all die einfachen Lebensmittel darauf. Sie sorgten für ein ausgewogenes Nährstoffverhältnis, wie es für Sterbliche in dieser Version der Welt vorgeschrieben war.

Anstatt es ihm gleichzutun, griff ich nach den belgischen Waffeln, bestrich sie mit Schokolade und fügte eine Handvoll Beeren und einen Klecks Schlagsahne hinzu.

Keys beobachtete mich und rümpfte angewidert die Nase, bevor er einen verstohlenen Blick auf Cam warf.

»Du glaubst, es interessiert ihn, was ich esse«, sagte ich im Plauderton, als ich die Angst in seinen Augen erkannte. »Wird es nicht.«

So viel wusste ich aus den letzten Wochen. Cam sah mir gern beim Essen zu.

Und sein zustimmendes Brummen in meinem Kopf bestätigte das.

Er sah mich allerdings nicht an. Er starrte immer noch nach draußen, während er sich leise mit demjenigen unterhielt, der gerade auf dem Bildschirm zu sehen war.

Ich schnitt ein Stück von meiner Waffel ab und führte es an meinen Mund, während Keys mein Essen studierte. Nach einer Minute nahm er seine eigene Waffel und schnupperte daran.

Als Cam nicht reagierte, biss er hinein. »Das sieht nicht sehr nahrhaft aus«, sagte Keys zu mir, nachdem er geschluckt hatte.

»Das soll es auch nicht sein«, meinte ich. »Es schmeckt gut. Das ist das Wichtigste.« Und das war es, was ich im Moment brauchte – *Trost.*

Denn ich musste mich wieder wie ich selbst fühlen. Stärker. Nicht gebrochen. *Nicht tot.*

Ich wollte mich lebendig fühlen, um mich daran zu erinnern, warum ich so lange überlebt hatte.

Sonst würde ich vielleicht …

Nein.

Ich konnte es mir nicht leisten, so zu denken. Es konnte keine Alternative geben. Nicht jetzt. Nicht in diesem Moment. *Nicht bis …*

Ich verzog das Gesicht, unsicher, wie ich diesen Gedanken beenden sollte.

Anstatt es zu versuchen, nahm ich einen weiteren Bissen von meiner Waffel. Mein Bedürfnis, den Geschmack in meinem Mund zu ersetzen, war stärker als meine Bereitschaft, den Geschmack wirklich zu genießen.

Es spielte keine Rolle, dass Cam mich gewaschen hatte. Es spielte auch keine Rolle, dass er offenbar meine Zähne geputzt hatte – eine Erinnerung, die ich aus seinem Gedächtnis aufgeschnappt hatte und die den minzigen Geschmack erklärte, der immer noch auf meiner Zunge verweilte.

Und es spielte auch keine Rolle, dass Cam sie alle getötet hatte, bevor sie mich unwiderruflich hatten verändern können. Bevor sie mich *gefickt* hatten, um meine Verbindung zur Unsterblichkeit zu kappen. Bevor ich das Ganze – dank Michaels Manipulation – hatte *genießen* müssen.

Nein.

Das war alles nicht wichtig.

Denn es wäre fast passiert.

Die Anfänge dieser Bedrohung würden für immer in meinem Kopf bleiben. Genauso wie das Bild Cams, der davonging und mich meinem Schicksal überließ.

Während diese verdammten Worte im Flur hängengeblieben waren.

Ich schluckte und kämpfte gegen den Drang an, alles wieder hochzuwürgen.

Der Klang von Keramik auf Holz riss mich aus meinen Erinnerungen und holte mich in die Gegenwart zurück, als Cam sich auf dem Stuhl neben mir niederließ.

»Ich habe etwas braunen Zucker hinzugefügt, damit er nicht so bitter ist«, erklärte er mir und richtete seinen Blick auf die Kaffeetasse, die er gerade abgestellt hatte.

Er hielt eine weitere Tasse in der Hand, deren Inhalt durch das undurchsichtige Material verdeckt wurde. Aber ich vermutete, dass es das Blut war, das er erwähnt hatte.

»Sag mir Bescheid, wenn du Sahne benötigst, dann bestelle ich welche«, fügte er hinzu. »Ich habe keine im Kühlschrank gesehen, aber ich weiß, dass du deinen Kaffee damit bevorzugst.«

Ein subtiler Hinweis auf all die Details, die er aus meinem Kopf geholt hatte.

Vielleicht war es aber auch nur ein Test, um zu sehen, wie sehr es mich stören würde.

Er schien nach Grenzen zu suchen, um herauszufinden, wie weit er gehen konnte. Ich konnte nicht sagen, ob er diese Grenze als persönlichen Referenzpunkt brauchte oder ob er sichergehen wollte, dass er mich nicht überforderte.

Jedenfalls war es anders, als ich es gewohnt war. Cam hatte unsere Verbindung immer offen gehalten und freien Zugang zu meinen Gedanken besessen. Und das hatte er getan, um mein Wohlergehen zu überwachen und zu gewährleisten, dass ich sicher und am Leben war.

Das hier … war anders.

Er schien sich mehr um mein Wohlbefinden zu sorgen als um meinen fragilen Zustand.

Du bist eine Löwin, kein Schwan, flüsterte er mir zu, während er an seinem Getränk nippte. Seine oberflächlichen Gedanken verrieten mir, dass es sich um mit Blut versetzten Kaffee handelte. Aber ich konzentrierte mich nicht so sehr auf diese Information, sondern auf die Aussage, die er gerade gemacht hatte.

Nennst du mich deshalb Löwin? Um dich von meinem alten Spitznamen zu distanzieren?

Er brummte und sein Blick blieb an meinem hängen. *Dein früherer Spitzname kümmert mich einen feuchten Dreck. Ich nenne dich meine Löwin, weil du genau das bist.*

Eine verirrte Erinnerung in seinem Kopf erwähnte meine Augen und dass diese Katzenaugen ähnelten, weil sie gerissen und fast schon raubtierhaft anmuteten.

Ich runzelte die Stirn, denn seine Wahrnehmung von mir unterschied sich von meiner eigenen. Vor allem, weil ich immer die Beute gewesen war und Cam die Bestie. Das Raubtier, das hinter einer hübschen Fassade lauerte.

Er antwortete nicht auf meine Verwunderung, sondern nippte nur an seinem Drink und richtete seinen Blick wieder auf den See. Hier gab es mehr Fenster, sodass die gesamte Suite auf den atemberaubenden Blick nach draußen gerichtet zu sein schien.

Es gab außerdem einen Balkon, der die ganze Etage einzunehmen schien.

Wir mussten etwa fünf oder sechs Stockwerke hoch sein und ich fragte mich, ob es eine Art Penthouse war.

Oder vielleicht hatten alle Suiten solche Balkone.

Ich war noch nie in Deirdre City gewesen. Verdammt, seit Cams Verschwinden war ich nirgendwo mehr gewesen. Ich hatte mich beim Majestic Clan versteckt und auf seine Rückkehr gewartet.

Ich wusste zwar, was aus der Welt geworden war, aber ich hatte noch nichts davon gesehen.

Abgesehen von dem, was mir einige der anderen auf Fotos gezeigt hatten.

Ich aß noch ein paar Bissen, aber mein Magen protestierte bei jedem einzelnen. Vor allem, weil ich in den vergangenen Tagen nicht viel gegessen hatte … Ich rümpfte die Nase. Ich war mir nicht sicher, wie lange es her war, seit ich zuletzt etwas gegessen hatte. Ein paar Stunden? Ein Tag?

Cams Blut war wahrscheinlich der einzige Grund, warum ich mich einigermaßen gut fühlte.

Sein Blut war auch der Grund dafür, dass ich mich bereits von dem Vorfall erholt hatte. Ich hatte etwas von seinem Blut bekommen, bevor Michael mich mitgenommen hatte – was zu einer Art Fluch geworden war, weil ich dadurch schwerer zu verletzen gewesen war.

Zum Glück schienen die Vampire nicht genug Zeit gehabt zu haben, das herauszufinden.

Oder vielleicht hatten sie es ja getan.

Ich hatte sie in dem Moment ausgeblendet, in dem mir klar geworden war, dass ich sterben würde. Anstatt in der Gegenwart zu bleiben, hatte ich mich in meine Erinnerungen geflüchtet und mich an den Cam erinnert, den ich liebte.

Irgendwann war mir halbwegs bewusst geworden, dass ich mich nicht mehr in einem Zustand des Schmerzes befand.

Aber mir war nicht klar gewesen, was das bedeutete. Ich hatte geglaubt – und *gehofft* –, tot zu sein.

Jetzt wusste ich gar nichts mehr mit Sicherheit.

Ich massierte meine Schläfen und überlegte, woran ich mich erinnern konnte.

Aber leider war alles leer.

Die einzigen Erinnerungen, die ich an die letzten Stunden hatte, waren Cams.

Ich lehnte meine Stirn an das kühle Holz und atmete langsam ein, während sich mein Inneres zusammenkrampfte, als ich wieder den verdammten Raum vor mir sah. Die vernichteten Vampire. Meine bewusstlose Gestalt.

Anstatt in diesen Gedanken zu verweilen, verdrängte ich das, was ich bereits wusste, und konzentrierte mich auf unseren aktuellen Standort.

Auf Hazel.

Und auf das Treffen, an dem Cam in ein paar Stunden teilnehmen musste.

Wir, meinte er. »Wir haben ein Meeting«, wiederholte er laut. »Hazel trifft die Vorbereitungen. Ihr beiden werdet mich begleiten.«

Ich blinzelte.

Und Keys hustete und verschluckte sich an seinem Essen. »I-ich?«

»Ich kann dich nicht hierlassen. Sie könnten versuchen, dich wieder in den Servicebereich zu verfrachten.« Cam klang irritiert angesichts dieser Aussicht.

Offenbar hatte Deirdre bereits versucht, Keys anderweitig unterzubringen. Aber Cam hatte beschlossen, dass der Mensch ihm gehörte und er ihn nicht mehr hergeben wollte.

Ich wölbte eine Augenbraue, weil mich diese Entwicklung neugierig machte.

Er ist interessant, erklärte Cam. *Ich mag ihn und würde es deshalb vorziehen, wenn er am Leben bliebe.*

»Wir werden alle zusammen zu dem Treffen gehen«, wiederholte Cam. »Und ich vermute, dass Jace auch dort sein wird. Vielleicht auch Ryder und Damien.«

Ich schreckte auf. »Damien ist hier?«

Er hob eine Schulter. »Ich weiß es nicht. Hazel hat nicht gesagt, wer noch kommt, aber ich glaube, sie hat Ryder angerufen. Oder vielleicht Jace.«

Seine Gedanken verrieten mir, warum er das

vermutete. »Du hast es vorgeschlagen.« Und nicht nur das, er hatte Hazel auch von Liliths Waffe erzählt.

Denn er hatte alle Details in meinem Kopf gefunden.

»Aber du weißt nicht genau, ob sie sie angerufen hat?«, fuhr ich fort, während ich weiterhin seine Gedanken und das, was er gerade gesagt hatte, sortierte.

»Nein. Sie hat es nicht bestätigt und auch nicht erwähnt, wer bei dem Treffen dabei sein wird.«

»Oh.« Das ließe sich mit einem Telefonat klären. *Vielleicht will er nicht, dass …*

»Ich weiß nicht, wie ich sie erreichen kann«, informierte mich Cam und unterbrach meine Gedanken. »Ich war außerdem damit beschäftigt, dich zu wecken.«

»Oh«, wiederholte ich. »Ich … ich könnte Damien anrufen?« Ich formulierte das Ganze als Frage, denn ich war mir nicht sicher, ob ich mit meinem Bruder reden durfte oder nicht. Alles zwischen Cam und mir fühlte sich zu zaghaft an, zu *unsicher*, als dass ich jetzt Grenzen überschreiten könnte.

»Du kannst tun, was du willst, Izzy«, sagte er leise und der Spitzname jagte mir einen Schauer über den Rücken. Er fühlte sich vertraut und gleichzeitig fremd an. Als wäre es falsch, ihn aus seinem Mund zu hören. Gleichzeitig war es seltsam beruhigend.

Ich werde dich nicht zurückhalten oder einschränken, fügte er in meinem Kopf hinzu. *Ich werde alles tun, was ich tun muss, um mich zu rehabilitieren. Und ich werde jeden töten, der dich auch nur schief ansieht. Aber ich werde dir nicht sagen, was du tun sollst. Ich werde keine Entscheidungen ohne dich treffen. Und ich werde nicht wieder verschwinden.*

Ich schluckte, weil ich nicht wusste, was ich darauf antworten sollte. Vor allem, weil es sich wie ein Schwur angehört hatte. Einer, von dem ich nicht sicher war, ob ich ihn annehmen sollte. Und doch sehnte ich mich danach, in seinen Schoß zu kriechen und ein jahrtausendealtes Band wieder aufleben zu lassen.

Anstatt mich zu entscheiden – oder auch nur meine Optionen abzuwägen –, konzentrierte ich mich auf die Aufgabe, die zu seiner Erklärung geführt hatte. *Damien anzurufen.*

Cam hatte gesagt, dass ich tun konnte, was immer ich wollte.

Also beschloss ich, diese Theorie zu testen.

Und ich wollte versuchen, einen Hauch von Normalität zu finden. Etwas, das meine Gedanken ablenkte und mich in der Gegenwart erdete.

»Ich benötige ein Telefon«, sagte ich zu Cam. »Ich will mit Damien sprechen.«

RYDER

»STALKST du deine Gefährtin immer noch?«, fragte Kylan, während er den Chefsessel neben mir einnahm. »Ich hätte gedacht, dass das mit der Zeit nachlässt, aber du beobachtest sie immer noch, als hättest du Angst, sie zu verlieren.«

»Nicht alle von uns haben eine mentale Verbindung zu ihren Gefährten«, erinnerte ich ihn. »Einige von uns verlassen sich stattdessen auf körperliche Kommunikation.«

Kylan schnaubte. »Wir alle verlassen uns auf körperliche Kommunikation. Das ist der beste Aspekt.«

»Hmm«, brummte ich zustimmend. Aber Willow und ich brachten unser körperliches Band auf eine andere Ebene. Wir waren einander zu jeder Zeit sehr bewusst.

So wie jetzt.

Sie konnte meine Blicke auf sich spüren. Genauso wie sie hören konnte, was ich sagte, obwohl sie sich auf der

anderen Seite des Jets befand. Ihre gemischten Lykaner-
und Vampirgene verliehen ihr einzigartige Sinne.

Ihr Blick fiel auf mich und ein wissendes Lächeln
lauerte in den eisblauen Tiefen ihren Augen.

Ich reagierte nicht auf diesen Blick. Aber das musste
ich auch gar nicht. Es reichte, ihn einfach nur festzuhalten.

Sie wusste, was ich für sie empfand. Wie besessen ich
davon war, sie in meiner Nähe zu haben. Sie war meine
andere Hälfte. Ein fehlendes Stück meiner Seele. *Meines
Herzens.*

Ich hatte nicht einmal darüber nachgedacht, ob sie
mich auf dieser Mission begleiten würde oder nicht.

Und da sie jetzt neben Rae saß, schien es, als hätte
Kylan ähnlich über seine Gefährtin gedacht.

Kylan streckte die Hand aus und schenkte uns beiden
ein Glas Blutwein ein, wobei er sich mehr auf Rae als
auf sein Tun konzentrierte. Doch er meisterte beides
tadellos und reichte mir ein Glas, bevor er sein eigenes
nahm.

»Darius und Jace sind der Meinung, dass wir unsere
Gefährtinnen auf dieses Treffen vorbereiten sollten«,
murmelte er. »Aber ich bin es leid, Raelyn dabei
zuzusehen, wie sie sich vor anderen verbeugt. Ich bin der
Einzige, dem dieses Recht zusteht.«

Besagte Frau blickte mit einer hochgezogenen
Augenbraue zu ihm auf, ihre kastanienbraunen Strähnen
fielen wie Flammen auf ihre blassen Gesichtszüge. Sie
verengte die Augen, deren eisige Farbe mich an Willows
Iriden erinnerte.

»Ich glaube nicht, dass sie damit einverstanden ist«,
meinte ich.

»Oh, sie ist einverstanden«, versicherte er mir. »Ich
werde sie später daran erinnern, warum.« Das sinnliche
Versprechen in diesen Worten ließ Raelyn, die es vorzog,

Rae genannt zu werden, erröten. »Aber es wird nicht bei diesem Treffen geschehen.«

Ich brummte erneut meine Zustimmung, meinen Blick immer noch auf Willow gerichtet. »Jace und Darius ziehen es vor, mitzuspielen. Aber ich war noch nie ein Freund von Regeln – egal, ob angedeutet oder nicht.«

Kylan grinste. »Deshalb liegt auch Liliths Kopf in deiner Gefriertruhe.«

»Ich hätte ihn verbrannt«, gab ich zu. »Schließlich habe ich ihn schon ausgiebig vorgezeigt. Aber Damien will ihn in eine Art Wandbild verwandeln. Ich bin mir nicht sicher, ob ich ihn so oft sehen will.«

»Es könnte nützlich sein, den Kopf für jenen Tag aufzubewahren, an dem dieses Blutallianz-Treffen stattfindet«, fügte Kylan hinzu. »Vorausgesetzt, es wird wieder angesetzt.«

»Wer soll es denn ansetzen?«, fragte ich, und das nicht zum ersten Mal. Vor ein paar Stunden hatten wir alle eine kryptische Nachricht erhalten, dass das für heute angesetzte Blutallianz-Treffen abgesagt worden war.

Ursprünglich war es von Lilith organisiert worden.

Dann war sie gestorben.

Wir hatten jedoch zeitweilig den Schein gewahrt, indem wir Willow als Liliths Stellvertreterin benutzt, ihren blonden Kopf nur von hinten fotografiert und die Fotos an die Öffentlichkeit gebracht hatten.

Damien hatte außerdem Liliths Handy aufbewahrt, mit dem er sporadisch Nachrichten verschickt und so vorgetäuscht hatte, dass sie lediglich ihren Aufenthalt in meiner Region verlängert hatte.

Aber dann hatte Jace Lajos getötet und ich hatte die Erlaubnis bekommen, Liliths abgetrennten Kopf der Welt zu präsentieren.

Das Treffen war aber nicht wirklich abgesagt worden.

Es war mehr oder weniger im Kalender geblieben, bis es vor einer Woche auf mysteriöse Weise verschoben worden war.

Und jetzt auf mysteriöse Weise abgesagt.

Also, wer ist der Verantwortliche?, fragte ich mich zum tausendsten Mal. *Wenn Lilith weg ist, wer zieht dann die Fäden? Und was hat Cam mit der ganzen Sache zu tun?*

»Vielleicht wird Cam es uns sagen«, antwortete Kylan mit einem sardonischen Unterton, um meine Frage zu beantworten, wer die Treffen der Blutallianz neu ansetzte. »Er soll unser Retter sein, oder nicht?«

Daraufhin grunzte ich. »So hat man uns das erklärt.« Jace und Darius schienen zu glauben, dass Cam einen Masterplan hatte. Dass er uns alle irgendwie auf den richtigen Weg bringen würde.

Cam mochte der älteste Vampir sein, aber er war kein Gott. Er konnte nicht einfach mit den Fingern schnippen und alles in Ordnung bringen.

»Ich freue mich darauf, mehr zu erfahren, wenn wir landen.« Die Schlichtheit von Kylans Aussage entsprach meinen eigenen Gedanken.

Wir waren beide skeptisch gegenüber diesem Plan.

Und unser derzeitiger Kurs war nicht gerade hilfreich.

Hazel Region.

Verdammt, ich konnte mich nicht erinnern, wann ich die blonde Vampirin zuletzt gesehen hatte. Vor zwei oder drei Jahrhunderten? Ich hatte keine Ahnung, wer sie in dieser neuen Welt war. War sie mit Liliths Mätzchen einverstanden gewesen? War sie eine treue Dienerin? Hatte sie Präferenzen für eine der beiden Seiten? War sie eher wie Jace?

Auch die anderen schienen sie nicht richtig einschätzen zu können.

Das war auch der Grund, warum Jace und Darius

gerade mit den *Erositas* in der hinteren Kabine spielten. Calina musste noch eine Menge darüber lernen, wie man sich in der Nähe anderer Royals richtig *verhielt*, und Jace genoss ihre aktuelle Sitzung sehr.

Das entnahm ich zumindest dem Stöhnen, das jetzt von ihnen zu hören war.

Ich hatte einmal ein ähnliches Training mit meinem Haustier in einem Jet durchgeführt. Nur war es nicht ausschließlich zu ihrem Vorteil geschehen, sondern auch zu meinem eigenen.

Damien war der Meinung gewesen, dass wir einander besser kennenlernen müssten, um die anderen davon zu überzeugen, dass Willow mein Spielzeug war.

Ich hatte mitgespielt, vor allem, weil es mir einen Vorwand gegeben hatte, sie zu berühren.

Aber ich hatte keine Lust, sie in eine Schublade zu stecken und sie zu manipulieren.

Jace und Darius konnten das politische Scheißspiel mitmachen. Ich würde einfach ich sein. Und Willow würde einfach Willow sein – mein perfektes, kleines, ungehorsames Haustier. Das auch gut zubeißen konnte.

Sie beäugte mich, als könnte sie meine Gedanken hören, und ein verruchtes Versprechen flackerte in ihren hübschen Augen. Vor ein paar Stunden hatte sie eine halbmondförmige Wunde in meiner Schulter hinterlassen. Doch leider war die Wunde bereits verheilt.

Sie würde es also einfach wieder tun müssen.

Und wieder.

Bis in alle Ewigkeit.

»Ryder.« Damiens unerwartete Stimme ließ mich meinen Blick von meiner Gefährtin weg und in Richtung Cockpit richten.

»Solltest du nicht damit beschäftigt sein, den Jet zu fliegen?«, fragte ich ihn im Plauderton.

Er funkelte mich an. »Diese Dinger fliegen praktisch von selbst.«

Sagt er, dachte ich und schaute mit finsterem Gesicht aus einem nahe gelegenen Fenster. »Wenn du mit dieser Rücksichtslosigkeit meiner Gefährtin Schaden zufügst, werde ich ...«

»Mich erschießen«, beendete er meinen Satz. »Ja, ich weiß.« Er verdrehte seine goldenen Augen und schüttelte den Kopf. »Izzy hat gerade angerufen.«

Nun, diese Neuigkeit war die Gefährdung unseres Lebens wohl wert. »Was hat sie gesagt?«, fragte ich, während ich mich von meinem Sitz hochdrückte. »Erzähl mir davon, während du das Flugzeug weiterfliegst.«

Er warf mir einen Blick zu, bevor er sich umdrehte und ins Cockpit zurückkehrte.

»Er hat recht, weißt du«, sagte Kylan, als er sich zu mir gesellte. »Diese Jets fliegen wirklich von selbst. Man braucht wirklich nur für Start und Landung einen Piloten. Das war auch schon so, als die Menschen noch geherrscht haben.«

»Ich erinnere mich an häufige Berichte über Flugzeugabstürze.« Das war vielleicht übertrieben, aber ich blieb dabei: Damien sollte sich wieder auf seinen Platz setzen und den verdammten Jet fliegen.

»Die Technik hatte mehr Schuld als die Menschen, die die Dinger geflogen sind«, antwortete Kylan.

Ich ignorierte ihn. Vor allem, weil Damien gehorchte und sich wieder hinter den Steuerelementen niederließ. »Was hat Izzy gesagt?«, fragte ich und kam direkt zur Sache.

»Ich wusste nicht, dass dein Erschaffer Flugangst hat«, murmelte Kylan.

»Die hat er erst, seit er eine Gefährtin hat«, murmelte Damien, der meinen Kommentar offenbar ignorierte und stattdessen das Gespräch über Flugsicherheit fortsetzte. »Jetzt ist er besessen davon, sie zu beschützen.«

Kylan warf einen Blick auf die Couch, auf der unsere Frauen lümmelten. »Das kann ich ihm wohl nicht verübeln.«

»Gut. Können wir uns jetzt auf Izzy konzentrieren?«, fragte ich. Ihre Nebenunterhaltung ging mir echt auf die Nerven.

Damien wurde nüchtern, seine Tätowierungen bewegten sich auf seinem kräftigen Arm, als er seine Hand zu einer Faust ballte. »Sie hat nicht viel gesagt, aber etwas stimmt nicht. Sie klang nicht wie sonst. Überhaupt nicht.«

Kylans entspanntes Verhalten veränderte sich augenblicklich; sein dunkler Blick wurde plötzlich schärfer. »Glaubst du, wir steuern auf eine Falle zu?«

»Ich weiß es nicht.« Damien lockerte seinen Griff und ballte seine Hand dann erneut zur Faust. Ich hatte gedacht, dass seine Steifheit nur mit meinem Kommentar über das Fliegen des Flugzeugs zusammenhing, aber da schien etwas anderes dahinterzustecken. »Ich kann es nicht erklären. Aber meine Instinkte schlagen an.«

Ich kannte Damien schon sehr lange. Wenn seine Instinkte anschlugen, gab es dafür einen Grund. »Es ist zu spät, umzukehren und anderswo zu landen.« Das war keine Frage, denn ich kannte die Antwort bereits.

Damien bestätigte es dennoch, indem er sagte: »Unsere Möglichkeiten der Landung sind jetzt begrenzt, ja.«

Das machte den Zeitpunkt von Izzys Anruf mehr als verdächtig. Warum meldete sie sich erst am Ende unserer Reise und nicht schon früher? Wollte sie uns warnen? Wollte sie uns sagen, dass wir umkehren sollen?

Kylan studierte die Flugdaten auf dem Bildschirm; er kannte sich mit dieser Technologie besser aus als ich.

Schließlich war dies sein Flugzeug. »Welche Optionen haben wir?«, fragte er in sachlichem Ton.

»Helias Region, Sofia Region oder Robyn Region«, murmelte Damien, wobei der letzte Gebietsname Kylan zusammenzucken ließ. »Wir könnten auch versuchen, nach Cormac Region zu gelangen, wenn ihr seine Gastfreundschaft testen wollt. Ich vermute, er wäre uns am wohlgesonnensten.«

Das wäre er, ja. Aber das würde bedeuten, dass wir vor unserem aktuellen Kampf weglaufen müssten.

Und ich war nicht der Typ, der davonlief.

»Wie sieht es mit unseren Waffen an Bord aus?«, fragte ich.

Kylan und Damien waren für die Vorbereitung dieser Reise zuständig gewesen, also wusste ich, dass wir zumindest ein paar Waffen zur Verfügung hatten. Vielleicht auch etwas Sprengstoff. Vorausgesetzt, Damien hatte ausreichend Zeit, um diesen zu beschaffen.

Mein treuer Abkömmling zählte sofort auf, was wir an Bord hatten, woraufhin Kylan die Augenbrauen hochzog. »Hast du deinen verdammten Verstand verloren? Eine falsche Bewegung und wir könnten mit all dem Zeug unter uns explodieren.«

»Ach? Jetzt machst du dir Sorgen, dass der Vogel abstürzen könnte?« Ich warf ihm einen spöttisch überraschten Blick zu. »Schockierend.«

Kylan knurrte. »Ich hatte ja keine Ahnung, dass wir auf einem verdammten Militärarsenal sitzen.«

»Was dachtest du denn, was ich in all den Taschen habe? Klamotten?« Der verärgerte Tonfall in Damiens Stimme verriet mir, dass er genug von den Flugsorgen hatte. »Wir haben genug, um uns zu verteidigen, wenn es nötig ist. Aber wir befinden uns mitten in fremden

Regionen und der Ernest Clan ist unser nächster bekannter Verbündeter. Wenn wir den Jet verlieren …«

Er beendete seine Aussage nicht, denn es war klar, worauf er hinauswollte … Wenn wir den Jet verlieren würden, säßen wir auf dem Trockenen.

»Wir müssen die Verstärkung vorbereiten«, beschloss ich laut und verließ das Cockpit. »Jace! Hör auf, herumzuficken! Du musst Ivan anrufen.«

»Ich nehme an, das bedeutet, dass wir den Plan weiterverfolgen?«, murmelte Kylan, nur leicht gereizt.

»Ja«, antwortete ich bestimmt.

Hazel mochte mit einer ganzen Armee auf uns warten. Oder vielleicht auch nur mit ein paar Vampiren.

Wie auch immer, ich liebte eine gute Herausforderung.

Und noch mehr liebte ich es, zu töten.

»Meinst du nicht, wir sollten darüber abstimmen, was wir tun sollen?«, fragte Kylan, woraufhin ich innehielt und ihn ansah.

»Wofür würdest du stimmen?«

»Sie alle zu erschießen«, antwortete er sofort.

»Wozu dann eine Abstimmung? Das sind zwei gegen einen, und wir sind beide älter als Jace.« Darius' Stimme zählte nicht, weil er kein Royal war. Außerdem wusste ich, dass er den Plan gutheißen würde. Er tat zwar so, als würde er seine Bücher bevorzugen, aber unter seinen feinen Anzügen lauerte eine Bestie.

»Auf wen schießen wir?«, fragte Jace, als er die Kabine betrat, sein Hemd nur teilweise zugeknöpft.

»Auf alle, die etwas mit der möglichen Falle zu tun haben, die uns im Gebiet Hazel Region erwartet«, erklärte Kylan, bevor er auf das einging, was wir mit Damien besprochen hatten.

»Wisst ihr – viel einfacher wäre es, wenn ich Hazel anrufe und mich noch einmal vergewissere«, schlug Jace vor. »Wir sind jetzt nah genug dran, dass sie meinen Anruf annehmen könnte.«

»Wo bliebe denn da der Spaß?«, sinnierte ich.

»Ja, wo?«, erwiderte Jace trocken; sein englischer Akzent war stärker als sonst.

Anstatt mit mir zu diskutieren, zückte er sein Handy. »Hazel, Liebes«, murmelte er eine Sekunde später. »Kylan und Ryder scheinen den Eindruck zu haben, dass du mit einer ganzen Armee auf uns wartest. Wenn man bedenkt, wie unberechenbar Ryder sein kann, würde ich nicht empfehlen, diesen Plan weiterzuverfolgen, vorausgesetzt, sie haben recht.«

Es folgte ein leises Schnauben durch den Lautsprecher des Handys. »Cam hatte recht, dich einzubeziehen, Jace. Aber ich hatte keine Ahnung, dass du so viele Gäste in mein Gebiet bringst.«

»Ich hätte dich ja schon früher angerufen, um dich zu warnen, aber ich vermute, du wärst nicht eher ans Telefon gegangen.«

»Das werden wir wohl nie erfahren, was?«, gab sie zurück, wobei ihre Stimme eher amüsiert als verärgert klang. »Wer außer Ryder und Kylan ist noch an Bord?«

»Unsere *Erositas* und Gefährtinnen«, antwortete Jace ehrlich, was mir ein Augenrollen entlockte. »Und Darius und Damien.«

Auch ein Weg, den Überraschungseffekt zu ruinieren, sagte ich ihm mit einem Blick.

Er ignorierte mich, seine Aufmerksamkeit war auf Hazel gerichtet.

»Ich verstehe.« Sie schien einen Moment lang zu überlegen und zuckte dann mit den Schultern. »Bleib dran – ich zeige dir, wer auf eure Ankunft wartet.«

Kylan und ich stellten uns zu ihm, um einen Blick auf den Bildschirm zu werfen. Das einzige Geräusch war das leise Klackern von Absätzen auf Zement. Hazel hatte den Bildschirm von sich weggedreht, sodass wir einen Blick auf den Hangar und die beiden Jets darin werfen konnten.

»Ryder und Kylan denken, dass wir sie bei ihrer Ankunft angreifen wollen«, sagte sie zu einem Schatten, der neben einem der Jets lauerte.

Ich schürzte die Lippen, als der Schatten ins Licht trat. Der royale Kapuzenträger war unverkennbar. Vor allem, weil er *immer* eine Kapuze oder einen formellen Kopfschmuck trug.

»Khalid?«, erkundigte sich Jace und sprach damit das Offensichtliche aus.

Der Mann auf dem Bildschirm zog seine Kapuze runter, um uns seine glänzenden Augen zu zeigen, die wie schwarze Murmeln mit einem Hauch von Türkis schimmerten. Eine einzigartige Erscheinung, die auf dem Bildschirm noch besser zur Geltung zu kommen schien.

»Hat Ryder auf einen Sparringspartner spekuliert?«, fragte Khalid. »Das wäre vielleicht sogar ganz lustig.«

»Wenn du darauf stehst, zu sterben«, antwortete ich.

Der andere Mann grinste und übernahm die Kontrolle über das Video. »Ich betrachte das als formelle Zusage für ein zukünftiges Date, alter Freund. Aber nein, wir empfangen euch nicht mit unserer Armee. Hier sind nur wir – einer meiner Herrscher, ich und unsere Gefährten.«

Diese Information ließ Jace den Kopf heben. »Gefährten? Und welcher Herrscher?«

»Das werdet ihr schon noch früh genug sehen«, antwortete er. »Insofern ihr euch nicht versteckt.«

Die Verbindung wurde unterbrochen.

Belustigung umspielte meine Mundwinkel. »Oh, jetzt landen wir definitiv.« Denn er hatte gerade eine offizielle Einladung zu einem Spiel meiner Präferenz ausgesprochen.

Eines, bei dem es um Pistolen ging.

Und Messer.

Und *Blut*.

»Willow«, rief ich. »Komm mit! Wir müssen ein paar Spielsachen zusammensuchen.«

IZZY

Das Gespräch mit Damien hat mich nicht so abgelenkt, wie ich es mir erhofft hatte. Ich war sogar noch nervöser geworden.

Alle waren auf dem Weg.

Jace. Darius. Kylan. Ryder. Ihre Gefährtinnen. Und mein Bruder.

Normalerweise würde ich mich freuen, sie zu sehen. Aber nicht in diesem Moment. Nicht so.

Ich schluckte und öffnete den Kleidersack, den Cam für mich angefordert hatte. Ich erwartete ein durchsichtiges Kleid, wie es in der heutigen Welt für die *Erosita* eines Vampirs üblich war.

Doch was mich erwartete, war überhaupt nicht durchsichtig. Es war nicht einmal ein Kleid.

»Jeans und ein Pullover?«, fragte ich und konnte meine Überraschung nicht verbergen.

Cam blickte von seinem eigenen Kleidersack auf, in dem ein schwarzer Anzug lag, und wölbte eine Augenbraue. »Ich habe in deinen Gedanken gelesen, dass das deine bevorzugte Garderobe ist. Habe ich das missverstanden?«

»Ich … Nein. Das hast du nicht missverstanden.« Meine Stimme war leise, fast zaghaft.

Ich war mir nicht sicher, wie ich mit dieser Version von Cam umgehen sollte.

Verdammt, ich wusste nicht, wie ich mit all dem umgehen sollte.

»Die anderen *Erositas* werden nicht so gekleidet sein. Sie werden wahrscheinlich durchsichtige Abendkleider tragen.« Vielleicht kannte er die aktuellen Protokolle einfach nicht. Obwohl ich sie nicht wirklich mochte, schien es mir klug, ihn davor zu warnen.

Er schnaubte eine Antwort. »Ich werde dich nicht zur Schau stellen, damit andere dich bewundern können. Du gehörst mir, bis du etwas Gegenteiliges sagst.«

Ich starrte ihn an und war abermals fassungslos. Nur dieses Mal waren es seine Worte gewesen, die mich verblüfft hatten, und nicht das, was in dem Kleidersack war.

Du gehörst mir, bis du etwas Gegenteiliges sagst …

»Was meinst du damit?« Das war vielleicht eine dumme Frage, aber ich hatte keinen Schimmer, wie die Antwort darauf lautete.

In den vergangenen zwei Wochen hatte er im Grunde geplant, mich so lange zu benutzen, bis er einen geeigneten Ersatz gefunden hatte.

Einen neuen unsterblichen Blutbeutel.

Ein gehorsames menschliches Haustier.

Aber das war nicht das, was seine Worte jetzt implizierten.

»Ich meine, dass es deine Entscheidung ist, wie wir vorgehen, Ismerelda. Ich werde deine Wahl respektieren, auch wenn sie mir nicht gefällt.« Seine Gedanken bestätigten diese Aussage und mein Magen verkrampfte sich vor Nervosität.

Das … das war alles so anders als in den letzten paar Wochen.

Wie war es möglich, dass sich so viel so schnell verändert hat?

Oder war es schrittweise geschehen und ich hatte es nur nicht bemerkt? Vielleicht war ich zu sehr in Cams Grausamkeit versunken gewesen, um es zu bemerken.

Diese Version verwirrte mich zu sehr im Vergleich zur alten Version.

Wer ist dieser Cam?, fragte ich mich und ärgerte mich darüber, dass ich überhaupt fragen musste. Es wäre so viel einfacher, wenn seine Erinnerungen zurückkehrten. Wenn *er* zurückkehrte. Aber das würde er nicht. *Er ist weg.*

»Stimmt. Ich glaube nicht, dass ich jemals wieder dieser Mann sein werde«, räumte er ein. »Aber mein früheres Ich war schwach. Diese Version meines Ichs hat eine Mission über dich gestellt. Ich habe das Schicksal der Welt wichtiger genommen als deins. Ich bin nicht mehr dieser Mann. Ich bin nicht altruistisch. Ich bin egoistisch. Arrogant. *Besitzergreifend.* Ich bin der Typ, der dich an erste Stelle setzt, und das bedeutet, dass ich dich über meine eigenen Bedürfnisse und Wünsche stelle.«

Er hielt meinen Blick lange fest und ließ diese Worte auf sich wirken. Dann holte er den Anzug aus dem Kleidersack und ging ins Bad, um sich umzuziehen.

Er musste gespürt haben, dass ich nicht in der Lage war, darauf zu antworten. Denn ich wusste nicht, was ich darauf antworten sollte. Wie ich reagieren sollte. Wie ich mich *fühlen* sollte.

Cam hatte im Grunde angedeutet, dass er mich nie verlassen hätte, wenn diese Version von ihm vor über einem Jahrhundert für seine Entscheidungen verantwortlich gewesen wäre.

Denn er hätte zuerst an meine Bedürfnisse gedacht. *Unsere* Bedürfnisse. Er hätte mich nicht im Stich gelassen.

Was wäre aus uns geworden, wenn er geblieben wäre?, fragte ich mich, während ich meinen Pullover auf das Bett legte. *Wären wir überhaupt noch am Leben?*

Ja, flüsterte er zurück. *Aber dann wärst du wahrscheinlich ein Vampir und kein Mensch.*

Ich war gerade im Begriff gewesen, mir die Jeans zu schnappen, als er das sagte. Der Stoff glitt mir vor Überraschung durch die Finger. *Ein Vampir?*

Du bist stark, Izzy. Als Vampir wärst du großartig. Ich weiß nicht, warum ich dich nie verwandelt habe, aber das ist ein weiterer Fehler, den meine frühere Version gemacht hat.

Ich schielte auf die Kleidungsstücke auf dem Bett. *Du würdest deine unsterbliche Blutquelle verlieren.*

Und eine Königin gewinnen. Das ist für mich viel mehr wert als Blut.

Die Aufrichtigkeit, die seine Aussagen unterstrich, traf mich mitten in die Brust und plötzlich hatte ich Mühe, zu atmen.

Er meinte jedes Wort ernst.

Und er zeigte mir mit seinen Gedanken, dass er nicht erst heute, sondern schon in der vergangenen Woche darüber nachgedacht hatte.

Er hatte versucht, herauszufinden, warum er mich nie verwandelt hatte, denn ich war eindeutig dazu bestimmt, ein Vampir zu sein. Dazu geschaffen, seine Königin zu sein. Ihm ebenbürtig.

Cam hatte auch den Entschluss gefasst, mit mir

darüber zu reden. Er hatte geplant, die Barriere zwischen unseren Köpfen zu senken.

Dann hatte ich diese Barriere durchbrochen, als Michael mich zum Sterben zurückgelassen hatte. *Auf Cams Befehl hin.*

Allerdings war das gar nicht Cam gewesen.

In meinem Kopf drehte sich alles, während ich mich anzog; mein Herz pochte in meiner Brust.

Kann ich diesem Cam vertrauen? Kann ich ... ihn lieben?

Er wollte mich verwandeln. Aber nur, wenn ich es wollte. Das hörte ich in seinen Gedanken. Er war der Meinung, dass ich mehr als würdig war, ein Vampir zu sein. Dass ich schon vor Jahrhunderten einer hätte werden sollen.

Ich malte mir aus, wie unser Leben heute aussehen könnte, wenn Cam mich verwandelt hätte.

Aber ich verwarf diesen Gedankengang schnell wieder, denn es war unnötig, über das Potenzial von etwas nachzudenken, das nie passiert war.

Ich musste mich auf die Zukunft konzentrieren und darauf, wohin wir von hier aus gehen sollten.

Allerdings hatte ich keine Ahnung, welchen Weg ich einschlagen sollte.

Cam kam gerade aus dem Badezimmer, als ich den Pullover über meinen Kopf gezogen hatte. Seine blauen Augen wanderten über den cremefarbenen Stoff zu meinen engen Jeans. In seinem Blick lag Wertschätzung, eine Wertschätzung, die ich teilte, als ich seinen komplett schwarzen Anzug betrachtete.

Er ging zu meinem Kleidersack und holte dünne Socken und ein Paar flache Schuhe heraus.

Keine Heels.

Denn meine Gedanken hatten ihm verraten, wie sehr ich hohe Schuhe hasste.

Schweigend kniete er sich vor mich und griff sanft nach meinem Knöchel, um meinen Fuß in die Luft zu heben. Mein Herz setzte einen Schlag aus, als er die Socke über meine Zehen und meine Ferse schob. Dann wiederholte er den Vorgang an meinem anderen Fuß und zog mir anschließend die Schuhe an.

Es war eine so einfache Handlung und doch so unglaublich ehrfürchtig, dass es mir den Atem raubte.

Als er wieder aufstand, war mir vor lauter Sauerstoffmangel schwindelig.

Er strich mit seinen Fingerknöcheln über mein Kinn, sein Blick war intensiv. »Ich bin vielleicht nicht deine bevorzugte Version, Ismerelda, aber ich bin die *richtige* Version. Denn du bist auch nicht mehr die, die du einmal warst. Du bist kein Schwan mehr, mein Schatz. Du bist eine Löwin. Eine Königin. Und wenn du mich lässt, werde ich dein König sein.«

Sein Daumen streichelte meine Unterlippe und seine Augen folgten der Bewegung.

»Es ist deine Entscheidung«, erklärte er leise und beugte sich dann vor, um mir einen Kuss auf die Wange zu drücken. »Aber überstürze nichts, meine Königin. Lass dir Zeit. Ich werde warten, bis du dich entschieden hast. Und ich werde deine Wahl respektieren.«

Mit diesen Worten drehte er sich um und verließ den Raum.

Ich schluckte. Meine Lunge brannte, *gierte* nach Sauerstoff. Als ich schließlich einatmete, war es eine Wolke aus Cams Duft.

Minzig. Holzig. Maskulin. *Mannhaft.*

Ich schloss die Augen und ließ zu, dass sein Parfüm meine Sinne überwältigte. Für einen Moment verlor ich mich in seiner Vertrautheit.

In den vergangenen Wochen war so viel passiert.

Verdammt, in den vergangenen zwölf Jahrzehnten war so viel passiert.

Die Welt war komplett aus den Fugen geraten.

Die Menschen waren zu Sklaven geworden.

Vampire und Lykaner hatten eine neue Regierung gegründet.

Mich hatte man aus Sicherheitsgründen weggesperrt, während mein Gefährte einer Gehirnwäsche unterzogen worden war. Unwiderruflich verändert. *Wiedergeboren.*

Noch vor wenigen Stunden wäre ich fast zu Tode vergewaltigt worden.

Und jetzt … jetzt war der Mann, den ich liebte, ein völlig Fremder für mich.

Und doch strahlte er eine Geduld aus, die ich sehr bewunderte. Eine Geduld, die ich *brauchte.*

Meine Hände ballten sich zu Fäusten, während ich mich auf meine Atmung konzentrierte. *Ein – eins, zwei, drei. Aus – eins, zwei, drei, vier, fünf.*

Cam wollte, dass ich an diesem Treffen teilnahm.

Nein, nicht nur ich. Sondern auch Keys. Der Mensch, den er offenbar irgendwann in den letzten zwölf Stunden adoptiert hatte.

Ich lächelte zaghaft, aber nur, weil das so typisch für *meinen* Cam war. Er war schon immer der Typ gewesen, der sofort entschied, ob er jemanden mochte oder nicht. Die meisten Leute fielen in die letztere Kategorie. Wenn das der Fall war, tat er sie einfach ab.

Aber wenn seine Instinkte auf jemanden ansprangen, den er bewunderte oder der ihn auf besondere Weise faszinierte, schenkte er ihm seine volle Aufmerksamkeit.

Und es schien, als hätte Keys Cams Interesse so sehr geweckt, dass er sein Leben retten wollte.

Ich schüttelte den Kopf. Diese Gegensätze zwischen

dem alten Cam und dem neuen Cam verwirrten meinen Kopf.

Konzentriere dich, Izzy!, redete ich auf mich ein. *Du schaffst das. Mach einfach einen Schritt nach dem anderen.*

Damien und Ryder würden bei dem Treffen dabei sein. Jace und Darius auch. All diese Informationen hatte ich Cam bereits mitgeteilt, vor allem in meinem Kopf. Er hatte weder auf die eine noch auf die andere Weise reagiert. Ohne Aufregung. Aber auch ohne Angst. Nur mit ruhiger Akzeptanz.

Ich wünschte, ich könnte auch so ruhig sein.

Damiens Besorgnis war bei unserem Telefonat deutlich zu spüren gewesen. Er wusste, dass etwas nicht stimmte, obwohl ich immer wieder etwas anderes behauptet hatte. Das Ganze war nicht seine Angelegenheit. Er musste nicht von meinem Ärger mit Cam erfahren oder davon, was genau im Vatikan passiert war.

Cams permanenter Gedächtnisverlust war der einzige Aspekt unserer Situation, den ich mit Damien und den anderen teilen wollte. Und das auch nur, weil dieser Punkt alle betraf, nicht nur mich.

Aber alle anderen Details gingen nur Cam und mich etwas an. Niemandem sonst.

Dazu gehörte auch die Tatsache, dass ich fast zu Tode vergewaltigt worden war.

Und auch alles, was Cam zuvor mit mir gemacht hatte. Mich zu ficken, während ich schlief. Mich zu seinem Vergnügen zu benutzen, während er durch seinen Biss Orgasmen aus mir herausholte.

Ich zitterte, meine Augen waren immer noch geschlossen, als mir ein Schauer über den Rücken lief.

Mein Körper schien sich wohlwollend an diese Momente zu erinnern.

Mein Herz jedoch fühlte einen Schmerz, der bis in meine Seele vordrang.

Ich war unschlüssig. Ausgelaugt. *Überwältigt.*

Ich holte noch einmal tief Luft und grub meine Fingernägel in meine Handflächen.

Cam konnte jeden einzelnen meiner Gedanken hören, doch er blieb gelassen. Er schien meinen Schmerz zu akzeptieren und reagierte darauf mit einer weiteren Welle der Geduld.

Beweg dich, Izzy!, sagte ich mir. *Hier zu stehen, bringt nichts.*

Außerdem könnte ein Meeting genau die Ablenkung sein, die ich im Moment benötigte.

Vorausgesetzt, Damien und Ryder verschütten mich nicht unter ihrer brüderlichen Sorge.

Zähneknirschend öffnete ich die Augen und verließ den Raum.

IZZY

Keys und Cam standen beide im Foyer neben dem Wohnbereich, beide in passenden Anzügen gekleidet.

Du hast ihn zu deinem Zwilling gemacht, wie ich sehe, meinte ich gedanklich zu Cam.

Ich habe ihn als Ebenbürtigen gekleidet, damit die anderen ihn nicht wie einen Diener behandeln. Sein Blick schweifte interessiert über mich. *Und dich habe ich als meine Königin gekleidet.*

»Ich trage Jeans und Pulli«, antwortete ich laut. »Das ist nicht sehr königlich.«

»Königinnen brauchen keine Kleider oder formelle Kleidung, um zu regieren«, erwiderte er. »Sie regieren einfach, indem sie existieren.«

»Und Könige?«, fragte ich, weil ich beschlossen hatte, mich auf diese Ablenkung von meinen Gedanken einzulassen.

Seine Lippen kräuselten sich und seine Iriden glitzerten wie der Mond, der über dem mitternächtlichen Meer schwebte. »Könige kleiden sich, um ihre Königinnen zu beeindrucken.«

Meine Wangen erwärmten sich bei der offensichtlichen Anspielung in seinem Ton. Er wusste, dass er mir in seinem maßgeschneiderten Anzug gefiel. Und er deutete an, dass er ihn für mich trug und für niemanden sonst.

Cam hatte mich noch nie als Königin oder Royal bezeichnet. Zumindest nicht vor dem heutigen Tag. Das war ... eine interessante Veränderung.

Du bist kein Schwan mehr, mein Schatz. Du bist eine Löwin. Eine Königin.

Seine Worte überschlugen sich in mir, und ich straffte mein Rückgrat. Cam bewertete mich als stark, nicht als zerbrechlich und zart. Er sah mich als potenziell ebenbürtig an. Ich war es wert, ein Vampir zu sein.

Würdig, an seiner Seite zu herrschen.

Was auch immer das bedeuten mochte.

Eine Partnerin, *mit* der er Entscheidungen treffen konnte, statt *für* sie.

All diese Informationen schwirrten in seinem Kopf herum; ich konnte die Worte verarbeiten und darauf reagieren, wie ich wollte.

Aber ich wusste immer noch nicht, was ich sagen sollte, wie ich damit umgehen sollte, wie ich alles verstehen sollte, was passiert war.

Also beschloss ich, es nicht zu versuchen. Noch nicht.

Ich habe Zeit, mir darüber klar zu werden. Mach einfach einen Schritt nach dem anderen, wiederholte ich zu mir selbst.

Cam streckte seine Hand aus, aber nicht, um meine zu ergreifen. Stattdessen deutete er in Richtung Tür. Keine Worte begleiteten seine Bewegung, nur ein wissender Blick.

Er wartete darauf, dass ich meinen eigenen Rat befolgte und *einen Schritt machte.*

Ich straffte erneut den Rücken, tat genau das und führte uns zur Tür. Im Flur angekommen, suchte ich bei ihm nach Führung, denn unsere Umgebung war mir fremd.

Anstatt vor mir zu gehen, drückte Cam seine Handfläche auf meinen unteren Rücken und führte mich zum Fahrstuhl. Während wir gingen, informierte er mich über die Details des Gebäudes, über die Codes und Ausgänge, die er sich bereits eingeprägt hatte und die er nun zur Sicherheit an mich weitergab.

Keys lief hinter uns und seine Anwesenheit fühlte sich seltsam beschützend an, als hätte er instinktiv eine Art Bodyguard-Rolle übernommen. Das war seltsam, denn er war ein Mensch und viel verletzlicher als Cam oder ich. Aber vielleicht war das seine Natur als Vigil.

Nachdem wir in den Fahrstuhl gestiegen waren, stellte er sich mit dem Rücken zu uns, den Blick auf die Türen gerichtet.

Cam behielt seine Handfläche auf meiner unteren Wirbelsäule. Seine Berührung war sanft, aber nicht gerade zögerlich. Seine Fingerspitzen brannten sich besitzergreifend durch meinen Pullover, seine Beschützerinstinkte waren ein lautes Knurren in seinem Kopf.

Und doch war es wieder anders als bei dem Cam, den ich kannte. Denn diese Beschützerinstinkte kamen nicht daher, dass er mich als zerbrechlich oder leicht verletzbar ansah. Stattdessen waren seine Handlungen eher wilder Natur, als wäre er bereit, jeden zu töten, der sich uns in den Weg stellte. Oder auch nur falsch atmete.

Ich gehörte ihm.

Und er würde es nicht dulden, wenn jemand versuchen sollte, diesen Anspruch zu beeinträchtigen.

Und er würde es auch nicht dulden, wenn jemand versuchten sollte, uns zu schaden.

Seiner Meinung nach waren wir schon durch die Hölle gegangen. Er wollte nicht, dass wir dorthin zurückkehrten.

Nur nach vorn.

Gemeinsam.

Als Team.

Das war ein verblüffender Kontrast zu dem Cam, der mich noch vor wenigen Tagen nur hatte ficken wollen.

Doch als ich diese Erinnerungen aus seiner Sicht betrachtete, stellte ich fest, dass es für ihn mehr als nur Vergnügen gewesen war.

Es war eine Wiederentdeckung seines Geistes gewesen. Eine Verbindung, von der ihm erst allmählich klar geworden war, dass er sie vermisst hatte.

Er beugte sich vor und drückte mir einen Kuss auf den Hals; seine Berührung war beruhigend und beängstigend zugleich. Denn ich wusste, wozu sein Mund fähig war, welche Glückseligkeit er hervorrufen konnte. Und auch welchen Schmerz.

Dennoch sehnte ich mich nach ihm. Nach seiner Zunge. Nach seinem Trost. Seinem *Biss*.

Ich zitterte und meine Schenkel verkrampften sich bei dem Gedanken an alles, was er mir angetan hatte und was er noch tun könnte.

Leider stellte er sich nur etwas aufrechter hin und drückte mich leicht nach vorn, als sich die Türen öffneten und eine opulente Lobby freigaben. Der dreistöckige Raum war mit Fenstern ausgestattet, durch die der Mond das rot-schwarze Interieur in warmes, dezentes Licht tauchte.

Überall flackerten Kerzen und trugen zur romantischen Atmosphäre bei.

Nur ein Trio von Vampiren schien auf dem Stockwerk zu arbeiten. Sie begrüßten uns, als wir eintraten. Ihre Position hinter einem langen Schreibtisch ließ vermuten, dass sie Rezeptionisten waren.

Eine Vampirin trat vor und senkte den Kopf dezent in Richtung Cam. »Sie werden im Seeblick-Konferenzraum erwartet. Erlauben Sie mir, Sie zu begleiten.«

Cam sagte nichts, sondern wartete nur darauf, dass der Rotschopf sich bewegte.

Als sie das tat, folgten wir ihr, wobei Keys wieder das Schlusslicht bildete.

Der besagte Konferenzraum befand sich direkt neben dem Empfangsbereich und der große Raum schien angemessener für eine Gala als für ein kleines Treffen zu sein.

Unsere Runde bestand aber tatsächlich aus mehr als einem Dutzend Personen. Einige von ihnen kannte ich. Von anderen hatte ich nur durch Luka gehört.

Damien reagierte als Erster auf unser Erscheinen, seine goldenen Augen fanden meine, als er durch den Raum ging und mich von Cam wegzog.

Mein Gefährte knurrte innerlich, blieb aber nach außen hin stoisch.

Ist schon gut, sagte ich, als ich die Umarmung meines Zwillings erwiderte. Mit seiner Größe von über eins achtzig und seinen starken Armen fühlte ich mich klein, denn er hatte eher die Gene unseres Vaters als die unserer Mutter geerbt.

Wer uns ansah, würde nie vermuten, dass wir verwandt waren.

Seine Haare waren dunkel, während meine wie Sonnenschein leuchteten. Meine Augen waren grün, seine golden. Ich war kleiner und schlanker, während er mit seinen großen Bizepsen und den dicken Oberschenkeln den Körper eines Profisportlers hatte.

Er und Ryder würden in Sachen Verwandtschaft besser zueinander passen, denn die beiden rivalisierten in Größe und Haarpracht miteinander.

Aber Ryders Augen glitzerten wie Diamanten aus Obsidian – vor allem jetzt, da er sich auf uns zubewegte.

Ich hatte schon vor langer Zeit gelernt, dass ein schweigsamer Ryder nie ein gutes Zeichen war.

Cam blieb jedoch gelassen, als Ryder in seinen persönlichen Bereich eindrang, und mein Gefährte wölbte nur eine Augenbraue.

»Ist alles in Ordnung?«, fragte Damien mich.

»Mir geht es gut.« Mir ging es eigentlich überhaupt nicht gut. Aber das musste er nicht wissen.

Leider schien er die Wahrheit trotzdem zu spüren, denn seine Augen verengten sich, bevor er seine Aufmerksamkeit auf Cam lenkte. »Was zum Teufel hast du dir dabei gedacht?«, fragte er.

»Damien. Mir geht's gut«, wiederholte ich.

Aber er ignorierte mich und fragte stattdessen: »Bist du zufrieden damit, wie das alles ausgegangen ist?«

»Er sieht nicht sehr zufrieden aus«, sagte Ryder beiläufig. »Er sieht aber immer noch verdammt selbstgefällig aus.«

»Im Ernst. Mir geht's gut. Lasst ihn in Ruhe!«

Aber natürlich ignorierte Damien mich weiterhin. Ryder auch. Stattdessen machten sie sich über Cam und seine arroganten Entscheidungen lustig.

Sie waren sauer, dass Cam mich im Stich gelassen hatte, und hatten das Bedürfnis, dies kundzutun.

Ich war die Schwester, die sie beschützen mussten. Sie hatten mir zwar beigebracht, mich körperlich zu verteidigen, aber sie hatten mir nie erlaubt, es wirklich zu versuchen.

Für immer meine Beschützer.

Aber im Moment mussten sie mich nicht vor Cam beschützen. Ich wollte, dass sie mir *zuhörten.*

»Stopp!«, befahl ich, trat vor Cam und nahm ihre Aufmerksamkeit in Anspruch. »Hört auf, so zu tun, als wäre ich nicht hier! Hört auf, mir zu unterstellen, dass ich mich nicht selbst beschützen kann! *Und hört auf, mich wie eine Porzellanpuppe zu behandeln!*«

Ryder erstarrte.

Damien auch.

Währenddessen umfasste Cam meine Hüften und ein zufriedenes Schnurren schien von seinem Geist zu meinem zu dringen. *Meine bezaubernde Löwin,* lobte er. *Du brüllst so wunderschön.*

Ich ignorierte ihn und die Hitze, die als Reaktion auf seine Bemerkung auf meinen Wangen kochte.

»Ich bin über tausend Jahre alt«, sagte ich und konzentrierte mich auf Damien und Ryder. »Wenn ich dazu bestimmt gewesen wäre, zu zerbrechen, hätte ich das schon längst getan. Und ich bin im Übrigen die Einzige, die das Recht hat, wütend auf Cam zu sein, weil er mich im Stich gelassen hat.«

Ich schaute zwischen Damien und Ryder hin und her, dann betrachtete ich die anderen Gesichter im Raum und den einsamen Tisch unter dem Kronleuchter.

Ich entschied, dass es sich eindeutig um einen Ballsaal handeln musste, als ich die Samtvorhänge bemerkte, die vermutlich weitere Fenster mit Blick auf den See verdeckten. Daher auch der Name – Seeblick-Konferenzraum.

Ich räusperte mich und warf dann einen Blick auf Jace. »Können wir damit beginnen, einander vorzustellen?

Ich würde gern deine *Erosita* und die anderen offiziell kennenlernen.« Dann fiel mein Blick auf Hazel, Khalid und die drei anderen, die neben ihm standen.

Ich erkannte nur eine der Personen – Cedric. Ein alter Vampir, von dem ich annahm, dass er in Silvano Region wohnte. Oder in Ryder Region, wie das Gebiet jetzt genannt wurde.

Ich hatte keinen Schimmer, warum sie hier waren, aber ich hoffte, jemand würde es mir erklären. Und zwar bald.

»Also?«, fragte ich, als sich niemand zu Wort meldete. »Vorstellungen?« Das schien mir ein guter Anfang zu sein und eine Möglichkeit, die wachsende Spannung im Raum zu beruhigen.

»Ihr habt meine Königin gehört«, sagte Cam und seine Stimme klang voller Autorität. »Sie verlangt Namen. Gebt sie ihr! Am besten sofort.«

Nicht gerade die eloquenteste Art, ein Treffen zu beginnen, aber es schien seinen Zweck zu erfüllen, denn Jace räusperte sich.

»Izzy, Cam, das ist meine *Erosita*, Calina.« Er schenkte der blonden Frau neben ihm ein freundliches Lächeln. »Calina, das sind Izzy und Cam.«

Ryder grunzte. »Das wird ewig dauern.« Er trat zurück und stellte sich neben eine andere blonde Frau, deren Augen irgendwie ungewöhnlich waren. Ich nahm an, dass dies seine Gefährtin Willow war.

Nach dem, was ich über sie wusste, war sie eine seltene Vampir-Lykaner-Hybridin. Das erklärte den gelben Schimmer, den ich in ihren sonst eisblauen Augen wahrnahm.

»Willow, das ist Damiens Zwillingsschwester Izzy«, sagte Ryder. »Und das Arschloch neben ihr ist ihr Vampirgefährte Cam. Er ist derjenige, der offenbar alles in

Ordnung bringen soll. Aber bis jetzt bin ich höchst unbeeindruckt.«

Kylan schnaubte. »Ich auch.«

Hazel räusperte sich. »Vielleicht sollten wir uns alle setzen?«, schlug sie vor.

»Ach? Soll das diesen Zaubertrick erleichtern?«, fragte Ryder. »Okay.« Er machte eine Show daraus, einen Stuhl zu nehmen und einen weiteren für Willow hervorzuziehen. »Komm, setz dich, Haustier.«

Die Frau kniff die Augen zusammen, und zwischen den beiden entspann sich eine Art stummes Gespräch. Worum auch immer es ging, Ryder schien sich zu amüsieren.

Er küsste sie auf die Wange, als sie sich neben ihn setzte, ein Zeichen der Zuneigung, das für den notorischen Einzelgänger untypisch war. Die einzige Zuneigung, die ich von Ryder kannte, galt seinen Waffen und Messern.

Und diese Zuneigung war in der Regel mit tödlicher Absicht unterlegt.

»Ich habe vergessen, wie lustig du sein kannst«, murmelte Khalid und richtete seine Aufmerksamkeit auf Ryder. »Emine, du solltest dir Notizen machen. Siehst du, wie schön Willow ihrem Meister gehorcht?«

Die Frau neben ihm lächelte, als sie zu ihm hochblickte. Aber es war kein freundliches Lächeln. Es war eines, das ihm riet, sich zu verstecken. »Ich würde lieber sterben, mein Prinz.«

»Das hatten wir doch schon«, antwortete Khalid und blickte zu Cedric. »Schöne Erinnerungen, was?«

Emine rollte mit den Augen.

Cedric sagte nichts.

Und Ryder, nun ja, er starrte Emine fasziniert an. »Okay, *das* hat mich beeindruckt.« Er richtete seinen Blick wieder auf Cam. »Du bist dran. Erzähl uns allen, wie du diesen Mist reparieren willst.«

»Ja, Cam«, sagte Kylan, der sich neben Ryder setzte und einen Rotschopf auf seinen Schoß zog. »Wir sind alle sehr gespannt darauf zu erfahren, wie du die Lösung für all unsere Probleme sein sollst.«

So viel zur Vorstellungsrunde. Aber immerhin lag der Fokus nicht mehr auf mir.

Leider galt er jetzt Cam. Denn alle wollten eine Erklärung für sein Handeln.

Und ohne Erinnerungen würde es ihm schwerfallen, diese zu liefern …

CAM

»Welche Probleme?«, fragte ich und beäugte Kylans teuren Anzug und die hübsche Vampirin auf seinem Schoß. »Du scheinst gut zurechtzukommen.«

Ich konzentrierte mich auf Ryder und mein Verstand katalogisierte automatisch all die potenziellen Waffen, die in seiner lässigen Kleidung versteckt waren. Ich kannte ihn schon sehr lange. Selbst ohne meine Erinnerungen wusste ich, dass er die größte Bedrohung in diesem Raum darstellte. Die anderen mochten mit ihm in Sachen Kraft, Geschwindigkeit und Wendigkeit konkurrieren, aber für sie standen Formalitäten meist an erster Stelle.

Ryder hingegen kümmerte sich nicht um Regeln. Ihm ging es ums Überleben.

Und er sorgte sich eindeutig um Ismerelda.

Wenn er glaubte, dass ich ihr in irgendeiner Weise Unrecht getan hatte – was bei ihm und Damien der Fall zu sein schien –, dann war Ryder derjenige, den ich im Auge behalten musste.

Khalid stand an zweiter Stelle meiner Beobachtungsliste. Vor allem, weil er ein Mann der Mysterien und Geheimnisse war. Er war noch nie ein Verbündeter gewesen.

Deshalb war seine Anwesenheit hier überraschend, wenn auch ein wenig faszinierend.

»Hazel«, sagte ich und ignorierte die geistreiche Erwiderung, die Kylan mir gerade an den Kopf geworfen hatte. Er war auf meine Beobachtungen bezüglich seines Wohlbefindens eingegangen. Aber ich war nicht interessiert genug gewesen, um ihm zuzuhören.

Es war wichtiger, den Raum zu inspizieren.

Genauso wie die Wiederherstellung der Ordnung.

»Du hast dieses Treffen einberufen«, fuhr ich an Hazel gerichtet fort. »Vielleicht möchtest du es leiten?«

Ihre braunen Augen fixierten mich, ihr Blick war ausdruckslos. »Ich bin kein Freund von Formalitäten, Cam. Nennen wir es lieber eine Diskussion als ein Treffen. Und ich fände es toll, wenn du uns zuerst sagen würdest, wo du im letzten Jahrhundert gewesen bist.«

»Nun, das wird eine sehr kurze Geschichte«, informierte ich sie. »Ich bin vor ein paar Wochen aufgewacht und habe nur noch eine Handvoll Erinnerungen an das letzte Jahrtausend. Es scheint, dass eine Art Waffe mein Gehirn zerstört hat.«

»Lilith hat ihn dazu gezwungen, sich Videoprotokolle anzusehen, die nahelegen, dass er für diese Welt verantwortlich ist«, fügte Ismerelda hinzu. »Und Michael hat dafür gesorgt, dass das Projekt erfolgreich durchgeführt wurde.«

»Michael?«, wiederholte Jace und zog seine dunklen Augenbrauen in die Höhe.

»Er lebt«, murmelte Ismerelda, und ihre Abneigung gegen den Vampir hallte in ihrem Kopf wider.

Das Gefühl konnte ich nachvollziehen. *Wir werden ihn aufspüren und ich werde zusehen, wie du ihn tötest*, versprach ich ihr. *Ich bitte dich nur darum, dass du es schmerzhaft machst.* Denn für das, was er getan hatte, verdiente er es, zu leiden.

Sie versteifte sich in meinen Armen und schaute mich dann mit schockierten grünen Augen an. *Du wirst mich ihn töten lassen?*

Ich runzelte die Stirn. *Ich werde dich gar nichts tun* lassen. *Es sind deine eigenen Entscheidungen, Ismerelda. Ich habe nur angenommen, dass du diejenige sein willst, die ihm den Kopf abreißt oder ihn in Brand steckt.* Beide Möglichkeiten würden dafür sorgen, dass er nie wieder aufwacht.

Sie blinzelte mich an. *Oh.*

Ich musterte sie und verstand ihre Verwirrung zunächst nicht. Dann erkannte ich den Grund – sie verglich mich wieder mit dem alten Cam.

Er hätte nie zugelassen, dass ich jemanden töte, dachte sie.

Ich glaube, wir haben bereits festgestellt, dass meine frühere Version ein Narr war, antwortete ich. *Ich werde dir gern dabei zusehen, wie du Michael zerstörst. Verdammt, ich werde ihn sogar für dich festhalten. Ich reiche dir die Klinge oder das Streichholz. Was immer du willst, meine Königin.*

Ihre Augen weiteten sich, ihre Überraschung war spürbar.

Ich sehe dich nicht als zerbrechliche Puppe, erinnerte ich sie. *Du bist meine Löwin. Und Löwinnen jagen und töten ihre Beute. Ich werde mich dir nicht in den Weg stellen, Liebste. Ich werde dir nur helfen.*

Jemand räusperte sich und lenkte Ismerelda und mich aus unserer gedanklichen Unterhaltung zurück auf die Gruppe, die uns beobachtete.

»Michaels Tod war Liliths Trigger«, sagte Jace und

richtete seinen Blick auf Darius, bevor er ihn zunächst auf Ismerelda und dann auf mich fallen ließ. »Weißt du, wie er überlebt hat?«

Ismerelda schwieg und überließ es mir, zu antworten, da sie es nicht wusste.

Leider wusste ich es auch nicht. »Er behauptet, ich hätte ihn verwandelt, aber daran habe ich so meine Zweifel.« Vor allem, weil er meiner Zeit und Energie nicht würdig zu sein schien. Ich fühlte mich auch nicht mit ihm verbunden. »Die jüngsten Ereignisse haben gezeigt, dass er nicht mein Abkömmling ist.«

Und mit »jüngsten Ereignisse« meinte ich, was er Ismerelda angetan hatte.

Aber ich hielt es nicht für nötig, das näher zu erläutern. Sie schien auch nicht sonderlich erpicht darauf zu sein, die Details mit der Gruppe zu teilen.

»Vielleicht wäre es klug, mit dem anzufangen, woran du dich erinnerst, und von da aus weiterzumachen«, schlug Hazel vor. »Es müssen nicht unbedingt Erinnerungen von vor tausend Jahren sein, aber die jüngsten? Nachdem du … aufgewacht bist?« Sie formulierte den letzten Teil als Frage, wahrscheinlich weil sie sich nicht sicher war, was genau passiert war.

Um ehrlich zu sein, war ich mir auch nicht sicher.

Aber ihr Vorschlag schien mir angemessen.

Allerdings wollte ich nicht die ganze Geschichte erzählen, während ich im Türrahmen dieses übergroßen Raumes stand. Es handelte sich eindeutig um einen Ballsaal, denn der Tisch in der Mitte wurde von dem offenen Bereich um ihn herum regelrecht erdrückt.

Der runde Tisch hatte zwar eine ordentliche Größe, aber er gehörte eindeutig nicht hierher. Hazel oder Deirdre hatten ihn wahrscheinlich in letzter Minute organisiert, weil sie einen Platz gebraucht hatten, um uns alle für eine spontane *Diskussion* unterzubringen.

Die Sofas in der Lobby wären bequemer gewesen, aber weniger privat.

Aber wer wusste schon, was für Abhörgeräte und Kameras in diesem großen Raum lauerten?

Anstatt Hazels Bitte offen anzunehmen, trat ich neben Ismerelda, legte eine meiner Handflächen auf ihren Rücken und führte sie dann zu einem der Stühle.

Ich spürte, wie alle uns beobachteten, als wären wir eine Art Experiment. Das war ein beunruhigendes Gefühl, das auch meine *Erosita* irritierte.

Sie setzte sich jedoch mit der Eleganz einer Königin auf ihren Platz, während ich mich neben ihr niederließ und meinen Arm locker über ihren Stuhl legte. Dann deutete ich mit der anderen Hand auf den Tisch und lud alle, die noch standen, stumm ein, sich zu uns zu setzen.

Es wirkte ein bisschen kindisch und überflüssig, aber ich kam Hazels Bitte nach, alles zu erzählen, was ich wusste, angefangen damit, dass man mir gesagt hatte, ich hätte die letzten hundertachtzehn Jahre einfach geschlafen.

Ich lieferte eine Zusammenfassung von Liliths Aufnahmen, die mich darüber informiert hatten, was sich während meiner Bewusstlosigkeit ereignet hatte. Ich ging nicht weiter darauf ein, da ich vermutete, dass sie ihre eigene Geschichte bereits kannten. Aber ich berichtete ihnen von Liliths Experimenten und ihrem Bestreben, unsterbliche Blutbeutel zu erschaffen.

Keiner von ihnen kommentierte das Gesagte, obwohl einige von ihnen zusammenzuckten, als ich erwähnte, dass Lilith die Gesegneten benutzt hatte.

Jace und Darius wussten bereits von den Lykaner-Laboren und den *Erosita*-Tests, und sie hatten ein Video von den Gesegneten gesehen – was ich wusste, weil ich ihre

Reaktionen darauf über eine Überwachungskamera beobachtet hatte –, aber das Ausmaß von Liliths Forschung war ihnen nicht bekannt gewesen.

Schließlich sprach ich wieder von Michael, der mir vorgegaukelt hatte, ich hätte das Sagen. Erst mein Band zu Ismerelda hatte mir gezeigt, dass das alles eine Lüge gewesen war. »Zumindest das meiste davon«, schloss ich.

Schweigen hing in der Luft, die anderen schienen von dem, was ich gerade erzählt hatte, überwältigt zu sein.

Ich ließ meinen Daumen an Ismereldas Schulter auf und ab gleiten; die leichte Berührung erdete mich, während ich die Gesichter am Tisch studierte. Darius und Jace schienen tief in Gedanken versunken zu sein. Khalid und Ryder wirkten gelangweilt. Cedric gab überhaupt nichts von sich preis. Kylan konzentrierte sich auf seine Gefährtin. Ismerelda schien der Mittelpunkt von Damiens Aufmerksamkeit zu sein.

Und Hazel ... starrte an mir vorbei.

Ihr Blick galt Keys.

Er hatte entschieden, hinter mir zu stehen, obwohl der Stuhl neben mir frei war. Wahrscheinlich hätte ich ihm sagen sollen, dass er sich setzen durfte, aber ich hatte das als selbstverständlich erachtet.

Ich warf ihm einen Blick zu. »Du kannst dich setzen.«

»Nein, danke«, antwortete er.

»Sie werden dich nicht beißen«, versprach ich ihm. »Du stehst unter meinem Schutz.«

»Ich stehe lieber«, erwiderte er.

Ich zuckte mit den Schultern. »Na gut.« Ich wollte ihn nicht zwingen, sich zu setzen, wenn er es nicht wollte.

Als das Schweigen weiter andauerte, sagte ich: »Hört zu, ich weiß nicht, was ihr mit dieser kleinen *Diskussion* bezwecken oder welchen Plan ihr entwickeln wollt, aber mein einziges Interesse ist im Moment, Michael zu finden, damit Ismerelda ihn töten kann.«

Jace und Darius starrten mich an, während Ryder den Kopf zur Seite neigte und seinen Blick zwischen meiner Gefährtin und mir hin und her schweifen ließ. »Du willst, dass Ismerelda ihn tötet?«

»Es geht nicht darum, was ich will.« Und ich würde das Thema auch nicht weiter vertiefen. »Wenn Ismerelda bereit ist und wenn sie es wünscht, werden wir Michael jagen. Das ist unser Beitrag zu dieser Sache. Der Rest liegt in eurem Ermessen.« Weil es mir egal war, wie das Ganze ausging.

Das Konzept der unsterblichen Blutbeutel leuchtete mir ein, vor allem, wenn die Zahlen, die Lilith mir gegeben hatte, stimmten.

Allerdings könnte die Methode, um dieses Ziel zu erreichen, noch etwas überarbeitet werden. Aber es war nicht an mir, die Forschung zu verfeinern oder Vorschläge zu machen, wie es weitergehen sollte.

Ich hatte die Menschheit vor zwölf Jahrzehnten an die erste Stelle gesetzt.

Das würde ich jetzt nicht mehr tun.

»Wir haben einen sicheren Unterschlupf gebraucht, um uns auszuruhen und unsere Optionen zu überdenken«, sagte ich zu Hazel. »Ich danke dir für deine Gastfreundschaft und dafür, dass du uns erlaubt hast, hierzubleiben. Ich habe dir gesagt, was ich weiß. Wenn es sonst nichts gibt …?« Ich verstummte und erlaubte dem Satz, sich selbst zu Ende zu bringen.

Denn wenn sie nur meine Geschichte hatten hören wollen, waren wir hier fertig. Wenn Ismerelda noch bleiben wollte, um sich mit ihrem Bruder zu unterhalten, würde ich das verstehen. Aber bisher hatte dieses Gespräch nicht bewiesen, dass es die Zeit und die Mühe wert war, die ich in seine Teilnahme investiert hatte.

Glücklicherweise waren Hazels Unterkünfte angemessen genug, dass ich über diese Zeitverschwendung hinwegsehen konnte.

Aber wenn nicht bald jemand etwas Wichtiges sagte, würde ich gehen.

Sie stehen unter Schock, murmelte Ismerelda. *Gib ihnen eine Minute.*

Ich habe ihnen schon mehrere Minuten gegeben, erwiderte ich. *Sie scheinen dem Irrglauben zu unterliegen, dass ich einen Plan habe. Habe ich aber nicht.*

Am Tag deines Verschwindens schienst du einen zu haben, informierte sie mich, und ihre Erinnerungen verwiesen mich auf den Moment, an dem ich sie aus meinem Kopf verdrängt hatte. *Du hast Darius gesagt, dass er fortführen soll, was du begonnen hast.*

In ihren Gedanken tauchte ein Moment zwischen ihr und Darius auf, der nach meinem Verschwinden stattgefunden hatte.

»Warum hast du mir nicht gesagt, was er plant?«, hatte sie gefragt.

»Ich dachte, du wüsstest Bescheid, Ismerelda«, hatte er geantwortet. »Er …« Mein Abkömmling hatte geseufzt und seinen dunklen Kopf reumütig geschüttelt. Dann hatte er geschluckt und ihr einige meiner Äußerungen weitergegeben.

»Sie bezeichnen es als harmonische Zukunft und behaupten, dass die Versklavung der Menschen die einzige Möglichkeit für Lykaner und Vampire ist, in Frieden zu leben«, hatte ich offenbar zu ihm gesagt. »Aber es ist ein klassenorientiertes System, von dem die Royals und Alpharudel profitieren. Es ist ein Spiel um Macht, Blut und Tod. Wir sind die überlegene Rasse, daran habe ich keinen

Zweifel. Aber das bedeutet nicht, dass wir grausam sein und unser Essen quälen müssen.«

Das klang so sehr nach mir, dass ich mir sehr gut vorstellen konnte, das gesagt zu haben.

»Spiel das Spiel, mein Sohn«, hatte ich wohl auch gesagt. »Bringe alle Figuren an ihren Platz und greife von innen an. Du kennst das Schachbrett besser als jeder andere, mich eingeschlossen. Nutze es. Verstehe es. Besitze es.«

Wenn das alles stimmt, dann weiß er sicher, welchen Plan ich angeblich ausgeheckt habe?, fragte ich nicht nur mich, sondern auch Ismerelda.

Seinen Worten zufolge kam deine Entscheidung, dich zu opfern, sehr plötzlich.

»Es tut mir leid, dass ich dir diese Last aufbürde, Darius, aber es ist der einzige Weg«, hatte ich angeblich zu ihm gesagt, als er mich zuletzt gesehen hatte. »Du musst das fortsetzen, was ich begonnen habe, oder all das wird umsonst sein. Mein Tod wird nichts bedeuten. Mein Opfer wird vergebens sein. Verstehst du das? Du bist jetzt der Beschützer der Menschheit. Du bist die einzige Hoffnung für die Zukunft.«

Ich hatte also erwartet, zu sterben? Ich schürzte die Lippen. *Das kam mir seltsam vor.*

Du wolltest Lilith zur Vernunft bringen und hast wahrscheinlich nicht wirklich geglaubt, dass sie dich töten würde. Aber vielleicht hast du dich dennoch auf die Möglichkeit vorbereitet, antwortete Ismerelda mit Bitterkeit in ihrer mentalen Stimme.

Und das verdammt noch mal zu Recht.

Denn wenn ich gewusst hatte, dass ich sterben könnte, war ich bereit gewesen, nicht nur mein eigenes Leben zu opfern, sondern auch das ihre.

Und das ist die Version meines Ichs, die du vermisst?, fragte ich. *Ich habe das Schicksal der ganzen Welt über deins gestellt.*

Ich hatte vorhin bereits etwas Ähnliches gesagt, aber diese Worte schienen es wert, wiederholt zu werden. *Ich werde nie wieder dieser Mann sein, Ismerelda. Nicht einmal für dich.*

Ich würde lieber die verdammte Welt niederbrennen, als ihr Leben dafür zu opfern.

Der Held, den du geliebt hast, ist tot. Betrachte mich stattdessen als deinen Abtrünnigen, fügte ich hinzu. Ich war wütend auf mein früheres Ich, weil es unsere Seelen auf diese Weise gefährdet hatte.

Ismerelda wand sich neben mir, antwortete aber nicht. In ihrem Kopf wiederholte sie meine Worte sowie ihre eigenen Erinnerungen an die Vergangenheit.

Mehr als einmal war sie wütend über meine Entscheidungen gewesen. Aber sie hatte sich eingeredet, dass das, was ich getan hatte, richtig und sie zu Unrecht aufgebracht war.

Jetzt schien es, als haderte sie mit all diesen Vorfällen und zweifelte an ihrer eigenen mentalen Zurechtweisung.

Du hast jedes Recht, wütend zu sein, meinte ich. *Was ich getan habe, war falsch. Ich hätte dir zumindest ein Mitspracherecht bei der Entscheidung einräumen sollen.*

Doch nicht einmal das hatte ich getan.

Ich war einfach losgerannt und hatte meine Hand gespielt, ohne mich um das zu kümmern, was mir am wichtigsten war – *mein Herz.*

Wie konnte ich das nur übersehen?, fragte ich mich, als ich jetzt ihr Profil studierte. *Wie konnte ich nur so blind sein, als du im Untergrund aufgewacht bist?*

Verdammt, wie hatte ich diese Verbindung zu ihr übersehen, als sie in Rom angekommen war?

Ich war zu sehr in Liliths Bullshit gefangen gewesen, um zu erkennen, was Ismerelda mir bedeutet hatte.

Zum Glück war meine Löwin rücksichtslos und

gerissen gewesen, als es darum gegangen war, mich an ihren Platz an meiner Seite zu erinnern.

Ich hoffte nur, dass mein Verhalten uns nicht völlig ruiniert hatte.

»Das hören sie bestimmt richtig gern«, brummte Ryder und lenkte meine Aufmerksamkeit wieder auf unsere aktuelle Gesellschaft.

Offenbar hatten sie sich entschieden, zu sprechen, während ich mit Ismerelda abgelenkt gewesen war.

»Das wird sie auf unsere Seite ziehen«, meinte Jace.

Wen?, wiederholte ich, unsicher, worüber sie sprachen, da ich ihnen keine Aufmerksamkeit geschenkt hatte.

Die Lykaner, flüsterte Ismerelda mir zu. *Sie sprechen über Liliths Experimente, besonders über die mit den Wandlern.*

· *Verstehe.* Ich streichelte ihren Arm. *Danke.*

»Und welche Seite soll das sein?«, fragte nun Ryder. »Was glaubst du, was wir hier unternehmen werden? Euer König ist kaputt.« Mit diesen Worten deutete er auf mich, woraufhin meine Augenbrauen nach oben wanderten. »Und euer ganzer Plan hing davon ab, dass er uns sagt, was wir tun sollen.«

»Unser Plan bestand darin, dass Cam seinen Thron zurückerobert«, erwiderte Jace, wobei ein Hauch von Irritation in seinem Tonfall mitschwang. Auch sein englischer Akzent wurde intensiver. »Er ist der Älteste unter den Vampiren und Lilith hat hinsichtlich seines Todes gelogen. Das wird der Blutallianz nicht gefallen, vor allem wenn sie erfahren, was sie mit ihm gemacht hat.«

»Ja, die Waffe wird einige der Royals davon abbringen, Liliths Herrschaft weiter treu zu bleiben«, fügte Darius hinzu.

»Und das bedeutet was genau?«, warf Kylan ein. »Lilith ist tot. Es gibt keine Herrschaft, der sie treu bleiben können.«

»Es gibt Cams Herrschaft«, betonte Jace. »Er ist der Älteste. Es ist seine rechtmäßige Position. Und wenn er ihnen erzählt, was Lilith getrieben hat, wird niemand mehr ihre frühere Regierung offen unterstützen wollen. Sie werden für Veränderungen empfänglicher sein.«

»Du gehst davon aus, dass ich führen will.« Das hätte ich gestern noch als mein Recht beansprucht, aber seitdem war viel passiert. »Das ist nicht mein Schlamassel und ich stehe nicht in der Pflicht, hier aufzuräumen oder irgendetwas mit Zauberhänden zu reparieren. Was ist, wenn ich es vorziehe, euch alle stattdessen zum Teufel zu schicken?«

Ismerelda versteifte sich neben mir und ihre Überraschung durchdrang unser Band. Sie hatte nicht erwartet, dass ich das sagen würde.

Und es schien, als würden einige andere im Raum diese Meinung teilen.

»Du hattest recht, Jace. Es hat sich definitiv gelohnt, darauf zu warten«, scherzte Kylan mit dem Blick auf mich. »Er ist ein politisches Genie. Wir sind gerettet.«

»Was habt ihr von mir erwartet?«, fragte ich. »Soll ich einen Zauberstab aus meinem Arsch ziehen und die Geschichte umschreiben?«

»Das wäre ein unterhaltsamer Trick«, sinnierte Ryder. »Aber nein. Ich glaube, sie haben von dir eine Art revolutionären Plan erwartet, der beschreibt, wie du die Allianz in eine Zukunft führen kannst, in der die Menschen ein paar mehr Rechte haben.«

Als Jace und Darius schwiegen, nahm ich an, dass Ryders Zusammenfassung zutreffend war.

»Ich verstehe«, sagte ich langsam. »Nun, wenn ich einen Plan hatte, dann ist er jetzt weg. Und ich werde meine Erinnerungen nicht zurückbekommen. Wie sollen wir also weiter vorgehen?« Ich hatte nämlich keine Lust, hier zu sitzen und Ideen zu sammeln, von denen ich keine Ahnung hatte.

Liliths Akten hatten mich darauf vorbereitet, ihre Version der Welt zu führen, und ich war zufällig mit ein paar ihrer Punkte einverstanden. Vielleicht nicht mit allen, aber es reichte doch, um zu verstehen, was sie zu erreichen versucht hatte.

Vampire brauchten Blut, um zu überleben. Lykaner brauchten fruchtbare Frauen, um sich fortzupflanzen und ihre Rudel fortzuführen.

Ohne Menschen würden wir also alle sterben.

Und die Sterblichen auf dieser Welt waren im Begriff, ausgerottet zu werden.

Unsterbliche Blutquellen zu schaffen, war praktisch.

Aber wir wären gar nicht in dieser Situation, wenn Lykaner und Vampire ein wenig gewissenhafter mit ihren menschlichen Vorräten umgegangen wären. Sie waren gierig geworden. Unersättlich. Grenzwertig verschwenderisch.

Das hatte die Blutallianz in ihr derzeitiges Dilemma geführt – ein Dilemma, das laut Liliths Unterlagen vielen Mitgliedern der Allianz gar nicht bewusst war.

»Wo sollten wir denn anfangen, dieses Desaster zu beseitigen?« Ich war tatsächlich neugierig, ob jemand eine andere Strategie als die, die ich vor zwölf Jahrzehnten ausgeheckt hatte, in Betracht gezogen hatte. »Und was genau sollen wir eurer Meinung nach tun?«

»Genau das, was vor einhundertachtzehn Jahren getan wurde«, antwortete Khalid, dessen Einwurf unerwartet kam, da meine Fragen an Jace und Darius gerichtet gewesen waren. »Die Gesellschaft umgestalten und eine neue Lebensweise einführen«, stellte er klar.

Der Rest des Raumes starrte ihn an.

Na ja, alle außer Hazel jedenfalls. Sie war zu sehr

damit beschäftigt, zu grinsen. »Ich denke, es ist an der Zeit, es ihnen zu zeigen, Khalid.«

»Ich glaube, du hast recht«, murmelte er und nahm seine Kapuze ab – die Kapuze, hinter der er sich seit meiner Ankunft in diesem Raum versteckt hatte. Das Kerzenlicht flackerte in seinem Blick, als er aufstand. »Komm, Emine – wir bringen sie auf den neuesten Stand.«

DARIUS

ARROGANT.

Kalt.

Völlig ohne Menschlichkeit.

Nicht der Cam, den wir verloren haben.

Aber die Art und Weise, wie er Ismerelda ansah, widersprach dem. Das besitzergreifende Schimmern in seinem Blick war mir bekannt. Ich hatte es im Laufe ihres gemeinsamen Jahrtausends unzählige Male gesehen.

Doch alles andere an seinem Verhalten erinnerte mich an ein früheres Leben. An eine Zeit, in der er sich etwas mehr von den Sterblichen entfernt hatte. Er hatte die Menschen als Mittel zum Vergnügen und als Nahrung gesehen.

Aber Ismerelda hatte das geändert.

Mir war nur bis jetzt nicht klar gewesen, wie sehr.

Seine Erinnerungen sind weg, staunte ich. *Wie funktioniert das überhaupt?*

Denn offensichtlich konnte er sich an einige Dinge erinnern. Sonst würde er nicht mit einem so dezenten englischen Akzent sprechen. Er würde ältere Begriffe verwenden, wäre in dieser technologiegesteuerten Welt vollkommen unfähig und hätte die Manierismen der Vergangenheit verloren.

Aber er präsentierte sich als jemand, der seine aktuelle Realität verstand, auch wenn er nicht wusste, wie wir hierhergekommen waren.

Das war verwirrend und fast schon irritierend.

Allerdings schien Khalid mit Cam um den Titel des Königs der Verwirrten konkurrieren zu wollen. Er hatte den Bildschirm eines Geräts geöffnet, das wie eine kleine Scheibe aussah und so groß war wie mein Daumen. Es handelte sich um Technologie, wie ich sie noch nie gesehen hatte, aber ich stellte keine Fragen.

Das Beobachten war schon immer meine Spezialität gewesen.

Das tat ich auch jetzt und beobachtete sowohl Khalid als auch Cam, während ich so tat, als wäre ich nicht interessiert.

Emine erinnert mich ein wenig an Rae, flüsterte mir meine *Erosita*, Juliet, gedanklich zu. Die Frau neben Khalid funkelte diesen düster an. *Nur scheint sie Khalid regelrecht zu hassen, während Rae Kylan offensichtlich liebt.*

Ich brummte, ein Geräusch, das nur sie hören konnte.

Meine Neugierde war geweckt, was die Dynamik zwischen Khalid und Emine betraf. Ich konnte nicht sagen, ob es nur Fassade oder ob ihre antagonistische Beziehung echt war.

Auf jeden Fall faszinierte sie mich. Vor allem, weil Khalid in dieser neuen Welt so unbekannt war und seine Vorlieben und Abneigungen nicht zu erkennen gegeben hatte.

Bevorzugte er die neue Welt? Hasste er sie? Oder war sie ihm egal?

Oder waren seine Gefühle ganz anderer Natur?

Es schien, als würden wir es bald herausfinden. Allerdings vermutete ich aufgrund seines Verhaltens, dass seine Wünsche eher mit meinen als mit Liliths übereinstimmten.

Auch Hazel schien ähnlich zu empfinden wie ich.

Denn keiner von ihnen hatte die Menschen im Raum gezwungen, sich zu verbeugen.

Und Khalid tat mehr, als Emines Respektlosigkeit einfach nur zu tolerieren.

Wäre das anders, wenn sie ein Mensch wäre?, fragte ich mich. Ihrem Geruch und Verhalten nach zu urteilen, war sie ein Vampir. Allerdings konnte ich ihr Alter nicht genau einschätzen. Auch war ich nicht mit ihr vertraut.

Natürlich hatte ich bis vor eineinhalb Jahren größtenteils zurückgezogen gelebt. Vielleicht war Emine während meiner Zeit als Einzelgänger entstanden.

Vielleicht hatte ich sie aber auch nur noch nie getroffen.

Es gab viele Lykaner und Vampire in dieser Welt, die ich nicht kannte. Aber normalerweise war ich zumindest mit denen, die in der politischen Hierarchie eine Rolle spielten, einigermaßen vertraut. Da Emine mit Khalid hier war, sollte ich sie eigentlich erkennen.

Doch das tat ich nicht.

Und von den anderen hatte ich erfahren, dass sie sie auch nicht kannten.

Aber wir alle kannten Cedric. Dementsprechend war seine Ankunft eine Überraschung, zumal er eine *Erosita* mitgebracht hatte, von der keiner von uns gewusst hatte, dass sie überhaupt existierte.

Diese Reise ist sicherlich nicht das, was ich erwartet habe, meinte ich zu Juliet.

Zum einen hatte ich damit gerechnet, dass Cam sie

kennenlernen wollte. Allerdings hatte er bei seiner Ankunft kaum ein Wort mit uns gewechselt und sich ganz auf Ismerelda konzentriert. Selbst als er uns um eine Vorstellungsrunde gebeten hatte, war diese nicht für ihn selbst, sondern für seine *Erosita* gewesen.

Als Ryder dann die Gelegenheit zur Vorstellung vereitelt hatte, indem er mehr oder weniger verlangt hatte, dass Cam sich erklärte, war mein Erschaffer nicht einmal bemüht gewesen, uns wieder auf Kurs zu bringen. Er hatte lediglich vorgeschlagen, dass Hazel die Führung übernahm.

Das war verwirrend. Nachdem er mir ein Jahrtausend lang erzählt hatte, wie wunderbar das *Erosita*-Band war, hatte ich angenommen, dass er sich freuen würde, dass ich mir eine Gefährtin genommen hatte.

Leider schien er weder an mir noch an Juliet interessiert zu sein.

Stattdessen wirkte er geradezu gelangweilt. Als wollte er gar nicht hier sein.

Ohne seine Erinnerungen hatte er eindeutig kein Interesse an einer Revolution.

Was bedeutet das für uns?

Aber nicht nur sein Verhalten war seltsam, sondern auch das aller anderen in diesem Raum.

Jace und ich hatten erwartet, dass dieses Treffen wie jedes andere sein würde, an dem wir in dieser neuen Ära teilgenommen hatten – eine pompöse Demonstration der Überlegenheit der Unsterblichen.

Doch davon war hier nichts zu spüren.

Oh, Ryder und Kylan hatten bei ihrer Ankunft ein wenig mit Khalid posiert, aber das war eher spielerischer und nicht formeller Natur gewesen.

Und ihr Verhalten war eher gegeneinander als gegen die Menschen in unserem Gefolge gerichtet gewesen.

Juliet war bereit gewesen, sich zu verbeugen und zu buckeln, wie es die meisten meiner Artgenossen erwarten würden, aber sie hatte schon kurz nach unserer Ankunft mit erhobenem Kopf neben mir sitzen können.

Das war erfrischend.

Beruhigend.

Richtig.

Oh, ich war mehr als glücklich, sie im Schlafzimmer zu unterwerfen. Aber hier? Vor allen anderen? Ich wollte, dass sie mir ebenbürtig war, kein Spielzeug. Und keine *Fickpuppe*, wie mein Abkömmling-Enkel Trevor sie gern nannte.

Zugegeben, jetzt, da er selbst eine *Fickpuppe* hatte – eine, die er mit seinem Erschaffer und meinem Abkömmling Ivan teilte –, nannte er Juliet nicht mehr so.

»Also?«, fragte Khalid und richtete seinen Blick auf die Frau neben ihm.

Sie warf ihm einen Blick zu, der an Feindseligkeit grenzte. »Du weißt doch bereits Bescheid.«

»Ja. Aber die anderen nicht. Deshalb sollten wir es ihnen ja erzählen.« Er deutete auf die versammelte Mannschaft.

Ihr Unterkiefer zuckte und ihre blaugrauen Augen funkelten mit kaum zu bändigender Heftigkeit.

Die meisten Royals an Khalids Stelle würden einen rangniedrigeren Vampir für ein solches Verhalten schnell in die Schranken weisen, vor allem um ihre Dominanz zu behaupten und ihre royale Position zu stärken. Doch Khalid gluckste nur angesichts ihres unverhohlenen Trotzes.

»Soll ich ihnen erzählen, wie wir uns kennengelernt haben, Habibi?«, fragte er sie und strich mit den Fingerknöcheln über ihre Wange. »Wie ich dich zu meiner hübschen kleinen Drachendame gemacht habe?«

»Du machst ja ohnehin, was immer du willst, mein Prinz. Das tust du immer.«

»Das ist wohl wahr«, stimmte er zu und lächelte. »Würdet ihr alle glauben, dass Emine am letzten Bluttag hätte teilnehmen sollen? Dass sie vor etwas mehr als sechs Monaten noch ein Mensch war?« Er schaute erst Jace und dann Ryder an, die Khalid beide mit höflicher Neugierde beobachteten. »Natürlich war sie kein gewöhnlicher Mensch, nicht wahr, meine kleine Schimäre?«

Sie starrte ihn einfach nur an.

Genau wie Cedric und Hazel. Ersterer wirkte gelangweilt, während Hazel ihre Augenbrauen leicht hochgezogen hatte. Ich war mir nicht sicher, ob sie nicht einverstanden war mit dem, was Khalid zu enthüllen beabsichtigte, oder ob sie es nicht wusste.

Wie auch immer, mein Interesse war geweckt.

»Na dann los, Habibi«, ermutigte Khalid. »Zeig ihnen, was du kannst!« Damit konzentrierte er sich auf den Bildschirm und rief eine Art statistisches Diagramm auf.

Emine seufzte, bevor sie den Raum inspizierte. Ihr Blick fiel zuerst auf Cedric und seine *Erosita*, Lily. Die Frau sah aus wie eine zarte Blume, daher war ihr Name ziemlich passend. Sie hielt Emines Blick einen langen Moment lang fest, während die beiden eine Art stilles Gespräch führten.

Es erinnerte mich ein bisschen daran, wie Rae, Willow und Silas manchmal miteinander kommunizierten. Als würden sie sich schon eine Weile kennen und hätten sich an vertrauliche Gespräche gewöhnt, die kein lautes Sprechen erforderten.

Mit Cam hatte ich früher etwas Ähnliches praktiziert. Als mein Erschaffer und ältester Freund kannte er mich besser als jeder andere.

Aber seit er hier war, hatte er kaum einen Blick in meine Richtung geworfen.

Ich versuchte jetzt, seinen Blick aufzufangen, um zu erfahren, was er von all dem dachte. Aber er war zu sehr damit beschäftigt, Ismereldas Profil zu studieren, um es zu bemerken.

An einem normalen Tag wäre das nicht seltsam gewesen − er war schon immer von seiner *Erosita* angetan gewesen −, aber heute war nichts normal.

Emine räusperte sich und lenkte meinen Blick wieder auf sie.

»Jace, Sohn von Johan und Livia«, sagte sie, woraufhin Jace eine Augenbraue hochzog. Wahrscheinlich, weil sie den Namen seiner Mutter genannt hatte, was nur sehr wenige Vampire taten.

Die Gesegneten waren allgemein bekannt. Ihre Gefährten hingegen waren es nicht.

»Gefährte von Calina«, fuhr sie fort, bevor sie die besagte Frau ansah. »Calina, Tochter von Mira und Michael.« Sie legte den Kopf ein wenig schief. »Und von Milania, einer verstorbenen Sterblichen goldenen Blutes. Hmm, auch eine ehemalige *Erosita*. Eine Leihmutterschaft, vermute ich. Gemischte Blutlinien. Sehr einzigartig.«

Khalid blickte von seinem Bildschirm auf, seine dunklen Augenbrauen wölbten sich auf die gleiche Art und Weise wie die meinen. »Das hast du mir nicht gesagt«, sagte er, und seine Überraschung war deutlich zu hören.

»Nein, das habe ich nicht«, antwortete Emine und ein Hauch von Belustigung umspielte ihre Lippen, bevor sie erneut ernst dreinschaute und zu mir überging. »Darius, Sohn von Armand und Junia. Gefährte von Juliet, Tochter des Menschlichen Männlichen Zuchttiers Nummer siebenundzwanzig und Blutjungfrau Nummer fünfundsechzig.«

Ich … Meine Eltern? Juliets sanfte innere Stimme durchbohrte mein Herz; ihre Verwunderung mischte sich mit einem Hauch von Traurigkeit und überwältigendem Schock. *Sie weiß, wer … wer mich erschaffen hat?*

Ich hatte keine Zeit, zu antworten, denn Emine konzentrierte sich wieder auf mich. »Darius wurde von Cam erschaffen.« Ihre Aufmerksamkeit fiel auf meinen Erschaffer. »Cam, Sohn von Cronus und Cava. Gefährte von …«

»Woher kennst du den Namen meiner Leihmutter?«, warf Calina ein, bevor Emine mit ihrer Vorstellung fortfahren konnte.

»Du kennst meine … meine Eltern?«, fragte Juliet laut, denn ihr sonst so zurückhaltendes Verhalten war angesichts von Emines unverblümtem Kommentar zu ihrer Herkunft verschwunden.

In Erwartung irgendeiner Reaktion schaute ich wieder zu Cam. Doch er bewunderte immer noch seine *Erosita*, sein Desinteresse an diesem Gespräch war offensichtlich.

Emine hatte Cava erwähnt – Cams Mutter –, und er hatte nicht einmal mit der Wimper gezuckt.

Was zum Teufel ist hier los?

Cava war ein wunder Punkt für ihn. Er hatte noch nie gern über seine Mutter gesprochen und ihren Namen schon gar nicht gern aus dem Mund einer anderen Person gehört.

Und woher wusste Emine all diese Dinge?

Juliets Mutter war in ihren Aufzeichnungen vermerkt, aber nicht ihr Vater. In den Zuchtlagern war es schwer zu sagen, wessen Sperma wohin ging. In der Regel waren ein Dutzend oder mehr Männer auf über hundert Frauen verteilt. Ihre einzige Aufgabe war es, die Frauen zu ficken, bis sie schwanger wurden.

Und die Männer wurden oft abgelöst, nachdem sie ihren Dienst beendet hatten.

Soweit ich das beurteilen konnte, gab es kaum Aufzeichnungen über sie.

Und doch kennt Emine den Namen von Juliets Samenspender ...?

Ganz zu schweigen von dem, was sie gerade über Jace' *Erosita* gesagt hatte. Wir hatten erst kürzlich durch einige von Liliths Aufnahmen von Calinas Abstammung erfahren.

Und in keinem dieser Protokolle war der Name von Calinas Leihmutter erwähnt worden.

Woher wusste dieser Babyvampir so etwas?

»Faszinierend, nicht wahr?«, fragte Khalid und seine Lippen zuckten. »Stellt euch vor, wie überrascht ich war, als sie mich mit *mein Prinz* ansprach, nachdem ich tagelang auf dem Gelände der Blutuniversität herumgelaufen war, ohne dass mich jemand erkannt hatte.«

Ich runzelte die Stirn. Wenn sich jemand unerkannt fortbewegen konnte, dann war es Khalid. Normalerweise verschleierte er seine Gesichtszüge mit einem Kopfschmuck oder einer tief hängenden Kapuze. Aber ich würde ihn auch ohne diese Dinge erkennen, denn sein Gesicht war von Natur aus ziemlich auffällig.

Die Bilder in meinen politischen Vorbereitungskursen haben ihn mit schwarzen Augen, langen Haaren und einem dichten Bart gezeigt, informierte mich Juliet, deren Tonfall nicht mehr so schockiert klang wie zuvor.

Sie hatte sich schnell erholt, eine Angewohnheit, die man ihr in ihrer Jugend anerzogen hatte. Sie war immer noch überrascht von den eben erhaltenen Informationen, aber sie zwang sich, diese Überraschung zu unterdrücken.

Den Menschen wurde beigebracht, Gefühle in dieser Welt zu unterdrücken.

Und Juliet war Meisterin in Unterdrückung.

Er sieht ganz anders aus als auf den Fotos, die ich gesehen habe, fügte sie hinzu. *Der gestutzte Bart und die kürzeren Haare, das verstehe ich. Aber seine Augen?*

Seine Augen sind von Natur aus türkis. Sie werden nur schwarz, wenn er Blut trinkt, erklärte ich. Cam hatte mir davon erzählt.

Cam hatte mir alles beigebracht, was ich über die royalen Vampire wusste. Über Politik. Darüber, wie die Welt aussehen könnte, wenn Menschen und Übernatürliche zusammenarbeiteten.

Doch jetzt saß er einfach nur da, umgeben von einem Hauch von Desinteresse.

»Abgesehen von Cedric waren die Mitarbeiter der Blutuniversität alle zu jung, um zu erkennen, wer ich war, zumal ich ohne meine üblichen Roben unterwegs war«, fuhr Khalid fort. »Aber Emine hat mich sofort durchschaut. Genau wie meine Blutlinie.«

Er musterte sie liebevoll.

Sie starrte ihn mit gelangweilter Miene an.

»Meine Emine hat ein seltenes Talent, von dem ich dachte, dass es vor einigen Jahrhunderten von unserer Art ausgerottet wurde. Sie ist seltener, als Goldblüter es sind. Sie ist ein Drachenblut.« Seine Augen funkelten. »Sie ist resistent gegen Manipulation und andere Vampirtricks. Und sie fühlt Blutlinien.«

Mein Blick wanderte sofort zu Cam und die vertraute Beschreibung jagte mir einen Schauer über den Rücken.

Ich hatte schon einmal einen Drachenblüter getroffen.

Einen Menschen mit sonnengebräunter Haut, dunkelbraunen Augen und langen schwarzen Haaren.

Verführerisch.

Und absolut tödlich.

Sie hatte versucht, Cane zu töten, weil sie dank ihrer

geschärften Sinne das Raubtier erkannt hatte, das in ihm lauerte. Doch er hatte ihre wahre Natur zunächst nicht bemerkt, da sich seine vampirische Seite fast sofort in sie verliebt hatte.

Sie hatte ihn monatelang benutzt, um Informationen über bekannte Vampirverstecke zu sammeln und Kreaturen der Nacht zu töten, während sie die Rolle seiner Geliebten gespielt hatte.

Er hatte überlegt, sie zu verwandeln, weil er sie nicht zu seiner *Erosita* hatte machen können – sie war keine Jungfrau mehr gewesen.

Aber stattdessen hatte sie versucht, ihn zu töten.

Letztlich hatte Cam ihr die Kehle herausgerissen, nachdem sie seinem Bruder eine Klinge durchs Herz gerammt hatte.

Er hatte Cane gerade noch rechtzeitig gerettet, denn als Nächstes hätte die Frau seinem Bruder den Kopf abgeschlagen.

Sie hatte gewusst, wie man Vampire tötete. Und ihre einzigartige genetische Veranlagung hatte ihr die Kraft und die Fähigkeiten dazu gegeben.

Ein Mensch?, fragte Juliet und verband sich mit meinem Geist, um die Informationen aus meiner Vergangenheit zu verinnerlichen.

Nicht nur irgendein Mensch, erklärte ich.

»Eine Jägerin?«, fragte Jace und zog die Augenbrauen hoch. Er hatte den Begriff benutzt, den ich gerade mit Juliet hatte teilen wollen.

Khalid zuckte mit den Schultern. »Ich glaube, der Begriff variiert je nach Royal.«

Eine Jägerin?, wiederholte Juliet.

Ein Mensch mit unnatürlichen Kräften und Fähigkeiten. Sie sind nicht unsterblich, aber sie sind auch nicht unbedingt sterblich. Ich habe bisher nur einen von ihrer Art getroffen. Die meisten wurden angeblich schon vor meiner Zeit ermordet.

Cam war derjenige gewesen, der mich über ihre Existenz aufgeklärt und mir die Notwendigkeit aufgezeigt hatte, sie bei Sichtkontakt zu töten.

Doch jetzt blieb er völlig gelassen. Als würde ihn die Anwesenheit eines todbringenden Menschen nicht im Geringsten beunruhigen.

Erinnert er sich nicht daran, was passiert ist?, fragte ich mich. *Ist das eine seiner verdrängten Erinnerungen?*

Der Vorfall mit Cane war passiert, nachdem Cam Ismerelda getroffen hatte. Die ganze Erfahrung hatte dazu geführt, dass sein Bruder den ewigen Schlaf gewählt hatte.

Cane hatte jeden Sterblichen töten wollen, den er für eine Bedrohung hielt, was leider zu Misstrauen und Abscheu gegenüber den meisten Menschen geführt hatte.

»Wir sollten sie alle versklaven. Sie dazu bringen, uns zu Füßen zu liegen. Damit es solche Schlampen nie wieder geben kann«, hatte sein Bruder ein paar Monate nach dem Vorfall mit der Jägerin gesagt.

Cane war wütend darüber gewesen, dass eine wunderschöne Frau ihn so spektakulär betrogen hatte. Dass er aufgrund seiner natürlichen Anziehung zu ihr fast gestorben wäre.

Als er schließlich davon gesprochen hatte, dass sterbliche Verbindungen eine Schwäche seien, und sogar der Meinung gewesen war, dass Cams Band zu Ismerelda ein Fluch und keine Gabe sei, hatte Cam seinen Bruder überzeugt, sich auszuruhen.

»Er verliert den Bezug zu seiner Menschlichkeit«, hatte Cam mir erklärt. »Das ist die Kehrseite des ewigen Lebens – wir verlieren oft aus den Augen, warum wir überhaupt existieren.«

Warum nennt man sie Jägerinnen?, fragte Juliet jetzt und holte mich in die Gegenwart zurück.

Weil sie von Natur aus Vampire aufspüren können, antwortete ich. *Und sie nutzen ihre Talente, um meine Art zu jagen und zu töten.*

Sie warf mir einen kurzen Blick zu. *Menschen, die Vampire töten?*

Ich neigte mein Kinn zur Bestätigung und konzentrierte mich dann wieder auf das Gespräch, das um uns herum geführt wurde.

Ryder hatte Emine gerade auf Arabisch eine Mörderin genannt, was Khalid ein Grinsen entlockt hatte. »Das auch«, stimmte er zu.

»Du hast sie also verwandelt und damit ein tödliches Haustier geschaffen«, übersetzte Ryder und klang geradezu belustigt.

Er schien jedoch der Einzige am Tisch zu sein, der sich über diese Entwicklung amüsierte.

Cedric war nicht überrascht, was bestätigte, dass er bereits davon gewusst hatte. Hazels Augen strahlten jedoch Erstaunen aus – Khalid hatte ihr also nichts davon erzählt. Das war interessant, wenn man bedachte, dass sie sonst fast alles zu wissen schien.

Und Cam blieb teilnahmslos. Er hatte nicht ein einziges Mal in meine Richtung geschaut, was ganz und gar nicht zu ihm passte.

Es ist, als würde ich ihn gar nicht kennen, dachte ich, verwirrt von seinem Verhalten. *Was zum Teufel hat Lilith mit dir gemacht?*

Das Ganze musste tiefer gehen als bloßer Gedächtnisverlust.

Obwohl es wohl unsere Vergangenheit ist, die uns ausmacht. Ohne unsere Geschichte, die uns leitet, verlieren wir uns selbst.

Aber er kann doch einige dieser Erinnerungen von Izzy

wiedererlangen, oder nicht?, fragte Juliet. *Zumindest die, die sie gemeinsam erlebt haben?*

Ja, bestätigte ich. *Vielleicht ist es das, was ihnen erlaubt hat, verbunden zu bleiben.*

Und warum er jetzt so schützend neben ihr verharrte, obwohl er sich in einem Raum voller Verbündeter befand.

Er mochte eine Aura des Desinteresses ausstrahlen, aber die Art, wie er Ismerelda ansah, verriet eine ganz andere Emotion.

Wenn ich an seiner Stelle wäre, würde ich sie auch beschützen. Sie war nicht nur seine *Erosita*, sondern auch seine einzige Verbindung zum letzten Jahrtausend.

»Ich wollte nicht riskieren, meine Drachendame aufgrund des Bluttag-Unfugs zu verlieren«, murmelte Khalid, und ich richtete meine Aufmerksamkeit wieder auf ihn.

Er schien auf eine Frage bezüglich der Einmischung in den Bluttag zu antworten. Oder vielleicht darauf, warum er Emine verwandelt hatte – etwas, das einen direkten Verstoß gegen die Regeln der Blutallianz darstellte.

Ich war mir nicht sicher, wer die Frage gestellt hatte oder worum es genau ging – ich war durch die Enthüllung der Jägerin abgelenkt worden –, aber Khalids Antwort machte mich neugierig.

»Wie dem auch sei«, fuhr er fort, »ich habe eine viel bessere Verwendung für sie in meiner Region.«

»Und die wäre?«, fragte Jace, dessen Stimme ruhig klang, obwohl er der vermeintlichen Vampirjägerin am nächsten saß.

Natürlich schien Emine mehr daran interessiert zu sein, Khalid zu töten, als sich mit den anderen im Raum zu unterhalten.

Weiß sie überhaupt, wie sie ihre natürlichen Gaben einsetzen kann? Hat sie sie noch, jetzt, da sie ein Vampir ist?

Vermutlich, schließlich war sie in der Lage gewesen, die Blutlinien am Tisch zu erspüren. Aber wie weit reichten diese Talente?

»Sie leitet das überarbeitete Vigil-Training in meinem Gebiet«, antwortete Khalid, während er sich dem durchsichtigen Bildschirm zuwandte. »Allerdings nennen wir sie in der Khalid Region nicht Vigils. Wir nennen sie Jäger. Und ihr einziger Zweck ist es, die Sterblichen innerhalb meiner Grenzen vor Vampiren und Lykanern zu schützen.«

IZZY

Stille erfüllte den Raum.

Ausgebildete Jäger, die Menschen vor Vampiren und Lykanern beschützen.

Aber sie waren keine *echten* Jäger. Nicht wie die, die ich kannte — übernatürliche Menschen mit der Fähigkeit, Vampire aufzuspüren und zu töten.

Normalerweise verfolgten sie keine Wandler, aber sie konnten es. Zumindest hatte Cam mir das einmal erzählt.

Allerdings waren sie angeblich alle von Vampiren gejagt und getötet worden. Zumindest hatten Liliths Aufnahmen das behauptet. Sie waren seit jeher so selten gewesen, dass es nicht viele gegeben hatte, die hatten ausgerottet werden müssen, als Lykaner und Vampire die Welt erobert hatten.

Auch Cam hatte in seinem langen Leben nur eine Handvoll von ihnen kennengelernt.

An seine letzte Begegnung mit einem Jäger schien er sich jedoch nicht zu erinnern. Ich war zwar nicht bei dem Vorfall mit Cane dabei gewesen, aber ich wusste genug darüber, um die Informationen jetzt mit ihm zu teilen.

Sein Verstand streifte meinen, als er die Erinnerungen absorbierte.

Cam, der blutüberströmt nach Hause gekommen war.

»Aurelia hat versucht, Cane zu töten. Sie ist eine Jägerin. Oder sie war es zumindest. Jetzt ist sie tot.«

Die Endgültigkeit, mit der er diesen letzten Satz gesprochen hatte, war erschütternd gewesen, vor allem weil ich Aurelia damals für eine Freundin gehalten hatte.

Sie hatte uns alle getäuscht.

Aber es war Cane gewesen, den sie am meisten beeinflusst hatte.

»Er muss schlafen«, hatte Cam gesagt. »Das wird ihn beruhigen, seine Menschlichkeit wiederherstellen und ihn auf den richtigen Kurs bringen.«

Und so hatten wir ihm geholfen, in einen unsterblichen Schlaf zu fallen.

Allerdings liegt er nicht mehr in seinem Sarg, erinnerte ich mich und runzelte die Stirn, als ich feststellte, dass ich Cam bislang nicht von meinem Fund in seiner Familiengruft erzählt hatte.

Aber er hörte mich jetzt, und sein Verstand verlangte von mir jedes Detail, das ich ihm geben konnte.

Nachdem Cam meine Erinnerungen durchgegangen war – er wusste jetzt genau, was ich gesehen und wie Michael mich zurück in das unterirdische Labor geschleppt hatte –, knurrte er. Seine Instinkte schlugen an.

Äußerlich blieb er jedoch stoisch. Ruhig.

Genau wie während Emines Machtdemonstration. Ihr Wissen war ihm unangenehm gewesen und er hatte sich gefragt, ob sie von Khalid instruiert worden war.

Aber erst als Khalid verkündet hatte, was sie war, hatte Cam sie als Bedrohung eingestuft.

Die meisten Vampire waren mit den Gesegneten vertraut, kannten ihre Namen und wussten, wo sie ruhten. Aber ihre Gefährtinnen – die Mütter der royalen Vampire – waren nicht weithin bekannt. Denn sie hatten alle ein normales menschliches Leben geführt und waren jung gestorben.

Deshalb interessierten sich die Vampire nicht für sie; ihre Namen waren geflüsterte Erinnerungen, die von ihren Kindern und den Gesegneten, die sie zurückgelassen hatten, weitergetragen wurden.

Dass Emine ihre Namen kannte und so viel über Calina wusste, bewies, dass sie außergewöhnlich war.

Etwas stimmt nicht mit ihr und Khalid, hatte Cam noch vor ein paar Minuten gedacht. *Etwas, das darauf hindeutet, dass diese Feindseligkeit zwischen ihnen nur eine Scharade ist.*

Glaubst du, sie sind Gefährten?, hatte ich ihn gefragt.

Möglicherweise, hatte er geantwortet.

Dann hatte Khalid die Bombe platzen lassen, dass Emine eine Jägerin war und einen bestimmten Zweck in seiner Region verfolgte.

Und Cams Gedanken waren wie die Stimmen im Raum verebbt, zumindest bis ich ihn über Canes Verschwinden informiert hatte.

Jetzt durchlief sein Verstand eine Vielzahl von Szenarien.

Hat Lilith mich gezwungen, ihn zu wecken?

Ist er irgendwo in einem Labor gefangen?

Weiß Michael, wo er ist?

Lebt Cane noch?

Die letzte selbst gestellte Frage ließ Cam innerlich zusammenzucken. Er bedauerte, dass er nicht mehr vom Untergrund erkundet und Michael beim Wort genommen hatte, anstatt jedes Detail der Operation zu hinterfragen.

Habe ich meinen Bruder gerade einem Schicksal überlassen, das schlimmer ist als der Tod? Sind seine Erinnerungen genauso zerstört wie meine?

Seine Gedanken überschlugen sich, doch äußerlich blieb er ruhig, selbst als sich Khalid anschickte, allen die Grafik zu erklären, die er auf seinem Bildschirm aufgerufen hatte.

»Da ihr gerade alle still seid«, begann er, »werden wir einige wichtige Zahlen durchgehen.«

Es handelte sich dabei um eine Prognose über die Entwicklung des Lebens der Sterblichen und den Zeitpunkt, an dem die Menschen seiner Meinung nach aussterben würden.

»Das war meine statistische Hochrechnung ein Jahr nach Beginn der Lykaner- und Vampirherrschaft«, sagte er, nachdem er den drastischen Abwärtstrend erklärt hatte. »Das ist unsere aktuelle Entwicklung.« Er zeigte eine weitere Grafik, die mich zusammenzucken ließ.

Cam war jedoch nicht schockiert, denn sein Verstand verriet mir, dass Lilith ähnliche Zeitachsen prognostiziert hatte.

Auch die anderen Vampire im Raum schienen nicht zu reagieren, was Khalid mit einem Lächeln zur Kenntnis nahm, als er sagte: »Aber das wisst ihr alle bereits. Zumindest laut Cedric.«

»Damien hat ähnliche Trends ermittelt«, antwortete Cedric, wobei seine fast schwarzen Augen zu meinem Zwillingsbruder wanderten. »Deine Diagramme sind besser lesbar als Khalids.«

Damien runzelte die Stirn. »Du hast sie gesehen?«

»Ich habe sie gesehen«, wiederholte Cedric, woraufhin sich der Blick meines Bruders verengte.

»Wann?«

»Hin und wieder«, antwortete Cedric vage. »Deine Sicherheitsmaßnahmen sind übrigens beeindruckend. Eine echte Herausforderung. Danke dafür.«

Khalid grinste. »Ja, Cedric war sehr beeindruckt, wenn auch etwas genervt von all dem. Zum Glück hat Kylan das Haupthindernis auf seinem Weg – Silvanos Kopf – beseitigt. Cedrics Eindringen wurde dadurch erleichtert, als Ryder Silvano Region übernahm.«

»Es gibt eine Menge Hintertüren in Silvanos Programmierung. Vielleicht werde ich das in Zukunft genauer erläutern«, fügte Cedric rätselhaft hinzu.

Mein Bruder musterte ihn und in seinen goldenen Augen lag ein Hauch von Respekt. Ich wusste zwar nicht viel über Cedric, aber mir war sehr wohl bewusst, dass die beiden miteinander vertraut waren. Sie waren nicht wirklich Freunde, sondern eher Verbündete, die gelegentlich zusammenarbeiteten.

Es schien jedoch, als hätte Cedric Damien ausspioniert. Das legte nahe, dass er in viele wichtige Informationen eingeweiht war – Informationen, von denen Damien dachte, dass er sie für Ryder, Jace und die anderen hütete.

»Ich habe ihn damit beauftragt, deine kleine Rebellion für mich im Auge zu behalten«, fügte Khalid hinzu. »Ich musste wissen, wann es angebracht ist, etwas zu unternehmen. Doch Cams Auftauchen hat meinen Zeitplan durcheinandergebracht.« Er sah Ryder an. »Genau wie deine Arbeit mit Lilith.« Sein Blick fiel jetzt auf Jace. »Und deine mit Lajos.«

»Wir wissen die Komplimente zu schätzen, aber ich würde lieber erfahren, warum du uns ausspioniert hast und was du mit deinen *Jägern* zu tun gedenkst«, antwortete Jace mit strenger Stimme.

Jace war selten wütend oder fordernd, seine lockere Art war eine seiner besten Eigenschaften.

Aber jetzt ging es ums Geschäft, und seine eisigen Augen leuchteten mit kaum zu bändigender Kraft.

Cams Gedanken spiegelten die seines Cousins wider und strahlten Zustimmung aus. Nach außen hin zeigte er jedoch keine Reaktion. Er beobachtete nur, während er seinen Arm locker an meiner Stuhllehne entlangführte und mit seinem Daumen sanft meine Schulter und meinen oberen Trizeps berührte.

Khalid nickte. »Ja, dazu komme ich noch.« Er rief eine Luftaufnahme einer Stadt auf; die Grafiken verschwanden vollständig. »Das ist Dubai, oder Khalid City, wie es heute heißt. Aber in meiner Region nennen wir die Stadt Blood City. Und das ist eine Live-Übertragung.«

Er berührte den Bildschirm, um heranzuzoomen, und Straßen wurden sichtbar – vermutlich von Überwachungskameras aufgenommen. Vielleicht verfügte er aber auch über eine andere Art von Technologie, die keiner von uns kannte. Es war schwer zu sagen, denn alles auf dem Bildschirm sah unwirklich aus.

Vor allem, weil die Straßen so belebt waren.

Und das bei Tageslicht.

»Es ist erst acht Uhr morgens«, murmelte Khalid. »Aber ihr wisst ja, dass sich die Vampire dann normalerweise zurückziehen.« Er tippte auf eine Haustür auf der anderen Straßenseite und die Kamera bewegte sich mit ihm, um einzutreten.

»Was für eine Technologie ist das?«, fragte Damien.

»Hmm«, brummte Khalid. »Sei nett zu Cedric, vielleicht erklärt er es dir später.« Er bewegte den Cursor eine Treppe hinauf, in eine Lobby und dann in ein Restaurant. »Vormittagssnacks«, sagte er. »Aber vielleicht nicht so, wie ihr es gewohnt seid?«

Er blieb an einem Tisch mit Vampiren und Menschen stehen, die sich alle leise unterhielten, während sie aßen. Die Menschen wirkten zwar zurückhaltender als die Vampire, aber sie trugen keine freizügige Kleidung und mussten auch nicht knien. Stattdessen aßen sie direkt neben den Unsterblichen.

Der einzige Unterschied bei ihren Mahlzeiten waren die Getränke auf dem Tisch. Blutwein für die Vampire und verschiedene andere Erfrischungen für die Menschen.

»In Blood City haben wir ein strenges Blutspendeprogramm eingeführt«, informierte Khalid. »Alle Sterblichen in meiner Region müssen alle acht Wochen Blut spenden. Außerdem sind sie verpflichtet, einer Erwerbstätigkeit nachzugehen oder eine Schule zu besuchen, es sei denn, sie haben vor Kurzem ein Kind bekommen. In diesem Fall übernehmen wir die gesamte Versorgung, bis der Nachwuchs zwei Jahre alt ist. Dann muss ein Elternteil wieder arbeiten gehen, während der andere zu Hause bleibt.«

»Ihr habt Kinder in eurer Region?«, fragte Jace.

Khalid grinste. »Ja. Viele. Und ihre Eltern haben sie freiwillig gezeugt, nicht unter Zwang.«

Er wechselte zu einem anderen Bildschirm – und mein Mund blieb offen stehen.

Denn es schien sich um eine Kindertagesstätte zu handeln.

Das Video zeigte die Gesichter der Kinder nicht, was mich noch mehr überraschte.

»Das kann nicht echt sein«, sagte Ryder und sein Tonfall und sein Gesichtsausdruck verrieten sein Misstrauen. Er war keiner, der sich leicht von ausgefallener Kameraführung überzeugen ließ. Und mein Bruder auch nicht.

Ich auch nicht, murmelte Cam. *Das könnte alles gelogen sein.*

Ja, stimmte ich zu. *Aber was wäre der Zweck dieser Lüge? Eine Form der Ablenkung?*, schlug er vor.

»Es ist echt«, beharrte Hazel. »Ich habe es gesehen.«

»Ich auch«, antwortete Cedric. »Ich habe es anfangs auch nicht geglaubt. Aber …« Er verstummte und zuckte mit den Schultern. »Man muss es sehen, um es zu verstehen.«

»Sagen wir mal, ich glaube dem Ganzen«, sagte Jace langsam, wobei sein Tonfall darauf hindeutete, dass er das nicht wirklich tat, sondern erst einmal mitspielte. »Wie hast du das vor Lilith verheimlicht? Vor den anderen Royals?«

»Indem ich für meine ungastliche Art bekannt bin, natürlich«, sagte Khalid.

Jace' Gesichtsausdruck verriet, dass er mehr wissen wollte. Das sah ich in seinen Augen, die sich gerade so weit verengten, dass er seine Verärgerung zeigen konnte, ohne sie zu äußern.

»Wenn ein Royal zu Besuch kommt – was selten ist –, empfange ich ihn in einer der Städte der Herrscher. Niemals in Blood City«, fuhr Khalid fort. »Die Städte der Herrscher sind alle kaum bevölkert, aber sie haben ein Erscheinungsbild, das mit unserer derzeitigen Weltordnung mithalten kann.«

»Und Lilith hat das akzeptiert?«, drängte Jace.

»Ich habe ihr nie die Möglichkeit gegeben, etwas anderes zu tun«, erwiderte Khalid. »Und ich habe sie auch nicht oft empfangen. Sie hat sich auf ihre Satellitenüberwachung verlassen, so wie sie auch alle anderen überwacht hat. Aber wie wir alle wissen, können Videoübertragungen leicht manipuliert und gefälscht werden.«

»Deshalb halte ich das immer noch für Schwachsinn«, sagte Ryder. »Die schicke Technik, die du gerade gezeigt hast, Menschen, die mit Vampiren essen – das ist eine nette

Vorstellung, Khalid. Aber es ist zu sehr Fantasie, als dass ich es glauben könnte.«

Khalid grinste. »Ich hatte wirklich gehofft, dass du das sagen würdest, alter Freund. Deshalb habe ich auch schon einen Jet startklar gemacht, falls du mein Angebot für einen Besuch annehmen willst. Oder besser gesagt, solltest du meine *Herausforderung* annehmen.«

Der Raum wurde wieder still.

Ryder kniff die Augen zusammen.

Jace und Darius tauschten einen Blick aus.

Cam beobachtete nur, wie er es schon die ganze Zeit getan hatte. Sein Verstand lehnte bereits die Idee ab, nach Khalid Region zu reisen. Er wollte nicht weiterziehen, bevor wir nicht alle unsere Optionen besprochen hatten.

Und damit meinte er nicht *wir* im Sinne von allen am Tisch, sondern *wir* im Sinne von *ihm* und *mir*.

»Du lädst uns alle nach Blood City ein?«, fragte Kylan, sein Tonfall war von Ungläubigkeit geprägt.

»Nein. Nur Ryder. Es wäre zu auffällig, alle einzuladen.« Er richtete seinen Blick auf Damien. »Aber ich würde dir erlauben, deinen Erschaffer zu begleiten. Ihr könntet mit euren gesammelten Erkenntnissen hierher zurückkehren.« Er schaute sich im Raum um. »Ich nehme an, ihr würdet ihnen eher glauben als Hazel, Cedric und mir, korrekt?«

Wieder Schweigen.

Ryder und Damien musterten einander, ihre alte Freundschaft erlaubte es ihnen, ohne Worte zu kommunizieren. Doch dann wandte Ryder seine Aufmerksamkeit auf Willow und sein Blick wurde weicher.

Nach einem kurzen Moment lächelte er. »Meine Gefährtin ist einverstanden. Mein Abkömmling ist einverstanden. Also bin ich wohl ebenfalls einverstanden. Aber ich habe eine Bedingung.«

Khalid musterte ihn erwartungsvoll.

»Du lässt Emine hier und begleitest uns persönlich. Wenn Damien, meiner Gefährtin oder mir etwas zustößt, stirbt dein Haustier.«

Jegliche Belustigung seitens Khalids verflog. »Nein.«

»Dann lehne ich deine *Herausforderung* ab«, erwiderte Ryder.

Khalid betrachtete Ryder eine ganze Weile; seine türkisfarbenen Augen funkelten im Kerzenlicht. »Ich habe ein Gegenangebot.«

Ryder lehnte sich auf seinem Stuhl zurück, ein träges Grinsen umspielte seine Lippen. »Ich bin ganz Ohr.«

»Ich bleibe hier bei Emine, während Cedric und Lily Damien und dir Blood City zeigen.« Sein Blick schweifte über alle Anwesenden. »Wir werden ein paar Tage damit verbringen, alles, was ihr wisst, zu besprechen und ein Konzept für das nächste Treffen der Blutallianz zu entwickeln.«

»Was für ein Konzept?«, fragte Jace. »Was möchtest du erreichen?«

»Veränderung«, antwortete er unumwunden. »Der sollte relativ einfach zu erreichen sein, wenn wir den Alphas die Experimente zeigen, die Lilith an den Lykanern durchgeführt hat. Ich bezweifle auch, dass viele unserer Brüder von den Experimenten an den Gesegneten begeistert wären.«

Zustimmendes Grunzen am Tisch.

»Aber um all das zu verbreiten, brauchen wir Beweise für ihre Machenschaften.« Sein Blick landete auf Cam. »Deshalb musst du uns Details und Pläne von Liliths Untergrund zur Verfügung stellen. Ich habe Informationen über einige ihrer ehemaligen Bunker, aber nichts über die Labore unter dem ehemaligen Vatikan.«

Cam starrte ihn an, sagte aber nichts.

Aber ich hörte, wie er in seinem Kopf eine Antwort ausarbeitete.

Wenn Cane irgendwo eingesperrt ist, könnte es von Vorteil sein, mächtige Royals auf unserer Seite zu haben.

Ein dunklerer Teil von ihm flüsterte: *Es wird auch interessant sein, zu sehen, wie dieses Spiel zwischen Ryder und Khalid ausgeht. Vielleicht wird Khalid Ryder töten. Oder andersherum.*

Das wäre eine Verschwendung von royalem Blut, erwiderte seine praktische Seite trocken. *Wir könnten sie bei der Suche nach Cane einsetzen.*

Ein leises Knurren folgte diesem Gedanken, denn seine Verärgerung über die Möglichkeit, was mit seinem Bruder geschehen sein könnte, wuchs.

Was zum Teufel hat Lilith getan? Sie war sein Abkömmling. Was zum Teufel hat sie sich dabei gedacht? Diese Worte waren an ihn selbst gerichtet gewesen und nicht an mich.

Aber ich antwortete trotzdem: *Sie war eine egoistische Schlampe, die die Menschheit vernichten wollte. Sie dachte an nichts anderes als an ihr persönliches Vorhaben.*

Und dieses Vorhaben war leider äußerst solide und gründlich durchdacht gewesen, wie das, was sie Cam angetan hatte, zeigte. Und was dadurch bewiesen wurde, dass ihr Werk trotz ihres Todes weitergeführt wurde.

»Willow begleitet mich«, sagte Ryder, der weiter mit Khalid verhandelte.

»Gut. Dein Haustier kann dich und Damien begleiten«, stimmte Khalid zu. »Wollen wir …«

»Meine *Gefährtin*«, warf Ryder ein. »Ich nenne sie zwar bisweilen liebevoll *Haustier*, aber du wirst sie als meine *Gefährtin* bezeichnen.«

Khalid überlegte einen Moment. »Dann bezeichnest du Emine als meine Drachendame.«

»Gut.«

»Gut«, wiederholte Khalid. »Haben wir einen Deal?«

»Ja. Wann brechen wir auf?«, fragte Ryder, wobei sein Tonfall immer noch einen Hauch von Schärfe enthielt.

»Wann immer du willst«, sagte Khalid. »Der Jet steht bereit.«

»Dann fliegen wir jetzt los und berichten in zwei Tagen über unsere Ergebnisse.« Ryder konzentrierte sich auf Kylan, während er sprach.

Der andere Royal nickte verständnisvoll.

Natürlich hatte Ryder impliziert, dass Kylan entsprechend reagieren sollte, wenn er sich bis dahin nicht meldete. Vermutlich, indem er Khalid tötete oder verletzte.

Aber da Khalid immer noch grinste, bezweifelte ich, dass er sich so einfach geschlagen geben würde.

Damien räusperte sich. »Sieht so aus, als würde ich Dubai besuchen.«

»Du magst doch Palmen und Sand«, erinnerte Ryder ihn. »Betrachte es als Urlaub.«

»Vielleicht will ich gerade keinen Urlaub machen«, erwiderte mein Bruder. »Vielleicht sollte ich hier bei meiner Schwester bleiben.«

Ryder öffnete den Mund und schloss ihn wieder, bevor er sich auf mich konzentrierte. »Daran habe ich gar nicht gedacht.«

Die Augenbrauen meines Bruders schossen in die Höhe. »Ach was!«

Ich verdrehte die Augen. »Seit wann bezieht ihr mich in eure Pläne mit ein?«, fragte ich die beiden. »Ich lebe schon seit einem Jahrtausend allein. Ich komme klar.«

Damien warf mir einen Blick zu, der andeutete, dass er anderer Meinung war. Daraufhin starrte ich ihn einfach nur finster an. Denn ich brauchte jetzt weder sein Mitleid noch seine Besorgnis. Ich brauchte seine Unterstützung. Und die zeigte er mir am besten, indem er über Blood City berichtete.

Denn wenn das, was Khalid uns gerade gezeigt hatte, echt war … wollte ich mehr erfahren.

Vielleicht war es gefährlich, einem solchen Traum Glauben zu schenken. Aber ich hatte die vergangenen zwölf Jahrzehnte damit verbracht, in einer Wolke ständiger Hoffnung zu leben – die immer wieder zerstört worden war.

Es wäre schön, wenn in diesem Albtraum etwas Positives aufblühen würde.

Und wenn es sich dabei um eine Stadt handelte, in der Vampire und Menschen es geschafft hatten, miteinander zu leben, dann würde ich das annehmen.

Denn dann hätten all die Schmerzen und das Leid vielleicht etwas bewirkt.

Irgendetwas.

Einen Weg nach vorn.

Ein potenziell besseres Leben.

Nicht wirklich für mich, aber für andere. Das war doch der Sinn all dieser Opfer, oder? Einen Weg für Unsterbliche und Sterbliche zu finden, eine gemeinsame Zukunft aufzubauen, in der beide Seiten voneinander profitierten.

Das war Cams erklärtes Ziel gewesen.

Vielleicht war ja Khalid derjenige, der uns dabei helfen würde.

CAM

Damien schlang seine Arme um Ismerelda und drückte seine Lippen auf ihr Ohr. »Bist du sicher, dass du klarkommst?«

»Ja«, flüsterte sie. »Jetzt geh und sieh nach, ob es Blood City wirklich gibt.«

Seine goldenen Augen fingen meinen Blick auf – sie funkelten warnend. Oder vielleicht auch drohend.

Jedenfalls ignorierte ich ihn.

Ismerelda konnte auf sich selbst aufpassen. Sie benötigte keinen Bruder, der sie verhätschelte oder ihr die Arbeit abnahm.

Natürlich schickte Ryder einen ähnlichen Blick in meine Richtung – ein Versprechen, mich später zu töten. Ich hielt seinem Blick stand und begrüßte die Herausforderung.

Er mochte alt und stark sein, aber ich war älter und

stärker. Vielleicht könnten er und Damien zusammenarbeiten, um mich zu töten. Vielleicht würde ich sie töten. Der Tanz würde jedenfalls tödlich enden.

Und Ismerelda verärgert sein.

Was inakzeptabel war.

»Pass auf, dass du dich nicht umbringst«, sagte Kylan und lenkte Ryder kurzzeitig von unserem Wettstarren ab.

Er warf einen Blick über die Schulter zu dem anderen Mann und runzelte die Stirn. »Machst du dir Sorgen um mich?«

»Nicht wirklich«, sagte Kylan. »Aber du scheinst der Einzige mit gesundem Verstand zu sein, und ich will keinen mächtigen Verbündeten verlieren.« Er klopfte Ryder auf die Schulter und ging weg, bevor sein *Verbündeter* antworten konnte.

»Ich glaube, er mag dich«, murmelte Damien. »Vielleicht solltest du ihn stattdessen mitnehmen.«

Ryder verdrehte die Augen. »Wir haben bereits festgelegt, dass du mich begleitest. Betrachte es als Entschädigung für London vor all den Jahren.«

»Du meinst, vor über einem Jahrhundert«, stellte Damien klar. »Und du fängst jetzt nicht ernsthaft damit an, oder?«

»Aber klar doch«, informierte ihn Ryder. »Jetzt geh und packe deine verdammte Tasche!«

»Die ist schon gepackt«, erwiderte Damien. »Ich hatte noch keine Gelegenheit zum *Auspacken*.«

»Dann verstehe ich nicht, warum du dich beschwerst. Du hast Dubai doch immer so gemocht.«

Damiens Nasenlöcher weiteten sich. »Ich *hasse* Dubai und das weißt du genau. Verdammte Luftfeuchtigkeit.«

»Wir leben in Texas, Damien«, bemerkte Ryder. »Texas hat auch Luftfeuchtigkeit.«

»Das ist nicht das Gleiche«, argumentierte Damien.

Ryder schnaubte. »Es ist genau das Gleiche.«

»Schön.«

»Schön.«

Das Geplänkel der beiden Männer entlockte Ismerelda ein kleines Kichern, das mir direkt ins Herz ging. »Gut zu wissen, dass ihr euch in der neuen Ära überhaupt nicht verändert habt.«

»Es ist schwer, sich zu verändern, wenn sich einer von uns fast ausschließlich versteckt«, murmelte Damien.

»Ich habe dir angeboten, dich mir anzuschließen«, erinnerte Ryder ihn. »Du hast dich entschieden, dich anzupassen.«

»Weil einer von uns das tun musste.« Damien verschränkte die Arme vor der Brust, seine dicken Muskeln spannten sich bei der Bewegung an. »Tu nicht so, als hätte ich uns beiden keinen Gefallen getan, indem ich mich *integriert* habe.«

»Sagt mir Bescheid, wenn ihr damit fertig seid – was auch immer ihr da gerade treibt«, warf Cedric uninteressiert ein. »Lily und ich warten draußen.« Er nickte mir im Vorbeigehen zu – seine Zurschaustellung von Respekt war weder mir noch den anderen beiden Männern entgangen.

»Ich mochte Cedric schon immer«, bemerkte ich laut und stachelte damit Ryder und Damien an, die mir, seit ich den Raum betreten hatte, *kein bisschen* Respekt entgegengebracht hatten.

Ryder grunzte. »Verbeugungen muss man sich verdienen. Und nach dem, was du Izzy angetan hast, wird es sehr lange dauern, bis du dir meinen Respekt verdient hast.«

»Genau«, meinte Damien. Die beiden Männer beschlossen offenbar, sich jetzt gegen mich zu verschwören, anstatt gegeneinander zu kämpfen.

Ich tat es Damien gleich, indem ich meine Arme verschränkte und nichts sagte.

Ismerelda seufzte, als sie sich zwischen uns stellte. »Geht einfach nach Blood City und erstattet mir Bericht. Ich will wissen, ob das, was Khalid uns gezeigt hat, echt ist.«

»Ist es nicht«, erwiderte Ryder. »Das ist eine Art Spiel. Aber ich freue mich schon darauf, mitzumischen. Außerdem könnte dein Bruder etwas Schießpraxis gebrauchen. Er zielt nicht mehr so gut wie früher.«

Damien gab ein kehliges Geräusch von sich. »Ich ziele einwandfrei, du Idiot.«

»Beweise es!«, forderte Ryder ihn auf.

»Indem ich dich hier und jetzt erschieße?«, fragte Damien und eine Waffe schien wie durch Magie in seiner Hand zu erscheinen. Es war nicht so, dass er eine übernatürliche Gabe besaß; er war einfach nur schnell. »Okay.«

Ryder gluckste. »Du hast recht. Du hast gepackt und bist startklar.« Er wies auf die Tür. »Wir sollten Cedric nicht länger warten lassen.«

Damien schüttelte den Kopf, ein leises Knurren entwich ihm. »Ich werde dich in Blood City zurücklassen.«

Ryder hob eine Schulter. »Das ist in Ordnung. Du kannst in meiner Abwesenheit Ryder Region übernehmen. Ich weiß, wie sehr du die Politik liebst.« Schmunzelnd ging er auf Ismerelda zu und drückte ihr einen Kuss auf die Wange. »Mach ihm die Hölle heiß, Iz«, murmelte er und seine Augen begegneten meinen, als er das sagte. »Wir kommen in ein paar Tagen wieder, um ihn für dich zu töten.«

Ismerelda seufzte erneut. »Passt einfach auf euch auf.«

»Niemals«, antwortete Ryder mit einem Zwinkern, dann richtete er seinen Blick auf Willow und seine dunklen Augen funkelten. »Bereit für ein Abenteuer, Haustier?«

»Bekomme ich einen Hammer?«

»Nein. Aber du kannst Damiens Waffe nehmen.« Er schnappte sich die Waffe aus Damiens Griff, überprüfte die Sicherung und reichte sie ihr, ohne auch nur zu blinzeln. »Betrachte sie als Belohnung für gutes Benehmen.«

Die blauen Augen der Frau wurden eiskalt. »Mutige Worte für einen Mann, der mir gerade eine Waffe gegeben hat.«

»Vorspiel, meine Süße«, säuselte er ihr zu. »Alles nur Vorspiel.« Er legte seinen Arm um sie und zog sie an seine Seite, während er flüsterte: »Du bist perfekt, Haustier. So verdammt perfekt.«

Willow zitterte und ihr Körper schien mit dem von Ryder zu verschmelzen, während er sie zur Tür hinausführte.

Damien ignorierte sie und konzentrierte sich wieder auf seine Zwillingsschwester. »Bist du sicher, dass es dir gut geht?«

»Wenn du mich das noch einmal fragst, entledige ich Willow der Waffe und erschieße dich selbst«, gab Ismerelda zurück.

Ihr Bruder stieß einen langen Atemzug aus. »Ich darf mir Sorgen um dich machen, Izzy.«

»Und ich darf dir sagen, dass es mir gut geht«, erwiderte sie. »Außerdem bin ich diejenige, die sich Sorgen um dich machen sollte.« Ihr Gesichtsausdruck wurde ein wenig weicher, als sie den letzten Teil sagte: »Glaubst du wirklich, dass es eine Falle ist?«

Damien dachte kurz über ihre Frage nach und ließ seinen Blick durch den Raum schweifen, wo Khalid mit seiner Jägerin stand. Sie schienen sich zu unterhalten, aber keiner von ihnen bewegte den Mund.

Eindeutig Gefährten, dachte ich. *Oder etwas ganz anderes.*

Khalid blickte zu mir auf und seine Augen erzählten eine Geschichte, die mein Interesse weckte. Ich konnte nicht sagen, worum es sich handelte, aber ich wusste, dass es interessant sein könnte, sie zu hören.

Wir kannten einander schon sehr lange. Er war schon immer ein stiller, einschüchternder Royal gewesen, dessen Herkunft undurchsichtiger war als die anderer. Vor allem, weil seine Mutter Gerüchten zufolge eine besondere Blutgruppe hatte. Sie war den Tod einer Sterblichen gestorben, so wie all unsere Mütter, aber sie hatte etwas länger gelebt als die anderen.

Zumindest hatte man mir das erzählt.

In Wahrheit war Khalids Geschichte weithin unbekannt. Sein Vater, Erinas, war ein Gesegneter. Aber darüber hinaus hatte Khalid seine Herkunft für sich behalten.

Und es schien, dass er immer noch viele Geheimnisse besaß.

Genauso wie eine Stadt voller Faszinationen.

Vielleicht hatte er wirklich einen Weg gefunden, Menschen und Vampire friedlich zusammen leben zu lassen.

Die Vorstellung hatte das Interesse meiner Gefährtin geweckt. Sie war sich nicht sicher, ob sie Khalids Vortrag glaubte, aber er hatte einen Hauch von Hoffnung in ihren Gedanken geweckt, der unser Band erwärmt hatte.

Ismerelda wollte glauben, dass Veränderung möglich und all der Schmerz etwas wert gewesen war.

Ich war mir weiterhin nicht sicher, wie ich darauf reagieren sollte.

Es schien, als bräuchte sie ein positives Ergebnis, weil sonst alles, was sie geopfert hatte, umsonst gewesen wäre.

Was bedeutet das für uns?, fragte ich mich. *Wie kann ich dabei helfen, diesen Wunsch zu erfüllen?*

Das waren Fragen, die sie zwar hörte, aber nicht beantwortete. Sie ignorierte mich aber nicht. Sie kannte nur selbst die Antwort noch nicht.

Das war ein Gespräch, das wir würden führen müssen – neben vielen anderen.

Aber dies war weder die Zeit noch der Ort dafür. Zumal mein Abkömmling und mein Cousin jetzt auf mich zukamen und sie immer noch mit ihrem Zwillingsbruder über Risiken diskutierte. Er hatte das Gefühl, dass Blood City eine Falle sein könnte, aber die Wahrheit herauszufinden, überwog das Gefahrenpotenzial.

»Zwischen Lily und Willow gibt es auch eine interessante Verbindung«, fuhr Damien fort. »Wir haben bei unserer Landung herausgefunden, dass sie einander bereits getroffen haben.«

»Wirklich?« Ismerelda klang überrascht. Ich nahm an, dass das angesichts der Tatsache, dass das menschliche Leben in dieser Welt so sehr reglementiert war, durchaus Sinn machte. Es gab nicht viele Möglichkeiten, Kontakte zu knüpfen, nicht einmal an den Universitäten.

»Auf der Zuchtfarm«, erklärte Damien. »Dort habe ich Cedric letztes Jahr getroffen, als er mich um einen Gefallen gebeten hat.«

Ihre Augenbrauen schossen in die Höhe. »Er hat Lily den Lykanern weggenommen?«

»Jepp. Und ich habe ihm geholfen. Also schuldet er mir einen Gefallen. Wir waren in der Vergangenheit außerdem Verbündete. Ich vermute, das ist der Grund, warum Khalid ihn und Lily angeboten hat, nachdem Ryder den ursprünglichen Plan abgelehnt hatte.«

»Du sagst also, dass du Cedric vertraust?«, fragte Ismerelda langsam, ihre Gedanken hoffnungsvoll. Sie wollte es ihrem Bruder nicht zeigen, aber tief im Inneren war sie um seine Sicherheit besorgt. Dieses neue Detail trug dazu bei, einige ihrer Sorgen zu zerstreuen.

Außerdem wurde die Möglichkeit von Blood City dadurch viel realer. Denn wenn Cedric wirklich ein Verbündeter war, dann wollte er vielleicht eine ähnliche Zukunft wie die anderen.

Und sie hatte bereits aus erster Hand erfahren, dass der Majestic Clan Menschen anders behandelte, als andere Gebiete es taten.

Damien zuckte mit den Schultern. »Vertrauen ist vergänglich. Aber Ryder und ich passen schon lange auf uns selbst auf. Wir kommen schon zurecht.«

Sie schürzte die Lippen. »Ich habe vorhin etwas Ähnliches zu dir gesagt. Vielleicht solltest du deinen eigenen Rat befolgen.«

Damien warf ihr einen nachsichtigen Blick zu, denn seine Miene verriet, dass ihre Situationen sehr unterschiedlich waren. Zum Glück sprach er das aber nicht laut aus. Stattdessen umarmte er sie einfach noch einmal. »Wir sind bald zurück. Dann müssen wir uns unterhalten. Es ist so viel Zeit vergangen, Iz.«

»Ja«, stimmte sie zu und ein Hauch von Ergriffenheit durchströmte unsere Verbindung. »Ich habe dich vermisst.«

»Ich habe dich auch vermisst«, flüsterte er ihr zu und seine Lippen streiften ihre Wange. Er drückte sie noch einmal an sich, dann beäugte er mich. »Sei gut zu meiner Schwester oder ich nutze deinen Kopf für Schießübungen.«

Ich hob die Augenbrauen, um ihn herauszufordern, es zu versuchen.

»Geh, bevor Ryder ohne dich verschwindet«, sagte

Ismerelda, deren Hände auf der Brust des anderen Mannes so viel kleiner wirkten.

Es war, als hätte ihr Bruder alle Muskeln und die Größe abbekommen und sie dafür den perfekten Mix aus Kurven und schlankem Körperbau.

Es juckte mich in den Fingern, sie zu berühren, aber ich hielt mich zurück.

Nach allem, was wir durchgemacht hatten, musste ich es langsam angehen und sie zu mir kommen lassen. Ich musste ihr die Möglichkeit geben, selbst zu entscheiden.

Ich hatte ihr diese Entscheidung schon einmal genommen, ohne realisiert zu haben, was das bedeutet hatte. Sie gehörte mir. Ich hatte angenommen, dass sie mit mir zusammen sein wollte.

Jetzt, da ich einige dieser Erinnerungen aus ihrer Sicht durchlebt hatte, war ich mir da nicht mehr so sicher.

Ich musste das Vertrauen wiederherstellen. Uns von Grund auf neu erfinden. Eine neue Verbindung formen, die in der Gegenwart und nicht in der Vergangenheit begründet war.

Ich musste herausfinden, wer wir jetzt zusammen sein konnten – ein König, der seine Königin umwarb, und kein überlegenes Raubtier, das einen zarten Schwan bezirzte.

Ihre hübschen Augen trafen die meinen, ihr Geist war im Einklang mit meinen Gedanken.

Doch bevor sie etwas sagen konnte, traten Darius und Jace vor. Sie machten einen sehr sachlichen Eindruck. »Wir müssen reden«, sagte Jace zu mir.

Ich unterdrückte den Drang, zu seufzen. Die Einzige, mit der ich jetzt reden wollte, war Ismerelda, aber wenn man berücksichtigte, wie Jace und ich unser letztes Gespräch beendet hatten, war ich nicht überrascht, dass er noch mehr zu sagen hatte.

Als wir vor ein paar Wochen miteinander gesprochen hatten, war ich der Meinung gewesen, dass Jace und Darius versuchen würden, meine harte Arbeit zunichtezumachen.

Jetzt kannte ich die Wahrheit – wir waren alle auf derselben Seite.

Zumindest in der Theorie.

Ich war mit einigen von Liliths Methoden nicht einverstanden und ich wollte wissen, was sie und Michael mit meinem Bruder gemacht hatten. Aber ich hatte nicht vor, mich als konkurrierender Monarch gegen das derzeitige Regime zu stellen.

Ismerelda war jetzt meine Priorität.

Zusammen mit der Suche nach Cane, beschloss ich. Und ich würde meiner Löwin helfen, Michael zu jagen und zu töten.

Jace räusperte sich. »Cam.«

»Jace«, konterte ich. »Ich höre.«

Er warf mir einen skeptischen Blick zu.

Ich erwiderte ihn mit einer hochgezogenen Augenbraue.

»Vielleicht hätten wir es oben bequemer«, schlug Darius vor. »Hazel hat uns eine Kiste Blutwein geschenkt, als wir gelandet sind. Sie hat erwähnt, dass Menschen in diesem Turm nicht häufig auf der Speisekarte stehen, da Deirdre City ziemlich unterbesetzt ist.«

»Das hat Deirdre bei meiner Ankunft nicht erwähnt«, antwortete ich und drehte mich nach Hazel um, die neben Khalid stand. Beide beobachteten mich mit Interesse. »Hat Deirdre deshalb versucht, mir Keys abzujagen?«

Hazel schaute von mir zu dem schweigsamen Menschen hinter mir. Er folgte Ismerelda und mir, seit wir den Raum betreten hatten, weil es sein natürlicher Instinkt war, jemanden zu beschützen, der irgendwann einmal nützlich werden könnte.

Hazel räusperte sich. »Sie wollte wahrscheinlich sicherstellen, dass er angemessen untergebracht ist.«

»Oder sie hatte vor, ihn in Wein zu verwandeln«, gab ich zurück. »Wenn deine Personalprobleme auf Völlerei zurückzuführen sind, dann ist das dein Problem, nicht meins. Und sicher auch nicht das von Keys. Er bleibt bei mir, bis er das nicht länger möchte.«

Khalid und Hazel tauschten einen Blick.

Dann zuckte Hazel mit den Schultern. »Du bist hier unter Freunden, Cam. Oder, wenn du willst, unter Verbündeten. Wir wollen ähnliche Dinge. Eine Welt, in der wir die Herkunft des anderen respektieren, anstatt sie auszubeuten. Ich habe kein Interesse daran, irgendjemandem hier zu schaden, auch nicht den Menschen, die unter deinem Schutz stehen.«

»Ich schließe mich dieser Ansicht an«, murmelte Khalid. »Aber ihr könnt euch gern untereinander austauschen. Die Technologie, die Damien dir gegeben hat, wird die Räume nach Abhörgeräten durchforsten. Ich empfehle dir aber, diesen Scanner zu benutzen, um den Tracker in deinem Nacken zu entfernen.«

Während er diese letzten Worte sprach, zog er kleinen Gegenstand hervor und ging durch den Raum, um ihn mir zu reichen.

»Du brauchst nur ein Messer. Vielleicht möchte deine *Erosita* dir die Ehre erweisen?«, schlug er vor. »Ich weiß, dass Emine Spaß daran hat, mich zu schneiden.«

Seine Drachendame, die auf der anderen Raumseite stand, schnaubte, aber ihre blaugrauen Augen funkelten bei der Aussicht, Khalid bluten zu lassen.

Sie haben definitiv eine interessante Dynamik, sagte Ismerelda.

Hättest du gern eine ähnliche?, fragte ich sie. *Denn ich kann dir ein Messer besorgen.* Das wäre nur fair, nachdem ich sie in den letzten zwei Wochen so oft für mich hatte bluten lassen.

Sie brummte und schien darüber nachzudenken. *Mal sehen. Aber vielleicht nicht jetzt. Dein Hals ist ein bisschen riskant für unser erstes Mal.*

Hast du Angst, mir die Kehle aufzuschlitzen?

Ja, gab sie zu.

Auch das hätte ich wahrscheinlich verdient. Ich hatte sie bei unserem Wiedersehen umgebracht. Sie sollte sich vermutlich revanchieren.

Das würde nichts bringen, flüsterte sie mir zu. *Außerdem brauche ich dich im Moment lebendig.*

Wirklich?

Ja. Es gibt zu viele unbekannte Faktoren. Und du bist meine Verbindung zur Unsterblichkeit.

Eine praktische Überlegung, murmelte ich, während Khalid mir den Gegenstand überreichte. »Woher weißt du, dass ich einen Peilsender in meinem Nacken habe?«, fragte ich ihn.

Er schaute auf meine Hand. »Ich habe vorhin jeden von euch damit gescannt. Es ist ein nützliches Spielzeug. Du kannst es gern behalten.« Mit diesen Worten kehrte er zu Hazel und seiner Drachendame zurück. »Sollen wir einen Spaziergang machen? Ich glaube, wir haben einiges zu besprechen.«

»Ja«, stimmte Hazel zu und führte ihn zum Ausgang, hielt aber auf der Türschwelle inne. »Wenn ihr etwas benötigt, wendet euch an Vincient an der Rezeption. Er wird sich um all eure Bedürfnisse kümmern. Ansonsten sehen wir uns morgen wieder. Wenn ihr etwas Zeit hattet, alles zu besprechen.«

Die drei verschwanden durch die Tür und ließen mich mit Jace, Darius und ihren Gefährtinnen zurück.

Mit Kylan und Rae.

Und mit meiner *Erosita*.

Na, das kann ja heiter werden, dachte ich. »Wer will mir helfen, den Tracker zu entfernen?«, fragte ich laut.

Jace lächelte sofort. »Eine Gelegenheit, dich zu schneiden? Oh, da sage ich nicht Nein.«

IZZY

Ich untersuchte Cams Nacken und betrachtete die glatte Haut dort. Vor einer Stunde hatte er noch geblutet. Aber seine Unsterblichkeit hatte ihn fast augenblicklich geheilt.

Es war schnell gegangen – ein Schnitt mit dem Messer, eine Zange, um die winzige Disc zu entfernen, das Reinigen von Händen und Instrumenten und die Zerstörung des Trackers.

Dann hatte Jace Khalids Scanner benutzt, um sicherzugehen, dass Cam keine anderen Peilsender unter seiner Haut trug.

Seine ozeanblauen Augen hatten mich ununterbrochen beobachtet und die Erinnerung daran, wie Cam meinen nackten Körper gescannt hatte, durchströmte unser beider Gedanken.

Die Erinnerung daran hatte ihn gleichzeitig erregt und

wütend gemacht. Erregt, weil er es genossen hatte, meine Haut zu streicheln. Wütend, weil Michael das alles arrangiert hatte.

Ich kann es kaum erwarten, dir dabei zuzusehen, wie du ihn in Stücke reißt, hatte Cam in meinen Gedanken geknurrt. *Ein Wort und ich verwandle dich. Dann kannst du ihn mit deinen Vampirzähnen zerfetzen.*

Seine Bemerkung war so unerwartet gekommen, dass ich fast laut aufgekeucht hätte.

Und seitdem konnte ich nicht mehr aufhören, daran zu denken.

Denn er hatte es ernst gemeint. Wenn ich ein Vampir werden wollte, würde er mich verwandeln.

Ohne Diskussion.

Ohne die Sorge, dass er seinen unsterblichen Blutbeutel verlieren könnte.

Ohne einen Gedanken an die aussterbende menschliche Rasse oder daran, dass es für ihn schwierig werden könnte, ohne mich eine Nahrungsquelle zu haben.

Er würde mich verwandeln. Und dann würden wir weitersehen.

Das würde meine Unabhängigkeit sichern und mich gleichzeitig stärker machen, was er als Vorteil betrachtete.

Ich weiß nicht, warum ich dir nicht schon früher die Unsterblichkeit angeboten habe, hatte er gesagt. *Aber jetzt erscheint es mir ganz selbstverständlich, dass du nicht auf meine Unsterblichkeit angewiesen sein solltest, um zu überleben.*

Eigentlich wollte ich mit ihm darüber sprechen, aber Jace, Darius und Kylan befragten ihn gerade zu dem, was vorgefallen war. Sie füllten auch viele Lücken und erzählten ihm, was Liliths Aufnahmen nicht beinhaltet hatten.

Zum Beispiel, dass Cam meinen Tod vorgetäuscht und

Lilith alle bekannten Verbündeten gezwungen hatte, ihn zu verraten.

»Dein Name ist tabu, seit sie deine Asche der Allianz übergeben hat«, sagte Jace jetzt. »Sie hat ein Exempel an deiner Rebellion statuiert und gesagt, dass jeden, der sich der Allianz widersetzt, ein ähnliches Schicksal ereilen würde.«

»Sie hat behauptet, dass du verrückt bist«, fügte Kylan mit einem Schnauben hinzu. »Das hat sie vor Kurzem auch bei mir versucht. Es hat nicht geklappt.«

Er saß mit Rae auf der Couch und kuschelte sich an sie. Ich hatte sie offiziell auf dem Weg in die Suite kennengelernt, die Hazel Cam zur Verfügung gestellt hatte.

Juliet hatte die Vorstellungen übernommen und mich dann zur Seite gezogen, um mich zu fragen, ob es mir gut ging.

Das schien das Thema des Tages zu sein.

Alle fragten mich, wie es mir ging, und mittlerweile sträubte sich alles in mir gegen diese Frage. Denn ich wusste nicht, ob es mir gut ging oder nicht.

Es war eine Menge passiert.

Ich brauchte Zeit, um es zu verarbeiten, aber seit ich in der Wanne aufgewacht war, wurde von mir mehr oder weniger erwartet, dass ich funktionierte.

Nun, vielleicht nicht sofort. Cam war geduldig gewesen. Aber dass mein Bruder und die anderen so kurz nach meinem Aufwachen aus der Bewusstlosigkeit aufgetaucht waren …

Ich schluckte und ein Schauer lief mir über den Rücken.

Ich brauche nur ein paar Minuten Ruhe, um zu überlegen, was ich als Nächstes tun soll, dachte ich.

Soll ich sie wegschicken?, fragte Cam sofort. Obwohl er sich auf Jace zu konzentrieren schien, hörte er eindeutig, dass meine Gedanken wild umherschwirrten.

Nein. Sie suchen schon seit über einem Jahrhundert nach dir. Sie brauchen das. Und das würde ich ihnen nicht wegnehmen. Nicht nach dem, was wir alle durchgemacht hatten.

Es ist mir egal, was sie brauchen, Ismerelda. Mich interessiert, was du brauchst.

Ich versuche noch, das herauszufinden, flüsterte ich ihm zu. *Fürs Erste solltest du ihnen zuhören.*

Denn wir mussten einen Weg nach vorn finden.

Cams fehlende Erinnerungen hatten den Plan durcheinandergebracht. Niemand wusste, was jetzt zu tun war.

In Verbindung mit Liliths Tod fühlte sich alles unsicher an.

Wer war der Anführer der Blutallianz? Michael? Mira? Jemand anderes?

Was war ihr Plan? Liliths Experimente zu Ende zu bringen und der Allianz unsterbliche Blutbeutel zu präsentieren?

Das könnte die Vampire überzeugen, aber die Lykaner würde es sicher nicht interessieren. Schon gar nicht, wenn man berücksichtigte, dass die Lykaner als Laborratten benutzt wurden, um die Nahrungsquellen der Vampire zu perfektionieren.

»Was ist euer Ziel?«, fragte Cam und unterbrach damit etwas, das Jace über Cams Verschwinden gesagt hatte. »Meine Erinnerungen werden durch dieses Gespräch nicht getriggert. Ich kann euch nicht sagen, welchen Plan ich hatte. Wie möchtet ihr weiter vorgehen? Was benötigt ihr von mir?«

Seine direkten Fragen waren mit einem Hauch von

Ungeduld unterlegt. Er wollte auf den Punkt kommen und nicht in der Vergangenheit herumstochern.

Jace räusperte sich. »Du hast recht. Wir müssen uns auf unseren nächsten Schritt konzentrieren, und ich denke, dazu müssen wir unsere lykanischen Verbündeten einbeziehen. Liliths Experimente sind der Schlüssel, um die Allianz von uns zu überzeugen. Wir brauchen die Vorschläge der Wölfe, wie wir diese Informationen verbreiten können.«

»Nicht nur wie, sondern auch wer«, stellte Darius klar. »Jolene wird wissen, mit wem wir am besten über das Thema sprechen können. Genauso wie wir eine gute Vorstellung davon haben, mit welchen Vampiren wir es teilen sollten.«

»Allerdings haben wir Khalid gänzlich falsch eingeschätzt«, bemerkte Kylan. »Wenn er tatsächlich eine Stadt hat, in der Sterbliche besser behandelt werden als Essen – wie viele andere haben wir dann fälschlicherweise als Liliths Befürworter eingeschätzt?«

»Gutes Argument«, stimmte Jace zu. »Was haben Liliths Aufnahmen über Khalid gesagt?«

»Sie hat ihn als zufrieden bezeichnet. Nichts in ihren Akten deutete auf etwas anderes hin. Wenn es Blood City also wirklich gibt, dann war sie nicht auf ihrem Radar«, antwortete Cam. »Vorausgesetzt, ich hatte Zugang zu all ihren Dateien.«

»Hast du Grund zu der Annahme, dass das nicht der Fall war?«, fragte Jace.

»Ja.« Cam räusperte sich, dann erzählte er ihnen, was ich in der Familiengruft entdeckt hatte. »Ich habe keine Ahnung, wo mein Bruder ist, und in Liliths Berichten wird er nicht erwähnt. Auch Michael hat nicht von ihm gesprochen.«

»Das deutet darauf hin, dass sie dir etwas vorenthalten haben«, fasste Jace zusammen.

»Sie haben auch den Zugang zu seinem Laptop eingeschränkt«, fügte ich hinzu und erinnerte mich an seine Unfähigkeit, das interne Netzwerk zu verlassen. »Ich musste mich im Admin-Modus einloggen, um bestimmte Dinge zu sehen, zum Beispiel die Sicherheitsfeeds. Aber auch das hatte seine Grenzen.«

Cam schaute mich von seinem Platz neben Jace aus an. Ich hatte mir einen Stuhl gegenüber von ihnen ausgesucht, während Darius und Juliet sich einen ähnlichen Stuhl neben mir teilten.

Keys war der Einzige, der nicht im Wohnbereich saß. Er hatte sich entschuldigt, sich etwas zu essen geholt und es in ein Zimmer gebracht, von dem ich annahm, dass es ein Schlafzimmer war.

Wir anderen saßen alle in dem geräumigen Wohnbereich und beobachteten den Sonnenaufgang auf der anderen Seite der Fenster.

Das Licht würde die Vampire in diesem Raum irgendwann stören. Es würde ihnen nicht schaden, nur ihre geschärften Sinne irritieren.

Aber ich hatte gesehen, dass die Fenster über Verdunkelungsvorhänge verfügten, die sich bei Bedarf mit einer Fernbedienung vor das Glas ziehen ließen. Oder vielleicht geschah das auch ganz automatisch.

Aber bisher waren nur ein paar orangefarbene und rote Strahlen zu sehen, die den Raum in ein gespenstisches Zwielicht tauchten und noch nichts von Morgensonne erahnen ließen.

»Glaubst du, Lilith hat Anweisungen hinterlassen, denen Michael und Mira folgen?«, fragte Jace und richtete sich dabei an Calina, nicht an die anderen. »Oder gibt es eine Art stillen Mitmischer, den wir noch nicht entdeckt haben?«

»Ähnlich wie Lajos?«, schlug sie vor und legte die Stirn in Falten. »Das ist durchaus möglich. Wir wissen, dass sie andere Verbündete hat.«

»Jasmine und Ayaz«, murmelte Jace. »Genau wie Helias und Sofia.«

»Vielleicht Robyn«, fügte Kylan hinzu. »Ich weiß, dass Lilith sie bestraft hat, nach allem, was mit Raelyn passiert ist, aber bisher wurde diese Strafe nicht vollzogen.«

Jace nickte. »Ja, das stimmt. Außerdem gibt es viele Unbekannte, wie Khalid und Hazel. Es ist schwer zu sagen, auf welcher Seite sie wirklich stehen. Wir haben alle das Spiel der Farce gemeistert.«

»Haltet doch eine Versammlung ab und beobachtet, wie alle auf die Nachricht über Liliths Experimente reagieren«, überlegte ich laut. »Dann wisst ihr, wer auf welcher Seite steht. Aber ihr benötigt diverse Strategien, um die Reaktionen zu erfassen.«

»Und ein Ziel«, betonte Cam. »Eines, das nicht mich als Monarch berücksichtigt.«

Alle, auch ich, starrten ihn an.

Anstatt ihre Blicke zu erwidern, konzentrierte er sich auf mich. »Ich werde die Fehler meiner Vergangenheit nicht wiederholen. Ich werde die Menschen nicht erneut über meine *Erosita* stellen.« Schließlich sah er Darius und dann Jace an. »Ich bin nicht dieser Mann. Deshalb bin ich auch nicht euer König.«

Ich blinzelte, denn seine Erklärung stimmte nicht mit seinen Gedanken überein. Er nannte mich immer wieder seine Königin und meinte, wir seien in diesem Leben gleichberechtigt.

Aber jetzt erklärte er, kein König zu sein, auch wenn es sein Geburtsrecht als ältester Vampir war.

Ich bin nicht ihr *König*, flüsterte er in meinen Geist. *Ich bin dein König, Ismerelda. Ich werde ihnen nicht dienen, nur dir.*

»Ich glaube, wir haben für heute genug gesagt«, bemerkte Cam laut. »Ismerelda und ich haben Dinge zu besprechen. Dinge, die euch alle nichts angehen. Also tätigt eure Anrufe. Ladet eure lykanischen Verbündeten ein. Wir treffen uns nach der Dämmerung wieder.«

Mit diesen Worten stand er auf und verließ den Raum.

Ich werde mich unter der Dusche erfrischen, informierte er mich leise. *Du bist eingeladen, mitzukommen. Du kannst aber auch bleiben und mit den anderen reden. Ich brauche eine Pause.*

Seine Gedanken überschlugen sich mit widersprüchlichen Aussagen, und seine Frustration über seinen Gedächtnisverlust war deutlich spürbar. Doch vor allem schien er wütend auf sein früheres Ich zu sein, weil es ihn – uns – in diese Lage gebracht hatte.

Ich starrte ihm nach. Der Flur, den er genommen hatte, war leer. Sein Geruch war zurückgeblieben. Und das Gefühl seiner Anwesenheit auch.

Will ich ihm folgen?, fragte ich mich. *Oder will ich warten?*

Jace räusperte sich. »Ich denke, wir sollten … gehen.«

»Ja, so habe ich das auch verstanden«, sagte Kylan und betrachtete mit seinen dunklen Augen den Sonnenaufgang. »Es ist wohl an der Zeit für ein bisschen Ruhe. Außerdem werden wir wahrscheinlich noch mindestens ein paar Stunden lang nichts von Ryder hören.«

»Ich werde mit ihm sprechen«, sagte ich und bezog mich dabei nicht auf Ryder, sondern auf Cam. »Er braucht nur etwas Zeit …« Ich stockte. Denn nicht nur Cam brauchte Zeit, sondern auch ich. »Ich …« Ich räusperte mich. »Wir werden das schon hinbekommen.«

Hoffentlich, fügte ich in Gedanken hinzu. *Vielleicht.*

Wollte ich, dass wir das hinbekamen?

Wollte ich für uns kämpfen?

War das, was wir hatten, es wert, gerettet zu werden, wenn sich nur einer von uns an das letzte Jahrtausend erinnerte?

Es wäre wie ein Neuanfang. *Will ich überhaupt neu anfangen? Mit dieser Version Cams, nicht der alten?*

Ich konnte keine dieser Fragen beantworten, weil ich nicht wusste, was ich wollte. Alles war noch zu frisch, zu verwirrend … Ich schluckte. Ich wollte einfach nur mit Cam reden. Herausfinden, wer er jetzt sein könnte. Wer wir zusammen sein könnten.

Dann würde ich mich entscheiden.

Aber das konnte ich nicht tun, wenn ich ein Publikum hatte.

Das hatte ich immer noch, denn alle starrten mich an.

»Wir treffen uns nach Sonnenuntergang«, sagte ich und wiederholte Cams letzte Worte. »Aber wenn ihr bis dahin etwas von Ryder hört, meldet euch bitte bei mir. Ich würde gern wissen, ob er und Damien in Sicherheit sind.«

»Natürlich«, antwortete Jace leise.

Ich nickte und stand auf, während ich gegen die Emotionen ankämpfte, die sich in meinem Inneren zusammenbrauten.

»Izzy«, rief er mir nach.

Ich hielt inne, sah ihn aber nicht an.

»Wir sind hier, wenn du uns brauchst«, sagte er nach einem kurzen Moment.

Ich nickte wieder. *Ich weiß*, dachte ich, weil es mir plötzlich zu schwerfiel, die Worte auszusprechen. Er konnte mich zwar nicht hören, aber hoffentlich verstand er es trotzdem.

Anstatt abzuwarten, ob dem so war, folgte ich Cam.

Auch ich brauchte eine Pause.

Um zu atmen.

Um nachzudenken.

Um einfach zu existieren.

Und vielleicht sogar, um zu vergessen. Nur für eine kleine Weile. *Bis zur Abenddämmerung.*

Dann würden wir von vorn anfangen.

Denn es schien, als wäre Deirdre City gerade das offizielle Basislager der Rebellen geworden. *Und damit beginnt es …*

CAM

Ich DRÜCKTE meinen Unterarm gegen die gefliese Wand und ließ das Wasser über meinen Rücken laufen.

Es war heiß. Fast schon kochend. Und genau das, was ich brauchte.

Aber als ich Ismereldas Entschluss hörte, sich zu mir zu gesellen, stellte ich es sofort kühler. Ich wollte sie nicht verbrennen oder verjagen. Sie hatte die letzten fünf Minuten im Schlafzimmer gestanden und überlegt, was sie tun sollte.

Ich hatte nichts gesagt und darauf gewartet, dass sie sich selbst entschied – und das hatte sie getan: Sie wollte der Situation *entfliehen*.

Sie wollte vergessen. Sich entspannen. Frei sein und nur in der Gegenwart existieren.

Ich drehte mich um, als sie eintrat, und speicherte automatisch ihre sinnliche Gestalt ab.

Wunderschön, dachte ich. *So verdammt umwerfend.*

»Ich verstehe nicht, warum ich dich nie verwandelt habe«, sagte ich laut. Diese Bemerkung hatte ich ihr gegenüber bereits gemacht – zumindest in unseren Köpfen, aber sie war es wert, wiederholt zu werden. »Du wärst ein toller Vampir.«

»Aber was würdest du essen?«, fragte sie und machte einen zaghaften Schritt auf mich zu. »Ich bin deine unsterbliche Blutquelle.«

Ich schürzte die Lippen. »Du bist so viel mehr als nur Blut, Ismerelda.« Ich legte meine Handfläche um ihren Nacken und zog sie näher an mich heran. »Du bist stark. Gerissen. Hartnäckig. Tapfer.«

Mit jedem Wort beugte ich mich ein bisschen mehr zu ihr hinunter, bis meine Lippen über ihren schwebten.

»Verführerisch«, hauchte ich gegen ihren Mund. »Eine Löwin, die sich hinter einer zerbrechlichen Fassade verbirgt.« Ich knabberte an ihrer Unterlippe, nicht hart genug, um die Haut zu verletzen, aber spielerisch genug, um sie zu necken. »Ich hätte dir schon vor langer Zeit Unsterblichkeit anbieten sollen. Blut lässt sich problemlos ersetzen. Eine Königin nicht.«

Sie erschauderte und ihr Verstand sagte mir, dass ich sie mit meinen Bemerkungen überfordert hatte. Sie kämpfte auch mit den Erinnerungen an unsere gemeinsamen Duschen der letzten Woche, als ich sie ohne Reue besinnungslos gefickt hatte. Ismerelda kämpfte mit den Differenzen; ihre innere Stimme schwankte zwischen Hoffnung und Angst.

Und unter all dem lag eine Schicht von Trauer.

Trauer über das, was sie verloren hatte.

Trauer über das, was vielleicht nie sein würde.

Trauer über ihre Unfähigkeit, dem Gefährten zu vertrauen, den sie seit über tausend Jahren kannte.

Ihren Konflikt zu hören, versetzte mir einen Stich ins Herz und stillte jeden meiner Instinkte, die mich aufforderten, sie zu beanspruchen.

Sie brauchte Zeit. Geborgenheit. *Verehrung.*

Eine Chance, mich als ihren Gefährten anzunehmen. Um zu sehen, was wir sein könnten.

»Ich bin nicht er«, sagte ich, was ich schon zuvor bestätigt hatte. »Aber er war ein Narr.«

Ich nutzte meinen Griff in ihrem Nacken, um uns unter das Wasser zu führen.

Andere würden vielleicht sagen, dass das, was ich getan habe, heldenhaft war oder ein Akt der Selbstlosigkeit, aber das stimmt nicht, dachte ich. *Was habe ich mir erhofft, als ich allein zu Lilith gegangen bin? Es war eine arrogante Entscheidung. Die falsche Entscheidung. Ich werde sie nicht noch einmal treffen.*

»Hast du deshalb zu Jace gesagt, dass du nicht ihr König bist?«, fragte sie mit leiser Stimme unter dem fließenden Wasser.

»Ja.« Ich ließ ihren Nacken los und kämmte ihre feuchten Haare mit meinen Fingern. »Ich habe nicht die Absicht, diese Revolution anzuführen.«

Anstatt es laut auszusprechen, sprach ich ihr nur im Geiste meine Gedanken zu: *Ich verstehe den Sinn nicht. Die Menschheit ist bereits größtenteils ausgelöscht. Vampire haben ihre Nahrungsquelle getötet. Die Lykaner …* Ich atmete aus und schüttelte den Kopf. *Ich weiß, dass sie wollen, dass ich führe, aber es geht nicht um sie.*

Es ging um uns – um Ismerelda und mich.

Ich hatte sie vor zwölf Jahrzehnten aus meinen Entscheidungen herausgehalten. Das würde ich nicht noch einmal tun.

»Ich hätte dich verwandeln sollen«, sagte ich erneut. Mein früheres Ich hatte Entscheidungen getroffen, die ich nicht nachvollziehen konnte. »Vielleicht wollte ich dich in diesem zerbrechlichen Zustand belassen, dich auf deinem Sockel behalten. Aber das war eine egoistische Entscheidung. Ich hätte dir Macht geben sollen, um dich zu stärken, anstatt dich zu verhätscheln.«

Sie zitterte, als ich mit meiner Hand über ihre Wirbelsäule strich, und schloss schließlich die Augen, während sie meine Worte und meine Berührung auf sich wirken ließ.

Ihr Verstand sagte mir, dass sie nicht wusste, was sie darauf antworten sollte. Sie hatte noch nie wirklich darüber nachgedacht, ein Vampir zu werden, denn ihr Ziel war es immer gewesen, meinen Hunger zu stillen. Meine Gefährtin zu sein.

Ihre Verwandlung würde unser Gefährtenband zerstören.

Zumindest hatte sie das immer gedacht.

Aber es scheint, als hätten Rae und Kylan es hinbekommen, dachte sie jetzt. *Vielleicht könnten Cam und ich das auch schaffen. Vorausgesetzt, ich kann mit ihm zusammen sein … nach allem, was passiert ist.*

Ich antwortete nicht, sondern überließ sie ihren Gedanken. Sie konnte jetzt meine Absichten hören und wusste, dass ich die Sache in Ordnung bringen wollte.

Doch Taten zählten mehr als Worte.

Also entschied ich, das jetzt zu demonstrieren, indem ich meine Hände auf ihre Hüften sinken ließ und sie sanft zur Wand drehte.

Sie versteifte sich augenblicklich und erwartete zweifellos, dass ich beabsichtigte, sie nach vorn zu beugen und zu ficken. Obwohl ich nicht leugnen konnte, dass sich ein Teil von mir – ein sehr *harter* Teil – danach sehnte, genau das zu tun, beschloss ich, ihn zu ignorieren und mich stattdessen auf Ismerelda und ihre Bedürfnisse zu konzentrieren.

Eine Gänsehaut überzog ihre Arme, als ich um sie herum nach einer Flasche Shampoo griff. Dabei stieß mein Schwanz direkt an ihren prallen Hintern und meine Erregung ließ sich nicht länger verbergen.

Sie war nackt und nass.

Natürlich wollte ich sie.

Aber ich war mehr als fähig, meinen Hunger zu zähmen, was ich jetzt bewies, indem ich Shampoo auf ihre Haare gab.

Sie entspannte sich nicht sofort, ihre Erinnerungen hielten sie als Geisel, als sie sich an ähnliche Verhaltensweisen erinnerte, die ich nicht vor allzu langer Zeit an den Tag gelegt hatte. An Momente, in denen ich mich zunächst um sie gekümmert hatte, nur um sie dann wieder brutal zu ficken.

Ich hörte ihr zu, wie sie von den Ereignissen erzählte, und mein Verstand durchforstete ihre Gedanken und fand leise Eingeständnisse des Verlangens tief in ihrem Inneren.

Ja, ich hatte ihr wehgetan. Aber sie hatte es auch genossen.

Was bei all dem gefehlt hatte, war Vertrauen. Eine offene Verbindung. Unser Band.

Darüber verfügten wir jetzt.

Das nächste Mal, wenn ich sie nahm, würde es anders sein, denn sie würde meine Absichten ebenso hören können wie ich ihre Bedürfnisse.

Empfänglich für die Wünsche des anderen würden wir zusammen explosiv sein. Entflammbar. Einfach überirdisch.

Aber dazu war sie noch nicht bereit.

Wir mussten erst wieder Vertrauen aufbauen, und das würde Zeit erfordern.

Ich vermittelte ihr dieses Wissen durch meine Berührung,

als ich ihre Haare ausspülte und das Shampoo durch eine Spülung ersetzte. Dann massierte ich duftende Seife in ihren Körper ein und bedeckte ihre Haut mit Schaum, während wir einen sinnlichen Tanz in der Dusche vollführten.

Ich überstürzte unsere Bewegungen nicht, sondern kümmerte mich um jeden Zentimeter ihres Körpers. Sie starrte mich an, als ich mich vor ihr hinkniete, um zärtlich ihre Knöchel und Waden zu massieren, dann legte sie ihre Hände auf meine Schultern, um ihr Gleichgewicht zu halten, als ich ihre Füße wusch.

Im Anschluss daran war ihr Blick von einer Mischung aus Erschöpfung und Verlangen getrübt.

Sie hatte heute nicht viel gegessen, aber ich konnte in ihren Gedanken hören, dass sie nicht hungrig war. Sie hatte während unseres spontanen Zusammensitzens in der Suite an ein paar Dingen geknabbert. Und jetzt war sie bereit, zu schlafen. Ich stand auf und schob sie unter die Regenbrause, dann nahm ich mir einen der anderen Duschköpfe – es gab drei – und spülte sie ab.

Langsam.

Gründlich.

Zärtlich.

Am Ende war ihr Körper so entspannt, dass er fast flüssig anmutete und sie beinahe im Stehen einschlief.

Ich stellte mich hinter sie und drückte meine Handfläche auf ihren unteren Rücken, um sie zu stabilisieren, dann beugte ich mich vor, um ihren Hals zu küssen. »Ich werde dich bis in alle Ewigkeit verehren«, schwor ich. »Wenn du mich lässt.«

Meine Worte verursachten noch mehr Gänsehaut und ihr Körper wurde schlaff an meinem. *Ich kann mich nicht mal mehr darum kümmern, was du jetzt mit mir machen könntest. Ich bin zu entspannt, um es zu spüren.*

Mein Glucksen war nicht unbedingt belustigt, aber auch nicht völlig selbstverachtend.

»Das Einzige, was ich mit dir machen werde, ist, dich abzutrocknen und ins Bett zu tragen – zum Schlafen.« Ich küsste erneut ihren Hals und griff um sie herum nach dem Regler, aber ihre Hand erwischte die meine, bevor ich das Wasser abstellen konnte.

Ich wartete ab, was sie tun würde, denn ihre Gedanken boten eine Unzahl von Möglichkeiten.

Sie strich mit ihrem Fingernagel über meinen Handrücken und drehte sich zu mir; ihre weichen grünen Augen trafen meine. Ich betrachtete ihr wunderschönes Gesicht, und mein Herz schmerzte angesichts all der Erinnerungen, die ich verloren hatte.

Erinnerungen an all die Momente, an die ich mich selbst nie erinnern würde.

An die Gefühle, die ich mir in tausend Jahren angeeignet hatte.

An jedes Gefühl, das sie jemals in mir geweckt hatte.

Nichts davon würde mir je wieder gehören.

Aber ich konnte neue Erfahrungen mit ihr machen. Alles noch einmal erleben, nur dieses Mal besser machen.

Indem ich meine Fehler nicht wiederhole.

Indem ich sie nicht im Stich lasse. Indem ich uns *nicht im Stich lasse.*

Sie streichelte meine Wange, ihr Blick blieb an meinem haften. »Wenn du sie nicht anführst, dann war alles umsonst, Cam.« Ihre Worte waren flüsterleise. »Ich bin mir nicht sicher, ob ich damit leben kann. Mit dem Wissen, dass wir so viel aufgegeben haben … umsonst.«

Das waren nicht die Worte, die ich von ihr zu hören erwartet hatte. Allerdings hatte ich in ihren Gedanken bereits eine Variante dieser Überlegung gehört.

Sie hob sich auf die Zehenspitzen und presste ihre

Lippen auf meine. Es war ein zärtlicher Kuss, voller widersprüchlicher Gefühle.

Sehnsucht.

Furcht.

Eine Chance auf einen Neuanfang.

Ein möglicher Abschied.

Hoffnung.

Verzweiflung.

Ich spürte jede dieser Empfindungen, als wären sie meine eigenen.

Aber es war die Entschlossenheit in ihrem Kopf, die am lautesten sprach, die geistige Stimme, die sagte: *All das hier muss einen tieferen Sinn haben. Wir müssen es zu Ende bringen, sonst wäre das letzte Jahrhundert des Schmerzes vollkommen bedeutungslos. Sonst hätte ich das alles umsonst überlebt.*

»Du bittest mich, ihr König zu sein«, übersetzte ich.

Nein, sie bat nicht darum. Sie *bettelte*. Weil es ihre Heilung fördern würde. Weil es unserem Opfer einen Sinn geben könnte.

Es ging nicht darum, ob wir Erfolg hatten oder nicht. Es ging darum, aus all dem Schmerz ein positives Ergebnis zu erzielen.

Ich hatte uns mit meinen Entscheidungen auf diesen Weg gebracht. Und jetzt wollte und *erwartete* sie von mir, diesen Weg zu Ende zu gehen.

Ich schluckte, denn die Vorstellung, diese Revolution anzuführen, bereitete mir Unbehagen. Vor allem, weil wir keine Strategie, keinen *Plan* hatten.

Weil ich meine Ideen egoistischerweise nie mit jemandem geteilt hatte, sondern nur ein paar vage Gedanken geliefert und mich dann verpisst hatte, um Lilith allein zu erledigen.

Und sieh nur, wie gut das geklappt hat, schimpfte ich mit mir selbst.

Ich könnte mich Tag und Nacht selbst verspotten, aber das würde nichts ändern.

Ismerelda wollte, dass ich die Führung übernahm, um die Qualen unserer Vergangenheit zu lindern und uns alle in eine neue Zukunft zu führen.

Ich hatte keine Ahnung, wie ich das anstellen sollte.

Aber für sie würde ich es versuchen.

»Nur für dich«, sagte ich laut. »Wenn ich ihr König werde, dann nur, weil du meine Königin bist und mich darum gebeten hast. Es gibt keinen anderen Grund. Weder Stolz noch Anspruch. Ich werde das nur tun, weil du es dir gewünscht hast. Verstehst du das?«

Sie sollte wissen, dass es anders sein würde als vor hundertachtzehn Jahren. Wenn ich jetzt tatsächlich die Revolution anführen sollte, dann nicht aus einem unangebrachten Bedürfnis heraus, die Menschheit zu retten, oder aus einer selbstsüchtigen Entscheidung, getarnt als selbstlose Tat.

Ich würde es tun, weil Ismerelda mich gebeten hatte, sie anzuführen.

Und sie würde auch einen etwaigen Rücktritt bestimmen.

»Jede Entscheidung wird unsere sein, nicht meine«, fuhr ich fort. »Ich werde nicht noch einmal deine Sicherheit opfern.« Ich streichelte ihre Wange. »Und wenn du willst, dass ich dich verwandle, werde ich es tun. Ein Wort von dir, Ismerelda, und ich höre mit allem auf, was ich gerade tue, um deine Wünsche zu erfüllen. Denn auch wenn ich ihr König werde, werde ich immer zuallererst dir dienen, nicht ihnen.«

Ihre hellen Wimpern klimperten, ihre Wangen waren von der Hitze der Dusche rosa. Vielleicht waren es aber auch meine Worte, die sie erröten ließen.

Jedenfalls schienen es die richtigen gewesen zu sein,

denn sie küsste mich erneut, dieses Mal mit etwas mehr Druck.

Ich wartete einen Moment, bevor ich unsere Umarmung vertiefte, denn ich konnte das Verlangen, ihre Zunge an meiner zu spüren, nicht ignorieren. Nicht, während sie ihre Brüste an meinen Oberkörper drückte und ein Hauch von Verlangen durch ihre Gedanken schwebte.

Ihre Lippen öffneten sich augenblicklich für mich und ihre Nägel fanden meine Schultern, als sie mich näher zu sich zog.

Ich streichelte ihren unteren Rücken, um die verbleibende Distanz zwischen uns zu schließen. Meine andere Hand schob ich in ihre Haare.

Unsere Umarmung fühlte sich verzweifelt an. Überwältigend. *Vorsätzlich.* Als würden wir uns zum ersten Mal treffen und uns gleichzeitig voneinander verabschieden.

Es war verworren, dunkel und absolut berauschend.

Ich wollte mehr. *So viel mehr.*

Aber meine Verbindung zu Ismereldas Gedanken bestärkte meine Instinkte. Sie brauchte diesen Kuss, dieses subtile Versprechen eines Neuanfangs.

Und ich hatte die Absicht, es zu erfüllen.

Ich drückte sie gegen die geflieste Wand, mein pochender Schwanz schmiegte sich an ihren Bauch, während ich sie mit meinem Mund verschlang. Es war ein Versprechen auf das, was wir sein könnten. Darauf, dass meine Dominanz immer zwischen uns bestehen würde, aber dass sie diejenige war, die wirklich über unser Schicksal bestimmte.

Ein Wort aus ihrem Mund und ich würde aufhören. Ein Gedanke und ich würde mich zurückziehen.

Ich würde sie ficken, aber auch verehren. Ich konnte – und *würde* – beides tun.

Jedes ihrer Bedürfnisse würde ich erfüllen. Auch ihren Wunsch an mich, die Rebellion anzuführen. Ich würde alles tun, was nötig war, um ihre Liebe zu verdienen, um das Feuer zwischen unseren Seelen wieder zu entfachen, um ein Mann zu sein, mit dem sie die Ewigkeit verbringen konnte.

Sie hatte tausend Jahre mit einem Mann gelebt, der sie als zerbrechlich behandelt, ihr jede Entscheidung abgenommen und sie in der dunkelsten Zeit ihres Lebens sich selbst überlassen hatte.

Dieser Mann hatte sie nicht darauf vorbereitet, zu überleben. Er hatte sie darauf vorbereitet, sich auf andere zu verlassen.

Aber der Schwan, den er zurückgelassen hatte, war zu einer Löwin geworden. Einer Königin. *Meiner Gefährtin.*

Und ich hatte mich zu dem Mann entwickelt, den sie an ihrer Seite brauchte – nicht vor sich.

Ich würde sie nie mehr mit einem zerbrechlichen Spielzeug verwechseln. Ich würde sie immer als mir ebenbürtig ansehen. Intelligent. Willensstark. Hartnäckig.

Diese Frau war in jeder Hinsicht perfekt.

Und ich würde ihr beweisen, dass ich ihr perfektes Gegenstück war.

Angefangen mit diesem Kuss.

Ich drückte ihr jedes Versprechen, jede Absicht mit meiner Zunge in den Mund. Ich beherrschte sie mit meinen Fähigkeiten und beugte mich ihrem Willen.

Sie stöhnte und presste ihren schlanken Körper an mich, während sich ihre Nägel in meine Haut gruben.

Ich ließ sie sich an mich klammern, während ich sie verschlang.

Dann biss ich mir in die Zunge und gab ihr mein Blut,

um mein Gelübde ihr gegenüber zu besiegeln. Ein Beispiel dafür, wer ich an ihrer Seite sein würde.

Ich würde für sie bluten, nicht andersherum.

Sie nahm meine Essenz nach kurzem Zögern an. Ihre Gedanken waren sofort auf der Hut, denn sie vermutete, dass ich sie kräftigen wollte, um mich an ihr zu vergehen.

Aber das war überhaupt nicht meine Absicht.

Ich wollte nur, dass sie sich wohlfühlte. Lebendig. *Stark.*

Mein Griff in ihren Haaren wurde sanfter, als ich unseren Kuss weicher werden ließ, meine Zunge weniger energisch, mein Mund nicht mehr so fordernd.

Der Kuss wurde sinnlich. Verführerisch. *Anbetend.*

Sie zitterte und ihr Körper verschmolz mit meinem, als die Kraft meines Blutes ihre Sinne schärfte. Ich nutzte diese Reaktion nicht aus, sondern küsste sie einfach, bis wir beide keuchend nach Luft schnappten.

Dann streckte ich die Hand aus, um das Wasser abzustellen.

Sie blinzelte mich erschrocken an, weil sie noch immer auf einen brutalen Fick eingestellt war.

Es spielte keine Rolle, dass meine Gedanken etwas anderes verrieten. Sie hatte sich in der kurzen Zeit, die wir zusammen verbracht hatten, mehr oder weniger daran gewöhnt. Und ein dunklerer Teil ihres Wesens sehnte sich danach.

Aber jetzt war nicht der richtige Zeitpunkt.

Ich musste ihr Vertrauen in mich zurückgewinnen, bevor ich meine Bestie losließ.

Ich berührte sie ein letztes Mal mit meinen Lippen, führte sie zum Duschausstieg und schnappte mir ein Handtuch. Sie zitterte, als ich sie in die Baumwolle einwickelte, die der Handtuchhalter aufgewärmt hatte.

Ich nahm mir ebenfalls ein Handtuch, hob sie hoch und trug sie zum Bett.

Sie protestierte nicht, als ich sie hinlegte. Ihr Geist und ihr Körper waren zu erschöpft vom Tag, als dass es ihr etwas ausgemacht hätte, dass ihre Haare nass auf den Kissen lagen.

Mein Blut belebte zwar ihre Seele, aber es konnte sie nicht von ihrer Müdigkeit befreien.

Ich beugte mich zu ihr hinunter und küsste ihre Wange; meine Lippen verweilten an ihrem Ohr. »Schlaf, meine Königin. Heute Abend werden wir den anderen sagen, dass sie einen König haben. Und gemeinsam werden wir den Schmerz vertreiben. Wir werden unsere Zukunft definieren und unserer Vergangenheit einen Sinn geben.«

KYLAN

»Mmm«, brummte ich und drückte Raelyns Hüften in die Matratze unter uns. »Diese Position gefällt mir ausgesprochen gut.«

Eisblaue Augen funkelten mich an. »Dir auch einen schönen Abend.«

Ich gluckste und drückte meine Nase gegen ihre. »Noch ist er nicht schön, kleines Lämmchen. Aber gleich wird er *großartig*.« Ich klemmte ihre Unterlippe zwischen meine Zähne, bevor sie etwas sagen konnte, und mein Schwanz glitt durch ihre glatte Hitze.

Sie wölbte sich gegen mich, ihr Körper reagierte wie immer auf meinen, ihre Pussy war bereit, gefickt zu werden. Befriedigt zu werden. *Besessen zu werden.*

Ich stieß in sie hinein und entlockte ihrem Mund einen köstlichen Schrei. Sie hatte geschlafen, als dieses Spiel begonnen hatte. Ich hatte ihren Hals mit meinen Lippen gestreichelt, während meine Hände mit ihren Titten beschäftigt waren. Ich hatte mich hinter sie gedrückt, mein Körper hart an ihren weichen Rundungen.

Auf ihr Stöhnen hin hatte ich sie auf den Rücken gedreht.

Dann hatte ich sie mit meinem Schwanz direkt an ihrer Klitoris geweckt.

Verschlafenes Vorspiel war zu unserer Lieblingsbeschäftigung geworden. Ihr Körper erwachte auf eine Art und Weise zum Leben, die mich dazu brachte, sie immer und immer wieder erobern zu wollen.

Ich würde nie genug von dieser Frau bekommen.

Meiner Raelyn.

Meiner Vampirgefährtin.

»Mehr«, flüsterte sie. »Bitte, Kylan. Ich brauche …«

Das Geräusch einer sich öffnenden Tür in unserer Suite brachte mich augenblicklich dazu, von ihr runterzurollen und aufzuspringen. Instinktiv griff ich nach dem Messer in meinem Nachttisch.

»Wenn wir diese Suite mit euch teilen, wirst du ein paar Tage darauf verzichten müssen, meine beste Freundin zu vögeln«, verkündete eine tiefe Stimme direkt vor unserer Schlafzimmertür.

Ich runzelte die Stirn, als ich auf die sich windende Rae hinunterblickte, deren Wangen gerötet waren.

»Dir ist klar, dass er das Gleiche von dir verlangen wird, oder?«, antwortete eine andere männliche Stimme. »Hattest du vor, die Tage allein auf der Couch zu verbringen? Ich bin nämlich nicht mit einer Null-Sex-Politik einverstanden. Und ich vermute, Luna auch nicht.«

»Silas«, flüsterte Raelyn und ihr Gesichtsausdruck hellte sich auf, während sie sich daran machte, sich anzuziehen.

»Ich kann mich nicht erinnern, dir erlaubt zu haben, dich anzuziehen«, sagte ich.

»Ich kann mich nicht erinnern, dich darum *gebeten* zu haben«, erwiderte sie, als ihre Jeans schon halb über ihre Beine gezogen waren.

Ich hätte sie am liebsten gepackt, festgehalten und gefickt, um meinen Standpunkt klarzumachen. Aber ein Brummen aus dem Nachttisch unterbrach mein Verlangen.

»Die ganze Welt ist voller Arschlöcher«, murmelte ich und schnappte mir meine abgelegte Uhr.

Raelyn kicherte und trat um das Bett, während sie sich ihren Pullover anzog. Es war das komplette Gegenteil von dem, was ich wollte, aber immerhin verzichtete sie auf einen BH. »Ich mache es unter der Dusche wieder gut«, flüsterte sie, bevor sie mein Kinn küsste.

Ich griff in ihre Haare, bevor sie weglaufen konnte, und fing ihren Mund mit meinem eigenen ein, wobei ich das zweite Summen, das von meiner anderen Hand ausging, ignorierte. Sie verschmolz mit mir und ließ zu, dass meine Zunge die ihre eroberte, während sie ihre Arme um meine Taille schlang.

Du wirst noch viel mehr tun, als es wiedergutzumachen, sagte ich in ihren Gedanken. *Und dein Mund wird seinen Wert unter Beweis stellen.*

Wie praktisch, dass ich gut trainiert bin, erwiderte sie und ihre Zähne bohrten sich in meine Unterlippe, so wie meine es kurz zuvor mit ihrer getan hatten. *Aber wenn ich für dich auf die Knie gehe, erwarte ich, dass du dich revanchierst.*

Oh, das werde ich, versprach ich. *Wir werden deinen besten Freund mit deinen Schreien aus dieser Suite vertreiben.*

Der Gegenstand in meiner Hand vibrierte ein drittes Mal.

Ich ignorierte das Geräusch.

Wenn dieser Trottel denkt, mir vorschreiben zu können, was ich zu tun und zu lassen habe, wird ihn meine Reaktion aber überraschen, fuhr ich fort. *Warne ihn, bevor ich es demonstriere!*

Sie grinste gegen meinen Mund. *Kein Kampf mit den Wölfen – zumindest noch nicht. Sie sind gerade erst gekommen.*

Dein bester Freund hat angefangen.

Sie knabberte wieder an meiner Lippe. »Du bist mein bester Freund, Kylan. Ich werde dafür sorgen, dass er das weiß.«

Ich schürzte die Lippen, als ich ihren verspielten Tonfall bemerkte. »Wehe, wenn nicht. Gefährtin.«

Ihr Augen funkelten. »Ich liebe dich auch«, sagte sie trocken.

Ich krallte mich fester in ihre Haare. »Ich glaube, ich liebe dich noch mehr.«

»Wir werden sehen.«

»Ja, das werden wir«, stimmte ich zu und ließ sie los. »Jetzt geh und spiel mit deinem *Freund.* Sag dem kleinen Wolf, dass er sich benehmen soll. Er ist mir noch etwas schuldig, weil ich ihm das Leben gerettet habe.«

Sie schüttelte den Kopf, aber das Kräuseln ihrer Lippen verriet mir, dass sie amüsiert war. »Du solltest rangehen«, sagte sie, als ein viertes Summen ertönte.

Seufzend warf ich einen Blick darauf. »Das ist kein Anruf. Es sind Textnachrichten.« Und sie schienen von Ryder zu kommen.

Ich setzte mich auf die Bettkante, immer noch nackt, und holte den transparenten Bildschirm hervor, damit ich die kurzen Nachrichten durchscrollen konnte.

Es stimmt, war die erste Nachricht.

Alles, war die zweite.

Und da ist noch so viel mehr.

Wir melden uns bald wieder.

Ich schielte auf den Bildschirm. *Woher weiß ich überhaupt, dass du Ryder bist?*, antwortete ich. *Du solltest wahrscheinlich anrufen, um deine Identität zu bestätigen.*

Visuelle Technik ist genauso manipulierbar, wie Nachrichten es sind, antwortete Ryder innerhalb von Sekunden. *Außerdem hasse ich Telefonate. All das Gequake, wenn man es doch in ein paar Sätzen zusammenfassen kann. So wie eben geschehen.*

Das waren aber echt viele Worte für jemanden, der behauptet, nicht gern zu reden, erwiderte ich.

Weil du immer wieder antwortest.

Weil ich nicht glaube, dass du du bist. Was gelogen war. Ich konnte den Spott in seinen Worten geradezu hören.

Ich starrte erwartungsvoll auf den Bildschirm, halb in der Erwartung, Ryders Gesicht dort auftauchen zu sehen. Anstatt den Raum zu verlassen, setzte sich Raelyn zu mir aufs Bett. Die Wölfe in der Suite tuschelten miteinander und hatten offensichtlich eines der Schlafzimmer für sich ausgewählt.

Es gab insgesamt drei Zimmer, die alle über besondere Eigenschaften verfügten.

Raelyn und ich hatten uns für dieses Zimmer entschieden, weil es eine Terrasse direkt am See hatte. Ich vermutete, dass die Wandler die Wald-Variante bevorzugen würden, da wir uns im Erdgeschoss befanden und sie vielleicht in Wolfsgestalt einen Spaziergang machen wollten.

Willow möchte wissen, ob sich Rae daran erinnert, wie sie versucht haben, Silas bei den Prüfungen zu übertrumpfen, bevor sie alle Freunde geworden sind.

Die Nachricht flimmerte über den Bildschirm und Raelyn musste lachen. In ihrem Kopf tauchten Erinnerungen daran auf, wie die beiden versucht hatten, Silas' Bemühungen bei den Prüfungen zu sabotieren. Als diese Prüfungen jedoch sexueller Natur wurden, knurrte ich.

Raelyn räusperte sich. »Sag ihr, dass ich mich daran erinnere, dass ich sie und Silas als ein und dieselbe Person bezeichnet habe.«

Ich unterdrückte den Drang, zu grinsen, und verstand sofort, warum sie diese Aussage gewählt hatte.

Seine Antwort kam ein paar Sekunden später: *Stimmt nicht – Silas und Rae waren einander so ähnlich und Willow diejenige, die das aufgezeigt hat. Das hat zu ihrer Freundschaft geführt.*

Raelyn nickte. »Immerhin weißt du jetzt, dass du wirklich mit Ryder sprichst. Niemand sonst würde sich für diese Details interessieren oder sie wissen.«

»Ich schon«, argumentierte ich.

»Du weißt, was ich meine.«

Das tat ich, aber ich wollte es ihr trotzdem sagen.

Wann kommst du zurück?, fragte ich Ryder und brachte uns damit wieder auf das Thema des Gesprächs zurück.

In vierundzwanzig Stunden, antwortete er sofort.

Stirb nicht, erwiderte ich.

Ich glaube langsam wirklich, dass du mich magst, Kylan. Als mehr als nur einen Verbündeten.

Komm zurück und finde es heraus!

Das klingt verdächtig nach einer Drohung – und nach einem Date, sinnierte er.

Ich date nur Raelyn.

Ich date nur Willow, antwortete er sofort.

Warum reden wir dann immer noch miteinander?, fragte ich.

Weil du ständig antwortest, verdammt.

Mit einem Knurren schaltete ich den Bildschirm aus und stellte fest, dass Raelyn mich anlächelte. Ihre Belustigung erwärmte unsere Verbindung. Meine Aufmerksamkeit galt jetzt ihr und nicht mehr Ryder. »Wenn du mich weiter so anschaust, Lämmchen, werde ich dich fressen.«

»Versprochen?«, fragte sie, bevor sie sich aus meiner Reichweite entfernte und zur Tür rannte.

Ich rannte ihr nach, aber sie hatte bereits das Zimmer verlassen und den Flur passiert. Ihre vampirischen Fähigkeiten waren den meinen ebenbürtig. *Das wirst du mir später büßen.*

Ich freue mich schon darauf, mein Prinz.

Meine Lippen kräuselten sich, weil ich wusste, was dieser Titel bedeutete. Raelyn benutzte *mein Prinz*, wenn sie meinen Bedingungen zustimmte. Es war ihre Art, zu sagen, dass sie mit allem, was ich tat, einverstanden war – was sich besonders in sexuellen Situationen als äußerst hilfreich erwies. *Eure Hoheit* war ihr Safeword, das sie nutzte, wenn sie sich unwohl fühlte.

Mein Prinz war eine Einladung zum Spiel.

Oh, wir würden spielen.

Nachdem wir uns mit den Wölfen getroffen und sie auf den neuesten Stand gebracht hatten.

Denn offensichtlich teilten wir uns jetzt die Suite mit Edon, Silas und Luna. Das Dreier-Gefährten-Gespann vom Clemente Clan.

Seufzend ging ich los, um einen Anzug zu finden.

Es würde eine verdammt lange Nacht der Meetings werden.

Aber immerhin hatte ich eine Verabredung zum Spielen, auf die ich mich freuen konnte …

CAM

DIE LYKANER SCHRITTEN UMHER und ihre Unruhe erzeugte eine gewisse Anspannung.

Eine Anspannung, die mir nicht gefiel.

Wir waren schon viel zu lange in diesem Raum. Gestern hatte ich noch gedacht, dass der Ballsaal zu groß für ein Treffen dieser Größenordnung sei. Heute kam er mir verdammt klein vor.

Nach stundenlangen Diskussionen war ich mehr als bereit für eine Pause.

Aber ich verharrte und übte mich in Geduld – für Ismerelda. Sie saß neben mir und konzentrierte sich auf zwei der auf und ab gehenden Lykaner. Ich war beiden vorgestellt worden, obwohl ich sie bereits kennengelernt hatte.

Es handelte sich um Jolene, einem älteren Alpha vom Clemente Clan, und Luka, jenem Lykaner, dem ich die

Sicherheit Ismereldas anvertraut hatte. Er hatte meine *Erosita* in dem Moment umarmt, in dem er sie vorhin gesehen hatte, und seine Sorge um ihr Wohlergehen war spürbar gewesen. Vor allem, weil es seine Gefährtin gewesen war, die alle verraten und Ismerelda zu mir gebracht hatte.

Ismerelda hatte ihm ihre Vergebung zugeflüstert und gesagt, dass es nicht seine Schuld war.

Und jetzt diskutierte er gerade eifrig mit Jolene.

Jace und Darius warfen bisweilen Kommentare in den Raum, genau wie Khalid und Hazel.

Kylan schien sich zu langweilen, denn er konzentrierte sich mehr auf seine rothaarige Gefährtin als auf die herumlungernden Lykaner.

Und ich sehnte einfach nur das Ende des Ganzen herbei.

Ich hatte zugestimmt, ihr Anführer zu sein – etwas, das ich noch nicht laut ausgesprochen hatte. Aber bis mir jemand ein Ziel gab, hatte ich nichts zu tun. Vor allem, weil mein gesamtes Wissen entweder veraltet oder manipuliert war.

Das Einzige, was mich bisher interessiert hatte, war Lukas Bedürfnis nach Rache an seiner Gefährtin Mira.

»Wenn wir sie finden, kümmere ich mich um sie«, hatte er vor einer Stunde geknurrt. »Da gibt es keine Kompromisse.«

Ich hatte seinen Wunsch, die verräterische Schlampe zu töten, nicht angefochten, und lediglich hinzugefügt: »Ismerelda wird sich um Michael kümmern.«

Das hat mir ein paar neugierige Blicke eingebracht, aber niemand hatte widersprochen.

Der allgemeine Konsens schien zu sein, dass wir das Gelände unter den Katakomben infiltrieren, alle töten und Beweise für Liliths Wirken sammeln sollten.

Dann würden wir ein Allianztreffen einberufen, um alles den Royals und Alphas zu präsentieren.

Aber Jolene war der Meinung, dass wir noch weitere lykanische Verbündete benötigten, um unseren Raubzug zu garantieren. Das wiederum hatte zu dem Gespräch darüber geführt, wen wir hinzuziehen sollten.

Glücklicherweise schienen sie sich auf eine Liste geeinigt zu haben.

»Fantastisch. Wir haben einen Plan. Müssen wir auf sie warten, bevor wir die Pläne der unterirdischen Anlagen besprechen, oder können wir jetzt damit beginnen?«, fragte Jace.

»Ich brauche eine Pause, bevor wir das tun«, warf Kylan ein, dessen Kommentar meinen eigenen Gedanken Konkurrenz machte. »Wir sollten auch auf Ryder und Damien warten, damit sie an dem Gespräch teilnehmen können. Sie kennen sich mit Infiltration und Überfällen aus.«

»Genau wie Cedric«, murmelte Khalid. »Ich stimme zu, dass wir warten und uns erst einmal darauf konzentrieren sollten, die Lykaner als Verbündete zu gewinnen.«

Am Tisch wurde mehrfach genickt, und Hazel stand als Erste auf. »Mehr Blutwein wird auf die Zimmer geliefert. Essen kann ebenfalls bestellt werden. Ansonsten steht euch meine Gastfreundschaft zur Verfügung.«

Sie öffnete ihre Hände und neigte leicht den Kopf, dann verließ sie den Raum.

Khalid und Emine folgten ihr, während der größte Teil der revolutionären Truppe zurückblieb.

»Wir werden sofort mit den Anrufen loslegen«, sagte Jolene und richtete seinen Blick auf Edon, den neuen Alpha des Clemente Clans. »Dein Zimmer oder meins?«

»Deins«, antwortete Kylan für ihn. »Raelyn und ich haben Pläne.«

Silas grunzte.

Edon grinste.

Lust auf einen Spaziergang?, fragte ich Ismerelda und ignorierte die anderen. *Wir könnten den Sonnenaufgang über dem See beobachten.*

Ich hatte sie schon mehr als einmal dabei erwischt, wie sie sehnsüchtig nach draußen gestarrt hatte. Nach meinem Kenntnisstand war sie noch nie hier gewesen. Ich schon, aber das war lange her. Damals hatte es noch keine Resorts gegeben.

Damals hatte ich sie noch nicht gekannt.

Sie warf mir einen Blick zu. *Ja, das wäre schön.*

Ich stand auf und griff nach ihrer Hand. Erst jetzt bemerkte ich, dass es im Raum still geworden war und alle uns anstarrten.

»Habe ich eine Frage verpasst?«, fragte ich mit hochgezogener Augenbraue.

Jace räusperte sich. »Nein.«

»Gut.« Ich schloss meine Finger um Ismereldas und zog sie an meine Seite. »Wir gehen auf Erkundungstour. Bis morgen.« Ich machte mich auf den Weg zur Tür, hielt dann aber inne, um meinem Cousin einen Blick zuzuwerfen. »Übrigens – ich habe beschlossen, dass ich führen werde. Nicht für euch, sondern für meine Königin. Alles, was ihr von mir verlangt, muss sie befürworten.«

Damit zerrte ich meine Gefährtin in den Flur und in Richtung Ausgang.

»Wir sehen uns später in der Suite, Keys«, sagte ich zu unserem Schatten.

Er hatte eindeutig die Rolle des Bodyguards übernommen, aber den brauchten wir im Moment nicht.

Ich wollte mit meiner Gefährtin allein sein. Ohne Publikum. Und ohne Einmischung.

»Du kannst dir gern etwas zu essen bestellen. Was immer du möchtest«, fügte ich hinzu.

»Danke«, erwiderte er und hielt inne.

Ich spürte sein Stehenbleiben mehr, als dass ich es sah, denn ich konzentrierte mich auf den Ausgang und meine Gefährtin.

Kühle Luft küsste meine Sinne, als sich eine der Glastüren automatisch öffnete und den Blick auf die atemberaubende Landschaft draußen freigab.

Es war nicht gerade Flanierwetter; die verschneiten Berge in der Ferne sorgten für kühle Luft.

Ich hatte keine Ahnung, in welchem Monat wir uns befanden, aber das spielte auch keine große Rolle. Soweit ich wusste, hatten sich die Klimabedingungen im vergangenen Jahrtausend drastisch verändert. Zusammen mit der Zerstörung durch den Menschen und der anschließenden Abwanderung des Menschen hatte sich alles verändert.

Ismerelda verschränkte ihre Finger mit meinen und richtete ihre Aufmerksamkeit auf den Pfad, der direkt zum See führte.

Ich überließ ihr die Führung und strich mit dem Daumen über ihre Haut, um ihre Temperatur zu testen. Es schien, als würden der Pullover und die Jeans, die sie trug, für den Moment genug Wärme spenden. Außerdem hatte sie dicke Socken und Stiefel an und trug eine wintertaugliche Kopfbedeckung, die sie vor dem Treffen als *Beanie* bezeichnet hatte.

Nachdem sie die letzten zwölf Jahrzehnte im ehemaligen Kanada gelebt hatte, schien sie mit dem Wetter hier sehr zufrieden zu sein.

Wir schlenderten wortlos durch die Gegend, während ich ihre Freude an der Landschaft beobachtete.

Vielleicht ist diese menschliche Unschuld der Grund, warum ich sie nie verwandelt habe, dachte ich. *Sie ist wirklich bezaubernd.*

Aber es wäre egoistisch, ihre Sterblichkeit beizubehalten.

Sie sagte nichts. Ihre Gedanken verstummten, während wir spazieren gingen.

Nach über einer halben Stunde blieb sie stehen und sah mich an. »Wir haben das früher regelmäßig gemacht. Damals, als wir uns frisch kennengelernt haben.«

Ich zog eine Augenbraue hoch. »Wirklich?« Ich hatte in ihrem Kopf keine Erinnerungen daran vernommen, aber jetzt fing ich sie auf, als sie sich an bestimmte Spaziergänge zurückerinnerte.

Ein bestimmter Tag weckte mein Interesse, weil der Spaziergang mit Sex an einem Baum zu Ende gegangen war.

Ihre ohnehin schon rosigen Wangen wurden noch dunkler, als sie merkte, dass ich diesen besonderen Moment ausgegraben hatte.

Leider räusperte sie sich und wandte den Blick ab. »Wir sollten zurückgehen. Aber wir sollten das unbedingt morgen vor dem Treffen wiederholen. Den ganzen Tag zu sitzen, ist anstrengend.«

»Ihnen beim Debattieren zuzuhören, ist anstrengend«, konterte ich.

Sie warf mir einen Blick zu. »Sie versuchen, die Allianz zu reformieren, Cam. Dazu braucht man Strategien und Gespräche.«

»Hat Lilith es auch so gemacht?«, fragte ich.

»Ja«, antwortete eine tiefe Stimme und lenkte meinen Blick auf meinen nahenden Cousin. Calina war bei ihm, ihr Blick war voller Ehrfurcht und sie starrte auf den See, als hätte sie noch nie Wasser gesehen. »Sie hat Allianzen geschlossen, daher der Name, und die Royals und Alphas überredet, ihr zu folgen.«

»Hmm«, brummte ich. »Sie hat sie vordergründig eingeschüchtert. Das war der Grund für meinen öffentlichen Tod, oder nicht?«

»Stimmt. Ist es das, was du vorschlägst? Liliths Kopf neben Michaels Überresten auf den Tisch zu legen?«

»Würde ein hübsches Bild abgeben«, gab ich zu.

»Das ist also die Art von Anführer, die du sein willst?«, drängte Jace.

»Und wenn?«, konterte ich.

Er kniff die Augen zusammen. »Dann sollten wir noch mal darüber reden.«

Ich zuckte mit den Schultern. »Sicher. Das machen wir morgen.« Ich legte meinen Arm um Ismereldas Schultern und führte sie weg, in der Absicht, eine weitere Diskussion zu vermeiden.

Es funktionierte.

Einen Tag lang.

Dann sprach Jace das Thema wieder an. Und wieder. Und wieder.

Am fünften Tag der Treffen war ich bereit, alle umzubringen und zu verschwinden. Aber Ismerelda beteiligte sich an dem Vorhaben und ihre Hoffnung wuchs mit jedem Gespräch.

Ich beobachtete sie, wie sie Vorschläge machte, ihnen erzählte, was sie auf den Überwachungskameras gesehen hatte, und die wenigen Informationen durchging, die Damien und Cedric über den Untergrund hatten.

Es schien, als hätten die beiden versucht, sich in das Netzwerk zu hacken, aber ihre Arbeit war nicht so erfolgreich gewesen wie gehofft. Das lag hauptsächlich daran, dass es nicht überall im Bunker Kameras zu geben schien.

Das bestätigte, dass es Bereiche, vielleicht sogar ganze Stockwerke, gab, die ich nicht gesehen hatte, als ich unter der Vatikanstadt war.

Ismerelda stand jetzt vor mir und konzentrierte sich auf die Pläne, die das Team in den Tagen seit Ryders und Damiens Rückkehr angefertigt hatte.

Der Ballsaal hatte sich mehr oder weniger in einen Kriegsraum verwandelt. Die Vorhangwände zierten nun Bilder, einige von ihnen zeigten potenzielle royale Verbündete. In einem anderen Bereich waren bekannte Lilith-Anhänger zu sehen.

Gegenüber befanden sich Notizen der Lykaner, deren Listen sich hauptsächlich um diejenigen drehten, die sie noch von Liliths Machenschaften überzeugen mussten.

Ohne Beweise war es schwierig, viele von ihnen zur Mitarbeit zu bewegen.

Das führte zu der Dringlichkeit, das Gelände anzugreifen, und zu den Strategien, die auf dem Besprechungstisch verstreut waren.

Ich wartete und beobachtete, wie Ismerelda sich über etwas beugte, um es eingehend zu studieren. Es war ein Bild des Innenraums des Konvents, das Juliet nach ihrer Zeit dort entworfen hatte.

Ismerelda verglich es gedanklich mit den Videoübertragungen, die sie auf meinem Laptop gesehen hatte.

Sie hatte das Gefühl, dass etwas fehlte – als würden die Aufnahmen, die sie gesehen hatte, aus einem anderen Bereich stammen.

Sie würde Juliet morgen danach fragen müssen, denn wir waren die Einzigen, die noch im Raum waren. Alle anderen waren zum Abendessen auf ihre Zimmer gegangen.

Ich hatte erwartet, dass wir wieder einen Spaziergang machen würden, denn das war zwischenzeitlich zu einer Art Routine geworden.

Der Spaziergang mündete normalerweise in ein Abendessen, das wiederum mit einer Dusche endete. Dabei verehrte ich sie mit meinen Händen – auf eine züchtige Art und Weise – und brachte sie dann ins Bett.

Aber als ich sie jetzt über den Tisch gebeugt sah, verspürte ich den Wunsch, heute Abend etwas ganz anderes zu tun.

Es war nicht nur ihre sinnliche Position, sondern auch die Gedanken, die durch ihren intelligenten Kopf gingen. Meine schlaue Löwin war ein kleines strategisches Genie.

Doch die anderen schienen sie nicht oft zu konsultieren. Sie hörten zu, wenn sie etwas sagte, aber sie suchten immer wieder bei mir nach Antworten – und das, obwohl Jace mit meinen Führungsplänen offensichtlich unzufrieden war.

Nicht, dass ich wirklich Pläne gehabt hätte. Mir gefiel die Idee, Liliths und Michaels Überreste der Allianz zu übergeben.

Ismerelda summte und der Klang war wie Balsam für meine Ohren. Ich trat auf sie zu und mein Bedürfnis, sie zu berühren, wurde mit jeder Sekunde größer.

Ich wollte ihre Hand ergreifen. Sie aus dem Zimmer zerren. Sie mit der Aussicht ablenken. Sie entkleiden und baden. So wie ich es schon die ganze Woche getan hatte.

Doch sie beugte sich wieder vor, was diesen Wunsch zunichtemachte und ein dunkles Verlangen in mir weckte. Das Verlangen, sie hier und jetzt auszuziehen. Sie zu verschlingen. Sie auf diesem Tisch zum Schreien zu bringen. Den Duft der Lust meiner Königin im Raum zu hinterlassen.

Markierung.

Anspruch.

Vereinigung.

Meine innere Bestie knurrte – sie billigte dieses Verlangen.

Aber ich ballte meine Hände an den Seiten und war entschlossen, den Drang zu zügeln. Ich würde meine *Erosita* respektieren. Ihr Vertrauen gewinnen. *Warten.*

Zumindest war das meine Absicht.

Bis ihre Gedanken anfingen, auf meine zu reagieren.

Sie stellte sich vor, wie ich zwischen ihren Beinen kniete und zu ihr aufblickte, während ich sie bis zum Höhepunkt leckte. Ihr Körper verkrampfte sich, als sie daran dachte; ihre Oberschenkel schienen zu zittern.

Doch dann konzentrierte sich ihre Erinnerung auf eine jüngere Begegnung, bei der ich sie gebissen und leiden lassen hatte.

Ein anderes Mal hatte ich sie so weit gedrängt, dass sie ohnmächtig geworden war.

Und schließlich dachte sie an all die Male, als ich ohne Gewissensbisse von ihr getrunken hatte. Nehmend. Erzwingend. *Verletzend.*

Ich packte sie von hinten an den Hüften und vergrub mein Gesicht in ihren Haaren, während ich ihre Qualen akzeptierte. Statt einen Kommentar abzugeben, teilte ich die Erfahrung aus meiner Sicht. Ich zeigte ihr, dass ich davon ausgegangen war, sie damit zu beglücken. Sie zu befriedigen. Ja, es war für mich gewesen. Aber ich hatte es auch für sie gewollt.

Und das wollte ich immer noch.

Ich sehnte mich danach, sie auf meiner Zunge kommen zu spüren. Es richtig zu tun, ohne zu beißen. Ich wollte, dass sie nach mehr bettelte – nicht, weil sie durch meinen vampirischen Kuss überreizt oder betäubt war, sondern weil sie es wirklich brauchte.

Weil sie es wollte.

Ich werde dich nicht drängen, versprach ich ihr. *Aber wenn du bereit bist, werde ich dich verzehren. Ich werde dich in einen regelrechten Rausch versetzen. Ich werde dir zeigen, was Könige mit ihren Königinnen machen sollten.*

Es ging um mehr als Anbetung. Es ging darum, meiner Gefährtin das Gefühl zu geben, eine Göttin zu sein. Ich wollte sie in eine Ekstase versetzen, die sie noch nie erlebt hatte.

Ich werde nicht nachsichtig mit dir sein. Ich werde dich wie eine Gleichberechtigte behandeln, dir beweisen, dass du nicht zerbrechlich bist, und jedes Quäntchen Anbetung, das ich für dich empfinde, entfesseln. Du wirst fühlen, was ich fühle. Unsere Gedanken sind verbunden, unsere Herzen schlagen wie eins, unsere Körper sind im Einklang. Es wird intensiv sein. Aber es wird nur auf die beste Weise wehtun.

Es würde kein Beißen geben. Es sei denn, sie bat mich darum.

Ich würde mir ihren Körper nur mit meinem Mund einprägen. Sie streicheln. Sie beschützen. Ihre Grenzen ausloten und dafür sorgen, dass sie sich sicher fühlte.

Sie *lieben.*

Denn sie gehörte mir.

Und ich würde alles tun, um ihr das zu beweisen. Um das Vertrauen zwischen uns wiederherzustellen. Aber sie musste es mich versuchen lassen. Sie musste mich hereinlassen.

Und ich konnte in ihren Gedanken hören, dass sie bislang nicht bereit war.

Das bedeutete, dass ich ihr Freiraum geben musste. Zeit. Sie zu mir kommen lassen, anstatt sie zu zwingen.

Ich schlang meine Arme um sie und drückte meinen Oberkörper an ihren Rücken, während ich meine Lippen auf ihr Ohr legte.

»Ich gebe nicht auf, Izzy. Ich bin hier. Ich gehöre dir. Und ich werde so lange warten, bis du mich hereinlässt.« Ich presste meinen Mund auf ihren Hals, ihr Puls pochte unter meiner Berührung. »Die Zukunft gehört uns. Insofern du das möchtest.«

Sie schluckte und sagte nichts.

Aber das musste sie auch gar nicht.

Ich hörte bereits ihre Gedanken, dass sie darüber nachdenken wollte.

Sie wollte allein sein. Nicht für lange, nur für ein paar Minuten. Und das war ein Geschenk, das ich ihr machen konnte.

»Ich werde unser Abendessen bestellen und dich dann in unserer Suite treffen«, sagte ich ihr leise. »Die Entscheidung, wie wir hier weitermachen, liegt bei dir, meine Königin. Ich werde dich nicht drängen. Und ich erwarte heute Abend keine Antwort. Also lass dir Zeit. Heile. Du sollst nur wissen, dass ich hier bin, wenn du mich brauchst, okay?«

Sie nickte langsam. Ihr Geist dankte mir, während ihr die Worte zu fehlen schienen.

Mit einem weiteren Kuss auf ihren Hals ließ ich sie in dem behelfsmäßigen Kriegsraum zurück.

Keys stand schützend vor der Tür. Ich hatte ihn nicht in unsere Suite zurückgeschickt – nicht, weil ich ihn gebraucht hätte, sondern schlichtweg, weil ich vergessen hatte, dass er noch hier war.

Ich überlegte kurz, ob ich ihn bitten sollte, mich zu begleiten, aber es schien mir klug, ihn bei Ismerelda zu lassen. Nur für den Fall. Man konnte nie vorsichtig genug sein.

»Begleite sie zurück, wenn sie bereit ist«, sagte ich zu ihm.

Seine braunen Augen glitzerten vor Zufriedenheit; dieser Auftrag schien ihm zu gefallen. »Natürlich.«

Ich nickte ihm zu und machte mich auf den Weg zu den Fahrstühlen. Ich würde ihm auch etwas zu essen bestellen.

Dann würde mich Ismerelda hoffentlich wieder mit ihr duschen lassen.

Vielleicht würde sie mich sogar noch ein bisschen mehr machen lassen – zumindest, wenn man ihren hitzigen Gedanken Glauben schenken durfte.

Vielleicht würde sie mich spielen lassen.

Etwas von dem, was ich gesagt hatte, schien richtig gewesen zu sein.

Denn sie stellte es sich gerade vor und hatte Mühe, mir nicht hinterherzulaufen.

Ich lächelte. *Du darfst mich jederzeit jagen, süße Löwin. Für dich werde ich immer leichte Beute sein. Nur für dich.*

IZZY

CAMS WORTE SCHWIRRTEN mir durch den Kopf und brachten mein Inneres in Wallung.

Seine Versprechen waren so sinnlich gewesen. So verführerisch. *So perfekt.*

Warum kämpfe ich dagegen an?, fragte ich mich. *Cam gehört mir. Ich will ihn. Er will mich. Wir sind Gefährten …*

Er war vielleicht nicht der Mann, an den ich mich erinnerte, der Mann, in den ich mich verliebt hatte, aber vielleicht hatte er recht. Möglicherweise könnten wir etwas Neues sein. Etwas noch Mächtigeres.

Vorausgesetzt, ich kann ihm wieder vertrauen.

Kann ich das …?, fragte ich mich. *Kann ich ihm wieder vertrauen?*

Es war erst ein paar Tage her, dass unser Band wiederhergestellt worden war, aber Cam war bereits wie ausgewechselt. Er war nicht mehr wie früher, aber auch nicht mehr der Typ, den ich vor ein paar Wochen kennengelernt hatte.

Er war ... unverblümt dominant. Rücksichtsvoll. Fürsorglich. Beschützend. Und er behandelte mich als seinesgleichen, nicht wie eine Schachfigur oder ein Spielzeug. Nicht wie einen zarten Schwan oder eine zerbrechliche Puppe. Sondern wie eine Frau. *Eine Königin.*

Mein Herz pochte, und seine Worte wärmten meine Haut erneut.

Wenn du bereit bist, werde ich dich verzehren. Ich werde dich fliegen lassen. Ich werde dir zeigen, was Könige mit ihren Königinnen machen sollten.

Er war direkt gewesen. Hatte seine Worte direkt auf den Punkt gebracht. Ehrlich. Und respektvoll.

Die Entscheidung, wie wir hier weitermachen, liegt bei dir, meine Königin.

Er hatte mich nicht gedrängt. Er hat mich nicht gebissen. Er hatte nicht versucht, mich auf irgendeine Weise zu benutzen. Er war einfach für mich da, fütterte mich, wusch mich, hielt mich, während ich schlief, und flüsterte mir die richtigen Worte ins Ohr.

Es waren keine Lügen. Es waren Wahrheiten. Er wollte, dass es funktionierte, dass wir nach vorn blickten und stärker wurden, als unsere Vergangenheit es war.

Auch wenn er nicht mehr der alte Cam war, so war er doch immer noch *mein* Cam. Aber eben als überarbeitete Version.

Vielleicht sogar als bessere Version, dachte ich und lächelte, als ich mich daran erinnerte, wie überzeugt Cam davon zu sein schien, dass er nun die bessere Version von sich selbst war.

Damals hatte ich ihm nicht zugestimmt.

Aber jetzt fragte ich mich, ob er recht hatte.

Keiner von uns beiden war mehr der, der er einmal

gewesen war. Ich hatte mich auch verändert. Ich war auf eine Art und Weise gewachsen, die ich gar nicht richtig wahrgenommen hatte, bis Cam damit angefangen hatte, mich seine Königin zu nennen. Seine *Löwin*.

Früher war ich die Sanfte in der Gruppe gewesen, die lieber zugehört als sich zu Wort gemeldet hatte.

Aber in dieser Woche hatte ich mich zu Wort gemeldet. Ich hatte meinen Beitrag geleistet. Hatte Vorschläge gemacht und auf eine Art und Weise als Anführerin fungiert, die ich nie erwartet hätte.

Und das mit Cam an meiner Seite, dessen stille Anwesenheit eine unbestreitbare Unterstützung war. Er hatte sich mir untergeordnet, nach meinen Gedanken gefragt, anstatt seine eigenen zu äußern, und allen klargemacht, dass wir ein Team waren.

Es war … surreal. Wunderschön. *Stärkend.*

Ich starrte auf die Karten auf dem Tisch, ohne sie wirklich zu sehen. Denn alles, woran ich denken konnte, war Cam, der mich auf die Unordnung hievte, meine Beine spreizte und mich verwöhnte. So wie er es vor wenigen Augenblicken in Erwägung gezogen hatte.

Trotzdem lasse ich ihn weggehen.

Warum?

Warum laufe ich ihm nicht hinterher?

Er war mein Gefährte. Mein Vampir. *Mein Cam.*

Ich trat vom Tisch weg, als ich seine Stimme in meinem Kopf hörte. *Du darfst mich jederzeit jagen, süße Löwin. Für dich werde ich immer leichte Beute sein. Nur für dich.*

Seine tiefen Töne jagten mir einen Schauer über den Rücken, und meine Schenkel verkrampften sich bei der Andeutung in seinen Worten.

Warum stehe ich immer noch hier?, fragte ich mich. *Geh ihn jagen!*

Nur so würde ich herausfinden können, ob wir eine

Zukunft hatten. Entweder er hielt sich an seine Worte und Absichten, oder er verletzte mich. Aber ich würde nicht wissen, in welche Richtung das Ganze gehen würde, solange ich nicht versuchte, ihm wieder zu vertrauen.

Hier zu stehen und in der Vergangenheit zu schwelgen, würde uns nicht in die Zukunft bringen.

Cam wusste das.

Und es war an der Zeit, dass auch ich das wusste.

Ich straffte den Rücken und ging auf die Tür zu. *Ich bin auf Beute aus*, sagte ich zu Cam und benutzte absichtlich Worte, die dem Verhalten einer Löwin entsprachen.

Seine darauffolgende Belustigung erwärmte mein Gemüt. *Ich warte darauf, dass du dich auf mich stürzt, meine Königin.*

Bei der Vorstellung, mich auf Cam zu *stürzen*, fröstelte ich. Vielleicht würde ich mich wieder auf sein Gesicht setzen. Aber dieses Mal würde ich ihn bitten, mich nicht zu beißen. Dazu war ich weiterhin nicht bereit.

Ich ... ich wollte einfach nur diese Version von ihm erleben. Aber ohne die unterschwellige Androhung von Gewalt.

Oder vielleicht nur mit einem Hauch davon.

Sein inneres Raubtier zog mich in seinen Bann. Diese Bestie verleitete mich dazu, Dinge zu wollen, die ich nicht wollen sollte.

Ich musste ihm nur vertrauen können, dass er mir dabei nicht schadete.

Es gibt nur einen Weg, das herauszufinden, beschloss ich, als ich den Flur erreichte. *Ich muss es versuchen. Nur so kann ich verzeihen* ... Ich runzelte die Stirn und meine Gedanken schweiften ab. »Keys?«

Er saß an der Wand und hatte den Kopf in einem seltsamen Winkel geneigt.

Stirnrunzelnd ging ich auf ihn zu, während mein

Gehirn Mühe hatte zu verarbeiten, was ich sah. *Sein Shirt ist nass.* Das Kerzenlicht spiegelte sich in dem schwarzen Stoff.

Und seine Krawatte war … schief, seine Jacke war zerrissen.

Ein Schuh fehlte.

Aber sein Hals war das, was meine Aufmerksamkeit erregte. Seine dunkle Haut war auch dort feucht.

Nein, nicht nass. Blutverschmiert.

Ismerelda, sagte Cam in meinen Gedanken. *Geh zurück ins Zimmer und schließ die Tür ab! Sofort!*

Die Dringlichkeit in seiner Stimme ließ mich erstarren und mein Verstand verarbeitete seinen Befehl in Zeitlupe. Ich hatte ihn verstanden. Es war nur die … die Szene vor mir … Ich …

Ismerelda!

Ich blinzelte und meine Füße bewegten sich hektisch rückwärts, bis ich gegen die Wand stieß.

Warte, nein … keine Wand. Sie war zu weich. Zu nachgiebig.

Ich komme, schwor Cam. *Ich bin fast da!*

Ich …

Schmerz durchströmte meinen Schädel und trübte meine Sicht. Keys' leblose Gestalt verschwamm. Das Kerzenlicht wurde schwächer.

Cams Brüllen verstummte …

Cam?, flüsterte ich. *Ich kann nichts sehen. Ich kann nicht …*

Meine Glieder zitterten, als sich die Welt um mich herum drehte. So schnell. Zu schnell.

Dann spürte ich … nichts mehr.

Alles war still geworden.

Kalt.

Totenstill.

Cam …?

Nichts.

Nicht einmal das Geräusch meines schlagenden Herzens.

Ich sterbe, begriff ich. *Genau wie damals …*

Nur dass es dieses Mal nicht Cam war, der mich getötet hatte. Das war jemand anderes gewesen.

Aber wer?, fragte ich mich und mein Bewusstsein wurde schwächer. *Wer hat uns dieses Mal verraten …?*

CAM

»Fuck!«

Ich stürmte den Flur entlang, Ismereldas Blut agierte als Leuchtfeuer für meine Bestie. Doch sobald ich nach draußen trat, wurde die süße Essenz schwächer.

Ich verfolgte sie bis zu einem nahe gelegenen Parkplatz, wo sie schließlich ganz verschwand.

Weniger als neunzig Sekunden hatte es gedauert, bis jemand Ismerelda entführt hatte.

Ich prügelte auf eine nahe gelegene Wand ein und brüllte aus Leibeskräften. Ich musste herausfinden, wer sie in seiner Gewalt hatte. Welches Auto der Täter genommen hatte. *Irgendetwas.*

Außerdem musste ich sie dazu bringen, mit mir zu reden. Mir zu sagen, dass es ihr gut ging.

Ich hätte dich nicht allein lassen sollen, sagte ich, wütend auf mich. *Ich hätte einfach auf dem Flur bei Keys bleiben sollen.*

Der Gedanke an den Menschen ließ mich zusammenzucken.

Ich hatte einem Sterblichen die Verantwortung für ihre Sicherheit überlassen.

Was für ein verdammter Fehler das gewesen war.

Aber ich hatte nicht gedacht … *»Fuck!«* Genau das war das Problem. Ich hatte überhaupt nicht nachgedacht. Ich hatte blindlings vertraut.

Ich hatte Vermutungen angestellt.

Und jetzt …

Jetzt ist Ismerelda weg.

Mit einem Knurren kehrte ich in den Flur zurück, meine Nasenflügel weiteten sich, als ich nach vertrauten Gerüchen forschte. Aber alles, was ich riechen konnte, war Ismereldas Blut.

Und Keys' Blut.

Ich kniete mich neben ihn, sein Puls war fast nicht mehr vorhanden. Derjenige, der ihn gebissen hatte, hatte dies wahllos getan, die Wunde war eher lykanischer als vampirischer Natur. Doch die zwei Einstiche in seiner Vene deuteten eindeutig auf Letzteres hin.

Ein unerfahrener Vampir, schloss ich daraus. *Jung. Ungeübt. Ungeduldig.*

Es erforderte einer gewissen Finesse, wenn es darum ging, einen Menschen zu töten. Und wer auch immer Keys so zugerichtet hatte, beherrschte die Kunst des präzisen Beißens nicht.

Ich versenkte meine Reißzähne in meinem Handgelenk und hielt es an seinen Mund. *»Trink!«*, verlangte ich, wobei ich dieses eine Wort mit Manipulation benetzte. Es war notwendig, denn sein Geist und sein Körper waren zu weit weg, um meinem Befehl freiwillig zu folgen.

Ich packte seine dunklen Haare und zog seinen Kopf zurück, sodass seine Lippen meine blutende Wunde berührten. Er saugte nicht und versuchte auch nicht, meine Essenz in seinen Mund zu ziehen, aber dieser Winkel erlaubte es, ein paar Tropfen auf seine Zunge fallen zu lassen.

Dank meines Alters und meiner Kraft würde das reichen.

Seine Kehle funktionierte endlich, denn meine Manipulation zwang ihn zu schlucken. Leider würde es eine Weile dauern, bis er sich erholt hatte. Und ich hatte keine Zeit zu verlieren.

Ich suchte nach Anzeichen von Kameras oder Überwachungsanlagen in dem Korridor. Möglicherweise würde Keys mir sagen können, wer versucht hatte, ihn zu töten, wenn er aufwachte. Hoffentlich. Aber in der Zwischenzeit musste ich andere Wege gehen, um Informationen zu bekommen.

Als er zum fünften Mal schluckte, stellte ich meine Manipulation ein und ließ ihn langsam auf den Boden sinken. Er würde mit Kopfschmerzen aufwachen, aber er würde leben.

Während ich ihn heilen ließ, ging ich in den Empfangsbereich. »Gibt es im Ballsaal Sicherheitskameras?«, fragte ich, ohne mich um die Formalitäten zu kümmern.

Drei Vampire starrten mich an, aber keiner von ihnen sprach.

»Zwingt mich nicht, mich zu wiederholen!«, warnte ich sie. »Ich bin nicht für meine Geduld bekannt.«

»Was ist los, Cam?«, ertönte eine weibliche Stimme von oben und lenkte meinen Blick zu einem Lautsprecher.

Einer der Vampire musste einen Knopf gedrückt haben, um Hazel über mein Erscheinen zu informieren.

Ich wäre verärgert, wenn es nicht so effizient gewesen

wäre. Denn wenn jemand mir beschaffen konnte, was ich brauchte, dann war es der Royal dieser Region.

»Ismerelda wurde entführt«, stieß ich hervor. »Ich will alle Überwachungsvideos von Deirdre City – und zwar sofort.«

Stille folgte und das Fehlen einer sofortigen Bewegung zerrte an meinen Nerven.

»Ich komme runter«, verkündete Hazel in die Stille hinein und ihre Worte beruhigten mich für einen Moment.

Während ich wartete, lief ich auf dem gefliesten Boden des Empfangsbereichs umher und versuchte verzweifelt, eine Verbindung zu Ismereldas Gedanken herzustellen. Aber ihre Psyche blieb stumm; ihr unbewusster Zustand erzeugte eine unheimliche Stille, die mir nicht gefiel.

Hast du dich über hundert Jahre lang so gefühlt?, fragte ich mich. *Verloren und allein in diesem unerreichbaren Raum?*

Allein der Gedanke daran machte mich noch wütender auf mein früheres Ich.

Aber ich war auch wütend auf mein jetziges Ich, weil ich sie im Stich gelassen hatte.

Wo bist du?, dachte ich. *Wer hat dich mitgenommen?*

»Was ist passiert?«, fragte Hazel in dem Moment, in dem sich ihr Aufzug öffnete. Dann erstarrte sie und ihr Blick schweifte zum Flur des Ballsaals.

Dann war sie verschwunden.

Stirnrunzelnd folgte ich ihr und fand sie über Keys kauernd, ihr Handgelenk auf seinen Mund gepresst. »Das habe ich schon gemacht«, sagte ich ihr. »Er wird schon wieder.«

Ihre braunen Augen leuchteten voller Wut, als sie zu mir aufsah. »Wer war das?«

»Ich hoffe, dass er uns das sagen kann, sobald er aufwacht«, erwiderte ich, etwas überrascht von ihrer Wut. Wenn hier jemand das Recht hatte, wütend zu sein, dann ich. »Ich nehme an, dass derjenige auch Ismerelda mitgenommen hat.«

Hazel betrachtete den Zustand seines Halses, dessen Wunde sich bereits zu schließen begann, als meine vampirische Essenz in seinen Adern wirkte. »Ein Jüngling. Jemand, der noch nie getrunken hat.«

»Ja«, stimmte ich zu. »Oder jemand mit sehr wenig Erfahrung.«

Sie stieß einen Laut aus – eine Art Knurren oder Brummen. Ihr Handgelenk drückte sie immer noch an Keys' Mund. Seine Kehle schien jetzt viel energischer zu arbeiten; er war auf einem guten Weg. Aber das reichte Hazel offensichtlich nicht.

Sie hob ihn mit der Sorgfalt, die ich nur Ismerelda zugestehen würde, in ihre Arme und trug ihn in einen nahe gelegenen Aufenthaltsraum. Der Raum verfügte über Verdunklungsvorhänge an der Rückwand und eine Bühne am gegenüberliegenden Ende.

Ich fragte nicht, wofür dieser Raum genutzt wurde, denn es spielte keine Rolle. »Ich brauche die Sicherheitsvideos«, wiederholte ich.

»Ich weiß. Cedric ist auf dem Weg nach unten.« Sie legte Keys auf eine Couch und bettete seinen Kopf auf ein Kissen, bevor sie sich neben ihn kniete. »Du bist in Sicherheit«, sagte sie sanft zu ihm. »Dir wird nichts passieren.«

Langsam fragte ich mich, zu wem dieser Mensch gehörte – zu mir oder zu Hazel.

»Was zum Teufel ist passiert?« Die tiefe Stimme war so anklagend, wie es nur die Stimme eines Bruders sein konnte. »Warum zum Teufel war sie überhaupt allein?« Damien trat direkt an mich heran, seine goldenen Iriden funkelten wie Feuer. »Nicht einmal drei Wochen in deiner Obhut und …«

»Ich habe die Aufnahmen«, sagte Cedric, der hinter Damien erschienen war. Er trug eine kleine Disc bei sich, die er nun auf die Bühne richtete.

Licht erstrahlte und ein riesiger Bildschirm flackerte auf. Bald darauf folgte eine Reihe kleinerer Bilder, die im Grunde eine behelfsmäßige Sicherheitskonsole bildeten. Nur dass diese Konsole nicht aus einer Handvoll Computern bestand, wie ich es auf dem Gelände gesehen hatte, sondern eine ganze Wand einnahm.

Cedric kletterte auf die Bühne und bewegte die Bilder mit seinen Händen; der Bildschirm war also offenbar manipulierbar.

»Hier«, sagte er und zeigte mir das Bild, wie ich Keys verließ.

Ich ließ Damien an der Tür stehen und bahnte mir einen Weg durch die verschiedenen Sofas und Luxussessel, um zu Cedric zu gelangen.

Als ich die Treppe erreichte, die zur Bühne führte, erschien eine vermummte Gestalt auf dem Bildschirm. Er oder sie schien von draußen hereingekommen zu sein, der Mantel so typisch, dass Keys die Person nicht sofort als Bedrohung erkannte.

Aber er verbeugte sich – demnach hatte er eindeutig festgestellt, dass der Übeltäter ein Vampir war.

Wahrscheinlich, weil er sein oder ihr Gesicht aus seinem Blickwinkel sehen konnte. Der Vampir hingegen wandte sich immer wieder von der Kamera ab, was darauf hindeutete, dass er oder sie von den Überwachungskameras im Flur wusste.

Ich zuckte zusammen, als das vermummte Wesen nach Keys' Hals griff. Der brutale Angriff war ein wirklich unschöner Anblick.

Keys hob die Hände, um sich zu verteidigen – eine echte Überraschung für den Angreifer, der beinahe zu Fall gekommen wäre. Aber Keys war nicht schnell genug, um den Vampir am erneuten Angriff zu hindern, und eine Hand – samt Handschuh – legte sich über seinen Mund, bevor er schreien konnte.

Keys gab nicht kampflos auf, ging schließlich aber schnell und lautlos zu Boden.

Schmerzlos war es sicherlich nicht.

Der Täter zog Keys zu sich und drückte ihn in einem ungünstigen Winkel gegen die Wand.

Keys fasste sich an den Hals und schnappte nach Luft – vielleicht versuchte er noch, zu schreien, um Ismerelda zu warnen –, aber durch den Blutverlust verlor er bald das Bewusstsein.

Dann bewegte sich die Gestalt den Gang entlang und wartete schließlich in einem Türrahmen.

»Der Statur nach würde ich sagen, es war eine Frau«, sagte plötzlich Khalid von hinten. »Die Person war wesentlich kleiner als Keys.«

Aber der Mensch war größer als ich, was bedeutete, dass ihm die meisten Leute in Sachen Körpergröße unterlegen waren.

Aber ich stimmte Khalids Einschätzung zu, vor allem weil die verhüllte Gestalt Keys' Kinn nicht zu erreichen schien. Trotz des Mantels hatte der Angreifer einen eher zierlichen Eindruck gemacht.

Trotzdem würde ich niemanden ausschließen.

Das Video zeigte nun Ismerelda und ihr Gesicht raubte mir den Atem. Denn sie lächelte. Entschlossen. Und wunderschön.

Doch als sie Keys erblickte, wurde ihr Ausdruck sorgenvoll. Sie bewegte sich wie gebannt auf ihn zu und gab so der Übeltäterin die Gelegenheit, sich von hinten anzuschleichen.

Es ging alles so schnell – und doch fühlte es sich wie in

Zeitlupe an.

Ismereldas Erfassen der Situation. Ihre wachsende Angst. Ihr Stolpern – direkt gegen den Oberkörper der vermummten Gestalt.

Die Vampirin knallte den Kolben einer Pistole gegen den Kopf meiner *Erosita*.

Bei diesem Anblick ballten sich meine Finger zu Fäusten und meine Wut brannte noch heißer. »Wer auch immer das ist, hatte einen ganz bestimmten Grund, hierherzukommen«, knurrte ich, wohl wissend, dass es nur einen Grund ab, eine Waffe zu haben – um andere Unsterbliche auszubremsen.

Die vermummte Täterin fing Ismerelda auf, bevor sie zu Boden ging, aber die Bewegungen waren nicht sanft. Sie waren effizient und wurden ohne Rücksicht ausgeführt.

Und das alles, ohne auch nur einmal das Gesicht unter der Kapuze zu enthüllen.

Ich knirschte mit den Zähnen, als die Vampirin aus dem Blickfeld verschwand. Die nächste Bewegung, die die Kamera aufnahm, war meine.

Cedric beendete die Übertragung und zog die Aufnahmen einer der Überwachungskameras hinzu, die den Außenbereich zeigten. Irgendwie spulte er das Filmmaterial zurück, bis er zeigen konnte, wie die maskierte Täterin den Weg zum Parkplatz hinunterlief, ohne zu phasen.

Dort verschwand die vermummte Frau erneut aus dem Blickfeld.

Weitere Videoaufnahmen tauchten auf, aber von der Vampirin oder Ismerelda war nichts zu sehen.

»Sie muss irgendwo außerhalb des Überwachungsbereichs geparkt haben«, sagte Cedric nach einigen langen Minuten der Suche. Er spulte die Aufnahme zurück, um zu sehen, wie sie das Gebäude betrat, und schüttelte den Kopf. »Das bringt doch nichts. Sie schien um die Platzierung der Kameras gewusst zu haben und hat ihr Gesicht vor ihnen versteckt.«

»Es bringt schon was«, murmelte Khalid. »Es muss sich um jemanden handeln, der mit den Sicherheitsvorkehrungen oder dem Gebäude vertraut ist. Das grenzt die Liste doch sicher ein.«

»Ja«, antwortete Hazel. »Ich habe Deirdre bereits angepiepst. Sie wird bald hier sein.«

Wie bald?, wollte ich fragen, aber stattdessen konzentrierte ich mich auf die Bildschirme und suchte nach einem Blickwinkel, der das Gesicht der Täterin zeigen könnte.

Die ganze Zeit über blieb ich mit Ismereldas stillem Geist verbunden und wartete darauf, dass sie erwachte.

Ich konnte sie *spüren*, nur deshalb wusste ich, dass sie noch lebte. Aber sie nicht zu hören, war eine lähmende Erfahrung. Es fühlte sich an, als hätte man mir einen Teil meines Gehirns genommen und ein großes Stück meiner Seele entwendet.

Ich lebte ohne Herz.

Wenn ich jemals daran gezweifelt hatte, dass Ismerelda mein einziges Bindeglied zur Menschheit war, so war das jetzt nicht mehr der Fall. Denn ohne ihre Seele, die die meine ausbalancierte, war mir alles und jeder scheißegal.

Der Plan.

Dieser Ort.

Diese Leute.

Alles, was zählte, war, zu überleben. *Und Ismerelda.*

Ich hatte Keys nicht gerettet, weil ich ihn mochte oder mich um ihn sorgte. Ich hatte ihn gerettet, weil er nützliche Informationen haben könnte. Genauso wie ich alle anderen in diesem Raum toleriert habe, weil sie hilfreich sein könnten.

Vielleicht machte mich das kalt. Uralt. *Gefühllos.* Aber ohne meine Verbindung zu Ismerelda war mein Fokus auf das Überleben gerichtet. Trinken. Ficken. Leben. Das war alles, was für meine innere Bestie zählte – sinnliche und körperliche Begierden zu befriedigen.

Ismerelda jedoch hatte mir ein *Herz* gegeben. Sie hatte mich dazu gebracht, die Welt auf eine Art und Weise zu sehen, wie ich es sonst nicht getan hätte.

Ich war aufgewacht, ohne ein wirkliches Ziel vor Augen zu haben. Liliths Aufnahmen hatten mich davon überzeugt, ein König zu sein und zu beenden, was ich begonnen hatte. Dennoch war ich nicht besonders leidenschaftlich bei der Sache gewesen.

Die Herstellung von unsterblichen Blutbeuteln würde meine vampirischen Neigungen befriedigen. Es war logisch, dass ich das bis zum Ende hatte durchziehen wollen.

Aber ich war nicht mit dem Konzept verwachsen.

Es war eine natürliche Neigung für jemanden in meiner Position, da mein uraltes Blut mich als König auszeichnete. Das bedeutete nicht, dass ich ein Monarch sein wollte; ich war einfach einer.

Doch Ismerelda hatte alles verändert.

Sie war meine Königin. Der Grund, warum ich den Thron anstrebte. Der Grund, warum ich über alle anderen herrschen wollte.

Weil sie es wollte.

Aber sie hatte vor all den Jahren nicht gewollt, dass ich verschwand. Warum zum Teufel hatte ich es dann getan? Hatte ich ihre Wünsche falsch gedeutet?

Oder war es etwas ganz anderes?

Ich habe ein wichtiges Detail übersehen, entschied ich. *Hat mir meine Verbindung zu ihrer Menschlichkeit einen Heldenkomplex verliehen? Hat sie mein Denken im Laufe der Jahrhunderte in den*

Wunsch verwandelt, Frieden zwischen Unsterblichen und Sterblichen zu schaffen? Warum habe ich mich entschieden, auf diese Weise zu handeln?

Denn jetzt verspürte ich absolut keine Sehnsucht danach, nicht einmal durch meine wiedererwachte Verbindung zu Ismerelda. Wenn überhaupt, dann wünschte ich mir das Gegenteil. Ich wollte sie einfach nur finden und uns beide vor dem Wahnsinn der Welt schützen. Uns verstecken und in unserem eigenen ruhigen Frieden existieren – und alles und jeden zum Teufel jagen.

»Hier ist eine Liste mit allen Fahrzeugen, die auf dem Parkplatz registriert sind«, sagte Cedric zu Damien und ihr Gespräch riss mich aus meinen Gedanken.

»Sie sind alle noch da«, antwortete Damien und konzentrierte sich auf den Bildschirm, den er nun wie Cedric steuerte. Die beiden schienen eine Vielzahl von Datensätzen und Videos zu durchforsten und bewiesen dabei ihr technisches Gespür.

Das brachte mich fast zum Lächeln. Vor allem, weil Ismerelda noch vor wenigen Wochen so getan hatte, als würde sie Laptops nicht verstehen. Das war eine glatte Lüge gewesen.

Sie besaß ähnliche Fähigkeiten wie ihr Bruder. Vielleicht wäre sie – mit der richtigen Ausbildung – sogar besser als er.

»Da.« Damien vergrößerte einen schwarzen Sedan mit getönten Scheiben. »Der Wagen hat die Kameraüberwachung von Kontrollpunkt sieben passiert, aber nicht Kontrollpunkt acht erreicht. Der Parkplatz liegt dazwischen.«

Cedric entriss ihm das Bild und spulte dann vor. Dasselbe Fahrzeug fuhr erneut durch den Feed.

»Dreizehn Minuten später«, sagte er. »Das Auto hat irgendwo dazwischen angehalten und ist dann zurückgefahren.« Er machte eine Bewegung, die den Ausschnitt zu Damien zurückwarf, während er einen weiteren Bildschirm aufrief. »Ich verfolge die Spur, während du die Daten nach einem eindeutigen Hinweis durchforstest. Eine Fahrzeugidentifikationsnummer. Ein Foto des Fahrers. Irgendetwas.«

Noch bevor Cedric zu Ende gesprochen hatte, war Damien schon dabei, das Material durchzugehen, während wir anderen einfach nur zusahen.

Wir anderen – das sind Ryder, Darius, Jace und noch ein paar Leute, dachte ich, während ich mich im Raum umsah. Ich wusste nicht, wann sie alle angekommen waren, aber sie waren jetzt hier und wurden offensichtlich auf den neuesten Stand gebracht.

Ich musterte die Gruppe und versuchte, festzustellen, ob jemand fehlte. Denn dieser Lykaner oder Vampir könnte unser Schuldiger sein oder mit dem Vorfall zu tun haben.

Die Lykaner standen alle beieinander und unterhielten sich leise über die Gerüche im Flur. Offenbar fiel ihnen nichts auf, so wie mir auch nichts besonders aufgefallen war. Jolene und Luka schienen die Gespräche zu leiten.

Darius und Jace unterhielten sich leise mit Kylan und Khalid. Die vier besprachen die nächsten Schritte, von denen die meisten die Suche nach Ismerelda beinhalteten.

Aber ihr Gespräch verriet auch einen Hauch von strategischem Weiterkommen; die Notwendigkeit, einen Weg in den Untergrund zu finden, war weiterhin wi…

Ein Summen in meinem Kopf brachte alle meine Gedanken zum Stillstand, und mein Verstand suchte nach der Quelle.

Nein, kein Summen, dachte ich und runzelte die Stirn. *Ein … Motor?*

Ich sah mich um, versuchte, festzustellen, ob es noch jemand hören konnte.

Niemand schien darauf zu reagieren; Haltung und Gespräche blieben unverändert. Auch Cedric und Damien konzentrierten sich immer noch auf die Bildschirme und tauschten mit knappen Worten Gedanken aus.

Währenddessen wurde das Rumpeln in meinem Kopf lauter, bis es an ein Knurren erinnerte. *Was ist das?*, fragte ich mich. Es war zu gewaltig, um ein Automotor zu sein. Es ähnelte einer Explosion, nur viel kontrollierter.

Das Geräusch durchdrang meine Sinne und ließ mich zusammenzucken.

Dann flüsterte eine sanfte, süße Stimme: *Flugzeug …*

Ismerelda? Ich straffte die Schultern. *Bist du wach?*

Ich … ich weiß es nicht … Sie verstummte und das dröhnende Geräusch verschwand.

»Was ist los?«, fragte jemand direkt vor mir, und ich musste blinzeln, als ich erkannte, dass Ryder auf mich zugekommen war.

»Verpiss dich!«, knurrte ich, denn ich musste mich auf meine Gefährtin konzentrieren. *Ismerelda?*

Aber sie war wieder still, abermals in ihrer Bewusstlosigkeit versunken.

Ein Vibrieren traf meine Brust, und meine Verärgerung über ihr Schweigen und Ryders Einmischung veranlasste mich, den Mann vor mir anzufunkeln. »Ich habe sie verloren.«

»Das ist mir bewusst«, sagte er, aber in seinem Tonfall fehlte der übliche Humor. Stattdessen war seine Stimme von Gewalt unterstrichen – und zwar auf mich gerichtet.

»Nein, ich meine, sie hat mit mir geredet und jetzt ist sie weg«, sagte ich mit zusammengebissenen Zähnen. »Du hast mich abgelenkt.«

Seine Augenbrauen schossen nach oben. »Wenn meine

Anwesenheit dich so sehr ablenkt, dann spricht das nicht gerade für deine Verbindung zu Ismerelda, oder?«

Meine Fäuste juckten, forderten mich heraus, sein arrogantes Gesicht zu treffen.

Stattdessen ignorierte ich ihn und suchte wieder nach dem Dröhnen.

Flugzeug, hatte Ismerelda gesagt und ich schürzte die Lippen.

Bist du in einem Flugzeug?, fragte ich sie jetzt, weil ich endlich zu verstehen schien.

Keine Antwort.

Meine Unterarme spannten sich an, meine Verärgerung wuchs. *Sprich mit mir, meine Königin! Sag mir, wo du bist! Sag mir, wie ich dich finden kann!*

Schweigen.

Ein weiteres Knurren erschütterte mich. Ein Knurren, das Ryder seinerseits wiederholte und mich so zwang, mich wieder auf ihn zu konzentrieren.

Nur stand er jetzt nicht mehr vor mir, sondern vor den Bildschirmen. »Abigail«, stellte ich fest. »Warum …?« Ich stockte, als Damien eine Aufnahme aus dem Inneren des Wagens zeigte, den er verfolgt hatte.

»Sie hat vor einer Stunde ihre Zugangskarte benutzt, um die Stadt zu betreten«, sagte Deirdre, die neben Hazel stand. Offensichtlich hatte sie sich auch in den Raum geschlichen, ohne dass ich es bemerkt hatte. »Ich dachte, sie würde mich besuchen.«

»Da hast du dich offensichtlich geirrt«, antwortete Ryder, der seine Aufmerksamkeit immer noch auf den Bildschirm gerichtet hatte. »In welche Richtung ist sie unterwegs?«

»Danach suche ich bereits«, antwortete Damien.

»Ich werde dein schnellstes Auto brauchen«, fuhr

Ryder fort, und meine Augenbrauen schnellten in die Höhe.

»*Wir* werden dein schnellstes Auto brauchen«, korrigierte ich ihn.

Ich überlegte auch, ob ich ihm sagen sollte, dass er nicht mitkommen würde, entschied mich aber dagegen. Ryders Vorliebe, erst zu töten und dann Fragen zu stellen, könnte schließlich nützlich sein.

Er ignorierte mich, was in Ordnung war. Ich würde entweder zu ihm ins Auto steigen oder es ihm wegnehmen.

Ich vermutete, dass er zu einem ähnlichen Schluss kommen würde, was meine Nützlichkeit anging. Schließlich war ich der Einzige, der mental mit Ismerelda verbunden war, was mich in dieser Situation zum größten Vorteil machte.

»Schon dabei«, sagte Deirdre; einer dieser durchsichtigen Bildschirme schwebte vor ihr.

W-was …? Das leise Summen von Ismereldas Stimme rauschte wieder durch meinen Kopf, gefolgt von einem weiteren Rumpeln. *Wo …?*

Ismerelda. Kannst du mich hören?

C-Cam?, antwortete sie. *W-wo …? Ich weiß nicht …*

Sscchh, nimm dir einen Moment, um deine Kräfte zu sammeln, sagte ich. *Versuche, dich nicht zu bewegen. Konzentriere dich einfach auf eine gleichmäßige Atmung. Und dann erzähl mir alles, was du hörst.*

Wenn sie noch ein paar Augenblicke länger Bewusstlosigkeit vortäuschen könnte, würde sie mir vielleicht genug Informationen zur Verfügung stellen, um sie aufzuspüren. Und es würde sie hoffentlich davor bewahren, wieder bewusstlos zu werden.

Ich … Sie verstummte erneut.

Ist schon gut. Lass dir Zeit, Liebes. Ich bin bei dir. Vielleicht nicht physisch, aber gedanklich würde ich immer bei ihr sein.

Erneutes Knurren drang durch unsere Verbindung und ihr Verstand versuchte, das Geräusch zu verstehen. *Flugzeug*, hallte es noch einmal durch ihre Gedanken.

Ich wartete und hörte zu, wie sie sich mit ihrer Umgebung auseinandersetzte.

Bin ich in einem Flugzeug? Sie schien allmählich klarer denken zu können. *Ich glaube ... es ist ein Jet. Es ist laut. Aber was ist unter mir? Es ist ... weich. Ein Bett? Eine Couch? Und was ist das für ein Geruch?*

Meine Nägel bohrten sich in meine Handflächen, meine Hände waren noch immer zu Fäusten geballt. Ich brauchte mehr Informationen. Einen Ort. Einen Orientierungspunkt. Etwas, das mir half, sie zu finden.

Es ist ... metallisch?, fuhr sie fort. Der Geruch schien ihr Schwindel zu bereiten. *Blut ...*

Ich erstarrte. *Dein Blut? Von der Kopfwunde?*

Welche Kopfwunde?, fragte sie.

Ich runzelte die Stirn. *Tut dein Kopf weh?*

Nein.

Vielleicht hat dich mein Blut ja geheilt? Ich hatte ihr etwas von meinem Blut zu jeder ihrer Mahlzeiten gegeben, um sie zu stärken – ein Instinkt, den ich nicht hatte ignorieren können. *Abigail hat dich mit einem Pistolengriff getroffen.*

Abigail?, wiederholte sie, und in ihrer Stimme lag ein Hauch von Verwirrung. *Wer ist Abigail?*

Aber sie reagierte schon in der nächsten Sekunde, indem sie die Informationen aus meinem Kopf holte.

Allerdings war sie jetzt noch verwirrter, weil sie nicht verstand, warum Abigail sie schlagen würde oder warum alles um sie herum rumpelte.

Ich ... Sie hielt inne, Schock durchzuckte unser Band. *Cane?*

Ich runzelte die Stirn. *Cane?*

Keine Antwort.

Aber das war auch nicht nötig.

Denn ich konnte hören, wie ihr Geist verarbeitete, was sie sah.

Mein Bruder in einem tiefschwarzen Anzug.

Er saß ihr gegenüber.

In einem Jet.

IZZY

Ich BLINZELTE, denn mein Gehirn konnte das Bild, das sich mir bot, nicht richtig verarbeiten. Es war schräg — vor allem, weil ich anscheinend lag.

Aber es war nicht die verdrehte Sicht, die mich verwirrte. Es war die Szene, die meinem Verstand Mühe bereitete, sich zu konzentrieren und zu *begreifen*, was ich sah.

Cane. Ich erkannte ihn. Ich konnte … lediglich nicht glauben, dass er hier war.

Und er saß neben Michael.

Genau wie er in einem opulent wirkenden Chefsessel.

Und er nippte an etwas, das wie Blutwein aussah.

»Köstlich«, lobte Cane und ließ seinen Blick über mich tanzen, während er seinen Drink beendete.

Kaum einen Augenblick später erschien eine nackte Frau mit einem Messer am Handgelenk. Ich zuckte zusammen, als sie sich schnitt und sein Glas nachfüllte.

Sie starrte ausdruckslos auf die Flüssigkeit, die sich in dem Kristallglas sammelte, und ihre aschfahle Haut war das einzige Anzeichen für die Reaktion ihres Körpers auf ihr Handeln.

Entweder zwingt er sie, oder sie ist darauf trainiert, nichts zu fühlen, dachte ich und mein Magen verkrampfte sich.

Ismerelda, flüsterte Cam in meinen Gedanken. *Ich ...*

»Das reicht«, sagte Cane mit festem Blick auf mich. Doch die Worte schienen für den Menschen bestimmt zu sein. »Jetzt knie nieder und erfülle deinen Zweck!«

»Ja, mein Lehnsherr«, antwortete sie wie ein Roboter und ihre zittrigen Gliedmaßen krümmten sich, als sie seiner Aufforderung Folge leistete.

»Seid Ihr sicher, mein Lehnsherr?«, fragte Michael. »Sie wirkt ziemlich ... gespenstisch.«

Cane warf einen Blick auf die braunhaarige Frau. Dann zuckte er mit den Schultern. »Sie scheint mir fähig genug zu sein.«

Ich schluckte und spürte ein Gefühl des Grauens in mir aufsteigen. Nicht wegen der Tat, die sich vor mir abspielte, sondern wegen dieser Stimme. Ich erkannte sie.

Ich hatte sie immer wieder in meinem Kopf gehört – es kam mir wie Jahre vor. Aber es waren nur ein paar Tage gewesen.

»Scheint mir passend zu sein ...«

»Wenn sie versagt, kann ich ja die Hure meines Bruders ausprobieren und herausfinden, warum er so auf sie steht«, fuhr Cane fort.

Michael grinste. »Das wollte ich unbedingt selbst in Erfahrung bringen, mein Lehnsherr. Leider habe ich die Gelegenheit verpasst.«

»Ja, das hast du«, antwortete Cane und seine grünen

Augen – einer der wenigen körperlichen Unterschiede zwischen ihm und Cam – trafen meine.

Cane ... Cane ist derjenige, der mich dazu gezwungen hat ... Ich konnte den Gedanken nicht zu Ende führen. Aber das musste ich auch nicht.

Cam hatte den Gedanken bereits zu Ende gedacht und sein Knurren in meinem Kopf war scharf und laut. *Es war kein Hologramm, sondern mein verdammter Bruder.*

Ich zitterte, weil ich seine Wut und Canes Blick nicht ertragen konnte. Sie waren beide so intensiv, so überwältigend, aber auf ganz unterschiedliche Weise.

Reiß dich zusammen!, mahnte ich mich. *Das ist Cane. Du kennst Cane. Er ist Cams Bruder. Er würde nie etwas tun ...*

Ich runzelte fast die Stirn, denn der letzte Gedanke war eine glatte Lüge. Denn Cane hatte versucht, mich zu verletzen. Er hatte sich als Cam ausgegeben und mich mit Michael zurückgelassen; seine bösen Absichten waren offensichtlich gewesen.

Vielleicht ist das gar nicht Cane ...? Dieser Gedanke ähnelte zu sehr dem, den ich anfangs über Cam gedacht hatte.

Und Cam hatte sich als sehr real herausgestellt.

Canes grüne Iriden glitzerten, während er meinem Blick standhielt. Die Handflächen der Frau streiften seine Oberschenkel, als sie sich anschickte, seinen Gürtel zu öffnen. Von meiner liegenden Position aus konnte ich genau beobachten, wie sie seinen Schwanz herauszog.

Was ich *auf keinen Fall* sehen wollte.

Ich schob mich nach oben und mein Magen rebellierte angesichts der Bewegung.

»Du solltest dich verbeugen«, bemerkte Michael mit harter Miene.

»Und du solltest tot sein«, erwiderte ich – eine Entgegnung, die ich mir nicht hatte verkneifen können.

Denn scheiß auf ihn und auf das hier! »Warum bin ich hier?«

Um daran erinnert zu werden, was aus unserer Welt geworden ist?, dachte ich düster. *Um zu sehen, wie ein Mensch einen Vampir auf die entwürdigendste Weise bedient?*

Cane sagte nichts, sein Körper war völlig entspannt, während er an seinem Wein nippte. Er schien sich nicht sonderlich für die Frau zu interessieren, die zwischen seinen ausgestreckten Schenkeln auf und ab wippte.

Michael stand auf, bösartige Energie strömte aus ihm heraus, als er nach vorn trat. *»Verbeuge dich!«*

»Schon gut«, sagte Cane. »Lass sie sich danebenbenehmen. Ich werde es genießen, sie später dafür zu bestrafen.«

Cam knurrte in meinem Kopf. Offensichtlich hatte er gehört, wie ich diesen Kommentar in meinen Gedanken verarbeitet hatte, denn ich hatte mich sofort gefragt: *Wie?*

Michael machte einen weiteren Schritt nach vorn, seine Hand verschwand unter seiner Jacke.

»Setz dich!« Canes Befehl ließ Michael direkt vor mir erstarren.

Dieses Kommando hatte zwar Michaels Vorwärtsbewegung gestoppt, seinen tödlichen Blick aber nicht ausgelöscht.

Aber es war nicht Canes Tod, den er mit diesem Blick androhte, sondern meiner.

Er presste seine markanten Kiefer aufeinander, während er den Befehl seines Meisters befolgte, und ich runzelte die Stirn. Michael hatte sich seinem Kommando unterworfen, wie man es bei einem Sire tun würde. *Oder einem König*, dachte ich. *Aber was, wenn …? Was, wenn es Cane war, der Michael erschaffen hat?*

Das würde meine fehlende Verbindung zu ihm erklären, antwortete Cam sofort, der seine Gedanken eindeutig mit den meinen in Einklang gebracht hatte. *Es würde auch naheliegen, dass Lilith die ganze Zeit mit meinem Bruder gearbeitet hat. Oder besser gesagt, für meinen Bruder.*

Aber warum sollte er das tun?, fragte ich mich, verwirrt darüber, was Cane dazu veranlasst haben könnte, dieses Leben zu wollen.

Er hat gar nicht geschlafen, flüsterte Cam mir zu. *Oder Lilith hat mich gezwungen, ihn zu wecken. Wie auch immer, es ist seine Menschlichkeit. Er hat keine.*

Ich schluckte, und Cams Gedanken überschlugen sich, während er mir im Grunde zeigte, woher er das wusste – er verstand.

Auch ihm fehlte in gewisser Weise Menschlichkeit. Sterbliche waren Nahrung. Haustiere. Wesen, die Vergnügen und Versorgung boten. Sie waren nicht gleichwertig, sondern minderwertig.

So wie die Menschen früher Vieh betrachtet haben, übersetzte ich. *Mit der Ausnahme, dass wir keine Tiere ficken. Und sie nicht zum Überleben brauchen.*

Ja, meinte Cam. *Aber wenn es eine Spezies unter eurer eigenen gäbe, die ihr auf diese Weise benutzen könntet, hätte eure Art sie versklaven wollen. Die Geschichte beweist das.*

Sein Verstand verriet mir, dass er sich nicht auf aktuelle Ereignisse bezog, sondern auf Situationen, die er in den Tausenden von Jahren, die er schon lebte, beobachtet hatte. Ereignisse, die weit vor meiner Zeit stattgefunden hatten.

Ich erschauderte, denn seine Visionen aus der Vergangenheit führten mir eine schreckliche Zukunft vor Augen.

Denn er hatte recht.

Die Menschheit würde das tun. Sie *hatte* es getan.

Und Vampire stammten technisch gesehen von diesen Wurzeln ab. Sie folgten lediglich dem Weg, den auch ein

Sterblicher gehen würde, wenn er mit überlegenen Fähigkeiten und übernatürlichen Kräften ausgestattet wäre.

Nur weil ich es verstehe, heißt das nicht, dass ich es auch will, flüsterte Cam mir zu.

Ein Teil von dir schon, erwiderte ich.

Ein Teil von mir ist mit dem Konzept einer unsterblichen Blutquelle einverstanden, gab er zu. *Aber der Teil von mir, der mit dir verbunden ist, wünscht sich Barmherzigkeit.*

Und wie würdest du denken, wenn ich nicht wäre?

Ohne dich … Er verstummte. *Ich bin mir nicht sicher, Ismerelda. Ich bin kein Held und ich werde auch nicht so tun, als wäre ich einer. Aber ich hätte nichts gegen eine friedliche Koexistenz, solange die Vampire mit dem versorgt werden, was sie zum Überleben benötigen.*

Was ist mit Lykanern?, fragte ich ihn.

Ich glaube, meine Brüder würden sagen: »Wir sind keine Lykaner. Die Wölfe können sich selbst versorgen.«

»Was sagt mein Bruder?«, fragte Cane und erinnerte mich an seine Anwesenheit. »Sagt er, dass du ruhig bleiben sollst? Dass er dich retten wird?«

Ich blinzelte in seine Richtung. »Nein«, antwortete ich ehrlich. »Er hat nur gesagt, dass er deine Entscheidung versteht.«

Er wölbte die Augenbrauen. »Meine Entscheidung?«

»Deine Entscheidung, diese neue Ära anzuführen«, präzisierte ich und testete unsere Theorie laut. »Er hat mir erklärt, warum Vampire eine unsterbliche Blutquelle brauchen und dass Menschen das Gleiche mit einem geringeren Wesen tun würden, wenn sie die Mittel und die Möglichkeit dazu hätten.«

Cane musterte mich kurzzeitig. »Interessant. Und ich hatte angenommen, dass er seinen Kampf gegen meine Herrschaft fortsetzen wollen würde.«

Ich gab diese Antwort an Cam weiter und die Worte schienen unser Verständnis der Situation zu bestätigen.

Mein Gefährte schwieg, während er überlegte, wie er vorgehen sollte, und sein strategischer Verstand erwachte zum Leben. *Sag meinem Bruder, dass ich keine Lust habe, zu führen*, sagte er schließlich. *Dann frage ihn, was er von mir will.*

»Cam hat keine Lust, zu führen«, sagte ich zu Cane und ließ diese Aussage erst einmal so stehen.

»Ach?« Cane stellte sein Glas beiseite und legte seine Handfläche an den Hinterkopf der Frau, um ihre Haare zu umschließen. »Das kann ich kaum glauben.« Er lenkte die Bewegungen der Frau und sein Unterkiefer zuckte, während sie sich bewegte.

Es war eine sehr anschauliche Präsentation dieser Welt, und seine Handlungen sprachen viel lauter, als Worte es je könnten. Denn er zeigte mir mit seiner Hand, wie er die menschliche Rasse kontrollierte. Wie sich die Sterblichen *verbeugte*n und *dienten*.

Schlimmer noch, der Glanz in seinem Blick ließ vermuten, dass er sich vorstellte, ich wäre diejenige, die ihm diente.

Allein der Gedanke daran bereitete mir Magenschmerzen.

Nein. *Nie und nimmer.*

Ich würde niemals für ihn oder irgendjemand anderen auf die Knie gehen.

Ismerelda, murmelte Cam in meinen Gedanken. *Frag ihn, was er von mir will.*

Meine Kehle wurde eng, als ich die Galle hinunterschluckte. Mein Magen rebellierte angesichts des Schauspiels, das sich mir bot. Das lag vor allem daran, dass die Frau offensichtlich nach Luft rang. Ihr Körper war angespannt, zitterte und hatte keine Energie mehr, während Cane ihren Mund fickte, als wäre sie nur eine Puppe.

Ein Objekt.

Genau wie Cam es neulich mit mir gemacht hat, dachte ich und mein Herz setzte einen Schlag aus. Aber im Gegensatz zu Cam würde Cane diese Frau vermutlich nicht mit seinem Blut füttern, um sie danach wieder zum Leben zu erwecken.

Wenn sie starb, war sie tot.

Eine ausrangierte Puppe.

Kein Leben.

Ich hasste es. Ich hasste das hier. Hasste sie alle.

Wir mögen körperlich minderwertig sein, aber unser Verstand … *unser Geist … ist gleichwertig.*

Cam antwortete nicht, aber ich hörte, wie er meine Worte verarbeitete und über ihren Wert nachdachte.

»Was willst du von Cam?«, presste ich hervor, weil ich mich wieder auf das Gespräch konzentrieren musste und nicht auf Canes plumpe Aktionen. »Cam fragt, nicht ich«, stellte ich klar. Ich wollte die Antwort auch, aber ich vermutete, dass Cane besser reagieren würde, wenn ich so täte, als wäre ich eine Übersetzerin und keine interessierte Partei.

»Mmm«, brummte Cane. »Sag meinem Bruder, dass ich persönlich dafür sorgen werde, dass euer Band gebrochen wird – so wie es neulich hätte geschehen sollen.«

Seine Worte jagten mir einen Schauer über den Rücken und mein Gehirn wiederholte automatisch seinen Satz für Cam.

»Es sei denn …«, fuhr Cane fort. »Es sei denn, er trifft sich mit mir auf dem Gelände.«

Er lehnte sich auf seinem Stuhl zurück, sein Griff um

die Frau schien fester zu werden, als er sie über seinen Schwanz führte, wobei sein Blick meinen nicht verließ.

Ich konzentrierte mich darauf, Canes Worte für Cam zu wiederholen, anstatt mich auf den Anblick vor mir zu fokussieren.

»Er hat drei Stunden«, fuhr Cane fort. »Ich schlage vor, dass er sich Kylans Jet ausleiht. Sag ihm, dass Damien ihn fliegen kann. Aber niemand sonst darf sich ihnen anschließen.«

Mein Unterkiefer wurde hart, als ich alles wiederholte.

Er meint es ernst, fügte ich hinzu. *Ich kann es in seinen Augen sehen, Cam. Er …* Ich stockte, die Worte waren überflüssig. Denn Cam konnte zweifellos die Angst hören, die in meinem Kopf brodelte.

Ich konnte nicht anders, als mir auszumalen, was auf mich wartete.

Cane, der Befehle gibt, die mein Schicksal besiegeln sollen. Befehle über meine Bestimmung und die Art und Weise, wie ich schon vor tausend Jahren hätte sterben sollen.

Doch als Michael mich dieses Mal in den Raum schleift, wartet Cane bereits drinnen auf mich. Sein Lächeln ist sadistisch. Seine Augen sind kalt. Er zerrt an mir. Sein Schwanz steckt in meiner Kehle, nicht in der des Mädchens auf dem Boden.

»Brave kleine Bluthure – gibt alles an meinen Bruder weiter, so wie ich es ihr aufgetragen habe«, meinte Cane und sein Akzent ließ mir einen weiteren Schauer über den Rücken laufen. »Was sagt er? Ist er mit meiner Forderung einverstanden?«

»Er hat noch nicht geantwortet«, gab ich zu und meine Stimme klang rau. Furchtbar. Ich musste Stärke zeigen. Aber mitanzusehen, wie Cane diese arme Frau fickte, und seine grausamen Worte zu hören, erschwerte es mir, die Fassung zu bewahren.

Cane würde nicht viel brauchen, um meine Verbindung zu Cam zu zerstören.

Er könnte mich *vergewaltigen*.

Mich *töten*.

Nur würde ich dieses Mal nicht wieder aufwachen. Meine Verbindung zu Cams Unsterblichkeit würde für immer unterbrochen werden. Ich würde sterben. Endgültig.

Das werde ich nicht zulassen, versprach Cam mir. *Sag meinem Bruder, dass ich auf dem Weg bin, aber wenn meine Verbindung zu dir unterbrochen werden sollte, muss ich meine Führungsrolle in dieser Welt gründlich überdenken und seinen Thron übernehmen.*

Du gehst … du gehst zurück nach Vatikanstadt? Es war eine dumme Frage, aber ich konnte mich nicht davon abhalten, sie zu stellen. Vor allem, weil sich die Folgen dieser Entscheidung langsam in meinem Kopf festsetzten und mir unsere prekäre Lage klar wurde.

Cane benutzte mich als Druckmittel. Als Pfand. Als Möglichkeit, Cam zurück in die Katakomben zu locken … Und was dann? Würde er ihn wieder gefangen nehmen?

War es Cane, der Cam damals eingesperrt hat?, fragte ich mich. *Steckt er wirklich hinter all dem? Hat Lilith für ihn gearbeitet? Oder hat sie ihn auf ähnliche Weise aufgeweckt, wie sie Cam aufgeweckt hat? Hat sie auch mit seinem Verstand gespielt?*

Ismerelda, sagte Cam und versuchte, meine Aufmerksamkeit zu erregen.

Aber jetzt, da mein Gehirn unsere Situation entschlüsselte, konnte ich nicht mehr aufhören, zu denken. Stattdessen richtete ich meine Fragen an Cam statt an mich selbst.

Was ist, wenn Cane Liliths Waffe gegen dich einsetzt?, fragte ich ihn und ein weiterer Gedanke folgte sofort: *Was, wenn …? Gott, was, wenn es gar nicht Liliths Waffe war, sondern seine? Wenn sie für ihn arbeitet, dann ... dann ist er der Drahtzieher. Oder? Cam, was ist, wenn ...*

Sag ihm, was ich gesagt habe, Ismerelda, unterbrach er mich und sein scharfer Ton ließ mich zusammenzucken.

Aber ...

Die Waffe hat bereits mein Gehirn zerstört. Sie wird wahrscheinlich nicht erneut funktionieren. Sein selbstsicherer Tonfall verriet mir, dass er diese Möglichkeit bereits in Betracht gezogen und entschieden hatte, das Risiko einzugehen.

Aber das reichte nicht. *Das Risiko ist zu groß, Cam. Du kannst nicht zurück in die Katakomben gehen. Wenn Cane das Sagen hat – ja, selbst wenn er nur eine Gehirnwäsche bekommen hat –, ist es zu gefährlich. Sie könnten dein Gedächtnis erneut zerstören. Und was dann?*

Sag ihm, was ich gesagt habe, Ismerelda, wiederholte er und ich ballte die Hände zu Fäusten.

Werden wir nicht einmal darüber reden?, fragte ich.

Was gibt es denn zu bereden, Ismerelda? Du bist in seiner Gewalt. Er hat mir seine Bedingungen gestellt. Ich akzeptiere seine Einladung zu diesem Treffen, aber nur, wenn er mir garantiert, dass er unser Band nicht brechen wird.

Okay, du stimmst dem Treffen zu, aber zu welchem Preis?, zischte ich. *Deine letzte Entscheidung, dich mit jemandem zu treffen, hat mich zwölf Jahrzehnte ohne dich gekostet.*

Ja, aber dieses Mal werde ich nicht versuchen, der Held der Menschheit zu sein. Ich stimme seiner Bedingung zu, weil es die praktischste Maßnahme ist. Mein Bruder verlangt ein Treffen. Also werde ich ihm ein Treffen geben.

Ich versteifte mich.

»Ismerelda?«, fragte Cane. »Was hat mein Bruder gesagt?«

Sag es ihm, wiederholte Cam. *Sag ihm, dass ich seine*

Bedingungen akzeptiere, aber nur, wenn dein Verstand für mich offen bleibt.

Ich knirschte mit den Zähnen. Cams Gedanken verrieten mir, dass er seine Entscheidung nicht ändern würde. Vor allem, weil er keine andere Möglichkeit sah, die Sache zu Ende zu bringen.

Und obwohl ich diese Entscheidung absolut nicht guthieß, fiel mir keine Alternative ein.

Außer mich von Cane vergewaltigen und töten zu lassen, dachte ich und zuckte zusammen.

Das ist keine Option, knurrte Cam.

Technisch gesehen schon. Aber es war keine, die ich in Betracht ziehen wollte.

Izzy, flüsterte Cam. *Es ist nicht wie beim letzten Mal. Ich bin offen für deine Gedanken. Du kannst nachvollziehen, warum ich zu dieser Entscheidung gekommen bin. Und ich lasse dich nicht zurück, sondern ich komme zu dir. Es ist eine andere Situation.*

Trotzdem gibt es so viele Unbekannten.

Das sehe ich auch so. Deshalb will ich dieses Treffen – um die Rolle meines Bruders in dieser Sache zu klären. Vielleicht hat Lilith seinen Verstand genauso sehr verwirrt wie meinen. Vielleicht war er aber auch die ganze Zeit bei klarem Verstand. Das kann ich nicht wissen, bis ich ihn selbst sehe.

Meine Nägel bohrten sich in meine Handflächen, meine Frustration wuchs. Vor allem, weil er recht hatte. Wir hatten keine andere Wahl.

Und das war anders als beim letzten Mal.

Ganz anders.

Komm schon, meine Löwin! Spiel mit, flüsterte Cam mir zu. *Denk an deine Position in diesem Spiel, meine Königin. Sie ist die Mächtigste von allen. Und gemeinsam werden wir sie alle in die Knie zwingen.*

Seine Worte halfen mir, meine eisigen Gedanken aufzutauen. Seine Zuversicht ließ das Eis in meinem

Körper schmelzen und erlaubte mir, mich wieder aufzurichten.

Cam hatte recht – wir mussten mitspielen.

Bei Vampiren ging es um strategische Züge und politische Verhandlungen. Sie reagierten nicht impulsiv. Und sie liebten es, in Rätseln zu denken.

Cane hatte seine jüngste Aktion – mich zu entführen – sehr sorgfältig geplant. Er würde seinen Plan nicht verderben, indem er mich direkt tötete.

Er war an Cam interessiert.

Ich war mir nicht sicher, weshalb.

Aber wir würden es bald herausfinden.

Indem wir Cane in diesem gefährlichen Spiel gewähren ließen.

Mutig begegnete ich seinem Blick und wiederholte, was Cam gesagt hatte.

Er lächelte. »Ich akzeptiere diese Bedingung.« Dann stöhnte er und seine Augen fielen zu, während sich sein Griff in den Haaren der Frau festigte und sie sich vor Schmerzen krümmte.

Vielleicht verkrampfte sie sich aber auch, weil ihr die Luft fehlte.

Das war schwer zu sagen und Cane schien es egal zu sein. Er knurrte nur und die Laute seiner Ekstase hallten durch den Jet, während die Frau zwischen seinen Beinen das Bewusstsein verlor.

Er schenkte ihrem sterbenden Zustand keine Beachtung.

Keinen Blick.

Nicht einmal ein Zusammenzucken.

Er reagierte nur mit einer Bewegung seiner Hüften, als er sich in ihrem erschlafften Mund entleerte und sie buchstäblich in seinem Samen ertränkte.

Michael gluckste, während er zusah, wobei seine

Belustigung eher auf meinen Gesichtsausdruck als auf den Akt selbst zurückzuführen war. Wahrscheinlich, weil ich meinen Ekel nicht verbergen konnte. »Das wirst bald du sein, kleine Hure«, informierte mich Michael.

Ich atmete langsam ein, und die Vorstellung, ihn zu pfählen, ersetzte das Bild, das seine Worte hervorzurufen drohten.

»Noch nicht«, murmelte Cane, der die Augen noch immer geschlossen hatte. »Aber ich werde sie dir später in Cams Anwesenheit überlassen, wenn du das möchtest.«

»Ich will sie einfach nur töten«, erwiderte Michael.

»Hmm«, brummte Cane und das Geräusch erinnerte mich an Cam.

Sag meinem Bruder: Bis bald, flüsterte Cam und lenkte mich damit kurzzeitig ab.

Ich wiederholte seine Worte, meine Stimme war emotionslos.

Canes Lippen kräuselten sich, und endlich öffnete er die Augen, als er die Haare der Frau losließ und ihr Körper zu einem toten Haufen auf dem Boden zusammensackte. »Ich freue mich schon darauf.«

SILAS

Chaos.

Absolutes und beschissenes Chaos.

Ich stand in der Ecke des Clubs – oder zumindest in dem, was ich für einen Club hielt. Die Sofas und die Bühne wirkten wie in einer Lounge, aber die verdunkelten Wände erinnerten mich an den schicken Nachtclub aus einem Film, den Rae mir letzten Monat gezeigt hatte. Er stammte aus einer Zeit, die ich nicht kannte und die Kylan ihr nähergebracht hatte.

Alles, was der Atmosphäre noch fehlte, war sanftes rotes Licht – dann wäre der Vergleich perfekt.

Leider schien das einzige Rot hier auf den Gesichtern einiger Lykaner zu finden zu sein, deren Wut einen animalischen Duft verströmte, der meinen inneren Wolf auf den Plan rief.

»Glaubst du, er wurde einer Gehirnwäsche unterzogen?«, fragte Jace. »Ähnlich wie Lilith es bei dir versucht hat?«

244

»Ich weiß es nicht«, antwortete Cam. »Und ich kann es nur herausfinden, wenn ich mit Damien in diesen Jet steige.«

Darius legte eine Hand auf Cams Schulter und hielt ihn zurück, bevor er sich von der Gruppe entfernen konnte. »Dir fehlt so viel Wissen über die Vergangenheit. Und ich glaube, das brauchst du, bevor du dich ihm stellen kannst.«

»Ich kann Ismereldas Erinnerungen hören, Darius. Ich bin auf dem Laufenden.«

»Bei allem Respekt, das bist du nicht. Du kennst *ihre* Sicht der Dinge, nicht meine. Und ich vermute, dass ich sehr viel mehr über den echten Cane weiß, als sie es tut.«

Schweigen folgte – die beiden Vampire schienen in eine Art stummes Gespräch vertieft. Wie ich erfahren hatte, war Cam Darius' Erschaffer und damit der Dominante der beiden.

Aber sie strahlten beide so viel Alpha-Energie aus, dass sich meine Armhärchen warnend aufstellten.

»Das ist Wahnsinn«, flüsterte Rae, als sie sich zu mir in die Ecke gesellte.

»Wahnsinn«, wiederholte Willow, die ihr gefolgt war.

Es war bezeichnend, dass niemand in unsere Richtung schaute; die beiden Kommentare gingen in den Debatten im Raum unter.

»Erinnerst du dich überhaupt an Aurelia?«, fragte Darius. »Oder an das, was sie mit deinem Bruder gemacht hat?«

»Ich erinnere mich nicht an sie, aber Ismerelda hat die Lücken gefüllt«, antwortete Cam. »Der Vorfall mit Aurelia hat zu Canes unsterblichem Schlaf geführt.«

Darius lächelte, aber es war kein Ausdruck der Belustigung. »Aurelia war weit mehr als ein auslösendes Ereignis, Cam. Ihr Verrat hat deinen Bruder verändert. Sie hat ihn seiner Menschlichkeit beraubt und ihn dazu gebracht, Menschen versklaven zu wollen – genau wie Lilith es getan hat.«

»Ich kann nicht glauben, dass wir ihn nicht in Betracht gezogen haben«, sagte Jace und ging auf und ab. »Er ist ihr verdammter Erschaffer.«

»Der eigentlich schlafen sollte«, sagte Darius. »Wir hatten ihn nicht einmal auf dem Radar. Und wir sind alle davon ausgegangen, dass etwas Ruhe sein Humanitätsproblem beheben würde.«

»Ja, ein Nickerchen befreit mich oft von meinem Hass auf andere«, sagte Ryder mit einem Augenzwinkern. »Ganz ehrlich – wie stellt ihr euch vor, zu führen, wenn ihr euch von solchen Vorstellungen leiten lasst?«

Rae und Willow wechselten einen Blick, wurden dann aber durch ein Knurren aus dem Kreis der Lykaner abgelenkt. Sie schienen einander zu provozieren, was meinen Gefährtinnen, die an dem Gespräch teilnahmen, nicht behagte.

»Es ist ein uralter Brauch, der seit Jahrtausenden von den Gesegneten praktiziert wird«, entgegnete Jace und erregte damit erneut meine Aufmerksamkeit. »Es hat sich gezeigt, dass es ihren Sinn für Menschlichkeit stärkt.«

Kylan schnaubte. »Es ist eine verherrlichende Ausrede, um sich davor drücken zu können, zu *leben*.«

»Genau«, antwortete Ryder. »Es bringt rein gar nichts.«

Kylan nickte. »Mein Erschaffer – ich nehme an, man kann ihn auch als meinen *Vater* bezeichnen – hat die ewige Ruhe kurz nach meiner unsterblichen Wiedergeburt gewählt. Oder wie auch immer ihr es nennen wollt, wenn wir aufhören, zu altern. Jedenfalls hat sich Kratos der Realität entzogen und mich jahrhundertelang sich selbst überlassen, bevor er wieder erwacht ist. Und wisst ihr, was dann passiert ist?«

»Ich könnte raten«, meinte Ryder, wobei die drei Worte von trockenem Sarkasmus begleitet wurden.

»Er ist mit jenen Erinnerungen und Gefühlen aufgewacht, die ihm in den ewigen Schlaf gefolgt sind«, informierte Kylan. »Und hat sich prompt für eine unbefristete Ruhezeit entschieden. Ich werde ihn nie wieder stören. In meinen Augen ist er tot.«

»Du meinst also, er hat seinen Sinn für Menschlichkeit nicht auf magische Weise wiedererlangt?«, fragte Ryder. »Nicht gelernt, das Leben zu lieben? Sich wie ein neuer Mann zu fühlen?«

»Nein«, antwortete Kylan schnippisch.

Ryder täuschte Entsetzen vor und hielt seine Handfläche über sein Herz. »Das ist äußerst überraschend.«

Kylan grinste, aber ihm fehlte sein sonst so unbeschwerter Unterton, seine Augen waren zu intensiv, um den Look zu vervollständigen.

Ryders gespielte Überraschung schwand und seine Miene wurde ernst, als er sich wieder auf die anderen konzentrierte. »Wenn Cane ohne seine Menschlichkeit eingeschlafen ist, dann ist er auch ohne sie wieder aufgewacht. Das ganze Konzept der ewigen Ruhe dient nur dazu, Zeit zu schinden und eventuell in einer neuen Umgebung aufzuwachen. Das ist alles. Unsere Beweggründe und Wünsche bleiben unverändert.«

»Das heißt, wenn Cane mit der Sehnsucht, die Menschheit zu versklaven, eingeschlafen ist, dann hat sich dieser Wunsch auch nach seinem Aufwachen nicht geändert«, übersetzte Damien.

Hört sich logisch an, meinte ich.

Was?, fragte Edon, dessen mentale Stimme von den Diskussionen mit den Lykanern angestrengt klang.

Ich fasste zusammen, worüber die Vampire diskutierten. Meine Aufgabe in der Ecke war es, zu beobachten und zuzuhören, während er und Luna sich mit unseren Mit-Lykanern unterhielten.

Die Spannungen in der Gruppe verursachten bei uns dreien schon seit Tagen ein ungutes Gefühl.

»Es sei denn, er hat überhaupt nicht geschlafen«, sagte Darius und seine Worte schienen die Vampirgruppe zum Schweigen zu bringen, während er Cams Blick begegnete. »Er wollte sich nie ausruhen. Das war ganz allein deine Idee. Was, wenn er nur mitgespielt hat, um dich zu besänftigen? Vielleicht hatte er einen Notfallplan, um sicherzustellen, dass er nicht wirklich schläft.«

Cam starrte ihn zunächst einfach nur an, bevor er antwortete: »Das mag ja sein, aber das ändert nichts an dem aktuellen Problem. Cane hat Ismerelda in seiner Gewalt und will, dass ich ihn in knapp drei Stunden unterhalb der Vatikanstadt treffe. Was bedeutet, dass Damien und ich aufbrechen müssen. Und zwar jetzt.«

»Wie nett von Cane, dass er meinen Jet empfiehlt«, sagte Kylan trocken.

Cam sah ihn an. »Er hat meine *Erosita*. Wenn er deine Raelyn hätte, was würdest du tun?«

Kylan versteifte sich und seine Nasenlöcher weiteten sich. »Ich würde ihn töten.«

»Dann verstehst du ja, warum ich deinen Jet brauche«, gab Cam zurück.

Die beiden Royals starrten einander an, ähnlich wie die Lykaner auf der anderen Seite des Raumes es taten.

Wir übersehen definitiv etwas, sagte Edon, der seine Aufmerksamkeit immer noch auf die streitenden Lykaner richtete. *Ich kann nur nicht herausfinden, was es ist. Und Jolene hilft uns auch nicht.*

Wir drei hatten schon seit Tagen den Verdacht, dass etwas nicht stimmte – abgesehen von den Spannungen. Aber wir konnten es nicht definieren, und Edons Großvater Jolene war keine Hilfe. Ebenso wenig wie Lunas Bruder Logan.

Es war, als wären wir außen vor gelassen worden und fungierten als dritte Partei in diesem Raum.

Dieses Gefühl wurde noch schlimmer, weil sich Lykaner und Vampire nur auf sich selbst konzentrierten und die Zukunft der Menschheit völlig außer Acht ließen.

Es ging nur darum, Liliths ehemalige Operation zu Fall zu bringen. *Oder vielleicht ist es Canes Operation*, dachte ich und schaute wieder zu den Vampiren.

Sie wollten die Allianz davon überzeugen, eine neue Phase einzuleiten und von ihrem bisherigen Kurs abzuweichen. Doch niemand hatte festgelegt, wie dieser Kurs aussehen sollte – außer dass er möglicherweise dem Blood-City-Modell folgen könnte.

Aber dieses Modell befriedigte die Lykaner nicht, insbesondere nicht nach allem, was sie erfahren hatten. Sie wollten Blut. *Vampirblut.*

Das führte zu einer Spaltung zwischen den beiden Arten, die Jace mit Edon und Luka zu überwinden versucht hatte.

Doch die Bemühungen wirkten bestenfalls gestelzt. Die Lykaner schienen zwar die anwesenden Royals zu respektieren, aber sie hatten nicht versprochen, die gesamte Allianz zu berücksichtigen.

Einige der Lykaner schienen sich sogar unter vier Augen zu treffen und ihre Gespräche außerhalb des Deirdre Towers zu führen.

Wir wussten das nur, weil wir während eines Ausflugs über einen gestolpert waren.

Die Alphas waren still geworden, als wir uns ihnen genähert hatten, und ihre angespannten Gestalten hatten verraten, dass sie in ein ernstes Gespräch verwickelt gewesen waren. Trotzdem hatten sie so getan, als würden sie über Belanglosigkeiten plaudern.

Edon hatte die Lüge gerochen, aber sie durchgehen lassen.

Dennoch hatten wir drei auf der Stelle beschlossen, dass etwas im Gange war. Etwas Großes. Wir wussten nur nicht, was.

Und die Bombe, die Cam gerade hatte platzen lassen – die Information über die mögliche Beteiligung seines Bruders –, war nicht gerade hilfreich.

Die Wölfe taten sich schon schwer damit, Cam zu vertrauen, denn seine fehlenden Erinnerungen und sein unnahbares Auftreten machten ihn als Anführer ungeeignet.

»Warum sollten wir ihm folgen?«, hatte ich einen von ihnen im Flüsterton fragen hören.

»Das sollten wir nicht«, hatte ein anderer geantwortet.

Aber die Vampire waren zu sehr damit beschäftigt, miteinander zu debattieren, um es zu hören.

Genauso wie die Lykaner zu sehr mit ihren eigenen Gesprächen beschäftigt waren, um zu bemerken, dass Cam und Damien den Raum verließen – Ryder und Kylan direkt hinter ihnen.

Rae räusperte sich neben mir. »Kylan sagt, dass wir ihnen folgen sollen.« Die Bemerkung war eindeutig an Willow gerichtet, nicht an mich.

»Nein«, antwortete Willow. »Die Spannungen sind zu groß. Zu …« Sie verzog das Gesicht. »Sie reden nur über sich selbst, darüber, wer sich ihnen entgegenstellen könnte, und über die Möglichkeit, sich zu rächen. Ich verstehe nicht, inwiefern das ein Plan für die Zukunft sein soll. Die Gegenwart ist dermaßen abgefuckt.«

»Das ist sie«, bestätigte eine kultivierte Stimme. *Khalid.* Er ließ seine türkisfarbenen Augen über Willow gleiten. »Ich verstehe, warum Ryder dich ausgewählt hat.«

Emine gab einen Laut von sich, der ihn dazu veranlasste, seinen Arm um ihre athletischen und dennoch schlanken Schultern zu legen.

»Mach dir keine Sorgen, kleine Schimäre. Ich will dich nicht eintauschen, ich komplimentiere lediglich Ryders Geschmack.«

Die Jägerin – ein Titel, der mich absolut faszinierte – warf ihm einen vernichtenden Blick zu. »Du kannst mich gern eintauschen, mein Prinz. Ich könnte eine Pause von deiner Gesellschaft gebrauchen.«

Der Vampir-Royal gluckste. »Das sagst du jetzt, Habibi. Aber ich werde dich später daran erinnern, dass du es nicht wirklich so meinst.«

Er beugte sich vor, um ihren Hals zu küssen, woraufhin sich die Frau versteifte.

Ich wurde aus ihrer Beziehung nicht ganz schlau. *Antagonistisch und doch eindeutig verliebt.* Denn ich konnte ihr Interesse füreinander riechen.

Hör auf, mit den Vampiren zu spielen und komm zu mir, flüsterte Luna in meinen Gedanken. *Diese Alphas bereiten mir Kopfschmerzen.*

Ich begegnete ihren honigbraunen Augen auf der anderen Seite des Raumes, und mein Herz setzte sofort einen Schlag aus. *In Ordnung, kleiner Mond.* Ich konnte ihr nichts abschlagen, denn sie war die Besitzerin meines Herzens und meiner Seele.

So gehorchst du mir nie, murmelte Edon.

Weil du darauf stehst, wenn ich dir trotze, Alpha, antwortete ich und nickte Willow und Rae zu, um meinen Abgang zu signalisieren.

Sie antworteten nicht, aber das lag vor allem daran, dass ihre Vampir-Royals gerade wieder den Raum betreten hatten, um Rae und Willow zu holen. Und sie schienen nicht erfreut darüber zu sein, dass sie für ihre *Erositas* hatten zurückkommen müssen.

Ich genieße es, dich dazu zu bringen, vor mir auf die Knie zu gehen, Vollstrecker, erwiderte Edon.

Ich ignorierte seinen sinnlichen Spott und stellte mich hinter ihn und Luna. *Die Vampire haben den Raum verlassen*, sagte ich zu ihnen. *Vermutlich, um zum Flugplatz zu gehen.*

Allerdings hatte Cam gesagt, dass nur er und Damien nach Vatikanstadt fliegen durften. Ich war mir also nicht ganz sicher, warum sie alle gegangen waren. Vielleicht arbeiteten sie an einem Alternativplan.

Oder vielleicht wollte Darius seine Diskussion mit Cam über Cane fortsetzen.

Sogar Khalid war gegangen. Hazel auch. Der Mensch, der verletzt worden war – *Keys* – war nirgends zu sehen.

Die Wölfe schenkten dem Ganzen keine Beachtung; sie diskutierten darüber, wer den unvermeidlichen Überfall anführen sollte.

Als klar wurde, dass es keine Einigung geben würde, erkannten auch sie endlich, dass die Vampire verschwunden waren.

Luka und Jolene knurrten augenblicklich.

»Typisch«, murmelte Finn, der über zwei Meter große Alpha des Ström Clans, der zu den furchteinflößendsten in der Gruppe gehörte. Ich hatte ihn bereits beim Bluttag gesehen und kannte ihn aus meinen Studien. Aber nichts davon hatte mich auf seine physische Präsenz vorbereitet.

»Ich glaube, sie sind aufgebrochen, um Kylans Jet

vorzubereiten«, sagte Edon. »Sie haben über Cane gesprochen, als sie gegangen sind.«

»Nett von ihnen, uns Bescheid zu geben«, sagte Polka, und in seinen schwarzen Augen flackerte sein kaum zu bändigender Wolf. Er war der Alpha des Apinya Clans und fast einen halben Kopf kleiner als Finn.

Einige der Wölfe grunzten verärgert.

Jace hat etwas gesagt, als er gegangen ist, aber die Alphas waren zu sehr mit sich selbst beschäftigt, um ihn zu hören, murmelte Luna über unsere mentale Verbindung. *Es ist, als hätten sie die Vampire komplett ausgeblendet.*

Ja, diese Kluft ist ... ein Problem, antwortete Edon.

Das ist sie wirklich, stimmte ich zu. *Und ich habe keine Ahnung, wie man sie beheben kann.* Die Feindseligkeit der Lykaner war zu stark und zu alt, als dass sie durch die Ereignisse dieser Woche ausgelöst worden wäre.

Natürlich hatte diese Woche nicht dazu beigetragen, die Wunde zu heilen. Wenn überhaupt, war sie noch schlimmer geworden. Und jetzt hatten die Lykaner keine Lust mehr, nett zu sein. Sie wollten nicht mehr mit den Vampiren zusammenarbeiten. Sie würden die Übernatürlichen als Ganzes nicht länger über alles andere stellen.

Denn das kam hauptsächlich den Vampiren zugute, nicht den Lykanern.

So viel hatte ich aus den wenigen Gesprächsfetzen herausgehört, die ich mitbekommen hatte.

Etwas Großes war im Anmarsch. Etwas Weltveränderndes. Und es schien um mehr als nur einen Kurswechsel der Allianz zu gehen.

Die Lykaner planten etwas.

Ich wusste nur nicht, was dieses Etwas war, und Luna und Edon auch nicht.

Aber wir würden es herausfinden.

Dann würden wir entscheiden, wie wir weiter vorzugehen hatten.

Unser Dreiergespann würde jedoch immer an erster Stelle stehen. Denn solange wir einander hatten, würden wir überleben.

Bis zum Mond und zurück, flüsterte Luna uns zu, ihre Art, ihre Liebe auszudrücken.

Bis zum Mond und zurück, erwiderte ich.

Für die Ewigkeit, schwor Edon.

Für die Ewigkeit, stimmten Luna und ich zu.

Izzy

DAMIEN und ich sind auf dem Weg, teilte Cam mir mit, wobei sein Tonfall keine Emotionen zeigte.

Ich versuchte, diesen Tonfall zu kopieren, als ich antwortete: *Wir befinden uns im Landeanflug.*

Zumindest fühlte es sich so an.

Keiner hatte es bestätigt. Aber das war auch nicht verwunderlich, wenn man berücksichtigte, dass ich als Geisel in diesem Jet saß.

Cane hatte die letzten Minuten geschwiegen und sich darauf konzentriert, sein Glas Blutwein auszutrinken, während der Mensch, der es ihm gebracht hatte, tot zu seinen Füßen lag.

Seine Entscheidung, die Frau dort liegen zu lassen, fühlte sich zielgerichtet an – als hätte er gewollt, dass ich ihr beim Sterben zusah. Aber anstatt mich auf ihren toten Körper zu konzentrieren, studierte ich ihn.

Ich betrachtete seine grünen Augen. Seine scharfen Züge. Den harten Winkel seines Unterkiefers. Seine dichten, dunklen Haare. Die aristokratische Nase, die auch sein Bruder hatte.

Cam und Cane könnten fast als Zwillinge durchgehen.

Kein Wunder, dass ich neulich auf diese Nummer reingefallen war. Aber ich hätte den Akzent erkennen müssen. Oder zumindest hätte ich verstehen müssen, dass das sanfte Trällern in seiner Stimme etwas zu bedeuten hatte.

Aber ich war so sehr von Cams Verhalten eingenommen gewesen, dass ich mein Schicksal akzeptiert hatte. Ich hatte die Scharade geglaubt. Denn alles, was er getan hatte, war ein Hinweis darauf gewesen, dass er mich durch ein neues Spielzeug ersetzen und zum Sterben zurücklassen würde.

Wenn du in meinem Kopf gewesen wärst, wüsstest du, dass das nicht stimmt, flüsterte Cam leise. *Ich würde mich dafür entschuldigen, dass ich die Mauer nicht früher abgerissen habe, aber ich hatte ja keine Ahnung. Ich dachte, sie wäre dazu da, dich aus meinen Gedanken fernzuhalten. Und ich beginne, mich zu fragen, ob das wirklich so war – nur eben aus Gründen, die ich ursprünglich missinterpretiert habe.*

Ein Lächeln schlich sich auf meine Lippen, aber es gelang mir, es schnell wieder verschwinden zu lassen. Das Letzte, was ich tun wollte, war, Cane meine Gefühle zu verraten.

Was meinst du damit?, fragte ich Cam.

Ursprünglich habe ich angenommen, dass ich dich wegen eines Überlegenheitskomplexes ausgesperrt habe. Aber jetzt sieht es so aus, als hätte ich es getan, um dich zu schützen. Und ich vermute stark, dass der Vorfall mit Lilith kein Einzelfall war.

Verwirrung zerrte an meinem Verstand. Der Instinkt, die Stirn zu runzeln, überkam mich und veranlasste mich, aus dem getönten Fenster neben mir zu schauen. Cane hatte es wahrscheinlich gesehen, was den Versuch, es zu verbergen, zunichtemachte. Aber ich konnte nichts für meine Reaktion.

Ich hatte mich so sehr auf Cane konzentriert, dass ich Cams Gedanken gar nicht mitbekommen hatte. Das änderte sich jetzt schlagartig, denn seine Gedanken informierten mich sofort über das, was ich verpasst hatte – Cam hatte meine Erinnerungen nach dem durchsucht, was ich über Canes Verhalten und seine Kommentare nach Aurelias Verrat wusste.

Er war zu dem Schluss gekommen, dass ich entweder nicht die ganze Geschichte kannte oder Darius ihn angelogen hatte.

Cam vermutete das Erstere.

Ich glaube, mein früheres Ich hat gewisse Dinge vor dir verheimlicht, murmelte Cam. *Wahrscheinlich wollte ich dich verhätscheln und deinen zerbrechlichen Zustand bewahren.* Dem letzten Satz haftete ein sardonischer Beigeschmack an, der deutlich machte, dass ihn die allein die Vorstellung irritierte.

Wenn das so war, habe ich es nicht bemerkt. Ich schluckte. *Glaubst du, dass das oft vorgekommen ist?*

Denn das wäre ... beunruhigend.

Cam und ich bewegten uns bereits auf einem emotional sehr schmalen Grat. Wenn er auch nur einen Gedanken daran verschwenden würde, dass seine alte Version mir nicht wirklich vertraut oder mich nicht geliebt hatte, könnte das unsere ganze Dynamik verändern.

Außerdem widersprach allein schon die Vorstellung, dass Cam Geheimnisse vor mir gehabt haben könnte, meinem Bild unserer Beziehung.

Ich vermute, dass ich nichts langfristig von dir ferngehalten habe, sondern eher kurzfristig, antwortete er. *Wahrscheinlich bin ich davon ausgegangen, dass du nicht danach suchen würdest, wenn du nicht weißt, dass die Erinnerung da ist.*

Was ich ohnehin nicht getan hätte, weil ich dir vertraut habe, dass du mir alles erzählst, gab ich zu. Vielleicht war das naiv gewesen, aber Cam hatte meinen Geist, meinen Körper und meine Seele besessen. Ich hatte nie einen Grund gehabt, ihn infrage zu stellen.

Das habe ich in dieser Situation eindeutig ausgenutzt. In seinem Tonfall schwang wieder dieser Hauch von Irritation mit. *Deine Erinnerungen an Cane zeigen ihn mit gebrochenem Herzen und verärgert über Aurelias Verrat. Ich habe ihn gewarnt, dass seine ohnehin schwindende Menschlichkeit durch Aurelias Anschlag auf sein Leben am seidenen Faden hing.*

Ja, ich erinnere mich nur an sein Leid. Ich habe ihn nach dem Vorfall nie wirklich gesehen. Du hast damals gesagt, dass er allein sein wollte. Und er lag bereits in seinem Sarg, als wir zum Einschlafritual gekommen sind. Er hat nicht einmal die Augen aufgemacht.

Hmm, dann habe ich wohl gelogen. Laut Darius war mein Bruder von der Vorstellung besessen, Vampire und Lykaner an der Macht zu sehen. Offenbar hat es damit angefangen, dass er die Ausrottung aller Jäger garantieren wollte, aber das Konzept wuchs zu dem Wunsch heran, die menschliche Rasse ganz zu versklaven.

Ich starrte aus dem Fenster und konzentrierte mich auf meinen Atem, während ich versuchte, mein Herz zu beruhigen. Es klappte nicht. Ich wusste, dass Cane mich hören konnte. Aber ich weigerte mich, einen Blick in seine Richtung zu werfen. Sollte er sich hinsichtlich meiner wachsenden Angst doch den Kopf zerbrechen.

Denn was Cam jetzt sagte, deutete darauf hin – oder *bestätigte* es vielleicht sogar –, dass sein Bruder tatsächlich hinter all dem steckte. Und Lilith war nur das Gesicht seiner Operation gewesen.

Darius zufolge habe ich meinem Bruder von der Idee abgeraten, weil die Lykaner ihr niemals zustimmen würden. Viele der Wolf-Clans hatten Wege gefunden, mit den Menschen friedlich zu koexistieren. Sie hatten keinen Grund, Veränderungen zu provozieren.

Ich schluckte wieder. *Ja, das stimmt. Viele von ihnen hatten Arbeitsvereinbarungen in kleinen menschlichen Siedlungen. Sie boten Schutz im Tausch gegen Geheimhaltung.*

So funktionierte der Majestic Clan im Wesentlichen auch heute noch, nur dass die Menschen, die dort lebten, dem Gebiet zugewiesen worden waren und nicht dort geboren wurden.

Insgesamt waren die Lykaner in der Welt immer noch sehr unbekannt gewesen, da sie ihre menschlichen Siedlungen sorgfältig ausgewählt hatten.

Doch das hatte sich geändert, als die falschen Leute ihre Existenz entdeckt hatten. Alles nur, weil ein Lykaner eine sterbliche Frau für sich beanspruchen wollte.

Und dann hatten die menschlichen Regierungen versucht, einen Weg zu finden, die Wandler als Waffe einzusetzen.

Das hatte zur Revolution und unserer heutigen Welt geführt.

Ich frage mich, ob der Vorfall, der zur Entdeckung der Lykaner geführt hat, geplant war, murmelte Cam nachdenklich. *Zumindest wäre ich so vorgegangen.*

Dieses Mal konnte ich meinen Drang, zu zittern, nicht unterdrücken. Denn Cams Gedanken – die Strategie, die er offenbarte – waren beängstigend.

Vor allem, weil er wahrscheinlich recht hatte.

Aber auch, weil ich seine innere Anerkennung für die Sorgfalt seines Bruders hören konnte.

Cam tadelte seinen Bruder nicht für seine Methoden oder seine Ziele. Er verstand sie und bewunderte seine Arbeit fast.

Doch im nächsten Moment erinnerte er sich an die

Diagramme, den sorglosen Umgang mit Ressourcen und die schwindenden Blutreserven und seufzte. *Genau da hat er seinen Fehler gemacht.*

Du bist der Meinung, dass das sein einziger Fehler ist?, fragte ich. *Was ist mit der Abschaffung des Menschenrechts auf Wahlfreiheit?*

Die Menschen würden sich nie aussuchen, als Nahrung zu dienen, Ismerelda. Genauso wie Kühe und Schweine nie darum bitten würden, geschlachtet zu werden.

Aber Blood City demonstriert doch, dass Menschen freiwillig ihr Blut spenden und trotzdem menschenwürdig leben können.

Stimmt. Aber auch dieses System hat seine Schwachstellen. Vampire und Lykaner jagen gern. Wir sind Raubtiere, die nach Beute verlangen. Nicht nach Blutbanken.

Das Gleiche könnte man über die modernen Menschen als willige Blutsklaven sagen. Wo bleibt da die Jagd? Die Menschen werden ausgezogen und gezwungen, sich auf Tische zu legen, wie glorifiziertes Essen. Befriedigt das deine Raubtierinstinkte?

Ein guter Punkt, meine Königin, antwortete er. *Ich sage nicht, dass Blood City keine Vorzüge hat oder die heutige Gesellschaft perfekt ist. Alles hat Vor- und Nachteile.*

Aber du betrachtest in dieser Einschätzung nur die Blutversorgung als wichtig, nicht den Aspekt der Menschlichkeit, murmelte ich. *Ich ...*

»Was sagt mein Bruder?«, warf Cane ein und erinnerte mich an seine Anwesenheit. Augenblicklich fröstelte ich.

Ich hatte fast vergessen, dass er hier war, obwohl er ein Hauptthema in meiner mentalen Unterhaltung war.

»Verspricht er, dich zu retten?«, fuhr Cane fort und klang amüsiert. »Und mich für meine Taten büßen zu lassen?«

Ich wandte den Blick vom Fenster ab und zwang mich, Cane in die Augen zu sehen. »Nein. Er bewertet deine Arbeit und sagt, was er anders gemacht hätte.«

Canes dunkle Augenbrauen wanderten nach oben. »Ach wirklich?« Er neigte den Kopf zur Seite. »Inwiefern?«

Sag es ihm, flüsterte Cam in meinen Gedanken. *Ich will die Bestätigung, dass er dahintersteckt. Dass er derjenige ist, der uns das angetan hat.*

Ich folgte Cams Gedankengang und stellte fest, dass er außerdem mehr über Canes Motive und Pläne erfahren wollte, was für mich ein weiterer Grund war, mit ihm zu reden.

Er wollte seinen Bruder zum Reden bringen.

Und er vermutete, dass dies der beste Weg sein könnte, dies zu tun.

Ich räusperte mich und erzählte Cane, was Cam über die Lykaner gesagt hatte. Und dass er über Canes Bemühungen nachgedacht hatte, die Wölfe davon zu überzeugen, den Vampiren bei der Führung zu helfen. »Zumindest geht er davon aus, weil er so gehandelt hätte«, fügte ich hinzu, bevor ich auf Canes Unfähigkeit einging, eine stabile Blutversorgung zu gewährleisten.

Ich erwähnte Blood City nicht, da ich Khalids Version von Utopie nicht preisgeben wollte. Wenn Cane etwas über die Stadt wusste, würde ich es ihm überlassen, es zu verraten.

»Und jetzt denkt Cam darüber nach, wie er die Blutknappheit beheben würde«, schloss ich. »Abgesehen von der Möglichkeit unsterblicher Blutkonserven, meine ich.«

Cane starrte mich an. »Interessant.« Er tauschte einen Blick mit Michael. »Was denkst du?«

»Ich denke, dein Experiment war erfolgreicher, als wir ursprünglich dachten. Vorausgesetzt, sie sagt die Wahrheit«, antwortete Michael.

»In der Tat«, murmelte Cane zustimmend.

»Natürlich solltest du sie trotzdem töten, um dein Ergebnis zu sichern«, fügte Michael hinzu. »Oder sie verwandeln, wie du es bei Lilith getan hast.«

Cane nickte. »Ja, das hat einwandfrei funktioniert. Der traumatische Aspekt deines sterblichen Ablebens hat mir in meiner schwierigen Lage ebenfalls geholfen.«

Michaels Lippen kräuselten sich. »Ein brillantes Manöver, mein Lehnsherr.«

»Außerordentlich, ja.« Cane lächelte und sein Blick kehrte zu mir zurück. »Lilith war noch nicht ganz von ihrer lästigen Menschlichkeit losgekommen, also habe ich eine Informationsveranstaltung inszeniert, um ihr zu zeigen, wozu Sterbliche fähig sind, wenn sie sich selbst überlassen sind. Das Ergebnis war unmittelbar.«

Ich blinzelte die beiden an. »Du hast dafür gesorgt, dass Michael ... getötet wird?«

»Hmm, ich habe eine Situation geschaffen, die zu seinem brutalen Tod geführt hat. Eine Situation, in der die Sterblichen ihn hätten in Ruhe lassen können. Stattdessen haben sie sich entschieden, dem Herdentrieb zu folgen.« Er hob eine Schulter. »Die Sterblichen waren schon immer leicht zu manipulieren, ihr Verstand ist zerbrechlich.«

Er hat die Menschen dazu gezwungen, erkannte ich.

Oder vielleicht hat er nur einen Menschen gezwungen und damit die anderen um ihn herum veranlasst, ihm zu folgen, antwortete Cam. *Frag ihn, was dann passiert ist. Sag ihm, dass ich es wissen will.* Ich räusperte mich erneut und wiederholte Cams Bitte.

Canes Blick glitzerte daraufhin förmlich vor Triumph.

»Michael war Liliths *Erosita*. Deshalb hat er den brutalen Überfall überlebt. Aber Lilith hat seinen Tod gespürt. Und, was noch wichtiger ist, sie hat gesehen, wie er gestorben ist. Was diese Menschen getan haben. Dann, als ihr Mitgefühl für die Sterblichen zu schwinden begann, habe ich Cam Michael verwandeln lassen und damit Liliths Verbindung zu ihrer Menschlichkeit vollständig gekappt.«

Ich schluckte und wiederholte die Erklärung für Cam. Nicht, dass es nötig gewesen wäre; er war in diesem Moment so sehr mit meinen Gedanken verbunden, dass es fast so war, als säße er neben mir auf dieser Couch.

Es würde mich nicht wundern, wenn er alles mitbekäme, was ich tat, einschließlich des Rumpeln des Jets, während wir uns dem Ziel näherten.

Es war laut. Schnell. Überwältigend. *Besorgniserregend.*

Denn ich konnte das berechnende Funkeln in Canes Blick sehen, seinen Drang, seine Handlungen an mir zu wiederholen. Mich zu töten. Cam zu zwingen, es zu spüren. *Und mich dann zu verwandeln.*

Oder mich zum Sterben zurückzulassen.

»Cam sagt, dass du nichts Unüberlegtes tun sollst«, sagte ich zu Cane, wobei mir die Lüge leicht von der Zunge rollte. »Er ist bereits sauer, dass du ihn angelogen hast. Dass du ihm vorgemacht hast, der Lehnsherr zu sein. Ihm diese Entscheidung abzunehmen, würde ihn zur Weißglut bringen.«

Hmm, brummte Cam.

Ich ignorierte ihn und konzentrierte mich auf Cane, als er murmelte: »Oder ihn befreien.«

Ich schüttelte den Kopf. »Nein. Du hast ihm seine Erinnerungen genommen, Cane. Jetzt bin ich seine einzige Verbindung zur Vergangenheit. Und er ist noch nicht fertig damit, mich zu benutzen.«

Cam grunzte, sagte aber sonst nichts, vor allem weil er zu sehr damit beschäftigt war, meine verzweifelten Gedanken bis zu ihrem unvermeidlichen Ende zu verfolgen.

Zu einer Schlussfolgerung, von der ich wusste, dass sie Cane gefallen würde.

»Ich bin für ihn nur noch ein Mittel zum Zweck«, erklärte ich unumwunden. »Unsere Verbindung wurde in dem Moment unterbrochen, in dem die Waffe diesen Teil seines Gehirns zerstört hat. Aber ich bin gegenwärtig seine einzige Verbindung zu seiner Vergangenheit. Wenn du mich beseitigst, bevor er mit mir fertig ist, wird er noch wütender sein, als er es ohnehin schon ist.«

Cam verstummte und meine Worte echoten in seinem Verstand, während ein dunkler Teil von ihm sich fragte, ob das, was ich gerade gesagt hatte, wahr sein könnte.

Er hatte meinen Verstand benutzt, um mehr über seine Vergangenheit zu erfahren. Seine Psyche stupste meine immer wieder an, um Antworten und Informationen zu erhalten.

Aber im nächsten Moment verwarf er diese Theorie schnell wieder. *Das ist einfach einer der vielen Vorteile einer Gefährtin*, sagte er sich. *Und ganz sicher nicht der Grund, warum ich Ismerelda so lange behalten habe, wie ich es getan habe.*

»Cam ist nicht Lilith«, sagte ich, als die Räder des Jets auf der Rollbahn aufschlugen und ich in die Couch gedrückt wurde. »Was bei ihr funktioniert hat, wird bei ihm nicht funktionieren. Schon gar nicht nach all dem, was du ihm bereits angetan hast.«

Cane hatte weiterhin nicht offiziell bestätigt, dass er derjenige war, der hinter Cams Inhaftierung und Behandlung steckte. Aber als sich seine Nasenflügel jetzt weiteten, wusste ich Bescheid.

Er war besorgt.

Das sollte er auch sein, murmelte Cam in meinen Gedanken. *Langsam frage ich mich, ob es vielleicht gar nicht Lilith war, mit der ich mich an jenem Tag treffen wollte, sondern mein*

Bruder. Und ich habe niemandem davon erzählt, weil ich in meiner Arroganz annahm, dass ich es allein schaffen würde.

Wenn du mir noch andere Dinge über Cane verheimlicht hast, könnte das erklären, warum du mich so ausgeschlossen hast. Meine mentale Stimme klang rau, als würde Stein über Stein gerieben, und meine Verärgerung wuchs.

Denn Cam hätte mir die Wahrheit anvertrauen sollen.

Er hätte etwas sagen sollen. *Irgendetwas.*

Doch er hatte mich zurückgelassen. Besorgt. Verletzt. *Allein.*

Ja, meinte er. *Diesen Fehler werde ich nicht noch einmal machen, Ismerelda.*

Und das bewies er, indem er jetzt seinen Verstand weit offen hielt und seine analytische Ader ein Dutzend Szenarien auf einmal durchspielen ließ.

Sag ihm, dass ich mehr erfahren will und bereit bin, ihm zuzuhören. Aber nur, wenn er mir erlaubt, über dein Schicksal zu entscheiden.

Ich knirschte mit den Zähnen und mein Instinkt, ihm zu sagen, dass nur ich über meine Zukunft entscheiden würde, war eine sehr reale Option in meinen Gedanken. Aber ich schluckte den Drang hinunter und ließ stattdessen zu, dass meine wachsende Irritation meinen Tonfall färbte, als ich Cams Nachricht an seinen Bruder überbrachte.

Cane betrachtete mich eine ganze Weile. »Ich habe bereits gesagt, dass eure Verbindung intakt bleibt, solange mein Bruder in Frieden eintrifft. Ich werde meinen Teil der Abmachung einhalten, vorausgesetzt, er tut das auch.«

Das werde ich, sagte Cam, bevor ich den Kommentar weitergeben konnte. »Er ist einverstanden.«

»Dann ist es abgemacht.« Cane lächelte. »Wie wäre es mit einem kleinen Rundgang über das Gelände, während wir warten, hm? Ich würde dir gern zeigen, was ich in den vergangenen Jahrzehnten wirklich erreicht habe. Vielleicht kann ich damit auch die Bedenken meines Bruders bezüglich des weltweiten Blutmangels zerstreuen.«

Er strich über seine Krawatte, stand auf, trat über den toten Menschen und hielt mir seine Hand hin.

»Sollen wir, Liebling?«

Spiel mit, sagte Cam zu mir.

Nicht, dass ich sein Coaching gebraucht hätte.

Ich nahm bereits Canes Hand, weil ich keine andere Wahl hatte.

Er zog mich hoch und führte mich zum Ausgang des Jets, doch dann hielt er inne und sah Michael an. »Oh, sperr mein kleines Spielzeug wieder in seinen Käfig. Wenn sie aufwacht, kann sie zu den anderen ins Spielzimmer gehen.«

Ich runzelte die Stirn. *Kleines Spielzeug?*

Ich folgte seinem Blick zu der Stelle, an der Michael die tote Frau aufhob.

»Es sollte nicht mehr lange dauern«, fuhr Cane fort. »Ich kann schon hören, wie ihr Herz wieder zu schlagen versucht.«

Michael grinste. »Sie scheint sich jedes Mal schneller zu regenerieren, wenn du sie tötest.«

Cane lächelte. »Das hängt von der Art des Todes ab.«

»Stimmt«, meinte Michael und richtete seinen Blick auf mich. »Und darauf, wie hart sie gefickt wird.«

Mir wurde kalt, das Blut gefror in meinen Adern. *Er ... Cane ... Er hat eine ... Erosita ...?*

Nein, antwortete Cam, der die Szene auf eine ganz andere Weise verarbeitet hatte.

Eine, die ich nicht einmal erahnen konnte, die aber fast sofort in seinen Gedanken war.

Sie ist eine unsterbliche Blutsklavin, sagte Cam, und in seinem Tonfall lag ein Hauch von Neugierde – eine Neugierde, die mich aufschrecken ließ.

Cane gluckste neben mir. »Mein Bruder ist neugierig, nicht wahr?«

Cam sagte nichts.

Aber das musste er auch nicht.

Er hatte über Wochen versucht, einen unsterblichen Blutbeutel zu erschaffen.

Und es schien, als hätte sein Bruder das bereits erreicht.

Cane fuhr mit seinen Fingerknöcheln über meine Wange bis zu meinem Hals. »Sie ist ein unsterbliches Spielzeug. Eines, das blutet. Schreit. Stirbt. Und sich regeneriert.«

Cam sagte immer noch nichts.

Aber er hörte eindeutig zu, was sein Bruder sehr wohl zu bemerken schien.

»Sag meinem Bruder, dass ich Dutzende von ihnen habe«, murmelte Cane. »Perfekte Gefährtinnen. Vielleicht *sucht* er sich ja eine von ihnen aus, um dich zu ersetzen und sich von seiner Menschlichkeit zu befreien. Er kann an meiner Seite oder über mich herrschen. Das ist mir egal. Ich will nur, dass er sich mir anschließt – ein für alle Mal.«

CAM

Ismereldas Abscheu belastete unser Band, und ihre Abneigung wurde von Minute zu Minute größer.

Mein Bruder hatte meine *Erosita* weitestgehend in ein lebendes, atmendes Kommunikationsgerät verwandelt. Jedes Detail, das er ihr auf dem Weg zum Gelände mitteilte, war für mich bestimmt, genauso wie jedes Wort, das er sprach, während er Ismerelda ins Erdgeschoss eines Gebäudes führte. Es war nicht der Konvent, aber befand sich ganz in der Nähe.

Ismerelda blieb ruhig und gab lediglich das wieder, was ich zu ihr sagte. Ihr pflichtbewusstes Verhalten schien meinen Bruder zu besänftigen.

Doch ich hörte, wie es in ihr brodelte. Ich spürte ihre Wut. Ihren Unglauben. Ihr *Misstrauen.*

Ich konnte meine Neugierde nicht verbergen, denn ich wollte mehr über die Leistungen meines Bruders erfahren.

Das hieß aber nicht, dass ich seine Taten guthieß, sondern nur, dass ich mehr Details brauchte.

Außerdem verstand ich allmählich, wie und warum mein früheres Ich bestimmte Details vor Ismerelda verheimlicht hatte.

Es hatte nichts damit zu tun, dass ich sie anlügen wollte – nein, es ging mir ausschließlich um ihre Sicherheit.

Gegenwärtig mussten ihre Gefühle und Reaktionen glaubwürdig sein. Wenn ich meinen Verstand nicht blockierte, könnte das Auswirkungen haben, denn es würde nur wenige Augenblicke dauern, bis sie wusste, dass ich das, was mein Bruder getan hatte, nicht guthieß. Und das würde ausreichen, um ihr ein Gefühl der Erleichterung zu vermitteln. Etwas, das Ismerelda nicht zeigen durfte.

Mein Instinkt riet mir also, meine Gefühle vor ihr zu verbergen. Ich wusste genau, wie ich das anzustellen hatte, was bewies, dass ich schon auf diese Methode zurückgegriffen hatte. Vermutlich, um ihren Verstand zu schützen.

Aber ich weigerte mich.

Ich konnte sie nicht ausschließen. Das wäre kontraproduktiv, wenn wir gleichberechtigt sein wollten.

Ich hatte ernst gemeint, was ich gesagt hatte – Ismerelda war meine Königin.

Und in diesem Moment vertraute ich darauf, dass sie sich auch so verhielt. Dass sie ihre Reaktionen kontrollieren konnte, obwohl sie die Wahrheit über mich kannte.

Unsere Verbindung war weit offen, meine Gedanken und Wünsche standen ihr zur Verfügung.

»In drei Minuten landen wir«, verkündete Damien aus dem Cockpit.

Ich nickte – nicht dass er mich sehen konnte – und gab die Information an Ismerelda weiter.

Sie wiederholte meine Aussage meinem Bruder gegenüber in gelangweiltem Tonfall, während er sie in ein Schlafzimmer führte. Ihre mentale Stimme verriet mir, dass es dem Zimmer im Untergrund ähnelte. Allerdings schien es über der Erde zu liegen, denn es hatte getönte Fenster, die auf einen sonnigen Innenhof zeigten.

Weil es jetzt Morgen ist, grummelte ich zu mir selbst. Der Zeitpunkt der Entführung und des erzwungenen Treffens durch meinen Bruder irritierte mich.

Aber ich nahm an, dass ich in seiner Situation genauso gehandelt hätte.

In der Dämmerung waren Vampire am verwundbarsten. Es war die Zeit, zu der wir uns meist verkrochen, um uns vor dem Tageslicht zu schützen.

Die Sonnenstrahlen schadeten mir zwar nicht, aber sie störten mich gewaltig.

Wie überraschend, murmelte Ismerelda und lenkte meine Aufmerksamkeit wieder auf ihre Einschätzung des Raumes. *Es gibt hier keine Überwachungskameras. Zumindest nicht an den gleichen Stellen.*

Cane schien ihrem Blick wahrgenommen zu haben, denn er kommentierte ihre Beobachtung mit den Worten, dass er es genossen habe, mir dabei zuzusehen, Ismerelda fast zu Tode gefickt zu haben.

»*Wenn er doch nur Erfolg gehabt hätte*«, schloss er und seine Worte hallten in Ismereldas Kopf nach.

Sag ihm, dass es gut ist, dass ich es nicht getan habe. Und erinnere ihn daran, dass du meine einzige Verbindung zu meinen Erinnerungen bist. Denn er hat sie alle mit dieser verdammten Waffe ausgelöscht.

Mein Bruder hatte das zwar noch nicht bestätigt, aber dass er es nicht leugnete, schien Beweis genug zu sein.

»*Ich habe getan, was getan werden musste, um dich zu*

reparieren«, sagte er, bevor er den Befehl gab, das Gesagte über unsere Verbindung zu wiederholen.

Er schien nicht zu verstehen, dass ich ihn im Grunde bereits durch Ismereldas Gedanken hören konnte. Natürlich war seine Stimme ihre Interpretation, während sie die Worte verarbeitete. Aber das allgemeine Konzept seiner Aussagen ließ sich gut übersetzen.

Hmm, darüber reden wir noch, dachte ich. Sie wiederholte sie in dem Moment laut, als der Jet aufsetzte. Um mich herum war ein lautes Dröhnen zu hören.

Dann folgte Stille und die Abruptheit machte mich benommen.

Obwohl ich vermutlich schon zuvor geflogen war, erinnerte ich mich nicht daran. Damien zufolge war Kylans Jet anders als alles, was ich bisher gekannt hatte.

Aber ich hatte nichts, womit ich es vergleichen konnte.

Das habe ich Cane zu verdanken.

Sein kleines Spiel hat mir tausend Jahre voller Erinnerungen geraubt. Und ich wollte wissen, warum.

Was hatte er sich davon versprochen? War es ihm nur darum gegangen, meine Verbindung zu Ismerelda zu lösen?

Wenn das der Fall war, hätte er sie einfach töten sollen. Das wäre schneller und effizienter gewesen.

Nicht, dass ich wollte, dass sie starb. Ganz im Gegenteil, ich war bereit, alles zu tun, um ihr Leben zu schützen.

Aber die Motive meines Bruders passten irgendwie nicht zusammen.

»Helias, Ayaz und Robyn scheinen hier zu sein«, sagte Damien. Doch seine Worte schienen nicht für mich bestimmt zu sein, denn er sprach sie nicht in sein Mikrofon. »Ja, da ist noch ein vierter Jet. Aber er ist nicht gekennzeichnet. Vielleicht ist das der, den Cane benutzt hat?«

Ich schnallte mich ab und ging zu ihm ins Cockpit, während er den Blick über das Rollfeld schweifen ließ. Er konzentrierte sich auf eine Stimme, die aus seinen Kopfhörern drang, wobei die Frequenz zu niedrig war, als dass ich die Worte hätte verstehen können.

»Ich freue mich darauf«, sagte er und lächelte, als er das Gerät mit seinem Daumen berührte. »Ryder will spielen.« Diese Aussage schien an mich gerichtet zu sein.

»Er wird warten müssen.«

Damien schnaubte, als er seine Aufmerksamkeit auf mich lenkte. »Ich weiß, dass man dir die letzten tausend Jahre aus dem Kopf gezappt hat, also ist dir das vielleicht nicht bewusst, aber Ryder ist kein geduldiger Mann. Er *wartet* nicht.«

»Dann solltest du hoffen, dass ich deine Schwester erreichen kann, bevor die Ungeduld deines Erschaffers Ismerelda umbringt«, erwiderte ich.

Sein Blick wurde schmal. »Du meinst, dass *wir* Izzy erreichen können.«

»Nein.« Ich warf ihm einen scharfen Blick zu. »Du musst hierbleiben und dafür sorgen, dass niemand den Jet manipuliert. Wir werden ihn noch brauchen, und zwar bald.« Denn ich hatte vor, mir Ismerelda direkt zu schnappen und sie zu Damien zu bringen. Dann würde ich entscheiden, was ich mit meinem Bruder machen wollte.

Aber ich würde nicht den Fehler begehen, zu versuchen, allein mit ihm fertig zu werden.

Jace und Darius waren absolut in der Lage, mir zu helfen.

Genau wie Damien und Ryder.

Aber meine oberste Priorität war es, Ismerelda zu beschützen.

Hätte ich sie bereits verwandelt, wäre das alles kein Problem, dachte ich und war abermals wütend auf mein früheres Ich, weil ich diesen Schritt nie gegangen war.

War sie ein göttlicher Leckerbissen? Ja.

Genoss ein dunkler Teil von mir ihre Zerbrechlichkeit? Auch ja.

Aber meine Ismerelda war dazu bestimmt, eine Vampirkönigin zu sein. Keine fügsame Puppe, die nur zur Schau gestellt wurde.

»Was hast du vor?«, fragte Damien und sein harter Gesichtsausdruck passte zu seinem Tonfall.

»Was immer nötig ist, um Ismereldas Sicherheit zu gewährleisten.« Ich drehte mich weg, aber er hielt meinen Oberarm fest.

»Das letzte Mal, als du auf eigene Faust losgezogen bist, hat meine Schwester den Preis für deine Arroganz bezahlt.« Er schob mich zurück in die Kabine und trat um mich herum. »Ich werde dich verwanzen.«

»Du wirst was?«

»Du wirst einen versteckten Ohrhörer tragen«, brummte er und deutete auf das Gerät in seinem Ohr. »Damit können wir kommunizieren, während du deinem Plan nachgehst.«

Ich verschränkte die Arme vor der Brust, widersprach aber nicht, als er das Gerät aus der Tasche holte, die er für die Reise mitgebracht hatte.

Cane würde mich höchstwahrscheinlich dazu bringen, das Ding zu entfernen. Vielleicht war es ihm aber auch egal.

Wenn er wirklich wollte, dass ich ihn bei diesem Projekt unterstützte, musste er mich meine eigenen Entscheidungen treffen lassen.

Natürlich hatte er bisher versucht, alle Entscheidungen

für mich zu treffen, also würde sich das wahrscheinlich nicht ändern.

Was mich direkt zu seinen wahren Absichten zurückführt, dachte ich, als ich den Ohrhörer entgegennahm. Ich setzte ihn ein, drückte auf einen Knopf – wie er es verlangt hatte – und wölbte eine Augenbraue. »Darf ich jetzt deine Schwester retten gehen?«

Er rollte mit den Augen und berührte einen Knopf an meinem Hemd.

Stirnrunzelnd blickte ich an mir hinunter und versuchte, herauszufinden, was diese Geste zu bedeuten hatte.

»Das ist dein Mikrofon«, sagte er und ich musste blinzeln.

»Wo?«

»Dort.« Er zeigte auf den Knopf. »Es ist dünn und durchsichtig wie ein Aufkleber. Ziemlich bemerkenswert, um ehrlich zu sein. Genau wie dein Ohrhörer.«

»Cane wird mich sehr wahrscheinlich dem ganzen Zeug entledigen.«

»Vorausgesetzt, er bemerkt es.«

»Er scheint mit deiner Technik vertraut zu sein«, erinnerte ich ihn im Hinblick auf seine Hacking-Versuche.

Damien beugte sich vor, um etwas anderes aus seiner Trickkiste zu holen. »Dann ist es ja gut, dass es nicht meine Technik ist.« Er nahm einen Spiegel in die Hand und zeigte mir mein Ohr. »Es ist Khalids Technik.«

Ich runzelte die Stirn. »Faszinierend.« Ich konnte keinen Hinweis auf die Kommunikationseinheit sehen.

»Wie ich schon sagte, bemerkenswert«, murmelte er. »Die Tonfrequenz ist außerdem so niedrig, dass nur du mich hören kannst.«

Ich beäugte das Teil in seinem Ohr. Es war offensichtlich eine andere Art von Kommunikationsgerät, denn ich konnte es sehen. Allerdings hatte ich vor wenigen Augenblicken nichts von seinem Gespräch hören können, also waren es vielleicht verwandte Systeme.

Oder vielleicht hatte er sein Gerät aus irgendeinem Grund sichtbar gelassen.

»Ich weiß nicht, ob diese Technik in der Nähe von Lykanern getestet wurde, also könnte ein Wolf den Ohrhörer entdecken«, fuhr Damien fort, während er einen Button betätigte. Die Tür des Jets öffnete sich. »Also gut. Wehe, du gefährdest das Leben meiner Schwester. Dann bringe ich dich persönlich um.«

Ich grunzte. Darauf gab es nichts Nützliches oder Relevantes zu erwidern.

Also sagte ich nichts.

Ich verließ den Jet und machte mir nicht die Mühe, auf die Treppe zu warten, die offenbar gerade zu der Tür gerollt wurde, aus der ich gerade gesprungen war.

Ich ignorierte alles und phaste vom Rollfeld. Erst als sich Ismerelda zu Wort meldete, hielt ich inne: *Cane lässt dir ausrichten, dass ein Auto im Hangar auf dich wartet.*

Verstehe. Damit hätte ich wohl rechnen müssen.

Mit einem leisen Knurren phaste ich zurück aufs Rollfeld, wo die Treppe gerade am Jet angebracht wurde. »Tolle Arbeit bisher«, sagte Damien, und seine Stimme klang unerwünscht in meinem Ohr.

Ich beachtete ihn nicht und ging stattdessen zu einem Vampir, der bei einem schwarzen Auto stand. Er öffnete mir sofort die Hintertür und musterte mich abschätzig.

Frag meinen Bruder, ob die Berichte über die Belegschaft des Geländes falsch waren, sagte ich zu Ismerelda. Es gab nicht genug Vampire, um für ausreichende Sicherheit zu sorgen, aber hier war einer, der Anstandswauwau spielte. Das schien mir etwas widersprüchlich, wenn man bedachte, was Mira mir erzählt hatte.

Nein, waren sie nicht, antwortete Ismerelda nach einem kurzen Moment. *Der Vampir gehört wohl zu Robyn.*

Robyn? Das war unerwartet.

Aber als mein Bruder sich anschickte, Ismerelda alles zu erklären, verstand ich allmählich. »Cane hat Verstärkung von seinen royalen Verbündeten angefordert«, sagte ich zu Damien. »Es sind jetzt noch mehr Vampire in der Stadt.«

Der Fahrer begegnete meinem Blick im Rückspiegel und räusperte sich. »Äh, ja«, sagte er, weil er zu glauben schien, dass ich mit ihm gesprochen hatte.

Logisch – schließlich konnte er weder mein Mikrofon noch meinen Ohrhörer sehen. Mit wem sollte ich seiner Meinung nach sonst sprechen?

»Wir haben Robyn begleitet – zu fünft«, fuhr er fort, eine glücklicherweise nützliche Information. »Ich bin mir nicht sicher, wie viele mit Ayaz, Helias und Jasmine gekommen sind.«

»Jasmine?«, wiederholte Damien mit einem Brummen. »Vielleicht ist das der vierte Jet …«

Wenn der Vampir auf dem Fahrersitz den anderen Mann gehört hatte – was er laut Damien nicht hätte tun dürfen –, zeigte er es nicht.

Stattdessen räusperte er sich erneut und fuhr los.

Im Gegensatz zu Keys wusste dieser Mann offensichtlich, wen er auf seinem Rücksitz hatte. Denn er schwitzte – eine seltene körperliche Reaktion für einen Vampir.

Er wirkte jung, ähnlich wie Abigail. Ich runzelte die Stirn. *Wo ist Abigail? War sie mit dir und Cane im Jet?*

Nicht, dass ich wüsste, antwortete Ismerelda. *Soll ich deinen Bruder fragen?*

Nein. Ich werde ihn fragen, sobald ich ankomme. Das würde bald der Fall sein, denn der Flughafen war nicht weit vom

Gelände entfernt – etwas, das Lilith bei der Renovierung Roms offensichtlich berücksichtigt hatte. Offensichtlich war der von Menschenhand geschaffene Flugplatz für sie zu weit weg gewesen.

»Ein paar, äh, Lykaner sind auch vor Ort«, fügte der Fahrer hinzu, woraufhin ich die Brauen hochzog. »Sie sind mit den Thida- und Tómasson-Clan-Alphas angekommen.«

Mein Bruder arbeitet mit Lykanern zusammen?, fragte ich und angesichts meiner Überraschung klang es so, als würde ich verlangen, dass Ismerelda mir das erklärte.

Zum Glück verstand sie, was ich wirklich meinte, und hakte direkt bei Cane nach.

Seine Antwort war laut in ihrem Kopf. *»Was glaubst du, woher unsere Probanden kommen, Bruder?«* In der Frage steckte eine irritierende Mischung aus Spott und Überlegenheit.

Fuck, dachte ich.

»Oder … oder ist es der Winter Clan?«, murmelte der Vampir. »Die Begriffe verwirren mich. Ich glaube, der Alpha, äh, Jenkins, nennt ihn jetzt Tómasson Clan.«

»Dein Fahrer scheint ein nützlicher Idiot zu sein«, flüsterte Ryder mir ins Ohr, und seine unvermittelt auftauchende Stimme ließ mich fast zusammenzucken.

»Es ist der Tómasson Clan, aber viele Vampire bezeichnen ihn immer noch als Winter Clan«, stellte Damien klar. »Wenn du den *nützlichen Idioten* belehren willst.«

Was ich nicht wollte.

Ich war zu sehr damit beschäftigt, diese neue Information zu verarbeiten.

»Es ist unglaublich, was Lykaner bereit sind, für einen kleinen versprochenen Gefallen zu leisten«, sagte mein Bruder jetzt zu Ismerelda. *»Natürlich hat Lilith mir geholfen, die willigsten Alphas*

zu finden. Diejenigen, die sich mehr nach Macht als nach Liebe sehnten.«

Meine *Erosita* zog eine Grimasse, um auf das eiskalte Lächeln meines Bruders zu reagieren. Ihr Verstand beschimpfte ihn dafür, dass er die Wölfe gewissermaßen zu Spielfiguren gemacht hatte.

»Leider muss ich sagen, dass es sich als ziemlich mühsam erwiesen hat, den Lykanern ihre Vorliebe für familiäre Bindungen auszureden«, fuhr er fort. *»Mein Bruder hat mir einmal gesagt, dass das meine größte Hürde bei der Überzeugung der Wölfe sein würde, sich meiner Sache anzuschließen. Zusätzlich dazu, dass ich sie gegen die Menschen aufbringen muss, meine ich. Im Großen und Ganzen hatte er recht. Aber die Degradierung der Clan-Matriarchen – der Alpha-Frauen – hat ein wenig geholfen.«*

Ich frage mich, wie Mira darüber denkt, murmelte Ismerelda.

Wahrscheinlich zählt sie sich selbst nicht zu den Alpha-Frauen, antwortete ich. *Sie ist eine unsterbliche Lykanerin. Einzigartig. Deshalb ist sie allen anderen überlegen.*

Ismerelda schwieg, während sie über meine Antwort nachdachte.

»Wir sind gerade auf der Suche nach Luka und Jolene, um sie über diese neueste Entwicklung zu informieren«, sagte Darius in mein Ohr.

Offensichtlich hatte Damien mich mit jedem in Verbindung gebracht, der ihm eingefallen war.

Ich würde mich später bei ihm für die Warnung bedanken müssen.

»Gut, dass ich Cam dazu gebracht habe, einen Ohrhörer zu tragen«, fügte Damien hinzu, woraufhin ich fast gegrunzt hätte. Denn er hatte mich zu gar nichts *gebracht.*

»Ja, gut, dass du ihn nicht wieder allein losziehen lässt«, sagte Ryder.

Dein Bruder und sein Erschaffer bereiten mir verdammte Kopfschmerzen, brummte ich in Richtung Ismerelda.

Als sie nicht antwortete, stocherte ich noch ein bisschen in ihrer Psyche herum, weil ich wissen wollte, was mein Bruder jetzt zu ihr sagte.

Nichts, dachte ich und erlaubte mir selbst, die Stirn zu runzeln. *Ismerelda?*

Schweigen.

Kein einziges Aufflackern von Emotion oder Gefühl drang durch die Verbindung.

Keine Verbindung. Keine Erinnerungen. Keine *Erosita*.

»Anhalten!«, forderte ich.

Aber es war bereits zu spät.

Wir befanden uns innerhalb der alten Mauern der Vatikanstadt.

Und mein Bruder wartete in der Nähe einer Eingangstür auf mich.

Mit meiner toten Gefährtin zu seinen Füßen.

CAM

»Habe ich mich nicht klar ausgedrückt, Cane?«, rief ich, während ich die Autotür fast aus den Angeln riss. »Wenn du unser Band kappst, übernehme ich deinen Thron.«

Cane runzelte die Stirn, blickte auf Ismerelda hinunter und dann zu mir hoch, als ich mich vor ihm aufbaute. »Ich habe nichts gekappt. Ich habe lediglich ihr Genick gebrochen.«

»Was bedeutet, dass ich sie nicht *hören* kann«, sagte ich mit zusammengebissenen Zähnen. »Demnach ist unser Band *gekappt.*«

»Hmm.« Er blickte wieder nach unten. »Ich war der Meinung, dass deine Ankunft bedeutet, dass ihr Verstand nicht mehr benötigt wird. Mir war nicht klar, dass sie bei Bewusstsein sein muss, damit du sie benutzen kannst.« Er hielt kurz inne, dann zuckte er mit den Schultern. »Sie wird bald aufwachen. In der Zwischenzeit können wir uns unterhalten.«

Damit wandte er sich der Tür zu und ließ meine tote *Erosita* auf dem kalten Boden zurück.

Ich knurrte und hob sie in meine Arme, woraufhin sich mein Bruder mit einem wissenden Schimmer in seinen grünen Augen zu mir umdrehte. »Du scherst dich also immer noch um sie?«

Ein Test, stellte ich fest. Die Machenschaften meines Bruders ärgerten mich maßlos.

Ich ließ etwas von dieser Verärgerung in meinem Tonfall erkennen, als ich antwortete: »Mich schert, was in ihrem Kopf ist, Bruder. Unter anderem die Erinnerungen, die du und Lilith mir gestohlen habt.«

Das war natürlich nicht die ganze Wahrheit. Aber es war die Wahrheit, die für ihn am wichtigsten war.

Cane musterte mich eine Weile, vielleicht, um den Wahrheitsgehalt meiner Worte zu beurteilen. Vielleicht versuchte er auch, zu erkennen, wie wütend er mich mit seinem Verhalten gemacht hatte.

Was auch immer es war, ich ließ es ihn nicht sehen. Ich starrte ihn einfach mit hochgezogenen Brauen an.

»Sie hat nichts gespürt«, erklärte er schließlich. »Ich habe sie gebeten, mit mir nach draußen zu kommen, um auf dich zu warten. Als sie durch die Tür getreten ist, habe ich ihr das Genick gebrochen. Dann habe ich sie auf den Boden sinken lassen. Ihr Kopf wird funktionieren, sobald sie wieder aufwacht.«

Ich machte eine Show daraus, ihre Haare zu untersuchen, und tat so, als würde ich nach möglichen Wunden suchen, die den Teil von ihr beschädigt haben könnten, den ich am dringendsten brauchte.

Diese Aktion verschaffte mir die kostbaren Sekunden, die ich benötigte, um meine Wut zu zügeln.

Denn am liebsten hätte ich meinem Arschloch von Bruder die Fresse poliert.

Aber das würde garantiert Vergeltung nach sich ziehen.

Und leider konnte ich mir das im Moment nicht leisten. Nicht, solange Ismerelda bewusstlos war. Und nicht ohne Antworten.

Oh, ich könnte phasen und sie zum Flughafen bringen. Aber mein Bruder war fast so mächtig wie ich. Ihm gehörte offensichtlich auch dieses Gelände. Und wer wusste schon, welche Überraschungen er für mich bereithielt, sollte ich mich dazu entscheiden, ihn anzugreifen?

Eine weitere Waffe?

Lykaner und Vampire?

Royale Mitstreiter?

Eine andere Art von unsterblichem Haustier?

Was auch immer es war, ich hatte vor, es herauszufinden. »Ich brauche einen sicheren Ort, um sie hinzulegen«, sagte ich. »Dann können wir reden.«

Er nickte. »Natürlich. Folge mir.«

Michael wartete im Inneren des Gebäudes; den Kopf hatte er gesenkt. *Auf dem Boden und abgetrennt von seinem Körper sähe der so viel besser aus*, dachte ich düster und malte mir die Szene aus. *Sobald meine Löwin aufwacht, werde ich dafür sorgen, dass dieses Bild Realität wird.*

Und vielleicht würde der Kopf meines Bruders ein ähnliches Schicksal erleiden.

»Ich habe lediglich ihr Genick gebrochen«, hatte er gesagt.

Wie wäre es, wenn ich dir das Genick brechen würde, hmm?

Es kostete mich große Mühe, einen gelangweilten Gesichtsausdruck aufrechtzuerhalten, während ich ihm den Flur entlang zu einer Tür folgte, die zu dem Raum führte, den ich in Ismereldas Gedanken gesehen hatte.

»Das ist ein Raum, der zu meinem persönlichen Bereich hier gehört«, erklärte mir mein Bruder. »Wenn du damit einverstanden bist, kannst du diese Suite zu deiner machen, bis du dir ein eigenes Gebäude innerhalb der Stadtmauern ausgesucht hast.«

»Eine Verbesserung gegenüber dem Quartier, in dem du deine Laborratten aufbewahrst?«, fragte ich und bezog mich auf meine alte Suite im Untergrund.

Er schürzte die Lippen. »Das ist das Gebäude, das ich für meine Verbündeten habe renovieren lassen. Zehn Suiten, jede mit allem erdenklichen Luxus ausgestattet.« Er gestikulierte den Gang entlang zu einer verschnörkelten Treppe. »Außerdem gibt es einen direkten Zugang zu den unsterblichen Spielzeugen darunter. Vielleicht machen wir eine Tour, nachdem du dein Gepäck losgeworden bist.«

Ich brummte unverbindlich und betrat stattdessen die Suite. »Ich habe Fragen, auf die ich Antworten brauche, bevor ich einer Tour zustimme.«

»Zum Beispiel, warum ich deine Erinnerungen gelöscht habe?«

»Das wäre ein guter Anfang«, antwortete ich, während ich Ismerelda auf das Bett legte. Ich war sehr vorsichtig mit ihrem Kopf, vor allem, weil ich sicherstellen wollte, dass ihr Hals in der bestmöglichen Position für die Heilung lag.

Dann wandte ich mich meinem Bruder zu und wartete schweigend.

Dies war weder eine verdammte Wiedervereinigung noch ein glücklicher Familienmoment.

Dies war ein Test für mich selbst, ein Weg, um herauszufinden, ob ich meinem Bruder erlauben konnte, weiterzuexistieren oder nicht.

Vielleicht würde ich ihn nicht sofort töten. Ich könnte ihn lebendig begraben und ein Jahrhundert lang schmoren lassen. Entweder würde das sein Humanitätsproblem lösen oder es verschlimmern.

Und dann könnte ich ihn töten.

Oder ich finde einen anderen kreativen Weg, ihn zu bestrafen. Vielleicht könnte ich sogar die verdammte Waffe einsetzen, um sein Gefallen daran zu testen.

Vielleicht wird das Auslöschen seiner Erinnerungen sein Problem lösen, überlegte ich.

Manche würden wahrscheinlich sagen, ich sollte mich nicht auf sein Niveau herablassen.

Aber ich befand mich weit unter seinem Niveau. Ich war am Boden der Unterwelt, dort, wo es kein Licht gab.

Ismerelda war diejenige, die mich aus meinen finsteren Tiefen befreien konnte.

Und mein Bruder hatte ihr verdammtes Genick gebrochen.

Damit stürzten wir alle in die Schwärze der Nacht.

Nicht einmal die gleißende Sonne konnte meinen Bruder jetzt aus meiner Dunkelheit retten.

»Es war ein Unfall«, sagte mein Bruder, als er zur Bar ging, um uns beiden einen bernsteinfarbenen Drink einzuschenken.

Michael schien das als Zeichen verstanden haben, sich zu verabschieden, denn er schloss einfach die Tür und sperrte mich mit meinem Bruder und Ismerelda ein.

»Ich sollte wohl am Anfang beginnen«, erklärte mein Bruder, während er mir einen der Kristallbecher reichte. »Wie du wahrscheinlich schon gemerkt hast, habe ich nie geschlafen. Es hat sich herausgestellt, dass du ein williger Teilnehmer sein musst, damit das Ritual funktioniert. Aber du hast mich vor der Durchführung des Rituals betäubt und dann bin ich aufgewacht.«

Ich setzte mich auf einen der Stühle der Sitzgruppe

und konzentrierte mich auf meinen Bruder, während ich meine mentale Verbindung zu Ismerelda überwachte.

Immer noch nichts.

Das war auch nicht anders zu erwarten, denn sie war erst vor wenigen Minuten gestorben. Aber dieses Wissen beruhigte meine Nerven nicht. So von ihr abgekoppelt zu sein, war noch schlimmer als damals, als sie in ihren katatonischen Zustand gefallen war.

Und daran zu denken, dass ich sie erst vor wenigen Wochen selbst getötet hatte …

Wenn ich mit ihr verbunden gewesen wäre, als das passiert war … *Fuck!*

»Weißt du, warum du mich ausgeknockt hast?«, fragte mein Bruder, als ich nicht antwortete.

»Nein. Ich weiß nur, was ich in Ismereldas Gedanken gesehen habe und was Darius mir über Aurelia und deine schwindende Menschlichkeit erzählt hat.«

Canes Unterkiefer zuckte und sein Blick verengte sich. »Ich bin mir sicher, dass in dieser Zusammenfassung ein paar Schlüsselelemente fehlen.«

Ich lehnte mich auf meinem Stuhl zurück und legte meinen Knöchel auf mein gegenüberliegendes Knie. »Darius zufolge hat sich deine Verachtung für die Welt verschärft, nachdem die Jägerin dich verführt und zu töten versucht hat. Ich habe dich gewarnt, dass die Lykaner niemals mitmachen würden. Wie es scheint, lag ich damit falsch.«

»O nein, du hattest recht. Aber ich habe einen Weg gefunden, sie zu überzeugen.«

»Ja, du hast die Lykaner verraten, was die Menschen dazu veranlasst hat, auf ihre übliche Art und Weise zu reagieren – eine Art und Weise, die auf Unsicherheiten beruht und von gewalttätigen Tendenzen geprägt ist«, fasste ich zusammen.

»Nicht ganz.« Schließlich setzte er sich mir gegenüber auf die Couch. »Ich habe ein paar Vorschläge gemacht – ich schätze, wir bezeichnen es als *Manipulation* –, die die Menschen dazu gebracht haben, die Lykaner zu militarisieren. Ich dachte, das würde die Wölfe verärgern und sie zum Handeln zwingen. Dann würde man den Vampiren zugutehalten, dass sie den Wandlern helfen, sich zu wehren.«

Ich nahm einen Schluck von meinem Getränk und brummte, weil ich seine Vorgehensweise befürwortete.

Na ja, nicht ganz, aber ich wusste sie trotzdem zu schätzen. Es war ein cleverer Trick, um die Wölfe auf seine Seite zu ziehen und sie die ganze Arbeit für ihn erledigen zu lassen.

Und es hatte geklappt, das musste ich ihm zugestehen.

»Aber es waren nicht nur die Lykaner, über die wir an jenem schicksalhaften Tag gesprochen haben, Bruder. Es ging auch um die *Erositas*.«

Ich nahm noch einen Schluck und schwenkte dann den Inhalt des Glases. »Was ist mit ihnen?«

»Ich habe dir gesagt, dass es gefährlich ist, eine *Erosita* zu haben. Dass sie die Verbindung zur Menschlichkeit sichert und falsche Instinkte auslöst. Als ich dir empfohlen habe, Ismerelda zu töten, hast du mich ausgeknockt. Ich bin in dem Moment in unserer Familiengruft aufgewacht, als du meinen Sarg geschlossen hast.«

»Ich verstehe.«

»Natürlich habe ich geahnt, dass das dein nächster Schritt sein könnte«, fuhr er fort und ignorierte meine Antwort. »Ich hatte einen Notfallplan ausgearbeitet, einschließlich einer Ampulle mit meinem Blut und Liliths Versprechen, alles Nötige zu tun, um mich wiederzubeleben. Aber die Stärke der Zeremonie zu testen, war überhaupt nicht nötig. Es hat einfach nicht geklappt.«

»Also hast du im Verborgenen gelebt?«, riet ich.

»Ich habe meine Pläne perfektioniert. Dann habe ich mich an dich gewandt, um dir – als ältestem Royal – den Thron anzubieten. Na ja, eigentlich war es Lilith, die dich kontaktiert hat. Aber du warst überhaupt nicht überrascht, mich an jenem Tag zu sehen. Tief im Inneren wusstest du, dass ich dafür verantwortlich war.«

Ja, das hatte ich bereits vermutet.

Aber mein arrogantes Ich hatte geglaubt, dass ich mit meinem Bruder allein fertig werden würde.

Was offensichtlich hervorragend gelaufen ist, murmelte ich zu mir selbst.

»Du hast mein Angebot abgelehnt«, fuhr Cane fort. »Tatsächlich hast du mir gedroht, mich einzusperren, allen die Wahrheit zu sagen und mein Chaos zu beseitigen, bevor ich die Welt zerstöre.«

Er gluckste, leerte seinen Drink und stellte das Glas auf dem hölzernen Couchtisch zwischen uns ab. Dann lehnte er sich zurück und breitete die Arme auf der Rückenlehne der Couch aus.

»Du hattest den Eindruck, dass ich rehabilitiert werden muss. Aber du warst es, lieber Bruder, der von seinem Band befreit werden musste. Das habe ich versucht – und bin dabei gescheitert.«

Ich warf einen Blick auf Ismereldas liegende Gestalt, bevor ich mich wieder auf Cane konzentrierte. »War das der Zweck der Waffe, die du benutzt hast, um mich zu überwältigen? Um mich von meiner Verbindung zu meiner *Erosita* zu befreien?«

»Was du als Waffe bezeichnest, nenne ich ein Werkzeug. Es soll den Teil unseres Verstandes blockieren, der für die *Erosita*-Verbindung empfänglich ist. Aber es ist

LEXI C. FOSS

nicht perfekt. Und je älter die Verbindung ist, desto schwieriger ist es, sie zu zerstören. Dein Pech war, dass ich stattdessen deine Erinnerungen gelöscht habe. Und das war, wie gesagt, ein Unfall.«

Hmm. Als ich begriff, was man mir angetan hatte, kam mir ein neuer Gedanke, den ich laut aussprach: »Sollte ich diesen Teil meines Verstandes dann nicht einfach heilen können?«

Ich konnte jeden anderen Teil meines Körpers regenerieren. Warum nicht diesen?

Cane schürzte die Lippen. »Das sollte man meinen, ja. Aber die *Erosita*-Verbindung ist nicht wirklich greifbar. Die Magie, die unsere Existenz ermöglicht, erlaubt auch die Entstehung der Verbindung. Und diese Magie funktioniert auf eine Art und Weise, die wir nicht ganz verstehen. Das ist der Grund, warum sie so verdammt gefährlich ist.«

»Nun, im Moment ist diese gefährliche Verbindung die einzige Verbindung, die ich zu den vergangenen tausend Jahren habe. Sie darf also nicht sterben, Cane.«

Er musterte mich, sein Blick war scharfsinnig und direkt. »Ist das der einzige Grund, warum du willst, dass sie am Leben bleibt?«

Ich zog seine Frage in Betracht und warf einen Blick auf Ismerelda, während ich in Gedanken die Antworten durchging, von denen ich wusste, dass mein Bruder sie hören wollte. »Das ist der Hauptgrund«, sagte ich langsam. »Aber ihr Blut und ihre Pussy sind auch gute Gründe.«

Es war eine krasse Aussage, aber das Lächeln meines Bruders verriet mir, dass ich mit dieser Antwort die richtige Entscheidung getroffen hatte.

»Vielleicht hat mein Werkzeug besser funktioniert, als ich gedacht habe«, sinnierte er. »Als du letzte Woche plötzlich mit Ismerelda abgehauen bist – ausgerechnet an dem Tag, an dem ich beschlossen hatte, mich dir zu offenbaren –, dachte ich, ich hätte versagt. Aber vielleicht habe ich das nicht. Vielleicht bist du ja doch geheilt.«

Ich schnaubte. Vor allem, weil es in mir nichts gab, das *geheilt* werden musste.

Aber ich unterdrückte diese Reaktion, bevor ich antwortete: »Ismerelda hat es irgendwie geschafft, die Barriere zwischen unseren Köpfen zu zerstören. Als das passiert ist, standen mir plötzlich ihre Erinnerungen zur Verfügung. Ich war zunächst begeistert – und dann sauer –, als ich erkannt habe, dass mein Zugang zur Vergangenheit ein jähes Ende finden würde. Entsprechend habe ich reagiert.«

Er nickte. »Verständlich. Ich hatte nicht bedacht, was sie dir über das Offensichtliche hinaus bieten könnte. Ich hatte sie nur hergebracht, um deine Menschlichkeit zu testen. Hätte ich gewusst, dass sie dir bei deinem Gedächtnisproblem helfen kann, hätte ich das schon viel früher vorgeschlagen.«

»Du hattest keine Bedenken, dass ihre Erinnerungen meine Menschlichkeit beeinflussen könnten?«, fragte ich ihn.

Er zuckte mit den Schultern. »Das war immer eine Möglichkeit. Ich habe Pläne für den Fall, dass das passiert.«

»Und diese Pläne beinhalten, sie zu töten?«, vermutete ich, wobei ich darauf achtete, dass mein Tonfall keine Emotionen enthielt.

»Ja.« Eine nachdrückliche Antwort, die keiner weiteren Erläuterung bedurfte, was erklärte, warum er nach dieser Aussage nicht weitersprach.

Seiner Meinung nach würde die Beseitigung Ismereldas mich sofort von meiner Verbindung zur Menschlichkeit befreien. Er könnte recht haben. Was er nicht bedacht hatte, war, was ich mit ihm machen würde, sollte er mir mein Herz nehmen.

Denn Ismerelda war so viel mehr als nur ein Bindeglied zur Menschlichkeit.

Sie war *mein.*

Und ich würde es nicht dulden, dass er ihr in irgendeiner Weise Leid zufügte.

Trotzdem musste ich die Sache richtig angehen. Ich musste herausfinden, welche Sicherheitsmaßnahmen er ergriffen hatte. Erfahren, was genau er erreicht hatte und was er zu tun beabsichtigte.

Dann würde ich zuschlagen. *Mit meiner Königin an meiner Seite.*

Das bedeutete, dass ich ihn weiter in diesem Spiel gewähren lassen musste.

»Ich kann nicht beurteilen, ob dein Experiment funktioniert hat oder nicht«, sagte ich also. »Ich kann mich nicht daran erinnern, wer ich vor einem Jahrhundert war. Aber ich weiß, wer ich heute bin. Und das Einzige, was mich wirklich wütend macht, ist, dass du mir vorgegaukelt hast, der Lehnsherr zu sein.«

Er musterte mich skeptisch. »Was ist mit deinen fehlenden Erinnerungen? Und dem, was das Werkzeug in den vergangenen zwölf Jahrzehnten mit dir gemacht hat?«

»Ich erinnere mich an nichts davon. Wenn ich es täte, würde ich vielleicht anders denken. Aber ich kann mich daran erinnern, dass ich mit einem Haufen Informationen aufgewacht bin, die sich als Lügen herausgestellt haben. Ich mag es nicht, wenn man mich manipuliert, Cane.«

»Es waren keine Lügen. Liliths Aufnahmen waren ursprünglich für mich bestimmt, aber ich habe sie für dich abgeändert, um dir einen Zweck zu geben. Wenn du den Thron willst, gehört er dir. Ich will nicht führen. Das ist nicht meine Stärke. Ich arbeite viel besser hinter den

Kulissen, deshalb war Lilith das Gesicht, während ich mich darauf konzentriert habe, dich zu heilen.«

Da war es wieder, dieses Wort: *heilen*.

Mein Bruder glaubte wirklich, dass er mir geholfen hatte.

»Ich werde etwas Zeit brauchen, um das zu verarbeiten«, sagte ich aufrichtig. »Die Sonne bereitet mir außerdem verdammte Kopfschmerzen.«

Der letzte Teil stimmte nicht unbedingt, aber ich wollte etwas Zeit mit Ismerelda verbringen. Ich spürte, wie sie sich zu regen begann und unsere mentale Verbindung mit Leben füllte, während ihr Körper heilte.

»Ich weiß, dass wir noch viel zu besprechen haben, und ich bin sehr daran interessiert, wie du deine unsterblichen Spielzeuge erschaffen hast. Aber es war eine verdammt lange Nacht. Ich will Blut. Vielleicht einen guten Fick, um ein paar Aggressionen abzubauen. Und ein Nickerchen.«

Er nickte. »Ich habe dir bereits gezeigt, wie ich sie erschaffen habe – mithilfe der Gesegneten. Ich wollte alles vorbereiten, damit du es nachmachen kannst, aber du bist gegangen, bevor ich mit der Präsentation fertig war.«

Er stand auf, bevor ich etwas erwidern konnte, auch wenn ich nicht wusste, was ich sagen sollte.

»Was ich bislang nicht herausgefunden habe, ist, wie man das Leben der Lykaner verlängern kann. Aber das hat für mich keine Priorität. Ich habe Mira die Verantwortung dafür übertragen, denn das ist mehr ihr Wunsch als meiner.« Er strich mit den Händen über sein Jackett. »Wir können in ein paar Stunden alles gründlich durchgehen.«

Ich schloss mich ihm an und stand auf, vor allem weil ich spürte, dass Ismerelda wieder atmete. Ich wollte ihr nahe sein und sie halten, wenn sie wieder zu sich kam.

Aber das würde schwierig werden.

Denn ich hatte keinen Zweifel, dass es in diesem Raum Kameras gab. Sie befanden sich vielleicht nicht an den gleichen Stellen wie in meinem vorherigen Quartier, aber mein Bruder traute mir auf keinen Fall zu, mich zu benehmen.

All dies war ein weiteres verherrlichtes Experiment.

Der einzige Unterschied war, dass ich jetzt davon wusste.

Spiel mit, dachte ich mir, ähnlich wie ich es vor ein paar Stunden zu Ismerelda gesagt hatte. *Wir müssen beide mitspielen.*

Das bedeutete, dass ihr Aufwachen nicht sehr angenehm sein würde. Zumindest nicht für sie.

»Ich lasse dich jetzt trinken und ficken«, murmelte mein Bruder. »Wenn du etwas Neues ausprobieren willst, nimm einfach die Treppe, die ich dir vorhin gezeigt habe. Dort unten findest du einen ganzen Raum voller Leckereien. Vielleicht gefallen sie dir ja besser als die Blutjungfrauen.«

Bei diesem letzten Satz warf er mir einen wissenden Blick zu, der mir verriet, dass er meine Zeit mit den Blutjungfrauen genau beobachtet hatte und wusste, dass ich keiner von ihnen auch nur nahe gekommen war.

»Genieße deinen Tag, Bruder«, fügte er hinzu.

Als ich nicht antwortete, ging er, wobei ein Grinsen seine Mundwinkel umspielte.

Ich schloss die Tür hinter ihm ab. Nicht, dass das einen großen Unterschied machen würde.

Knurrend streifte ich durch das Zimmer, kontrollierte den Inhalt des Kühlschranks und das Badezimmer, in dem sich das Nötigste befand, bis ich schließlich neben dem Bett stehen blieb und mich auf Ismerelda konzentrierte.

»Wach auf«, forderte ich, wobei sich mein Zorn auf

meinen Bruder bezog, nicht auf Ismerelda. Aber das konnte er nicht wissen. Er würde es als Ungeduld deuten.

Denn das war der Zweck der Sache: Sie sollte beweisen, dass Canes kleines Experiment funktioniert hatte. Dass ich meine Menschlichkeit nicht mehr besaß.

Dass Ismerelda mir nichts mehr bedeutete.

Oh, ich könnte mit ihr fliehen.

Aber er würde einen Weg finden, uns zurückzubringen. Oder schlimmer noch – er könnte Ismerelda jagen und versuchen, sie zu töten.

Nein. Die Lösung war, hierzubleiben und ihn zu besänftigen. Informationen zu sammeln und einen Plan zu schmieden. Mit Ismerelda zusammenzuarbeiten, um die Situation zu lösen, anstatt davor wegzulaufen.

Ich hatte schon einmal versucht, allein mit meinem Bruder fertigzuwerden. Ich hatte versagt. Jetzt war der Zeitpunkt gekommen, meiner Gefährtin zu vertrauen, dass sie mir helfen konnte.

Und in der Zwischenzeit würde ich Cane geben, was er wollte – eine Demonstration dessen, was ich geworden war.

Die ganze Zeit über würde ich versuchen, Ismerelda zu beruhigen.

Ich brauche meine Königin, flüsterte ich ihr zu, während ich mein Jackett auszog. *Keine zerbrechliche Puppe.*

Sie würde bald aufwachen.

Dann würde die Show beginnen.

KHALID

»Abigail ist tot.« Hazels nüchterner Tonfall kündigte ihren Besuch in meiner Suite an; ihre Verärgerung war deutlich zu spüren. »Deirdre hat sie in der Nähe der Grenze gefunden. Ihr Kopf wurde sauber abgetrennt. Ein zu einfacher Tod.«

»Verstehe«, murmelte ich, denn mein Hals erlebte gerade eine ähnliche Bedrohung durch Emines Messer.

Ihre blaugrauen Augen funkelten triumphierend.

Zumindest so lange, bis ich mich von ihr löste und sie mit meinen Hüften auf den Boden drückte, wobei ich ihre Handgelenke mit einer meiner Hände über ihrem Kopf festhielt.

»Lass los!«, sagte ich und drückte ihre Handgelenke ein wenig zusammen.

Sie knurrte, was mir ein Lächeln entlockte.

»Oh, ich liebe es, wie du mit mir kämpfst, Habibi.«

Im nächsten Moment bohrten sich ihre Zähne in meine Unterlippe, die sofort blutete.

Es war auch kein Liebesbiss, sondern ein ziemlich heftiger.

Doch das schreckte meinen harten Schwanz nicht im Geringsten ab. Wenn überhaupt, wurde ich noch geiler auf sie.

Ich leckte meine Wunde, dann küsste ich sie und zwang sie, ihren kleinen Sieg zu schlucken.

Sie summte zufrieden vor sich hin, mein Blut war eine Sucht für ihre Jägerinnensinne.

Meine geliebte Drachendame war die erste ihrer Art – eine Jägerin, die zum Vampir geworden war. Das machte sie noch viel tödlicher. Und es machte so viel Spaß, mit ihr zu spielen.

Eine Sekunde später lag ich auf dem Rücken und sie saß rittlings auf mir.

Meine Lippen kräuselten sich und mein Körper war nur allzu gespannt auf das, was als Nächstes kommen würde. In dem Moment, in dem ihre Klinge meine Kehle durchgeschnitten hätte, phaste ich auf die andere Seite des Raumes – stehend.

Sie knurrte frustriert, stürzte sich aber nicht auf mich, als sie sich zu mir gesellte. Stattdessen steckte sie ihren Dolch in die Scheide und ihr trotziger Blick verriet mir, dass sie stolz auf sich war, weil sie sich meinem Befehl widersetzt hatte.

Damit waren wir schon zwei.

Emine war wahrscheinlich das verführerischste Juwel in meiner Sammlung seltener Objekte.

Ihre Miene verfinsterte sich, als sie mich anfunkelte – ein eindeutiges Zeichen dafür, was sie von meiner offensichtlichen Bewunderung hielt.

Du gehörst mir, Habibi, flüsterte ich ihr zu, denn zwischen uns war es seit jeher so gewesen.

Fick dich, mein Prinz, erwiderte sie.

Später, liebste Schimäre. Definitiv. Ich zwinkerte ihr zu, bevor ich Hazel meine volle Aufmerksamkeit schenkte.

Cams Mensch, Keys, stand direkt hinter ihr, sein schwarzer Anzug war makellos, seine Statur kräftig.

»Du hast dich gut erholt«, sagte ich zu ihm.

»Danke, mein Prinz«, antwortete er pflichtbewusst.

Hazel verdrehte die Augen. »Du kannst ihn Khalid nennen.«

Ich gluckste. »Versuchst du, den armen Menschen seiner Ausbildung zu berauben?«

»Ja.« Ihre nachdrückliche Antwort verdeutlichte ihre Verärgerung. »Wir müssen über Cane spreche.«

Hmm, ja, ich schätze, das müssen wir. »Wir haben alles gehört, was er zu Cam gesagt hat. Cedric hat es außerdem aufgenommen.« Wir hatten das Mikrofon auf unserer Seite ausgeschaltet, als wir erkannt hatten, dass auf seiner Seite Lykaner anwesend sein könnten.

Meine fortschrittliche Kommunikationstechnologie war mit Vampiren getestet worden, nicht mit Wandlern. Ich wusste zwar, dass meine Brüder die Gespräche über die Ohrhörer nicht mithören konnten, aber bei den Wölfen war ich mir nicht sicher.

Es war einfacher, lediglich auf Zuhörmodus zu schalten.

»Ja, dessen bin ich mir bewusst«, antwortete Hazel auf meine Bemerkung über die Aufnahme.

Sie ließ sich auf die Couch in Emines Nähe fallen und zeigte keinerlei Angst davor, meine tödliche Drachendame hinter sich zu haben.

»Wir müssen herausfinden, was Cane über Blood City weiß«, sagte Hazel unverblümt.

»Nun, Abigail war in keines unserer Gespräche involviert und Deirdre hatte die gesamte Videoüberwachung in diesem Raum ausgeschaltet. Sie hätte ihm also nicht viel, wenn überhaupt, über Blood City erzählen können.« Ich ging zum Kühlschrank, um eine Wasserflasche für Emine zu holen, während ich sprach.

Meine geliebte Schimäre sah mich weiterhin mit zusammengekniffenen Augen an, als sie das Angebot annahm, wobei ihre innere Stimme Dankbarkeit ausdrückte, während ihr Gesicht unverhüllten Hass zeigte.

Ich küsste sie auf die Wange, eine neckische Geste. Sie knurrte daraufhin und griff nach dem Dolch, während ich mich Hazel gegenüber auf einen Stuhl setzte.

Emine starrte mich einfach nur an.

Dann schraubte sie den Deckel von ihrer Flasche und leerte den Inhalt.

Du scheinst mich quälen zu wollen, Habibi.

Du findest Gefallen an albernen Verhaltensweisen, Khalid.

Wie zum Beispiel, dir beim Schlucken zuzusehen?, schlug ich vor. *Das finde ich in der Tat sehr unterhaltsam.*

Daraufhin verschluckte sie sich fast.

Vorsicht, Liebling. Ich habe später noch Pläne für deinen Rachen. Träum weiter!

Kämpfe weiter!, erwiderte ich.

Sie verdrehte die Augen und holte eine weitere Flasche, denn aufgrund ihrer einzigartigen Genetik war Flüssigkeitszufuhr ein Muss. Sie brauchte mehr als Blut, um zu überleben.

Aber das war ein Geheimnis, das wir mit niemandem teilten.

»Das stimmt, aber wir wissen nicht, was Cane durch seine eigene Überwachung herausgefunden hat«, sagte Hazel und lenkte meine Aufmerksamkeit wieder auf sie. »Er wusste offensichtlich, dass Kylan hier war, denn er hat

Cam empfohlen, Kylans Jet zu nehmen. Das heißt, er weiß auch, dass du hier bist.«

»Wahrscheinlich«, stimmte ich zu. »Ich nehme an, er denkt, dass die Revolutionäre versuchen, mich auf ihre Seite zu ziehen.«

»Und wenn man bedenkt, wie lange du schon hier bist, könnte er zu dem Schluss gekommen sein, dass sie erfolgreich waren«, schloss Hazel.

Ich zuckte mit den Schultern. »Er kann denken, was er will.«

»Du machst dir also keine Sorgen?«

»Wenn ich das täte, dann wäre das ein Zeichen dafür, dass ich nicht sorgfältig genug für das Unvermeidliche geplant habe«, sagte ich, als Emine auf mich zuschlenderte. Anstatt den Stuhl neben mir zu nehmen, ließ sie sich in meinem Schoß nieder.

Direkt auf meinem harten Schwanz.

Du kleine Verlockung, warf ich ihr vor.

Sie lehnte sich zurück und entblößte ihren Hals, als ich meinen Arm um ihren Bauch schlang. *Du brauchst Blut.*

Ich werde später aus deiner Pussy trinken.

Sie schnaubte, aber ihr Körper blieb entspannt an meinem.

Ich küsste ihren Puls in dem Moment, in dem Cedric und Lily den Raum betraten. Ihre geröteten Gesichter ließen keinen Zweifel daran, womit sie beschäftigt gewesen waren, während Emine und ich uns gestritten hatten.

Nachdem sie den Stuhl neben mir eingenommen hatten, war der arme Keys der Einzige, der noch stand.

»Du solltest dich neben Hazel setzen«, sagte ich zu ihm. »Schließlich hat sie geholfen, dein Leben zu retten.«

»Er kann seine eigenen Entscheidungen treffen«, informierte mich Hazel, bevor er antworten konnte.

»Wenn du dir also keine Sorgen darüber machst, dass Cane Blood City entdeckt, was beschäftigt dich dann?«

Kluges Köpfchen, dachte ich mit einem kaum verhohlenen Lächeln.

Langsam wird mir klar, warum du mit ihr befreundet bist, sagte Emine, wobei ihr mentaler Tonfall eine gewisse Schärfe aufwies. *Sie kann dich gut einschätzen.*

Bist du eifersüchtig, kleine Schimäre?

Sie rutschte auf meinem Schoß hin und her, ihre köstlichen Kurven streichelten meine Erregung. Wohl kaum.

Ich lächelte. *Ich finde es toll, wie reif du geworden bist, Emine.*

Sie schnaubte. *Offensichtlich nicht genug, mein Prinz.*

Ich brummte und drückte ihr einen weiteren Kuss auf den Hals. *Ich habe es dir gesagt, Liebes. Ich werde dich erst richtig ficken, wenn du mich anflehst.*

Und ich habe dir gesagt, dass das nie passieren wird.

Deshalb unsere Pattsituation, erwiderte ich.

Sie sagte nichts, aber ich spürte ihre Verärgerung. Ich konnte ihre Gedanken nicht vollständig lesen, unsere Verbindung war mehr telepathisch als alles andere.

Aber ich war bereits lange genug in ihrer Nähe, um ihre Gefühle zu deuten.

»Khalid«, meinte Hazel. »Ich weiß, dass dich etwas bedrückt. Deshalb bist du wach, obwohl die Mittagssonne auf uns niederbrennt. Wenn du dich sicher oder wohlfühlen würdest, dann wärst du jetzt im Bett.«

»Vielleicht wollte ich mit meiner Drachendame spielen«, erwiderte ich.

Hazel warf mir einen skeptischen Blick zu. »Ich kenne dich schon seit Tausenden von Jahren. Deine spielerischen Ausweichmanöver funktionieren bei mir nicht.«

»Nun, das stimmt nicht«, murmelte ich. »Wir tanzen ständig mit unseren Worten.«

»Khalid.«

Ich seufzte. Hazel war eines der wenigen Wesen auf der Welt, von denen ich diesen mahnenden Ton akzeptierte. Emine würde auch auf dieser kurzen Liste stehen.

»Ich mache mir Sorgen um die Lykaner, Hazel«, sagte ich leise. »Sie planen etwas.«

»Kannst du es ihnen verdenken?«, fragte Cedric und blickte streng drein. »Sie sind seit über einem Jahrhundert Schachfiguren. Und zu hören, dass Cane ihren Streit mit der Menschheit inszeniert hat, kann nicht gerade hilfreich sein.«

»Sicher nicht«, gab ich zu. »Daher ja auch meine Sorge. Ich warte darauf, was sie tun werden.«

»Meinst du, sie könnten ohne uns in das Gelände der Katakomben eindringen?«, fragte Hazel.

»Ja.« Denn genau das würde ich an ihrer Stelle tun. »Wir mögen nicht die Schuldigen sein, unsere Brüder sind es aber sicherlich. Die Lykaner haben das Recht, Vergeltung zu üben, und ich würde es ihnen nicht verübeln, wenn sie uns nicht zutrauen, bei dieser Vergeltung mitzumachen.«

Das war genau meine Sorge.

Lykaner waren anfällig für emotionale Reaktionen. Sie waren im Grunde Tiere, ihre Gefühle leidenschaftlich und aggressiv.

Und Cane hatte sie mitten ins Herz getroffen.

Er hatte diesen ganzen Wahnsinn inszeniert, dafür gesorgt, dass die Lykaner von den Menschen entdeckt worden waren, ihre vorübergehende Versklavung in den Armeen der Sterblichen geradezu ermöglicht und seit über einem Jahrhundert an ihnen experimentiert.

Die Tatsache, dass die Lykaner im Deirdre Tower nicht besonders erpicht darauf zu sein schienen, mit uns darüber zu sprechen, machte die Sache nur noch schlimmer.

»Ich würde ja anbieten, sie zu überwachen, aber ich vermute, das würde das Problem nur verschlimmern«, sagte Hazel.

»Ja, das würde es auf jeden Fall«, sagte ich. »Im Moment können wir nur darauf warten, dass sie zu uns kommen, und hoffen, dass sie uns in ihre Pläne einbeziehen.«

»Wir könnten versuchen, mit ihnen zu reden«, schlug Cedric vor. »Wir könnten unsere unterstützende Haltung bekräftigen.«

»Sie wissen bereits, dass wir nicht wie Cane sind«, antwortete ich. »Aber Tatsache ist, dass wir uns immer nur um uns selbst gekümmert haben. Blood City ist der Beweis dafür.« Zumindest in Bezug auf das, was die Lykaner hier vor Ort wussten.

Oh, es lebten auch Wölfe in meinem Gebiet. Aber das waren allesamt einsame Wölfe, die kein Interesse daran hatten, über ihre aktuelle Lebenssituation zu sprechen. Was die Lykaner in diesem Turm anging, so hatte ich meine Stadt nur für Vampire gebaut.

Genauso wie Jace und die anderen wirklich nur eine Revolution für Vampire im Sinn hatten. Blutrationen. Der Schutz ihrer Nahrungsquelle. Sie diskutierten nie wirklich über Lykaner und ihre Bedürfnisse.

Es war nicht so, dass sie die Wölfe ausschließen wollten; es war nur natürlich, dies zu tun.

Und diese Art der Spaltung spitzte sich jetzt zu.

Das war schon seit Tagen so.

Seitdem die Vampire zuerst hier gewesen waren und die Wölfe erst nachträglich eingeladen hatten. Es war fast so, als wären sie nur ein Nebengedanke gewesen und kein Partner in dieser Initiative.

Ich hatte keine Ahnung, ob Jace die Revolutionäre schon immer so anführte oder nicht, denn ich hatte nicht viel auf ihre Aktionen geachtet. Dank Cedrics Spionage hatte ich zwar einiges mitbekommen, aber nicht alles.

»Was passiert, wenn sie ohne uns vorrücken?«, fragte Lily leise und richtete ihren Blick auf Cedric, während sie sprach.

»Sie werden wahrscheinlich alle Vampire töten«, antwortete Emine und ihre blaugrauen Augen trafen meine. »Richtig?«

Ich nickte. »Ja. Und das wird sehr wahrscheinlich einen Krieg zwischen Vampiren und Lykanern auslösen.«

»Oder ihn beenden, bevor er überhaupt beginnen kann«, murmelte Cedric und lenkte meinen Blick auf ihn. »Ich denke, wir müssen einen Alternativplan besprechen, der die sehr reale Möglichkeit eines von Lykanern geführten Angriffs berücksichtigt – und wie wir darauf reagieren müssen.«

Ich neigte den Kopf zur Seite. »Das klingt, als hättest du schon einen Vorschlag.«

»Den habe ich«, antwortete er, und ich grinste.

Als sich herausgestellt hatte, dass Cedric von der aktuellen Weltordnung gelangweilt war, hatte ich ihm einen Platz in Blood City angeboten.

Nun, das stimmte nicht ganz. Ich hatte verlangt, dass er sich mir dort anschloss. Als Royal und sein Vorgesetzter war ich dazu in der Lage gewesen. Aber es hatte einen Grund für mein hartes Durchgreifen gegeben – und der basierte nicht nur darauf, dass er ein guter Spion war.

Nein, er war jemand, der oftmals vernünftige Ideen mit fairen Ergebnissen vorbrachte; seine praktische Denkweise war traditionell und strategisch.

Deshalb musterte ich ihn jetzt, neugierig darauf, was er

mir empfehlen würde. »Lass hören, Cedric«, murmelte ich. »Was sollen wir tun?«

Er antwortete mit einer einfachen Lösung, die sich als unendlich weise erwies.

»Das könnte funktionieren«, gab ich zu und fing Hazels Blick auf. »Wir müssen Jace und die anderen anrufen.«

Sie nickte und konzentrierte sich auf den Bildschirm, den sie gerade mittels ihrer Uhr aufgerufen hatte. »Ich verfasse gerade eine Nachricht, dass wir uns in einer Stunde unten treffen sollten.«

»Schick sie auch an die Wölfe«, sagte ich zu ihr. Obwohl ich fest damit rechnete, dass sie nicht auftauchen würden.

Wir befanden uns jetzt im Zwist.

Wir kämpften für unsere eigene Art.

Wir wollten uns aus ganz anderen Gründen rächen.

Wir waren Vampire. Sie waren Lykaner.

Die Menschen waren Kollateralschäden.

Und die Blutallianz war ein Mittel zum Zweck.

Izzy

Wasser rann an meinem Hals hinab – es fühlte sich warm und verwirrend auf meiner Haut an.

Wie …?, fragte ich mich schläfrig, benommen von der unerwarteten Berührung.

Sscchh, flüsterte mir jemand in meinen Gedanken zu. *Ich bin's nur. Du bist in Sicherheit, Ismerelda.*

Hm?, brummte ich zurück und verlor mich in der Hitze, die meine Adern durchflutete. *Was ist das?*

Ein Bad.

Ich legte die Stirn in Falten und meine Glieder verkrampften sich.

Dann zuckte ich zusammen, als etwas Hartes gegen meinen Hintern drückte.

Ein hartes Muskelband schloss sich um meinen Bauch, als ich versuchte, aufzuspringen. Die Luft entwich meiner Lunge und mein Kopf füllte sich augenblicklich mit verwirrenden Gedanken, während ein scharfer Schmerz meine Wirbelsäule durchfuhr.

Ich schrie auf und wand mich; mein Instinkt, zu fliehen, raubte mir fast den Atem.

Doch ich konnte mich nicht bewegen.

Ich ertrank.

Ich wurde an einer Wand aus glühendem Stahl festgehalten.

Gefangen in der Umarmung eines Mannes.

»Ismerelda«, knurrte er gegen mein Ohr. *»Ich bin's.«*

Wer?, wollte ich fragen, aber mein Gehirn konnte mir weder eine Identität noch irgendeinen Anschein von Realität vermitteln. *Wo bin ich? Wer bin ich? Warum ...?*

Reißzähne bohrten sich in meinen Nacken und der Stich jagte einen vertrauten Schauer durch mein Wesen. Mein Aufschrei verwandelte sich in ein Stöhnen und mein Körper entspannte sich augenblicklich in meinem männlichen Käfig.

Cam, schien meine Seele zu flüstern.

Ja, antwortete er, seine lodernde Gestalt war wie ein Brandmal auf meinem Rücken. *Cane hat dir das Genick gebrochen. Du warst mehrere Stunden lang bewusstlos.*

Ich runzelte die Stirn, während ich seine Worte langsam in meinem verwirrten Kopf verarbeitete.

Er hat mir den Tag gegeben – der jetzt eigentlich nur noch ein Nachmittag ist –, um alles zu verarbeiten, was er mir erzählt hat. Aber ich vermute, dass es hier Kameras gibt, also musst du deine Rolle spielen.

M-meine Rolle?, wiederholte ich, immer noch verwirrt über das, was er gesagt hatte.

Ja, Liebste. Deine Rolle als meine Königin. Er streichelte meinen Puls mit seinen Lippen und mir fiel wieder ein, dass er mich soeben gebissen hatte.

Du hast mich gebissen, dachte ich erstaunt. *Du ... du hast mich nicht mehr gebissen seit ...* Ich runzelte die Stirn, als sich die Erinnerungen hinter meinen Augen vermischten.

Mein Tod durch Cams Biss.

Mein Aufwachen in seinem unterirdischen Versteck.

Mein Versuch, ihn dazu zu bringen, sich an mich zu erinnern.

Unser Band, das fast zerbrochen wäre.

Seine Gefühle und Absichten, die mich überrumpelt hatten. Sein Ziel, mich zu seiner Königin zu machen. Seine Kommentare, dass der alte Cam meiner nicht würdig gewesen sei.

Meine Entführung.

Cane ...

Als ich die Augen öffnete, war die gefliese Wand fremd und kalt. Doch der Körper unter mir war das genaue Gegenteil – vertraut und *heiß*.

Ich erschauderte, weil mich das Aufeinandertreffen unserer Situationen überforderte und mir die Luft aus der Lunge stahl.

Cams Mund bewegte sich an meinem Hals; seine muskulösen Arme lagen immer noch wie Fesseln um meinen Bauch. »Es war eine verdammt lange Nacht, Ismerelda. Und ich bin dabei, sie in einen noch längeren Tag zu verwandeln«.

Cams Gedanken verdeutlichten, was er meinte, und seine dunklen Absichten wurden durch unser Band zum Leben erweckt.

Das war die Version Cams, die sich nicht zurückhielt. Das skrupellose Raubtier.

Ein Schauer durchfuhr mich, als mir klar wurde, was das zur Folge haben würde.

Er wird mich wieder benutzen.

Mich ficken.

Mich ausbluten lassen.

Weil wir gefilmt wurden.

Und weil wir wahrscheinlich genau in diesem Moment von seinem Bruder beobachtet wurden.

Diese Erkenntnis ließ mich frösteln und Canes vorherigen Sticheleien hallten in meinem Kopf nach. Er hatte Cam dabei beobachtet, wie er mich gefickt hatte. Er schien die Show genossen zu haben. Genauso, wie er es genossen hatte, mich an der Schwelle zum Tod zu beobachten.

Er würde jetzt eine ähnliche Demonstration erwarten.

Und Cam war bereit, ihm diesen Wunsch zu erfüllen.

Eigentlich wollte ich dich zurück zum Jet bringen, flüsterte Cam mir zu und seine Gedanken bestätigten die Richtigkeit seiner Worte. *Zurück zu deinem Bruder, wo du in Sicherheit wärst. Aber das wäre nur vorübergehend, Izzy. Wenn Cane denkt, dass er mich nicht von meiner Menschlichkeit heilen kann, wird er dich umbringen. Und das kann ich nicht zulassen.*

Seine Gedanken verrieten mir, wie er zu diesem Schluss gekommen war, und ich konnte sein Gespräch mit seinem Bruder nachverfolgen. Es war eine gekürzte Version, die alle wichtigen Punkte enthielt und mich schnell auf den neuesten Stand brachte.

Nach dem, was ich in letzter Zeit über Cane erfahren hatte, stimmte ich Cams Einschätzung uneingeschränkt zu.

Ich werde dich ficken, fuhr er fort. *Ich werde von dir trinken. Es wird wahrscheinlich wehtun. Ich würde mich entschuldigen, aber das würde nicht viel bedeuten.*

Ich schluckte, als mir klar wurde, warum er den letzten Teil gesagt hatte. Das waren alles Dinge, die er tun wollte.

Ich konnte seinen Hunger spüren.

Sein Verlangen, mich in Stücke zu reißen. Er wollte von mir trinken, bis sein inneres Raubtier gesättigt war.

Wenn er nachgäbe, könnte er mich töten.

Seine Bestie würde viel zu viel nehmen.

Und diesen Teil seines Wesens lebte er gerade aus,

indem er eine Show für die Kameras abzog, während er sich innerlich fest im Griff hatte.

Ich zitterte und mein Herz setzte einen Schlag aus.

Das war nicht mein alter Cam – die harmlose Version.

Das war der neue Cam – derjenige, der mich als gleichwertig behandelte. Der mich nicht als zerbrechlich, sondern als stark ansah. Der Mann, der mich berührte, als könnte ich alles nehmen, was er mir geben wollte – und noch mehr. Zuvor hatte er das ohne Rücksicht auf meine Gefühle und Emotionen getan.

Jetzt ... *jetzt* war alles anders.

Ich konnte ihn *hören*. Ihn *fühlen*. Ihn *verstehen*.

Das war mein neuer Cam. Der Mann, an den ich für immer gebunden war. Entweder ich akzeptierte ihn oder lehnte ihn ab.

Aber zuerst wollte ich ihn erleben. Uns erleben. Und genießen, was wir zusammen sein könnten.

Ich legte den Kopf schief und löste meinen Hals von Cams Mund, während ich mich zwang, ihn über meine Schulter zu betrachten.

Seine blauen Augen strahlten sinnliche Gewalt aus; seine Bestie lag auf der Lauer.

Die alte Version Cams hatte mich nie so angesehen. Er hatte diese Seite von sich vor mir versteckt, weil er sein Verlangen nie wirklich befriedigt hatte.

Und vielleicht hat er auch mein Verlangen nie wirklich befriedigt.

Ich konnte es jetzt sehen. All die sanften Berührungen. Zurückhaltenden Bewegungen. Sorgfältigen Überlegungen.

Er hatte mir nicht einmal die Chance gegeben, sein inneres Tier kennenzulernen.

Und doch war es nun dieses Tier, das meinen Blick erwiderte.

Cams Brust vibrierte an mir, sein Knurren war

vielversprechend und brachte meine Lippen dazu, sich zu teilen. Er ließ seine dunkelblauen Augen von unten nach oben wandern, dann streichelte er meine Seite.

Ich keuchte, als er meine feuchten Haare mit seinen kräftigen Fingern umschloss, und mein Nacken protestierte, als er meinen Kopf in einen anderen Winkel brachte, um seinen Bedürfnissen besser gerecht zu werden.

Dann küsste er mich.

Hart.

Seine Zunge verschwendete keine Zeit, um in mich einzudringen, und der Geschmack seines Blutes traf meine Sinne sofort. Ich stöhnte auf.

Trink, Ismerelda!, befahl er in meinen Kopf. *Du wirst es brauchen.*

Es gab kein Bitten. Keine Bedenken. Kein Zweifeln an meiner Bereitschaft, mitzumachen.

Cam übernahm einfach das Kommando und verkündete seine Absichten mit seiner Zunge.

Ihm war klar, dass er mich schon oft verletzt hatte und er es vielleicht wieder tun würde. Aber er konnte diesen Aspekt seines Wesens nicht ändern. Er weigerte sich, mich wie eine Puppe zu behandeln.

Und offen gesagt, wollte ich das auch nicht.

Ich brauchte das – ich brauchte *ihn*. Nur so konnte ich herausfinden, ob ich diese Cam-Version akzeptieren konnte. Ob ich mit ihr *umgehen* konnte.

Er knurrte erneut. Bestätigung durchströmte unser Band, als er spürte, dass ich ihn akzeptierte. Und als er meine Bereitschaft wahrnahm, weiterzumachen. Herauszufinden, ob es funktionieren könnte. Mich seiner Dunkelheit hinzugeben.

Vielleicht könnte ich ihm sogar verzeihen.

Dieser Ort schien dafür geeignet zu sein. Ein Weg,

meine Wunden zu heilen. Unsere früheren Erfahrungen zu wiederholen und neue Ebenen zu schaffen.

Bedeutungsvolle Ebenen.

Eindrucksvolle.

»Hmm, das ist viel besser als bei deinem letzten Tod«, murmelte er gegen meinen Mund. »Als du mich beschuldigt hast, jemand anderes zu sein.«

Du bist jemand anderes. Aber du gehörst trotzdem mir, antwortete ich in seinen Gedanken, unsicher, ob es hier Mikrofone gab. In seinem alten Zimmer hatte es keine gegeben, aber wer wusste schon, was Cane mit diesem Raum angestellt hatte?

Tue ich das?, erwiderte er über unsere Verbindung, wobei sich seine Lippen kurz auf meine legten, bevor er ein weiteres Knurren ausstieß.

Ich zuckte zusammen, als sein Griff fester wurde und seine Bestie die Kontrolle zu übernehmen drohte.

»Dieses Mal wirst du dich mir aber nicht verweigern, oder?«, fuhr Cam laut fort – die Show für seinen Bruder. »Aber vielleicht bringe ich dich dazu, gegen mich zu kämpfen, um dein Ringen zu bewundern.«

Seine Worte lösten einen Schauer in mir aus.

Er hatte gesagt, dass wir unsere Rollen spielen mussten, und ich wusste genau, wie ich meine zu spielen hatte.

»Was immer Euch gefällt, mein Lehnsherr«, antwortete ich pflichtbewusst und meine Stimme klang angeraut.

Sein Knurren ging fast in ein Schnurren über, aber es war zu tief und bösartig, um ein Laut der Zufriedenheit zu sein.

»Dich zu beißen, gefällt mir«, sagte er mit dunkler Stimme. »Ich will mich an deiner Pussy laben. Dich kommen lassen, bis du ohnmächtig wirst, und dich dann wieder zur Besinnung ficken.«

Ich schluckte.

Denn nichts davon war Show gewesen.

Cam hatte jedes Wort ernst gemeint.

Und während die Aussicht auf all das vor einer Woche noch verheerend gewesen wäre, fand ich jetzt … irgendwie Gefallen daran.

Warum?, staunte ich. *Was hat sich geändert?*

Vertrauen, flüsterte Cam mir zu. *Du vertraust mir jetzt, dass ich mich um dich kümmere, weil du weißt, dass ich mich um dein Wohlergehen sorge. Weil du weißt, dass du mein bist. Und, was vielleicht noch wichtiger ist, weil du weißt, dass ich dein bin. Dein Cam. Vielleicht nicht mehr der Mann, den du einst geliebt hast, aber eine verbesserte Version, die bereit ist, alles zu tun, um der richtige Mann für dich zu sein.*

Sein Griff wurde noch fester und er schabte seine Zähne über meine Unterlippe.

»Bettle, Löwin«, murmelte er. »Flehe mich an, dich kommen zu lassen.«

Er biss zu und ich atmete scharf aus. Meine Lippen teilten sich. Das Gefühl wanderte sofort zu all meinen Nervenenden und ich presste die Schenkel zusammen.

»Cam …«

»Mmm«, brummte er leise tadelnd. »Das reicht nicht, Löwin. *Bettle!*«

Seine Reißzähne bohrten sich erneut in meine Unterlippe und ich zuckte zusammen, als der Schmerz in Ekstase überging und mir die Fähigkeit zu sprechen raubte.

Vampirküsse machten süchtig, besonders wenn sie von diesem Mann kamen. Und das wusste er genau.

Er spielte mit mir.

Er steigerte mein Verlangen.

Er stellte sicher, dass ich genießen würde, was er mit mir vorhatte.

Sein Blut hatte sowohl als Heilmittel als auch als Aphrodisiakum gedient. Ich empfand jetzt nichts als Vergnügen, und die Erinnerung daran, dass mir das Genick gebrochen war, existierte nicht mehr. Und das nicht nur, weil ich mich nicht daran erinnern konnte, dass Cane mich getötet hatte, sondern weil der Schmerz, mit dem ich aufgewacht war, längst verschwunden war.

Alles, worauf ich mich konzentrieren konnte, war *Cam*.

»Du bist nicht sehr gut im Betteln«, ermahnte er mich mit seiner tiefen Stimme, während er an meinen Haaren zog. »Soll ich das Angebot meines Bruders annehmen, unten einen Ersatz zu finden?«

Diese Worte waren für Cane bestimmt, nicht für mich, wie Cam mir in Gedanken mitteilte. Aber das bedeutete nicht, dass ich seine Frage *mochte*.

Ich kniff die Augen zusammen und richtete mich trotz meiner seltsamen Position auf seinem Schoß auf.

Er wölbte eine Augenbraue und seine Ungeduld entzündete eine Flamme in mir.

Fuck! Dieser Mann gehörte mir. Er würde mich nicht durch eine unsterbliche Fickpuppe ersetzen. Wie konnte er es nur wagen, so etwas zu sagen?

Ich grub meine Nägel in den Arm, den er um meinen Unterleib geschlungen hatte, und ignorierte das schwappende Wasser, als ich ihn zwang, mir zu erlauben, mich umzudrehen. Mich ihm wirklich zuzuwenden. Mich rittlings auf ihn zu setzen. Ihm in die Augen zu sehen. »Du wirst mich nicht ersetzen.«

»Ach nein?« Er neigte den Kopf zur Seite, sein Schwanz pochte an meiner glitschigen Mitte. »Und warum denkst du das?«

»Ich *denke* gar nichts«, antwortete ich. »Ich weiß, dass du es nicht tun wirst.«

Du bist eine verdammt gute Königin, antwortete er in meinen

Gedanken. *Wirst du mir helfen, meinem Bruder zu zeigen, warum ich dich niemals ersetzen werde?*

Er griff wieder in meine Haare und sein Oberkörper spannte sich an, als er seinen harten Oberkörper an meine Brust drückte.

Wirst du mir helfen, ihm zu zeigen, warum mich keine dieser Blutjungfrauen jemals angesprochen hat? Nicht einmal, als ich mich nicht an dich erinnert habe?, fuhr er fort.

Er knabberte an meiner Unterlippe, die trotz seines Bisses bereits verheilt war.

Wirst du mir helfen, ihm ein für alle Mal zu beweisen, warum du meine Gefährtin bist? Mir ebenbürtig? Er unterstrich diese letzten Fragen, indem er seine Zunge in meinen Mund gleiten ließ und seine Augen auf die meinen richtete, während er mich verschlang.

Ich biss zu – wütend darüber, dass er die Frage, ob er mich ersetzen sollte, überhaupt laut ausgesprochen hatte. Es spielte keine Rolle, dass sie für seinen Bruder bestimmt gewesen war. *Ich* hatte sie nicht hören wollen.

Und ich würde sie nicht einmal in Erwägung ziehen.

Nicht nach allem, was ich zwischen ihm und Mira mitbekommen hatte. Nach ihrem Gespräch darüber, dass er mit Blutjungfrauen gespielt hatte. Nach der Andeutung, dass er vor meiner Ankunft mit anderen Frauen zusammen gewesen war.

Nichts ist passiert, versprach Cam mir jetzt und seine Erinnerungen bestätigten seine Aussagen. *Ich habe eine von ihnen gebissen und kaum von ihr getrunken. Es war eine totale Verschwendung.*

Wie würdest du dich fühlen, wenn ich das Gleiche mit einem anderen Mann machen würde?

Er knurrte und legte seinen muskulösen Arm um meinen Rücken. *Ich würde ihn umbringen.*

Dann weißt du ja, was ich von den Blutjungfrauen halte. Plural.

Richtig? Denn Mira hatte definitiv angedeutet, dass Cam mehrere Blutjungfrauen gekostet hatte.

Mir wurden ein paar angeboten, ja. Ich habe nur eine gebissen, wiederholte er. *Wenn du sie tot sehen willst, gebe ich sie dir zum Töten.*

Es war ein verlockendes Angebot, auch wenn es falsch war, es in Betracht zu ziehen. Die Blutjungfrau war unschuldig. Genauso wenig wie es Cams Schuld war, dass er in Versuchung geraten war, sie zu beißen.

Es ist sehr bezeichnend, dass ich keine dieser Frauen wollte, Izzy, flüsterte er. *Mein Körper hat sie abgelehnt, weil meine Seele zu dir gehört. So wie es immer sein wird. Auch wenn du mich nicht mehr willst, gehöre ich weiterhin dir.*

Er schloss die Augen, sein Kuss wurde sanfter und seine Worte waren wie ein Gelübde in meinem Kopf, als er versuchte, die Wunde zu heilen, die er mit seiner verletzenden Frage wieder aufgerissen hatte.

Und das war genau die falsche Reaktion.

Ich wollte gegen ihn kämpfen.

Ich wollte etwas von der Wut herauslassen, die er in den letzten Wochen geweckt hatte.

Ich wollte ihm klarmachen, dass mein Platz an seiner Seite war, mir diese Position *verdienen* und testen, ob ich sie wirklich annehmen konnte.

Ich brauchte den bösen Cam. Die Bestie. Das Raubtier, das unter seiner Haut lauerte. *Den Vampir.*

Ich vermittelte ihm das, indem ich erneut zubiss, bis seine Zunge blutete und er zusammenzuckte. *Betrachte das als Markierung,* knurrte ich in seinen Kopf. *Du. Bist. Mein.*

Dann darf ich mich revanchieren, meine Königin, erwiderte er. *Nur, dass ich dich genau zwischen deinen Schenkeln markieren werde.*

Ich schüttelte den Kopf. »Raus.«

Er zog die Augenbrauen nach oben. »Wie bitte?«

»Raus. Hier.« Damit meinte ich nicht, dass er das Bad

verlassen sollte, sondern lediglich die Wanne. »Du willst sehen, warum du mich *nicht ersetzen* wirst?«, fragte ich ihn. »Setz dich da hin«, ich zeigte auf den Rand, »und ich zeige es dir!«

Er starrte mich an, seine Gedanken überschlugen sich und ein Lächeln schlich sich auf dein Gesicht. »Wie du willst. Aber ich werde dich verdammt noch mal in meinem Samen ertränken. Dann werde ich mich an dir satt trinken, während du um Gnade winselst.«

CAM

Ismereldas katzenhafter Blick folgte meinen Bewegungen, als ich mich auf dem Marmorrand der Wanne niederließ.

Sie sah aus, als wollte sie mich fressen.

Oder vielleicht töten.

Auf jeden Fall rechnete ich mit ihrer Grausamkeit.

Ich hatte keine Ahnung, welches Aufnahmegerät mein Bruder hier installiert hatte, aber das war mir jetzt auch egal. Wenn er sehen wollte, wie meine Königin mich verzehrte, würde ich ihn gewähren lassen. Vielleicht würde er dann verstehen, warum ich ihn töten musste.

Weil er meiner Königin wehgetan hatte. Meiner Gefährtin. *Meiner Ismerelda.*

Niemand legte sich mit meiner Löwin an.

Zumindest niemand außer mir.

Ihre Augen verengten sich zu Schlitzen, als sie

zwischen meinen gespreizten Schenkeln kniete; ihr Blick strahlte eine brutale Entschlossenheit aus.

Ich begrüßte diesen Blick. Ich wusste, dass ich ihn verdiente. Und mehr noch – ich *sehnte* mich danach.

Sie brauchte diese Erfahrung, um unsere Beziehung wieder aufleben zu lassen. Um mir zu vertrauen. Um Vertrauen in unsere gemeinsame Zukunft zu gewinnen.

Es war krankhaft. Und doch war es richtig. Dieser Ort. Dieser Raum. Diese Umstände. Sie setzten den Rahmen dafür, wer wir miteinander sein würden. Wie viel wir gemeinsam erreichen konnten, egal, in welcher Situation.

Und vor allem würden wir hier die Leidenschaft erleben, für die unsere Seelen vor langer Zeit vorgesehen worden waren.

Es würde kein Verstecken geben.

Keine Grenzen.

Kein Zurückhalten.

Nur wir.

Ihre Nasenlöcher weiteten sich und ihre grünen Augen glitzerten, als sie diesen Gedanken erwiderte und ihren Kopf senkte.

Mein Schwanz pulsierte in Erwartung, und an der Spitze sammelte sich bereits ein Tropfen Sperma für sie.

Sie bat mich nicht um Erlaubnis oder fragte mich, wie sie vorgehen sollte. Sie leckte lediglich die Flüssigkeit von meinem Schwanz, während sie meinen Blick festhielt.

Ich kämpfte gegen den Drang an, sie an den Haaren zu packen und sie zu zwingen, mehr zu tun. Mehr zu *nehmen*.

Ich würde diesem Instinkt nachgeben, wenn sie mich weiter neckte. Aber ich würde ihr zunächst erlauben, die Führung zu übernehmen.

Hier ging es um Vertrauen. Und ich vertraute darauf,

dass sie wusste, was wir beide brauchten, als sie ihre Lippen um meinen Schwanz schlang.

Sie summte und die Vibrationen stimulierten meinen Schaft, während ihre katzenhaften Augen jeden ihrer Gedanken verrieten.

Wut. Lust. Entschlossenheit. *Besessenheit.*

Ihre Zähne schabten über meine empfindliche Haut, ihre Drohung war unmissverständlich. Ich hatte ihr versprochen, sie zwischen ihren Schenkeln zu markieren, und sie schwor, das Gleiche auf eine ganz andere Art und Weise zu tun.

Verdammt, aber es fühlte sich so gut an. Ihre samtweiche Zunge auf meiner Haut. Ihre Schneidezähne im Begriff, zuzubeißen. Ihr verdammter Rachen dort, wo sich meine Schwanzspitze befand – und sie schluckte und massierte ihn so, dass ich am liebsten explodiert wäre.

Bei den Göttern, Ismerelda, dachte ich und meine Hand wanderte zu ihren Haaren – nicht, um sie zu führen, sondern um sie zu berühren. Um meinen Anker zu finden. Um mich dem Himmel hinzugeben, den sie mit ihrem verdammten Mund schuf.

»Ich gehöre dir«, stöhnte ich laut. *»Fuck!«*

Sie hatte gerade erst losgelegt und ich war schon bereit.

Ich schob meine Finger zwischen ihre Haarsträhnen und hielt sie fest, während ich die Kontrolle wiedererlangte.

Ihre Zähne umklammerten meinen Schwanz, und ihr Biss entlockte meinem inneren Tier ein Knurren. Es wollte, dass ich sie aus dem Wasser zog und meine Reißzähne in ihrem Hals versenkte. In ihren Brüsten. In ihrer Pussy. Um sie zu besitzen. Sie zu beanspruchen. Sicherzustellen, dass sie verstand, dass es genauso possessiv war wie sie. Vielleicht sogar noch mehr.

Stattdessen lehnte ich mich mit dem Rücken gegen die geflieste Wand hinter mir und absorbierte den Schmerz.

Ihre Zunge zeichnete die Abdrücke ihrer Zähne im nächsten Atemzug nach. Ihr heißer Mund verschaffte mir sofort Erleichterung und steigerte mein Bedürfnis.

Es war eine lange Nacht gewesen. Eine noch längere verdammte Woche. Alles, was ich wollte, war, mich in dieser Frau zu verlieren, mich von ihr leer lutschen zu lassen und sie dann noch einmal zu ficken, sobald ich mich erholt hatte.

Sie war meine Gefährtin.

Meine verdammte Königin.

Meine *Göttin*.

Ich wollte sie an ihrem Altar verehren und zwischen ihren Schenkeln beten.

Doch jetzt kniete sie vor mir, was das Ganze noch kraftvoller machte.

Ich streichelte ihren hübschen Hals und spürte ihren pochenden Puls. *Du bist so verdammt perfekt*, flüsterte ich ihr zu. *Du machst mich fertig, meine Königin. Du bringst mich um.*

Die Formulierung war mir nicht entgangen. Aber ich würde mit Freuden für diese Frau sterben. Vor allem so, mit meinem Schwanz tief in ihrem Rachen, ihren Fingernägeln an meinen Schenkeln und ihren Augen auf meine gerichtet.

So verdammt schön, sagte ich. *Bei den Göttern, ich bin süchtig nach deinem Mund.*

Die Art, wie sie sich auf und ab bewegte und ihre Wangen aushöhlte. Wie sie meine Spitze mit ihrer Zunge massierte, um mich dann wieder tiefer zu nehmen.

Meine Finger verkrampften sich in ihren Haaren und meine Schenkel spannten sich unter ihrem sinnlichen Angriff an.

Ein jahrhundertealtes Bedürfnis stieg in mir auf und drohte, sie zu ertränken, wie ich es ihr versprochen hatte.

Ihr Verstand nahm die Herausforderung bereitwillig an; ihre Augen forderten mich heraus, es zu versuchen.

»Wehe, du schluckst nicht alles«, sagte ich zu ihr, während meine Hand ihre verworrenen Strähnen wieder einfing und ich sie an mich drückte. »Jeder Tropfen gehört in deinen Mund.«

Ich würde sie markieren.

Als mein beanspruchen.

Auf jede verdammte Art und Weise.

Sie summte um mich herum, die Vibrationen erreichten meine Eier und entlockten meinem Mund einen Fluch. Dann biss die kleine Füchsin zu und das Brennen stand im Widerspruch zu den sinnlichen Qualen und verstärkte sie gleichzeitig.

Ersetze mich, zischte sie in meinen Kopf. *Versuche es!*

Fast hätte ich gelacht, aber dieser Instinkt verwandelte sich in ein Knurren, als sie mich so verdammt tief nahm, dass ich mich auf nichts anderes konzentrieren konnte, als ihren Mund zu ficken.

Sie steckte jeden Stoß weg, ihre Augen tränten, während ihr Rachen für mich offen blieb.

Es war hart. Fantastisch. Verdammt noch mal unglaublich. Und so ntensiv.

Meine Hand krallte sich in ihre Haare, während ich sie dazu zwang, zu nehmen. Zu schlucken. Mich zu akzeptieren. Meine Brutalität. Meine Kraft. Mein Verlangen. Meinen *Samen*.

Und Ismerelda tat genau das. Sie nahm alles und ihre wässrigen Augen starrten mich ununterbrochen mit einer verführerischen Entschlossenheit an.

Als ich fertig war, rang sie nach Luft und ihre Wangen wurden so blass, dass sie dem Tod nahe war.

Ich ließ sie los und erfreute mich an dem Geräusch ihres Keuchens. Nicht nur, weil es bedeutete, dass sie lebte, sondern auch, weil es ihre Fähigkeit ausdrückte, mich wirklich zu nehmen. Uns zu akzeptieren.

Ich konnte nicht wieder zu jener alten Version meiner selbst werden, die sie mit Sorgfalt behandelt hatte. Damit würde ich uns beiden keinen Gefallen tun. Zum Teufel, diesen Fehler hatte ich bereits gemacht.

Dies war unser Weg nach vorn.

Und sie hatte mir gerade gezeigt, dass sie das akzeptieren konnte.

Ich packte sie an den Haaren und zog sie hoch. Meine Lippen verlangten nach den ihren. Sie kreischte auf, dann stöhnte sie, als ich sie an mich zog. Meine Zunge blutete bereits und war bereit, sie für die nächste Runde zu revitalisieren.

Denn wir waren noch nicht fertig.

Ich hatte noch ein Gebet vorzutragen.

Ein Gebet, das ich gegen ihre Klitoris richten wollte.

Sie schnappte nach Luft, als ich uns drehte und meine vampirische Geschwindigkeit dafür sorgte, dass sich das Wasser über das ganze verdammte Badezimmer ergoss. Ich setzte sie dort ab, wo ich bis eben noch gesessen hatte.

Dann kniete ich vor ihr nieder, so wie es ein König vor seiner Königin tun sollte.

Ihre Brüste hoben und senkten sich mit ihren angestrengten Atemzügen; ihr Körper hatte sich noch nicht von den Strapazen erholt. Anstatt sie zum Weitermachen zu zwingen, gönnte ich ihr einen Moment der Ruhe und richtete meine Aufmerksamkeit auf ihre Titten.

Ich ließ meine Zunge über ihre Brustwarze gleiten und die kleine Rosenknospe wölbte sich wunderschön als

Antwort. Dann wandte ich mich der anderen zu, wobei ich interessiert ihr Gesicht beobachtete.

Ihre Wangen waren wieder rosa, ihre Lippen geschwollen und geöffnet.

Du bist umwerfend, meine Königin, murmelte ich über unsere Verbindung. *Ich werde nie müde, dich so zu sehen.*

Und das bewies ich ihr, indem ich ihr meine früheren Erinnerungen zeigte – jene, die mir die vergangenen Wochen beschert hatten. Jede einzelne zeigte meine Gedanken, meine fortlaufende Analyse, warum ich sie seit tausend Jahren behalten hatte.

So viele verführerische Eigenschaften.

So viel zu lieben und zu schätzen.

Sie ist in jeder Hinsicht die perfekte Gefährtin.

Sie forderte mich heraus. Sie stärkte mich. Sie akzeptierte mich.

Ich verdiene dich nicht, gab ich zu. *Aber ich werde die Ewigkeit damit verbringen, dich zu verehren.*

Ich ging nicht näher darauf ein, was ich meinte, sondern küsste mich zu ihrem heißen Zentrum. Sie erstarrte, als meine Lippen ihr intimes Fleisch erreichten – und sofort erwartete ihr Verstand meinen Biss.

Aber hier ging es um sie und ihr Vergnügen.

Nicht um mich.

Noch nicht.

Ich leckte sie von ihrem Eingang bis zu ihrer Klitoris, während mein Blick den ihren fand und festhielt. Ich hatte fest vor, sie mit meiner Zunge kommen zu lassen, bevor ich mich ihrem sinnlichen Blut hingab.

Sie zitterte und ihre Pupillen weiteten sich, als ich meinen Mund um ihre empfindliche Knospe legte.

Obwohl sie meine Absichten hörte, erwartete sie immer noch, dass ich zubiss.

Ich spielte mit dieser Erwartung, indem ich sanft an ihr

knabberte und dann die Empfindung mit meiner Zunge verjagte.

Sie stöhnte auf und schob ihre Finger in meine Haare, während sie mich an sich drückte.

Du schmeckst so verdammt gut, Izzy, flüsterte ich ihr zu. *Ich könnte mich tagelang an dir laben und würde nie genug davon bekommen.*

Cam …

Sschhh, flüsterte ich ihr zu. *Lass mich dich verehren, meine Königin. Lass mich dich verwöhnen.*

Ihre Beine zitterten um mich herum, ihre eine Hand umklammerte den Rand der Wanne, während ihre andere Hand in meinen Haaren verweilte.

Jedes Lecken schien ihre Bedenken zu zerstreuen und ihr Verstand erlag allmählich der Wolke der Lust, die sich in ihr aufbaute. *Mehr*, flüsterte sie. Es war keine Forderung. Nein, ihr Körper flehte mich an, weiterzumachen. Niemals aufzuhören. Ihr zu geben, was sie brauchte.

Ich schob einen Finger in sie hinein und krümmte ihn auf eine Art und Weise, von der ich wusste, dass es ihr gefallen würde. Als das weiterhin nicht genug war, fügte ich einen zweiten Finger hinzu. Sie klammerte sich an mich und mein Schwanz schwoll noch mehr an, weil ich unbedingt in ihr sein wollte. Ich war unglaublich begierig darauf, sie zu ficken.

Wir würden heute nicht viel schlafen – wenn überhaupt.

Dieses Verlangen war zu stark, zu intensiv, als dass wir uns hätten ausruhen können.

Wir brauchten das. Es war eine Art Schwur zwischen unseren Körpern, der dem Gelöbnis entsprach, das unsere Seelen vor einem Jahrtausend abgelegt hatten.

Meine Zunge flüsterte Versprechen gegen ihre Haut. Versprechen, sie anzubeten. Versprechen, sie zu beschützen. Versprechen, ihr ebenbürtig und nicht überlegen zu sein. Versprechen, jeden zu töten, der sie jemals berührt hatte – auch meinen Bruder. Versprechen, sie nie wieder in der Dunkelheit zu lassen.

Sie gehörte in jeder Hinsicht mir.

Und ich gehörte ihr.

Eines Tages würde ich sie verwandeln. Aber das würde nach ihren Bedingungen geschehen, nicht nach meinen.

Dann würde sie meine Vampirkönigin sein. Unsterblich. Unzerbrechlich. Unerbittlich. Eine Göttin, die dazu bestimmt war, verehrt zu werden.

Alle würden sich vor ihr verbeugen, auch ich.

So wie ich es jetzt tat.

Sie verwöhnend.

Auf meinen Knien.

Meine Gefährtin …

Ihre Beine zitterten, ihr Griff in meinen Haaren wurde fester und ihre Lippen öffneten sich mit einem Keuchen. Sie stand so nah am Abgrund, ihre Pussy pulsierte gegen meine Finger und mein Schwanz pochte vor Verlangen, in ihr zu sein.

Noch nicht, sagte ich mir. *Oh, aber bald. Sehr … sehr … bald.*

Aber zuerst musste sie kommen. Hart. Und zwar über einen längeren Zeitraum hinweg. Immer und immer wieder. Bis sie ihren verdammten Verstand verlor.

Dann, und nur dann, würde ich sie ficken.

»Cam«, hauchte sie.

»Mmm«, brummte ich zurück. »Ich will, dass du für mich kommst, meine geliebte Löwin. Gib mir, wonach ich mich sehne. Süße dein Blut. Lade mich ein, dich zu beißen. Genau. Hier.«

Ich nahm ihren pulsierenden Knoten in meinen Mund und saugte daran. Die Wirkung trat sofort ein und ihre

Schreie hallten durch den Raum. Verdammt, man konnte ihn wahrscheinlich überall in diesem verdammten Gebäude hören.

Und es war *mein* Name, den sie rief, und ich lächelte triumphierend.

Genau so, meine Königin. Lass sie alle wissen, dass dein König vor dir kniet. Dich befriedigt. Dich zum Schreien bringt …

Ihr daraufhin einsetzendes Zittern versetzte sie augenblicklich in einen langanhaltenden Höhepunkt, denn meine kleine Löwin fand Gefallen an meinen Worten.

Aber mein Biss sollte ihr noch viel besser gefallen.

Ich wartete, bis sie fast fertig war und ihr Orgasmus in Nachbeben überging, während sich ihre Glieder langsam aus ihrem zitternden Zustand lösten.

Dann biss ich zu. Mein Vampirgift drang in ihre Klitoris ein und trieb sie in eine weitere heiße Spirale der Intensität. Ich konnte ihre Ekstase spüren, als wäre es meine eigene, und unsere Verbindung war weit geöffnet, als sie aufschrie.

Ihr Stöhnen war Musik in meinen Ohren, als ich mir endlich erlaubte, zu trinken. Zu saugen. Zu *beißen*.

Mein inneres Raubtier knurrte zustimmend, während Ismerelda sich krümmte und ihr Verstand von dem euphorischen Angriff auf ihre Sinne abschaltete.

Sie wand sich, ihr Körper wollte sich gegen die überwältigende Natur ihres Höhepunkts wehren. Aber ich lotste sie weiter; meine Zunge ersetzte meine Reißzähne, während ich ihre pochende Klitoris besänftigte.

Dann biss ich sie erneut und trieb sie erneut von der Klippe.

Ihre Stimme wurde heiser von ihren harschen Schreien, ihre Finger zerrten an meinen Haaren. Ihre Nägel gruben sich in meine Schulter. Mein Name war ein Flehen in ihrem Kopf.

Doch sie bat mich nicht, aufzuhören.

Sie akzeptierte ihre Lust und kämpfte sich hindurch. Meine Löwin bewies, dass sie mir in jeder Hinsicht ebenbürtig war. Vielleicht, weil sie hören konnte, wie sehr ich es liebte, das mit ihr zu tun. Oder vielleicht, weil sie es tatsächlich genoss. Wahrscheinlich war es eine Kombination aus beidem.

Du bist so unglaublich großartig, lobte ich sie. *Nimmst meinen Körper an. Akzeptierst ihn. Lässt dich von mir verschlingen.*

Ich biss sie erneut, was mir einen leisen Schrei einbrachte, ihre Stimme war so heiser, dass sie keinen Ton mehr von sich geben konnte.

Flieg weiter, Ismerelda. Flieg, bis du nicht mehr atmen kannst. Dann werde ich dich ins Leben zurück ficken.

Ihre Schenkel verkrampften sich um mich, ihr Geist nahm meine Herausforderung bereitwillig an.

Ich trank aus ihrer süßen Pussy, während sie sich um meine Finger schloss. Ihre Brust bebte, ihr Griff war fast tödlich.

Bis sie langsam losließ und die Lust sie in einen gefügigen Zustand versetzte. Sie schwebte, verlor das Bewusstsein und begab sich an einen sicheren Ort. An einen warmen Ort. An einen Ort, an dem niemand außer mir sie hören konnte.

Ich leckte sie ein letztes Mal, während meine Hände ihre Hüften packten. Im nächsten Moment wurde ihr Körper schlaff. Ich hielt sie fest, während ich die Wunde heilte, die ich verursacht hatte, dann richtete ich mich auf und presste meine Lippen auf ihre.

Sie erwiderte den Kuss nicht. Sie war zu sehr in ihrem Rausch versunken, um meine Bewegungen zu bemerken. Ich grinste, erfreut über ihre Zufriedenheit. »Ich kann es kaum erwarten, dich zurück ins Bewusstsein zu ficken«, sagte ich gegen ihren Mund.

Sie antwortete nicht.

Aber das musste sie auch nicht.

Ich hatte ihr Einverständnis gehört, als ich ihr von meinen Absichten erzählt hatte. Sie hatte gewusst, was ich wollte. Und sie war mehr als bereit, mir zu gehorchen.

Ich stand auf, hob sie hoch und schnappte mir ein Handtuch, während sie schlaff an mir klebte. Ihr Gewicht stützte ich mit einem meiner Arme.

Ich trocknete uns hastig ab – mein Körper war zu begierig, um gründlich zu sein.

Aber das war egal.

Alles, was ich wollte, war Ismereldas heiße Pussy um meinen Schwanz zu spüren.

CAM

Ismerelda bewegte sich nicht, als ich sie mit dem Rücken an meinem Oberkörper ins Bett legte.

»Mmm«, murmelte ich gegen ihr Ohr, während ich mit meiner Handfläche an ihrer Seite auf und ab fuhr. »Deine Nippel sind hart, meine Königin. Ich wette, deine Pussy ist auch noch feucht.«

Ich ließ meine Hand auf ihren flachen Bauch und hinauf zu ihrer Brust gleiten. Sie fühlte sich so verdammt perfekt unter meiner Handfläche an. So voll und fest.

Ihre kleine Rosenknospe verkrampfte sich bei meiner Berührung und auch ihr Atem schien sich zu beschleunigen.

Ich spüre, wie du von deinem High herunterkommst, flüsterte ich ihr zu. *Versuche, dich nicht zu bewegen, wenn du aufwachst. Ich möchte, dass du ruhig bleibst. Als würdest du schlafen.*

Es hatte etwas Verbotenes an sich. Etwas Dunkles.

Und das Wissen, dass mein Bruder zusah, machte es noch interessanter.

Er wollte, dass ich eine Bestie war. Dass ich mich nicht um die Menschheit kümmerte. Dass ich mich über die Wünsche und Bedürfnisse meiner *Erosita* hinwegsetzte. Also würde ich vorgeben, genau das zu tun, während ich wusste, dass meine Gefährtin das nicht nur mochte, sondern auch begehrte.

Das bewies die Gänsehaut, die sich jetzt auf ihren Armen bildete.

Beweg dich nicht, Liebste, wiederholte ich in Gedanken. *Konzentriere dich nur auf deine Atmung.* Ich umkreiste einen ihrer steifen Nippel mit meinem Finger. *Ein und aus, meine Königin. Ja, genau so.*

Ihr Körper drohte sich gegen meinen anzuspannen; ihre Instinkte tobten in ihr. Doch sie blieb ganz ruhig. Still. Meine perfekte verdammte Königin.

»Du bist großartig«, sagte ich an ihrem Hals. »Ich möchte den ganzen Tag von dir trinken, während ich dich immer und immer wieder ficke.«

Ich biss zu, um ihr Blut zu trinken, während ich ihre perfekte Titte streichelte.

Sie zuckte leicht zusammen; eine Welle flüssiger Erregung überrollte sie.

Gib keinen Laut von dir, warnte ich sie. *Wir veranstalten hier eine Show, erinnerst du dich?*

Sie antwortete nicht. Zumindest nicht mit ihrer mentalen Stimme. Aber ich hörte, wie sie innerlich stöhnte; ihr Geist war kurz davor, das Bewusstsein zu erlangen.

Es war berauschend, ihr zuzuhören, wie sie die Gefühle verarbeitete, die durch ihren Körper strömten. Sie verstand meine Worte, spürte, was ich mit ihr machte, war aber noch nicht ganz bei Bewusstsein. Ihre Reaktionen waren instinktiv. Und schon bald würde sie Mühe haben, sie unter Kontrolle zu halten. Dann würde der eigentliche Spaß beginnen.

Ich trank erneut von ihrer Ader, ließ meine Handfläche zu ihrem Bauch und dann weiter zu der Hitze zwischen ihren Schenkeln wandern.

»So verdammt feucht für mich«, sagte ich außerordentlich zufrieden. »Und eng«, fügte ich hinzu, als ich einen Finger in sie schob. »Bei den Göttern, ich liebe es, wie du dich anfühlst, nachdem du gekommen bist, Ismerelda. Es ist wie Vorspiel.«

Nicht nur, weil ich ihre Lust *spüren* konnte, sondern auch aufgrund dessen, was es mit ihrer Pussy machte.

»Ich habe doch versprochen, dich wieder zur Besinnung zu bringen, nicht wahr?« Meine Handfläche glitt von ihrer feuchten Hitze zu ihrer Hüfte und entlang ihres Schenkels. »Genau das werde ich jetzt tun.«

Und du wirst für mich schweigen, fügte ich in Gedanken hinzu, während ich ihr Bein über meines führte. *Du wirst nicht schreien oder dich bewegen, bevor ich es dir erlaube.*

Etwas daran machte das Ganze noch heißer.

Ich zog meine Hüften ein wenig zurück, um die Verbindung zwischen unseren Körpern zu verändern. Anstatt meinen Schwanz in ihren Arsch zu pressen, richtete ich die Spitze auf ihren feuchten Eingang aus.

Beweg dich nicht, sagte ich ihr wieder, als ich von hinten in sie eindrang. *Tu so, als würdest du schlafen.*

Ich erinnerte mich an das, was wir in der vergangenen Woche mehrmals getan hatten. Nur war es jetzt anders, denn sie konnte mein Bedürfnis spüren. Meine Absichten hören. Sie verstand, dass es nicht nur um mich ging. Es ging um uns. Um unser gemeinsames Vergnügen. Unseren Genuss.

So war es schon immer gewesen, auch als ich versucht hatte, sie als Fickpuppe zu betrachten. Trotzdem war ich nicht in der Lage gewesen, zu spielen, als ich ihre Angst gespürt hatte. Es hatte sich nicht richtig angefühlt.

Aber jetzt … jetzt konnte ich ihre Erregung spüren. Ihr Bedürfnis riechen. Ihr inneres Interesse spüren.

Sie wollte das. Sie wollte mich. Sie wollte *uns*.

Und ich gab es ihr mit meinem Vorstoß.

Gott, hauchte sie. *Ich … ich kann nicht … ich kann nicht …*

Sschhh, flüsterte ich. *Du machst das so gut, Ismerelda. Bleib ruhig. Lass mich dich ficken. Lass mich dich benutzen.*

Den letzten Teil sagte ich mit Absicht. Denn sie hatte gedacht, dass ich genau das gewollt hatte. Dass es mir nur darum gegangen wäre, sie zu meiner eigenen Befriedigung zu ficken.

Sie hatte sich nicht geirrt.

Aber sie hatte auch nicht recht gehabt.

Ich liebte es, sie zum Orgasmus zu bringen, weil es bedeutete, dass ich sie befriedigt hatte. Und es gab nichts Erregenderes, als zu wissen, dass ich meinen Job erledigt hatte.

Das bestätigte ihre Pussy jetzt, als sie sich um mich klammerte – ihr Unterleib war eng, heiß und verdammt köstlich.

Ich knurrte gegen ihren Hals und drückte meine Hüfte gegen sie, während ich in sie stieß. Meine Handfläche lag fest auf ihrer Hüfte.

Cam …

Noch nicht, mahnte ich. *Bleib ruhig.*

Ihr Körper spannte sich an, Schweiß stand auf ihrer Stirn, als sie den Drang bekämpfte, sich gegen mich zu stemmen.

Meine Reißzähne bohrten sich wieder in ihren Hals und es wurde immer schwerer für sie, ihre Reaktionen zu kontrollieren.

Ein Schrei ertönte in ihrem Kopf, ihr Höhepunkt

überrollte sie und sie presste sich keuchend gegen mich. Aber sonst bewegte sie sich nicht, ihr Körper war hart, perfekt und einfach nur unglaublich.

Du bist fantastisch, Ismerelda. Und du fühlst dich unglaublich an. Komm weiter für mich, Liebste. Ich bewegte meine Hand zu ihrer Klitoris. *Mmm, ja. Genau so.*

Ich … ich … Oh … Ich kann nicht … Cam!

Du kannst, versprach ich. Aber anstatt sie zu zwingen, mehr zu nehmen, schloss ich mit meiner Zunge die Wunde an ihrem Hals und gönnte ihr eine vorübergehende Pause von meinen Zähnen.

Aber ich hörte nicht auf, sie zu massieren oder zu ficken.

Ihre enge Pussy pulsierte um mich herum und quetschte meinen Schwanz, während ich in sie eindrang.

Wieder und wieder.

»Du nimmst mich so gut«, flüsterte ich ihr ins Ohr. »So verdammt gut, meine Königin. So verdammt gut.«

Sie zitterte nun und versuchte immer noch, mir ihre Bewusstlosigkeit vorzuspielen.

Ich küsste ihre Schläfe und zog mich aus ihr zurück. Dann drehte ich sie auf den Rücken und glitt wieder in sie hinein.

Ein erschrockenes Keuchen entwich ihr, ihre Augen öffneten sich flatternd und schlossen sich dann wieder.

Ich lächelte. »Das habe ich gesehen.« Meine Lippen eroberten ihre. »Küss mich, Ismerelda. Gib mir deine Zunge und schlinge deine Beine um mich!«

Unser Spiel war zu Ende. Sie hatte ihre Rolle wunderbar gemeistert. Jetzt wollte ich, dass sie sich uneingeschränkt auf mich einließ.

Und ihre schnelle Reaktion auf meine Forderung bestätigte mir, dass sie das auch wollte.

Ihre langen, athletischen Beine umschlossen meine

Hüften und ihre Hände umklammerten meine Schultern, während ihre Zunge in meinen Mund glitt.

Es war aggressiv. Heiß. *Wütend.*

Und das alles unterstrichen durch Leidenschaft, die ich nur zu gern erwiderte.

Ihre Lippen trafen auf meine, ihre Zunge suchte die Vorherrschaft und lockte mein Tier zum Spielen heraus. Ich packte ihre Hüften und stieß in sie hinein, wobei mein innerer Vampir sie daran erinnerte, wer hier das Sagen hatte. Daraufhin biss mir die kleine Füchsin in die Zunge.

Ich knurrte.

Sie stöhnte.

Und unser leidenschaftlicher Tanz wurde wilder.

Blut. Schweiß. Tränen. Sex.

Es war so verdammt berauschend, dass ich fast den Verstand verlor.

Ihre Nägel bohrten sich in meine Haut, krallten sich in meinen Rücken und ermutigten mich, noch härter zu stoßen. Schneller. Tiefer.

Ich verschlang ihren Mund, während ich ihre Pussy fickte; meine Hände quetschten ihre Hüften. Aber das war ihr egal. Sie nahm es hin und verlangte mehr.

Meine Königin.

Meine Gefährtin.

Meine Ismerelda.

Mein Cam, flüsterte sie zurück. *Nimm mir das Bewusstsein. Lass mich Sterne sehen.*

Mein inneres Tier grummelte zustimmend, das Geräusch vibrierte in meinem und ihrem Körper.

Und dann gab es kein Halten mehr, meine Wildheit nahm überhand und mein Raubtier wurde zur absoluten Bestie.

Sie blutete.

Ich blutete.

Unsere Essenzen vermischten sich in unseren Mündern.

Ihre Hüften wölbten sich in jeden meiner Stöße. Ihre Titten drückten sich gegen meinen Oberkörper. Ihre kleinen Krallen markierten meine Haut. Meine Handflächen markierten ihre.

Bis wir beide über den Abgrund in intensive Dunkelheit stürzten. Die überwältigende Hitze brachte uns aus dem Gleichgewicht und verursachte ein seltsames Klingeln in unseren Köpfen.

Ich knurrte und verlor mich in den Gefühlen – ihren und meinen –, denn ich konnte alles spüren, genau wie sie.

Es war unglaublich.

Umwerfend.

Absoluter Wahnsinn.

Und so unfassbar laut, dachte ich, im Delirium des Orgasmus, der mein Inneres erschütterte.

Meine Hüften schlugen weiter auf sie ein, mein Schwanz war wild entschlossen, jeden Zentimeter ihres Inneren mit meinem Sperma zu füllen.

Die ganze Zeit über zerrte dieses schrille Geräusch an meinen Sinnen.

Es … es fühlte sich nicht richtig an. Es fühlte sich *nervtötend* an.

Ismerelda brummte, ihre sterblichen Sinne lullten sie in einen trunkenen Zustand ein, während meine Bestie vor Triumph brüllte.

Nein. Nicht Triumph. *Alarm.*

Meine Augen flogen auf und die Dunkelheit verschwand sofort, als die Realität auf mich einstürzte.

Alarm, wiederholte ich zu mir selbst. *Das ist ein verdammter Alarm.*

Es war einer, den ich aus den Protokollen kannte.

Eines der Anlagen-Protokolle war ausgelöst worden.

Und es war keines von Liliths Protokollen, denn sie war nicht der Drahtzieher hinter dieser Operation gewesen.

Mein Bruder hatte immer das Sagen gehabt.

Das bedeutete, dass dieses Protokoll von jedem ausgelöst werden konnte.

Auch von mir und Ismerelda.

Oder von etwas ganz anderem.

Ich griff nach der Kehle meiner Königin, bemerkte ihren schläfrigen Blick und küsste sie sofort. Mein Blut floss in ihren Mund und mein Geist zwang sie, zu schlucken.

Denn sie musste aufwachen. Ihr Bewusstsein wiedererlangen. *Und bereit zum Kämpfen sein.*

EDON

DIESER VERDAMMTE KYLAN, schimpfte Silas über unsere mentale Verbindung. *Ich hätte auf Lunas Angebot eingehen sollen, die Plätze zu tauschen.*

Wenn ich nicht in Wolfsgestalt gewesen wäre, hätten meine Lippen gezuckt. *Steckt er wieder seinen Anspruch ab?*, fragte ich amüsiert.

Kylan hatte in den vergangenen Tagen eine ziemliche Show abgezogen, um sicherzustellen, dass Silas wusste, zu wem Rae gehörte. Es schien ihm Spaß zu machen, seine Gefährtin dazu zu bringen, *seinen* Namen zu schreien – wahrscheinlich, weil es Silas' Name gewesen war, den sie vor einem Jahr an der Universität gestöhnt hatte.

Nicht, dass Silas und Rae jemals auf diese Weise füreinander geschwärmt hätten. Sie waren lediglich in einem Kurs als Team eingeteilt worden und wussten, wie man Zuneigung vortäuschten konnte – etwas, das den royalen Vampir zu verärgern schien.

Immer wieder und wieder, murmelte Silas. *Ich werde mir jetzt ein neues Zimmer suchen, in dem ich schlafen kann.*

Wir machen das wieder gut, wenn wir zurück sind, antwortete Luna und ihre süße Stimme ließ meinen Wolf vor Freude fast schnurren. Wir waren etwa einen Kilometer voneinander entfernt und jagten in unseren Tiergestalten nach den anderen Lykanern. Aber sie in meinen Gedanken zu hören, lenkte meine Bestie fast von ihrer Aufgabe ab.

Wobei *fast* das entscheidende Wort war.

Ein guter Fick wäre zwar ein viel angenehmeres Unterfangen, aber wir mussten herausfinden, was mit den anderen Lykanern los war.

Sie waren schon vor Stunden verschwunden, sodass wir drei die einzigen Wandler in der Nähe des Turms waren.

Die Arschlöcher veranstalteten hier draußen ständig private Treffen, und meine Gefährten und ich hatten es satt, bei diesen geheimen Gesprächen außen vor zu sein.

Mein Wolf senkte seine Schnauze wieder zur Erde, suchte nach vertrauten Gerüchen und fand ein Gemisch, das sich in verschiedene Richtungen bewegte.

Es war, als wären die Lykaner auf die Jagd gegangen und hätten sich über das Waldgebiet jenseits des Sees verstreut. *Eine Ablenkung*, knurrte ich. *Ein Mittel, um unsere Sinne zu verwirren.*

Denn sie wollten nicht gefunden werden. Weder von uns noch von den Vampiren, die wir im Turm zurückgelassen hatten.

Etwas passiert hier auf jeden Fall, dachte ich – mein Verstand offen für Luna und Silas. *Etwas Großes.*

Soll ich den Turm noch einmal absuchen?, fragte Silas, der seine Irritation zugunsten unseres sachlichen Gesprächs beiseitegeschoben hatte.

Nein. Sie sind nicht zurückgekommen. Dessen war ich mir

sicher. Denn sonst hätten Luna oder ich einen von ihnen erwischt. Es war, als würden sie sich immer weiter vom Turm entfernen.

In Richtung eines Treffpunkts oder …

Mein Wolf hob den Kopf. *In welcher Richtung liegt der Flugplatz?*, fragte ich und suchte unsere Umgebung ab. *Osten? Westen?*

Südosten, antwortete Luna und ihr Geist verriet mir, dass sie meinen Gedanken gefolgt war und nun ebenfalls in die entsprechende Richtung ging. *Du glaubst doch nicht …*

Sie verstummte.

Vor allem, weil ich *genau* das dachte, was sie gerade hatte fragen wollen.

In der nächsten Sekunde rannten wir beide in Richtung Flugplatz, während Silas in unseren Köpfen knurrte. *Sag noch nichts zu Kylan!*, befahl ich ihm. *Wir müssen uns erst sicher sein.*

Sag bloß, murmelte er schnippisch.

Vorsichtig, Vollstrecker, warnte ich ihn.

Leck mich, Alpha, erwiderte er.

Das werde ich, versprach ich. *Und ich werde dich beißen – und zwar in den Arsch, bevor ich ihn ficke.*

Ich schwöre bei Gott, ihr zwei denkt immer nur an Sex, warf Luna ein. *Wir versuchen, die Lykaner zu finden, die vielleicht abtrünnig geworden sind, und ihr beide flirtet.*

Bist du eifersüchtig, Gefährtin?, fragte ich sie. *Wäre es dir lieber, wenn wir stattdessen mit dir flirten?*

Mir wäre es lieber, ihr würdet euch auf die anstehende Aufgabe konzentrieren, antwortete sie.

Lügnerin, raunte ich ihr zu. *Du willst, dass wir über deine süße Pussy reden und darüber, was wir mit ihr vorhaben …*

Mein Wolf erstarrte, als uns der vertraute Duft von Zypressen einhüllte und unsere Aufmerksamkeit nach links lenkte.

Großvater, dachte ich und begegnete den dunklen Augen meines Großvaters durch einen tief hängenden Ast. Sein silbernes Fell glitzerte in der Sonne, die Farbe ähnelte der seiner Haare in Menschengestalt.

Aber ich spürte sofort, dass etwas nicht stimmte, als er einen Schritt auf mich zumachte und mir dabei einen so ernsten Blick zuwarf, wie er ihn nur selten aufsetzte.

Geh weiter zum Flugplatz, sagte ich zu Luna, als mir ihr momentanes Zögern bewusst wurde. Sie war in dem Moment langsamer geworden, als sie begriffen hatte, dass ich meinen Großvater entdeckt hatte. *Ich vermute, er ist hier, um mich abzulenken.*

Ich komme, sagte Silas zu Luna.

Ich kann auf mich selbst aufpassen, erwiderte sie.

Ich weiß. Ich will nur zuschauen, kleiner Mond. Sogar ich konnte die Lüge in Silas' Worten hören. Oh, er wollte zusehen, aber er wollte sie auch beschützen.

Luna seufzte nur, denn sie wusste, dass sie nichts tun konnte, um Silas' Beschützerinstinkt zu bremsen. Deshalb nannte ich ihn ja auch unseren Vollstrecker.

Nun ja, unter anderem.

Mein Großvater verwandelte sich und ich folgte seinem Beispiel. Meine Gliedmaßen veränderten sich mühelos und mein Wolf beugte sich meinem Befehl, sich zurückzuziehen.

»Edon«, sagte mein Großvater, während er sich zu seiner vollen Größe von über eins achtzig aufrichtete.

Ich tat es ihm gleich, nur hatte ich ein paar Zentimeter mehr als er. Außerdem verfügte ich bestimmt über zehn oder fünfzehn Kilo mehr Muskelmasse. Doch während ich ihn körperlich übertraf, war er mir geistig überlegen. Mit seinen fast siebenhundert Jahren verfügte mein Großvater über eine Fülle an Wissen.

Und er hatte mir von klein auf beigebracht, die Älteren zu respektieren.

»Großvater«, antwortete ich und neigte den Kopf, wie es sich für einen höflichen Umgang gehörte. Ich mochte zwar der Alpha des Clemente Clans sein, aber diese Position hatte ich nur mit der Hilfe dieses Mannes erreicht. Ich würde mich auf ewig vor ihm verbeugen.

Er musterte mich eine ganze Weile, seine dunklen Augen – sie hatten die gleiche Farbe wie meine – strahlten eine Intensität aus, die ich bis in meine Seele spürte. *Etwas ist bereits passiert*, sagte ich zu Silas und Luna. *Oder zumindest im Gange.*

Ich bin noch knapp zehn Kilometer vom Flugplatz entfernt, antwortete Luna, und in ihrer mentalen Stimme lag ein Hauch von Erschöpfung.

Wölfe waren schnell.

Aber das Sprinten kostete viel Energie.

Und wir konnten unsere Höchstgeschwindigkeit nicht lange beibehalten.

Sei vorsichtig, murmelte ich ihr zu.

Ich komm schon klar, zischte sie.

Ich weiß, kleine Gefährtin. Das heißt aber nicht, dass ich mir keine Sorgen um dich machen kann.

Es ist ein Wunder, dass ich überhaupt noch spazieren gehen darf, brummte sie.

Ich werde sie erwischen, sagte Silas zu mir. *Unter meiner Aufsicht wird ihr nichts passieren.*

Das habe ich gehört, knurrte sie.

Ich weiß, kleiner Mond. Seine Stimme wurde für sie weicher, seine Bewunderung war spürbar.

Ich hätte gelächelt, aber der strenge Blick meines Großvaters holte mich in die Gegenwart zurück und nahm meine ganze Aufmerksamkeit in Anspruch. »Was ist los?«, fragte ich ihn. »Und sag nicht nichts. Ich bin jung und nicht naiv.«

Er nickte und schürzte die Lippen, während er mich beäugte. »Du musst eine Entscheidung treffen, mein Sohn. Ich weiß, dass sie dir und deinen Gefährten nicht leichtfallen wird. Aber ich hoffe, du wählst den richtigen Weg. Meiner Meinung nach ist es der einzige Weg.«

Ich zog die Augenbrauen zusammen. »Du musst dich etwas klarer ausdrücken, bevor ich zustimmen kann.«

Er atmete aus und senkte sein Kinn zu einem weiteren Nicken. »Ich weiß.« Er schaute sich im Wald um und sein Blick fiel auf eine Lücke zwischen den Bäumen, durch die ein Sonnenstrahl fiel. »Komm mit.«

Ich runzelte die Stirn, aber ich folgte ihm.

Mein Stirnrunzeln vertiefte sich, als wir eine kleine Lichtung betraten.

Mein Großvater bückte sich, um eine schwarze Tasche aufzuheben, die er hierher getragen haben musste. Ob das in Menschen- oder Wolfsgestalt geschehen war, wusste ich nicht genau. Aber welchen Weg auch immer er genommen hatte, mein Tier hatte ihn nicht gespürt, bis er sich bemerkbar gemacht hatte.

Als ehemaliger Clan-Alpha war er mächtig. Vielleicht sogar mächtiger, als er zugeben würde.

»Hier«, sagte er und warf mir Jeans zu. Das Etikett zeigte, dass sie meiner Größe entsprachen, und bestätigte, dass mein Großvater dieses Treffen geplant hatte.

Er zog ebenfalls eine Hose an und ließ die Tasche zu Boden fallen, sodass weitere Kleidung zum Vorschein kam. Ich konnte nicht erkennen, ob sie für ihn oder für meine Gefährten bestimmt war. Ich vermutete, dass es Letzteres sein könnte, aber ich fragte nicht nach.

Denn es war egal.

Er versuchte eindeutig, meine Aufmerksamkeit

abzulenken. Aber er wollte es auf eine Art und Weise tun, die mir auch Informationen lieferte. Das war die Art meines Großvaters – Ablenkung mit Sinn.

»Ich habe dir die alten Methoden beigebracht«, begann er. »Dass es in den Rudeln einst um Familie ging. Um Liebe. *Loyalität.*«

»Ja. Alphas wurden verehrt, Gefährten angebetet und nicht verpönt. Dreierbeziehungen offen akzeptiert.« Das war heute nicht mehr so, aber ich war fest entschlossen, unserem Clan dabei zu helfen, zum Herzen des Wolfsdaseins zurückzukehren. Unsere Gefühle zuzulassen. Um wieder ein echtes Rudel zu sein.

»Genau.« Er setzte sich auf den Boden und seine geschmeidigen Bewegungen zeugten von seiner Gesundheit. Die meisten Wölfe in seinem Alter wären jetzt altersschwach. Aber nicht mein Großvater. Er war so rüstig wie ein hundertjähriger Wandler.

Ich gesellte mich zu ihm auf den Boden, während ich teilweise auf Lunas Gedanken achtete. Sie war jetzt nur eineinhalb Kilometer vom Flugplatz entfernt. Silas war nicht weit hinter ihr; dank seiner athletischen Gestalt war er jetzt viel schneller als bei seiner allerersten Verwandlung.

»Vampire legen keinen Wert auf Familie. So sind sie nicht programmiert. Es gibt keine Rudelmentalität. Keine Fähigkeit, Kinder zu zeugen. Es gibt nur den einen Wunsch, Blut zu trinken und zu überleben.«

Ich war mir nicht ganz sicher, worauf er hinauswollte, aber ich fühlte mich gezwungen, darauf hinzuweisen: »Manche haben Gefährten.«

»Ja. Und die wenigen sind ziemlich besitzergreifend gegenüber ihren menschlichen Hälften. Aber diese Besessenheit – diese *Fürsorge* – erstreckt sich nicht über ihre

Erositas hinaus. Zur Hölle, sogar Erschaffer-Abkömmling-Verbindungen fehlt echte Zugehörigkeit.«

»Warum erzählst du mir das?«, fragte ich, denn ich brauchte keine Aufschlüsselung der Vampirart. Ich war mir ihrer Vorliebe für emotionale Distanzierung durchaus bewusst.

»Weil du verstehen musst, dass Lykaner und Vampire schon immer unterschiedliche Ziele hatten. Unterschiedliche Beziehungen. Unterschiedliche Lebensweisen. Zumindest bis vor etwa zwölf Jahrzehnten, als die Menschen zu unserem gemeinsamen Feind wurden. Seitdem hat sich alles geändert.«

Seine Miene verfinsterte sich und sein Blick schien sich auf einen Baum uns gegenüber zu richten.

»Die Lykaner sahen sich gezwungen, sich anzupassen. Vor ihrer Menschlichkeit wegzulaufen. Um mehr wie ihre vampirischen Brüder zu werden. Ihre Gefühle zu ignorieren.« Er fing erneut meinen Blick auf. »Familie wurde als Schwäche angesehen. Ihretwegen haben wir während der Revolution so viele Lykaner verloren.«

Ich runzelte die Stirn. »Was meinst du damit?«

»Unsere Gefühle haben unser Handeln bestimmt. Wir haben an unsere Rudel und unsere Lieben gedacht, nicht an uns selbst. Und das haben die Menschen ausgenutzt. Sie haben unsere Kinder getötet. Unsere Frauen. Sie haben uns herzlos und gebrochen zurückgelassen. Unfähig, richtig zu kämpfen, weil wir zu verletzt waren, um klar zu denken. Dann sind die Vampire aufgetaucht und haben dem Ganzen ein Ende gesetzt – und zwar mit makelloser Effizienz.«

Ich schluckte, weil ich mir das Bild, das er malte, lebhaft vorstellen konnte.

»Deshalb haben sich so viele der Herrschaft der Vampire angeschlossen und sich entschieden, ihnen zu folgen und ihre Vorlieben zu übernehmen, anstatt sich zu dem zu bekennen, was wir einmal waren. Es ist einfacher, zu überleben, wenn man nur an sich selbst denkt. Kein Leid. Kein Herzschmerz. Keine potenzielle Schwäche.«

Ich runzelte wieder die Stirn. »Da bin ich anderer Meinung. Ich habe nur deinetwegen so lange überlebt. Dank Luna und Silas. *Sie* sind keine Schwächen. Du bist keine Schwäche. Ihr alle gebt mir Kraft.«

»Ja. Und das ist das Herz eines Lykaners. Aber jetzt stell dir vor, du würdest uns verlieren. Wer wärst du ohne dein Herz?«

»Ich würde jeden töten, der das berührt, was mir gehört«, antwortete ich sofort. »Ich würde sie *vernichten*.«

»Genau das haben viele unserer Artgenossen getan. Aber die Menschen waren darauf vorbereitet. Die Lykaner waren so geblendet von ihrer Wut, dass sie nicht strategisch gedacht haben. Und viele von ihnen haben dabei ihr Leben verloren.«

»Wie?«, fragte ich. »Sterbliche sind nicht annähernd so stark oder so schnell wie wir.«

»Nein, aber ihre Waffen waren tödlich. Und sie wussten genau, wie man sie einsetzt.« Sein Unterkiefer wurde hart und sein Blick verengte sich. »Es war fast so, als hätte ihnen jemand gesagt, wie sie uns töten können.«

Edon, flüsterte Luna in meinen Gedanken. *Die Jets … Sie sind alle weg. Es ist niemand hier. Überhaupt niemand.*

»Wir konnten nichts beweisen«, fuhr mein Großvater fort und mein Herz setzte einen Schlag aus, als mein Verstand all das verarbeitete, was er sagte und was Luna gerade erzählt hatte. »Aber jetzt wissen wir, dass Cane derjenige ist, der die Lykaner verraten hat. Er hat den Sterblichen vorgeschlagen, uns als Waffe zu benutzen. Und sehr wahrscheinlich hat er ihnen auch gesagt, wie sie uns außer Gefecht setzen können.«

Sogar Jace' Jet ist verschwunden, sagte Luna. *Er befindet sich in keinem der Hangars.*

Wir waren mit dem Jet des Royals hierhergekommen, weil der Jet des Clemente Clans zu langsam war.

»Sobald wir Beweise für seine Taten, seine Verbündeten und alle anderen Beteiligten haben, können wir unsere Rudel endlich wieder zusammenbringen«, fuhr mein Großvater fort. »Wir können die sein, die wir sein sollen. Wir können so führen, wie wir führen wollen. Und wir können aufhören, im Schatten der Vampire zu leben.«

»Die anderen Alphas sind losgezogen, um sich Cane zu schnappen«, stellte ich laut fest. »Um ihre eigenen Beweise zu sammeln.«

»Ja. Sie werden ihn und seine Verbündeten töten.«

»Und was ist mit Cam? Ismerelda? Den Vampiren, die diese Revolution angeführt haben?« Die meisten von ihnen waren immer noch im Turm und arbeiteten an einem Plan, um in das Gelände einzudringen und ihre Liebsten zu retten.

Oder zumindest das vampirische Äquivalent davon.

»Cam ist ihr Anführer«, betonte ich. »Sie werden nicht gut reagieren, wenn er beim Angriff der Lykaner stirbt.«

»Ich weiß. Deshalb musst du eine Entscheidung treffen, mein Sohn. Entweder du schließt dich uns an oder ihnen. Denn egal, wie die Sache weitergeht, sie wird kein gutes Ende nehmen.«

»Warum bitten wir sie nicht einfach um Hilfe? Um Zusammenarbeit? Es muss hier keine zwei Seiten geben. Ich denke, das haben sie bewiesen.« Sie hatten uns in den vergangenen Monaten bei jedem Schritt unterstützt. Warum gingen die Lykaner jetzt gegen die Vampire vor?

»Das Einzige, was sie bewiesen haben, ist, wie anders sie sind«, antwortete er. »Das Zusammenleben mit den Menschen ist ihnen egal. Sie interessieren sich für ihre

Blutversorgung. Es ist ihnen wichtig, dass ihre Nahrung einigermaßen menschlich behandelt wird. Aber es geht nur um ihre Bedürfnisse. Sie sind unsterblich. Deshalb brauchen sie Nahrung, um zu florieren. Das ist alles.«

Ich habe gerade zwei tote Vampire entdeckt, informierte mich Silas. *Nicht endgültig tot – ihnen wurde ins Herz geschossen und sie regenerieren sich gerade.*

Fuck, murmelte ich, nicht nur als Reaktion auf Silas' Worte, sondern auch auf das, was mein Großvater gesagt hatte.

»Sie haben die letzten zwölf Jahrzehnte damit verbracht, ihre Nahrungsquelle auf Kosten von Lykanerleben zu perfektionieren. Und dafür werden sie nicht verspottet, sie werden gelobt. Sogar unsere vermeintlichen Verbündeten erkennen, wie wichtig ist, was Cane erreicht hat. Sie sind neugierig, Edon. Und sie machen keinen Hehl daraus.«

Ich knirschte mit den Zähnen. Denn er hatte nicht unrecht.

»Ich werfe ihnen das auch nicht vor«, fügte mein Großvater hinzu. »Aber auch hier sind unsere Ziele nicht deckungsgleich. Früher haben die Lykaner in Frieden unter den Menschen gelebt. Cane hat das alles verändert. Die *Vampire* haben alles verändert. Das können wir nicht einfach so hinnehmen.«

»Was ist mit Blood City?«, fragte ich ihn. »In Khalids Vision leben Menschen und Vampire in Frieden zusammen.«

»Ja, mit ein paar einsamen Wölfen als Teil seiner Gesellschaft«, erwiderte er, wobei sein Tonfall von Spott geprägt war. »Er hat die Stadt nicht für Lykaner gebaut. Er hat sie für Vampire erschaffen, weil er selbst ein Vampir ist. Welchen Nutzen haben wir von einer Blutsteuer?«

»Welchen Nutzen haben wir für Menschen im Allgemeinen?«, konterte ich.

Die Sterblichen wurden als Spielzeug für die Mondjagd behandelt. Potenzielle Zuchtpuppen für die Fortpflanzung. Mehr nicht.

»Wölfe können sich untereinander paaren«, fügte ich hinzu. »Das sollten sie sogar. Unsere Kinder werden als Wölfe geboren.« Und sie mussten nicht den schmerzhaften Prozess der Verwandlung durchlaufen.

Anders als Silas, der gebissen worden war und zur Verwandlung gezwungen werden musste.

Das war sehr schmerzhaft für ihn gewesen. So schmerzhaft, dass er von Glück sprechen konnte, überlebt zu haben.

»Genau das ist der Punkt.«

Ich blinzelte, überrascht von seiner Antwort. »Was?«

»Wir brauchen die Menschen nicht. Das haben wir nie getan. Einst haben wir mit ihnen in Harmonie gelebt, vor allem weil sie uns in Ruhe gelassen haben. Aber das hat sich geändert, als Cane, ein *Vampir*, der Welt unsere Anwesenheit offenbart hat. Die Sterblichen wurden gewalttätig und haben uns verletzt. Wir wollten uns rächen. Aber dieser Wunsch ist schon lange vergangen.«

Ich starrte ihn an. »Und in welchem Stadium befinden wir uns jetzt?«

»In dem der Wiedergeburt. Wir brauchen einen Ort, an dem Lykaner wieder als Rudel gedeihen können. Aber zuerst müssen die Vampire aufhören, uns kontrollieren zu wollen. Außerdem brauchen wir Zusicherungen, dass die Menschen uns nicht mehr schaden.«

»Und wie sehen diese Zusicherungen aus?«, fragte ich mich laut. »Wie würden die Lykaner mit den Menschen umgehen?«

»Das ist die Frage, nicht wahr?«, murmelte er und ließ

seinen Blick zur Sonne hinauf schweifen, bevor er zur Erde zurückkehrte. »Wir brauchen die Menschen jetzt vielleicht nicht, aber wenn unsere Art sich nicht fortpflanzt, haben die Sterblichen einen Nutzen. Deshalb ist es keine Option, sie auszurotten. Aber sie zu regulieren, ist ein Muss. Es darf ihnen nicht erlaubt werden, wieder Waffen zu erwerben oder zu besitzen.«

Ich starrte ihn an. »Und was ist mit den Vampiren?«

Er stieß einen langen Atemzug aus und sein Kopf bewegte sich hin und her. »Das ist kompliziert.«

»Ach was!«

Seine dunklen Augen funkelten mich von der Seite an, sein Blick war missbilligend.

Na und?

Er hatte mir gerade gesagt, dass sich die Lykaner gegen die Vampire auflehnen und einen Krieg beginnen wollten. Zumindest konnte er mir den Plan verraten.

»Warum erzählst du mir das alles jetzt?«, fügte ich hinzu. »Warum nicht vorher? Warum hast du mich nicht in diese Diskussionen einbezogen?«

»Weil du noch nicht bereit warst«, antwortete er. »Und deine Gefährtin ist mit einem Vampir und einer Hybridin befreundet, die beide mit Royals verbunden sind. Ganz zu schweigen von deiner eigenen Verbindung zu der Hybridin. Deine Loyalität ist unbeständig.«

Ich hob die Augenbrauen. »Meine Loyalität wurde seit dem Tag meiner Geburt von dir gelenkt.«

»Und jetzt werden sie von deinen Gefährten beeinflusst«, gab er zurück. »Silas und Luna werden immer an erster Stelle stehen. Ich respektiere das. Aber es macht die Sache komplizierter, Edon. Deshalb haben die Lykaner dafür gestimmt, dich im Dunkeln zu lassen.«

»Ich bin dein Enkel.«

»Genau deshalb bin ich jetzt hier und rede mit dir, anstatt den anderen zu helfen.«

Ich kniff die Augen zusammen. »Wobei helfen? Vatikanstadt anzugreifen? Einen Krieg mit den Vampiren anzuzetteln?«

»Das ist unvermeidlich«, schoss er zurück.

Ich schnaubte und wollte darauf hinweisen, dass einige unserer Verbündeten das anders sehen könnten.

Aber mein Großvater war noch nicht fertig mit Reden.

»Wir leben in einer Welt, die von Vampiren regiert wird, Edon. Sie haben uns in den letzten hundert Jahren ein paar ihrer Reste gegeben, um uns zufriedenzustellen. Dazu gehörten menschliches Spielzeug und verdammte Jagden. Aber das hat nie gereicht. Und offen gestanden war es auch nie dazu vorgesehen, zu reichen.«

Mein Großvater war also der Meinung, dass dieses Schicksal von Anfang an unvermeidlich gewesen war. »Warum also mit Jace und den anderen zusammenarbeiten? Warum so tun, als wären wir ihre Verbündeten?«

»Wir haben nicht nur so getan, mein Sohn. Wir haben mit ihnen zusammengearbeitet, solange es unseren Zwecken gedient hat, genau wie ihre Art es mit uns getan hat. Aber jetzt, da wir wissen, wo wir die Beweise für ihre Manipulationen finden können, sind unsere Ziele nicht mehr im Einklang.«

Kylan ist gerade aufgetaucht, sagte Silas in meinen Gedanken. *Offenbar ist er mir hierher gefolgt.* Seine Verärgerung war deutlich zu spüren, doch er schien nicht sonderlich überrascht zu sein. Er hatte sich beeilt, weil er Luna beschützen wollte, und sich nicht die Mühe gemacht, sich zu verstecken.

Kylan hatte wahrscheinlich angenommen, dass etwas passiert war.

Und er hatte nicht unrecht.

Das wird verdammt hässlich, flüsterte Luna – es waren die Worte, die ich laut ausgesprochen hätte, wenn sie hier gewesen wären.

»Es ist zu spät, um sie zu warnen, mein Sohn«, sagte mein Großvater leise zu mir, wohl wissend, dass ich im Geiste mit meinen Gefährten sprach. »Die Lykaner sind vor einer Stunde außerhalb von Rom gelandet. Der Krieg hat bereits begonnen. Ich bin nur hiergeblieben, um dich vor die Wahl zu stellen – unsere Seite oder ihre. Die Entscheidung liegt bei dir.«

RYDER

»Okay, Willow. Genau so, wie wir es geübt haben«, sagte ich an ihrem Ohr. »Schau durch das Zielfernrohr und sag mir, was du siehst.«

Sie atmete gleichmäßig aus und presste ein Auge auf das Gerät. Sie reagierte nicht sofort, sondern betrachtete geduldig und gründlich die Szene vor uns.

Wir befanden uns etwa drei Stockwerke hoch vor den ehemaligen Mauern von Vatikanstadt. Ich hatte uns als Auskundschafter gemeldet, während sich Khalid und seine Drachendame für den Untergrund entschieden hatten. Und Cedric hatte beschlossen, Damien ausfindig zu machen.

Jeden Moment würde ich die wütende Stimme meines Abkömmlings in meinem Ohr hören. Ich konnte es kaum erwarten.

Natürlich würden Jace und Kylan wahrscheinlich noch

wütender sein. Aber ich brauchte ihre royalen Ärsche lebend, falls diese Mission scheitern sollte.

Nicht, dass sie scheitern würde.

Immerhin hatte Khalid mich in seine Machenschaften einbezogen. Das war ein kluger Schachzug von ihm gewesen. Außerdem hatte er mich vor einer Welt der Langeweile bewahrt.

Meeting über Meeting.

Verdammte Zeitverschwendung.

Bei dem improvisierten Treffen, das Hazel vorhin einberufen hatte, war es um ein bevorstehendes Zusammenkommen der Allianz gegangen und – sehr ausführlich – um die Abwesenheit der Wandler. Edon, Silas und Luna waren als einzige Lykaner vor Ort gewesen.

Sie hatten die Aufgabe erhalten, die anderen zu finden.

Währenddessen hatten Khalid und Cedric andere Pläne geschmiedet.

»Willst du immer noch spielen?«, hatte mich Khalid kurz nach dem langweiligen Gespräch mit den anderen gefragt.

Ich musterte ihn skeptisch. »Kommt darauf an, was du vorhast.«

»Eine Aufklärungsmission. Oder vielleicht eine Gelegenheit, einen Krieg zu verhindern.« Er zuckte mit den Schultern. »Das bleibt abzuwarten.«

»Einen Krieg zu verhindern?«, erwiderte ich überrascht. »Das klingt nicht nach mir.«

»Wahrscheinlich müsstest du dafür ein paar Vampire und Lykaner töten«, antwortete er und seine türkisfarbenen Augen funkelten wissend.

»Das klingt schon etwas verlockender. Sprich weiter«, meinte ich, während er mich und Willow zu einem wartenden Auto führte.

Eine Stunde später hatten wir seinen Privatjet bestiegen.

Khalid vermutete, dass die Lykaner auf dem Weg hierher waren.

Und er sollte Recht behalten.

Etwa dreißig Minuten nach unserer Ankunft waren auch die Lykaner auf einem alten Flughafen außerhalb von Rom gelandet – was wir dank Khalids ausgeklügelter Technik gewusst hatten. Er hatte auf dem Flugplatz von Deirdre City an jedem Jet einen Peilsender angebracht und die Geräte dann auf seinem Computer überwacht.

Wir hatten beobachtet, wie sie gestartet und unserer Flugroute gefolgt waren. Mit der Ausnahme, dass wir nicht auf dem alten Flughafen, sondern auf einer verlassenen Straße außerhalb der Stadt den Boden erreicht hatten.

Nach dem Passieren der Sicherheitskontrolle hatten wir uns in unsere Teams aufgeteilt. Unser Hauptaugenmerk lag darauf, nicht von Lykanern entdeckt zu werden, denn wir wussten, dass Thida und Jenkins einige Wölfe vor Ort hatten.

In der Zwischenzeit waren Lily, Hazel und Keys im Jet geblieben, ihre Anwesenheit wurde durch eine Art Schutzschild verdeckt.

Khalids Vorliebe für fortschrittliche Technologie beeindruckte mich immer mehr.

Genau wie dieses hübsche kleine Spielzeug, das er mir für Willow zur Verfügung gestellt hatte.

Viel besser als Liliths künstliche Intelligenz und ihre Stimmenimitatoren.

»Ich sehe nichts und niemanden«, flüsterte Willow, ihre Stimme kaum hörbar.

Als Hybridin wusste sie, wie sie ihre Stimme für übernatürliches Hören anpassen musste. Wir waren so hoch oben und weit genug von den Windströmungen entfernt, dass unsere Gerüche nicht entdeckt werden konnten. Aber wir mussten auch mit den Geräuschen vorsichtig sein.

»Es ist, als wären sie alle unter der Erde ...« Sie verstummte und runzelte die Stirn. »Ich verstehe die Vampire, denn die Sonne scheint. Aber wo sind die Lykaner von Thida und Jenkins? Auch unter der Erde?«

Ich summte gegen ihr Ohr, mein Körper lag neben ihrem, während sie durch das Fernrohr starrte. Sie fühlte sich stark und sinnlich an, während mein Bein lässig über ihrem lag.

Es war wirklich schade, dass wir arbeiten mussten. Sie hier oben zu ficken, würde mir hervorragend gefallen.

»Ryder ...«

»Willow ...«

»Ich kann dich spüren«, sagte sie. »Du sollst mir doch beibringen, wie man auskundschaftet.«

»Ich trainiere dich, mein Haustier«, murmelte ich und änderte absichtlich das Verb in meinem Satz. »Ich trainiere dich, seit wir uns kennengelernt haben.«

Sie schnaubte und sie nahm ihr Augenmerk vom Zielfernrohr und starrte mich an. »Luka und die Lykaner sollten mittlerweile hier sein.«

»Sie arbeiten wahrscheinlich einen Angriffsplan aus. Oder du spähst nicht gründlich genug.«

Sie funkelte mich an.

Ich erwiderte ihren Blick. »Zum Beispiel starrst du gegenwärtig mich an, nicht die Stadt. Das zeugt nicht von guten Spähfähigkeiten, Gefährtin.«

Sie knurrte und das Geräusch wanderte direkt in meine Eier.

»Wenn du lieber auf andere Art und Weise spielen möchtest, werde ich dieser Bitte gern nachkommen.

Schließlich scheinen wir noch etwas Zeit zu haben«, fügte ich hinzu.

»Ich hoffe, du bekommst einen Sonnenbrand«, konterte sie und entlockte mir ein leises Glucksen.

»Wir befinden uns in einer Nische, kleine Kriegerin. Aber deine Sorge um meine Haut nehme ich zur Kenntnis.«

Sie rollte mit den Augen und widmete sich wieder dem Zielfernrohr, während ich spielerisch an ihrem Hals knabberte. Vielleicht könnte ich testen, wie gut sie sich konzentrieren konnte, während ich …

»Wo zum Teufel bist du?«, rief plötzlich eine Stimme in meinem Ohr.

So viel dazu, dachte ich seufzend.

»Auf einem Dach mit meiner Gefährtin«, murmelte ich. »Ich bringe ihr bei, wie man mit einem Scharfschützengewehr späht. Oder ich versuche es zumindest. Und ich hoffe, dass ich ihr auch zeigen kann, wie man damit schießt. Aber der Wind …«

»Eine Warnung wäre verdammt hilfreich gewesen«, warf Damien ein. »Ich hätte Cedric fast umgebracht.«

Cedric schnaubte. »Wie du, bin ich nicht so leicht zu töten.«

»Wir hätten diese Theorie heute fast getestet«, gab Damien zurück.

Cedric schnaubte erneut. »Du bist gut, Damien. Aber ich bin besser.«

»Willst du wetten?«

»Klar.« Die Zuversicht in Cedrics Ein-Wort-Zusage erinnerte mich ein wenig an mich selbst.

»Nenne dein Ziel«, forderte Damien.

»Cane.«

»Das ist unser aller Ziel«, erwiderte Damien. »Nenn mir etwas anderes.«

»Habt ihr beide genug geflirtet?«, unterbrach ich ihn.

»Eifersüchtig?«, fragte Damien.

»Auf eure kleine Bromance? Nein. Einige von uns sind damit beschäftigt, zu arbeiten«, erinnerte ich ihn.

Willow grunzte.

Daraufhin knabberte ich erneut an ihrem Hals.

Als Reaktion darauf drückte sie ihre Hüfte seitlich gegen meine Leiste, was mir ein Knurren entlockte. *Vielleicht würde ich ja doch noch etwas Spaß haben*, dachte ich, während meine Reißzähne über ihren Puls strichen.

Aber das Wimmern, das sie daraufhin von sich gab, war kein Zeichen von Erregung. Es klang schmerzerfüllt und veranlasste mich, mich zurückzuziehen und ihr Profil anzustarren.

Ihre Augen waren geschlossen.

Ihre Stirn war gerunzelt.

»Willow?«, fragte ich und legte meine Hand in ihren Nacken. »Was ist los? Was ist passiert?«

Sie stöhnte, anstatt zu antworten, und ihr Gesicht wurde blass, während Wellen des Schmerzes durch ihr Wesen zu zittern schienen.

»Willow.«

Ich war mir nur vage bewusst, dass Damien in meinem Ohr sprach, mein ganzer Fokus – meine verdammte *Welt* – drehte sich um meine sich krümmende Gefährtin. Sie drückte sich an mich und ihre Schmerzenslaute brachen mein verdammtes Herz.

»Sprich mit mir«, flehte ich sie an, während sich meine Handfläche immer noch um ihren Nacken krümmte. »Sprich mit mir, Willow, verdammt!«

»K-kling-e-ling«, presste sie hervor, während sie sich die Hände an die Ohren hielt. »T-tut w-weh …«

Meine Augen wurden schmal. »Eine weitere Waffe.« Das musste es sein. Nur schien diese anders konstruiert zu sein als die, die Lilith einst gegen mich eingesetzt hatte.

Oder vielleicht war es ein und dieselbe. Aber die Frequenz, die gerade eingesetzt wurde, verletzte Willow und nicht mich.

Beim letzten Mal hatte sie das Summen vor mir gehört, weil das leise Geräusch irritierend für Lykaner-Sinne gewesen war. Sie hatte Liliths Waffe gespürt, als diese sie für den Einsatz gegen mich vorbereitet hatte, aber ich war völlig unvorbereitet davon getroffen worden.

Ist es das, was sie jetzt spürt?, fragte ich mich mit einem Stirnrunzeln. *Hat Cane eine noch schlimmere Waffe entwickelt? Eine Waffe, mit der er eine ganze verdammte Stadt auslöschen könnte?*

»Damien, wir müssen los«, sagte ich zu ihm. »Schick eine Warnung an die anderen! Sag ihnen, was hier passiert! Und versuch, mit Cam Kontakt aufzunehmen!« Die Kommunikation mit Cam war heute Morgen gekappt worden, als klar geworden war, dass er vorhatte, Izzy wach zu ficken. Keiner von uns hatte das hören wollen.

Wenn überhaupt, hatte es meinen Wunsch intensiviert, den Bastard zu töten.

Aber das war eine Aufgabe für einen anderen Tag.

Gegenwärtig musste ich meine Gefährtin von diesem Dach runter und in Sicherheit bringen.

Sie hatte sich noch dichter zusammengerollt und ihre Haut einen seltsamen Blauton angenommen, als hätte sie vergessen, zu atmen.

Ich zwang sie, sich auf den Rücken zu drehen, und beobachtete ihren Gesichtsausdruck und die wilde Panik in ihren Augen. Sofort legte ich meinen Mund auf den ihren und zwang sie, meine Luft einzuatmen.

Ihr Brustkorb bewegte sich, aber nur durch meinen beharrlichen Druck.

Was zum Teufel? Das war mir nicht passiert, als Lilith

mich zu Fall gebracht hatte. Ich hatte noch atmen können. Aber ihre Stimme hatte alles in meinem Kopf kontrolliert und mich völlig gelähmt, während sie zu mir gesprochen hatte.

Ich hob Willow in meine Arme, sprang von dem Gebäude, ohne mich um die drei Stockwerke zu kümmern, und landete auf meinen Füßen. Dann phaste ich uns von den alten Mauern des Vatikans weg.

Sekunden fühlten sich wie Minuten an, die wiederum wie Stunden wirkten.

Aber in dem Moment, in dem ich meine Gefährtin aufkeuchen hörte, hielt ich inne, und meine Augen suchten sofort die ihren. Sie schmiegte sich weiterhin an meine Brust und zitterte, während sie nach Luft schnappte.

Erst dann spürte ich den Schmerz in meinen Knöcheln, der mir signalisierte, dass der Sturz aus drei Stockwerken ein bisschen viel gewesen war. Zum Glück konnte ich mich dank meines Alters und meiner Erfahrung schnell erholen.

Und verdammt, ich würde mich von ein paar blauen Flecken nicht davon abhalten lassen, meine Gefährtin zu retten.

»*Ryder*«, knurrte Damien in mein Ohr.

Ich brachte ihn zum Schweigen, meine Aufmerksamkeit war immer noch auf Willow gerichtet.

»Ich kann Khalid nicht erreichen«, sagte Cedric, seine Stimme klang distanzierter, als würde er mit Damien im Hintergrund sprechen und nicht in sein Kommunikationsgerät. »Das Letzte, was ich von ihm gehört habe, war, dass er in den Untergrund gegangen ist.«

»Was ist mit seinem Peilsender? Irgendetwas?«, fragte Damien.

Es dauerte einen Moment, bis Cedric antwortete: »Nichts. Hazel hat gesagt, dass die Verbindung zum

Peilsender etwa zu der Zeit verschwunden ist, als wir auch die Audioübertragung verloren haben.«

»Scheiße«, murmelte Damien.

Willow hustete und drückte ihre Hände an die Ohren, während sie heftig den Kopf schüttelte.

Ich dachte nicht nach, sondern phaste uns fünf weitere Kilometer von dem Gelände weg. Wir befanden uns irgendwo im Herzen des ehemaligen Roms, wo die Gebäude aufgrund mangelnder Nutzung und Reparatur verfallen waren. Das Leben in der Stadt war in Form von Tieren und Grünflächen zurückgekehrt, was der Stadt ein deutlich dystopisches Gefühl verlieh, genau wie dem Großteil der Welt.

Keine Vigils hier, dachte ich, während ich mich umsah. In der Stadt gab es zahlreiche Blockaden und einige bauliche Veränderungen, die es unmöglich machten, die Stadt zu durchqueren, ohne einen Kontrollpunkt zu passieren. Aber das hielt Vampire nicht gerade davon ab, sich rein und raus zu phasen.

Menschen hingegen würden sich vermutlich schwertun, und das war auch der Sinn der Sache: Die Stadt war so umgestaltet worden, dass die *Sterblichen* in ihr bleiben mussten. Vampire und Lykaner konnten kommen und gehen, wie es ihnen gefiel.

Wenn ich eine Festung für meine Dynastie bauen würde, hätte ich sie so gebaut, dass *niemand* sie nach Belieben betreten konnte. Aber so hatte Lilith nicht gedacht. Und Cane auch nicht.

Diese Arroganz war Liliths Untergang gewesen, und bald würde sie auch für Canes Untergang verantwortlich sein.

Sobald meine Gefährtin wieder zu sich kam und mir sagte, was zum Teufel los war.

Zum Glück atmete sie wieder, aber sie hatte ihr Bewusstsein verloren, vermutlich aufgrund der Schmerzen.

Ich phaste uns sicherheitshalber noch ein paar Kilometer weiter und suchte mir dann ein weiches Stück Gras, auf das ich mich mit ihr auf den Schoß setzte.

Ich kämmte ihre Haare mit meinen Fingern. »Komm schon, Haustier. Wir haben noch eine Menge Blut zu vergießen. Dafür musst du fit sein.«

Leider hörte meine starrköpfige Gefährtin nicht auf mich und ich stieß ein verärgertes Knurren aus.

»Ich weiß nicht, welche Waffe dir das angetan hat, aber ich werde sie und denjenigen, der sie eingesetzt hat, vernichten.« Am liebsten mit meinen bloßen Händen. Aber wenn Willow nicht aufwachte, würde ich mich auch mit einer Waffe begnügen, denn dann könnte ich sie mit einer Hand festhalten, während ich mit der anderen *tötete*.

»Verdammt, Ryder!«, knurrte Damien mir ins Ohr. »Kylan und Jace haben mir gerade eine Standpauke gehalten. Jedes verdammte Wort war für dich bestimmt.«

Ich grunzte. »Sag ihnen, sie sollen ein Treffen anberaumen, um es zu besprechen. Darauf scheinen sie zu stehen.« Nun, Jace jedenfalls. Kylan … Kylan wollte nur mit Rae spielen.

Eine Vorliebe, die ich verstand, denn mir ging es mit Willow ähnlich. Aber ich musste auch an Damien denken und an Izzy.

Deshalb war es natürlich eine weise Entscheidung gewesen, hierherzukommen, denn ich wollte für ihre Sicherheit sorgen. Und vielleicht ein paar Leute töten. Willow konnte die Zielübungen auch gut gebrauchen.

Aber dazu musste sie erst einmal aufwachen.

»Verdammte Waffe«, murmelte ich.

»Welche Waffe?«, fragte Damien.

»Die, die Willow betäubt hat.« Etwas, das ich ihm noch

nicht genau erklärt hatte, denn ich war damit beschäftigt gewesen, meine Gefährtin wieder zum Atmen zu bringen. »Sie scheint dem Gerät zu ähneln, das Lilith gegen mich benutzt hat – nur dass es dieses Mal Willow getroffen hat. Könnt ihr etwas hören?«

»Nein.« Er ging nicht weiter darauf ein, sondern schwieg einfach.

Ich wartete ein paar Sekunden, bevor ich fragte: »Damien?«

»Er spricht wieder mit Jace«, antwortete Cedric. »Na ja, besser gesagt, er *hört zu*. Offenbar ist der Rebellenkönig kein Fan von unserer Überwachungsmission.«

»Dann sag ihm, dass es eine Tötungsmission ist. Vielleicht gefällt ihm der Begriff besser«, schlug ich vor, denn ich hatte genug von diesem Gespräch und allem anderen. »Zeit zum Aufwachen, Gefährtin«, sagte ich zu Willow, bevor ich in mein Handgelenk biss und es ihr an den Mund hielt.

In der nächsten Sekunde übernahm ihre vampirische Seite die Kontrolle, sodass sich ihre Lippen öffneten und ich sie füttern konnte.

»Braves Haustier«, lobte ich sie. »Nimm, was du …«

Die Härchen in meinem Nacken stellten sich auf und meine Instinkte erwachten zum Leben.

Ich verschwendete keine Sekunde damit, mich umzusehen, sondern phaste von der Wiese zur Seite eines Gebäudes.

Als ein lautstarker Knall durch die Luft hallte, schrie Willow auf.

Und meine Welt wurde schwarz.

CAM

EINE STUNDE ZUVOR

DIESER VERDAMMTE ALARM bereitet mir Kopfschmerzen, dachte ich, während ich mein Hemd zuknöpfte. Es handelte sich um ein sauberes Hemd, das in meinem Zimmer aufgetaucht war, während ich mit Ismerelda im Bad gewesen war. Mein altes Hemd hatte ich nicht mehr gefunden.

Ich hätte wohl besser darauf aufpassen sollen, aber wenn ich versucht hätte, es irgendwo zu verstecken, wäre mein Bruder misstrauisch geworden. Also hatte ich es einfach in den Wäschekorb im Schrank geworfen, Izzy auf ähnliche Weise ausgezogen und sie ins Bad getragen.

Dort hatte ich auch den Ohrhörer verloren. Ich hatte ihn in einen der Schränke gelegt, während ich nach

Badeschaum gesucht hatte. Und jetzt musste ich einen Weg finden, ihn unauffällig zurückzuholen.

Damien würde mich zwar nicht hören können, aber es könnte nützlich sein, ihn zu hören.

»Ich hole dir eine Bürste«, sagte ich zu Ismerelda, während sie das seidene, kaum vorhandene Kleid anzog, das im Schrank für sie zurückgelassen worden war. Vielleicht war es aber auch eines, das schon dort gelegen hatte.

Auf jeden Fall war es das Einzige, was sie anziehen konnte, denn ihre Klamotten waren ebenfalls verschwunden. Das Gleiche galt für ihre Schuhe, sodass sie nur noch ein Paar Stilettos für ihre zierlichen Füße zur Verfügung hatte.

Ich machte mich auf den Weg ins Bad, hielt aber inne, als sich die Tür zur Suite öffnete. Michael stand im Türrahmen, seine blonden Haare im Nacken zurückgebunden.

»Mein Lehnsherr«, begrüßte er mich. »Prinz Cane hat mich gebeten, Euch in den Untergrund zu führen, wo sich alle anderen Royals des Anwesens versammelt haben.«

»Prinz Cane?«, wiederholte ich und zog eine Augenbraue hoch. »Und du wagst es, mich als *Lehnsherr* zu bezeichnen? Nach allem, was geschehen ist?«

Michael blinzelte, sein Gesichtsausdruck war so unschuldig, dass ich ihm keine Sekunde lang glaubte. »Prinz Cane hat seine Wünsche deutlich gemacht, mein Lehnsherr. Ihr seid sein auserwählter Anführer und damit auch meiner. Deshalb werde ich Euch als solchen ansprechen.«

»Hmm«, brummte ich und war versucht, ihm zu sagen, er möge Ismerelda als meine Königin bezeichnen. Denn wenn er nach der Logik spielen wollte, dass ich sein

König war, dann müsste er auch meine Gefährtin als seine Königin anerkennen.

Aber das würde den Sinn des Spiels zunichtemachen, das mein Bruder für uns auf Lager hatte.

Also gab ich nach, indem ich nichts sagte, und sah Ismerelda an. »Geh ins Bad und suche dir eine Bürste.« *Außerdem musst du versuchen, den Ohrhörer im Schrank zu finden*, fügte ich in Gedanken hinzu, während ich ihr in Gedanken zeigte, wo ich ihn abgelegt hatte. *Steck ihn in dein Ohr, während ich Michael ablenke.*

Im Bad könnten Kameras sein, erwiderte sie, während sie sich bereits auf den Weg ins Bad machte, den Kopf gehorsam gesenkt, damit unser Gast keine Zweifel hegte.

Versuche, deine Bewegungen am Schrank zu verbergen, wie ich es zuvor getan habe, erklärte ich. Das würde nicht so einfach sein, da sie das Gerät in ihr Ohr einsetzen musste, aber ich hatte Vertrauen in sie, das zu schaffen.

»Welches Protokoll wurde aktiviert?«, fragte ich Michael. Ich hatte entschieden, zur Ablenkung ein paar Informationen zu sammeln. »Ich nehme an, dass sich deshalb alle Royals im Untergrund treffen, wie du gesagt hast. Aber zu welchem Zweck?«

»Die Rebellen kommen. Prinz Cane will, dass alle zu ihm in den Bunker kommen, bevor er unsere Sicherheitsmaßnahmen einleitet.«

Ich musterte ihn skeptisch. »Die Rebellen? Also Jace und die anderen?«

»Nein. Ryder und Khalid, sowie die Lykaner.«

Ohrhörer eingesetzt, flüsterte Ismerelda mir zu. *Es ist still.*

Sag mir Bescheid, wenn sich das ändert, antwortete ich, während ich Michaels Kommentar zu den Rebellen verarbeitete. *Es scheint, als könnte Ryder die Sache nicht aussitzen.*

Überrascht dich das?, fragte Ismerelda, als sie den Raum wieder betrat. Ihre blonden Haare waren gekämmt und umrahmten ihr hübsches Gesicht. Das Einzige, was mir missfiel, war die Art, wie sie den Blick senkte. Das geschah aber nur zu Michaels Vorteil und nicht zu meinem.

Als sie auf mich zukam, ergriff ich ihr Kinn und zog sie zu einem Kuss heran. Um sie zu markieren. Zu besitzen. *Zu beanspruchen. Das* war meine Version der *Verbeugung* vor Michael.

Sollte sie mein Spielzeug sein? Ja. Aber sie gehörte trotzdem *mir* und das musste mein *Abkömmling* verstehen.

Ismerelda wurde wie Wachs in meinen Händen, ihr Herz raste unter dem dünnen Stoff ihres Kleides. Ich beugte mich vor, um meine Reißzähne in ihrem Hals zu versenken und sie offenkundig zu markieren. Ich nahm einen kräftigen Schluck aus ihrer Ader. *Ich werde dich nicht heilen*, warnte ich sie. *Ich will, dass jeder weiß, dass du mir gehörst.*

Das Blut, das du mir heute Nachmittag gegeben hast, wird mich ohnehin schnell heilen, antwortete sie.

Dann muss ich dich wohl wieder beißen, erwiderte ich.

Sie zitterte und ich hätte fast gegen ihren Hals gegrinst. Aber ich konnte es mir nicht leisten, Michael diese Reaktion zu zeigen.

Also zog ich mich zurück und begegnete seinem Blick. »Wenn du sie auch nur berührst, bringe ich dich um. Sie ist mein Spielzeug, nicht deins. Und jetzt geh voran!«

Michael räusperte sich und senkte den Kopf. »Natürlich, mein Lehnsherr.«

Er trat über die Schwelle, während Ismerelda sich ausmalte, wie sie ihn umbringen würde. Es war eine unterhaltsame Reise nach unten. *Ich hatte keine Ahnung, dass du so kreativ bist, meine Königin.*

Ich auch nicht, antwortete sie, als wir den Aufzug am Ende des Flurs betraten. *Aber ich will wirklich, dass er stirbt.*

Ich auch, Liebste. Ich auch.

Ich musste herausfinden, ob man das auch von meinem Bruder sagen konnte. Er hatte Ismerelda wehgetan, das musste geklärt werden. Das Problem war nur, dass ich nicht wusste, wie ich sicherstellen konnte, dass das nicht erneut passierte.

Abgesehen davon, ihn zu töten.

Ein dunkler Teil von mir sehnte sich danach, das zu tun.

Aber er war mein Bruder. Mein einziger Verwandter. Wenn ich eine Alternative finden könnte, würde ich sie nutzen. Ich fürchtete nur, dass es keine gab.

Schlaf hatte offensichtlich nicht funktioniert.

Was wohl zu erwarten gewesen war – zumindest hatten Ryder und Kylan das Anfang der Woche deutlich gemacht.

Welche Alternative gibt es?, fragte ich mich, als wir ein Stockwerk tief unter der Erde erreichten. Ich hatte den Code, mit dem Michael uns hierhergebracht hatte, nicht erkannt, was mir bestätigte, dass wir uns in einem anderen Teil des Geländes befanden.

Diese Tatsache wurde noch deutlicher, als sich die Türen öffneten und einen purpurroten Flur freigaben, der von gotisch anmutenden Kerzen beleuchtet wurde.

Wow! Das nenne ich mal stereotypisch, sagte Ismerelda.

Stereotypisch?, erwiderte ich, ohne ihrer Logik folgen zu können. Aber ihre Erinnerungen an eine modernere Ära – eine, die ich nicht kannte – halfen mir, die Lücken zu füllen. *Ich verstehe.*

Es kam mir nicht so *stereotypisch* vor, sondern einfach nur dunkel und tödlich. Die karmesinrote Farbe erinnerte mich an Blut.

Dieses Thema setzte sich fort, als wir einen großen Raum betraten, der mit roten und schwarzen Einrichtungsgegenständen dekoriert war.

Anstelle eines Tisches gab es Ledersofas mit goldenen

Akzenten. Couchtische aus Glas und Stein. Kerzen mit kleinen Flammen. Spärlich bekleidete Menschen in jeder Ecke.

Eine Gruppe uralter Vampire und Lykaner lungerte herum, einige mit Frauen auf dem Schoß, vor anderen knieten Männer.

Alle Royals trugen Anzüge und Kleider, während die Lykaner Jeans und Pullover trugen.

»König Cam«, verkündete Michael, woraufhin ich einen Blick in seine Richtung warf und sah, wie er sich verbeugte.

Mein Bruder stand auf und schleuderte einen Menschen von sich. Der Kopf der Frau landete mit einem dumpfen Aufprall auf dem Boden, was darauf hindeutete, dass sie entweder schon tot oder kurz davor war.

Die klaffende Wunde auf ihrer Brust bestätigte das, ebenso wie das Blut auf den Lippen meines Bruders. Er leckte sie sauber und schickte Michael mit einer Handbewegung weg. »Geh und hilf Mira!«

»Wie Ihr wünscht, mein Prinz«, sagte er ehrfürchtig und verließ den Raum, während Cane zu einem nackten Mann ging, der ein Tablett mit Champagnerflöten und einem blutigen Messer in der Hand hielt.

Michael hat ihn im Flugzeug mein Lehnsherr *genannt*, teilte Ismerelda mir mit. *Ich weiß, dass er es in der Suite erklärt hat, aber es kommt mir trotzdem sehr plötzlich vor.*

Ja, stimmte ich zu und sah mir den Raum noch einmal an. *Entweder spielen sie mit mir, oder mein Bruder glaubt, dass ich meine Rolle als König bereits akzeptiert habe.*

Niemand schien von unserem Auftauchen sonderlich beeindruckt zu sein. Die meisten hatten meine Ankunft gar nicht bemerkt, weil sie zu sehr in ihre Orgien vertieft waren, um sich darum zu kümmern.

Wenn ich ihr König sein soll, verhalten sie nicht sehr respektvoll, bemerkte ich zu Ismerelda, als Cane mit zwei Gläsern in der Hand auf uns zukam.

Nach dem, was Luka mir erzählt hat, betrachten sich die Royals und Alphas alle als gleichberechtigt. Dass sie dich ignorieren, beweist also gar nichts.

Hmm.

»Bruder«, begrüßte mich Cane und reichte mir eines der Kristallgläser. Die Flüssigkeit darin schien frisches Blut aus dem Handgelenk des menschlichen Kellners zu sein, denn der Mann war aschfahl und schien kurz davor zu sein, ohnmächtig zu werden. Dennoch blieb er stehen, als wäre er dazu manipuliert worden. »Entschuldige den Alarm. Es scheint, als würden wir Besuch erwarten.«

»Das habe ich gehört«, murmelte ich und umklammerte Ismereldas Hand fester, während meine andere Hand die Flöte hielt. »Lykaner?«

Er nickte. »Ja, meine Quelle sagt, dass sie sich versammeln. Es sind auch ein paar rebellische Royals unterwegs.« Sein Tonfall verriet eher Aufregung als Furcht, was für die Situation nichts Gutes verhieß. »Ich habe auf eine Gelegenheit gewartet, unser Verteidigungssystem zu testen, und es scheint, als wäre diese Chance endlich gekommen.«

»Ich kann mich nicht erinnern, Aufnahmen über dieses *Verteidigungssystem* gesehen zu haben«, sagte ich.

»Nein, so weit waren wir im Lernprozess noch nicht. Ich wollte, dass du dich auf die unsterblichen Blutbeutel konzentrierst, in der Hoffnung, die Freude zu wiederholen, die ich bei der Perfektionierung der Lösung erlebt hatte.« Er warf einen Blick auf die Sterblichen, die im Raum ausgestellt waren; sein Stolz war offensichtlich.

Ismerelda sagte nichts, aber ihr Kopf schwirrte vor Unbehagen. Das lag primär an meinen Sticheleien vor ein paar Stunden und an den Kommentaren, die ich einst mit Mira ausgetauscht hatte.

Ich werde dich nicht ersetzen.

Ich weiß, antwortete sie sofort. *Denn das würde ich nicht zulassen.*

Ich ließ ihre Hand los und streichelte ihren unteren Rücken, um sie näher an mich zu ziehen.

Mein Bruder beobachtete die Bewegung mit Interesse.

»Ich nehme an, wir sind alle hier, um eine Unterweisung in dieses Verteidigungssystem zu bekommen«, sagte ich und lenkte damit Canes Aufmerksamkeit wieder auf das eigentliche Thema.

»Nein, nur du«, murmelte er. »Die anderen genießen einfach das Spielzimmer. Wir beide werden die Sicherheitsmaßnahmen der Stadt überprüfen, denn es ist unsere Stadt, nicht ihre.«

»Ich verstehe.« Mein Daumen zeichnete einen Kreis auf Ismereldas Wirbelsäule, während ich mir den Raum noch einmal ansah und all die zufriedenen Royals und Alphas musterte. »Ist der Alarm ein Indikator dafür, dass es oberhalb der Erde unsicher ist?«

Ich versuchte, herauszufinden, warum er sie alle in sein *Spielzimmer* eingeladen hatte. Wenn es nicht um eine Demonstration von Schaltplänen ging, hatte er ein anderes Motiv. Vielleicht eines, das mich und meine *Erosita* betraf. Oder nur mich.

Eine Machtdemonstration, wie man so schön sagte. Eine Art zu sagen: *Das sind meine Verbündeten, also benehmt euch lieber.*

»Der Alarm wurde nur in deiner Suite ausgelöst, alle anderen waren bereits unter der Erde. Sie ziehen es vor, beim Spielen in Sicherheit zu sein, vor allem, weil sie nicht gestört werden wollen. Aber ich habe sie hierher eingeladen, um dich zu sehen.«

Ich beäugte ihn skeptisch. »Sie scheinen nicht sonderlich an meiner Ankunft interessiert zu sein.«

Er zuckte mit den Schultern. »Sie sind anderweitig beschäftigt, aber wenn sie fertig sind, erwarte ich, dass sie Hallo sagen. Auf diese Gelegenheit haben sie schon lange gewartet.«

»Gelegenheit?«, wiederholte ich.

»Um die Ergebnisse meines Experiments zu begutachten.« Als ich ihn nur anstarrte, fügte er hinzu: »Deine Heilung, meine ich.«

Ismerelda gab über unsere mentale Verbindung ein Geräusch von sich, das wie ein spöttisches Schnauben klang. Dennoch blieb sie äußerlich unterwürfig, mit gesenktem Blick, von dem sie wusste, dass Cane ihn zu schätzen wissen würde.

Leider wusste *ich* ihn nicht zu schätzen.

Fuck, ich wusste nichts an dieser Situation hier zu schätzen.

Aber wir hatten unsere Rollen zu erfüllen.

Rollen, die wir nicht ignorieren konnten. Besonders jetzt. *Lykaner und Vampir-Royals sind im Anmarsch. Cane hat eine Quelle. Wen?*

Die Kommunikationseinheit ist immer noch stumm, antwortete Ismerelda. *Entweder habe ich den Ohrhörer nicht richtig eingesetzt, oder sie haben die Übertragung unterbrochen.*

Ich hatte den Verdacht, dass Damien und die anderen herausgefunden hatten, dass ich das Mikrofon verloren hatte.

Oder Cane hatte die Verbindung irgendwie gestört.

Vielleicht würde seine Sicherheitsvorführung eine Erklärung liefern.

Mein Bruder räusperte sich. »Ich kann sie bitten, zu gehen«, schlug er vor, weil er mein Schweigen offensichtlich als Irritation interpretierte. Allerdings galt meine Verärgerung nicht so sehr unserem Publikum, sondern vielmehr dieser Situation.

»Solange sie unser Geschäft nicht stören, können sie bleiben und spielen«, sagte ich. »Aber ich erwarte eine gründliche Tour durch das Verteidigungssystem.«

»Natürlich«, stimmte er zu. »Das werde ich in Kürze übernehmen. Wir müssen lediglich zuerst alle Teile in Position bringen.«

Ich runzelte die Stirn, weil ich nicht wusste, was er damit meinte.

»Kann ich dich in der Zwischenzeit für eines meiner unsterblichen Spielzeuge begeistern?«, fragte er und deutete auf die vielen Exemplare, die im Raum ausgestellt waren.

»Im Moment habe ich alles, was ich brauche, aber vielleicht komme ich nach der Sicherheitsvorführung darauf zurück«, antwortete ich und entlockte Ismerelda ein weiteres mentales Schnauben. »Vielleicht kannst du mir mehr über deine Quelle erzählen, während wir darauf warten, dass sich deine Teile zusammenfügen.«

»Alles zu seiner Zeit, das verspreche ich«, murmelte er und grinste. »Such dir erst einmal einen Platz. Entspann dich ein bisschen. Es wird noch mindestens zwanzig Minuten dauern, bis wir anfangen können, also trink deinen Blutchampagner, iss einen Snack, beobachte. Was immer du willst, Bruder. Das alles gehört dir.«

Dann nahm er einen Schluck von seinem eigenen Champagner und verließ den Raum, wobei er mich und Ismerelda inmitten einer sexuell aufgeladenen Fressorgie zurückließ.

Dein Bruder ist ein Wahnsinniger, dachte Ismerelda, als ich meine Handfläche auf ihren unteren Rücken drückte. *Ein durchgeknallter Verrückter.*

Er ist unsterblich, erwiderte ich, während ich den Raum nach einem Platz zum Sitzen absuchte. *Und sehr, sehr alt.*

Das bist du auch, aber du veranstaltest keine Orgie, während du dich … Nun, während du das tust, was auch immer er gerade tut.

In unserem Alter werden Zeit und Bedrohungen anders verarbeitet. Er betrachtet das Ganze als Unterhaltung, antwortete ich, während ich sie zu einer Ledercouch im hinteren Teil des Raumes führte. *Er hat sich offensichtlich sehr gelangweilt.*

Nicht, dass ich Langeweile für eine akzeptable Entschuldigung hielt – ich wollte nur eine Erklärung anbieten. Oder zumindest den einzigen Grund, den ich mir für sein Verhalten vorstellen konnte.

Er war betrogen worden, ja. Aber das alles ging weit über Rache oder das Bedürfnis, die Sicherheit unserer Art zu gewährleisten, hinaus.

Zeit zu spielen, meine Königin, murmelte ich in ihren Gedanken, als meine Handfläche ihre Wirbelsäule verließ.

Sie hielt inne, als ich die Mitte der Couch einnahm.

»Setz dich auf mich«, sagte ich laut, meine Stimme voller Autorität.

Wir hatten eine Show zu veranstalten.

Und zum Glück verstand meine Gefährtin ihre Rolle mehr als gut.

Sie rutschte auf meinen Schoß, wobei ihr Kleid an beiden Beinen fast bis zu den Hüften wanderte, als sie sich auf meinen Oberschenkeln niederließ.

Ich hielt ihre Haare mit einer Hand und setzte dann mit der anderen das Glas an meine Lippen. Ich hielt ihrem Blick stand, nahm einen Schluck und ließ sie – und alle anderen – den Ekel in meinen Zügen sehen.

»Das ist definitiv nicht das, wonach ich mich sehne«, murmelte ich und stellte das Glas auf dem Beistelltisch ab, bevor ich meine Reißzähne in ihrem Hals versenkte.

Sie klammerte sich an meine Schultern, ihre Schenkel drückten meine, während ich mehrere tiefe Züge nahm.

»*Viel* besser«, sagte ich und zuckte zusammen, weil der Geschmack des Blutes des anderen Menschen in meinem Mund zurückgeblieben war. Ich hatte nur einen Schluck genommen, um meinen Bruder zu besänftigen. Und jetzt hatte ich eine Botschaft gesendet – nichts und niemand konnte meine *Erosita* ersetzen. *Also fasst sie verdammt noch mal nicht an.*

Ismerelda wölbte sich gegen mich, ihre Lust umgab uns, während ich ihre Essenz in mich aufnahm. Das war die perfekte Tarnung für mich, um den Raum zu beobachten und einen Blick auf die anderen Royals zu werfen, während ich meine Gefährtin verschlang.

Die anderen würden meinen Zug als unbeteiligt betrachten – ich war nur ein Vampir, der seine Mahlzeit genoss und sich die Szene zu Gemüte führte.

In Wirklichkeit war es ein Akt des Besitzanspruchs. Ein Weg, meine *Erosita* öffentlich zu beanspruchen.

Außerdem konnte ich so jeden einzelnen Teilnehmer einschätzen.

Helias.

Robyn.

Ayaz.

Jenkins.

Keine Spur von Thida oder Jasmine.

Vielleicht waren sie in ihren Privaträumen – wo auch immer die in diesem Teil des Untergrunds waren. Ich war noch nie in diesem Bereich gewesen und war daher etwas unsicher, was mein Bruder vorhatte.

Er hatte gesagt, dass die Royals mich alle sehen wollten.

Eindeutig eine Lüge, entschied ich, als ich mir ihre sinnlichen Aktivitäten näher ansah.

Robyn spielte mit zwei Männern, ihre langen, manikürten Finger schlangen sich um die Kehle des einen, während dieser den anderen Menschen unter sich fickte.

Helias war etwas zahmer, seine Augen waren geschlossen, eine Frau kniete zwischen seinen Schenkeln.

Ayaz, nun ja, er war schon immer ein sadistischer Wichser, und es schien, als hätte die Zeit seine Neigungen nur noch verschlimmert.

Ich bin froh, dass ich dir zugewandt bin, flüsterte Ismerelda über unser Band.

Ich auch, gab ich zu, als ich meine Lippen von ihrem Hals löste. Das Zeichen, das ich vorhin hinterlassen hatte, war wieder frisch und bedeutete, dass sie mir gehörte.

»Küss mich«, sagte ich laut zu ihr. »Ich will von deiner Zunge trinken.«

Eine Lüge.

Ich wollte, dass sie von meiner trank.

Denn ich rechnete fest damit, dass sie bald jedes bisschen unsterbliche Kraft brauchen würde, das ich ihr geben konnte.

Ismerelda lehnte sich vor, legte ihren Mund auf meinen und akzeptierte meine Zunge. Meinen Kuss. Meine *Brutalität*. Denn ich war nicht zimperlich mit ihr. Ich intensivierte den Griff in ihren Haaren und verschlang sie.

Trink!, befahl ich in ihrem Kopf. *Es wird etwas passieren, und du musst so stark wie möglich sein. Verdammt, wenn ich könnte, würde ich dich hier und jetzt verwandeln.*

Aber das war nicht möglich. Wir brauchten Zeit, Blut und ein Grab, um das zu erreichen.

Und ich würde nicht Nein sagen, antwortete sie und brachte mich fast dazu, unseren Kuss zu unterbrechen. Vor allem, weil ich nicht erwartet hatte, dass sie das sagen würde.

Wirklich?

Ja. Und nicht nur wegen dieser Situation. Ich ... Ich bin es leid, in jeder Situation die Schwächere zu sein. Aber es ist mehr als das. Es ist einfach … Die Vorstellung fühlt sich richtig an.

Ich konnte hören, wie sie das Für und Wider abwog. Sie hatte diese Debatte schon in Erwägung gezogen, als ich zum ersten Mal erwähnt hatte, sie zu verwandeln.

Sie zögerte immer noch, vor allem, was unser Band und unsere Blutversorgung anging, aber sie schien die Idee zu bevorzugen, meine Vampirkönigin zu sein. Meine wahre Ebenbürtige zu sein.

Du bist mir bereits ebenbürtig, sagte ich.

Nicht körperlich, antwortete sie. *Nicht …*

Cane ließ sich neben mir auf die Couch fallen und unterbrach mein Gespräch mit Ismerelda. »Es scheint, als wären unsere Rebellen früher als erwartet angekommen«, informierte er mich.

Er holte einen durchsichtigen Bildschirm hervor, der mich ein wenig an Khalids Technologie erinnerte.

Könnte er die Quelle sein?, fragte ich mich.

Das … das würde keinen Sinn ergeben. Damien war in Blood City. Er hat die Menschen gesehen, die friedlich unter den Vampiren leben, antwortete Ismerelda. *Warum sollte Khalid einen solchen Ort bauen, wenn er sich mit deinem Bruder verbündet hat?*

Ich weiß es nicht, aber ich werde es herausfinden. Ich zog meine Finger aus ihren Haaren und befreite ihre seidigen Strähnen aus meiner Faust. Dann drückte ich ihr einen letzten Kuss auf den Mund und sah Cane an.

»Du hast meine Aufmerksamkeit«, sagte ich zu ihm.

»Ausgezeichnet.« Er grinste und sein Bildschirm vervielfachte sich, bis fast ein Dutzend Bildschirme um uns herum wirbelten, auf denen verschiedene Überwachungsaufnahmen zu sehen waren. »Willkommen in meiner Version der Zukunft, Bruder. Lass uns anfangen …«

Izzy

Cane mochte ein Verrückter sein, aber er war ein brillanter Verrückter. Das wurde mir nach seiner zehnminütigen Einführung in die Überwachungssysteme der Stadt und all seine Sicherheitsmechanismen klar.

»Wie hier ersichtlich ist«, sagte er und deutete auf das Bild einer Außentür, von der ich annahm, dass sie in den Untergrund führte, »haben wir Kameras in die Zementverkleidung eingelassen. Aber sie können mehr als nur beobachten. Sie registrieren Bewegungen und …«

Er verstummte, als ein weiterer Bildschirm mit einem feuerroten Film darüber erschien.

»Ah, perfektes Timing. Hier – eine echte Demonstration.« Er wählte das karmesinrote Bild aus und holte es vor die anderen, sodass die Farbe verschwand. »Das passiert, wenn die Sicherheitsprotokolle der Stadt aktiviert sind. Die Detektoren erwachen zum Leben und reagieren auf Bewegungen, Geräusche und Körperwärme.«

Er erklärte seinem Bruder die Logistik und wie der Detektor programmiert war, während ich neben Cam stand und zusah.

Cane schien mich nicht zu bemerken. Oder vielleicht war es ihm einfach egal. Denn er hatte mich nicht ein einziges Mal angesehen, nicht einmal, als ich von Cams Schoß aufgestanden war.

»Siehst du diese Wärmesignaturen?«, fragte Cane und deutete auf ein Infrarotbild, das fünf rötliche Schatten zeigte. »Das sind einige der ankommenden Rebellen. Allerdings scheinen sie sich zu verteilen …«

Drei weitere Bildschirme tauchten vor uns auf und Canes Hände brachten sie sofort ins Blickfeld.

»Das System scannt die Eindringlinge automatisch, erkennt ihre Herkunft und sogar ihren Namen, insofern sie bekannt sind.« Er zog einen der Feeds in die Mitte, während die anderen hinten blieben, und berührte einen der roten Flecken. »Identifizieren.«

»Vampir«, sagte eine weibliche Stimme. »Name: Khalid. Alter: über viertausend. Zugehörigkeit: ungewiss. Bitte aktualisiert die Systemeinstellungen bezüglich tödlicher Gewalt.«

»Tödliche Gewalt nicht gestattet«, antwortete Cane, bevor er seinen Finger auf die andere Figur auf dem Display legte. »Identifizieren.«

Der Bildschirm blinkte. »Vampirin. Name: unbekannt. Alter: unbekannt. Blutgruppe: unbekannt. Herkunft: unbekannt.«

Emine, vermutete ich.

Canes Nasenlöcher weiteten sich. »Verdammte Jägerschlampe!«

Ich runzelte fast die Stirn. *Woher weiß er das?*

Ich vermute, dass er es von seiner Quelle erfahren hat, antwortete Cam, dessen Interesse geweckt war. Er schwieg jedoch, als sein Bruder Emines Profil auf dem Computer aufrief.

Cane wählte eine Schaltfläche unter einem unscharfen Bild von Emine und sagte: »Aktiviere tödliche Gewalt für die unbekannte Vampirin.«

»Protokolle für tödliche Gewalt aktiviert«, meldete das System.

Mein Blut gefror in meinen Adern.

Fuck …

Das Profil wurde schwarz und ein Countdown gestartet. »Zehn, neun …«

Cam, sagte ich.

Aber er griff bereits nach demselben Button. »Deaktiviere tödliche Gewalt für die unbekannte Vampirin.« Sein englischer Akzent klang genau wie der seines Bruders, die beiden waren sich viel zu ähnlich für meinen Geschmack.

»Protokolle für tödliche Gewalt deaktiviert«, antwortete das System, das offensichtlich ebenfalls der Meinung war, dass ihre Stimmsignaturen identisch waren.

Oder vielleicht hatte Cam bereits einen administrativen Zugang.

Oder war dieser in diesem Modus gar nicht nötig?

»Was zum Teufel?«, forderte Cane. »Sie darf hier nicht reinkommen.«

»Sie sollte definitiv reinkommen dürfen«, erwiderte Cam. »Ich will Blutproben, bevor du sie tötest. Und ich will sie von einer lebenden Quelle nehmen.«

Cane starrte ihn an, seine Kiefer verkrampften sich.

Cam starrte ihn nur an und zog seine arrogante Augenbraue nach oben. »Sie ist eine ausgezeichnete Testperson.«

»Ich habe die unsterblichen Blutbeutel bereits perfektioniert, Bruder.«

»Das bleibt abzuwarten«, antwortete Cam schlicht. »Ich werde Zeit brauchen, um dein Produkt zu testen. Bis dahin wird die Jägerin nicht getötet – für den Fall, dass sie uns von Nutzen sein könnte. Sicherlich gibt es in deinem System Möglichkeit, sie festzuhalten?«

Ich schluckte, fasziniert und beschämt zugleich von Cams Gedankengängen.

Seine strategische Verarbeitung der Situation war unmittelbar erfolgt, und seine Fähigkeit, seinen Bruder zu handhaben und seine Worte zu kontern, grenzte an ein Wunder. Besonders die Art und Weise, wie er seine Antwort schloss, indem er seinen Bruder gewissermaßen herausforderte, die Fähigkeiten seines Systems zu beweisen.

Aber der Grund, warum Cam in diesem verbalen Sparring so gut war, lag in seinem tiefen Verständnis für Canes Ziele.

Ein Teil von Cam respektierte die Wünsche seines Bruders und stimmte sogar teilweise mit seinen Entscheidungen überein.

Emine am Leben zu lassen, ergab für Cam Sinn, und zwar nicht aus Verbundenheit oder Loyalität zu Khalid, sondern weil ihre Existenz ihn faszinierte.

Das bedeutete, dass er die Wahrheit darüber gesagt hatte, dass er ihr Blut wollte. Oder zumindest darüber nachgedacht hatte, was er damit in der Forschung machen könnte.

Über etwas nachzudenken und etwas zu tun, sind zwei völlig verschiedene Dinge, Ismerelda, murmelte Cam in meinen Gedanken. *Nur weil ich die Idee habe, etwas zu tun, heißt das noch lange nicht, dass ich es auch tun will.*

Er hatte recht.

Aber es gefiel mir nicht, diese Gedanken in seinem Kopf zu hören.

Trotzdem war es mir lieber, es zu wissen, als es nicht zu wissen. Ich wollte in seine Gedankengänge einbezogen werden, anstatt ausgeschlossen zu sein. Ich wollte einen offenen Dialog führen und eine Meinung dazu haben, wie wir vorgingen, anstatt zu meinem eigenen Schutz zurückgelassen zu werden.

»Ja«, sagte Cane schließlich. »Die Protokolle lassen eine Vielzahl von Möglichkeiten zu. Ich zeige sie dir.«

Cam winkte ihm zu. »Bitte tu das. Aber lass sie am Leben.«

Cane überlegte noch einen Moment, dann nickte er. »Gut. Aber ich will derjenige sein, der sie tötet.«

Cam zuckte mit den Schultern. »Es ist mir egal, wie sie stirbt. Ich will nur kein potenziell nützliches Produkt verschwenden.«

Der sorglose Ton, der Cams Worte umschmeichelte, schien seinen Bruder zu beruhigen, denn er nickte ein zweites Mal.

Und auch der Raum … schien sich zu entspannen.

Ich hatte es nicht bemerkt, weil ich mich mehr auf Cams Gedanken als auf die anderen Vampire konzentriert hatte, aber es war still geworden, während die beiden Männer gesprochen hatten.

Cam hatte es bemerkt, aber er war auf seinen Bruder fokussiert gewesen, nicht auf die anderen. Allerdings schnaubte er jetzt angesichts Canes vorheriger Bemerkung, wie begierig alle darauf seien, das Ergebnis seines Experiments zu begutachten.

Sie sind nicht hier, um mich als ihren Anführer zu begrüßen. Sie sind hier, um sicherzustellen, dass ich auf der Seite ihres Anführers bin.

Was passiert, wenn sie herausfinden, dass du es nicht bist?, fragte ich.

Das wird die Zeit zeigen, antwortete er. Aber er hatte schon diverse Szenarien durchgedacht, und die meisten davon endeten tödlich. *Cane hat sie alle aus einem von zwei Gründen hierher eingeladen – um eine Feier zu veranstalten oder um eine Hinrichtung durchzuführen. Es kann nur in die eine oder in die andere Richtung gehen.*

Das Ganze war also ein Test.

Eine Methode, um herauszufinden, wie Cam auf die Demonstration seines Bruders reagierte.

Die Royals – und auch der eine anwesende Alpha – amüsierten sich, während sie warteten.

Aber eine falsche Bewegung, und wir würden uns plötzlich mit einigen der ältesten übernatürlichen Wesen der Welt konfrontiert sehen.

Ich hätte keine Chance gegen sie. Nicht als Mensch. Nicht einmal als Cams Gefährtin.

Sein Angebot, mich zu verwandeln, ging mir nicht aus dem Kopf, während Cane alle Videobildschirme neu anordnete. Ich hatte es ernst gemeint, als ich gesagt hatte, dass ich Cams Vorschlag, mich zu einem Vampir zu machen, annehmen würde.

Das würde mir einen Hauch von Unabhängigkeit geben, etwas, das ich in meinem langen Leben noch nie wirklich erfahren hatte.

Ich wäre frei von der Bindung an Cams Unsterblichkeit, könnte aus eigener Kraft überleben und wäre unabhängig. Ich würde für mich leben und niemanden sonst.

Dann könnte ich meine Zukunft selbst bestimmen. Eine bessere Version von mir selbst werden. *Diesen Cam als meinen Gefährten akzeptieren.*

Du wirst keine bessere Version sein, Ismerelda. Du wirst immer noch die sein, die du jetzt bist, nur widerstandsfähiger. Du bist perfekt.

Aber ich muss mich konzentrieren, flüsterte Cam über unsere Verbindung, während seine Handfläche meinen Oberschenkel unter dem Stoff meines Kleides fand. *Und du lenkst mich ab, meine Königin.*

Sorry. Ich hatte gar nicht bemerkt, wie laut ich gedacht und mich damit selbst abgelenkt hatte.

Denn Cane war gerade mitten in einer Demonstration und sein Video lieferte ein gutes Bild von Khalid und Emine, die in eine Art Tunnel zu gehen schienen.

Ein zweites Bild zeigte Ryder und Willow, die vorsichtig auf das Dach eines Gebäudes kletterten. So wie ich Ryder kannte, wollte er diesen Moment nutzen, um Willow etwas beizubringen.

Aber jetzt war nicht der richtige Zeitpunkt für eine Trainingsübung.

Doch Ryder würde das nicht verstehen.

Weil er keine Ahnung hat, wozu Cane fähig ist, dachte ich und mein Magen zog sich vor Angst zusammen.

Cam drückte meinen Oberschenkel sanft, als er Cane etwas über einen Neutralisator fragte.

Was für ein Neutralisator?, fragte ich mich und schüttelte fast den Kopf. Ich war so in meine inneren Gedanken versunken gewesen, dass ich offensichtlich eine ganze Menge verpasst hatte.

»Er ähnelt dem Gerät, das bei dir zum Einsatz gekommen ist«, erklärte Cane. »Nur dass es nicht so viel Feinabstimmung erfordert, da es ein temporärer Destabilisator und kein langfristiges Heilmittel ist.«

Heilmittel, wiederholte Cam in Gedanken, und sein Tonfall verriet mir, was er von dem Begriff hielt, den sein Bruder für die Waffe geprägt hatte, mit der er selbst außer Gefecht gesetzt worden war.

»Der Neutralisator wird automatisch aktiviert, wenn die Rebellen einen bestimmten Punkt in den Tunneln erreichen. Wir können den Schalter auch manuell umlegen.« Cam wählte ein Kästchen aus, das eine Anzeige einblendete. »Was bevorzugst du?«

»Wie weit müssen sie vordringen, damit er ausgelöst wird?«, fragte Cam.

»Noch einen knappen Kilometer, das wird nicht lange dauern, wenn sie …«

Der Bildschirm färbte sich rot und von dem Gerät in seiner Hand ging ein Alarm aus. Oder vielleicht kam es auch von seiner Uhr. Ich konnte es nicht erkennen. Es war kein lautes, schrilles Geräusch, sondern eher ein leises Piepen, wie ein abgelaufener Timer.

Der Ton wirkte sanft und passte rein gar nicht zu der Szene, die sich auf dem Display abspielte – eine Szene, die ich jetzt ganz deutlich sehen konnte. Denn die rote Schicht war verschwunden und ein hochauflösendes Video an ihrer Stelle zu sehen.

Khalid und Emine fassten sich an den Kopf, ihre Lippen standen qualvoll offen.

Ich kämpfte gegen den Drang an, auf den Anblick zu reagieren. Mein Magen verkrampfte sich noch mehr, als ich sah, wie sie vor dem unsichtbaren Angriff auf ihre Sinne davonliefen.

Nein, sie liefen nicht. Sie *phasten*.

Denn sie bewegten sich viel zu schnell, als dass man das als normalen Lauf bezeichnen könnte. Aber die Kamera schien ihren Bewegungen mit Leichtigkeit zu folgen.

Diese Technologie war erschreckend.

Aber nicht annähernd so erschreckend, als mitanzusehen, wie Khalid in die Knie ging.

Er war eines der ältesten Wesen unter den Vampiren. Genau wie Cam und Ryder und alle anderen Vampire an diesem Ort.

Ihn zu Fall zu bringen ... Meine Kehle arbeitete. *Cane hat nicht gelogen, als er gesagt hat, dass dieser Neutralisator der Waffe ähnelt, die er bei dir benutzt hat.*

»Du hast also einen Weg gefunden, mehrere Vampire auf einmal außer Gefecht zu setzen«, sagte Cam mit einem Hauch von Neugier in der Stimme. Ich wusste aus seinen Gedanken, dass es eine Stimme war, die er geschaffen hatte, um seinen Bruder zu besänftigen.

»Vampire und Lykaner, ja«, murmelte sein Bruder. »Es ist eine Tonfrequenz, die uns buchstäblich um den Verstand bringt. Aber da wir so schnell heilen, kann es schwierig sein, sie aufrechtzuerhalten. Deshalb machen wir das hier ...«

Er legte eine Art Schalter um, der einen erweiterten Blick auf den Tunnel freigab, sodass wir beobachten konnten, wie vier Gestalten dort ankamen. Alle waren von Kopf bis Fuß in schwarze Schutzwesten gekleidet, ihre Köpfe waren mit undurchsichtigen Helmen bedeckt.

Jeder von ihnen zog eine Waffe, deren Läufe auf Emine und Khalid gerichtet waren.

Cam öffnete den Mund, um etwas zu sagen, aber die Waffen feuerten, bevor er etwas sagen konnte.

Khalid und Emine fielen augenblicklich zu Boden.

Ich presste meine Lippen aufeinander, als die verhüllten Gestalten herbeieilten, um die Körper einzusammeln; ihre Bewegungen waren abrupt und unvorsichtig, als sie Khalid und Emine aufhoben.

Dann verschwanden sie sofort von der Bildfläche.

Cane drückte einen Finger an sein Ohr, die verborgene Technologie erinnerte mich an das stumme Gerät in meinem eigenen Ohr. »Bringt Khalid in Suite Sieben!«, sagte er. »Die Jägerin kann in Kerker Drei verfrachtet werden.« Er warf einen Blick auf Cam. »Wenn wir fertig sind, zeige ich dir das Gelände.«

»Wie viel von dem Gelände habe ich damals wirklich gesehen?«, fragte mein Gefährte.

»Ungefähr die Hälfte. Dein Aufzug war so programmiert, dass er nur bestimmte Stockwerke angezeigt hat. Sobald wir unsere Zukunft geklärt haben, programmieren wir deinen Zugang neu.«

Cam starrte ihn an. »Was gibt es denn zu klären?«

»Wo du wohnen willst.« Schließlich fiel Canes Blick auf mich und seine harten Augen glitzerten mit dunkler Vorfreude. »Mit *wem* du zusammenwohnen willst.« Er richtete seine Aufmerksamkeit wieder auf Cam. »Sie muss nur am Leben sein, damit du weiterhin Zugang zu ihrem Verstand hast. Mehr nicht.«

Cams Handfläche glitt mein Bein hinauf, seine Fingerspitzen streiften meinen Innenschenkel. »Oh, es gibt definitiv mehr, Bruder.« Sein Tonfall und seine Handlungen machten seine Andeutung deutlich.

»Hmm, aber dieses Mehr kann sich entwickeln und dann wird es gefährlich. Vielleicht sollte ich es dir demonstrieren.«

Das hörte sich bedrohlich an.

Aber Cam zog nur die Stirn in Falten. »Ist das nicht der Sinn der ganzen Sache? Eine Demonstration zu liefern?«

Cane grinste. »Ja, das ist es. Und in diesem Sinne …« Er rief eines der Überwachungsvideos auf, das nur eine Wärmesignatur zeigte.

Eine Wärmesignatur, die das System laut dem daneben schwebenden Profil als Cedric identifizierte.

»Er scheint auf dem Weg zum Flughafen zu sein«, sinnierte Cane. »Er erwartet wohl Gesellschaft.«

»Oder vielleicht versucht er, Damien zu erreichen«, antwortete Cam.

»Vielleicht.« Er betrachtete das Video einen Moment lang. »Wir werden uns gleich um ihn kümmern.«

»Hast du das auch gesagt, als ich gegangen bin?«, fragte Cam ihn. »Dass du dich später um mich kümmern würdest? Denn natürlich hättest du mich aufhalten können, bevor ich die Stadtgrenze erreicht habe, und wahrscheinlich sogar dann.«

»Ja, das hätte ich tun können, aber ich habe erst gemerkt, dass du weg warst, als du dir bereits ein Auto besorgt hattest. Dieses System wird nur aktiviert, wenn wir eine Sicherheitsbedrohung erwarten. Dieses Protokoll war nicht aktiviert, als du gegangen bist.«

»Und wenn es aktiviert gewesen wäre?«, drängte Cam. »Als welche Bedrohungsstufe wäre ich eingestuft worden? Welches Protokoll hättest du ausgelöst? Tödliche Gewalt? Bei Sichtkontakt neutralisieren?«

Cane schnaubte und drückte einen Button. »König Cams Profil anzeigen«, wies er das System an.

»König Cams Profil«, antwortete die weibliche Stimme. »Status: Administrator. Berechtigung: Voller Systemzugriff.«

Cam sah sich die Informationen genau an. »Du hättest mich also gehen lassen.«

»Natürlich.«

»Trotzdem hast du meine *Erosita* entführt, um meine Rückkehr zu erzwingen.« Cams nüchterner Tonfall verbarg seine Aufregung. »Das kommt mir ziemlich extrem vor.«

»Manche würden es für einen wertvollen Test halten.«

Cam grunzte. »Wofür? Um zu sehen, ob ich geheilt bin oder nicht?«

»Ja.« Cane rief das dritte Bild auf, das zwei weitere Wärmesignaturen zeigte. »Und ich werde dir zeigen, warum.«

CAM

Iᴄʜ ʟɪᴇß meinen Daumen an Ismereldas Oberschenkelinnenseite entlangfahren, während ich die Präsentation meines Bruders beobachtete.

Ryder und Willow.

Sie waren an der Seite eines Gebäudes in der Nähe des Katakomben-Geländes hochgeklettert und schienen eine Art Scharfschützenkurs zu absolvieren.

Ich gähnte gelangweilt.

»Alles, was ich sehe, ist Ryder, der seine Version des Vorspiels praktiziert«, sagte ich scherzhaft. »Ich bin kein Freund von Voyeurismus, Cane. Das war immer deine Vorliebe, nicht meine.«

Daher das Spielzimmer, folgerte ich. Das war genau die Art von Raum, die meinem Bruder gefallen würde.

Denn so konnte er anderen beim Ficken zusehen.

Canes Lippen zuckten. »Ich warte nur darauf, dass die Kötereinheit bestätigt, dass sie bereit ist.«

»Kötereinheit?«

»Die Lykaner, die du vorhin gesehen hast«, erklärte er. »Die, die sich Khalid und seine Schlampe geholt haben. Das ist die Kötereinheit. Sie sind so etwas wie bessere Wachhunde, die auch apportieren können.«

Als ich nichts sagte – wahrscheinlich, weil ich diese Information und den abfälligen Tonfall meines Bruders gerade noch verarbeiten musste –, wies er das System an, die Kötereinheit anzuzeigen.

»Schau«, sagte er und zeigte auf fünf Männer mit nackten Oberkörpern. Sie schienen schwarze Bodysuits anzuziehen. »Diese Halsbänder kontrollieren sie. Sie erzeugen auch einen Schutzhelm, aber den aktiviere ich erst, wenn wir mit der Demonstration fortfahren.«

»Sind das die Lykaner, die Thida und Jenkins mitgebracht haben?«, fragte ich und erinnerte mich daran, was mein Vampirfahrer gesagt hatte.

Cane schnaubte. »Nein. Diese Köter müssen gebrochen und gezähmt werden. Und nur wenige werden das Privileg erhalten, sich der Kötereinheit anzuschließen. Die anderen kommen in die Labore.«

Jenkins versteifte sich sichtlich in meinem Blickfeld, denn der dunkelhaarige Alpha hatte offensichtlich die groben Worte meines Bruders mitbekommen.

Cane schien die Reaktion des Lykaners jedoch nicht zu bemerken. Vielleicht, weil sie auf die Frau auf seinem Schoß zurückzuführen sein könnte. Oder, was wahrscheinlicher war, weil es meinen Bruder einfach nicht interessierte.

Cane hielt Lykaner eindeutig für minderwertige Wesen. Sie waren zwar nicht unsterblich wie Vampire, aber sie besaßen durchaus ihre eigenen Stärken und

Fähigkeiten. Der Versuch, sie zu brechen oder zu zähmen, war ein Fehler.

Leider würde eine Diskussion mit Cane ihn im Moment nur ablenken.

Und ich wollte diese *Demonstration* wirklich nicht in die Länge ziehen.

Ich war auf jedes Detail angewiesen, das er uns in Bezug auf seine Sicherheitspläne geben konnte. Vor allem, weil er mir soeben mitgeteilt hatte, dass Izzy und ich nicht einfach gehen konnten.

Er würde es merken. Und obwohl mich das Profil, das er mir gezeigt hatte, als Systemadministrator auswies, vermutete ich stark, dass er meinen Status mit einem einfachen Befehl ändern konnte.

»Ja, ihr dürft angreifen«, sagte Cane und legte den Finger an sein Ohr, während er beobachtete, wie die Wölfe auf dem Bildschirm ihre Halsbänder berührten. »Einfangen, nicht töten. Bestätigt.«

Helme materialisierten sich wie aus dem Nichts und das undurchsichtige Material verdeckte ihre Gesichter.

»Woraus sind die Helme gemacht?«, fragte ich, neugierig auf die Technologie.

»Sie ähneln tatsächlich dem Material dieser Displays, sind aber robuster«, erklärte mein Bruder, während er das Video der Wölfe weg schnippte und Ryder und Willow noch einmal heranzog. »Stell dir vor, es ist ein elektronischer Schutzschild, der auch noch kugelsicher ist. Sehr nützlich. Alle Köter verfügen darüber. Aber vor allem aus diesem Grund.«

Er drückte auf eine Taste an der Unterseite seiner Konsole, woraufhin eine Reihe von Befehlstasten erschien. Ich überprüfte sie schnell und zog die Augenbrauen hoch. »Das sind alles Angriffscodes.«

»Korrekt«, murmelte mein Bruder und wählte die

Taste mit der Aufschrift *Lykaner neutralisieren.* »Wir haben unterirdische Schilde, die alle vor diesen Frequenzen schützen, aber über der Erde ...« Er verstummte, als er die Kommandokonsole minimierte, um Willow zu zeigen, die auf dem Dach kauerte. »Oberirdisch ist niemand geschützt.«

Ryder schwebte über seiner Gefährtin und versuchte, die Ursache für ihre Notlage herauszufinden.

Im nächsten Moment hob er sie in seine Arme, sprang vom Dach und verschwand.

Die Kamera verfolgte ihn den ganzen Weg über und die beeindruckende Technologie übertrug die Ereignisse in Echtzeit. Es fühlte sich fast so an, als würde ich mit ihnen phasen.

Canes Technik war Khalids Geräten absolut ebenbürtig, doch die Festnahme des Royals durch meinen Bruder bewies, dass Khalid nicht die Quelle war. *Wer dann?*, fragte ich mich, als Ryder sich gemeinsam mit Willow ins Gras setzte.

Sie schien ihr Bewusstsein wiederzuerlangen. Zumindest hatte sie weniger Schmerzen als zuvor.

Mein Bruder zog das Bedienfeld wieder hoch und wählte ein Symbol ähnlich einem Lautstärkeregler, das er nach oben schob. »Das vergrößert den Radius«, sagte er, als er es etwa zur Hälfte nach oben schob.

Als er Willow und Ryder wieder zeigte, wurde schnell klar, dass sie erneut den *Neutralisator* zu spüren bekam.

»Was genau bewirkt der Neutralisator?«, fragte ich.

»Die elektronischen Impulse greifen den Bereich der Gruppenpsyche eines Lykaners an. Die Frequenz erzeugt einen Ton, der in ihren Köpfen widerhallt und Bewegungen und Gedanken unmöglich macht. Das schwächt sie und *neutralisiert* so die Bedrohung.« Er sah mich an. »Der Neutralisator ähnelt dem Gerät, das ich bei

Khalid und seiner Schlampe zum Einsatz gebracht habe, nur dass diese Waffe auf Lykaner und nicht auf Vampire wirkt.«

»Ich verstehe.« Er hatte also eine Waffe entwickelt, um alle Lykaner zu *beherrschen*.

Jenkins befand sich immer noch steif in meinem Blickfeld, sein Unterkiefer zuckte. Dieses Mal war ich mir sicher, dass es nichts mit der Frau auf seinem Schoß zu tun hatte, denn sie bewegte sich überhaupt nicht. Ich war mir sogar ziemlich sicher, dass er sie bereits getötet hatte. Sie war zu still. Unheimlich still.

Wenn er es nicht gutheißt, warum ist er dann hier?, fragte ich mich. *Was hat mein Bruder davon?*

»Siehst du, wie abgelenkt er ist?«, fragte Cane und unterbrach meine Gedanken. »Er ist so sehr auf Willow konzentriert, dass er die herannahende Kötereinheit gar nicht bemerkt.« Er deutete auf die Lykaner, die sich via einer engen Gasse an Ryder heranschlichen.

Im nächsten Moment zuckte Ryder zusammen, fast so, als hätte er meinen Bruder gehört.

Aber offensichtlich hatte er die Lykaner wahrgenommen.

Doch die Entfernung war nicht groß genug, denn eine Sekunde später wurde ein Schuss abgefeuert, der Ryders Schädel durchbohrte und ihn zu Boden schickte.

Cane schüttelte den Kopf. »Einer der ältesten unserer Art und er wird von einem abgerichteten Hund erledigt. Und warum? Weil er *abgelenkt* war.« Er sah mich an. »*Deshalb* ist es eine Schwäche, eine Gefährtin zu haben, Bruder. Ich weiß, dass sie deine Verbindung zu deiner Vergangenheit ist, aber das ist alles, was sie sein kann. Wir können es uns nicht mehr leisten, dass du abgelenkt bist. Nicht, wenn du die Führung übernehmen willst.«

»Ich habe nie gesagt, dass ich führen will«, sagte ich

rundheraus. »Aber in diesem Punkt hast du recht.« Denn das stimmte. Ryder hätte nicht so leicht zu besiegen sein dürfen. Das Gleiche galt für Khalid. Obwohl sich erst noch herausstellen musste, was Emine wirklich für ihn bedeutete.

Trotzdem spielte mein Bruder mit dem Feuer.

Er hatte keine Ahnung, wie wirkungsvoll ein Gefährtenband sein konnte oder wie gewalttätig Ryder – und möglicherweise auch Khalid – sein würden, sobald sie wieder zu Bewusstsein kamen. Wut war ein starker Motivator. Und Besitzansprüche ließen diese Wut noch viel heißer brennen.

Ein wütender Royal war ein gefährlicher Royal.

Das gilt auch für einen wütenden Lykaner, dachte ich und beobachtete Jenkins erneut. Er hatte sich bislang nicht bewegt.

Doch niemand schien ihn zu bemerken.

Er war ein unbedeutendes Wesen in diesem Raum voller Vampire. Ein verlorenes Teil des Puzzles.

»Bringt Ryder in Suite Sieben zu Khalid«, sagte Cane, vermutlich zu seiner *Kötereinheit*. »Die Hybridin kommt in Kerker Vier.«

Hybridin, dachte ich und wiederholte den Begriff. *Ich nehme an, seine Quelle hat ihm auch das verraten.* Denn ich bezweifelte sehr, dass Ryder diese Information öffentlich gemacht hatte.

Cane minimierte die Bildschirme mit einem Klicken, sodass der Raum um uns herum nicht mehr mit technischen Daten und Überwachungsbildern gefüllt war.

»Die Hybridin ist ein interessantes Forschungsobjekt«, erklärte er mir. »Viel interessanter als die Jägerin.«

»Das werden wir erst wissen, wenn wir unsere Studien durchgeführt haben«, antwortete ich kooperativ. Mein Bruder war schon immer ein strategisches Genie gewesen.

Allerdings hatte er einen fatalen Makel – den Wunsch, mich zu beeindrucken.

Das machte ihn leichter zu durchschauen.

Er mochte innerlich kalt sein, aber seine Augen leuchteten auf, wenn ich Sätze sagte, die darauf hindeuteten, dass ich sein Verbündeter und nicht sein Feind war. *Wir. Uns. Unser.* Das waren Worte, die sein Ego besänftigten und bestätigten, dass mir gefiel, was er geschaffen hatte.

Und einem Teil von mir gefiel das wirklich.

Ich bewunderte die Genialität seines Plans. Er hatte nicht nur die Menschen versklavt, sondern auch die Lykaner überzeugt, mit ihm zusammenzuarbeiten. Und das alles, während er die Wölfe als Bürger zweiter Klasse behandelte.

Auch die Art und Weise, wie er die jährlichen Feierlichkeiten zum Bluttag gestaltete, um Lykanern und Vampiren die gleichen Ressourcen zur Verfügung zu stellen, war gut durchdacht. Im Grunde hat er uns alle als Gleichberechtigte dargestellt, obwohl unsere Art am meisten von dieser Regelung profitierte.

Ich hatte jedoch den Verdacht, dass er sich keine großen Gedanken darüber gemacht hatte, wie die Lykaner auf diese Entdeckung reagieren würden. Sicher, er hatte eine Waffe entwickelt, die die Stadt schützen könnte, aber für wie lange?

Es war ein vorübergehender Unschädlichmacher.

»Wie gedenkst du, die Lykaner zu neutralisieren? Und wissen wir schon, wie viele kommen werden?«, fragte ich, weil ich mehr darüber erfahren wollte, wie seine Waffe gegen den bevorstehenden Angriff funktionieren würde.

»Interessantes Thema«, murmelte er, nachdem er mit den Fingern geschnippt hatte, um die Aufmerksamkeit einer Blutsklavin in der Nähe zu erregen. »Während der

Testphase habe ich die Lautstärke auf Maximum gestellt und etwa eine Stunde lang so belassen. Der Lykaner hat den Verstand verloren. Im wahrsten Sinne des Wortes.«

Er glückste bei der Erinnerung daran, als wäre es ein unterhaltsamer Moment aus seiner Vergangenheit.

»Er musste eingeschläfert werden«, fuhr Cane fort. »Es scheint, dass das Spiel mit übernatürlichen Wellenlängen, wie dem *Erosita*-Band und der Rudelpsyche, bleibende Schäden verursachen kann.« Er zuckte zusammen und warf einen Blick auf mich, als die Blutsklavin eintraf. »Wie Gedächtnisverlust.«

Dieses Mal ließ ich ihn etwas von meiner Wut sehen, aber nur mit einem einzigen gezielten Blick. »Du sagst also, du hast meinen Kopf genauso beschädigt wie den des Lykaners. Was für ein Glück, dass du mich nicht *einschläfern* musstest.«

»Ich habe versucht, dich zu heilen, Bruder. Das sind ganz unterschiedliche Praktiken, das versichere ich dir. Und ich war sehr vorsichtig im Umgang mit deinem Verstand.«

»Wie beruhigend«, sagte ich trocken.

Er seufzte und packte den schlanken Arm der Blutsklavin mit einem brutalen Griff, dann versenkte er seine Reißzähne im Handgelenk der Frau.

Reizend, murmelte Ismerelda.

Ich drückte ihren Oberschenkel, um ihr zu zeigen, dass ich sie gehört hatte.

Die Frau zitterte, als mein Bruder weitertrank, seine Absicht war klar. »Stehen bleiben«, sagte er zu ihr, wobei er diese beiden Worte mit Manipulation unterstrich.

Wenn er versuchte, mir eine Reaktion zu entlocken, würde er weiter gehen müssen.

Menschen starben jeden Tag.

Sie auf so grausame Art und Weise zu töten, gehörte einfach zu dieser Welt, die er erschaffen hatte.

Die Haut der Frau färbte sich aschfahl und Schweißperlen standen auf ihrer Stirn. Ich sah desinteressiert zu und schenkte meinem Bruder die Aufmerksamkeit, nach der er sich sehnte, während ich ihm bewies, dass es mir egal war.

Er hatte mir meine Menschlichkeit nehmen wollen, und ich ließ ihn in dem Glauben, dass er das geschafft hatte.

Aber darum war es nie gegangen. Es ging um Ismerelda. Sie war mein Herz. Der Anker meiner Seele. Ohne sie würde mir nichts mehr wichtig sein.

Das bedeutete, dass das Heilmittel ihr Tod war.

Und ich vermutete, dass mein Bruder das wusste. Ich hatte es geschafft, ihn zu überlisten, indem ich behauptet hatte, dass ich ihre Erinnerungen haben wollte, aber dieser Grund würde nur für eine bestimmte Zeit gelten.

Wer wusste schon, welches Zeitlimit er mir gesetzt hatte? Einen Tag? Eine Stunde? Eine Woche?

Ich konnte nicht einfach hier sitzen und darauf warten, es herauszufinden.

Ich konnte auch nicht einfach Ismerelda packen und fliehen.

Mein Bruder hatte seine Absichten, seine Wünsche, laut und deutlich kundgetan. Er wollte, dass ich an seiner Seite führte, und wenn ich mich weigerte, würde er einen Weg finden, mich dazu zu zwingen. Oder er würde es zumindest versuchen. Und genau *das* war das Problem.

Er musste aufgehalten werden.

So können wir nicht weitermachen, dachte ich. Sein Vorgehen gegen die Lykaner würde auf alle Vampire zurückfallen.

Das Letzte, was ich wollte, war eine Armee von Wölfen als Feind.

Denn sie würden nicht nur den Vampiren, sondern auch *mir* die Schuld geben. Cane war mein Bruder. Mein *Blut*. Die Wölfe würden nicht nur ihn bestrafen wollen, sondern jeden, der mit seinen Taten in Verbindung stand.

Das schloss mich ein.

Und durch mich, Ismerelda.

Inakzeptabel, dachte ich, und meine Gesichtszüge wurden härter. *Cane muss …*

»Prinzessin Hazel«, verkündete Michael und mein Blick schnellte zum Eingang.

Und blieb sofort an der mir vertrauten Person hängen.

Denn ich hatte sie erst vor ein paar Stunden in einem Raum voller Verbündeter gesehen.

Einem Raum voller Verbündeter, die sie verraten hat, erkannte ich. *Indem sie meinem Bruder von ihnen erzählt hat …*

IZZY

HAZEL IST DIE QUELLE, wiederholte ich in meinem Kopf.

Das war mein einziger Gedanke.

Zumindest bis ich merkte, dass sie nicht allein war.

Lily … Ich kämpfte gegen den Drang an, eine Hand vor den Mund zu halten, denn sofort überkam mich das blanke Entsetzen. Denn Hazel hatte Lily hierhergebracht. In Canes Versteck. *In einen Raum voller sadistischer Royals.*

O Gott … Cam … Wenn sie … Ich konnte den Satz nicht beenden, mein Herz hämmerte in meiner Brust.

Cam strich mit seinem Daumen über meine Oberschenkelinnenseite, sein Körper war viel entspannter, als ich mich fühlte. Er tat so, als wäre er überhaupt nicht überrascht, Hazel oder Lily zu sehen. Sein Gesichtsausdruck war ein perfektes Abbild der Langeweile, während Cane aufstand, um den anderen Royal zu begrüßen.

Der Mensch, von dem er getrunken hatte, blieb wie erstarrt stehen, den Kopf gesenkt und mit zitternden Gliedern.

Ich hasse ihn, dachte ich. *Ich hasse ihn, verdammt noch mal.*

Cam antwortete nicht, sondern streichelte weiter über meine Haut. Er wiederholte meinen Hass nicht. Aber er schien über diese Veränderung der Ereignisse nachzudenken, zu analysieren, was sie bedeuten könnte und wie wir am besten vorgehen sollten, als Hazel auf uns zuging.

Lily ging neben ihr, mit gesenktem Blick und den Händen entspannt an ihren Seiten.

»Ich würde sagen, dass ich von deiner Ankunft überrascht bin, aber das bin ich nicht«, sagte Cam. »Obwohl ich von deinen schauspielerischen Fähigkeiten beeindruckt bin. Du schienst wirklich geschockt zu sein, als du mich neulich gesehen hast.«

»Das war ich auch«, erwiderte sie lächelnd und warf einen Blick auf Cane. »*Jemand* hat mich nicht darüber informiert, dass du wach bist und dich herumtreibst.«

»Ich war ziemlich beschäftigt, Darling«, murmelte Cane. »Aber ich bin so froh, dass du jetzt hier bist. Gemeinsam können wir Khalid wieder auf Vordermann bringen.«

»Ja«, stimmte Hazel zu und wirkte erleichtert. »Und Cedric auch.«

Cane nickte und sein Blick huschte zu Lily. »Ich würde sie jetzt töten, um ein Zeichen zu setzen. Aber wir brauchen sie als Köder.«

»Als Köder?«, wiederholte Cam. »Ist das der Grund, warum du deine Lykaner nicht auf Cedric gehetzt hast?«

»Ja. Ich dachte, er würde als letzte Präsentation dafür dienen, warum es eine Schwäche ist, eine Gefährtin zu haben. Er ist im Begriff, ein Gelände zu infiltrieren, von dem er keine Ahnung hat – um einen Menschen zu retten.« Er spottete offen über diese Idee, als könnte er sich nicht vorstellen, warum jemand so etwas tun sollte.

»Ist es dein Ziel, mich zu überzeugen, meine *Erosita* zu töten?«, fragte Cam, während sein Daumen immer noch meinen Innenschenkel streichelte. »Ich dachte, du wolltest mir die Sicherheitsprotokolle zeigen, die du entworfen hast, aber du scheinst dich mehr darauf zu konzentrieren, was ich mit Ismerelda vorhabe.«

»Ich versuche, beides zu erreichen, Bruder.« Cane ließ sich wieder neben Cam auf die Couch fallen, wobei er die Frau mit seinen Bewegungen umstieß. Er blickte angewidert auf sie hinab. »Michael.«

»Ja, mein Prinz?«

Ich hatte Michael ganz vergessen, und jetzt jagte mir seine Anwesenheit einen Schauer über den Rücken. Zum Glück stand er neben Hazel, sodass ich ihn nicht sehen konnte.

»Kümmere dich für mich um diese Blutsklavin.« Cane deutete auf die leise schluchzende Frau auf dem Boden. »Sie ist widerwärtig.«

»Natürlich, mein Prinz«, antwortete Michael. Seine Augen trafen meine, als er erschien; die glitzernden Smaragdkugeln versprachen Gewalt.

Ich erwiderte den Blick.

Denn von wegen Gehorsam.

Ich war kein *Haustier*.

Und jeder, der von mir erwartete, dass ich mich wie eines benahm, würde bald eines Besseren belehrt.

Cam hatte mir aufgetragen, mitzuspielen. Aber Cane hatte gerade zugegeben, dass es sein Ziel war, mich zu töten.

Also würde ich jetzt auf all das hier scheißen.

Cams Daumen hielt an meinem Bein inne und drückte

leicht zu. *Deine Wut ist betörend, Liebste. Aber wir sind noch nicht bereit, zu handeln.*

Er hatte recht. Ich wusste, dass er recht hatte. Aber ich war mir nicht sicher, wie lange ich noch einfach …

Ein plötzliches Knacken ließ mich zusammenzucken. Der Mensch lag jetzt schlaff auf dem Boden. »Herrliche Erinnerungen«, murmelte Michael, sein Blick war immer noch auf mich gerichtet, als er den nun toten Menschen in seine Arme hob.

Cane gluckste.

Cams Hand verkrampfte sich.

»Bedrohst du meine *Erosita*, Michael?«, fragte er mit leiser Stimme. »Das würde ich nämlich nicht empfehlen.«

Stille kehrte ein und die anderen hörten jedes Wort, das in unserem Bereich des Raumes gesprochen wurde.

»Ich weiß nicht, wie oft ich es noch erklären muss, aber sie ist die einzige Verbindung zu meinen Erinnerungen«, fuhr Cam fort und richtete seinen Blick auf Cane. »Erinnerungen, auf die ich wegen deines Heilmittels nicht zugreifen kann. Bis ich mit ihr fertig bin, wird sie von niemandem außer mir berührt.«

»Niemand berührt sie, Bruder.«

»Nein, aber du hast deinen Standpunkt klargemacht – meine Verbindung zu Ismerelda ist eine Schwäche. Aber deine Handlungen sind der Grund dafür, dass diese Schwäche bestehen bleiben muss. Auch wenn ich es zu schätzen weiß, was du mir gezeigt hast, so spielt es keine Rolle. Sie ist nicht meine Gefährtin, sie ist meine Verbindung zur Vergangenheit. Außerdem ist sie ein guter Fick.«

Cane musterte ihn eine Weile, bevor er Hazel ansah. »Was denkst du?«

Sie hob eine Schulter. »Nach dem, was ich beobachtet habe, ist er nicht der alte Cam. Er hat den anderen klargemacht, dass er kein Interesse daran hat, ihre kleine Rebellion anzuführen. Und er war bei den Treffen fast immer schweigsam.«

Das stimmte nicht.

Nun, es stimmte schon. Aber es war nicht die ganze Wahrheit. Cam hatte seinen Platz am ersten Tag verweigert. Dann hatte er klar zum Ausdruck gebracht, dass er führen würde … für mich.

Hazel hatte diesen Teil jedoch ausgelassen.

Warum sollte sie das tun?, fragte ich mich.

»Warum bist du geblieben?«, fragte Cane und richtete seine Aufmerksamkeit wieder auf seinen Bruder. »Warum bist du nicht hierher zurückgekommen?«

»Wozu?«, erwiderte Cam. »Sobald ich Zugang zu Ismereldas Erinnerungen hatte, erfuhr ich, dass ich nicht der Lehnsherr bin und alles eine verdammte Lüge war. Also bin ich bei den anderen geblieben, um mehr über die letzten eintausend Jahre meines Lebens zu erfahren. Woher hätte ich wissen sollen, dass ich hierher zurückkehren sollte?«

Während Cam sprach, war sein Verstand damit beschäftigt, Hazels Absichten zu analysieren. *Versucht sie, mich zum Lügen zu überreden? War das eine Art Trick? Oder spielt sie mit Cane? Warum hat sie ihm all die anderen Details verraten, aber nicht dieses?*

Cane betrachtete ihn lange Zeit. »Ich nehme an, das ist nachvollziehbar.« Er schaute Michael an. »Gibt es einen Grund, warum du noch hier stehst? Ich dachte, ich hätte dich gebeten, den Müll wegzuräumen.«

»Verzeiht, mein Prinz«, murmelte Michael. Dann verbeugte er sich ein wenig unbeholfen mit der toten Frau in seinen Armen und verließ den Raum.

»Wenn er meine einzige Erinnerung an das Gelände wäre, würde ich wohl auch nicht zurückkehren«, murmelte Cane vor sich hin, bevor er den Kopf schüttelte. »Ich entschuldige mich für mein Verhalten, Cam. Ich wollte dir wirklich helfen und dich nicht behindern. Aber ich sehe jetzt ein, dass ich einige Fehler gemacht habe.«

»Ich nehme die Entschuldigung an«, antwortete Cam und sein Körper schien sich neben mir zu entspannen, während sein Verstand weiterhin alles um ihn herum verarbeitete. »Ich nehme an, wir warten jetzt auf die nächste Phase?«

»In der Tat. Sobald Cedric eintrifft, werden wir ihn zusammen mit Khalid und Ryder sichern und mit der Heilung der beiden beginnen. Vielleicht verstehst du dann besser, was ich getan habe, um dich zu heilen, wenn du die Methoden in Aktion siehst.«

Äußerst zweifelhaft, dachte Cam. Dennoch sagte er laut: »Vielleicht.«

Cane lächelte. »Gut. Du solltest ebenfalls bleiben und beobachten, Hazel. Ich weiß, dass du Khalid unbedingt helfen willst, die Sache mit der Jägerin hinter sich zu lassen.«

Hazel schnaubte. »Ich fand es schon schlimm, als es sich nur um ein Vampirküken handelte. Aber zu erfahren, dass sie auch noch eine Jägerin ist? Das ...« Sie stockte und ihr Unterkiefer zuckte sichtlich.

»Ja, ich weiß«, knurrte Cane. »Aber wir kriegen das schon hin. Und wenn mein Bruder mit dem Sammeln der Blutproben fertig ist, werden wir ihr ein Ende bereiten. So wie wir es bei Aurelia getan haben.«

Hazel blinzelte. »Blutproben?«

»Für mögliche Experimente«, erklärte Cane und blickte auf sein Handgelenk. »Cam hat vorgeschlagen ...« Er legte die Stirn in Falten und seine Worte verhallten, als er auf seine Uhr schaute.

Im nächsten Augenblick folgte Hazel seinem Beispiel, musterte ihr Handgelenk und runzelte die Stirn.

Der Rest des Raumes schien ihre Bewegungen zu imitieren, sogar Jenkins.

»Du hast ein Allianztreffen angesetzt? In sechsunddreißig Stunden?«, fragte Robyn, deren eleganter Ton ein falsches Abbild ihres Charakters war. »Ich dachte, wir hätten uns auf nächste Woche geeinigt?«

»Ich habe nichts angesetzt.« Cane sprach jedes Wort klar und deutlich aus, sein Blick triefte vor Verärgerung. »Das ist offensichtlich eine vorschnell versandte Nachricht.« Er stand auf und führte seine Hand an sein Ohr. »Mira?«

Es geht los, flüsterte Cam mir zu, wobei sein Blick eher auf Hazel als auf seinen Bruder gerichtet war.

»Mira?« Cane wiederholte ihren Namen mit einem Hauch von Unruhe.

»Mein Prinz«, sagte Michael, als er ins Zimmer rannte. »Wir haben ein Problem.«

»Was du nicht sagst.« Cane ging auf ihn zu. »Es wurde eine Nachricht ausgesandt …«

»Die Kötereinheit ist nicht zurückgekehrt«, warf Michael ein, bevor Cane zu Ende sprechen konnte. »Und das System kann sie nicht finden.«

»Was?« Cane klickte auf sein Gerät, um die verschiedenen Bildschirme aufzurufen. »Sicherlich …«

Der Raum wurde schwarz und Stille senkte sich über alles und jeden.

Mein Herz setzte einen Schlag aus.

Vampire und Lykaner konnten im Dunkeln sehen. Aber ich konnte es nicht. Das wusste Michael und jedes andere Raubtier in diesem Raum.

»Cam, wenn du mich hören kannst, nimm Ismerelda und lauf«, sagte mein Zwillingsbruder plötzlich in mein

Ohr. »Die Lykaner kommen. Und sie sind nicht gut gelaunt.«

Die Härchen auf meinen Armen sträubten sich und ich erschrak – nicht wegen der Worte meines Bruders, sondern wegen der Möglichkeit, dass jemand anderes sie gehört hatte.

Es war zu still.

Bis es plötzlich gar nicht mehr still war, denn ein ohrenbetäubendes Knurren hallte durch das Gelände.

Mein Nacken kribbelte jetzt aus einem ganz anderen Grund.

Mein Bruder hatte gesagt, dass die Lykaner unterwegs waren.

Aber er hatte sich geirrt.

Die Wölfe sind bereits da …

CEDRIC

Einige Minuten zuvor

Sprich mit mir, kleine Blume. Ist Cane ordentlich abgelenkt?, fragte ich Lily, während Damien einen Eimer Wasser über Ryders Kopf kippte.

»Das hat mir mehr Spaß gemacht, als es wahrscheinlich hätte tun sollen«, meinte Damien; der Royal lag noch immer bewusstlos zu seinen Füßen.

Wenn ich eines in den letzten fünf Minuten gelernt hatte, dann, dass Damien eindeutig Todessehnsucht hatte.

Ja, antwortete Lily und meine Aufmerksamkeit galt sofort wieder ihr. *Er und Cam diskutieren über Ismereldas Schicksal.*

Gut. Das bedeutete, dass er sich nicht auf Lily konzentrierte, was Teil des Plans war.

Ein Plan, den ich mit Khalid und Hazel ausgeheckt hatte. Nur war Lily ursprünglich nicht Teil des Plans gewesen. Diese Änderung war ein Zugeständnis an die Lykaner.

Während Khalid sich mit Ryder getroffen hatte, war ich auf der Jagd nach Luka gewesen.

»Du bist ein schwer zu findender Wolf«, hatte ich ihm in der Nähe des Flugplatzes gesagt. »Aber wir müssen reden.«

Der Blick, den er mir zuwarf, verriet, dass er mich lieber erschießen würde.

Aber ich erregte seine Aufmerksamkeit, als ich hinzufügte: »Khalid kennt die Wahrheit über Mira. Aber sie ist nicht die Einzige, die so tut, als würde sie Canes Herrschaft unterstützen. Hazel auch.«

Mit Ersterem wollte ich Luka mitteilen, dass Khalid und ich viel mehr wussten als die anderen.

Und Letzteres war eine Wahrheit, die Hazel und Khalid mir erlaubt hatten, zu teilen. Eine Art Friedensangebot.

Denn Mira wusste vermutlich von Hazels Kontakten zu Cane. Er hatte bewusst dafür gesorgt, dass die Gebiete um Italien seinen Verbündeten gehörten. Er wollte sein kleines Projekt schützen.

Allerdings war dieses Projekt zu etwas herangewachsen, das Hazel nicht akzeptieren konnte.

Sie verstand sein Bedürfnis, Jäger zu töten, denn sie war offenbar dabei gewesen, als Aurelia ihn verraten hatte. Aber sie fand, dass er mit seinem Streben nach Weltherrschaft zu weit gegangen war. Vor allem sein Umgang mit den Lykanern war ihr ein Dorn im Auge. Sie sah darin einen Verrat an der Spezies, den sie nicht verzeihen konnte.

Natürlich war sie nicht erfreut gewesen, als sie von Emine erfahren hatte, vor allem, weil Khalid bis zu dieser

Woche gewartet hatte, um diese Information vor Hazel und den anderen zu enthüllen.

Aber sie kannte Khalids Vorliebe dafür, Loyalitäten zu testen und Reaktionen zu lesen.

Er hatte sicher sein müssen, dass Hazel die Wahrheit sagte, und ihre Reaktion auf Emine hatte bewiesen, dass sie die Vergangenheit loslassen konnte – etwas, wozu Cane offensichtlich nicht in der Lage war.

Luka bat mich nicht darum, dies näher zu erläutern. Stattdessen sagte er nur: »Ich höre.«

Ich kümmerte mich nicht um Formalitäten oder langatmige Reden, sondern erklärte ihm meinen Plan bis ins kleinste Detail. Auch die Tatsache, dass Khalid im Prozess war, Ryder zu rekrutieren. »Aber er erzählt ihm nicht alles. Khalid vertraut nicht ohne Weiteres. Er muss erst sehen, wie sich Ryder schlägt.«

Das war eine seiner Neigungen – wie seine Loyalitätstests –, die mich verdammt irritierte. Aber ich konnte nicht leugnen, wie gut sie funktionierten.

»Dein Plan hat eine Schwachstelle«, sagte Luka schließlich, nachdem er einige Minuten über meine Idee nachgedacht hatte.

»Welche?« Ich war offen für Vorschläge.

»Was steht für dich auf dem Spiel? Ich verstehe Khalids Interesse – er und Emine werden wahrscheinlich gefangen genommen. Vielleicht auch Ryder und Willow. Das gibt ihnen etwas, wofür sie kämpfen können. Aber was wirst du tun? Damien aufspüren, während Hazel mit einem Abhörgerät ausgestattet in den Untergrund eindringt?«

»Es ist kein Abhörgerät, sondern ein Transmitter«, korrigierte ich ihn. »Damit können wir uns in Canes Hauptrechner hacken, was ich mit Damien außerhalb des

Geländes tun muss. Das heißt, ich kann mich Khalid und Ryder nicht anschließen.«

»Nein, das kannst du nicht«, stimmte er zu. »Aber deine *Erosita* kann es.«

Ich blinzelte ihn an. »Wie bitte?«

»Wenn du willst, dass wir mit dir zusammenarbeiten, müssen wir Vertrauen aufbauen. Das heißt, du musst ein Interesse an der Sache haben – ein Interesse, das wir alle verstehen und anerkennen können. In Form deiner Gefährtin.«

»Du verlangst von mir, dass ich meine Gefährtin in Gefahr bringe … als eine Art Loyalitätstest?«, fragte ich, wütend über diese Vorstellung.

»Ja.«

Keine weiteren Ausführungen.

Kein Raum für Überlegungen.

Einfach nur ein klares *Ja*.

Lily spürte meine Wut und ihr Geist streichelte sofort den meinen, während sie mir ihre Zustimmung zuflüsterte.

Den Teufel wirst du tun.

Aber als ich mich mit Khalid zusammensetzte und ihm die Bedingungen mitteilte, nickte er und sagte: »Das ist wirklich brillant. Wir wissen, dass Cane überall in der Stadt seine Augen hat, was bedeutet, dass er dich möglicherweise aufhalten könnte, bevor du Damien erreichen kannst. Aber wenn Hazel ihm sagt, dass sie mit Lily kommt, wird er dich in Ruhe lassen. Denn er wird sie zum Köder machen.«

»Oder sie einfach umbringen«, erklärte ich. »Was nicht akzeptabel ist.«

»Er wird sie nicht töten«, warf Hazel ein. »Dafür ist er ein zu großer Showman. Ich stimme Khalid zu – er wird sie als Köder benutzen. Aber lass mich ihn zuerst anrufen, ihm unsere neuesten Informationen übermitteln und ihm sagen, dass Lily mich begleiten wird. Dann werde ich ihm anbieten, sie im Jet zu erledigen, und warten, was er dazu zu sagen hat.«

Khalid und Hazel sollten recht behalten, denn Canes unmittelbare Reaktion auf Hazel war: »Töte sie nicht. Bring sie hierher. Wir werden sie benutzen, um Cedric zu motivieren. Eine weitere wertvolle Lektion für meinen Bruder.«

Ich hatte schließlich in den Plan eingewilligt, vor allem, weil es der klügere Weg gewesen war. Das hieß aber nicht, dass er mir gefiel.

Zum Glück war meine Lily gut darin, sich unauffällig zu verhalten und nicht in den Vordergrund zu treten.

Sie war der lebende Beweis dafür, dass der Schein trügen konnte, was sie heute vielleicht unter Beweis stellen würde.

Damien brachte einen weiteren Eimer mit Wasser aus dem Hangar, in dem wir dank der Lykaner über ein Dutzend Geiseln gefesselt und betäubt hatten.

»Jetzt bist du einfach nur faul«, sagte Damien zu dem Royal auf dem Boden.

»Vielleicht …« Willow verstummte. »Schon gut.«

»Wir haben nicht die ganze Nacht Zeit«, sagte Luka. »Wenn ihr ihn nicht aufwecken könnt, gehen wir eben ohne ihn.«

Ich schaute auf meine Uhr. »Die anderen werden in fünfzehn Minuten hier sein.«

Er grunzte. »Wir brauchen sie nicht.«

»Nein, das tun wir nicht«, stimmte ich zu. »Aber sie kommen trotzdem.«

Deirdre hatte einen Jet für sie gefunden, den sie in einer nahe gelegenen Stadt bestellt hatte, sodass sich die übrigen Vampir- und Lykaner-Rebellen uns anschließen konnten.

»Die Einladung zum Allianztreffen ist fertig«, fügte ich hinzu und versuchte, Lukas wachsende Ungeduld zu besänftigen. »Wir müssen nur noch auf Senden drücken. Innerhalb von wenigen Minuten wird der Strom abgeschaltet.« Das lag vor allem daran, dass ich mich bereits über Hazels Transmitter in das System gehackt hatte – damit hatte ich die Hintertür in seinem Netzwerk gefunden, die ich zum Ausschalten des ganzen verdammten Netzwerks brauchte.

Sicherheitsübertragungen, die ich bereits so verändert hatte, dass sie unsere aktuellen Aktivitäten am Flughafen verbargen.

Kommunikation.

Uhren.

Türschlösser.

Lichter.

Halsbänder.

Sensorische Waffen.

Alles.

Damien begoss Ryder mit einem weiteren Eimer Wasser, woraufhin sich der Royal endlich regte. »Es war nur eine verdammte Kugel«, sagte Damien zu ihm. »Eine. Uno. Ja, sie hat deinen Kopf erwischt. Aber du bist ein verdammter Uralter. Wach auf!«

Ryder schoss in die Höhe, und einen Herzschlag später traf seine Faust Damiens Unterkiefer.

»Was zum Teufel ist hier los?«, fragte Ryder und seine dunklen Augen suchten und fanden Willow. Er kniete sich sofort neben sie und sein intensiver Blick erfasste jeden Zentimeter ihrer schlanken Gestalt.

Ich verstand diesen Blick.

Vor allem, weil ich ihn bei Lily schon unzählige Male angewandt hatte.

Cam hat Cane gerade verziehen, flüsterte Lily, und Sorge

schwang in unserem Band mit. *Er hat auch gesagt, dass er Izzy wegen ihrer Verbindung zu seinen Erinnerungen benutzt und sie nicht seine Gefährtin ist.*

Ich dachte kurzzeitig darüber nach und versetzte mich dabei automatisch in seine Lage. *Er beschützt sie.* Ich wusste das, weil ich in seiner Situation genauso gehandelt hätte. *Er will nicht, dass Cane weiß, wie viel sie ihm bedeutet.*

Ich weiß nicht, sagte Lily langsam. *Er war ziemlich glaubwürdig.*

In der Vampirpolitik geht es nur um Tricks und Spielchen, erinnerte ich sie. *Du kannst nie dem Wort eines anderen trauen.*

Du vertraust Khalid.

Tue ich das?, grübelte ich. *Oder toleriere ich ihn?*

»Wir müssen los«, sagte Luka und unterbrach meine mentale Unterhaltung mit Lily.

»Wohin?«, fragte Ryder. »Ihr erklärt mir jetzt besser, was Sache ist.«

Damien fasste sich ans Kinn und seine goldenen Augen blitzten amüsiert. »Wir haben uns mit den Lykanern zusammengetan, um Canes Machtkonstrukt zu zerstören. Willkommen zur Party.«

Ryders Augenbrauen schossen in die Höhe. »Wie lange war ich weg?«

»Viel zu lange«, sagte Damien. »Aber diese Vorkehrungen wurden getroffen, bevor die Lykaner auf dich geschossen haben.«

»Canes Haustier-Lykaner«, stellte ich klar, bevor Ryder auf den letzten Teil reagieren konnte. »Luka und die anderen Alphas haben die Einheit, die dich angegriffen hat, ausgeschaltet. Sie sind alle im Hangar gefesselt. Es bleibt abzuwarten, ob ihr Verstand gerettet werden kann oder nicht. Auch das ist ein Thema für einen anderen Tag.« Ich sah Luka an. »Ist dein Team in Position?«

»Ja.«

»Dann sollten wir loslegen«, stimmte ich zu. »Damien?« Seine technischen Fähigkeiten waren den meinen überlegen, was ich offen zugab. Bisher hatte ich nur den Vorteil, mit Khalids Technik spielen zu können – ich hatte sie benutzt, um Damien und die anderen auszuspionieren. Aber jetzt, da Damien Zugang zu denselben Instrumenten hatte, waren wir auf Augenhöhe und er erwies sich als der bessere Spieler.

»Wer hat diese Vorkehrungen getroffen?«, fragte Ryder, während er aufstand und Willow mit sich hochzog.

»Khalid und Cedric«, antwortete Damien, der seinen Blick nicht mehr auf Ryder, sondern auf die Computerschemata gerichtet hatte. »Nachricht gesendet.«

»Welche Nach…« Ryder verstummte und sein Blick glitt zu seinem Handgelenk, als die Nachricht auf seiner Uhr erschien. »Hat das mit dem ganzen Mist zu tun, den du vorhin bei dem Treffen verzapft hast?«

»Der Plan, den ich Jace und den anderen vorgestellt habe?«, fragte ich. »Ja. Aber wir haben ihn inzwischen eskaliert.«

»Du meinst, ihr hattet schon immer die Absicht, ihn zu eskalieren«, konterte Damien, bevor er Ryder ansah. »Sie haben den anderen nur den politischen Teil der Idee vorgestellt. In der Zwischenzeit hat Cedric mit Luka gesprochen und Khalid hat dich rekrutiert.«

»Er hat nicht erwähnt, dass wir mit den Lykanern zusammenarbeiten werden.«

»Wird das ein Problem für dich sein?«, fragte Luka und sein Tonfall verriet seine Verärgerung. »Denn ich lasse dich nur zu gern hier zurück.«

»Mein Problem ist, dass ich nicht vollständig über die wahre Natur dieser Mission informiert wurde«, antwortete Ryder in untypisch nüchternem Ton. »Was das neue Ziel angeht, werde ich auf keinen Fall aussetzen.«

»Dann hör auf, dich zu beschweren! Lass uns gehen!«, schoss Luka zurück. »Du kannst die Feinheiten später mit Khalid besprechen.«

»Oh, das werde ich«, sagte Ryder.

»Ich kann mir vorstellen, dass Jolene das alles mit dir klären werden will«, murmelte Damien, wobei seine Worte an Luka gerichtet zu sein schienen.

Denn offenbar hatte Luka den anderen Alpha nicht über unsere gemeinsamen Pläne informiert. Soweit ich das verstanden hatte, war das Absicht, damit Edon und seine Gefährten nichts davon erfuhren.

Es schien, als gäbe es einen kleinen Riss zwischen dem Clemente-Clan-Dreiergespann und den anderen Alphas. Vertrauen war der Kern des Problems, was meiner Meinung nach darauf zurückzuführen war, dass Edons Gefährten enge Beziehungen zu den Vampiren pflegten.

Ironisch, wenn man bedenkt, dass Luka selbst sich mit mir und Khalid verbündet hatte.

Aber ich nahm an, dass er nicht riskieren wollte, dass jemand anderes davon erfuhr, bevor wir bereit waren, unsere Loyalitäten zu offenbaren – so vorübergehend sie auch sein mochten.

Denn ich war nicht naiv. Ich wusste, dass dieses Bündnis zwischen uns nur von kurzer Dauer war.

Sobald wir diesen Auftrag erledigt hatten, würden sich unsere Wege trennen. Auf unbestimmte Zeit.

Sie wissen, dass Ryder und Willow nicht gefasst wurden, sagte Lily mit einem Hauch von Dringlichkeit in ihrem Ton.

»Es ist Zeit«, sagte ich, bevor ich wiederholte, was Lily gerade gesagt hatte. »Schalt den Strom ab.«

Damien sagte nichts, sein Blick war konzentriert, während er die erforderlichen Befehle eintippte. »Alle Systeme sind offiziell offline. Es wird Stunden dauern, bis sie wieder hochgefahren sind.«

»Los geht's«, knurrte Luka, dessen Ungeduld in seinem Tonfall und in der Art, wie er sich auf den wartenden Truck zubewegte, den er und ein anderer Alpha von den menschlichen Vigils beschlagnahmt hatten, deutlich zu hören war.

»Das Spielzeug befindet sich auf der Ladefläche«, informierte Damien Ryder, während er dem schnaubenden Lykaner folgte. »Such dir zuerst was aus – mal sehen, ob das deine Einstellung verbessert.«

»Ich glaube nicht, dass sich meine *Einstellung verbessert*, bevor ich nicht ein paar Leute getötet habe«, gab Ryder zurück.

»Dann ist es ja gut, dass uns ein Blutbad erwartet«, murmelte Damien. Er drückte einen Finger an sein Ohr und sagte: »Cam, wenn du mich hören kannst, nimm Ismerelda und lauf. Die Lykaner kommen. Und sie sind nicht gut gelaunt.«

»Ich auch nicht«, knurrte Ryder.

»Wann bist du jemals *gut gelaunt*?«, erwiderte Damien.

Ryder presste eine Handfläche auf sein Herz. »Ich bin jeden Tag nett zu Willow.«

Willow schnaubte, woraufhin Ryder sie ansah.

»Hast du etwas zu sagen, Haustier?«, fragte er sie.

Ich ignorierte ihre Antwort und konzentrierte mich stattdessen auf Lily und die wachsende Spannung im Untergrund. *Funktionieren deine Kontaktlinsen?*

Ja, flüsterte sie mir zu. *Die Nachtsichtlinsen ermöglichen es mir, zu sehen.*

Gut, antwortete ich. *Kannst du dich Ismerelda nähern, um ihr die Brille zu geben?* Khalid hatte eine Brille für Lily im Flugzeug gelassen, mit dem Plan, sie Cams Gefährtin zu überreichen, sollte es möglich sein.

Wir hatten gewusst, dass Cane nicht einmal auf die Idee kommen würde, Lily zu durchsuchen. Notfalls hätte

Hazel einfach eine Bemerkung darüber gemacht, dass Lily ein Mensch war und nicht gut sehen konnte.

Cam hat sie an seine Seite gedrückt, berichtete Lily. *Aber ich werde es versuchen.*

Braves Mädchen, murmelte ich. *Aber verhalte dich unauffällig. Die Lykaner kommen.*

Ich kann sie hören.

Das sind die Testpersonen, mit denen Mira arbeitet, sagte ich. Ich wusste, dass Luka im Geiste mit seiner Gefährtin kommuniziert und sie über unsere Bewegungen auf dem Laufenden gehalten hatte. *Sie werden aggressiv sein.*

Ich weiß, wo die Lüftungsgitter sind, versprach sie mir. *Ich kann sie sehen.* Sie wusste, wo sie suchen musste, denn Mira hatte uns den Grundriss des Raums gezeigt, bevor Hazel und Lily sich in den Untergrund gewagt hatten. Sie hatte auch ähnliche Details über die Kerker geliefert, aber wäre Lily dorthin geschickt worden, hätte Damien sie mit dem Entriegeln der Zellentüren befreit.

So wie er bereits Emine befreit hatte.

Und Khalid.

Alles war unverschlossen. Jede Tür. Jeder Eingang. Die Tunnelzugänge. Die Treppenhäuser. Einfach alles.

Cedric … Lilys Unbehagen kroch durch unsere Verbindung. *Die Wölfe …*

Sie haben es nicht auf dich abgesehen, sagte ich mit fester Stimme, denn ich verstand, worauf ihre Gedanken hinausliefen. *Du bist nicht im Zuchtlager, Lily. Du bist auf dem Gelände. Sie sind hinter den Vampiren her, nicht hinter dir.*

Aber sie klingen genauso wie …

Konzentriere dich!, befahl ich ihr, und mein Tonfall ließ ihr keinen Raum, auch nur in Erwägung zu ziehen, die Befehle eines anderen zu befolgen – auch nicht ihre eigenen. *Gib Ismerelda die Brille und such dir ein Versteck! Ich werde dich holen kommen.*

415

Und wenn nicht ich, dann Khalid und Emine.

Lilys Zögern wich einer Mauer der Entschlossenheit, als sie sich zwang, die Kontrolle über sich selbst zu übernehmen. *Ich bin keine schwache Blume.*

Nein. Du bist meine Blume. Und meine Blume ist nur dem Anschein nach zart. Sie regeneriert sich. Sie kämpft um ihr Leben. Sie ist stark und sie überlebt.

Ich überlebe, wiederholte sie. *Ich bin eine Überlebenskünstlerin.* Entschlossenheit unterstrich ihren Tonfall. *Ich kann das.*

Du kannst das, stimmte ich zu. *Jetzt gib Ismerelda die Brille und such nach dem Lüftungsgitter. Es ist entriegelt.* Denn auch das wurde von Canes System kontrolliert.

Sein System war zwar beeindruckend, aber er hatte es auf der Grundlage von Technik gebaut, die Hazel ihm gegeben hatte – Technik, die Khalid ihr gezielt zur Verfügung gestellt hatte.

Dadurch waren wir mit den Sicherheitsparametern vertraut und wussten, was bei einer kompletten Abschaltung passieren konnte.

Khalid hatte für diese Situation einen Plan B parat.

Cane nicht.

Und er sollte lernen, was passierte, wenn man sich auf eine einzige Methode zum Schutz verließ. Genauso wie er lernen sollte, was passierte, wenn man ein Wolfsrudel verärgerte.

Oder, in seinem Fall, *mehrere* Wolfsrudel.

Der Truck kam kurz vor den alten Mauern der Vatikanstadt zum Stehen. »Zeit für einen Wolkenbruch«, sinnierte ich, wobei mein Blick auf Damiens traf. Ich wusste, dass er die Anspielung verstehen würde.

»Blutregen«, murmelte er und seine goldenen Augen funkelten amüsiert. »Ihr wisst, wie man feiert.«

»Gut, dass du dieses Mal eingeladen bist.«

»Gut«, wiederholte er und sprang von der Ladefläche. »Lasst das Chaos regieren ...«

»Dann mal los!«, stimmte ich zu und folgte ihm. *Bereit für ein kleines Versteckspiel, Lily?*

Nur du kommst auf die Idee, daraus ein Spiel zu machen, murmelte sie.

Du versteckst dich. Ich suche.

Und dann?

Ich antwortete ihr nicht. Sie wusste, was als Nächstes passieren würde. Ich würde sie *beanspruchen*. Denn niemand nahm mir meine Gefährtin weg. Und schon gar kein verrückter Royal mit Gefährtenkomplex.

Lily gehörte mir.

Ich würde sie finden. Ich würde sie beschützen. Und ich würde jeden töten, der sich mir in den Weg stellte.

Ein Heulen ertönte in der abendlichen Stille, während sich die Dämmerung über die Stadt legte.

Aber diese Schreie kamen nicht von draußen. Sie kamen aus dem Erdreich. Denn die Schlacht unter uns hatte begonnen.

Dies ist der Anfang vom Ende.

Möge die Blutallianz brennen, verdammt noch mal ...

IZZY

Härchen stellten sich auf meinen nackten Armen auf und das Heulen wurde mit jeder Sekunde lauter.

Ich konnte nichts sehen; ich konnte nur *hören*.

Knurren.

Krallen gegen Metall.

Knirschen.

Damiens Stimme in meinem Ohr.

Ich erschauderte. Er war so laut gewesen. So deutlich. *Haben die anderen ihn gehört?*

Nein, flüsterte Cam mir zu. *Ich konnte es nicht hören, also konnten es die Vampire auch nicht. Bei den Lykanern bin ich mir allerdings nicht sicher.*

Ich seufzte fast vor Erleichterung, weil ich wusste, dass Cane es nicht gehört hatte. Allerdings war der letzte Teil von Cams Antwort nicht gerade tröstlich. *Wenn …*

Das Zuschlagen einer Tür unterbrach meine

Gedanken und mein ganzer Körper zuckte bei dem plötzlichen Geräusch zusammen.

Es war ganz in der Nähe gewesen. *Zu* nah.

Es war die Tür zu diesem Zimmer gewesen, wie ich einen halben Takt später feststellte.

Fuck. Da ich nichts sehen konnte, waren meine Sinne vernebelt und ich war nervös. Jedes Geräusch ließ mich zusammenzucken. Jede Bewegung erschreckte mich.

Wir müssen hier raus. Mein Bruder hatte uns gesagt, dass wir weglaufen sollten. Aber wohin? Wie? *Wir sind in einem Raum voller uralter, übernatürlicher Wesen gefangen ...*

»Wir müssen eine Barrikade errichten«, sagte jemand in die Dunkelheit.

Robyn, vermutete ich aufgrund des eleganten Tonfalls.

»Stapelt die Sofas und tötet die Menschen«, fuhr sie fort. »Wir brauchen so viel Gewicht, wie wir aufbringen können.«

»Cane hat doch sicher einen Ersatzplan, oder?«, konterte eine männliche Stimme, deren dicker Akzent wahrscheinlich zu Ayaz gehörte. Er kommunizierte normalerweise nicht auf Englisch, da er Farsi bevorzugte.

»Sieht es so aus, als hätte er einen Ersatzplan?«, schnauzte Robyn.

»Wie lange wird es dauern, bis das System neu gestartet ist?«, fragte Cane und ignorierte die beiden.

»Das hängt davon ab, was damit gemacht wurde«, antwortete Michael und seine Stimme jagte mir einen Schauer über den Rücken. »Unsere vorherigen Schwierigkeiten waren konstruiert, das hier ist echt.«

»Konstruiert?«, wiederholte Cam, der dasselbe Wort wie ich aufgeschnappt hatte.

Was meint er damit?, fragte ich mich. *Dass die technischen Probleme – die er mir und Damien angelastet hatte – eine Lüge gewesen waren? War das nur ein Mittel gewesen, um Cams Vertrauen in mich noch mehr zu schwächen?*

»Es war Teil unseres Experiments«, antwortete Cane in abweisendem Ton.

Ich konnte mir fast vorstellen, wie er die Sache mit der Hand wegwischte, als wäre sie vernachlässigbar.

Arschloch, dachte ich. *Du bist ein verdammtes Monster.*

»Michael«, fuhr Cane fort, ohne meine Wut zu bemerken. Denn warum sollte sie ihn auch interessieren? Ich war ein *Mensch. Minderwertig.* Ein Mittel zum Zweck. Und es gab nichts, was ich tun konnte, um seine Meinung zu ändern. »Du musst Mira finden und herausfinden, was hier los ist.«

»Aber, mein Prinz, die Wölfe ...« Michael stockte, dann räusperte er sich. »Richtig. Ja. Natürlich.«

»Warum bist du dann noch hier?«, fragte Cane.

»Verzeiht, mein Prinz«, sagte Michael, ohne die übliche Ehrerbietung auszustrahlen.

Doch die Tür öffnete und schloss sich und bestätigte, dass er den Befehlen seines Herrn gehorcht hatte.

Ich hoffe, ein Lykaner findet und zerfetzt dich, dachte ich.

»Die technischen Probleme waren nur vorgetäuscht?«, drängte Cam, der diesen Teil des Gesprächs nicht vergessen würde. »Das war alles eine Lüge?«

»Darüber reden wir später«, gab Cane zurück.

»Ja, am besten, nachdem wir uns einen Plan ausgedacht haben«, warf Robyn ein. »Zum Beispiel, *die Tür zu verbarrikadieren.*« Ihre Stimme wurde mit jedem Wort höher, bis sie nahezu kreischte.

»Mein Gott«, murmelte einer der Männer.

Ein Schrei folgte.

Dann noch einer.

Möbel bewegten sich.

Wind fegte durch den Raum und meine Haare kitzelten meine Ohren.

Phasende Vampire, dachte ich.

All das geschah zu schnell, als dass ich es hätte verarbeiten können.

Die Sekunden vergingen wie im Flug und der Raum wurde in rasantem Tempo umgestaltet. Ich konnte es fühlen, aber nicht sehen. Mir wurde schwindelig und ich wäre fast zu Boden gestürzt.

Doch dann wurde mein Arm eingeklemmt und eine Hand umklammerte meinen Hals.

Meine Welt erstarrte.

Dann *fiel* ich.

Runter, runter …

Meine Knie schlugen auf dem Boden auf und ein harter Schock jagte meine Wirbelsäule hinauf.

»Scheiße«, keuchte ich und meine Kehle schmerzte angesichts der Enge. Zum Glück konnte ich noch atmen.

Um mich herum ertönte ein wütendes Knurren, das fast so wild klang wie das der Lykaner, die sich uns näherten. Doch es stammte von einer anderen Art von Bestie.

Von Cam.

»Rühr sie nicht an!«, knurrte er denjenigen an, der versucht hatte, mich zu erwürgen.

»Sie ist ein Mensch«, antwortete jemand.

Vielleicht Jenkins?

Nein, *Helias*, erfuhr ich durch Cams Gedanken.

»Sie gehört mir«, zischte er.

»Beruhige dich, Bruder«, sagte Cane, wobei sein Tonfall einen Hauch von Aufforderung enthielt. »Wir brauchen ihren Körper. Sie wird aufwachen wie die anderen. Es wird …«

Ein ohrenbetäubendes Heulen durchdrang die Luft und zwang mich, mir die Ohren zuzuhalten.

Denn es war *laut*.

So laut, dass ich schwören könnte, dass es seinen Ursprung direkt neben mir hatte.

Darauf folgte ein Knurren.

Dann spritzte plötzlich Flüssigkeit in mein Gesicht und ich keuchte auf.

Warm. Nass. Klebrig.

Blut, erkannte ich. *O Gott …*

Die Welt drehte sich, als mich jemand – *Cam* – an der Taille packte und in einen anderen Bereich des Raumes phaste.

Bleib unten!, forderte er und ließ mich los.

Fast hätte ich protestiert, vor allem aus Verwirrung, aber im nächsten Moment stürzte etwas über meinen Kopf hinweg und zwang mich, liegen zu bleiben.

Mir lief ein Schauer über den Rücken, als wütende Geräusche den Raum erfüllten, Worte in fremden Sprachen fielen, Anschuldigungen erhoben wurden und ein stinksaurer Cane brüllte: »Ruhe!«

»*Nein*«, antwortete jemand. »Ich habe es satt, *ruhig* zu sein.« Ein tiefes, grollendes Geräusch begleitete diese Worte und verriet mir seine Identität. *Ein Lykaner.*

Jenkins, bestätigte Cam.

Jenkins hat geheult, wiederholte ich, und die Realität dieser Aussage ließ das Blut in meinen Adern gefrieren. *Er hat gerade allen Lykanern gesagt, wo wir uns auf dem Gelände befinden.*

»Du hast zwölf Jahrzehnte damit verbracht, meine Art an die Leine zu legen und zu kontrollieren«, knirschte er. »Deine Herrschaft endet heute, Cane.«

Mein Mund blieb offen stehen. *Jenkins ist nicht Team Cane.*

Nein. Es scheint, er ist Team Lykaner, antwortete Cam.

»Hast du deinen verdammten Verstand verloren?«, forderte Cane. »Ich habe dir alles gegeben, was du wolltest, und du wagst es, einen Royal anzugreifen? Einen Mitstreiter?«

Ayaz, hörte ich in Cams Gedanken. Er war die Quelle des spritzenden Blutes gewesen.

»Ich habe dir jedes Privileg gewährt«, fuhr Cane fort. »Und *so* dankst du mir?«

»Ich habe für deine Version von Privilegien *bezahlt*, indem ich dir Mitglieder meines Rudels gegeben habe. Was haben diese Royals getan, um ihre *Privilegien* zu verdienen?«, verlangte Jenkins.

»Sie haben meine Herrschaft unterstützt. Sie haben die Blutallianz aufrechterhalten. Meine Geheimnisse gehütet.« Canes Verärgerung war eine erdrückende Präsenz im Raum, die eine unterschwellige, spürbare Spannung zu erzeugen schien.

»Das habe ich auch«, erwiderte Jenkins. »Aber ich musste auch Lykanerleben aufgeben. Ich habe zugesehen, wie du sie herabgesetzt hast. Gehört, wie du meine Art als *Köter* bezeichnet hast.«

»Wir alle bringen Opfer für Großartigkeit«, erklärte Cane.

»Du meinst, Lykaner bringen Opfer für die Großartigkeit der Vampire«, konterte Jenkins.

»Du demonstrierst also deine Wut, indem du einen Anfall bekommst und einen Royal angreifst?«, verlangte Cane.

»Nein«, antwortete Jenkins. »Ich demonstriere meine Wut, indem ich einen töte.«

Ein Knacken zerriss die Luft, gefolgt von einem lauten Aufprall.

Cams Gedanken sagten mir, was er gerade gesehen

hatte, aber ich konnte es kaum glauben. Vor allem, weil es zu verrückt war, um es sich überhaupt vorstellen zu können.

Das Knacken war Robyns Hals gewesen.

Der Aufprall ihr Kopf, der auf dem Boden gelandet war.

Der Lykaner hatte sie kurzerhand in Stücke gerissen, seine Klauen hatten sich mühelos durch ihre Haut gegraben und seine Kraft hatte ihre Knochen zerbrechen lassen, als wären sie spröde.

»Und ich bin im Begriff, noch einen zu töten«, knurrte Jenkins.

Es folgte ein Brüllen, dessen Quelle unbekannt war. Aber es löste in jeder Faser meines Wesens Panik aus.

Chaos entbrannte, Knurren und wilde Flüche erzeugten eine wilde Kakofonie, die mich bis ins Innerste erschütterte.

Ich fühlte mich gefangen.

Allein.

Verloren in der Dunkelheit. Wehrlos. *Schwach.*

Und ich hasste es. Ich hasste es, ein Mensch zu sein. Ich hasste es, nicht an Cams Seite stehen und kämpfen zu können. Ich hasste es, nutzlos zu sein. Wenn nur …

Jemand griff nach meinem Handgelenk und mein Puls pochte in meinen Ohren.

Nein!, dachte ich und versuchte, meine Hand wegzuziehen.

Aber die Person hatte einen stählernen Griff.

Verdammt!

Ich erwartete fast, unter der Couch hervorgezogen zu werden, aber stattdessen drückte mir die Person etwas in die Hand.

»Hier«, flüsterte eine leise Stimme und ließ mich innehalten.

Warte … Lily?, hätte ich fast gefragt. *Was …?*

Ich befühlte den drahtähnlichen Gegenstand in meiner Hand.

Äh, nein, kein Draht. Ein … Plastikstab, der sich aufklappen lässt und … oh! Es ist eine Brille …?

Ich zog die Stirn in Falten, bis ich den Gegenstand über meine Nase schob. Dann schossen meine Augenbrauen in die Höhe.

Denn ich konnte sehen. Nicht ganz so deutlich wie bei eingeschaltetem Licht, aber es reichte, um Lilys Gesichtszüge zu erkennen.

Ich hatte schon mal mit Nachtsichtgeräten gespielt.

Das hier war etwas ganz anderes.

Nur konnte ich nicht über die Couch hinaus sehen.

»Wir müssen los«, sagte Lily an meinem Ohr.

»Wohin?«, raunte ich.

Sie neigte ihren Kopf in Richtung einer nahe gelegenen Wand, was mich stutzig machte. Ich verstand nicht, was sie vorhatte.

Folge ihr!, drängte Cam in meinem Kopf. *Sie und Hazel haben offensichtlich einen Plan. Deshalb habe ich dich dorthin gebracht – ich habe gesehen, wie Hazel Lily in die Ecke gephast hat, als Jenkins seinen Angriff auf Ayaz startete.*

Ich war zu sehr von der abrupten Bewegung eingenommen gewesen, um zu verstehen, warum er es getan hatte. Dann hatte mich Jenkins' Verhalten abgelenkt und ich hatte es nicht hinterfragt.

Alles fühlte sich so verworren und intensiv an. Und es ging alles so *schnell*.

Ismerelda. Geh mit Lily!, forderte Cam.

W-was ist mit dir?, fragte ich, als ein Heulen durch die Luft schallte. Es hörte sich an, als stünden die Lykaner jetzt direkt vor der Tür.

Ich muss mich um meinen Bruder kümmern.

Was wirst du mit ihm machen?, fragte ich.

Ihn töten, antwortete Cam ohne Umschweife. *Es ist die einzige Heilung für seinen Wahnsinn.*

Obwohl ich dem zustimmte, konnte ich Cams Zögern spüren. Er war sein Bruder. Ein Wesen, mit dem er Tausende von Jahren verbracht hatte. Sein Blut.

Ich muss es tun, fügte Cam hinzu, mit einem Hauch von Endgültigkeit in seiner Stimme.

Ich schluckte, denn seine Gedanken bestätigten, wie er zu diesem Schluss gekommen war.

Es ging nicht darum, die Menschheit zu retten oder die Lykaner zu rächen. Es ging darum, das zu tun, was er tun musste, um mich zu beschützen. Um uns zu schützen.

Ich bin nicht altruistisch, Ismerelda, murmelte er. *Also halte mich nicht für einen Helden, denn ich bin keiner. Aber ich werde tun, was ich tun muss, damit Cane dich nie wieder anrührt.*

Er zögerte nicht, sein Entschluss stand fest.

Jetzt geh mit Lily! Versteck dich! Ich werde dich später jagen, Löwin.

Die letzten Worte jagten mir einen weiteren Schauer über den Rücken, aber aus ganz anderen Gründen. *Das klingt sowohl nach einer Drohung als auch nach einem Versp…*

Ein Poltern unterbrach meine Gedanken und der Boden unter mir bebte.

Lilys Nägel gruben sich in mein Handgelenk, als sie versuchte, mich an die Wand zu ziehen. Ich bewegte mich bereitwillig, während mein Puls in meinen Ohren heftig pochte.

Unsere Deckung durch die Couch endete etwa einen Meter von der Wand entfernt, auf die sie gezeigt hatte, aber das hielt sie nicht davon ab, auf eine Art Metallgitter zuzugehen. Sie riss es auf, während ich nach rechts schaute. Als ich die Wölfe sah, die in den Raum strömten, blieb mein Mund offen stehen.

Cam …

Los!, rief er, während er einem Lykaner in die Schnauze schlug.

Verdammt! Ich rannte hinter Lily her und lief auf den Schacht zu, in den sie gerade gekrochen war. *Das ist Wahnsinn. Ich kann nicht glauben, dass ich das tue. Heilige Scheiße, was zum Teufel passiert hier überhaupt?*

Vibrationen erschütterten die kalte Oberfläche unter meinen Handflächen und Knien, als ich mich zu Lily gesellte. Die Geräusche im Raum hallten von den metallenen *Wänden wider.*

Animalische Laute.

Zischende Vampire.

Grunzen.

Flüche.

Noch mehr Knurren.

Alles vermischte sich zu einer riesigen Welle der Gewalt, die mein Herz zum Rasen brachte.

»Hier entlang«, sagte Lily, und die Zuversicht in ihrem Ton erschreckte mich.

»Du weißt, wo wir hinmüssen?«, fragte ich, während ich ihr folgte.

»So ungefähr. Ich habe den Plan gut genug studiert, um uns zum Ziel zu bringen«, antwortete sie. »Geh einfach weiter. Und keine … keine Panik.«

Der letzte Teil schien mehr für sie selbst als für mich zu gelten.

Aber ich nahm ihren Rat trotzdem an, denn ich war kurz davor, in Panik zu verfallen.

Cams Wut war nicht gerade hilfreich; ich spürte sie heiß und heftig durch unser Band. Nach dem, was er mir erzählte, kamen die angreifenden Lykaner aus den Laboren und betrachteten ihn als Gegner, nicht als Verbündeten.

Dank Cane.

Er hatte Cam zum Gesicht der Organisation gemacht, zu demjenigen, der zuletzt in den Laboren erschienen war, um ihre Experimente zu beaufsichtigen.

Vielleicht lag es auch daran, dass sie einander so ähnlich sahen, derselben Blutlinie abstammten und mutmaßlich dasselbe Ziel verfolgten.

Jedenfalls steckte Cam in einer misslichen Lage, die er gerade zu lösen versuchte.

Er konnte es sich nicht leisten, die Lykaner, die ihn jetzt angriffen, zu schonen. Sie wollten ihn töten, also musste er mit gleicher Härte antworten.

Manche würden vielleicht davor zurückschrecken und versuchen, ihr Leben zu retten und sie festzuhalten, bis sie das Missverständnis aus der Welt geschaffen hatten.

Der alte Cam hätte das vielleicht getan.

Aber der neue Cam war zu schlau, um das auch nur als Möglichkeit zu akzeptieren.

Er schlug sie mit überlegener Kraft nieder und tötete ohne Reue. Es ging ums Überleben, nicht darum, die Herrschaft zu übernehmen oder der Held zu sein, den alle in ihm sehen wollten.

Mein Cam war ein Bösewicht.

Mit dunklem Herz.

Ein Raubtier mit einer Vorliebe für das Praktische.

Er würde sich nicht beugen. Er würde töten.

Für sich selbst. Für mich. Für uns.

Wir würden das überleben.

Wir würden ausharren.

Wir werden nach vorn schauen.

Dieses Mantra spukte in meinem Kopf herum, während ich Lily folgte. Ihre Schnelligkeit in den Lüftungsschächten ließ vermuten, dass sie nicht zum ersten Mal durch einen Hindernisparcours wie diesen kroch.

Wären wir nicht gerade dabei, um unser Leben zu fliehen, wäre ich in Versuchung gewesen, sie danach zu fragen.

Das Knurren hinter uns wurde mit jeder Sekunde leiser.

Wir verlangsamten unser Tempo, als wir einen Kreuzungspunkt erreichten, und Lily schaute nach links und rechts, als wäre sie unsicher, welchen Weg sie einschlagen sollte.

Schließlich entschied sie sich für den Weg nach links und hielt dann etwa drei Meter weiter an einem Gitter inne. Sie spähte hindurch und runzelte die Stirn. Der Raum vor dem Gitter war zu klein, als dass ich mich ihr anschließen konnte. Wir hatten Glück, dass wir in diese Lüftungsschächte passten. Cam hätte Schwierigkeiten gehabt, mir zu folgen, was erklärte, warum sich keiner der Lykaner die Mühe gemacht hatte, es auch nur zu versuchen.

Natürlich waren Lily und ich bei diesem Kampf nicht ihre eigentlichen Ziele.

Zumindest glaubte ich nicht, dass wir das waren.

Wir wären lediglich Kollateralschaden.

»Das ist eine der royalen Suiten«, flüsterte sie mir zu. »Sieht aus, als hätten die Lykaner diesen Raum bereits zerstört …« Sie wich zur Seite, damit ich ebenfalls durch das Gitter sehen konnte.

Und ja, es war definitiv zerstört worden. »Jasmine …« Ich verstummte, als ich den entsetzten Gesichtsausdruck der Frau registrierte. Ihr Kopf lag auf der einen Seite des Raumes, ihre verstümmelte Leiche auf der anderen. Die Krallen- und Zahnabdrücke zeigten, dass sie von einem Wolf zerfleischt worden war – vielleicht sogar von mehreren Wölfen.

»Ja«, sagte Lily und bewegte sich weiter. »Wir müssen ein leeres Zimmer finden.«

»Was dann?«, fragte ich sie.

»Dann warten wir«, antwortete sie.

Ich runzelte die Stirn. »Worauf …«

Eine Hand schlang sich um meinen Knöchel und riss mich durch die Schachtöffnung in das Zimmer, das ich gerade noch inspiziert hatte und dessen Gitter nun fehlte. Meine Lippen öffneten sich zu einem Schrei, der erstickt wurde, als meine Schulterblätter gegen die Wand prallten.

Alles geschah so schnell.

So heftig.

Und unerwartet.

Es raubte mir die Luft aus der Lunge.

Und ließ mich …

Fuck!

Cams Stimme war in meinem Kopf. Er wollte wissen, ob ich okay war. Aber ich war zu sehr damit beschäftigt, zu versuchen, etwas zu sehen, um ihm zu antworten. Die Brille saß noch auf meinem Kopf, aber alles war schwarz geworden.

Ich kann nicht … atmen …, erkannte ich, als meine Finger nach der Handfläche krallten, die sich um meinen Hals gelegt hatte. *Lass … los!*

»Du gehörst jetzt mir«, antwortete jemand.

Michael.

Cam stieß ein Brüllen aus.

Ich war mir nicht einmal sicher, woher Michael gekommen war oder wie er mich aufgespürt hatte. »Warum … kannst … du … nicht … einfach … tot … sein?« Jedes Wort war tonlos, meine Lippen bewegten sich, um es zu formen. Aber ich hatte nicht die Luft, sie auszusprechen.

Als Michael seinen Griff verlagerte, prallte ich mit dem Rücken gegen die Wand. Mein Kopf dröhnte.

Hass, dachte ich. *Ich hasse dich so sehr …*

Cam sagte etwas, aber ich konnte ihn vor lauter Gebrüll nicht hören. Es war laut. Alles verzehrend. *Tödlich.*

Ich weigere mich ... so zu sterben ..., dachte ich benommen, als Michaels freie Hand zu meinem Kleid wanderte.

»Ich werde dich ficken. Und dann werde ich dich töten«, sagte er an meinem Ohr. »Verabschiede dich von Cam, Izzy. Du bist im Begriff, ihn ein für alle Mal zu verlieren.«

CAM

Fuck!

Diese Lykaner waren tollwütig und ihr Ziel war klar: *Sie wollten töten.*

Hazel phaste durch den Raum, um nicht zerfleischt zu werden.

Ayaz war bereits tot.

Helias kämpfte gegen drei wilde Lykaner.

Und Jenkins schien wild entschlossen zu sein, meinen Bruder zu töten.

Ich warf einen Wolf von meinem Arm, ignorierte den brennenden Schmerz, den seine Zähne in meiner zerfetzten Haut hinterlassen hatten, und verpasste einem anderen einen Schlag auf die Schnauze.

Es war unmöglich, sie zu beruhigen. Diese Wölfe

waren Laborwölfe, die seit Ewigkeiten in Käfigen eingesperrt gewesen waren. Man hatte an ihnen experimentiert, an ihnen herumhantiert. Sie mit jeder Technik kontrolliert, die meinem Bruder eingefallen war.

Nein, mit diesen Tieren war nicht zu spaßen. Ich war mir nicht einmal sicher, ob sie sich in ihre menschliche Gestalt zurückverwandeln konnten.

Meine Faust traf eine weitere Schnauze, und ein Knurren bildete sich in meiner Brust.

Das Ganze fühlte sich nach einer Ablenkung an. Ein Weg, um uns alle zu beschäftigen, bis der wirkliche Ärger auftauchte.

Damien hatte mir geraten, mir Ismerelda zu schnappen und wegzulaufen. Offensichtlich wusste er, was kommen würde.

Die Lykaner, nahm ich an. Nicht diese wilden Wölfe, sondern die klar denkenden Alphas.

Fuck, fluchte ich wieder. *Fuck. Fuck. Fuck!*

Ismerelda war irgendwo in einem Lüftungsschacht verschwunden. Hazel flog immer noch durch den Raum. Helias war im Begriff, seinen Kampf zu verlieren – was mir überhaupt nichts ausmachte.

Und mein Bruder …

Hat gerade Jenkins getötet, erkannte ich, als Cane das Herz des Lykaners auf den Boden fallen ließ und es unter seinem Stiefel zerquetschte.

Er phaste an meine Seite und brach einem anderen Lykaner das Genick. »Folge mir!«, forderte er und verließ den Raum.

Ich warf Hazel einen Blick zu und phaste dann hinter ihm her in den Flur, wo sich sechs weitere Lykaner ihren Weg zu uns bahnten. Es schien, als kämen sie alle über das Treppenhaus nach oben – oder vielleicht auch nach unten.

Cane lief in die entgegengesetzte Richtung, seine

Geschwindigkeit war der der Wölfe überlegen. Ich rannte ihm nach, nicht weil ich mich mit ihm verstecken wollte, sondern weil ich die Sache beenden und ihn töten musste.

Er war zu verloren, um gerettet zu werden. Zu abgestumpft, um ein ordentliches Gespräch zu führen. Egal, wie oft ich ihm erklärte, wie wichtig Ismerelda war – selbst wenn es nur um ihre Erinnerungen ging –, er wollte ihren Tod.

Das war klar geworden, als er ihr Leben so kurzerhand abgetan hatte, nachdem Helias versucht hatte, ihr das Genick zu brechen.

Menschen als Barrikade benutzen, dachte ich. *Verdammt erbärmlich.*

Sobald ich mit Cane fertig war, würde ich mir Helias schnappen. Vorausgesetzt, die Wölfe fraßen ihn nicht vorher.

Cane schlüpfte in einen Raum und ging zielstrebig zu einem nahe gelegenen Schrank. Ich beäugte ihn skeptisch, als er eine scheinbar versteckte Tür aufschob. »Das erscheint mir sinnlos, solange das System deaktiviert ist«, sagte ich ihm. »Die Lykaner können die Tür einfach aufreißen, so wie du es gerade getan hast.«

Er schnaubte und trat über die Schwelle. »Ich schlage nicht vor, dass wir uns verstecken, Bruder.«

Stirnrunzelnd folgte ich ihm und starrte dann überrascht auf den Inhalt des Schranks. »Waffen?«

Cane brummte und konzentrierte sich auf eine Kiste in der Ecke. »Nicht alles erfordert eine Netzwerkverbindung«, sinnierte er, während er etwas in sein Ohr steckte. »Die meisten meiner Waffen sind gar nicht mit dem Hauptrechner verbunden.«

Ein scharfer Ton durchbohrte meinen Schädel und ließ meine Knie unter mir nachgeben.

Verdammt!

Ich presste meine Handflächen auf die Ohren; mein ganzer Körper bebte unter den elektrischen Impulsen, die von meinem verdammten Gehirn auszustrahlen schienen.

Was zum Teufel ist das?, wollte ich mit geschlossenen Augen fragen. *Was zur Hölle ist hier los?*

Ein schwacher Hitzeimpuls erschütterte meine Wirbelsäule und schickte mich seitwärts auf den Boden. Es war, als hätte man mir einen Stromschlag verpasst. Aber all das schien nur in meinem Kopf zu passieren.

Ismereldas Besorgnis durchdrang unser Band und ihre Angst traf mich mitten im Herzen.

Kann sie das auch spüren?, fragte ich mich. *Hat sie Schmerzen? Sollte ich …?*

Der letzte Gedanke wurde unterbrochen und mein Gehirn war einen Moment lang blockiert.

Ich hatte gerade darüber nachgedacht, sie von meiner Qual zu isolieren.

Ist es das, was ich einst mit ihr gemacht habe? Habe ich eine Mauer gebaut, um sie vor dem Schmerz zu schützen?

Das war gerade mein Instinkt gewesen. Mein Bedürfnis, ihre Sicherheit zu gewährleisten, hatte Vorrang vor allem anderen.

Aber das hatte schon damals nicht funktioniert. Es hatte uns fast zerstört. *Ich kann das nicht noch einmal zulassen. Ich werde es nicht zulassen.*

Ein weiterer Ruck durchfuhr meine Wirbelsäule und ich krümmte mich auf dem Boden. Meine Nervenenden standen plötzlich in Flammen. Ich konnte kaum noch atmen, geschweige denn sehen oder mich bewegen.

Und dann war alles vorbei.

»Tragbare Neutralisatoren«, murmelte Cane und seine Stimme hallte in meinem Kopf wider. Ein Echo, das ein Knurren tief in mir auslöste.

Denn sie erinnerte mich an etwas.

Eine Vergangenheit, die mir unerreichbar zu sein schien.

Doch mein Körper schien sich lebhaft daran zu erinnern, denn meine Muskeln spannten sich an, als wären sie zum Kampf bereit.

»Nun, nicht ganz. Diese Waffe hier wurde speziell für dich gemacht. Aber die anderen ...« Er verstummte, als ein weiterer hoher Ton durch meinen Kopf schallte. »Sie sind für den Rest. Ich kann mir vorstellen, dass sie in Kombination ziemlich schmerzhaft sind. Ich würde mich ja entschuldigen, aber du wirst dich sowieso nicht daran erinnern.«

Ich kann nicht ... atmen ..., keuchte Ismerelda in meinem Kopf.

Wegen des Neutralisators?, fragte ich sie.

Lass ... los!, antwortete sie und mein Herz blieb stehen.

Willst du ...? Willst du, dass ich die Barrikade wieder errichte?, fragte ich. Denn das fühlte sich ganz und gar nicht richtig an. Es fühlte sich sogar äußerst falsch an. *Ismerelda ...*

Michael, fügte sie hinzu, und ihre Gedanken verbanden sich auf eine Weise mit meinen, wie sie es zuvor nicht getan hatten. Ihre Realität verschmolz sofort mit meiner und ließ mich erkennen, dass sie gar nicht meinetwegen Schmerzen hatte.

Michael war es, der ihr Schmerzen zufügte.

Er hatte seine Handfläche um ihre Kehle gewickelt.

Ich brüllte innerlich und äußerlich, wütend auf ihn und meinen Bruder.

Das intensive Geräusch wurde immer lauter. Mein Brüllen ging in ein Keuchen über, denn der Schmerz war so groß wie nie zuvor.

Fuck! Kein Wunder, dass ich mein Gedächtnis verloren habe ... Er brät mein gottverdammtes Gehirn.

»Es ist besser so, Bruder«, informierte mich Cane mit

einem Hauch von Aufrichtigkeit in seinem Ton. »Das Mikrofon in deinem Hemdknopf hätte noch Zufall sein können. Aber als ich Ismerelda dabei erwischt habe, wie sie sich das Teil ins Ohr gesteckt hat, wusste ich Bescheid. Du bist noch nicht bereit, an meiner Seite zu regieren.«

Die Enttäuschung in seiner Stimme war fast echt. *Fast.*

»Es gab natürlich auch noch andere Anzeichen – vor allem deine Verbundenheit mit deiner *Erosita*. Ich konnte es daran erkennen, wie du sie zunächst ohne Gewissensbisse gefickt hast und dann dazu übergegangen bist, Liebe mit ihr zu machen. Zusammen mit der Tatsache, dass du niemanden an sie heranlässt, verdeutlicht das, dass dein Band zu ihr ein Problem ist.«

Ich knirschte mit den Zähnen, denn der schrille Alarm in meinem Schädel machte es mir unmöglich, zu sprechen. Aber wenn ich etwas sagen könnte, würde ich *ihm* sagen, dass er derjenige zu sein schien, der von meiner *Erosita* besessen war. Fast so, als könnte er es nicht ertragen, dass ich jemand anderen in meinem Leben hatte.

Offensichtlich ging es aber noch weiter als das.

Er fürchtete meine Verbindung zu ihr, weil sie seine Pläne bedrohte.

»Immerhin weiß ich, wie ich vorgehen muss«, fuhr er fort. »Deine Rehabilitation war fast perfekt. Aber Ismerelda hat alles ruiniert. Sie muss sterben, Bruder. Es ist der einzige Weg, dich zu heilen.«

Er kniete sich hin und streichelte mit seiner Handfläche über meinen Kopf, als wäre ich ein Haustier.

»Es wird wehtun, aber du wirst dich nicht mehr daran erinnern, wenn du das nächste Mal aufwachst. Und ich werde dafür sorgen, dass du nie die Wahrheit erfährst. Das ist mein Geschenk an dich, Bruder«, murmelte er und es klang so, als glaubte er tatsächlich, mir etwas Gutes zu tun.

Ein Schwall unverfälschten Entsetzens schoss durch

mein Band mit Ismerelda, und der Schock erinnerte mich an jenen Moment, in dem sie fast vergewaltigt worden war.

Ich schaltete mich sofort in ihre Gedanken ein, weil ich wissen wollte, was vorgefallen war, und spürte, wie ein ähnlicher Schock durch meine Adern schoss.

Nur war es bei mir kein *Schrecken*. Es war *Wut*.

Michael hatte sie auf den Boden gedrückt, seine Hände wanderten ihr Kleid hoch.

Und er war völlig entblößt.

Ismerelda schrie unter ihm, ihre Stimme war heiser, weil er ihre Kehle verletzt hatte. Aber sie war eine verdammte Wildkatze, deren Schrecken sich in eine zornige Wutwelle verwandelt hatte. Sie zerkratzte sein Gesicht. Seine Brust. *Alles*, was sie erreichen konnte, während sie sich wütend unter ihm wand.

Aber es würde nicht reichen.

Ich wusste es an der Art, wie er sie anstarrte.

Ich wusste es, weil er ein Vampir war … und sie ein Mensch. Mein Mensch. Meine Gefährtin. Meine *Erosita*.

Michael war dabei, sie mir wegzunehmen. Das zu zerstören, was wir teilten. Das zu zerstören, was von unserem Band übrig geblieben war.

Und mein Bruder wird dafür sorgen, dass ich das alles vergesse.

Nein, dachte ich. *Nicht mit mir.*

Ich weigerte mich, zu vergessen.

Ich weigerte mich, sie zu blockieren.

Ich weigerte mich, das hier geschehen zu lassen.

Abrupt öffnete ich die Augen, der Alarm vibrierte noch immer in meinem Schädel. Aber ich verdrängte das alles, um meinen Geist mit Ismerelda zu verbinden und einen Anschein von Frieden zu finden. Um atmen zu können.

Denn *sie* konnte nichts hören.

Sie spürte nichts von meinem Schmerz.

Stattdessen erlebte sie die Qualen, die Michael verursachte. Seine Berührung. Sein Knurren. Seine schändlichen Absichten.

Mein Bruder sagte etwas, aber seine Worte kamen nicht bei mir an. Ich konnte ihn kaum noch hören.

Ismerelda vereinnahmte mich in jeder Hinsicht. Ich konzentrierte mich ausschließlich auf meine Frau. *Meine Königin.*

Ihr Kampf wurde zu meinem Kampf, ihre Entschlossenheit stärkte meine eigene, während ich meine Hände zu Fäusten ballte. Mein Bruder dachte, er könnte mich mit seiner technischen Ausrüstung, dieser Waffe, die er Neutralisator nannte, besiegen. Mich heilen. Mich *verändern.* Mich zu seinem perfekten König formen.

Aber ich war zufrieden mit meiner Rolle in der Welt.

Ich war froh, Ismereldas Cam zu sein.

Ihr Schuft.

Ihr Partner.

Ihr König.

Ich verbeugte mich vor niemandem außer vor ihr. Ich diente ihr, niemandem sonst. Und ich hatte die Schnauze voll von Canes Spielchen.

Ein Knurren ertönte in meiner Brust und ich sprang auf. Die Augen meines Bruders weiteten sich vor Schreck, als ich seine Kehle packte. Das Geräusch wurde immer lauter und die Erschütterung zwang mich wieder einmal fast in die Knie.

Aber Ismerelda gab mir Halt.

Ihr Geist *verankerte* mich.

»Du irrst dich«, sagte ich, meine Stimme nur ein Knurren. »Eine Gefährtin zu haben, ist keine Schwäche.« Ich drückte zu, meine Hand schnitt ihm die Luft ab. »Es ist eine verdammte *Stärke.*«

Ich brach sein Genick, bevor er etwas erwidern konnte.

Denn es gab nichts, was er hätte sagen können.

Er hatte seine Entscheidungen getroffen. Sein Grab geschaufelt. Und jetzt war es an der Zeit, dafür zu sorgen, dass er darin schlief.

Endgültig.

Ich trampelte auf der Waffe herum, die er gegen mich benutzt hatte, und war sofort ruhiger.

Dann schnappte ich mir eine Axt aus dem Regal, das eine Reihe von scharfen Gegenständen enthielt.

»Leb wohl, Bruder«, sagte ich und hob das tödliche Ding in die Luft.

Dann ließ ich es auf seinen Hals niedersausen.

Sein Kopf rollte zur Seite und seine grünen Augen starrten mich mit einem permanenten Ausdruck des Schocks an.

Dieser Blick würde mich für immer verfolgen. *Mein Bruder ist tot.*

Es war die einzige Möglichkeit gewesen. Kein noch so langer Schlaf hätte ihm helfen können. Nicht einmal seine beschissene Version eines Heilmittels.

Er war zu unmenschlich, um ihn zu retten.

Zu *verloren.*

Cam!, schrie Ismerelda in meinem Kopf und ihr Ringen raubte mir den Atem. Sofort ließ ich die Axt fallen und griff stattdessen nach der Pistole.

Ich komme!, brüllte ich. *Kämpfe weiter!*

Cam, schluchzte sie über unsere Verbindung, ihr Körper schien unter Michaels gefangen zu sein. *Ich kann nicht …*

Ihr Geist verstummte.

Nein, dachte ich. *Nein!*

Ich darf nicht zu spät kommen.

Ich werde ihn verdammt noch mal umbringen!, wütete ich und verfolgte ihren Geruch. *Wage es nicht, zu sterben, Izzy! Wage es nicht zu sterben, verdammt!*

Lykaner durchstreiften die Gänge und einige von ihnen stellten sich mir in den Weg.

»Eure Wut gilt nicht mir«, knurrte ich sie an. *»Aus dem Weg!«*

»Wo ist Cane?«, fragte jemand.

Thida, erkannte ich und warf einen Blick über die Schulter. »Tot«, knurrte ich. »Sag deinem Rudel, dass es sich bewegen soll, sonst bin ich gezwungen, auch sie zu töten.«

Die Augenbrauen des Alphas wanderten nach oben. »Du hast deinen Bruder getötet?«

Fuck! Ich hatte keine Zeit für eine Diskussion.

Anstatt einen weiteren Kommentar abzugeben, phaste ich durch die Reihe von Wölfen. Wahrscheinlich warf ich einige um, vielleicht tötete ich andere, aber ich beachtete sie nicht weiter.

Fuck. Fuck. *Fuck.*

Ismerelda, flüsterte ich. *Sprich mit mir.*

Nichts.

Fuck!

Ich verfolgte ihren Geruch, ihr Blut war wie ein Leuchtfeuer für meine Sinne.

Ein Leuchtfeuer, das mein Herz in meiner Brust stottern ließ. Mein Magen rebellierte vor Angst. *Echter* Angst.

Izzy, hauchte ich, als ich den Türrahmen eines Zimmers erreichte. Und der Anblick, der mich erwartete, raubte mir den Atem.

Ich fiel auf die Knie.

Meine Waffe landete klappernd auf dem Boden.

Oh, Ismerelda …

Ich konnte nicht sprechen.

Ich konnte mich nicht bewegen.

Ich konnte kaum denken.

Es gab nur einen Gedanken, der mir durch den Kopf ging. Einer, der mich auf dem Boden gefangen hielt. Eine Erkenntnis, die mein Herz zum Stillstand brachte.

Ich habe es nicht rechtzeitig geschafft ...

Izzy

EINIGE MINUTEN ZUVOR

Cam!, schrie ich, meine Hände klemmten unter einer von Michaels Handflächen.

Ich komme!, rief er. *Kämpfe weiter!*

Ich wand mich, mein Unterkörper wurde von Michael nach unten gedrückt; sein Unterleib presste gegen meinen.

»Ich hoffe, du hast dich verabschiedet, kleine Bluthure«, sagte er und sein finsterer Blick weckte in mir den Wunsch, mich zu übergeben. Ich wünschte mir fast, er hätte mir während des Gefechts die Brille vom Gesicht geschlagen, damit ich ihn nicht ansehen musste.

Doch ich konnte ihn deutlich sehen.

Jeden gefährlichen Zentimeter.

Cam, sagte ich und meine Stimme klang wie ein

Schluchzen. Denn es gab nichts anderes, was ich tun konnte. *Ich kann nicht …*

Michael fluchte, als etwas gegen seinen Kopf prallte, und das unerwartete Ereignis brachte meinen Verstand zum Erliegen. Denn ich war mir nicht sicher, ob ich das wirklich gesehen hatte.

Träume ich?

Bin ich schon tot?

Hat Lily wirklich gerade …?

»Scheiße!«, fluchte Michael, als sie ihn erneut mit etwas schlug, das wie eine Metallstange aussah.

Ich krabbelte zurück, sobald er mich losließ und seine Aufmerksamkeit auf Lily richtete.

Doch ein Schuss stoppte ihn auf halbem Weg.

Und sandte ihn zu Boden.

Wo er auf der Seite liegen blieb. Leblos. Sein Mund offen. Blut sickerte zwischen seinen unscharfen Augen hervor.

Ich starrte zur Tür, als Mira eintrat und ihren Blick auf Michaels Körper richtete. »Ein Schuss in den Kopf wird ihn nicht dauerhaft töten«, sagte sie. »Du musst seinen Kopf abtrennen.«

Ich blinzelte; mein Gehirn hatte Mühe, zu verarbeiten, was gerade passierte. »Ich … Was?«

»Mit einem Messer, Izzy«, fauchte Mira. »Trenne seinen Kopf ab!«

Warum …?

Ich hustete, weil mein Verstand immer noch nicht ganz funktionierte und ich nicht verstand.

Mira war böse.

Sie hatte mich verraten.

Sie hatte mich an Cam übergeben. An den bösen Cam. Den Cam, der mich fast zerstört hatte.

Und jetzt … jetzt wollte sie, dass ich … Michaels Kopf abtrennte?

Warum hilfst du mir?, wollte ich fragen.

Aber das war nicht wichtig. Noch nicht. Nicht in diesem Moment. Nicht mit Michaels bewusstlosem Körper vor mir.

Er muss sterben, dachte ich und konzentrierte mich ganz auf die Aufgabe. Ich konnte Cam nicht hören. Ich konnte ihn nicht spüren. Eine Art Tür war geschlossen worden, als Michael im Begriff gewesen war, mich zu ficken.

Ich konnte nicht herausfinden, wie ich sie wieder öffnen konnte.

Alles, worauf ich mich konzentrieren konnte, war, Michael zu töten.

Ihn zu zerstören.

Ihm den verdammten Kopf abzureißen.

Ein Messer tauchte in meinem Blickfeld auf, Mira war an meine Seite getreten.

Ich beachtete sie nicht, schaute sie nicht an. Ich nahm ihr die Klinge aus der Hand und kroch auf Michael zu.

Dieser Mann war das Böse in Person.

Ein Ungeheuer.

Ein Vampir, der *sterben* musste.

Ich drehte ihn auf den Rücken und rammte das Messer in seine Kehle. Dann begann ich zu sägen. Es war ineffizient. Aber das spielte keine Rolle. Er sollte verdammt noch mal leiden.

Ich bewegte meine Hand auf und ab, von einer Seite zur anderen und zerstörte seinen Hals Zentimeter für Zentimeter. Bis ein Knacken ertönte.

Sein Kopf kippte zur Seite.

Ich starrte ihn an, meine Hände waren mit seinem Blut bedeckt, mein Kleid befleckt von meinen Bemühungen.

Seine Hose stand immer noch offen und der Anblick seiner schwindenden Erektion bereitete mir Übelkeit.

Er war so nah dran gewesen. *Zu nah.*

Ein Schluchzen entrang sich meiner Kehle und meine Gedanken verbanden sich sofort mit Cams, als er flüsterte: *Ich habe es nicht rechtzeitig geschafft …*

Ich begegnete seinem Blick in der Tür und mein Herz schlug mir plötzlich bis zum Hals.

Ich habe es nicht rechtzeitig geschafft, um mitansehen zu können, wie du ihn tötest, vollendete er seinen Gedanken. *Ich … ich habe es verpasst.*

Ich hätte fast gelacht.

Denn es war die Tatsache, dass er Michaels Tod nicht hatte miterleben dürfen, die ihn enttäuschte. Ich stieß mich vom Boden ab und rannte auf ihn zu. Er fing mich auf, als ich in seine kräftige Gestalt stürzte. Seine Knie, die auf dem Boden auflagen, fingen den Zusammenstoß ab.

Dann küsste ich ihn.

Innig.

Mein Mund verschlang seinen, ohne Rücksicht auf die anderen um uns herum. Mira. Lily. Der tote Michael. Die knurrenden Lykaner. Die schreienden Vampire.

Keiner von ihnen war mir wichtig.

Nur Cam.

Mein Cam.

Er streichelte meine Haare, während er mich an sich drückte. Wir beide knieten nun auf dem Boden, während wir uns vor den Augen aller anderen aneinander labten.

Ich liebe dich, sagte ich zu ihm. *Dich. Meinen Cam. Diese Version. Die Version, zu der du geworden bist. Die Version, die du immer warst. Mein Gefährte. Mein König.*

Ich liebe dich auch, flüsterte er mir zu. *Du bist mein Herz, Ismerelda. Meine Seele. Diese Barriere zwischen uns aufzubauen, war der größte Fehler meines Lebens. Ohne unsere Verbindung war ich völlig verloren. Du warst es, die mir geholfen hat, Cane zu besiegen, Izzy. Er hat sich geirrt. Du bist keine Schwäche, du bist meine Stärke.*

Tränen füllten meine Augen; sein Verstand verriet mir, wie ernst er jedes seiner Worte meinte.

Unsere Seelen gehörten zusammen. Keine Barrieren. Keine versteckten Geheimnisse. Nur eine reine, offene Verbindung.

Zusammen waren wir eins. Eine Einheit. Eine unaufhaltsame Kraft.

König und Königin.

Aber wir waren keine Monarchen, die über ein Königreich herrschen sollten. Wir waren Monarchen, die einander regieren würden.

»Scheiße, das ist nicht … Das will ich mir nicht ansehen müssen«, murmelte mein Zwillingsbruder plötzlich.

»Was hast du getan, Izzy?«, fragte mich Ryder. »Michael mit einer Gabel verstümmelt?«

Nur Ryder würde einen Moment wie diesen unterbrechen, um meine Tötungsmethode zu bewerten.

Ich löste mich von Cam und hielt seinen Blick fest, als ich antwortete: »Ich habe einen Dolch benutzt.«

»Ernsthaft? Da ist kein einziger sauberer Winkel oder Schnitt an diesem Hals. Bist du sicher, dass es kein Buttermesser war?«, fragte Ryder.

»Ich hatte keine Axt«, murmelte ich und sah ihn endlich an. »Du hast mir doch beigebracht, zu improvisieren. Das habe ich mit dem Messer getan, das …« Ich verstummte und suchte den Raum nach derjenigen ab, die mir das Messer gegeben hatte.

Aber Mira fehlte.

Ich runzelte die Stirn. »Wo ist Mira?«

»Wahrscheinlich auf der Suche nach Luka«,

antwortete Damien. »Sie hat seit jeher mit ihm zusammengearbeitet.«

Ich riss die Augen auf. *»Was?«*

»Sie hat Doppelagentin gespielt, genau wie Hazel«, erklärte Ryder, bevor er meine Haare zerzauste, wie man es bei einer kleinen Schwester eben so machte. »Konzentriere dich, Izzy.«

Ich schlug nach ihm, woraufhin er schmunzelnd zurücksprang.

Willst du, dass ich ihn umbringe?, fragte Cam mit ernster mentaler Stimme. *Da hätte ich kein Problem mit.*

Ich warf ihm einen finsteren Blick zu. *Du kannst Ryder nicht töten.*

Ich versichere dir, Ismerelda, das kann ich.

Vielleicht konnte er es körperlich. Aber es wäre ein ziemlich ausgeglichener Kampf.

Aber darum ging es nicht. *Ich möchte nicht, dass er stirbt*, sagte ich zu Cam.

Er zuckte mit einer Schulter. *Wenn das dein Wunsch ist.*

»Eure Rebellenkollegen sind gerade gelandet«, verkündete jemand hinter mir, dessen englischer Akzent mir bekannt vorkam.

Ich wandte mich ab, um die Person zu dieser Stimme ausfindig zu machen – *Cedric*.

Er hatte seinen Arm um Lily gelegt, die mit ihren großen blaugrünen Augen den von Gewalt geprägten Raum in Augenschein nahm.

Als ich sie sah, sprang ich von Cam weg und rannte direkt auf sie zu.

Cedric nahm sofort eine abwehrende Haltung ein.

Wahrscheinlich, weil ich gerade wie ein Stier auf seine Gefährtin losgegangen war.

»Du hast mich gerettet!«, rief ich und fühlte mich wie eine Idiotin, weil ich nicht früher nach ihr gesehen hatte.

Ich hechtete an Cedric vorbei, was er mir zu erlauben schien, denn er hätte mich durchaus aufhalten können, wenn er gewollt hätte.

Lily sah mit einem kleinen Lächeln zu mir auf. »Ich habe getan, was ich konnte.«

»Du hast mehr als das getan«, sagte ich. »Du hättest weiterrennen können.«

Sie überlegte kurz. »Vielleicht. Aber es war schön, dieses eine Mal nicht zu rennen.«

Cedric knurrte hinter mir.

Lily lächelte nur.

Und irgendwie wurde ich wieder an Cams Seite gezogen, als könnte er es nicht ertragen, länger als ein paar Sekunden von mir getrennt zu sein.

Mein Bruder verdrehte bei diesem Anblick die Augen. Dann tauschte er einen Blick mit Ryder. »Ich denke, wir sollten Jace und die anderen begrüßen.«

»Warum zum Teufel sollte ich das tun?«, verlangte Ryder.

»Weil *du* derjenige bist, der mit Khalid und Cedric abgehauen ist, ohne Jace Bescheid zu sagen. Ich habe keine Lust mehr auf diesen Mist.«

»Dann kümmere dich eben nicht darum. Ignoriere ihn. Das funktioniert bei mir ganz gut«, sagte Ryder.

Mein Bruder seufzte und schüttelte den Kopf. »Es ist ein Wunder, dass Ryder Region mit dir an der Spitze überlebt.«

»Sie überlebt, weil du alles für mich regelst«, antwortete Ryder. »Du bist der Politiker, Damien. Ich bin nur das Talent.«

Damien rollte wieder mit den Augen. »Ich bin mir ziemlich sicher, dass ich *sowohl* der Politiker *als auch* das Talent bin«, sagte er und schlenderte in Richtung Flur.

Dann machte er ein paar Schritte zurück, als Luka,

Mira, Thida und eine Handvoll anderer Alpha-Lykaner den Raum betraten.

Sie betrachteten Michaels Leiche und Jasmines Überreste und starrten dann Cam an.

»Du hast deinen Bruder wirklich getötet«, sagte Thida zu ihm. »Und ein paar meiner Wölfe auch.«

Meine Augen weiteten sich. *Du hast Cane getötet? Und Thida ist auch Team Lykaner? Wie Jenkins?*

Ja, antwortete Cam und beantwortete beide Fragen mit nur einem Wort.

Laut sagte er: »Es scheint ein Missverständnis zu geben, was meine Beteiligung an den Machenschaften meines Bruders angeht. Ich werde nicht behaupten, dass ich unschuldig bin. Aber ich werde sagen, dass seine Entscheidungen nicht *meine* Entscheidungen sind.«

Thida und Luka musterten Cam, ihre Mienen verrieten nichts.

Mira jedoch lächelte. »Ich wusste, dass Izzy dich zurückbringen würde.«

Ich starrte sie an. »Du bist ein echt fieses Stück.« Die Worte rutschten mir einfach so raus. Ja, sie hatte mir ein Messer gegeben. Aber sie hatte mich auch belogen und in die Hölle geschickt.

Um mit mir zusammen zu sein, murmelte Cam in meinen Gedanken.

Sicher, aber ... Ich stockte, weil ich nicht alles wiederholen wollte, was passiert war.

Denn im Großen und Ganzen spielte es keine Rolle mehr. Er war jetzt *mein* Cam. Die Vergangenheit war Vergangenheit.

»Aber danke für das Messer«, fügte ich an Mira gerichtet hinzu.

»Du verstehst vielleicht meine Beweggründe nicht, aber ich habe getan, was ich tun musste«, sagte Mira mir.

»Ich wollte das Leben der Lykaner verlängern. Cane und Lilith haben dieses Ziel in eine Richtung gelenkt, mit der ich nicht einverstanden war und die ich wahrscheinlich hätte kommen sehen müssen. Als ich ihre wahren Absichten erkannte, war es leider schon zu spät, sie aufzuhalten. Also habe ich getan, was ich konnte, um die Situation zu retten.«

Ich knirschte mit den Zähnen. Vor allem, weil ich ihre Beweggründe sehr wohl verstand. Das bedeutete aber nicht, dass ich ihr ihre Taten verzeihen konnte.

»Die Lykaner werden in Bezug auf Mira Gerechtigkeit walten lassen«, verkündete Thida.

»Ich denke, dieses und andere Themen sollten auf dem Treffen der Blutallianz angesprochen werden, das in …«, Khalid, der gerade den Raum betrat, hielt inne, um seinen Blick auf seine leuchtende Uhr zu richten, »etwa vierunddreißig Stunden stattfinden wird.«

Emine schlüpfte hinter ihm in den Raum, ihr Gesichtsausdruck wirkte trotz ihrer blutverschmierten Kleidung gelangweilt.

Sie hatte eindeutig ein paar Vampire getötet. Vielleicht auch ein paar Lykaner.

Khalid hingegen sah aus, als wäre er kaum ins Schwitzen gekommen. Sein schwarzer Anzug war sauber und makellos. Genau wie Ryders dunkle Jeans und sein langärmeliges Hemd.

Ich bezweifelte sehr, dass sich einer von ihnen in dem Chaos unten zurückgehalten hatte. Sie waren einfach nur sehr *ordentlich*, wenn es um ihre tödliche Natur ging.

Im Gegensatz zu mir, dachte ich und blickte auf meine blutverschmierten Hände. *Ich brauche wirklich eine Dusche.*

»Ich weiß, dass Lykaner und Vampire zerstritten sind, aber wir müssen allen unseren Brüdern – Vampiren und Lykanern – erlauben, sich uns hier anzuschließen, bevor wir weitere überstürzte Entscheidungen treffen«, fuhr Khalid fort. »Eure Lykaner sind frei. Die Vampire, die sie gefangen gehalten und an ihnen experimentiert haben, sind tot. Und wir alle wissen, dass Cam nicht wirklich dahintersteckt. Er war nie einer von Canes Verbündeten. Das kann man von dir und Mira nicht behaupten.«

Der letzte Satz war direkt an Thida gerichtet und Khalids Blick wurde härter, als er sprach.

»Weißt du, ich glaube allmählich, dass du ein besserer König wärst als Jace«, unterbrach Ryder die angespannte Stille. »Und offensichtlich wärst du eine bessere Wahl als Cam.«

»Wer hat irgendetwas von einem *König* gesagt?«, konterte Thida. »Und in welcher Welt würden sich Lykaner jemals vor einem Vampir verbeugen? Nach allem, was geschehen ist?«

»Noch ein Thema für die Versammlung«, warf Khalid ein. »Wir sollten uns vierunddreißig Stunden Zeit nehmen, um uns zu beruhigen, und uns dann neu formieren.«

Ich zuckte zusammen, als das Licht wieder anging und meine Brille wie ein Feuerwerk aufleuchtete. Cam nahm sie schnell von meinem Gesicht, während ich meine Augen rieb, denn die unerwartete Veränderung machte mich benommen.

Ich rümpfte, als ich erkannte, dass ich das Blut in meinem Gesicht verteilte.

Mist.

Ich ließ die Hände fallen und ärgerte mich über meinen schmutzigen Zustand. Es war schon schlimm genug, dass ich immer noch Michaels Spuren auf mir trug. Jetzt hatte ich auch noch sein Blut *in meinen verdammten Augen.*

»Vierunddreißig Stunden«, sagte Cam, als er mich in seine Arme schloss. »Wir sehen uns dann.«

»Moment …«

»Das war keine Frage, Thida«, sagte Cam. »Genauso wenig, wie ich euch zuvor gebeten habe, aus dem Weg zu gehen. Du hast gesehen, was passiert ist, und ich werde es mit Freuden wieder tun.«

Der Lykaner zog eine Grimasse und sein Unterkiefer wurde steif.

Aber Luka legte nur eine Hand auf die Brust des anderen Mannes und drängte ihn einen Schritt zurück. »Lass ihn einfach gehen«, sagte er. »Khalid hat recht. Wir sollten uns das Thema für das Treffen der Blutallianz merken.«

Cam wartete nicht ab, um weiterzudiskutieren, sondern schlenderte einfach in den Flur und ging direkt zur Treppe.

Hast du eine Ahnung, wohin du mich bringen willst?, fragte ich ihn.

Zurück in das Zimmer, in dem wir vorhin waren, antwortete er. *Dort werde ich jeden verdammten Zentimeter von dir mit meiner Zunge verehren.*

Ich erschauderte. *Kann ich zuerst duschen?*

Ja. Eine nüchterne Antwort, doch die Absicht dahinter war von Verlangen geprägt.

Er wollte Michaels Essenz von meiner Haut schrubben und sie durch seine eigene ersetzen.

Dann würde er von mir Besitz ergreifen.

Mich beißen. Mich ficken. Mich *lieben*.

Und dann, wenn er fertig war, würde er wieder von vorn anfangen.

Weil er es konnte.

Weil ich ihm gehörte.

Und er *mir*.

In guten wie in schlechten Zeiten.

Für die Ewigkeit und darüber hinaus.

CAM

»Hängst du wirklich immer noch an dem Thema fest?«, fragte Ryder. Seine Aufmerksamkeit galt Kylan, als Ismerelda und ich den Raum betraten. »Khalid hat mich ausgewählt, weil er weiß, dass ich der bessere Schütze bin.«

»Woher will er das wissen?«, erwiderte Kylan. »Ich kann mich nicht erinnern, diese Theorie jemals getestet zu haben.«

»Es ist keine Theorie. Es ist eine Tatsache.«

»Es ist eine Theorie«, antworte Kylan. »Eine, die wir testen werden, sobald wir von dem ganzen politischen Scheiß entbunden sind.«

»Oh, wie schön. Ihr beide plant ein Date«, sagte Damien, der sich neben Ryder auf einen Stuhl fallen ließ. »Das ist wirklich bezaubernd.«

»Weißt du, ich glaube, ich habe mich gerade entschieden, wer uns bei diesem *Test* helfen wird«, sagte Ryder im Plauderton, seine Aufmerksamkeit immer noch auf Kylan gerichtet. »Damien liebt es, Kugeln auszuweichen. Das perfekte Ziel für unser Spiel.«

Kylans dunkle Augen leuchteten auf. »Das klingt wirklich unterhaltsam.«

»Oh, das wird es sein«, murmelte Ryder und lächelte, während er sich zu seinem Abkömmling umdrehte. »Stimmt's, Damien?«

Ismereldas Zwillingsbruder starrte den Royal einfach nur an. »Ich spiele nur mit, wenn ich auch eine Waffe bekomme und das Feuer erwidern darf.«

Ich ignorierte ihr Geplänkel, drückte meine Handfläche auf Ismereldas Rücken und führte sie weiter in den Raum.

Es war ein offener Raum, der offensichtlich dazu gedacht war, große Gesellschaften zu empfangen. Allerdings war alles um eine runde Bühne herum angeordnet und nicht um einen Tisch.

Die Royals hatten bereits Stühle gewählt, ebenso wie einige Alphas und ein Trio von Gesegneten.

Ein Trio, das mich gerade mit großen Augen anstarrte.

Sota und Troph verstand ich. Fen hingegen verstand ich nicht. Ich hatte nicht einmal gewusst, dass er wach war. Aber vielleicht hatten ihm die anderen beiden erzählt, was ich mit ihnen gemacht hatte.

Natürlich waren meine Taten das Ergebnis von Canes Manipulationen, und ich wusste, dass sie in den letzten vierunddreißig Stunden darüber informiert worden waren. Aber sie hatten mir offensichtlich nicht verziehen.

Das war in Ordnung.

Ich konnte damit umgehen, ihr Übeltäter zu sein.

Einige der Lykaner warfen mir ähnliche Blicke zu; ihr

Abscheu war deutlich zu spüren. Aber sie schienen alle Vampire im Raum auf diese Weise anzustarren.

Das erklärte die klare Trennung um die Bühne herum – eine Seite wurde von den Wölfen eingenommen, während die andere von den Vampiren und den Gesegneten beansprucht wurde.

Ich nahm einen Stuhl neben Jace und konzentrierte mich auf die gemischte Gruppe von Wölfen und Vampiren in der Nähe. Entweder waren Willow und Rae es leid, dem Geplänkel ihrer Gefährten zuzuhören, oder sie versuchten, dem Raum ihren Standpunkt zu vermitteln.

Jace folgte meinem Blick und sagte: »Es scheint, als würden Rae, Willow und Silas ihre Position deutlich machen. Und Silas' Gefährten scheinen sie dabei zu unterstützen.«

Ich brummte fasziniert, aber gelangweilt.

Politik interessierte mich nicht. Aber ich war hier, weil ich hier sein musste. *Für Ismerelda.*

Sie saß neben mir, ihr Gesichtsausdruck wirkte amüsiert. *Ich habe dich nicht gezwungen, zu kommen.*

Ah, aber das hast du, meine Königin. Heute schon zweimal.

Ihre Wangen röteten sich, als ich das Thema wechselte. *Das habe ich nicht gemeint.*

Aber du musst zugeben, dass es ein viel verlockenderes Thema als dieses Treffen wäre, oder?

Ich weiß nicht. Das Treffen hat noch nicht begonnen.

Ich seufzte. *Und doch wissen wir schon genau, was besprochen wird.*

Darius und Jace waren in den vergangenen anderthalb Tagen mehr als einmal vorbeigekommen. Das erste Mal waren sie erschienen, um nach mir und Ismerelda zu sehen und ihre Frustration darüber auszudrücken, wie alles gelaufen war. Und beim zweiten Mal war es darum gegangen, einen Plan für das heutige Treffen zu erstellen.

Ich hatte vor allem zugehört und die beiden entscheiden lassen, wie es weitergehen sollte. Ismerelda hatte ihre eigenen Gedanken hinzugefügt, und das war alles, was mich wirklich interessierte.

Als sie gegangen waren, hatten Ismerelda und ich unsere eigenen Entscheidungen getroffen. Vor allem eine, die ihre Zukunft als Vampir betraf.

Ich legte meine Handfläche auf ihre Jeans und drückte sanft ihr Bein. *Du wirst eine wunderschöne Vampirkönigin sein.*

Das sagst du ständig, antwortete sie.

Es ist eine meiner Fantasien, murmelte ich. *Ich kann nicht aufhören, daran zu denken, was ich alles mit dir machen kann, sobald du verwandelt bist.*

Die meisten dieser Dinge kannst du auch jetzt schon mit mir machen.

Stimmt. Aber ich werde es genießen, die Grenzen deiner Unsterblichkeit auszutesten.

Etwas, das du bereits tust …

Auf eine ganz andere Art und Weise, versprach ich. *Du bist nicht zerbrechlich. Du bist stark. Als Vampir wirst du unzerstörbar sein.*

Sie beugte sich vor und drückte mir einen Kuss auf die Wange. Dann ließ sie sich wieder nieder und beobachtete, wie Hazel mit Keys hereinkam. Er hatte sich offenbar entschieden, ihr Schatten zu werden und nicht meiner.

Wie ich erfahren hatte, war er mit Hazel und den anderen hergeflogen, und dann hatte sie ihn im Flugzeug zurückgelassen, während sie ihre Rolle als Doppelagentin gespielt hatte.

»Dieser Ort …« Juliets Flüstern lenkte meine Aufmerksamkeit von Hazel auf die *Erosita* meines Abkömmlings.

»Hier hat alles angefangen«, antwortete Darius und seine grünen Augen trafen meine für eine kurze Sekunde, bevor er sich wieder auf seine Gefährtin konzentrierte. »Du hast genau dort gestanden.« Er zeigte auf die Mitte der Bühne. »Und ich saß auf diesem Stuhl.« Er deutete auf den Stuhl, auf dem Ryder jetzt saß.

Juliet zitterte sichtlich. »Posten Siebzehn …«

»Ist eine zweiundzwanzigjährige, hellhäutige Frau mit mahagonifarbenen Haaren und schokoladenbraunen Augen«, fuhr Darius fort, der offensichtlich etwas aus ihrer Vergangenheit rezitierte. »Der Mensch ist eins siebzig groß, wiegt achtundfünfzig Kilogramm und spricht Englisch, Spanisch, Japanisch und Deutsch. Ihre anderen intellektuellen Fähigkeiten sind auf Seite neun Ihres Leitfadens aufgelistet.«

Er strich eine Strähne ihrer dunklen Haare aus ihrem Gesicht; ihre großen Augen strahlten Zuneigung aus. »Ich habe nur deine Schuhe gesehen.«

Seine Lippen kräuselten sich. »Und ich habe *dich* gesehen.«

Er zog sie zu einem Kuss heran, der die Aufmerksamkeit einiger anderer Royals und Alphas im Raum auf sich zog.

Sie sind nicht an öffentliche Zuneigung gewöhnt, flüsterte Ismerelda über unser Band. *Darius hat sie seit dem Tag, an dem er sie hier gekauft hat, nicht zeigen dürfen.*

Ich verstehe.

Dieser Ort hatte eine besondere Bedeutung für sie.

Denn hier hatte ihre Geschichte begonnen.

Er hat sie als Ablenkung gewählt, um seine Treue zur Blutallianz zu beweisen, fügte Ismerelda hinzu. *Aber das war alles nur Scharade. Und dieser einfache Austausch – dieser Kuss – hat gerade allen die Wahrheit gezeigt. Er hat sich nie an ihre Regeln gehalten.*

Ich frage mich, wie viele andere in dieser Welt lediglich eine Rolle gespielt haben, sagte ich zu ihr. Bei Vampiren ging es darum, die Fassade aufrechtzuerhalten, und es schien, dass die Blutallianz die größte Fassade von allen sein könnte.

Khalid und Emine waren die Letzten, die den Raum betraten, Cedric und Lily waren ihnen nur ein paar Sekunden voraus.

Nachdem die letzten Vampire eingetroffen waren, setzten sich alle; Spannung lag in der Luft.

Jace räusperte sich. »Ich glaube, inzwischen sind alle über die jüngsten Ereignisse informiert«, sagte er und sein Blick schweifte zu Luka. »Ja?«

Der Lykaner nickte. »Wir haben die verschiedenen Rudelführer informiert, die anwesend waren, und auch diejenigen, die nicht persönlich hier sein konnten.« Er warf einen Blick auf den Bildschirm, wo drei Alphas erwartungsvoll in den Raum starrten, denn nur durch Videoübertragung war es ihnen möglich gewesen, rechtzeitig zum Treffen zu erscheinen.

Yulian, Jenkins' Sohn, war eines der Gesichter auf dem Bildschirm. Der Tod seines Vaters hatte in seiner Heimat wahrscheinlich für Chaos gesorgt und es ihm unmöglich gemacht, aus dem ehemaligen Sibirien nach Rom zu reisen.

Auch die beiden anderen Alphas kamen aus weit entfernten Orten.

»Wir haben auch alle Vampire auf den neuesten Stand gebracht«, sagte Jace und meinte damit die anderen anwesenden Royals. »Und, wie versprochen, haben wir Canes verbleibenden Verbündeten festgenommen.«

Sofia. Ich war mir der Vereinbarung bewusst, die Jace und Luka gestern bezüglich ihrer bekannten Zugehörigkeit getroffen hatten.

Mein Bruder hatte akribisch Buch geführt.

Aufzeichnungen, die jetzt öffentlich gemacht worden waren.

Daher wusste ich, dass alle in diesem Raum darüber Bescheid wussten, was er mir angetan hatte und wie ich von meinem Bruder manipuliert worden war.

Ich hatte ein paar der Notizen meines Bruders überflogen. Jegliche Schuldgefühle, die ich wegen seines Todes empfunden hatte, waren nach der Lektüre seiner groben Analyse meiner *Heilung* verschwunden.

Der Wahnsinn der Unsterblichkeit hatte definitiv seine tödlichen Finger um das Gehirn meines Bruders gewickelt und ihn unwiderruflich gebrochen zurückgelassen.

Ich würde ihn vermissen. Aber ich würde nicht um ihn trauern.

Ich legte meinen Arm über Ismereldas Stuhl, während Luka und Jace einander anstarrten. Keiner von beiden unterwarf sich dem anderen.

»Was wird mit ihr geschehen?«, fragte Luka schließlich und bezog sich dabei auf Sofia.

»Ich glaube, das liegt an dir und deinen Lykaner-Kollegen«, antwortete Jace, woraufhin sich mehrere Vampire im Raum aufrichteten.

»Nun, ich glaube, darüber sollte abgestimmt werden«, warf Sahara ein. »Ein Royal kann nicht einfach einem Lykaner zur Vergeltung überlassen werden.«

»Selbst wenn wir abstimmen würden, stellen die Lykaner die Mehrheit der Anwesenden«, murmelte Naomi. »Außerdem hat sie sich ihr Grab selbst geschaufelt, als sie beschlossen hat, einige von Canes gescheiterten Lykaner-Experimenten als *Haustiere* zu behalten.«

Mehrere Lykaner knurrten bei dieser Vorstellung, obwohl sie diese Information bereits aus den detaillierten Aufzeichnungen meines Bruders kannten.

»Aber wenn ihr meint, dass wir *abstimmen* müssen«, fuhr Naomi fort, »dann könnt ihr das gern tun. Ich persönlich bin jedoch dafür, dass wir keine Zeit mehr verschwenden.«

»In der Tat«, stimmte Jace zu. »Was Cane getan hat, ist unentschuldbar. Die Lykaner haben es mehr als verdient, Vergeltung zu üben, wie sie es für richtig halten.«

»Und was sollen wir mit euch anderen machen?«, fragte Brandt, der Alpha des Calgary Clans, sichtlich erregt. »Wir können euch offensichtlich nicht trauen.«

Ein paar Lykaner grunzten zustimmend.

»Das verlangen wir auch nicht«, antwortete Jace. »Wir erwarten das nicht einmal.« Sein Blick huschte über die Bühne zu einem glühenden Paar türkisfarbener Iriden. »Khalid?«

»Hmm«, brummte er und schwieg für einen langen Moment.

Dann hüpfte er auf die Bühne.

»Ich glaube, unsere Lösung ist ziemlich einfach«, informierte er die Gruppe, während er eines seiner ausgefallenen kleinen Geräte hochhielt.

Überall im Raum erschienen Bildschirme, die einige Lykaner überrascht zusammenzucken ließen. Aber ich hatte mich schon an seine Tricks gewöhnt und die Vorführung sogar vorausgesehen.

»Vor langer Zeit haben wir uns als Allianz zusammengefunden, um unsere Zukunft zu planen«, sagte er und deutete auf die detaillierte Karte, die sich vor uns allen ausbreitete. »Wir haben uns in achtzehn Regionen und siebzehn Clans aufgeteilt, wobei die Regionen an die Vampir-Royals und die Clans an die Lykaner-Alphas vergeben wurden. Damals hat das für uns funktioniert. Aber das ist nicht mehr der Fall.«

Die Karte veränderte sich und Namen wurden von einer unsichtbaren Hand durchgestrichen.

Silvano wurde durch Ryder ersetzt.

Ein X bezeichnete Lilith.

Helias, Ayaz, Jasmine und Robyn folgten bald darauf.

Khalid warf einen Blick auf die Lykaner, die Demonstration schien zu verharren. Dann erschien ein Strich über Sofias Namen.

Und unter dem Namen Tómasson Clan erschien eine Notiz, die Yulian als neuen Clan-Alpha auswies.

»So viel Veränderung«, sinnierte Khalid. »So vieles ist noch ungeklärt.«

Mein Name erschien dann oben mit einem Fragezeichen daneben.

»Wir müssen eine neue Karte erstellen«, fuhr Khalid fort. »Und wir müssen uns entscheiden, ob wir ein globales Bündnis wollen, das alle Gebiete regiert, oder ob wir uns einfach selbst regieren wollen.«

Einige der Lykaner warfen einander skeptische Blicke zu, während einige der Vampire die Stirn runzelten.

»Wie sollen Blut und Menschenleben ohne globale Regierung geregelt werden?«, fragte Claude mit hochgezogener Augenbraue. »Was wird mit den Blutuniversitäten geschehen? Mit Einrichtungen wie dem Konvent? Und was ist mit den unsterblichen Sklaven?«

»Das Gleiche könnte man über die Zuchtlager und Mondjäger fragen«, murmelte der Stella-Clan-Alpha.

»Wir werden die menschlichen Ressourcen gleichmäßig auf alle Regionen und Clans aufteilen – oder was auch immer wir mit der überarbeiteten Karte schaffen – und die Universitäten schließen. Blut und menschliches Leben sowie die Aktivitäten, für die wir Menschen einsetzen, werden wir untereinander regeln und nicht von einer Allianz diktieren lassen«, erklärte Khalid.

»Es wird der Art und Weise ähneln, wie sich die Menschen früher selbst regiert haben, nur mit viel weniger

Politik«, fügte Cedric von seinem Platz aus hinzu. »Zumindest in bestimmten Regionen und Clans.«

»Die Menschen hatten eine globale Regierung«, erklärte Claude.

»Die haben sie nur genutzt, wenn es ihnen gepasst hat«, erwiderte Cedric. »Und sie wurde nur von bestimmten Regierungen in Anspruch genommen. Andere haben sie völlig ignoriert. Ich kann mir vorstellen, dass wir ähnliche Allianzen bilden werden – allerdings zwischen gleich gesinnten Regionen und Clans.«

Khalid nickte. »Ja, wir können Handel treiben, Ressourcen teilen, Grenzübertritte erlauben und alles andere, was zu einem Bündnis mit einem anderen Clan oder einer anderen Region gehört. Aber wir müssen uns nicht an ein bestimmtes Regelwerk halten.«

»Regeln, die von der Blutallianz aufgestellt wurden, meinst du?«, stellte Luka klar. »Du schlägst vor, dass wir das, was wir aufgebaut haben, abreißen und getrennte Wege gehen.«

»Ich schlage vor, dass wir das, was wir aufgebaut haben, hinter uns lassen und uns für eine Weile auf unsere unabhängigen Nationen konzentrieren«, formulierte Khalid. »Wir haben alle unterschiedliche Wünsche und Bedürfnisse. Warum sollen wir uns an ein einziges Regelwerk halten?«

»Um für Gleichheit zu sorgen«, sagte Sahara. »Um sicherzustellen, dass unsere Ressourcen nicht verschwendet werden. Um unser Essen zu *teilen*.«

»Gleichheit?«, schnaubte Brandt. »Das System wurde entwickelt, um Vampire zu begünstigen. Nichts davon war jemals zum Vorteil meiner Art.«

»Stimmt«, erwiderte Thida. »Cane wollte nie unsterbliche Lykaner erschaffen, was mein einziges Ziel in meinem Zusammenschluss mit ihm und Mira war. Aber seine Notizen haben die Wahrheit ans Licht gebracht – er hat sich immer nur für unsterbliche menschliche Sklaven interessiert.«

»Die Gesegneten«, warf Sota ein und seine Stimme klang rau. »Er hat die Blutlinie der *Gesegneten* benutzt, um *Nahrung* zu produzieren.«

Einige Vampire blickten in seine Richtung und pressten die Lippen aufeinander.

Denn das waren unsere *Väter*.

Und mein Bruder hatte mit ihnen fast genauso grausam experimentiert wie mit den Lykanern. Der einzige Unterschied war, dass die Gesegneten die Folter nicht lange hatten ertragen müssen.

Einige der Lykaner hingegen hatten sie über ein Jahrhundert lang durchgemacht.

»Egal, was oder wie er es getan hat – seine Ziele waren klar. Keines davon galt den Lykanern«, sagte Jolene und sein Tonfall strahlte eine Endgültigkeit aus, die den Raum für einen Moment verstummen ließ.

Zumindest bis sein Enkel sich räusperte. »Das gilt auch für die Gründung der Universitäten, die Zuchtlager und die Mondjagd.«

Mehrere Lykaner drehten sich zu Edon um, einige von ihnen zogen die Brauen hoch.

»Wir brauchen die Menschen nicht zur Fortpflanzung«, fuhr der junge Alpha fort. »Und die Mondjagd war ein Zeitvertreib, der zur morbiden Unterhaltung entwickelt wurde; es war eine Möglichkeit, unsere Wut an den Menschen auszulassen, weil sie versucht haben, uns etwas anzutun. Doch jetzt wissen wir, dass Cane das alles inszeniert hat. Worin liegt also jetzt noch der Sinn?«

»Er hat recht«, murmelte Jolene. »Unsere Clans haben die Menschen nie gebraucht. Wir haben Jahrtausende lang in Frieden mit ihnen gelebt. Das können wir wieder tun. Aber mit ein paar zusätzlichen Vorsichtsmaßnahmen.«

»Du schlägst vor, dass wir den Menschen einige ihrer Rechte zurückgeben?«, fragte Sahara und ihr ungläubiger Tonfall verriet mir genau, was sie von dieser Aussicht hielt.

Jolene ließ seinen Blick über die Bühne zu Sahara schweifen, die kerzengerade auf der Kante ihres Stuhles saß. »Ich schlage vor, dass wir über Khalids Idee nachdenken, uns selbst zu regieren. Eure Bedürfnisse sind anders als unsere.«

»Offensichtlich«, murmelte sie.

Das Gespräch ging weiter und drehte sich um die aktuellen menschlichen Ressourcen und was mit ihnen geschehen sollte.

Wie Jolene und Edon festgestellt hatten, brauchten die Lykaner das Leben der Sterblichen nicht so sehr wie die Vampire, was darauf hindeutete, dass die Idee, die vorhandenen Ressourcen gleichmäßig aufzuteilen, mangelhaft war.

»Die Vampire brauchen Blut«, betonte Sahara immer wieder.

»Du meinst, *ihr* braucht Blut«, erwiderte Claude. »Ihr wart gefräßig, und jetzt fehlt es euch an Ressourcen. Ich sehe nicht ein, warum das das Problem anderer sein sollte.«

Ein paar Vampire stimmten zu. Die Lykaner auch.

Aber schließlich einigte sich die Gruppe darauf, dass die Sterblichen innerhalb der Blutuniversitäten vor allem in die bestehenden Vampirregionen gehen sollten.

Das veranlasste Khalid dazu, wieder über das Thema der Grenzziehung nachzudenken.

»Es ist am sinnvollsten, wenn wir, die wir noch leben, das Land behalten, das wir bereits besitzen«, sagte Jace, der zum ersten Mal seit einigen Minuten das Wort ergriff. »Das gilt sowohl für Royals als auch für Clans.«

Mehrere Mitglieder der Allianz nickten zustimmend.

Damit standen vordergründig ehemalige Vampirgebiete zur Disposition.

»Wenn wir bei der Verteilung gerecht bleiben wollen, müssen diese Gebiete an einen anderen Vampir gehen«, murmelte Naomi. »Das ermöglicht außerdem einen fließenden Übergang. Sonst müssen wir für jeden in diesen Regionen ein neues Zuhause finden.«

»Es ist möglich für Lykaner und Vampire, zusammenzuleben«, sagte Rae, deren Verärgerung deutlich spürbar war. »Das muss keine Entweder-oder-Diskussion sein.«

»Für die Zwecke dieser Diskussion und die Aufteilung der Macht schon«, antwortete Khalid. »Aber sobald das Land aufgeteilt und die Führung bestätigt ist, können die verantwortlichen Royals oder Alphas entscheiden, wie sie ihr eigenes Gebiet verwalten und wen sie in ihren Grenzen willkommen heißen. Das ist das Schöne an der Unabhängigkeit.«

Rae verstummte daraufhin und konzentrierte sich auf Kylan.

Nach einer Weile nickte er, was ihre Schultern ein wenig zu entspannen schien.

Auch Willow und Ryder schienen ein geheimes Gespräch zu führen. Doch anstatt zu nicken, neigte er nur den Kopf zur Seite, was Willow veranlasste, ihn anzufunkeln. Es schien jedoch eher ein spielerischer als ein wütender Blick zu sein, was ihre sich kräuselnden Lippen verrieten.

»Cam?«, fragte Khalid nach einer weiteren dreißigminütigen Debatte, die damit endete, dass alle der Einschätzung zustimmten, dass die frei gewordenen

Regionen von Vampiren besetzt werden sollten. »Du bist der Älteste von uns allen. Gibt es ein Gebiet, das du für dich beanspruchen möchtest?«

Ich sah Ismerelda an und ihre grünen Augen leuchteten. »Ja«, murmelte ich. »Wir werden hierbleiben.«

Im Raum wurde es still.

»Auf dem Gelände?«, fragte Jace schließlich. Er wirkte sichtlich überrascht.

Ich lenkte meinen Blick von meiner Königin auf meinen Cousin. »Vielleicht nicht auf dem Gelände. Aber in Rom. Wir wollen Italien.«

»Italien«, wiederholte er. »Nur Italien? Oder auch Sofia Region?«

»Helias Region?«, fügte Khalid hinzu. »Das könnte auch eine Möglichkeit sein.«

»Nur Italien«, murmelte ich.

»Aber in Italien gibt es nur sehr wenige Ressourcen«, sagte Jace langsam. »Das Land wurde komplett vernachlässigt.«

»Das ermöglicht uns, auf unsere Weise zu wachsen«, erklärte ich. »Aber wir werden alle Menschen behalten, die bleiben wollen, auch die Unsterblichen, die mein Bruder erschaffen hat. Die Lykaner können zu denjenigen gehen, die versuchen wollen, sie zu rehabilitieren. Und natürlich werden die Gesegneten weiterhin hier ruhen.«

Mehrere Lykaner-Alphas boten an, die Überlebenden der *Kötereinheit* in ihren Gebieten aufzunehmen, was ein einfaches Zugeständnis darstellte.

Mein Anspruch auf die *unsterblichen Blutbeutel* löste jedoch eine ganz neue Debatte aus. Sahara wies darauf hin, dass es unfair sei, dass ich als Einziger Zugang zu den Blutsklaven habe, die mein Bruder erschaffen hatte.

Doch Jace erklärte, dass ich außer den Vigils keine

anderen Menschen in diesem Gebiet haben würde und es daher eine faire Verteilung der Ressourcen sei.

»Er bekommt damit auch alle Blutjungfrauen«, zischte Sahara.

»Wir haben bereits beschlossen, dass sie gleichmäßig unter den Vampiren verteilt werden«, erinnerte Khalid sie. »Genau wie die Menschen, die an den Blutuniversitäten eingeschrieben sind.«

Sie fauchte und sammelte noch ein paar Ausreden, aber letztlich verlor sie.

»Italien ist jetzt Cam Region«, sagte Khalid nach einer fast einstimmigen Abstimmung.

»Izzy Region«, korrigierte ich ihn.

Er warf mir einen Blick zu und wölbte eine Augenbraue. Aber er kommentierte es klugerweise nicht und benannte stattdessen das Gebiet auf der Karte neu.

Die Diskussion ging über zu einer Liste potenzieller royaler Anwärter, die nach Geburtsrecht geordnet waren.

Darius stand an der Spitze.

Er lehnte eine Region ab und erklärte, er würde gern mit seiner *Erosita* im Nordwesten der Vereinigten Staaten bleiben.

Sein Abkömmling stand ebenfalls auf der Liste, ebenso wie einige andere ältere Vampire mit uralten Blutlinien.

»Wir müssen uns mit ihnen treffen, um über ihre Wünsche und ihren Verbleib zu entscheiden«, sagte Khalid. »Bis dahin bleiben die Vampirregionen unter der Kontrolle ihrer bisherigen Herrscher. Ähnlich wie die Clans an die nächsten Verwandten ihrer Alphas fallen.«

Luka und Thida wie auch einige andere Lykaner stimmten mit gesenktem Kinn zu.

Dann wurde eine Vereinbarung über die Verteilung der menschlichen Ressourcen getroffen, von denen etwa neunzig Prozent den Vampirregionen zugewiesen wurden.

»Die Lykaner werden alle bestehenden Menschen in ihren Clans behalten. Wenn ihr sie weiter züchten oder bei der Mondjagd verschlingen wollt, ist das eure Entscheidung«, sagte Khalid. »Aber ihr werdet nicht mehr bekommen, es sei denn, ihr tauscht mit einem anderen Clan oder einer anderen Region.«

Ein zustimmendes Raunen ging durch den Raum.

Khalid starrte auf die Karte, die er in der Mitte der Bühne aufgebaut hatte – ein Bild, das mit dem auf allen unseren Bildschirmen übereinstimmte. »Ich glaube … damit ist unser Vorhaben abgeschlossen.«

Stille trat ein und alle tauschten Blicke aus, als wäre es das letzte Mal, dass wir einander sehen würden.

Mehrere Minuten lang sagte niemand ein Wort, während die Lykaner und Vampire die Geschichte von über einem Jahrhundert Revue passieren ließen. Einhundertachtzehn Jahre Brüderlichkeit.

Alles auf einer Lüge begründet.

»Es war eine spannende Zeit, meine Damen und Herren«, murmelte Jace und reckte sein Kinn in die Höhe. »Auf die Zukunft!«

»Auf die Zukunft!«, wiederholten mehrere andere.

Das war es also.

Die letzte Versammlung.

Und dann wurde das Treffen der Blutallianz beendet … zum letzten Mal.

CAM

ETWAS MEHR ALS EINEN MONAT SPÄTER

ICH LEHNTE AN EINER KALKSTEINSÄULE, meinen Blick auf die Ecktreppe gerichtet. Meine Königin hatte spielen wollen – sie war die Beute und ich das Raubtier.

Wenn ich sie erwischte, würde ich sie verschlingen.

Und dann … würde ich sie verwandeln.

Wir hatten abwarten wollen, bis sich der sprichwörtliche Staub gelegt hatte. Vor allem, um sicherzugehen, dass uns in unserem gewählten Reich keine bösen Überraschungen erwarteten.

Zum Glück war alles ruhig geblieben.

Der Coventus war geschlossen.

Die Gesegneten schliefen.

Die Labore des Geländes waren leer.

Und in den Katakomben war es wunderbar still.

Bis auf das leise Getrappel nackter Füße.

Meine Lippen kräuselten sich.

Ich höre dich, kleiner Schwan, murmelte ich und benutzte absichtlich ihren alten Spitznamen.

Ihre Aufregung versüßte unser Band, ihre Füße bewegten sich schneller über die Treppe. Sie wollte rennen. Spielen. Sie wollte, dass ich ihr nachrannte.

Nein, es war mehr als das.

Sie wollte, dass ich sie *jagte*.

Das war auch der Grund, warum ich nicht zu ihr phaste, als sie auftauchte. Stattdessen ermöglichte ich ihr, zu fliehen. Sich in den Katakomben zu verlieren und zu verstecken.

Ich zählte und stellte sicher, dass sie jede Zahl über unsere mentale Verbindung hören konnte.

Als ich bei hundert angelangt war, machte ich mich auf die Suche. *Ich werde dich vernichten, wenn ich dich finde, Liebste*, warnte ich sie. *Es wird keine Grenzen geben. Kein Zögern. Nur ein Raubtier, das seine Beute verschlingt.*

Ihre Erregung wuchs, ihr Verstand verführte mich mit Leichtigkeit. Aber es war ihr Duft, den ich jetzt verfolgte.

Dieses süße, süchtig machende Aroma umhüllte mich, härtete meinen Schwanz und stachelte meinen inneren Vampir an.

Ich ließ sie dieses Verlangen spüren. Darin schwelgen. Es *fürchten*. Denn ich hatte sie nicht belogen. Ob Mensch oder nicht, ich würde nicht nachsichtig mit ihr sein.

Dies war unser letztes Mal als Vampir und *Erosita*.

Als Biest und Gefährtin.

Oh, sie würde danach immer noch mir gehören. Aber alles würde sich ändern. *Auf die bestmögliche Art und Weise.* Der Gedanke an unsere Zukunft ließ mir fast das Wasser im Mund zusammenlaufen.

Sie als Vampir zu beißen, wäre so verdammt süß.

Denn sie könnte mich sofort zurückbeißen.

Verdammt, diese köstlichen Reißzähne würden sich in meinen gottverdammten Schwanz bohren, während ich in ihrer Kehle explodierte. Das wäre mein erster Wunsch.

Na ja, vielleicht mein zweiter.

Denn mich an ihrer Pussy zu laben, würde für immer mein liebster Zeitvertreib sein.

Du wirst mich noch mit deinen Gedanken kommen lassen, stöhnte Ismerelda durch unsere Verbindung, ihr Bedürfnis ein Leuchtfeuer für meine Sinne.

Berührst du dich selbst, süßer Schwan?

Ja, flüsterte sie, und ihre Antwort ließ mich knurren.

Denn ich wollte sie berühren. Sie lecken. Sie ficken.

Du sollst doch wegrennen, erinnerte ich sie.

Tue ich doch, versprach sie und das Rascheln ihrer Kleidung bestätigte mir, dass sie die Wahrheit gesagt hatte. Denn ich konnte jetzt hören, wie ihre nackten Füße über den kalten Boden klatschten. Ihr Duft war die reinste Einladung.

Ich rannte nicht.

Ich lief.

Nein, ich *schlich*.

Dies war ein Spiel, das unsere Bedürfnisse steigern sollte, und mein pochender Schwanz bewies, dass es funktionierte.

Es würde kein Vorspiel geben, wenn ich sie fand. Nur brutales *Nehmen*.

Sie beschleunigte ihr Tempo und ihr Herzschlag sang in den stillen Katakomben. Meine Lippen kräuselten sich, als ich innehielt und mich mit dem Rücken an eine nahe gelegene Wand drückte, während ich wartete.

Hast du dich verlaufen, Kleines?, flüsterte ich.

N-nein, stammelte sie. *Ich* ... Angst ergriff sie und das Gefühl verlieh unserem Spiel eine berauschende Note. Sie hatte nicht wirklich Angst, sondern erwartete nur, erwischt zu werden.

Und sie wollte es hinauszögern.

Aber sie hatte sich verirrt, die Katakomben waren ein Labyrinth aus Gruften und Kalksteinchaos.

Ich schloss die Augen, ihr natürlicher Duft umgab mich, während sie rannte und ihre Schritte sie eher näher als weiter weg brachten.

Armer, süßer Schwan, spottete ich. *Verloren in der Höhle des Löwen …*

Ich machte einen Satz nach vorn, um sie zu fangen, aber sie schlug mir ihre Fingernägel ins Gesicht. »Dann ist es ja gut, dass ich eine verdammte Löwin bin«, erwiderte sie, bevor sie in die Höhe sprang und ihre Beine um meine Taille schlang.

Ihr Mund eroberte meinen, bevor ich überhaupt reagieren konnte; die Wendung der Ereignisse kam unerwartet und wurde von mir absolut akzeptiert.

Denn *verdammt*, diese Frau war die perfekte Gefährtin. Und das sagte ich ihr auch, während ich ihren Mund mit meiner Zunge in Besitz nahm.

Sie klammerte sich an mich, während ich uns durch die Katakomben führte und nur ein Ziel vor Augen hatte. Ein Ziel, das ich bewusst für sie ausgesucht hatte.

Eine Gruft.

Der Ort, an dem sie als Vampir wiedergeboren werden würde.

Aber zuerst … musste ich in ihr sein.

Ich platzierte sie auf den Sarg, ihr dünnes weißes Kleid schimmerte fast durchsichtig im Kerzenlicht um uns herum. »Du bist umwerfend«, lobte ich sie, weil mir ihr ätherisches Aussehen gefiel.

Sie ähnelte einer Braut – unschuldig, süß und bereit, sich verführen zu lassen.

Aber es war eine Göttin, die meinen Blick erwiderte. Ihre Macht war nicht greifbar, aber überwältigend.

»Zieh dein Kleid aus!«, befahl ich ihr und freute mich, dass sie ohne zu fragen gehorchte.

Das war unsere Dynamik.

Ich kniete vor ihr. Aber sie kniete auch vor mir.

Gleichberechtigt.

Ewige Seelenverwandte.

Ich küsste sie, während ihr Kleid auf den schmutzigen Boden fiel, mein Mund war hungrig auf ihrem.

Sie war nackt.

Keine Unterwäsche. Keine Schichten. Nur heiße Haut und eine bereitwillige Frau.

Befreie meinen Schwanz, sagte ich in ihren Gedanken.

Sie griff nach meinem Gürtel und löste ihn mit flinken Fingern, bevor sie den obersten Knopf öffnete und den Reißverschluss nach unten zog.

Mein Schaft pulsierte, als sie ihn mit der Faust umschloss. Mein Körper war mehr als bereit, sie zu nehmen.

Führe mich, meine Königin. Bring mich dorthin, wo du mich haben willst.

Sie summte, ihr Geist schwankte zwischen Akzeptanz und Neckerei.

Aber am Ende überwog das Verlangen alles andere.

Sie schlang ihre langen Beine wieder um meine Hüften, grub ihre Fersen in meinen Hintern und zwang mich, meinen Unterleib mit ihrem in Einklang zu bringen.

Dann positionierte sie meinen Schwanz an ihrem Eingang und sagte: »Fick mich, mein König.«

Die Lust leckte sich einen dekadenten Weg über mein Rückgrat und mein Unterleib spannte sich an.

»Wie du wünschst, meine Königin.« Ich stieß zu und zwang sie, jeden Zentimeter von mir zu nehmen. Ihre heiße Pussy zuckte und ihre Lippen öffneten sich mit einem Keuchen.

Dann brachte ich sie mit meiner Zunge zum Schweigen.

Halt dich an mir fest, sagte ich, während ich meinen sinnlichen Angriff begann. *Ich werde nicht aufhören, bis du mindestens zweimal auf meinem Schwanz gekommen bist.*

Das würde nicht schwer werden, denn sie war jetzt schon kurz davor, zu explodieren.

Sie ergriff meine Schultern und bohrte ihre Nägel durch den Stoff meines Hemdes.

Ich führte ihre Hüfte, um den perfekten Winkel zu finden, während meine andere Handfläche in ihren Nacken wanderte.

»Cam«, hauchte sie und krümmte sich gegen mich.

Eine ihrer Handflächen löste sich von meiner Schulter, um sich gegen den Sarg zu stemmen, während sich ihre untere Hälfte meinen Bewegungen anpasste.

Es war so verdammt heiß.

So exquisit.

Und doch nicht genug.

Aber es würde nie genug sein.

Diese Frau gehörte mir. Sie war mein Herz. Meine Vergangenheit, Gegenwart und Zukunft.

Ich liebte sie, trotz meiner Unfähigkeit, jemand anderen zu lieben oder zu umsorgen.

Sie war meine Menschlichkeit.

Meine Verbindung zur Welt.

Meine Daseinsberechtigung.

Ich ließ sie die Kraft meiner Liebe spüren. Die Intensität meines Anspruchs. Mein sehr reales Bedürfnis, jeden Zentimeter von ihr zu besitzen, immer und immer wieder, für den Rest unseres Lebens.

Sie verkrampfte sich um mich, ihr Vergnügen grenzte an Euphorie.

Ich hielt sie dort fest, direkt am Abgrund, und verlangsamte mein Tempo.

Dann stieß ich in sie hinein und drängte sie von der Klippe.

Sie schrie und das Geräusch war Musik in meinen Ohren, als sie meinen Schaft mit ihren weichen Wänden zusammenpresste.

So gut, sagte ich. *So verdammt gut.*

Sie stöhnte eine Antwort, ihre Worte waren unverständlich, während ich sie weiterfickte.

Ihre Fingernägel bohrten sich wieder in mein Hemd, wanderten schließlich zu den Knöpfen und zerrissen den Stoff.

Ich wölbte eine Augenbraue, überrascht von ihrer Gewalttätigkeit.

Und sie antwortete, indem sie mir das Hemd von den Armen schob. Ich ließ sie nur los, um den Stoff fallen zu lassen, dann intensivierte ich meinen Griff und nahm sie noch fester.

Sie benutzte ihre Fersen, um meine Hose nach unten zu ziehen.

Ich zog sie zusammen mit meinen Schuhen aus und amüsierte mich über ihren nonverbalen Befehl.

Dann eroberte ich ihren Mund zurück und stellte mit meiner Zunge ein paar leise Forderungen.

Forderungen, die ich mit meinen Hüften wiederholte.

Stoßend.

Fickend.

Besitzend.

Sie stemmte sich erneut gegen mich und ihr Körper hielt trotz ihres benebelten Geistes mit dem meinen Schritt. Es war automatisch. *Ursprünglich.* Ein Bedürfnis, das unsere Seelen fast so gut verstanden wie unser eigenes Wesen.

Ich biss in ihre Zunge.

Sie biss in meine.

Blut sammelte sich in unseren Mündern.

Ein vampirischer Kuss.

Und verdammt, es war berauschend.

Ich krallte meine Finger in ihre Haare, und mein Bedürfnis, sie in meiner Nähe zu halten, war stärker als alles andere – sogar stärker als das Tempo meines Stoßens.

Dann griff ich mit meiner freien Hand nach ihrer Titte und mein Daumen fand mühelos ihre rosige Brustwarze.

Fuck, Ismerelda. Ich zog mich bis zur Spitze heraus und stieß wieder hinein. *Quetsche meinen Schwanz weiter mit dieser heißen Pusssy, so ist es gut, Liebste. Dominiere mich mit deiner Pussy.*

Ich knurrte.

Sie war so verdammt eng.

Aber sie musste erneut kommen.

Nur dann konnte ich mich ihr anschließen.

Fick mich, Izzy. Drück dich von diesem Sarg hoch und reite mich, verdammt noch mal!

Sie zitterte, ihr Körper folgte meinen Befehlen und zwang ihre Hüften, sich zu bewegen. Bei jedem Stoß nach oben traf ihre Klitoris auf meinen Ansatz. Unsere Körper klebten jetzt praktisch vom Mund bis zum Unterleib zusammen.

Denn sie hatte sich mehr als nur nach oben geschoben. Sie hatte mich quasi bestiegen, ihre Arme um meine Schultern geschlungen und ihre Beine um meine Taille gelegt.

Ich drückte sie wieder nach unten, sodass sie fast flach auf dem Sarg lag, und fickte sie hart.

Ich wusste, dass es wehtat.

Aber sie ließ es über sich ergehen.

Und dann kam sie verdammt noch mal.

Denn meiner Königin gefiel meine Wildheit. Sie genoss die Dunkelheit. Sie erfreute sich an den Vorlieben meiner Bestie und ließ mich ihre ebenfalls sehen.

Ich küsste sie, während sie in einen euphorischen Zustand verfiel und mein Schwanz ihre Zuckungen genoss, bis ich es keine Sekunde länger aushalten konnte.

Ich knurrte, als ich mich in ihr entlud und mein Sperma jeden Zentimeter der Pussy meiner Gefährtin einnahm. Ich füllte sie aus. Beanspruchte sie. Brandmarkte sie als mein Eigentum.

»Jetzt«, keuchte sie. »*Jetzt*, Cam!«

Ich wusste, was sie meinte, was sie brauchte.

Und ich gehorchte, versenkte meine Reißzähne in ihrem Hals, um ihre Essenz in meinen Mund zu ziehen. Ihr köstlicher Geschmack entlockte mir ein Stöhnen, so verdammt *gut* war ihr Blut.

Es würde sich verändern.

Aber es würde noch besser werden.

Es würde noch süchtiger machen.

Denn es würde nach Unsterblichkeit schmecken.

Sie kam erneut, als die Endorphine von meinem Biss sie in eine Art Rausch versetzten. Ihre feuchte Hitze umklammerte meinen immer noch harten Schaft.

Ich bleibe in dir, während ich dich verwandle, sagte ich zu ihr.

Ja, flüsterte sie. Ich hatte es zwar nicht als Frage formuliert, aber sie hatte trotzdem eingewilligt.

Ich trank erneut von ihr, während sie sich auf meinem Schwanz wand.

Es war verdammte Perfektion.

Ich wäre fast erneut gekommen, als mich die Schockwellen ihrer Lust überrollten.

Aber ich musste mich konzentrieren. *Zuhören*. Denn das war der entscheidende Teil des Erschaffungsprozesses. Ich musste darauf warten, dass ihr Puls genau den richtigen Punkt erreichte.

Ein Punkt, der sich aufgrund ihrer Verbindung zu meiner Unsterblichkeit als schwer zu erreichen erwies. Ihr Körper wollte sich regenerieren. *Heilen.* Aber ich musste sie in diesen Zustand zwingen.

Ihr Zittern ließ schließlich nach. Ihre Glieder wurden unter mir schlaff.

Eine Erinnerung daran, wie ich sie einst getötet hatte, schwebte in ihren Gedanken. Aber sie verdrängte sie schnell.

Denn sie vertraute mir.

Ihrem Cam.

Ihrem Gefährten.

Und sie wollte nicht, dass die Vergangenheit unsere Zukunft verdarb.

Sie seufzte und ließ ihren Kopf zur Seite fallen; ihr Puls war kaum noch zu spüren.

Ich trank einen letzten Schluck, dann zog ich mich zurück und biss in mein Handgelenk.

Ihre Lippen öffneten sich mit einem letzten Atemzug, als ich ihr meine blutige Wunde an den Mund drückte und sie mit meinem Verstand zum Trinken zwang.

Sie schluckte sofort, ihr Körper war bereit für die nächste Phase ihrer Existenz.

Du wurdest geboren, um ein Vampir zu sein, sinnierte ich. *Und nicht nur irgendein Vampir, sondern eine Vampirkönigin.*

Wir hatten in unserem neuen Gebiet noch viel zu erobern. Menschen, Vampire und unsterbliche Wesen mussten verwaltet werden.

Aber ich hatte Vertrauen in unsere Fähigkeit, zu regieren.

Wir würden Erfolg haben.

Gemeinsam.

Als König Cam und Königin Ismerelda.

Mein Herz stotterte und signalisierte mir, dass ich meiner *Erosita* ein bisschen zu viel von meinem Blut gegeben hatte. Aber ich würde schon klarkommen.

Sie brauchte alle Kraft, die sie sich borgen konnte, damit der Übergang reibungslos vonstatten gehen konnte.

»Ich liebe dich«, flüsterte ich gegen ihre Lippen. »Verzeih mir.«

Ich brach ihr das Genick, bevor sie etwas erwidern konnte, und ihr Leben endete direkt vor meinen Augen.

Ich betrachtete sie einen Moment lang, meine nackte Königin.

Dann zog ich mich aus ihrer süßen Hitze zurück und hob ihre gebrochene Gestalt vorsichtig in meine Arme.

Wenn sie aufwachte, würde ich an ihrer Seite sein.

Unter der Erde.

In dem Sarg, den ich speziell für diesen Zweck angefertigt hatte.

Ich hob den Deckel an und ließ meinen Blick über das gepolsterte Bett schweifen, das ich für uns geschaffen hatte.

Es war luxuriös. Sinnlich. *Vampirisch.* Ein Symbol für unser zukünftiges Leben.

»Schlaf, meine Liebste«, flüsterte ich, als ich uns in das Innere des Samtes legte. »Wenn wir morgen aufstehen, wird die Zukunft uns gehören.«

Dunkelheit legte sich über uns, als ich einen Knopf drückte, um uns in die Erde hinabzulassen und den Deckel des Sarges zu schließen.

Ich schloss die Augen und suchte in meinen Gedanken nach ihr. *Wenn ich spüre, dass du dich regst, werde ich dich zur Besinnung ficken.*

Dann würde ich vor ihr niederknien.

Und sie für alle Ewigkeit verehren.

EPILOG

IZZY

Meine Schenkel verkrampften sich, als etwas Dickes und Hartes in mich hinein- und wieder herausglitt. In meinem Inneren loderte ein unerklärliches Feuer.

Alles *brannte*.

Ich stöhnte auf und meine untere Hälfte wand sich gegen eine heiße, muskulöse Gestalt.

Mein Cam, dachte ich, im Delirium seines sinnlichen Angriffs.

Meine Ismerelda, erwiderte er in meinem Kopf, und unsere Verbindung erwachte zum Leben.

Das fühlte sich irgendwie … seltsam an. Oder vielleicht auch nicht.

Es war nicht falsch.

Es … war definitiv *richtig*.

Aber irgendwie fühlte es sich tiefer an. Tiefgründiger.

Als hätten unsere Seelen eine neue Ebene der Verbundenheit erreicht.

Ich krümmte mich, als er mich besonders tief traf, und mein Körper erwachte zum Leben, noch bevor ich meine Augen öffnen konnte. Alles war dunkel, die Luft um uns herum war kühl.

Und doch stand ich in Flammen.

So heiß. Zu heiß.

Meine Nervenenden kribbelten.

Mein Innerstes zog sich zusammen.

O Gott ... Ich komme ...

Sterne explodierten in meinem Kopf, mein Gehirn schloss sich kurz, während ich um Klarheit kämpfte. Darum, zu *verstehen*.

Was hast du mit mir gemacht?, fragte ich benommen. *Wo sind wir?*

»In einem Sarg«, sagte er an meinem Ohr, sein Körper lag wie eine Decke aus männlicher Wärme über mir. »Unter der Erde.«

Ich erschauderte. *Unter der Erde?*

»In den Katakomben, Liebste.« Er biss in mein Ohrläppchen, woraufhin ich zusammenzuckte und die Augen blitzartig öffnete.

»W-warum ...?« Ich verstummte und blinzelte gegen die Dunkelheit an.

Aber so dunkel war es gar nicht.

Ich konnte die verschnörkelten Verzierungen sehen, die in das Holz geätzt waren.

Ein Sarg, wiederholte ich zu mir selbst. *Wir sind ... wir sind in einem Sarg.*

Mmm, brummte er zur Bestätigung und seine Belustigung sickerte durch die Verbindung. *Wir ficken ... in einem Sarg.*

Ich keuchte auf, als er tief in mich eindrang und sein Schwanz mich komplett ausfüllte.

»Cam«, hauchte ich und krümmte mich gegen ihn.

»Ismerelda«, erwiderte er und seine Lippen wanderten über meinen Hals. »Meine Vampirkönigin.«

Vampir … Das Wort hallte in meinem Kopf wider und meine Welt begann sich zu materialisieren. Sie war … trübe. Als würde ich durch dunkles Wasser waten und nach einem Licht suchen.

Aber alles, was ich sehen konnte, war Cam.

So deutlich.

So *lebhaft*.

Und das nicht nur, weil er auf mir lag.

Sondern, weil er *in* mir war. Seine Seele war mit meiner vereint. *Wir sind immer noch verbunden.*

Das sind wir, murmelte er.

Es hätte mich nicht überraschen sollen. Kylan und Rae hatten bereits bewiesen, dass es möglich war. Aber es zu erleben … Ich fröstelte. *Das ist so intensiv.*

Ja, erwiderte er. *Es ist unglaublich.*

Ja, wiederholte ich und wölbte mich noch einmal gegen ihn. *Ich kann alles spüren.* Nicht nur ihn, sondern auch die Welt um uns herum. Die Erde. Die Katakomben. Die Luft.

Es war, als ob meine Sinne endlich erwacht wären.

Als würde ich das *Leben* endlich erfahren.

Ich schlang meine Arme um ihn, meine Bewegung war überraschend stark und schnell. Dann drehte ich ihn um, sodass ich oben lag. Nur der Sargdeckel machte es mir unmöglich, mich aufzusetzen.

Knurrend stieß ich dagegen.

Und er flog auf.

Cam wirbelte uns herum, sodass ich mit dem Rücken auf dem Kissen aufschlug, während er sich drehte, um den

Deckel aufzufangen, bevor er wieder auf uns herabstürzen konnte.

Meine Augen weiteten sich.

Er gluckste.

Dann warf er ihn auf die andere Seite der Gruft und beugte sich herunter, um mich zu küssen. *Wir werden daran arbeiten, deine neuen Talente zu meistern*, murmelte er in meinen Gedanken. *Fangen wir damit an, dass du mich so hart fickst, wie du kannst.*

Die Welt drehte sich erneut, als er mich auf sich setzte, und mein Verstand wirbelte kurz herum, bevor er sich fast sofort wieder beruhigte.

Es war irritierend, wie natürlich sich das angefühlt hatte. Wie *aufregend*.

Ich drückte meine Handflächen auf seine Brust, während ich mich noch fester auf seinen Schwanz setzte.

Sein Verstand sagte mir, dass ich jetzt ausgehungert sein sollte, aber der Einzige, von dem ich mich ernähren wollte, war er.

Und es war nicht sein Blut, das ich wollte, sondern sein Körper. Seine Lust. Sein *Knurren*.

»Jetzt bin ich an der Reihe, dich zu vernichten«, verspottete ich ihn.

»Gib alles«, antwortete er und seine Lippen kräuselten sich. »Brich mich. Lass mich *bluten*.«

Als Antwort darauf ließ ich meine Nägel über seine Brust kratzen, wodurch er sich nach oben wölbte.

Er kniff die Augen zusammen, seine Hände fanden meine Hüften, als er sich aufrichtete und mir fast den Atem raubte. »Fick mich, meine Vampirgöttin.« Er setzte sich auf und schob seine Finger in meine Haare. »Und halte dich nicht zurück.«

Ich küsste ihn, meine Zähne − nein, meine *Reißzähne* − bohrten sich in seine Unterlippe.

Er erwiderte den Kuss und unsere Umarmung wurde immer stürmischer.

Doch unter all dem lag ein Hauch von Fleischlichkeit. Ein sinnliches Versprechen zwischen Seelen. Eine Liebe, die niemand je zerstören konnte.

Denn dieser Mann gehörte mir. Und ich gehörte ihm.

Es war einmal ein königlicher Vampir, der sich mit einer Sterblichen verbunden hat, dachte ich. *Sie war sein Schwan und er ihr Held.*

Aber das ist nicht länger so, flüsterte er mir zu.

Nein. Wir sind jetzt in der Zukunft, antwortete ich. *In einer Zukunft, in der es keine Helden gibt. Keine Schwäne. Nur uns.*

Nur uns, stimmte er zu und ließ seine Zunge über meine Unterlippe wandern. *Wir wählen unser Schicksal.*

Ja, und ich wähle dich – den wahren Cam.

Er lächelte. *Ich wähle dich auch, meine Liebste. Meine Vampirgöttin.*

Mein Vampirkönig …

Danke, dass du das letzte Buch der Blutallianz-Serie gelesen hast!

DANKSAGUNGEN

Wow! Dieses Buch hätte mich fast umgebracht – oder vielleicht lag es daran, dass ich es geschrieben habe, während ich schwanger war, beziehungsweise mich um ein Neugeborenes gekümmert habe. Aber ich bin so stolz darauf, wie es ausgegangen ist, und ich hoffe, es hat euch auch gefallen.

Ohne mein Team wäre ich nicht in der Lage gewesen, diese monumentale Aufgabe zu bewältigen – besonders in dieser Phase der Mutterschaft, denn *gähn*.

An erster Stelle möchte ich mich bei meinen Übersetzern und fremdsprachigen Lektoren bedanken, die dieses Buch möglich gemacht haben. Ohne euch gäbe es dieses Buch nicht in anderen Sprachen. Danke!!!

Außerdem danke ich meinem Mann, dass er mich bei Verstand hält. Dass du mich trotz meiner langen Arbeitszeiten und meiner Neigung zum Tagträumen liebst und dafür sorgst, dass ich wie ein normaler Mensch schlafen und essen kann.

Vicki, ich danke dir für deine Liebe und Unterstützung. Du bist eine meiner besten Freundinnen, und ich liebe dich so sehr. Danke für alles, was du für mich und Luka tust. <3

Laura, ich danke auch dir für all deine Liebe und Unterstützung! Wenn ich dich unsterblich machen könnte, würde ich es tun. Wenn ich herausgefunden habe, wie, werde ich es dich wissen lassen. ;) Ich liebe dich!

Amy und Yuli, danke, dass ihr euch so gut um Luka kümmert, wenn ich in meiner Schreibhöhle versinke. Ihr seid beide fantastisch und ein willkommener Zusatz zum Foss Clan.

Bethany, meine hervorragende Lektorin, du bist der tollste Mensch der Welt. Wenn du in der Zukunft der Blutallianz leben würdest, dann würde ich sicherstellen, dass du in einem Harem mit deinen Lieblingsvampiren oder -lykanern landen würdest. Aber im Ernst, ich danke dir für alles. Du bist der Grund dafür, dass ich tun kann, was ich tue … und dämliche Deadlines setze.

Jean, Katie, Heather und Erica, vielen Dank, dass ihr mich bei diesem Buch begleitet und dafür gesorgt habt, dass es so gut ist, wie es nur sein kann.

An Louise, Diane und Erica: Danke, dass ihr meine Stützen seid, wenn ich mich in meiner Höhle verkrieche. Ihr drei haltet mich immer über Wasser, wenn ich es am meisten brauche, und ich liebe euch!

Chas und Candi, danke für all eure Unterstützung und dafür, dass ihr meine Bücher über die Plattformen vermarktet, mit denen ich nichts anzufangen weiß. Eines Tages werde ich es lernen … oder auch nicht.

Und an meine Leser: Danke, dass ihr mich jeden Tag motiviert. Ich liebe eure Nachrichten, Kommentare und E-Mails. Sie bewegen mich dazu, weiterzumachen.

USA Today Bestsellerautorin Lexi C. Foss ist eine Schriftstellerin, verloren in der Welt der Computer. Sie lebt mit ihrem Mann und ihren pelzigen Freunden in North Carolina. Wenn sie nicht gerade schreibt, ist sie mit Sicherheit auf Reisen. Viele der Orte, die sie schon besucht hat, lassen sich in ihren Büchern wiederfinden, einschließlich der mystischen Welt von Hydria, die auf der griechischen Insel Hydra basiert.

Lexi ist ein bisschen verschroben, trinkt viel zu viel Kaffee und schwimmt gern. Tschüss!

Würden Sie gern über Neuerscheinungen informiert werden? Dann tragen Sie sich für ihren Newsletter ein:
https://www.lexicfoss.com/deutschen-newsletter

Besuchen Sie Lexi im Netz!
https://www.lexicfoss.com/aktuell

E-Mail: lexicfoss@gmail.com

BÜCHER VON LEXI C. FOSS

Eigenständige Die Blutallianz:

Crave Me - Verlangen des Schicksals

Blood Day - Bluttag

Das Noir Reformatorium:

Das Noir Reformatorium: Die Ankunft (Buch 1)

Das Noir Reformatorium: Erster Verstoß (Buch 2)

Das Noir Reformatorium: Zweiter Verstoß (Buch 3)

Das Noir Reformatorium: Dritter Verstoß (Buch 4)

Das Noir Reformatorium: Vierter Verstoß (Buch 5)
(demnächst erhältlich)

Die Wölfe des V-Clans

Blutsektor

Nachtsektor

Sektor der Finsternis

Die Wölfe des X-Clans

Der Ursprung

Andorra Sektor

Das Experiment

Pfeil des Winters

Bariloche Sektor

Königin der Elemente:

Buch Eins

Buch Zwei

Buch Drei

Königin der Elementefeen: Die nächste Generation

Beanspruche mich

Violet – Dynastie der Vampire